半堤雨

就像风儿吹过大地

桑洛／著

北方文艺出版社

图书在版编目(CIP)数据

半堤雨 / 桑洛著. -- 哈尔滨：北方文艺出版社，2022.6

ISBN 978-7-5317-5491-6

Ⅰ.①半… Ⅱ.①桑… Ⅲ.①散文集-中国-当代 Ⅳ.①I267

中国版本图书馆 CIP 数据核字(2022)第 043535 号

半堤雨
BAN DI YU

作 者 / 桑 洛

责任编辑 / 李正刚　赵　芳　　装帧设计 / 书香力扬

出版发行 / 北方文艺出版社　　网 址 / www.bfwy.com
邮 编 / 150008　　　　　　　　经 销 / 新华书店
地 址 / 哈尔滨市南岗区宣庆小区 1 号楼
发行电话 / （0451）86825533

印 刷 / 成都兴怡包装装潢有限公司　　开 本 / 880mm×1230mm　1/32
字 数 / 882 千　　　　　　　　　　　　印 张 / 46.5
版 次 / 2022 年 6 月第 1 版　　　　　　　印 次 / 2022 年 6 月第 1 次印刷

书 号 / ISBN 978-7-5317-5491-6　　定 价 / 260.00 元（全五册）

谨 以 此 书

献给我的父亲母亲——李宝雄和李月央

桑 洛

2021.9.18

携一卷书,行十里路,
选一块清静地,看天,看地,看书。
累了,
在草绵绵处寻梦去。

# 目录

CONTENTS

| | |
|---|---|
| "谢客"往事 | / 001 |
| 鸿　井 | / 009 |
| 民国传奇故事——鼓词牛人李玉成 | / 013 |
| 金空则鸣 | / 017 |
| 铁锤和绣花针 | / 020 |
| 亲历明朝越南战争 | / 024 |
| "三奇"先生 | / 028 |
| 陈状元疑冢迷云 | / 030 |
| 雅庄精舍 | / 034 |
| 便安亭茶会 | / 037 |
| 章凤大嫂 | / 039 |
| 巍巍九重门 | / 043 |
| "偷"亦有道 | / 050 |

| | |
|---|---|
| 雅庄打虎 | / 053 |
| 福顺公的三言二拍 | / 057 |
| 革命热土，永远的雅庄红 | / 060 |
| 夜袭永康城 | / 065 |
| 丽州"第一枪" | / 071 |
| 山河无恙　英魂安息 | / 076 |
| 乡村野史 | / 080 |
| 老家的樟树 | / 083 |
| 大　厅 | / 088 |
| 立春大如年 | / 090 |
| 龙　灯 | / 095 |
| 三月三，三春三月忆江南 | / 097 |
| 打罗汉 | / 105 |
| 家乡的酒 | / 108 |
| 果子词 | / 112 |
| 雅川与雅庄 | / 116 |
| 雅庄地名传说 | / 119 |
| 雅湖乡 | / 122 |
| 清　明 | / 124 |
| 翠角湾 | / 128 |
| 黄山降 | / 130 |
| 吃知了闲感 | / 132 |
| 西园山背 | / 135 |
| 长杆白 | / 137 |

| | |
|---|---|
| 市　日 | / 139 |
| 我的童年，我的幼儿园 | / 144 |
| 写对联 | / 148 |
| 七夕，今又何夕 | / 152 |
| 永康饼 | / 155 |
| 捉　鱼 | / 160 |
| 村　志 | / 163 |
| 积善人家，必有余庆 | / 166 |
| 母亲与松鼠的"战争" | / 169 |
| 麦李成熟的时候 | / 173 |
| 寒门童养媳 | / 177 |
| 雅庄，我们都愿意回来的村庄 | / 186 |
| 茫茫世间一根草 | / 189 |
| 思　乡（外一章） | / 194 |
| 不比，不比 | / 196 |
| 对山餐野食 | / 199 |
| 济敦路 | / 204 |
| 楼塘惊秋 | / 210 |
| 一江繁华，出城西 | / 217 |
| 一生忠节楼枢密 | / 226 |
| 走，去南山集 | / 247 |
| 什么年纪做什么事情 | / 253 |
| 不平凡的路 | / 256 |
| 江南仙界名山——金华山 | / 258 |

金杭古道 / 267

访古寻踪三白寺 / 271

麦磨滩的光辉 / 275

十里绿洲漾人心 / 278

孝行天下百善先 / 280

詹都古风白溪湾 / 282

宽　空 / 284

出走半生，归来仍是少年 / 289

就像风儿吹过大地 / 296

**后记** / 301

# "谢客"往事

## 一

公元1916年,农历丙辰年。这年,是多事之秋。

这日却是个好天!旭日突破江南的梅雨云层,霞光万丈,杭城一片明媚。

浙江省新任都督吕公望先生,早早地吃了早饭,一身便服,坐上小轿,从都督府出发,前往琵琶街口。

一到街口,喧哗的人声,感觉到了另一个世界。先生下轿,挥手让小厮先回。走进巷口,是一城之冠的蔡家馄饨,香飘四溢,食客如潮。此街甚小,街上都是挑廊木结构,花旗松廊柱,顶上是藕节状的楼栏,各种雕花小件装饰其上。

路上不时有长袍长者,脱帽行礼,向吕先生打招呼。

"都督!"

"戴之(吕公望,字戴之),又来看种德啦!"

公望微笑着，微微颔首，直奔"德顺号"而去。

琵琶街是条小街，这条小街却因为蔡家馄饨、供奉曹大将军的龙吟庵和打铁的"李德顺"铁号而闻名杭城，其中最出名的还是"李德顺"铁号。先生要去的正是以打"肉斧""斩节刀""司工刀"和"厨刀"闻名的"李德顺"铁号。

一省都督微服出行，吸引了众多目光，有不少行人好奇地保持一定距离跟在后面。公望丝毫不以为意。这条巷子，他已经来来回回不知走了多少趟了。此前，他尚无要差，每逢星期日，便与好友徐君素珍，胡君俊卿，吕君仁斧，王君亮熙咸会于此。一群好友，喝点永康老黄酒，春夏有黄鱼，秋冬有肥蟹，把酒问诗，好不快活。

神游间，已经走到了"李德顺"打铁铺门口。

"李德顺"的当家掌柜不叫李德顺，叫李种德。他右手牵着四方风箱，熊熊火炉在旁，左手抡个大铁锤在打一把指挥刀。他抬眼看到吕公望，嘴角扬了扬，拿起一杯放在风箱上面的茶："望，你来啦！先喝杯茶！"（永康人叫朋友名字，习惯叫最后一字，以示亲近。）

吕公望拿起茶杯，一饮而尽："谢客（种德的乳名，永康话，谐音 xiàn kài），这是雅川今年的春茶？"

叮叮的打铁声不绝。种德也不多说，点了点头。

"人人都说龙井好，我却还道家乡茶好啊！那个醇厚，原生态。"

"你进来兮随便坐，等一下看看我新给你打的指挥刀！"

围观者众。有不识内情者，见一个打铁店的老板，对一省都督如视常人，不免诧异。

有熟识内情者，在旁自豪地说："侬不晓得，谢客和戴之可是过命的交情。"

讲完，不管别人听得懂听不懂，手抡纸扇，摇头晃脑地走了。

## 二

夫君在执业，种德夫人邵氏迎将出来："戴之，恭喜了，革命成功！大业告成。应征已经在里面等你了！"

说话间，两位青色长袍的青年跑将过来，边跑边嚷："戴之，你这方功业，实乃我永邑之光荣也。"

前面这位才俊，就是日后曾任国民党浙江军管区司令部征募处处长，"国大代表"，永康芝英人，应征。另一位是同乡人楼同生。

吕公望将帽子递给邵夫人，在中堂落座，刚刚轻松的表情却凝重起来。他对着应征摇了摇头，用手蘸了茶水，在八仙桌上写下了："北平，袁。"

应征若有所悟，不语。

此时，谢客拿着一把刚打好的明晃晃的指挥刀，走了进来。

"望，新的都督指挥刀，你看如何？"

众人一阵惊呼，聚将过来。只见那指挥刀，刀刃细薄明亮，刀背厚实沉稳，刀身矫若飞龙。吕公望用中指轻轻叩击，只听得龙吟之声隐隐传来，叹道："永城自古以来乃五金之乡，在杭城赖'李德顺'号发扬光大啊！"

公望抚刀脊，侧面有烙印，印文是"李德顺"，不由笑问："我辈之中，书法谁最了得，最为值钱？"

应征沉吟后说："乡人之中，应均最是了得，以魏碑入行入草，力道苍劲，自行一脉。至于我辈，当属戴之，戴之小楷，非是薄有文名，而是深有文名啊！"

楼同生及邵夫人等都附和："确实确实。"

吕公望摇摇头，从旁边的几案上拿了把菜刀，均带有数方印戳。只见这菜刀的刀脊上刻有几方铭印："杭州""琵琶街""明记""李德顺""陆角捌"。

公望指着印缓缓地说："肯定是谢客的字最好！现杭州，剪刀有'张小泉'，剃刀有'潘顺兴'，而厨刀唯有'李德顺'啊！这可是金字招牌！童叟无欺！"顿了顿，将刀放在桌上，慨然又道："现今时局动荡，部队也需要良兵利器，我们也需要'李德顺'这样的军刀和刺刀上阵杀敌啊！"

众皆然。

谢客在旁，并不多语。邵夫人拉了拉他的衣服，盈盈拜将下来："谢谢都督金口。'李德顺'依先生所言，将开展军需业务，不负都督所望。"

吕公望走出中堂，到了庭院之中，抬头望了望北方："得'李德顺'襄助，自是便利，一举多得。我现在担心的还是时局，我已经邀约中山先生今夏来杭，讨教国事，给浙江百姓指明方向，少受战火之乱啊！"

几个人随即在庭院中摆出茶席，讨论起浙江光复之后的事情，吕公望也认真地和谢客交代军需刀具的事情。

闲聊间，邵夫人已经备具酒炉，准备午膳。

## 三

真如吕公望所言，不久后，袁世凯倒行逆施，推行帝制，浙江在吕公望带领下，通电反袁，与蔡锷将军遥遥呼应。两个月后，吕公望被北京的段祺瑞政府正式任命为浙江省督军兼省长，后又特封为陆军上将军衔。1916年夏，孙中山先生应吕公望之邀，再次来杭。

这些暂且不提。

"李德顺"号在浙江光复前已有盛名，有了吕公望的关系，一时更是成为街头巷尾讨论的焦点。

有好事者，争相询问"李德顺"号与都督的关系。就这样，一段陈年往事才浮出水面。

当年，吕公望不满父母的安排，在丽州城住了一年，曾误入歧途，沾染上嫖、赌、吸鸦片等恶习，后来到杭州住永康试馆。因为试学不成，谋事未就，久之竟落魄杭城。谢客在乡人之中，享有侠名，吕遂投奔。一月，数月乃至经年，公望不去，谢客也不辞。谢客在乡人之中，以度量恢宏及侠气著称，做人和做刀具一样，有口皆碑。同吕公望这样，落难投奔谢客的，还有姚君允中等人。

由此，积下过命的交情。

患难时的交情，是真交情。一个是落难公子，虎落平阳，历经坎坷，坚持革命，终告成功；一个是名店老乡，行侠仗义，相携相帮，二人之交成了佳话。

## 四

且说生意原本就已经很好，有相当知名度的"李德顺"号，经过吕公望先生的探访，开始打制军刀之后，生意更加红火，知名度遍弛海上。

雅川因地贫瘠，土地少，出门手艺人多。其中以裁缝和打铁匠最为出名。裁缝以上海的章鸿公为代表，打铁则以杭州的种德公为代表。

"李德顺"号，原在清泰街巷口坐东朝西一间楼屋底层，精于锻打各种刀具。"李德顺"的经营非常讲究，以"匠心"和"无欺"闻名。经过锻造技术的改良，产品款式新颖，质量上乘，价格又公道。种德公为了明示于众，就把自己的信用、声誉、价格统统烙印在他的产品上，前文提到的几方印就是一个产品上面的标识。

"李德顺"号的刀具，以切肉刀最为出名。剔骨不缺口，切肉断筋不留丝，即使用了几十年，几无磨损，稍稍磨一下，仍然锋利。

因此"李德顺"名号的上佳口碑在杭城经久不衰。产业发达后，在杭城的梅花碑又开了分号。

杭城人均知有"李德顺"，不知有李种德，不知有谢客。

而远在雅川（雅庄）的家乡人，往往只知谢客，略知"李德顺"，不知李种德。

现在的后辈，说起谢客，已经是茫然不知了。

## 五

亲不亲，家乡人，叫"掉的名"（绰号）更亲切，雅庄人不管种德是多大的老板，当面叫背后提，还都是"谢客"二字。

这个名字怎么来，不考，应该是小时候的绰号吧！

种德世居雅川，幼失怙，年仅十岁就到邻村放牛，十五岁到杭城投奔本家"李德隆"打铁店学艺。"李德隆"铁号，也是打铁老字号。出师之后，种德公成家立业，始创"李德顺"铁号。

种德公致富之后，不忘乡人，在杭，他给乡人帮助；在家乡，他建桥修路，赞助寺庙。最有名的是雅川村黄泥塘到芝英的那条路。昔时，黄泥山是雅庄到芝英的必经之路。这条路，有如路名——黄泥山，遇雨则泥泞不止，土没脚踝，有如黄泥塘。种德公幼时放牛，常经此地，他赤脚经历过种种艰难，也目睹行人辛苦。他在杭城赚了钱后，就出资用石板铺砌了这条马路，让上下几处村庄村民到芝英不再受"黄泥汤"之苦。

种德有子二人、女三人。二子文藻子承父业，热心公益事业。长子文蔚毕业于上海南洋高级商校，曾任浙江省国民抗敌总司令部审核股股长，中校军衔。"七七事变"之后，卸任携家眷回乡，他看家乡失学儿童众多，以家乡教育为己任，发动李氏各房用部分常产做基金，创办了"雅化小学"，任校长，对家乡的教育事业做出了杰出的贡献。文蔚后因以国事为重，1943年重新投身抗日事业，但在金永沦陷之后，积劳成疾，不幸早逝，享年三十八岁。

## 六

"回首童年无腔短笛，自诉孤苦时，当亦掀髯一笑矣。"这是曾任浙江永康宣平等县知事的王亮熙在种德公七十晋八寿序里所言。

## 鸿 井

我怀念家乡的那一口口井,怀念纳凉唠嗑、欢声笑语的市井生活。

杜甫《风疾舟中伏枕书怀三十六韵奉呈湖南亲友》诗:"畏人千里井,问俗九州箴。"

千里井,不思量,自难忘。

中国很多人,读书求学,创业发展,离乡在外,回老家次数比较少。我们老家很多人读完初中之后就到外地读高中,继续求学或是工作,之后就很少回乡了。这用文绉绉的话讲,叫"背井离乡"。

井,在中华民族的发展之中,是很重要的一个内容。井,水井也,古制八家为井,引申为乡里,再后来就是广义的家乡。"古者三百步为里,名曰井田。"古人一向择水而居,以前的土地阡陌纵横,划分为井状,从西周开始就实行井田制,后来井田制度虽瓦解,但井田说法仅是表面词意,仍然很是通用。"处商必

就市井。"故有"市井"一词。现在的市井，可以理解为老百姓的普通日常生活。

这一切都与井相关。我们在雅庄的记忆与生活，也与井息息相关。

家乡雅庄地势很高，有"永康中部的黄土高坡"之称，更有人形象地说这是永康地理板块的鼻梁骨——这么高，这么挺，形容得很传神。因为地势高，酥溪离得远，离村最近的一条水渠也不能解决饮水问题，所以井对雅庄人来说，至关重要。我们小时候玩耍，大人洗衣、洗菜、打水等，都基本围绕着水井而展开，井是我们生活的一个中心。

时代在发展，当自来水和高科技的设备走进家家户户，当一片片的旧屋被自然和人力所摧毁，我们原来所依赖的乡土文明，也在日益发生着变化。如果市井没有了，那么我们熟悉的一点一滴也将被一点点地埋掉，一点点消失掉。它们将被彻底地埋在我们的心里。等我们上一代的人离开，我们这一代的人离开之后，后人将不可能再感受到它们。

我们老家，通常说是有七口井，即龙眼井二口、后塘井、鸿井、沙塘井、中塘（山）井和四清井。井名除了雅庄的始祖太公们挖的龙眼井，以龙脉的龙眼相称之外，其他的井都是以相隔的池塘命名。这几口井，如北斗七星，零散地分布在雅庄村的各个中心，组成一个个市井生态圈。

但有两口井的名称是特殊的：四清井，带有时代的烙印，我们就先略过；还有一口鸿井，更为特殊。

鸿井位于雅庄的祠前塘旁，当初取名鸿井，有两层意思：一是鸿远之意，取意于宏大深远之间，也寓意此井清泉如涌，亦有"圣人之心，华邃鸿远，包孕天地"之意；二是记取此井乃是族人李章鸿先生独力资助之意。

鸿井建造那年，是民国二十八年（1939年）。这一年对雅庄的意义也非同寻常。这年，雅庄人李文华参加革命，并光荣地加入了中国共产党。很有意思的是，李文华和李章鸿同为雅庄人，二人还有一个共同点——同为裁缝。现在，雅庄的工业以砂轮片和五金为主，但在当时，雅庄的两个手工业在江南很是知名，一是打铁，二是裁缝。

生于1900年的李章鸿，又名德鸿，字钧飞，比李文华年长十八岁。他少时丧父，母亲骆氏含辛茹苦抚养教育，他年仅十二岁就只身到武义做裁缝学徒，三年出师，远赴沪杭，二十五岁在上海卡德路开设李德鸿裁缝店，后又开设刀剪店，将雅庄的两大手艺完美地结合在一起。他在上海开裁缝店的那段时间，以精湛的技术，独到的审美设计，周到的服务，博取了上海上层达官贵人内眷的特别青睐。他有名的主顾有很多，其中之一就是东北军少帅张学良府内的赵四小姐。

章鸿发达之后，时刻不忘家乡。在家乡修路、修塘、办学校等事业上一直不遗余力。除了本村的公益，他还资助长田村修建石桥，资助杜山头村修建茶亭等，鸿井是留下来的遗迹之一。

现在的鸿井仍保留在村里，井中清泉依旧，村民还在使用。只可惜章鸿公已于丁卯年在香港仙逝。

我们雅庄"北斗七星"的七口井，每口井都有每口井的故事，也都有每口井的使命。一口井的诞生牵动了很多人，恩泽后代；而一口井的"消失"则容易得多，只不过是时代发展的一个必然结果而已。

在农村，井是传统文化的根，我们的井还在，我们守望的乡土文明就有根的意义。一口一口的井，井下不断喷涌的清泉，是我们家族生生不息的力量；井壁上被绳索磨成的印记，是岁月的痕迹；沿着井圈生活和居住的乡人，维系着我们与家乡的纽带。

# 民国传奇故事——鼓词牛人李玉成

民国三十二年,年初,华溪洪水泛滥。八月,丽州却又大旱。

同年,被喻为"永康鼓词第一人"的雅庄人李玉成,信心满满地参加永康名流吕公望先生牵头发起的"永康鼓词抗日新闻演唱比赛"。当时正值抗日战争的艰难时期,日军在永康的杜山头和八字墙都设有据点,频频对永康进行烧杀抢掠,血腥恶行遍及永康各地。吕先生想在家乡永康用抗日新闻演唱的方式,来激励同胞共同抗日的信心,宣传中华民族永不放弃的抗日精神。

随着一阵火炮鼓闹台场,身着长衫的李玉成,端坐在板凳上,右手执一鼓箸,手腕将盆鼓竖放在右膝上,左手执竹吉板,清嗓开唱。他唱得抑扬顿挫,悲壮激昂,自编的鼓词内容,恰恰是发生在神州大地上的抗日新闻。

李玉成四岁失明,从未投过师、学过艺,只凭天资聪慧自学成为鼓词艺人,在民国初期就已享誉丽州大地。当时流传这样一段话:"吕思韶讲话劈竹篙,吕集崃假不响,卢振北会记账,李玉成公然会讲讲,还要做做后台老板。"

"公然会讲讲"的李玉成,众望所归获得此次比赛的魁首。他在披红戴帽,犹如状元游街,一时极大地激发了永康人民的抗日信心,也极大地促进了永康鼓词艺术的发展。当时的《抗建报》《民众壁报》和《抗卫报》等对其都进行了广泛宣传,李玉成的名字也永久地载入永康的抗日史册。

永康的鼓词是民间的"三十六行"之一,鼓词艺人被称为"鼓词先生"。事实上,鼓词艺术皆为盲人所行,师徒相传,以上门卖唱为主,类似乞讨,所以民间的鼓词艺术一直被普通民众歧视。但李玉成的横空出世,改变了鼓词艺术的社会地位,也改变了民众对鼓词艺人的看法。

李玉成从不在街头卖艺。永康的名流吕公望,芝英的应祖锡,还有上徐店和山西孔的一些乡绅,都以请到李玉成到家里唱鼓词为荣。他们派出大轿,到雅庄来接李玉成,接到家中,以上宾待礼,一唱就是十天半月。李玉成唱的鼓词,以七言句式为主,以唱、念、夹白等艺术手法,顺口押韵,内容层层渐进,环环相扣,他讲的更像是评书版的永康鼓词。他天资聪颖,博闻强记,故事编写信手拈来,将很多中华传统故事和永康民间趣闻用鼓词形式表现传播,演唱以精忠报国、正义扬善、孝老爱亲等为主题,将永康的鼓词推向了一个新的高度。当年听过他鼓词的老人,对他唱的《大麦案》《乾隆游山东》《两度梅》《卢俊义上梁山》等经典的唱本,一直念念不忘。

他们说到李玉成,都说:"他过耳不忘,唱得又好,真是奇人哪!"

在雅庄乡间,流传着这样一个真实的故事。某日,李保其坐在藤椅上一边晒太阳,一边在翻看《三国演义》,玉成坐在旁边。保其对玉成说:"平日里,大家都说你听完过耳不忘,我们来测试一下如何?"李玉成淡淡地说:"好!"保其就选了其中的一个章节开始读,读完之后,玉成居然一字不漏地背出来了。他还自信地对保其说:"来,我马上用鼓词唱给你听!"

李玉成天生异相。在他还没有失明之前,家人曾抱着他去芝英,路上遇到一个相面先生。相面先生一眼看到玉成,大吃一惊:"此孩天生异相,有才有前途,但要压得住啊!"幸也不幸。不幸的是李玉成随后不久就失明了;幸运的是他选择了鼓词,发展了鼓词,推动了永康鼓词的发展。

李玉成虽然是一个乡间的鼓词艺术家,却有侠者风范。相传,抗日战争胜利前,永康县警佐楼尚进的女儿一次听完鼓词后,遭遇地痞流氓,楼尚进竟迁怒于鼓词艺人,说是要整顿治安,将鼓词艺人全部驱出城区。李玉成闻讯后,到县衙告状。因为有理,况且凭借李玉成在永康的社会地位,楼尚进的胡作非为被制止了。这件事情也进一步稳定和巩固了李玉成"永康鼓词界第一人"的地位。

李玉成是土生土长的雅庄人,生于光绪丁丑年十一月二十五日,卒于乙酉年十二月十一日。他娶后塘弄吴氏,生两子,长子李金杨被国民党拉壮丁,生死不详;另一子李圣福卒于 1988 年。

据玉成后人李长水和李祖亮说，李玉成太太李吴氏在世的时候，也常和街坊邻居说起李玉成当年的种种趣事，他获得的抗日新闻演唱比赛第一名的奖牌，也一直珍藏在家中。可惜1976年李吴氏去世之后，奖牌就不知所终了。

现在，永康鼓词已经列入了非物质文化遗产，这朵古老的艺术奇葩在新的时代里正绽放全新的活力。

## 金空则鸣

这日,雅川汝良公起床后,明显感觉体力不支,精神不佳,这是昨晚睡眠不足的缘故。

一袭青色长袍的汝良公,威风凛凛,气宇轩昂。他站在中塘沿前,望着浩渺的中塘池水,波光荡漾;晨霭中,井边早起的乡人已经在汲水洗衣,一片忙碌。

他的目光,回到旁边那片空地,这片空地后面就是种德公的房子,左边就是孟常房的聚居地,右边就是中塘。这片空地,就是他即将落成大屋的房基。"水聚旺乡,财结水聚,屋前有塘,不怕五王啊!"汝良公感叹。这块地,这么好的风水,建的房子也肯定好啊!

因为盖房子,他去清渭街找了一个有名的风水先生——吕大师。吕大师见是雅川望族过来挑日子,一片殷勤,千挑万挑,给挑了一个好日子。汝良公兴冲冲地回家了。结果一到家,把这个日子给家人朋友一看,略懂《周易》的朋友就说了:"这个是空

忙（亡）时啊！"

"什么叫空忙时？"

"这个时辰不对，叫空忙，恐怕是到头来空忙一场啊！"朋友略带沉重地说。

因为这事，他想了一个晚上，睡不着。

清早，他在中塘沿踱来踱去。

"唉，房子是百年基业啊，要慎重，要慎重！"汝良公想了想，还是听从家人的建议，去城里风水大师石大师那里看看。

从雅川出发，步行几小时，汝良公到了永康城里。石大师一日只算三个卦。汝良公到的时候，当日名额已经用完。他也不强求，在城里的亲友家住下。第二天，早早到石大师家门口候下。

石大师一开门，第一个接待了汝良公。看了生辰八字，问了房屋的朝向，周边的环境等，他捋花白的胡须，沉吟片刻回答了汝良的疑问："吕大师挑的时辰不差，虽然这个时辰是空忙时，但这个日子好啊，是金日啊！"

石大师接下去又说："金空则鸣，水空则流，火空则发，木空则朽，土空则崩。金日，就是要配这个空忙时，金空才会鸣啊！"

汝良长舒一口气，按约付酬，兴冲冲回雅川了。

不几年，大屋落成。只见青砖黛瓦，雕梁画栋，明堂亮丽，实乃雅川新屋中第一宅也！院中还种了两棵罗汉松，"家有罗汉松，世代不受穷"。旺宅益主啊！汝良公一家兴冲冲地搬进了新屋，从此家睦业旺，欣欣向荣。

越二十年，迎来了新中国，雅川这个地方也建起了人民公社。李家大公祠都已经改成了小学，人民公社找办公的地方，看遍了雅川，看中了这所房子，找到汝良公做工作。

汝良公高风亮节，毫无怨言，一家人搬回了老屋住，将新房子让给了人民公社办公。

不想某日，汝良公到县城探亲，在虹霓巷口遇到了古稀之年的石大师。大师已经不看风水算命，一个人坐在街边晒太阳。汝良公对石大师开玩笑道："当年你没有看出来啊，真是空忙时啊！"

"非也，非也！还是金空则鸣啊！不是好的房子，公家怎么会看得上？连公家都看上的房子，怎么不是好房子？"石大师依然心思敏捷，摇头晃脑地说。

是也？非也？两人相视而笑。

一百年后的今天，可谓人中龙凤的汝良公已经作古多年，但汝良公宅还在。历经一百余年，明堂的那棵罗汉松已经长成参天大树，大屋依然稳固，巍然屹立在中塘边上。

修龙公，汝良公嫡孙也，任雅庄村书记及村委会主任多年，不辞劳苦，半生为村里无私奉献。当年爷爷讲的故事，他至今记忆深刻。每每路过这祖宅，他常有感叹："不管空忙时，还是金空则鸣，能有这么好的房子留传至今，这就不是空忙，就是后人最大的福祉啊！"

## 铁锤和绣花针

江南是多情的,自古多文人墨客、风流雅事;江南的人也是勤劳的,自古多能工巧匠,匠心代传。

### 一

在永康这片土地上,因为自然资源贫乏,人均耕地稀少,自古便有这样一种说法:"永康工匠走四方,府府县县不离康,离康不是好地方。"

雅庄这片土地也是一样,自古以来人们都从事手工业,有打白铁的、卖雄黄的、钉秤的、镶牙齿的等,但在清朝及民国以来,雅庄最出名的手工艺还是两样:打铁和裁缝。

也就是说,雅庄工匠自古有之,最出名的工匠是铁匠和裁缝。

民国时期,雅庄据说有"二百多个针线包",意思是有两百多个裁缝师傅;而打铁的,也起码有上百号人。他们或是在周边的村镇里上门加工，或是出远门到全国各地做工。"白窖如天，上下半年"，说的就是当时出门艰辛的手艺人，常常是过完元宵节就出门到外地做工了，到了年底才回来。出去的时候通过白窖岭到金华，再从金华坐车到全国各地；回来的时候，也是从全国各地到金华，再从白窖岭走路回到雅庄。那些挑着行担，走在路上的艰辛，在异乡做手艺活的酸甜苦辣，没有经历过的人是很难体会的。

这两个行当的手艺，祖传一代又一代，雅庄人也是"硬地里开花"，愣是在永康周边，乃至全省、全国都做出了点知名度。

在铁匠这个行业，最知名的代表人物当属李种德。李种德，雅庄人叫他"谢客"。他在杭州开的铁号"李德顺"，民国年间是与"张小泉"齐名的老字号。他十几岁闯荡杭州，二十多岁在清泰街巷口开了自己的铁号，精于锻打各种刀具。他的厨刀基本发展到杭州家家户户都有的市场占有率，后期业务还发展到了部队的指挥刀和军刀。"李德顺"的经营非常讲究，以"匠心"和"无欺"闻名。经过锻造技术的改良，产品款式新颖，质量上乘，价格又公道。种德公为了明示于众，就把自己的信用、声誉、价格统统烙印在他的产品上，"明记"就是他产品上面"谨防假冒"的标识。"李德顺"号的刀具，以切肉刀最为出名。剔骨不缺口，切肉断筋不留丝，即使用了几十年，几无磨损，稍稍磨一下，仍然锋利。因此"李德顺"名号的上佳口碑在杭城经久不衰。产业发达后，主店在琵琶街，后来在梅花碑又开了分号。

提起李种德，雅庄人总是亲切地叫他"谢客"。至今，江湖上还流传着他与吕公望的故事，为人津津乐道。

在谢客之前，雅庄人在杭州打铁号出来的，还有"李德隆"铁号，该铁号的时间更久，民国期间在杭州也有广泛的知名度，但被小老乡"李德顺"后来者居上。这两个与"张小泉"齐名的老字号，在1949年之后，命运截然不同，让人感叹。

## 二

铁匠在杭州，民国时期的裁缝，则看上海。

清末，上海是世界万国的上海，是世界流行的风向标，有名的裁缝肯定出在上海。雅庄的裁缝，无疑是上海的李章鸿最为出名。

生于1900年的李章鸿，又名德鸿，字钧飞。他少时丧父，母亲骆氏含辛茹苦抚养教育，他年仅十二岁就只身到武义做裁缝学徒，三年出师，远赴沪杭，二十五岁在上海卡德路开设李德鸿裁缝店，后又开设刀剪店，将雅庄的两大手艺完美地结合在一起。他在上海开裁缝店的那段时间，以做旗袍为主。他以精湛的技术，独到的审美设计，周到的服务，博取了上海上层达官贵人内眷的特别青睐。他有名的主顾有很多，其中之一就是东北军少帅张学良府内的赵四小姐。

章鸿为家乡做的好事很多，最著名的就是开凿了鸿井。他在雅庄前山原来有幢漂亮的小洋房，后来是村碾米机厂，现在是村委会的办公场所。

和章鸿差不多同时代在上海闯荡的，还有一个李章明。章明的经历和章鸿差不多，都是凭借自己的手艺，在上海的裁缝界站稳了脚跟。他的经历也很传奇，说起来还更牛。

他的经历还与蒋经国扯到了一起。章明在上海做裁缝的鼎盛时期，正是1920年左右。那时蒋介石正追随国父孙中山在广东工作，蒋经国留在上海读小学、中学，由陈果夫照顾。蒋经国就读的上海万竹小学，就在章明裁缝店的附近。章明旗袍做得好，陈果夫女眷的很多旗袍就是他亲手制作的。做件旗袍起码要上门三次，还有春夏秋冬四季款式，这样一年下来就不知道来来回回多少次，章明便与蒋经国熟悉起来。因为家人都不在身边，课余时间蒋经国很喜欢去章明的店里玩。每逢过年的时候，章明公回雅庄，坐在九重门的前门头和乡亲们亲切聊天的时候，常会说起这些往事。

## 三

铁锤和绣花针，打铁和做衣服，铁匠和裁缝就这么一锤锤、一针针地在全国各地，用辛勤的劳动支撑起了雅庄的一个又一个家庭，兴旺起了一个又一个家族。这些雅庄的工匠，以他们的聪明和努力，赢得了世人的尊敬。

现今的老杭州人，都以家里有把老"李德顺"铁号的厨刀为荣。我想当年迷人的上海滩，又有多少人以穿上"章鸿"和"章明"的旗袍为荣啊！

同一片水土养出来的雅庄人，以两个鲜明对比的行业诠释了雅庄这个秀雅与豪迈共存的村子。"三月三"，越剧婺剧吴语呢哝；"九月九"，却是打罗汉豪气冲天。铁锤和绣花针，一个硬，充满豪气与力量感，而另一个是柔，充满秀气与婉约感。

## 亲历明朝越南战争

明朝朱元璋，推翻了元朝，建立了明朝。跟随朱元璋的有三位开国功臣：刘伯温，徐达和李善长。三人之中谁是第一功臣，各执一词，难以分出高下。不过，这三人之中，徐达和李善长两人都对一个人交口称赞，甚至分别上奏朱元璋推荐。

这个人是谁呢？他就是被明太祖朱元璋任命为江西布政使司理问的李世安。

雅川李氏，从李宗国公第十二世孙李景祥公，仕宋吏部侍郎，因老归田，在雅川定居开始，传至六世李永泰（永二公，雅庄始祖），这个李世安（1361—1428），就是永二公的长子，雅川人也，生于元末，史称"文三公"。

世传永二公长子世安，秀出群伦，沉心致学，一时推为名彦。他从明经入仕，刚开始担任扬州府城东两淮转运监使司吏目，才优称职。

明清制，在扬州设立两淮巡盐察院署和两淮都转盐运使司。

那时，文三公在运司只是一个小吏。

一个小吏，徐达和李善长竟齐奏闻于朝，于是越阶升任江西布政司理问，这也是当时的一个奇事。

文三公一生并非坦途，而是充满坎坷，起起伏伏。

承宣布政使司，是明清设立的衙门，也是俗称的藩司。理问，为布政使司直属官员之一，掌勘核刑名诉讼。文三公在江西任职期间，矢志清洁，堂可罗雀，告状的人都很少——这是治安管理得非常好了。

在文三公仕途正顺的时候，意外发生了。据记载，"是会诏刷文卷不应，明初令严法当论逮赴京"。这里的"诏刷文卷"应是"照刷文卷"的意思，指在案牍审查的时候，发现违规之处。这里具体是什么样的违规，我们现在已经不清楚，无从考证。明朝法律森严，当时应该判处死罪。

文三公押解进京的时候，已经是永乐年间。朱棣见"公冰姿玉骨，标格神奇特赐免死"。文三公除了有才，还相貌堂堂，这方面又救了他。死罪可免，但朱棣还有要求，着文三公"建皇亲宅第以赎前愆"。文三公死里逃生，但他一直廉洁，没有钱，于是"公叩奏卑穷乏力，不能胜任。帝乃恤其清廉，免去建宅第之责任，发四川监井卫，永远充军替之"。

文三公死里逃生，却入川充军，似乎雅川李脉一支，就要入川，踏上不归之路。

是金子总会发光。文三公初以"文"在乡间闻名，后因"文""貌"和"气度"等方面再获推荐，也因"相"和"貌"

免于死罪。但文三公在四川任盐井卫期间，时局的动荡又给文三公一个大展身手的机会，这个机会又体现了文三公的武功和胆识。

明初，越南叫安南国，是明的藩属国。到明成祖时，越南陈朝君主被权臣黎季犛（即胡季犛）篡位。应越南陈朝遗臣的请求，明成祖发兵越南，顺势收复越南，据越南史籍《大越史记全书》记载，当时明廷遍求陈氏子孙，欲再立陈氏子孙为国王，复安南国。但安南官吏、耆老都说陈氏子孙已被胡季犛所"灭尽，无可继承陈后"，并向明廷提出"安南国本交州，愿复古郡县，与民更新"。其后，明成祖颁下《平安南诏》，改安南为"交趾"，并设交趾郡。

交趾承宣布政使司自成立后，当地民众起事不断，明廷岁岁用兵。在一次决定性的战役中，文三公前驱而进，摧锋陷阵，有奋厉之气，有文天祥之气概与勇气。"（安南）国人惊而降，愿编户。"文三公功莫大焉。

"厥后守巡官巡临其境，贪索无厌，国人复叛，围城三月，城中粮空草尽，军马无资，房屋焚烧殆尽，无已，议和，还彼封疆，止岁收其贡赋而受我朝之册封。"这就是越南1418年爆发的"蓝山起义"。明朝派兵镇压失利，明军总兵柳升在当地遭遇重大挫败，1427年，明朝与叛乱发起者黎利议和，明朝撤销交趾布政使司，结束对越南的直接统治，越南被纳入明朝的朝贡体系，安南恢复藩属国的地位。

文三公经历了安南国的两起巨大分合之战，经历了越南在历史上的两次重要转折。与安南国议和之后，文三公因战功被诏回，升为总旗。文三公在外多年，子孙行伍很多，这也是雅庄历史上少有的威猛"李家军"吧。他的一生，经历大开大合，起起伏伏，也真是世之少有，人生可谓喜悲交集。最后因勇毅而光宗耀祖，可谓壮哉！

自此，文三公荣归故里，卒葬前山。

## "三奇"先生

他常说:"人言诗书误我,我道诗书不误我。"

他的后半生,都在雅川翻辑文辞,较量古今人物,流连于诗赋歌之中,每有所得,则藏稿矣。他最后的心得,都收在一本书中(惜乎该书不可考),以此书教育后人,附近的读书人都以出自方斋门下为豪,他的桃李遍布天下。

他擅长诗赋歌,以奇文著世。

他在雅川住的书舍,取名"赤松居",所居之轩面临方山,故自号"方斋",又称"虬公方斋"。他少而聪慧,搦管为文,下者数千言。十六岁应童试考取第一名,第二年科试复第一名,后力学益坚,乃获以明经,应贡选。后来朝代变更,他就隐逸山林,终不出仕,所谓高洁也!当时有很多人邀方斋出山,他都辞而不就。他说:"幼学,壮行,固予之,素心而无如母老在堂,此身末可轻许国。"先生就此一圃一经度余生,此之谓奇人也。

但在他的一生中,还有很多奇。他在自序中曾描述过自己的"三奇"。

一奇，穷余受先君命髫而肆经学，长而忘寝食，却世务沐浴于诗书之泽，沉酣于典籍之林，如是者有年，固将以显扬为期也，乃勿克搏羊角披龙鳞附骥尾以声施后世，终身仅博一明经，非奇穷乎。

二奇，祸悯岳父母之无后，而迎葬美事，也不免于奸豪之诈，害治盗除蠹以安一方，义举也。不免于假命之中，伤必皆献廷而乃得理非奇祸乎。

三奇，遇李溪之绝险山岭，见一老僧趺坐，毛发毕白，色泽如童，单衣御雪而不知寒，绝粒逾月而不知饥，手持木鱼，口诵经呗而不知倦，询以果报因，缘之应则口授一偈，如棒如喝，日悟后自有得，至今不识其僧为何许人，未解其偈为何如旨也，余固不惑于左道者，第以世外人，一旦相遇于邂逅之间，不可谓非奇也。

此"三奇"也说尽了他自己的一生。一是"奇文"，二是"奇举"，三是"奇遇"，让后人读之思之，畅想之，快意之，如身临其境，心与神与公俱在。

方斋，考名芳春，原名李时元，字惟吉，雅川人，清早期丽州著名的文学家，儒家。他生于万历酉未，卒于康熙丙辰，跨了明清两个朝代。

方斋是雅川现有留下诗文的少数乡贤之一，他写的《九月九日游方岩寿山赋》和《方山记并诗》等作品，脍炙人口，流传至今。有赋云："嗟乎，前贤不复，知己难逢，玄草难奇，畴存扬于司马青云，勿附徒消孟于孙公所恃，益坚壮志于将老不改，素心于固穷领略山间之趣……"

人的一生，有才有奇，也是有意思。

# 陈状元疑冢迷云

中国最有名的疑冢，是曹操死后所建七十二疑冢。传说曹操怕死后被人发掘坟墓，在河北省邯郸市临漳县、磁县漳河一带造了七十二个疑冢。诸多考古学家都证实了曹操疑冢实际上是一些北朝的大型古墓群，并指出其确切数字也不是七十二座，而是一百三十四座。在古人看来，七十二只是个概数，非实指，因此七十二疑冢仅举大数而言，说明曹操疑冢之多。但是，曹操墓是不是在这七十二疑冢里，现在还没有定论。

另一个疑冢是成吉思汗墓。他去世后便被秘密下葬，为了永久保存成吉思汗墓地的秘密，蒙古骑兵曾经以上万匹战马在下葬处踏实草地，并种植了一棵树，作为墓碑。为了以后祭祀方便，成吉思汗的后人还当着一头母骆驼的面，杀死母骆驼生的小骆驼，并将小骆驼的鲜血撒于墓地之上。当来年春天绿草发芽后，成吉思汗的子孙将母骆驼牵回，母骆驼哀鸣之处，便是成吉思汗陵寝的位置，当这头母骆驼年老病死后，也就没有谁知道成吉思汗墓葬的准确方位了。

南宋时期浙中永康出了个状元陈亮,关于陈亮有很多传说,特别是陈亮陵墓,有"十六疑冢"这个神乎其神的故事,是真是假,更是吊足了人们几百年的胃口。

在永康,有一个传说,广为流传,永康人津津乐道。

话说陈亮被点了状元之后,某日,皇帝召见,军国大事谈完之后聊聊民情。皇帝问:"陈爱卿,你家乡丽州,可是吴国母都到过的地方,有什么特色吗?"

陈亮自豪地说:"皇上,我的家乡永康丽州可是一个好地方。一个县里有五里的花园,十里的长城,十五里的花街。"

皇帝觉得非常好奇,浙中一个小小的县城会有这么壮观的风景?

皇帝大为诧异:"居然有这么好的丽州?你们那里还有什么不一样的地方?"

陈亮继续自信地说:"我们那还有一张非常大的犁和一个巨大的耙?"皇帝好奇地问:"有多大?"

陈亮答:"一犁八百,一耙千秧。"

皇帝继续追问:"这么大的犁耙怎么拉得动呢?"

陈亮:"有一头大牯牛。"

皇帝想,有这么大的牛吗?忙问:"大牯牛有多大?"

陈亮侃侃而谈:"这头牛可大了,它的牛绳吊在里溪的石柱上,牛头能够伸去五光塘饮水,拉堆牛粪要拉到牛屙岭为止。光拴牛的石柱就有高达千丈。"

皇帝："胡说，先不说牛多大，就是这么高的石柱你们怎么量出千丈？"

陈亮："皇上，你看到地下的影子了吗？当太阳上山的时候就可以用影量呀。"

皇帝："陈爱卿，你也太能夸大了，这都是不可能的事，要知道你胡说可是要犯欺君之罪的。"

陈亮："皇上，臣说的绝对没有半句谎话。我们那什么都大，我家乡还有一个高岭叫白窖岭，人们上下岭常常需要半年时间。我们那说'白窖如天，上下半年'。"

皇帝一听就急了，心想你把我当傻瓜了，这还了得。马上命令武士将陈亮推出去砍头。但奇怪的是陈亮头断之后身躯不倒，皇帝纳闷了，他站起来围着陈亮尸身转了三圈，说："我马上派人去调查，如果你说的是真的，那我用金头、银头给你陪葬。"皇帝金口玉言，话音落，陈亮身躯这才倒地。

后来皇帝真派人到了永康，一打听，永康真的有这些景致和习俗，所言不虚，所以皇帝用金头和银头给陈状元陪葬了。

在民间这个传说也有不同的版本。这就是"金头和银头"陪葬的基本传说。也因为"金头和银头"陪葬的贵重，民间还流传着"十六疑冢"的后续故事。

相传，当时有名的风水先生都拿着罗盘，遍访丽州大地，最后定下十六个风水绝佳的十六个宝地作为陈亮状元墓疑冢，这十六疑冢之中，就有雅川。

雅川位于古丽州之东，山川秀美，人杰地灵。特别的是雅川地势三面居高，人们就像坐在一把金交椅上，可以俯视河川。奇的还有雅川地下深厚的黄金泥层，就像是天然的土封，这在入土为安的年代，是绝佳的风水宝地。

于是雅川就被选为十六疑冢之一。

另外，雅庄始祖"永二公"李永泰之兄"永一公"李永安，娶陈亮状元之孙女，生有世荣、世华二子，是不是也是雅川这个地方与陈亮有关的一个佐证呢？

几百年下来，除了龙川的状元墓之外，别的疑冢均未被考证出现过。至于雅川的状元墓是否真的有，在哪，雅川人也没有定论。

观者若有意，可以拿个罗盘到雅川来考究考究。

斯人已去，传说甚多，留下众多的故事供后人茶余饭后津津乐道。

关于雅川的故事中，还有一些关于景祥太公的传说。景祥太公，唐宗室后裔，官至吏部侍郎，传闻回乡之时家产甚丰，为教育子孙后代勤耕俭读，他将多年积累的宝藏，深深埋在雅川的某处，等后人有难的时候急用。

但因为年月过久，无藏宝图之类留存，后人遍寻无果。雅川在清朝经历有名的"卢王仆案"，如此艰难，也没有听说寻到宝藏。自那之后，永邑望族——雅川李氏中道衰弱，一直到近代才渐渐复兴。

历史的真相往往不为人所知，但传说也让人想象无穷。

## 雅庄精舍

乔木阴中一草堂,
巍巍数仞隔宫墙。
松风吹送琴弦音,
竹露妍添翰墨香。
千古文章师孔孟,
四时事业讲虞唐。
菁莪乐育多才俊,
次第攀龙上帝乡。

——雅庄宅址形胜八景诗之《雅庄精舍》

此诗是雅庄八景诗之一,作者已不可考。雅庄,亦称雅川,秀美典雅之地也。昔时风光秀美,佳山丽水围绕,此乃雅庄始祖景祥公致仕归乡,途经此地,定居之由也。

自宋以来,凡历六七百年,雅庄多出隐贤。精舍,学社也。

《后汉书》有云:"淑少学明《五经》,遂隐居,立精舍讲授,诸生常数百人。"古之儒者,传道授业,其所居常谓精舍也。清朝晚期,雅庄有私塾叫"下书院",给雅庄培养了众多的人才,诗中所说精舍,时间应在下书院之前。

此精舍,四周是参天的乔木。高雅之地,必有松竹,以高洁明志。草堂是陋称,未必简陋。"巍巍数仞隔宫墙",精舍的墙不会很高,用数仞表达的是精舍之端庄肃穆,规矩森严,隔开尘世外的世界之意。宫墙泛指墙,也意指雅庄"九重门",气势如皇宫,墙如宫墙,毗邻不远之意也。

"松风吹送琴弦音,竹露妍添翰墨香。"琴书总是相谐,隐者总以琴言志。在阵阵松风中,抚琴自乐,琴音随风,逍遥自在。此句雅极!用竹叶上的露水来研墨,一派魏晋风流。这个情景,让人想起《红楼梦》中的用雪煮茶的妙玉。此句美极!竹露研墨,香沁心脾,妙哉。

"千古文章师孔孟,四时事业讲虞唐。"孔孟自是中国儒家思想的主流,这句是一般私塾常挂的对联,中间供奉孔子和孟子的像。此联传说为神童张九龄幼时在孔庙所撰,对仗工整,含义深刻,意境深远。不过,原联应是"千古文章师孔孟,四时事业讲唐虞"。《雅庄精舍》之中的顺序变化,为押韵也。《论语》之中记有"唐虞之际,于斯为盛","唐虞"是唐尧与虞舜的并称,亦指尧与舜的时代,泛指太平盛世。

"菁莪"出自《诗经·小雅》中的《菁菁者莪》一诗,《毛诗序》认为"乐育材也"是指诗主旨,喻乐于培养英才。"次第攀龙上帝乡",古人读书都是"货与帝王家","修身齐家治国平天下"和"光宗耀宜"是每个读书人的目标。

《雅庄精舍》,写诗年代不详,作者应是精舍的先生。原谱有配图,后来转记,因图繁而不载,让我们错失考证的机会。但也说明,雅庄在有上书院之前,还有雅庄精舍等儒学教育的场所,耕读之风古至今来均盛。

## 便安亭茶会

雅庄处永康中部，地理位置非常重要。

雅庄大路是古驿道。从缙云到义乌大路，必经之路是雅庄；从雅庄南面到金华，必经雅庄；雅庄西北到县城，也必经雅庄。所以，自古以来，雅庄驿道，人来人往。

凉亭是浙中一带独有的建筑文化。明清以前，凉亭基本是仿木雕建筑，但用的是石材；明清之后，逐渐摆脱了仿木结构的形式，构造方法简化，造型质朴、厚重，出檐平短。凉亭和普通的亭台又有不同，基本是方形，简单用四根长条石顶起，上面是木头的人字架，盖着黑色的瓦片，围墙用青砖或是泥垒。这种石块砌筑的凉亭，简洁古朴，坚实粗犷。

在道路没有四通八达，交通工具没有现在这样方便，人们都是以步行和推车为主的年代，凉亭就是一个重要的休息站。在这个休息站里，文人墨客可以在墙上见景题诗言志，贩夫脚客也可以在这里停歇休息，雅俗一体。

凉亭的修建在当时是个功德，一般都由村民或是当地富商等捐资修建。为什么叫凉亭？也是因为当时建亭最重要是为了酷夏避暑，躲雨歇息。凉亭一般无门，柱立四空，所以冬天也挡不了严寒，故曰凉亭。

在雅庄，有三个凉亭，雅安亭、银店贩凉亭和雅怀亭，分别处于村庄的西面、西北和南面，方便从几个方向路过的人们，给人们遮风挡雨。

当时的雅安亭，繁华热闹，过往的行人都乐于在这里驻足休息。位于村子西边的雅安亭，是西北到县城求学赶考的孔道。考虑到夏日熏蒸，人苦炎热，每思解渴，如得琼浆。所以，在清代及民国，雅川人开始建茶会，十八位乡人出谷助茶会，每一年农历五月至七月的适一、六县市之期，在便安亭准备茶，以候过客免费饮用。

炎炎酷暑，一杯醇香的茶下肚，真是爽心啊。凉风袭来，一群人聚在便安亭，聊天聊地聊家常，至乐也。

雅庄人做这样的茶会，一做就是几十上百年。

有诗云："庶几此物此志也，爱书值茶名。"雅庄人，不博名利，只为利民。

一个个凉亭就是一个个很长很长的故事。很多的故事，都随着亭台的倒塌而被人遗忘了。

在永康乡间，还留有很多很多的凉亭，它们还承载着很多故事，探访的人却稀少了。

## 章凤大嫂

章凤是我邻家大嫂。

叫邻家大嫂就有了几分亲切，称呼中就透出浓浓的乡情。我们老家都在雅庄村翠角湾边上，是名副其实的邻居；现在，我们都住在金华，仅隔着一条街，也还是邻居。

虽是邻居，我们却很少串门。有限的几次见面，都为了同一件事情——雅庄村的发展和文化建设。

第一次去章凤大嫂家，是晚上。大嫂怕我找不到是哪一栋房子，很早就在小区的门口等我，领我到她家的楼上。房中各个角落都堆满了书和字画，大案桌上是大嫂刚刚完成的国画，画的是寒冬傲雪的梅花，墨色浓淡相宜，三两朵梅花疏影横斜，意境深远，栩栩如生，很见功底。

章凤大嫂谦虚地说："这还不是退休后闲着没事，瞎画的，修身养性。"

随后，加贤大哥带我到书房，看这几年来拍摄的雅庄照片。

好家伙，足足装了几个移动硬盘。这些照片中，有雅庄的四季风景，有雅庄的建筑，有雅庄的民俗略影，如龙灯、三月三、九月重阳节，还有雅庄的老物件……堪称一部雅庄风物史。

我们都对这片土地爱得深沉，只不过表达的方式不一样。

"再怎么记录，也是记不完的啊。"大嫂说，"雅庄的老房子、老建筑、老樟树，值得我们记录的东西太多太多，如果不记录下来，怕是以后都看不到了。"

每一次回雅庄，加贤大哥和章凤大嫂就会背起相机，在雅庄的各个角落拍照，争取给村里多留点回忆。可以想象拍摄这么多照片，用了多少年月，特别是他们退休之后，还背着沉重的相机，在村里爬上爬下，就为了多记录些村里的历史，何其辛苦。一张张照片的背后，都是对雅庄深沉的爱。

大嫂一张一张照片地和我介绍着，让我这个土生土长的雅庄人都感到汗颜——这片生我养我的土地，我又何曾看得如此仔细？

"这张，就是千门头的天花板上的壁画，你看，多好的画啊，可惜现在都不在了！"大嫂边说边叹息。

看完相片，大嫂还给我看了一堆资料，这些资料都是各种报纸和杂志有关雅庄的报道。

"只要是关于雅庄的，都觉得亲切，我都会认真地看，好好地收藏起来。"大嫂说，"我还动员几个在雅庄村里的同学，退休干部，叫他们也拿起笔，拿起相机来，他们天天在家里，可以记录更多。家乡的建设要靠大家啊！"

那天晚上，大嫂还和我交流了很多关于家乡建设的看法，我们聊到很晚。临走的时候,她坚持送我到小区门口。

"我们都要给村里多做点事情,只要是关于村里建设的事情,你随时可以打电话给我。"临别的时候,大嫂拉着我的手说。

章凤大嫂是雅庄人的大嫂。

章凤大嫂,姓陈,嫁给我们村的加贤大哥,娘家是我们隔壁栋垅村的,与雅庄相隔二三里路。栋垅村叫她阿孃,雅庄人叫她大嫂。叫得这么亲切,更多的还是因为章凤大嫂给两个村做了太多的贡献。

这些年,雅庄的新农村建设翻天覆地,通往官川、陈路塘的水泥大马路彻底改变了雅庄的交通,雅庄也从一个脏乱差的革命老区,成为一个干净整洁的模范村。

"没有大嫂,哪有雅庄的今天啊!"雅庄村党支部书记李高明由衷地说,"章凤大嫂真是我们雅庄的福气。"

这不,村里新建几个牌坊要写对联,村委会主任李暾马上打电话给章凤大嫂了。

"对联也是雅庄的门面,既要体现雅庄村的新风貌,同时也要对子孙后代有教育意义。这件事情只有找章凤大嫂办。"李暾说。

不几日,雅庄村的南面、西面和村中心的几座牌坊都挂上了新的对联,这些对联都出自诗词名家和书法大家。但很少人注意到,当接到村里打的电话的时候,章凤大嫂正在杭州动手术。她回来后,顾不上还未康复的身体,就组织附近的诗词名人和书法家朋友们到村里实地采风,之后又组织专门"改稿会",一字一字推敲斟酌,力求完美。

任何一件简简单单的事情背后，都是章凤大嫂的努力和心血。

修一条路是这样，写一副对联也是这样。不管事大事小，只要是村里解决不了来找她的事情，她都一样对待。

章凤大嫂为了提高村里干部的整体素质和水平，还亲自联系带队，到金东区等地的榜样村取经。她一边带着他们学习成功的经验，一边勉励他们："眼光要放得远，村里规划起码要五十年不落后！同时，也要加强对传统文化的挖掘和保护，文化是根哪！"

最近这些年，雅庄村的"三支队伍"建设取得了让人骄傲的成绩，到雅庄参观的队伍络绎不绝，各级媒体的报道也不间断。章凤大嫂笑呵呵地说："我们雅庄的干部队伍，精气神和团结是一流的，以前的基础差，能做到这样已经很不容易了，但以后还是任重道远啊！什么时候雅庄成为一个在外工作的成功人士退休后愿意回来定居的地方，那么雅庄的建设就算真的成功了！"

雅庄村经济合作社社长李高红说："我当村干部二十多年，章凤大嫂说得最多的一句话就是——只要是村里的事情，你们尽管来找我，但是个人的事情，讲都不要讲，来找我也不给你办。"雅庄新农村建设最紧要的二十年里，规划有大嫂，修路有大嫂，处处有大嫂，章凤大嫂居功至伟。

这就是我们的章凤大嫂。她走到哪，都心系雅庄，是一个无私为村里做贡献的榜样。在大嫂的影响下，最近两年，很多在外工作的人回村里的次数也多了，都想为村里多做点力所能及的事情。

章凤大嫂，我们雅庄人都爱亲切地叫她一声："大嫂！"

## 巍巍九重门

说到雅庄,你表示很熟的样子。

从小你就听过"月亮婆婆,点灯敲锣。敲双吃双,赶到雅庄",你说你还知道雅庄有李文华,知道雅庄有"三月三",知道雅庄有打罗汉,知道雅庄有两棵樟树娘,但是——如果你不知道雅庄的"九重门",那么你离真正了解雅庄,还是差了那么一丁丁点。

如果你来雅庄,没有去过九重门,那么你只是路过了雅庄。因为雅庄最精华的地方,就是"九重门"。

### 一

什么是九重门?你且听我慢慢和你讲一个故事。

来,把门打开!一扇一扇厚重的历史大门,在我们面前,一扇扇打开。

从雅庄的南面向北，过前山，到前塘，再过前门头一重门，进来就是一个厚石板铺砌的明堂，在明堂里你可以看到一栋精雕细琢的二层古戏台，从戏台下面走，过第二重护门，护门过了再有一道门才出大厅，大厅到大西间还有一道门，通过大西间有三道门就到了香火楼，香火楼有二道门，出了香火楼就到了村的后山。

这个九重门中心线，就是古雅庄的中轴线。一线几进，主要的建筑有：前门头，大厅，大西间和香火楼。这一路的门一扇扇打开，两边檐下清一色红色大红灯笼，上面写着个"李"字，这是何等的气派。

九重门只能是皇宫才有的。唐戴叔伦《赠康老人洽》诗："一篇飞入九重门，乐府喧喧闻至尊。"提到"九重门"，人们不约而同第一个就想到了皇宫，想到了重重的宫门。一个浙中的小乡村，怎么会有这样的规划，这也是一个谜一样的故事。

## 二

让我们重新回来，从前门头进去，一层一层细细观赏。

前门头，又有人称"千门头"和"天门头"。

说前门头，似乎比较正宗。因为它是九重门的第一道门，门前是前塘和前山，都是前，所以叫前门。但在永康，"前""天"和"千"都是谐音，这就有了不同的说法。

也有叫"千门头"的。因为，在附近村里还有一个地方叫

"万篢门"。"千"与"万"相对，意思就是多与大，建筑雕塑多的意思，这样说的人也有道理。

也有叫"天门头"的，他们说门楼这个门头，上面画的都是"八仙过海""哪吒"一类天宫的东西，不是"天门头"是什么。

说"天门头"丝毫不为过，我们凡人，通过层层九重门，才能到九霄云外的天界。

不过，依我的看法，不是"千""天"和"前"，都不应该称为"头"，而是应该称为"楼"。因为它不是普通单薄的门头，而是有各种雕栏画柱，上面是骑楼，左右是厢房的"门楼"。

说前门头，这个头，应该是"首"，类似"龙头"的意思吧，这是九重门的门面呢。

## 三

进前门头，到了亮敞的明堂，就可以看到大厅了。

大厅是近代雅庄文化的一个标志，是村民举行祭祀及重要活动的地方。始建于明清期间，具体年月不可考。后因白蚁虫害及自然灾害等，主要建筑倒塌。

雅庄也有很多的祠堂，如三峰、松屏、拍堂、西岐、素荣等公祠，但最有名的还是大厅。二十世纪六七年代出生的人，一般人都只记得大厅。

大厅，大气之大，大雅之大。大，乃有容焉。大厅在我们小时候，就是一个巍峨高大的楼阁，两侧是数不清的房子。

大厅以前就是我们雅庄最重要的节日——"三月三"的古戏台。

每年的灯节，龙灯的龙头都是在这里汇集，从这里出发。

和大厅相对应的，雅庄还有一个"小厅"。位于前门头的斜对面，现在还保留着牛腿、画廊等物件，值得好好保护和修复。

现在的大厅，已经不复当时的大厅了。前门头已经没有原来的样子，四周的房子破败，一片荒芜，只留下几个柱墩空留人凭吊记忆。

村里还有老人记得当年的好时光，大厅是文人雅士经常举行雅集的地方。据族谱记载，道光年间，在大厅还举办过新满会和秋会，何其之盛。

我一直认为大厅是九重门的点睛之笔，如果九重门代表皇家气势的话，前门头就是龙头，大厅就是龙眼，它是雅庄李氏自道光年初衰败之后中兴的一个标志。

## 四

出大厅的门，过一道门，就到了大西间。

西间的房子多，要加个"大"字才能形容。大西间是一排房子的总称，也是一排规模宏大的房子，结构古朴浑厚，富有中明风格，虽年月深久，其雕线亦依稀可见。它和九重门之间的各个房子，紧密联系在一起，厅馆之间，明廊暗弄，曲折相通，一进一进之间，又组成了一个个明堂，也就是一个个精致的别院。

只可惜在近年的雨灾中，它也没有能坚持住。

## 五

在九重门制高点的是香火楼。

香火楼供的是文武玄帝，就是雅庄人所谓的"过堂老爷"。它在九重门最高的地方，守护着族人。雅庄村以前还有青龙庙、土地庙、太公庙、经堂等，现在只剩下本保庙和香火楼了。

香火楼的历史，据记载是明清年间，或者更早，村人虔诚信奉。

在清朝时期，每年的正月灯节之前，香火楼还有灯会，远近闻名。

在清朝族谱记载的雅庄宅图里，我们可以清晰地看到，在香火楼的后面，还有两进的房子，这些可能就是香火楼的后殿。这样说来，从前门头进来，沿着中轴线，一门五进九重门，说起来更合理一些。

## 六

在一道一道的九重门里，各个门口还有横幅对联。

据高林伯回忆，九重门里的对联都是当时永康名家所撰、所书。只可惜已经没有记录，随着古建筑的消失，这些对联也随风而逝。但他还清晰地记得两副对联："一水起文龙，三峰藏秀虎。""和气致一家祥瑞，书声起万里风云。"前一联中，"一水"就是经过雅庄村前唯一的一条水沟，"三峰"就是雅庄的笔架山，"秀虎"就是雅庄自然景观里的"雌雄虎"。一副对联将雅庄的几个景致都写在了里面。后一联，重点写了"家和万事兴"与"读书治国治家平天下"，也是相当有气势。

据高林伯言，当年雅庄"三月三"做戏的时候，用得最多的对联是"美景巧遇三月三，良辰不让九月九"。李氏家族，在明清时期都是永康的望族，几副当年的对联，都能彰显其豪迈和阔气。

## 七

站在后山看九重门，和站在前山看九重门，呈现出不一样的气概和辉煌。

说到为什么敢取"九重门"这个至尊的名字的时候，乡人总会自豪地提到李氏乃李唐皇族后裔这个说法，说景祥公定居雅庄的时候，就以小规模的皇宫格局来规划雅庄。他们甚至提到"九重门"的神奇之处。在二十世纪我还是小孩子的时候，有一只豹子，夜袭雅庄，结果进入九重门，被困在里面，无法逃脱，被乡人活活打死。他们认为，这就是祖先当年设下的风水宝阵，是祖先在保佑着后人。

这件事情我们都亲眼所见。不过有的人认为是豹子迷路了，或是被人赶得走投无路了。

这个姑且不讨论。从地理位置上讲，雅庄虽然地势很高，但周边有很多低矮的山，如北面的白岩塔，东边的岩塔背，南边的横山，西边的瓦窑山，这些小山峰形同莲花的花瓣，把雅庄围在中间，横塘则是出水口。在中间的雅庄村，就像花蕊。莲花地是古代风水中的上品，能让子孙后代永享荣华富贵。李氏先人在莲花地里再盖一个"九重门"，可谓用心良苦。

九重门，一个谜一样的故事。或许，真相还待以后的人们解开。

## "偷"亦有道

一个月黑风高的晚上,几个精壮的小伙,手执砍刀和木锯,用几支手电照亮,在夜色的掩护之下,奔向隔溪。隔溪是个湿地地块,在雅庄村西边,酥溪河从这里流向华溪。各种树木长得枝繁叶茂,挺拔高大。只见这几个小伙,有目标地奔向几棵大树——好家伙,敢情是白天已经踩好点了!他们也不左顾右盼,拿刀拿锯直接开动,毫不手软。

不一会儿,他们就将一棵树翻倒,砍去旁枝,锯成几段。有人点了一支烟,拿出二节头的鞭炮,居然还放起鞭炮来了。鞭炮在寂静的夜空中,噼啪两声,闪烁了一下,分外响亮。又有人从口袋中拿出红包,恭敬地放在树墩上,嘴中还念念有词。随后,这群人拍拍屁股,或抬或背,尖叫着、笑着,奔回村里。

是不是很刺激?你知道这些"偷"回来的树的归宿是哪里吗?

来,先看我们的灯节吧!

每年正月的灯节是永康典型的民俗之一。迎龙灯是喜庆的，基本上每村都有自己的灯节。雅庄的灯节是正月十三到正月十七，迎的是板桥灯。正月十三的傍晚，一个个背着桥灯板的小伙，到祖坟前上坟灯，去本保殿朝拜，再到大厅和大部队会合——接灯。板灯之间用"灯桥柱"相连，接灯后是"讨彩""跳灯""拉灯"和"盘灯"等表演。耍完龙灯之后，还要在正月十七日傍晚到祖坟前收灯——一个灯节，此刻才告结束。

那一个个神气帅气的小伙在灯节的时候，背的桥灯板，就是那些晚上"偷回来"的树的归宿。

雅庄的龙灯，龙头上装饰有数百盏的"龙珠灯"，很是神气！板桥灯是体现一个村技术、团结和力量的地方，村民用这种喜庆的方式，祈求平安，庆祝节日，加强村里人的和睦与交流。

至于，桥灯板为什么要用"偷"来获得，小时候也常是百思不得其解。龙头的竹在永康的很多地方，也肯定是"偷"来的，方法如"偷"桥灯板一样。被偷者不管红包里的赏金几何，都会引此事为吉利，从不责怪。

你不觉得怪哉？

"偷"亦有道，"偷"亦要有趣，我想在以前平静的乡村里，需要一点点的乐趣来调剂。当初也许是某些小年轻，不经意开了先河，传之又久，就成了一种有趣的传统。

龙在中华民族的传统文化中有至高的地位，说"偷"，实乃"强买"，这也是迎龙灯的霸气吧。你看，哪个村说到自己村龙灯迎得好，都是说我们村龙灯有多长，龙灯迎得多"欢"，来表达自豪。

  迎龙灯有很多禁忌，如不能踩不能跨桥灯板和龙头等，都表现出民众对传统文化的尊重。敬重礼法的同时，这种"偷"也是我们表达幽默与快乐的方式。"偷"亦有道，这个道也是一种传统习俗的遵守，在一定规则程序中，自觉按规矩去做，这也是我们中华民族几千年以来无形的一种规范。

  作为一棵树或是一株竹子的使命，作为龙头或是桥灯板的一部分，那是"龙"，是我们中华民族的图腾，都代表了幸福与伟大。

  那个去"偷"过竹子或是桥灯板的人呢，老桑常看见你想到了这事就偷着笑，你吸口烟，长长叹出，接着便和后辈们说起："想当年啊！那个月黑风高的夜晚……"

## 雅庄打虎

史上记载最有名的打虎英雄,当属武松。小时候课文中有《武松打虎》一篇,看到武松一口气喝下十八碗酒,将一只伤了二三十人的吊睛白额大虫乱拳打死,真乃英雄!这种英雄气概,每个男人都心向往之,可惜大多数都是心有余而力不足,要有那气概,先得有真本事。

老家雅庄基本是平地。在我们小时候,村周边丛林很茂盛,野外的小动物还很多。最多的是黄鼠狼、野兔、野猪等,大型的动物也有,如豹子。在村里大厅,就有村民合力将一只豹子打死的真实事情发生过。

我隔壁邻居少林,经常背着一把铳四处打猎。在我童年的时候,清晨或是日落时分,总能看到他扛着几只猎物回来,雄赳赳,气昂昂,拿着打下来的猎物给小朋友们欣赏展示。在我们小时候,他活脱脱就是我们心中的狩猎偶像,很是神气。

看他打猎这么牛,我还跟着他到方山打过猎。我们徒步走到

方山，到了山上，他一路看脚印，观察动物的粪便，以路边草的压痕来寻找野兽的痕迹。循着一个痕迹，我们找到某处小洞穴，他当即站住，环顾周边地形分析了一下，然后找来一些松毛干柴之类，在洞口点着，让我用衣服扇着烟往洞里面熏。火烧得不旺，但烟很浓，估摸过了半个时辰，他叫我躲到一棵树后面，自己站了起来，拿着铳对准洞口。果然，一只壮硕的黄鼠狼从洞里钻了出来。"砰"的一枪，黄鼠狼被早有准备的少林打死在洞口。

我刚开始捂着耳朵，后来捂着嘴巴——这黄鼠狼的屁可真是太臭了！打这种小动物用铳的不多，一般都是用夹子或陷阱。打野猪和麂之类的，才需要大家伙。我想可能是那天他没有带网兜的缘故吧，如果能抓住活的该多好啊！

小时候，能打下来这些猎物，已经让我们很是膜拜了。但村里的老人抽着旱烟袋，眯着眼睛和我说，这算什么！以前我们雅庄有个景帱公，他打老虎，那才是真厉害呢！

——打老虎？

我们这些小朋友的眼睛都要瞪出来了。

太令人惊讶了！我们这个地方还有老虎？我们雅庄还有像武松一样的打虎英雄人物？

于是，老人继续和我们讲了些这位英雄的打虎片段，我们听了还不"解渴"。当年武松打虎是何等厉害，我们村的景帱打虎那该是何等精彩啊！

儿时老人讲的故事，在我后来翻阅族谱时也找到了相应的记载。一个真实的故事，在历史的记录中清晰起来了。

同治三年（1864），天京失陷，轰轰烈烈的太平天国起义宣告失败。这场起义让江浙一带饱受战火，殃及无数的百姓，对雅庄的影响也是很大。

受影响的还有山上的野兽。它们受山林大火的影响，原来在深山里的狼和老虎，时不时地出现在道路上。

这一年的夏天，景帱公去舅舅家，途经下徐店的时候，看到山上有一只老虎，如同一只黄色的小牛犊一样，跑起来像一阵风。人多壮胆，一大群人看到后，都在驱赶这只老虎。从上徐店，赶到下英，又赶到上下柏石村。老虎见人多势众，却也不甘示弱，回头一啸，扑向人群，转眼就咬伤两人，复又往山里奔去。景帱手里拿着扁担，一直跟着驱赶老虎。老虎跑得像风一样，景帱追得不依不饶。跑到最后，只剩下了他一个人独自往山里跑。老虎跑到山中，心渐定，回过头来只看到景帱一个人，于是停下了。景帱毫不畏惧，抡起扁担就打了过去，扁担打断了，他又拿着半截木头骑在虎背上，勒住老虎的颈部。

看到族谱里简单记载的"公奋身搏虎，木器顿折，勒持虎颈，虎亦靡然而逝"，这一句极平淡的描写，却让我想到了武松打虎时的惊心动魄。

"武松将半截棒丢在一边，两只手就势把大虫顶花皮揪住，一按按将下来。那只大虫急要挣扎，早没了气力。被武松尽气力纳定，那里肯放半点儿松宽。武松把只脚望大虫面门上、眼睛里只顾乱踢。那只大虫咆哮起来，把身底下扒起两堆黄泥，做了一个土坑。武松把那大虫嘴按下黄泥坑里去。那大虫吃武松奈何得没了些气力。武松把左手紧紧地揪住顶花皮,偷出右手来,提起铁锤般大小拳头,尽平生之力,只顾打。打得五七十拳,那大虫眼里、口里、鼻子里、耳朵里都迸出鲜血来。"

我想,虽然隔着历史的两端,但武松和景帱两人打虎时的心境,应是差不多的。这就是雅庄版本的"武松打虎",不过,英雄是我们的景帱公。

有个成语——"暴虎冯河",意为徒手打虎,有勇无谋,鲁莽冒险。但我们的景帱公显然不是,他知道自己有这份能力,才敢于一个人上山对抗猛虎。"非有力如虎者,谁敢暴虎?"

雅庄人杰地灵,自古以来崇文善武。景帱公体强,貌古,孝祖考恭兄长信朋友,他还有侠义心肠,接济穷人。景帱生于嘉庆丁卯,卒于同治甲子。也就是打虎那一年之后的数月,因疾而卒。

昔者老虎并不少见,是祸害,而今虎很稀少,是保护动物。但不管什么时候的老虎,都不掩其为百兽之长,山兽之君的本色。虎之威可畏也,虎之猛可惊也,然雅庄有此打虎勇士,可敬可佩也!

景帱公打虎,奇哉,壮哉!

## 福顺公的三言二拍

说要说得过人，做要做得过人，打要打得过人。

这三句话，是外公福顺公和我说的。

这是我们当地的土话。用书面语说就是，讲道理要能说服人，做工作也不能差于别人，真的不行，万不得已，打架也要打得过人家。

不知道外公是什么学历毕业。自有记忆起，外公就给人相当敬畏的感觉。雅庄村人口比较多，外公做过队长，也似乎在村里做过什么职务。在灯节、三月三和九月九的时候，参与指挥龙头、社戏和打罗汉。

一直以来，走过的路有顺畅的，也有不顺的。在不顺的时候，外公的那三句话总是时时刻刻激励着我。

这不是名人的名言，只是一个普通老百姓的生存哲学。

外公说，他经常处理村里的纠纷，形形色色的都有，你讲道理讲不过别人，人家不会服你。

外公说，在村里，干活是免不了的，干什么活，你都不能示弱于人。

外公说，在村里，碰到不讲道理的人，干架也是免不了的，打架嘛，打了就要打赢。

村里的老人，有时说起外公，还会说起当年，邻村发生纠纷的时候，外公一棍横扫的场景……

外公对我很是严厉。

小时候，怕去外公家。

一去外公家，外公总说，去，提提那石臼、石锁，看长了力气没。

一去外公家，外公看着电视就说，看看别人，你看人家是那样说话的……

十来岁的时候，去外公家，外公又让我去举石锁，我一提，举了一个，还举不起来。外公一巴掌就过来了，十来岁了，小男子汉了，还举不起来！要多锻炼！

那时小，又瘦，对着外公，眼眶里都是泪水，却不敢掉下来……

再大一点，念初中了。一次，外公过来看我成绩，我递给他考卷。外公一看，一个 97 分，一个 98 分，然后又是一个巴掌，怎么没考 100 分！

好痛，对着外公，又不能哭。强忍着泪，对外公说，这是班里最高分了！

外公摸了摸我被打红的脸，笑了。

……

总是在逆境中想起外公的"三言二拍"。

在健身房,将杠铃片一片一片地往上加,然后,深呼吸,大喊,举起!

在打球的时候,一次次努力地奔跑,将球救起,然后将球扣杀到地板上……

说要说得过人家。做人要讲道理,也要有口才,有演讲能力!

做要做得过人家。一个人在社会生存,没有过硬的工作能力,肯定不行!

打要打得过人家。一个男人,如果不能保护自己喜欢的人,如果不能"路见不平一声吼",如果不能文才与武略兼备,那么——

那肯定不是我外公心目中的男人!

那一年,听到外公去世消息的时候,我在教室里,拿着手机,泪从脸上滴落……

## 革命热土，永远的雅庄红

地道战嘿地道战

埋伏下神兵千百万

嘿埋伏下神兵千百万

千里大平原展开了游击战

村与村户与户地道连成片

侵略者，他敢来

打得他魂飞胆也颤

侵略者，他敢来

打得他人仰马也翻

全民皆兵

全民参战

把侵略者彻底消灭完

……

一曲《地道战》，一部电影，一个全民皆兵的抗战时代，一个华北的传奇。然而，在远离华北的一个地方，也有一组地道群，那里也曾上演过抗战英雄的事迹。

永康市雅庄村，一个浙中的小乡村，充满了红色历史。

雅庄村里无山，但每个晒谷场都是一座"山"，有前山、中山、后山，还有某某山之类的。唯有在村南，有一片虽然低平却是真实的山林，山林里隐藏着一个很大的秘密——这里藏着一条条弯弯曲曲的"诡秘"的地道。地道的入口，有些在坟墓里，棺材边，有些隐在某棵大树旁，人要猫着身子走。一旦进去，却是别有洞天：正如电影里的那样，地面平整，通行顺畅，曲折多变，虚实并存。更难得的是，尽管已经过了这么多年，地道却依然夯实而坚固。

说起这个地道迷宫，自然与乡人的骄傲之一——李文华烈士分不开。

据史记载：李文华烈士正是永康市雅庄村人，1939年加入中国共产党，生前投身于抗日救国战争和解放战争，历任中国地下党交通员、武工队队长、县工委委员、浙东人民解放军第六支队第七大队大队长，组织、发展、领导了永康、武义、义乌、金华及周边地区的革命武装。1948年10月16日拂晓，他为掩护战友与乡亲安全撤离，为保护群众民房，与敌人进行英勇搏斗，流尽最后一滴血，壮烈牺牲。与李文华一起牺牲的还有雅庄村的李其高烈士。李文华的事迹在永康家喻户晓，是飘扬在永康人民心中的一面战旗。

"你们保护乡亲们转移，我留下来掩护。"这也许是李文华跟战友做的最后交代。

这个地道迷宫，是我们永康版的地道战，是这贫穷村庄和革命老区结合在一起的一个历史佐证。

雅庄村地处永康中心地带，距永康县城九公里，是当年浙东路南革命老区重要的根据地。1947年，马青同志来永康指导工作，两次住在雅庄近两个月，并在这里召开过多次重要会议，做出了对武装斗争有着重大影响的决策，指导浙东各地的革命工作。雅庄人民的革命斗争，从建立党小组的1944年算起，就有李文华等五位烈士英勇牺牲。现今，雅庄村建有李文华烈士纪念馆和李文华烈士陵园，供后人参观凭吊。

其实，雅庄这个流淌着红色血液的地方，在此之前就有民众合力杀死日本侵略兵的真实抗日事件发生。

那是1943年7月，华溪洪水泛滥。到了8月，丽州大地却是一片大旱。盘踞在八字墙一带的一小股日军，悄悄地经过象珠、清溪，向永康中心地带的雅庄和八口塘进犯。在浙江横行多年的日军，到雅庄东山沿却遇到了重创。

那天，久旱的天空突降暴雨，从雅庄到八口塘方向的黄金泥路上，日军艰难而行。根据天时，结合地利，村民用陷阱、横木等路障增加日军的行军难度。就在日军举步维艰时，隐藏在附近山上的村民，燃起了大量鞭炮，敲起了锣鼓。本就行军艰难而丧失斗志的日军瞬间惊慌失措，一时间失去了队形，仓皇逃窜。

拿着锄头、铁锹等农具的雅庄乡民，则从山间群起，不怕枪炮，奋起追击日军。日军多人被砸伤，其中最为大快人心的是，一个日军被村民围阻在田埂路上，被愤怒村民的农具活活敲死。

此事一时间在永康抗日队伍里传扬，激发无数抗日力量的斗志。此事更被李玉成先生编成鼓词，在丽州大地上广为吟唱，同时也被永久载入永康的抗日史册。

李玉成，土生土长的雅庄人。四岁失明，但是身残志坚的他无师自学，不仅学会了唱鼓词，更是学会了自编自唱。

作为一名有血性的中国人，失去光明的李玉成无法扛起农具与乡亲一起亲手伏击日寇，但他用自己特有的方式进行抗战，那就是编唱激励抗战和宣扬抗战英雄的鼓词。

是年，被誉为"永康鼓词第一人"的雅庄人李玉成参加永康名流吕公望先生牵头发起的"永康鼓词抗日新闻演唱比赛"。随着一阵火炮鼓闹台场，身着长衫的李玉成，端坐在板凳上，右手执一鼓箸，手腕将盆鼓竖放在右膝上，左手执竹吉板，清嗓开唱。他以抑扬顿挫、悲壮激昂的唱腔，将发生在神州大地上的抗日新闻用自编的鼓词演唱。众望所归，李玉成获得此次比赛的魁首。这场活动，极大激发了永康人民抗日的信心。李先生在永康县披红戴帽，犹如状元游街。这件事情，让民间艺术鼓词登上了大雅舞台，也极大地促进了永康鼓词艺术的发展。

雅庄村民伏击日寇的抗日活动，被李玉成先生用鼓词的方式吟唱，在丽州广为流传。当时的《抗建报》《民众壁报》和《抗卫报》等都进行了广泛宣传。

战争年代已经过去，和平年代里"雅庄红"的精神，以另一种形式还在延续。

最近，在建军节当天，《永康日报》头版头条刊登了《我们都以穿上这身红T恤为荣》的长篇报道。雅庄，这片红色热土上的村庄，再次引起了人们的关注。这一切，都是因为这片有着悠久革命传统的红色土地，彻底告别了昔日的脏乱差，在建设"美丽乡村"的进程中，"红色细胞"再次激活，迸发出新的活力。这一切，也是雅庄基层党组织以身作则、从严治党，发挥党员的先锋模范作用和党组织的战斗堡垒作用，探索出"三支队伍"建设，村四委齐心协力努力的结果。

雅庄，从1944年成立党小组，1947年正式成立党支部，"雅庄红"的革命精神便一代一代在这片土地上传承。如今，新的雅庄人，在雅庄四委、党员干部的带领下，积极创建美丽乡村，建设街角小品、游步道、休闲长廊，将原供销社进行全新的改造规划，全力推进治危拆违、垃圾分类等工作，努力发展集体经济。

地道战，民众抗日壮举，李文华、李其高烈士，红色鼓词艺术家李玉成和新一代的党员群众，用一代一代的革命热情延续着"雅庄红"的传统。这片黄筋泥的土地上，"雅庄红"，核心是党员干部的精神红，他们以实际行动在新时代中体现出团结、奉献、担当的新的"雅庄红"精神。现在的雅庄，正以基层党建为引领，加强"三支队伍"建设，发挥妇联半边天作用，以联防队有生力量作为保障，全民参与，共建和美雅庄的"雅庄红"！

## 夜袭永康城

李文华做了个梦,梦见在崇山峻岭之中,一群豺狼凶猛地追赶着豹子,豹子虽然勇猛,却难敌数量巨多的豺狼群,随着时间的推移,豹子越来越危险……

他一下子惊醒了。长年肺部感染,让他气喘吁吁,痛苦地喘息,额头上都是汗。武工队的指导员胡一元扶起他:"怎么了?再休息一下,你才睡了一小会。"

文华看了一下外面漆黑的夜:"应大队长他们现在有消息了吗?"

"有,应大队长现在带着游击大队在四十四坑活动,现在根据地发展得越来越好,队伍也越来越壮大了。只是……"胡一元迟疑了一下,"现在情况有点紧急。"

"怎么了?"文华挺直了腰身,眼神急切。

"是这样,有群众反映,国民党郑惠卿县长带着大批军警,浩浩荡荡前往四十四坑方向,据说,郑扬言此次不消灭游击队,誓不回城里。"

李文华紧锁眉头，站起身，不安地在狭小的房间里走来走去。这是距离城外十余里的一个小村子，群众基础好，人们痛恨国民党的苛捐杂税。这段时间，李文华带着五个战士从民间筹集粮款，给主力部队输送经济物资。几个月时间，除超额完成了上级的粮款任务外，武工队也发展到了十七人。

"我们还是要先了解一下县城的情况。"李文华沉吟道。

胡一元也点了点头，当即连夜派了武工队一个机灵的小伙子，通知了地下党员谢体芳前来了解情况。

天蒙蒙亮的时候，二十出头的谢体芳出现在李文华和胡一元面前。顾不得一身的疲惫，谢体芳着急地说："这次情况有点紧急。县长亲自带队，将全县的精锐都带去四十四坑，应大队长相当危险。"

李文华一边听，一边用树枝在地上画着什么："那县城现在留防的情况如何？"

"县政府只有两个班的人留岗，汽车站派出所有七个人。"小谢想了想，"不过，刑警队的情况不是太了解。"小谢的普通话里带着浓浓的遂昌口音，说话时还带有音乐教师独特的节奏。

胡一元现在看清楚了，李文华在地上画的是城区的简图。他也蹲下身，摸摸嘴角刚刚长出的茸毛，眼神跟着李文华手上的树枝飘来飘去。

过了一会儿，两人的眼神碰到一起了，心有灵犀地点了点头，异口同声地说："围魏救赵。"

李文华让谢体芳先回城里的永康中学，并叮嘱他随时注意动向，注意安全。

待谢体芳走后，他和胡一元又回头蹲在地上开始琢磨这次行动的方案：攻打县城，解四十四坑的围。

"这次行动，我们人员少，新兵多，先以扰乱战为主，让县城乱起来，让国民党县大队的人撤回来。应大队长他们有危险，我们不惜一切代价，也要把他们解救出来。"李文华斩钉截铁地说，"同时，我们要通知让城里的地下党割断电话线，在汽车站对面贴标语，各种措施一起来！"

这是前所未有的事啊，游击队的部队进入县城战斗。李文华越想越激动："通知全体战士开会。"

开会时，李文华向战士们规定了严格的行军及作战纪律，万一打散后，就各自独立作战，并约定了撤退的联络点。

"一元，你再联系一下那个机灵的陶兰林，让她核实一下城区的敌情。"

"就是那个女交通员？是的，她做事机灵，我们放心。核实一下比较好。我让她核实好后，在东库边的土地庙等我们。"

说完，胡一元快步走出房间去安排了。

李文华和战士们开始检查武器，整理行装。

漆黑的夜色，伸手不见五指。天空中，下起了毛毛细雨，冰凉的雨水钻进每个人的身体里。武工队先往去县城的反方向走了二三里，再迂回朝县城的方向坚决而去。

一个多小时的急行军之后，十几个人的武工队悄悄到了永康县城东郊的东库村。这时，雨停了。胡一元走在村口的土地庙前吹了声口哨，只听见土地庙里传来拍手声，影影绰绰中，一个曼妙身材的女孩子走了出来，向武工队招了招手。

一群人进到狭小的土地庙中休息。陶兰林低声向李文华和胡一元说："县城里现在很安静。县政府门前照例有人站岗，里面人员情况不详。汽车站派出所还是七个人。刑警队二十人的短枪便衣队，都在城里。"

"那就好！情况和谢体芳说得差不多。"

李文华让陶兰林先回去，拉着胡一元到庙旁边商量起来："如果按原计划，汽车站派出所的七个警察都好说。难的是县政府的虚实，还有刑警队很难对付。"

胡一元小心地说："我想现在还有时间，我们再去侦察一下县政府，再动手。"

李文华点了点头："还是我们俩去一下比较好。我们自己有经验。"

夜色中，两个影子飘向了县城中心。永康城区就是一个丁字形的街道，横竖两条街道组成了城区，国民党县政府就在丁字中心点不远，前面是一排茶馆，后面一排是声色场所，白天可是热闹一片。

现在是凌晨，街路上已经没有什么人。衣襟里插着驳壳枪的两人坐在县政府对面的小吃摊上各点了一碗馄饨，观察起县政府的形势。

县政府的大门敞开着，一个警察背着枪无精打采地站着岗，院里的一个小楼亮着灯,有些人在说话。

李文华拉了拉胡一元的衣服:"走!"

李文华边走边小声对胡一元说:"当机立断,我们人少,只能集中力量打汽车站派出所,抽少部分的人到县政府和刑警队放枪,迷惑他们。"

胡一元点了点头。

他们看到马路两边贴的悬赏通告,大大地写着"李文华"和"胡一元"的名字,不禁莞尔一笑。

回到土地庙。李文华将人员分成了两组,轻声下了命令,他和胡一元两人就各自带着战士出发了。

李文华带着十三个战士摸黑到汽车站后面的一个小祠堂,这里是汽车站警察的宿舍。他们又分成两路,从左右两边向门口包抄过去。

快接近门口的时候,站岗的警察听到轻微的声音,马上警觉起来,拉动了枪栓。

李文华一见,立即率先开了一枪,紧接着枪声响了一大片。

那个警察一闪身到门后,立即有几个警察过来将沉重的木门死死地关上,里外都响起一阵乱枪声。

李文华细想,不对,里面不止七个人!

他摆了摆手,让其中一个小队的人留下来,多放枪,守住门口。另一小队按计划去烧前面小坡上的汽车站。

屋内的国民党警察一时不明外面的情况,都不敢往外冲。

这边,县城北的汽车站响起爆豆般的枪声。

那边，胡一元带着战士也到了县政府和刑警队门口，噼里啪啦的枪声此起彼伏。小小的县城火光冲天。

汽车站内，有战士将电话线拔下，火烧汽车站。

汽车站里停着的军用大卡车，也被烧毁。

李文华一看差不多，招呼战士们按既定的计划撤退。

胡一元的情况和这里也差不多，县政府和刑警队的枪声一响起，国民党的警察们都蒙了，龟缩在里面不敢出门。

胡一元听到汽车站方向枪声渐稀，估计李文华已经撤退，也招呼着战士们按既定的方向撤退。

天快亮的时候，两支队伍在约定的联络点会合了。无一人伤亡。李文华和胡一元击掌庆祝，联络点里欢声一片。

第二天，国民党县长郑惠卿得知消息，方寸大乱，带着全部人马迅速回撤。

应飞带领的游击队虚惊一场，四十四坑的林梢间响起快乐的歌声。

# 丽州"第一枪"

一

这显然是一个普通且寻常的一天。在浙江永康中部的雅庄村口,一个身材瘦长的年轻人正守候在村里的子经堂庙,他抬头看看庙中斑驳的壁画,檐角抖颤的蜘蛛网,又警惕地注意着四处的环境。

不一会儿,从远处传来一阵脚步声,李文华机警地看着远处。当几个人出现在视线中,他看到熟悉的身影后,放在褂子中的右手轻轻地放下来,脸上浮现开心的笑纹,朝着人群迎了上去。

"欢迎你们啊!"

他一一握过对方的手,他的手,绵柔而又有力。

他用力拍了拍对方的肩头,那力度有鼓舞人心的力量,又似乎在轻描淡写之间给对方拍去了一路风尘。

"来，先进来。"李文华将这几个人迎进了庙内，先安顿好。

这几个人，就是黄光耀、陶长宣、郑义传、李敦基、徐隆兴几位共产党员。时任金华地区临工委书记的应飞同志，为了加强永康县工厂企业的党组织建设，为后续的武装斗争培养骨干，决定在革命基础很好的雅庄村举办一期学习班，从酱油厂等工厂中，挑出了五名骨干人员进行了理论和实践的培训。

当晚，应飞也来到了雅庄村，开始了为期两天的培训班。培训内容从国内外的形势，讲到金华及永康的斗争形势等。

在学习中，李文华一直坐在堂庙的门槛上，时刻注意着外面的动静。当讨论到武器从哪里来的时候，应飞意味深长地笑了笑。

"来，文华，过来展示一下你的好家伙！"应飞喊了一声。

平时利索大方的李文华现在略显扭捏，他关好庙门，走了过来。从短襟中，拿出他心爱的宝贝——二十响快慢驳壳枪。

李文华是游击队中有名的神枪手，这二十响驳壳枪让李文华如虎添翼。

五位年轻的共产党员，拥上前来，好奇地看着这把枪，有些会用枪，有些还不会，大家都爱不释手。

应飞拉了条板凳坐了下来："文华，你就和他们说说你这把枪是怎么来吧！"

文华将枪插回腰上，整理了一下思绪，将一个惊心动魄的故事，娓娓道来。

## 二

那是一个久雨初晴的黄昏，雨虽然停了，天上还是有一团团深浅不一的乌云，天空中有种说不出的静谧。

在西芦与古山之间的小道上，走来了三位衣衫褴褛唱着道情的艺人。他们头上戴着草编的凉帽，一只手拄着竹杖，一只手用竹片打着莲花落。

这是在永康乡里讨口饭吃的艺人，一般都是由视力有障碍的人组成。

他们的声音，在乡间回荡。

但细心的人还是能发现，他们迷离虚浮的眼神之中，偶尔会透出一丝丝的精光，注意着周边的环境。

这里，迎面走来一个粗壮的乡民。他挑着担子，急匆匆地走了过来。眼看就要撞上三个道情艺人，他大声地喊道：

"你们几个白眼人（盲人）注意点路啊，别踩到沟里啊！"

在擦身而过的时候，他压低嗓子："他来了！"

三个艺人中，有一个人微微地抬了抬头，看到不远处一个身材肥大的人正摇摇摆摆迈着八字步，哼着小曲走过来，敢情是今天赌博赢了不少钱。

"晓得了，有数！"

他们步伐沉稳地往前走着。莲花落的声音此起彼伏。

对面过来的人，用轻蔑的眼神看了看他们三人，用手捂了捂鼻子："让开点，让开点，一群臭瞎子！"

说时迟那时快，这三个人扔掉手中的道具，方道炉和吴浪寿两个人将这人胳臂扭到背后，另一个拔出短枪抵在他脑门上：

"你是不是叫王洪黎？"

"对啊，我是王洪黎，你们是谁，竟然敢动我！"王洪黎不停地反抗着，挣扎着。

"哼，我们动的就是你，你恶贯满盈，死期到了！"

李文华不待王洪黎再说什么，一枪爆头结果了他的性命。随后，在王洪黎身上搜出了一把崭新的二十响快慢枪。

紧接着他们走到附近的凉亭和土地庙旁，拿出早就准备好的"告示"贴了上去。

告示上写满了王洪黎这个国民党自卫总队朱长兴的黑爪牙，军统特务分子，靠着官僚豪绅，结交土匪金坑标，欺男霸女，横行乡里，无恶不作的行为。

随后，他们悄悄地返回前黄村应飞和李立倚的驻地，汇报情况。

应飞看到爱将李文华回来，就知道事已经成了。

他和李立倚都兴奋地说，这是永康武装革命斗争打响的"第一枪"啊！

这的确是路南地区武装斗争的第一枪，让那些为非作歹的土豪恶霸闻风丧胆。

在那之后，武装斗争如星火燎原之势在永康掀起了巨浪。

## 三

李文华故事的尾音,悄悄地停在手中的驳壳枪上。

五位年轻的共产党员的眼神,闪现了激动的波澜。

"这一枪,是打响永康武装革命的第一枪,"应飞沉吟道,"李文华这个神枪手,是我们路面的第一枪啊!"

## 山河无恙　英魂安息

在县前街的茶馆里,最近人们都在议论着一件事。

前几天,本来准备"公祭"国民党"烈士"的一个大会,居然被共产党人给搅黄了。

"听说,这次共产党派出的只是一个小兵蛋子,用一些自制的鞭炮,就将这个大会弄了个七零八落。"

"那个新兵蛋子可不简单啊,他可是应氏家族子弟,是一个叫跃鱼的小后生。"

"当时现场的情况啊,真叫一个乱,同时也是大快人心!"

在一个茶馆里,几个相熟的茶客低头聚在一起小声地讨论着。

"听说,那么粗的铁丝穿过李文华的头颅,就是从双耳中穿过去的。"说的人,一边说一边咽了一下口水,用手比画着,"在芝英戏台上,那血还一滴一滴往下滴呢……"

"真是罪孽啊!李文华可是共产党有名的神枪手,现在很多农民都在念着他的好呢!"

"唉,现在李文华的头,可是挂在县政府门前呢!"

"那个惨!"

"听说,那场战争,真是轰轰烈烈啊!惊天动地……"

……

在茶馆中,有个老人家一身江湖郎中打扮,身旁放着写着"祖传虎骨膏药"的旗子和药箱,不动声色地用盖碗轻轻拨弄着龙井绿茶,耳朵将周边的一切私语都听了进去。

靠着茶馆的另一头,是几个国民党兵固定的茶座。他们跷着脚,普通话带着遂昌口音,在发着牢骚。

"辛苦一天值勤,才这么几个钱!"

"是啊,我还要寄钱回去给遂昌的老娘呢!"

"就这么几个钱,去一下后面那条街就没有了。"有个兵流露出复杂的情绪,看着离茶馆街不远的另外一条街。在茶馆一条街的后面,就是"声色一条街"。

老人家经常在这个茶馆喝茶,喝得多了,大家也都混了个脸熟。

待人群都散得差不多,只见一个大兵还坐在那里喝闷茶。

老人家就凑了上去。两人东拉西扯就聊开了。

老人家看看时机也差不多了。"你看李文华这个事,功劳都记在应永昌镇长身上。姚永安县长什么都捞不着。"老人家似乎是为姚永安县长鸣不平。

此事立即引起了大兵的同感。

"是啊,老丁伯,姚县长也一直在发牢骚。在办公室都骂人呢！可怜的还是我们，天天站岗，还要面对着一个死人头！关键还没有钱。"

被他叫老丁伯的这个人，年过六旬，看着平平常常，其实他可是永康史上最资深的党员，曾任中共永康中心县委书记，后来担任首作县救济院院长。当时负责党的地下政治交通工作，公开的身份是卖虎骨膏药的走江湖人。

"那现在有件事情你要不要做？有钱赚，对你来说，举手之劳。"

"啥事？有什么好事？"

大兵一听，头长三尺。

老丁伯就在他耳边如此说了一番。"你看啊，李文华多可怜，身首异处，他家人天天哭断了肠！死者为大啊！"

"你不是共产党吧？"大兵警惕地问。

"当然不是，我只是卖虎骨膏药的江湖郎中啊，看着可怜，只是想帮忙做件善事而已。"

看着大兵面色缓和下来。老丁伯掏出五枚银圆放在桌上："如果你能帮忙，事成之后，还有这个数！"老丁伯伸出了一个手掌。

"五块大洋？"大兵不屑地问。

"不，十倍。事成后，共给你五十大洋！"

大兵的心动了一下，在心里打了下算盘。他想到县长每天经过时候不当回事的眼神，同事之间的抱怨，以及急需用钱的一大家子。

"这有何难？等我值夜班的时候，你叫他们不要张扬，偷偷过来取走就好了。"大兵说。

老丁伯想不到这事如此容易。

其实大兵心里早就盘算过了。他们都是县长从遂昌带过来的子弟兵，熟悉了解县长的心理。这次李文华的事情，功劳都记在应永昌身上，县长没有什么功劳。"公祭大会"又闹出了麻烦，想到那个耀武扬威的应永昌镇长，他巴不得这件事情早点了结。

老丁伯和大兵商量好细节之后，急忙到地下党联络站报告了。

于是，在一个夜黑风高的晚上，大兵值勤的时候，假装睡着，地下党派人偷偷将李文华烈士的头颅取下，连夜送回雅庄，让烈士的身体完整。

六支队的战士们听到这个消息后又流泪了。他们发誓要为李文华烈士报仇，将革命的事业进行到底。

第二天，国民党县政府发现头颅不见了。对值班人员一个个进行问询，最终因为交接的时候，大家都没有注意头颅在不在，而相互推诿。姚永安县长也没有将这事放在心上，此事最终不了了之。

县前街茶馆里的茶客们，又多了一些茶余饭后的话题。

大家都觉得光明越来越近了。

# 乡村野史

乡人是需要点自豪和骄傲的。

在我还是初中生的时候,我们村被冠以"贫穷村"加"革命老区"的名号。村子很大,人口多,田地少,又不是改革开放的前沿,这样的村,贫穷与落后都是正常的。

村里无山,但每个晒谷场都是一座"山",有前山、中山、后山等。学校前面,就有一座低平的山林。山林里有个很大的奥秘。夏天,几个同学一起,拿根蜡烛,在胆大的同学的号召下,去山林探秘。山林里真是有个大秘密,在松树林和坟场下面,弯弯曲曲着一条条"诡秘"的地道。我们拿着蜡烛,或从棺材旁爬入,或从一棵树的旁边跳入地道。地道要人猫着身走,想当年这地道还是建得不错的,因为地道的地那么平,很是顺畅。尽管已经过了这么多年,地道依然夯实而坚固。

这个地道群,不知道现在还在不在了。也不知道在我们那批小孩之后,还有没有小孩去"探过险"。

这个地道迷宫，说起来，与乡人的骄傲之一——李文华烈士分不开。这个地道迷宫，也是这贫穷村和革命老区结合在一起的一个历史佐证，也有人说是"深挖洞，广积粮"年代的产物。

每年的清明，李文华生前的战友，经常过来扫墓。在我们小时候，每逢清明，全市各乡各村的学生，都成批成批地到我们村里来祭奠烈士的英灵。我们列队前往，敬献花圈，聆听烈士的生平，默哀。年年如此。

和李文华有关的，让我可以吹吹牛的，还有件值得骄傲的事：葬在李文华旁边的烈士——李其高，是我的堂舅。这似乎是有点远了，但他是我外公的亲侄子。这样一说，倒是有几分亲近。外公外婆和我同村，我对大外公大外婆也有很深的印象，他们的房子里，挂着一幅堂舅李其高的画像：堂舅穿着军装，很是帅气。

小时候，常缠着这些老人，让他们讲那个年代的故事。外婆会讲起那个风黑月高的晚上，也就是其高堂舅牺牲的夜晚，在血腥中去收堂舅的尸体。外婆讲得不是很生动，这让我有些失望。其高堂舅那时是李文华的通讯员，刚入伍不久，牺牲的时候，差不多十八岁。在小分队的活动中，他们被包围了，枪林弹雨中，李文华掩护战友撤离，但是，发现队伍中少了一个人，便回头去找，回头找的时候，他自己脚上受了伤，失散的人找到了，却已经牺牲了，这个失散的兵便是其高堂舅。最后，李文华被困在一个楼里，打光了子弹，英勇牺牲。

历史的真实在于当事人的记忆。当我的大外婆、外婆等一个个老人陆续走掉的时候，很多事情已经不再被提起。当李文华生前的战友接连离去，我们村里，清明的时候，也冷清了。

后来，当我回到村里的时候，烈士的墓区已经迁到离村稍远的公墓区，不变的还是一大一小的两个墓。而原来的地方——村口，已经建起了一个现代化的村文化广场，有现代化的户外路面，明亮的广场灯，白天晚上，都是热闹非凡。

## 老家的樟树

老家的樟树,有点来头。村志中无准确记载,村里辈分最高的老人也不能说清这樟树自何年何月而种,至今有多少年历史。虽然说有树圈可考证,但是,除了在树上挂个古树的牌子,村人似乎对六百年还是七百年,或者只是五百年,不太计较。

模糊的事物更有想象空间。我也不计较,说起来,反正是几百年了。

樟树要五六个人才能全围住,枝繁叶茂。叶冠达几十平方米。两棵树,一棵大一棵小,虽相距几十米,但是枝叶浓密,伸向天空,还是紧密地牵在一起。两棵树的中间,就是村里每年"社戏"的戏台。每年的"三月三",在这里上演的婺剧、越剧,见证着村里的繁荣与变迁。

古人一般在某处定居前,都会种棵樟树,如果樟树能成活,说明这片土地适合人们居住。久而久之,"村口樟"就成了很多村庄的特色。这两棵樟树,也是雅庄村的"村口樟",是雅庄地标。听村里的老人说,以前雅庄的前山和后山,可不是现在的晒谷场,而是真正的森林。现在森林不在了,雅庄还幸运地在前山和后山留下十几棵的古树群。但前山前塘旁的那些樟树,比后山的这两棵樟树要年轻很多。

关于香樟树的来历,相传是嫦娥和玉兔有一次偷偷溜出月宫玩,路上不慎将香囊掉落在地上,就长出来很多带着香气的树,也就是樟树。除了樟脑丸可以驱虫之外,一直以来,我们这里人家婚嫁的时候,都用香樟做两个大箱子,是家家户户的必备品,听说有"两厢厮守"的美意。

我们雅庄的两棵樟树,应该是"青梅竹马","两厢厮守"数百年,足以堪称典范了。樟树脚下是我们小时候游戏的天堂。我们小时候不知树有没有性别,把大的茂盛点的,叫作公的,那棵稍微小点的,叫作母的。樟树离我家祖屋很近,从奶奶家跑过去,不远就到了。站在自己家的房子里,仰头而望,也可以看到天空中那一年四季常绿的枝叶。小时候的农村,没有什么娱乐活动,樟树那里除了年年的"三月三",也是大伙儿常去玩耍的一个好场所。绕着樟树追逐,大伙儿手拉手量一量树圈,爬樟树(虽然爬不上去),这些都是枯燥而简单的童年中,让人印象至深的。

最难忘的是和小伙伴们把一张张掉落的樟树叶捡起来,用一根线,串成"叶环",套在脖子上,再编个柳叶圈套在头上。在看雅典奥运会的时候,看到颁奖台上领奖的运动员头上戴着橄榄枝环和脖子上挂着奖牌的时候,颇为激动——这也是我们小时候的专利。没有阿童木,没有变形金刚,没有汽车玩具,也没有动画片,村里的处处角落都是我们玩的乐园。小时模仿着古代戏剧里的剧情,再玩些兵匪之间的游戏,那时的日子,相当快活。

两根樟树,虬状的根系交错地扎进土里,盘根错节间又有些拱出地面,踩的人多了,坐的人多了,直接成了我们的木凳。"根,紧握在地下;叶,相触在云里。每一阵风过,我们都相互致意,但没有人,听懂我们的言语。"是的,那时,我们不懂舒婷的诗,不懂老树的叹息与快乐,只知道这个遮风挡雨的地方,是我们儿时最美的游乐园。

不光是小孩,就是大人们从田里干活回家,路过大树底下,也会待上一会儿。他们把农具随意地扔在地上,坐在树根上,摇着帽子扇风,聊着家常。特别是夏天的晚上,樟树下都是纳凉的人们,大家带着板凳,拿着凉席出来,大人聊天谈笑,小孩戏耍。后山晒谷场上没有汽车,偶尔的清风吹来是那么凉爽,有樟树的清香,夜空离得特别近,星星和月亮都那么明亮。

那种轻松快乐,大家享受的表情至今印象深刻。上中学时,读到舒岳祥的《樟树》诗:"樛枝平地虬龙走,高干半空风雨寒。春来片片流红叶,谁与题诗放下滩。"看到"平地虬龙走"和"春来片片流红叶",活脱脱写的就是我们老家的樟树。

小时的村庄,房子都是低矮的。老家村所在的地势又高,樟树在周围的一带村里,也就显得伟岸无比。很多村里的人一来老家,都会提到,你们村的那两棵樟树好大!那时,小小的虚荣心就会异常活跃,我们会学着家里老人的口吻说:想当年,解放军从这里经过的时候,本来想把这两棵樟树砍下来做大炮的,但最终考虑古树保护,没有砍掉……

想当初,古樟可以用于共和国的解放事业,多令人自豪!不过,樟树如何做大炮,我们从没有多想。

那时的村与村之间,没有路标,道路也是窄窄的田埂路或是"基耕路"。有一年,还不到十岁的哥和我,在官川姑妈家待腻了,可是姑妈又特别好客,非得把我俩留在家中多住些日子。于是,我俩就准备"逃"回家。可是不认识路啊,我俩自作聪明地说,朝着那樟树走,肯定没错。我们朝着樟树走啊,走啊。冬天下着雨,鞋子里都浸了水,身上也淋湿了。樟树是见到了,可是这里只有一棵樟树,也不是我们村的那棵。这是哪儿啊?问了桥边的一个老奶奶,才知道,这是我们隔壁一个村,叫莲塘,这里也有棵樟树。

一年又一年,我们长大了,都远走高飞了。村里也是高楼四起,樟树也越来越"深陷"其中,渐渐显得有些渺小,那些虬龙似的树根,也失去了昔日的古朴。有一年,树木生病了,电视和报纸四处刊登"寻医"启事,让人心急,毕竟,这古树已经和我们乡人紧紧密密联系在了一起,比什么都重要。

"大翼擎天入云霄,樟香飘过万山遥。树荫千载凉春夏,诗颂青神灵气高。"在我人生最为困难的时候,我竟然无数次地梦见村里的古樟树。梦见小时候的嬉戏,梦见它的生病,梦见它历经百年却依然挺拔的雄姿。

每次,回到乡里的时候,我都会走到樟树那里,静静地绕着它们走上几圈。现在的樟树脚下，已经不复原来那种热闹与安静。房屋高了，樟树却显得瘦小了。没有人懂得几百年来古树看到了什么，想些什么，说些什么……

　　樟树，老家后山的两棵古樟，历经了几百年的风雨。随时随地想起，都会想到小时候串起的樟树叶挂在脖子上的那种淡淡味道。

# 大　厅

每次回雅庄，都会去村里走走，到田里看看。

与其说看变化，不如说是寻找旧时的痕迹。从村西走到村东，从村南走过村北，经过的中心，就是大厅。

村里这么多地方，我最感伤的就是大厅。别的地方叫祠堂，我们雅庄称大厅。大厅是我们雅庄精神文化的圣地，是雅庄文化的发源地，是村民举行祭祀及重要活动的地方。大厅始建于明清年间，具体年月不可考。后因白蚁虫害及自然灾害等，主要建筑遭到损毁。

雅庄也有很多的祠堂，但最有名的还是大厅。大厅，大气之大，大雅之大。大厅在我们小时候，代表着大气和巍峨。中间有高大的楼阁，两侧是数不清的房子，沿着中轴线，就是我们雅庄香火楼等重要建筑。

大厅，是我们雅庄的文化中心和精神中心。这和当年造大厅的太公太婆勤俭节约，做人忠厚，热心族人的教育等分不开。

后来，外出求学和工作。每次回来，总要到大厅看看。现在的大厅，已经不复当年的大厅。门楼倒了，四周的房子破败，一片荒芜，只留下几个柱墩空留人凭吊记忆。

近来，闻悉雅庄村党员代表、村四委、妇联一直重视村文化建设，把文化作为村工作的灵魂核心，纷纷带头捐款，各方集资，重新规划三千余平方米的雅庄大厅，重塑当年雕栏画柱之美，推动非遗、旅游、娱乐等文化产业，提升村民生活水平，形成高雅文化与民俗文化相结合的公共文化思路，让大厅成为雅庄真正的精神文化地标。

我们雅庄定会重现大厅之大，大厅之雅，大厅之雄伟风姿。

我很期待。

## 立春大如年

"立，始建也。春气始而建立也。"

在老家永康，立春是一年最大的节气，也是最大的日子。说"大"，立春大如年，分明是最重要的意思。

### 一

轻折竹枝，弄取扁柏，门窗灶台一派绿意。最重要的日子，要有仪式感。这一天，我们要"摽青"。立春，又叫"上青日"，乡人"青"和"春"这两个音常常不分，所以也有人叫作"上春日"。永康人的习俗，在这一天里，要去采些柏枝、竹枝等常绿常青的植物，挂在门上、窗户上。松柏都是常年绿色，也是寓意春日近了，新的一年开始了。立春，二十四节气中的第一个节气，时间一般为每年的2月3日至5日之间，天文学上指太阳到达黄经315°时。从这一天开始，我们真正进入了春季。立春期间，气温上升，降雨增多。自秦朝以来，中国就以立春作为春季的开始。都说"立春大如年"，立春意味着严寒的冬季结束，进入了温暖的春天。自古以来，我们就是农耕型社会，春种秋收，"一年之计在于春"，由此看来，古人对于立春这一节气如此重视也就不足为奇了。立春的重要性不光体现在农耕上，还体现在生肖上。从商周时代，生肖划分便以立春为标准，一直到今天的老皇历、传统命理学、占卜学等，均以立春作为新年新生肖的开始。所以，立春了，才是一年的真正开始呢！现在我们透过文字，可以知道立春在古代可是一个温馨有趣的节气。古人啖春饼，名之为"咬春"；互相拜贺，称为"拜春"，互赠春词为"春帖子"；在大门口贴"春"字为"讨春"；妇女在头上戴"迎春髻"；乡间用麦米豆抛打春牛，名为"打春"。更有那摸牛脚的有趣风俗："摸摸春牛脚，赚钱赚得着。"那时，立春是多么有趣啊！

二

记得有一年，春节回老家的时候，刚好遇到立春。那时父亲身体还健康，是附近有名的"劳模"。父亲说，马上立春了，去咱们家的竹园里砍点竹子回来吧！我很惊讶。我们家有竹子？一直很喜欢竹子，喜欢雨中听竹，边听竹边看书。梅，兰，竹，菊，在古诗文或画中，谓作"四君子"。兰，色淡香清，谦谦君子；菊，花香淡雅，恬然自处；梅，傲骨吐香，不畏严寒；竹，

一年常绿，虚怀若谷，更像是不入低俗之高雅人士。东坡先生常说，"宁可食无肉，不可居无竹"，四君子之中，最爱的，还是竹。一片竹海，浩瀚没有边际，微风吹过，绿波荡漾。春有笋，夏有竹荫。竹子身上都是宝，可以做竹席，扫把，编藤，筷子，竹炭，竹筒……竹子有太多太多的用途。

有一年暑假，在一家广告公司里做暑期工。有一个项目是永康宾馆夜总会的背景墙，我负责贴其中一个角落里的仿玉雕，内容就是竹子。没有设计的效果图，我负责根据整体的布局贴竹子及竹叶。贴完后，背着手，蛮得意地在自我欣赏。谁知，公司的老板走过来，把我训了一通："竹子的叶子，哪有朝上的？"我一听就蒙了，突然想到一句诗："虚心竹有低头叶，傲骨梅无仰面花。"暗叫惭愧。我贴的竹子，叶子有朝下的，有朝上的，布局还可以，却明显不合常理。骂归骂，公司老板认为别人看不出来，我就按他的意思没有返工。真是知错而不改。这个秘密，我告诉过一个朋友，他曾经在宾馆夜总会做爵士鼓手，朋友特意认真观察过，会心一笑。浙江的竹乡在安吉，永康的竹乡在永祥。我们老家雅庄那一带有竹园，但少有整片的竹林。竹子也招蛇虫，因此在家附近，一直没有种竹子。

父亲笑了笑，没说话。大嫂说，去年，我们挖了两筐的竹笋回来呢。一行人在我的催促中，去山上看竹子了。雅庄其实无山，只有几个小丘。不过，乡人把一片平地里的松林，叫作山。一个晒谷场，平整得很，也叫山。所以，在雅庄的地名里，有中山，有东山，有很多很多的山。通往竹园的路上，已经被很多植物热情地堵住了路。父亲走在前面,用大砍牛刀开路。不一会儿就到了我们家所谓的竹园。这片林子,原来也就是一片松林。小时候,我们在这里捡松果、拾松毛,还晒一些稻草、豆子之类的。那时候的山上,除了树,下面都是光秃秃的,没有什么植物。这块林子,是我们小时候玩耍的天堂。这片林子,同样,也是我们祖辈很多人安息长眠的地方。在稀疏的松树间,无数根竹子伸着它修长的身子,一节一节的,笔挺笔挺。还有无数的小竹子,舒展着不高的身姿,在风中摇摇晃晃。父亲指着竹子对我说,当初,我就从别的地方挖了三根竹子种在这里,现在已经成整片的竹林了。父亲还指着竹子和我说,哪根是最老的竹子,哪几根是今年的竹子,哪几根是去年的竹子,如数家珍。竹园中,灿烂的阳光斑斑点点地照下来,有松影,有竹影。虚心竹有低头枝,几根竹子,历经一段时间,就会长成一片绿色的希望。

## 三

永康人对立春的重视,还在于吃。立春,北方有"咬春"的习俗。旧时,在京津一带,立春要吃春饼吃生萝卜,南方人吃的是春卷。浙江永康属于南方,我们要吃"鸡子索面"。永康人在家里来客人的时候,烧碗鸡子索面是最为客气的招待。"鸡子",是鸡蛋的意思。对于自然资源比较贫瘠、经济比较落后的永康来说,以前鸡子索面都是用来招待客人。而立春这一天,是烧给自己吃的。鸡子索面是我们这一带特有的传统小吃,属于咸面,我们又叫土面。下面条的时候不用放盐,不知情的人做面条的时候,下了盐,那这份面肯定是咸得不要不要的。这面,是由精制面粉加适量食盐,经过一系列纯手工工艺,制成细如银丝、洁白柔软的面干,一圈一圈卷起来。过年的时候,永康人也常用这个面或是粉干作为礼物,上面放一张红纸,很具喜气。永康人认为索面是吉利、高贵、幸福、长寿的象征,尊贵的客人到家烧点心用的是索面,再加上鸡蛋,这个传统延续了几百年。

今年的春节和立春与往常大不一样。突然有大把大把的时间,可以看书,看电影,可以陪家人,可以打游戏,可以……我们的平静下面却藏着深深的焦虑。大部分的时间里,都躺着刷手机,被各种消息影响心情,看似努力,效率却低。常常一天下来,都是无所事事。今年的立春,被雨声吵醒。春雨贵如油,最是一年好景时。虽然乍暖还寒,我们都相信,风会越来越暖和,春光会越来越明媚,世界会越来越好!我们和春天的约会从今天开始了,不管怎么样,今天,我们都要隆重点吧!认真地烧碗鸡子索面,认真地过每一天,认真地期待美好的明天!

# 龙　灯

要穿过一条条弯弯曲曲的小巷，走过一个个似曾相识的地方，老家的龙灯才会展现在我的面前。

正月十三迎龙灯，是我的老家雅庄灯节的一个重要节目。在外工作后，很长时间没有回老家看过龙灯。雅庄的龙灯，说实在话，虽然近不如派溪吕，远不如童宅或象珠出名，但不管怎么说，这是我们家乡人重要的一种习俗。

龙头是迎龙灯的重头戏。以前一般为去年送了"龙口灯"而生了儿子的农家迎，现在一般是老年协会的事情了。龙灯由一条条板灯组成，板灯就由爱好者自由组成。

小时候的灯节，是一个隆重的节日。那时，会拿着一个"鞭炮头"，再弄些蜡烛油在上面点着，跟在龙灯的旁边，龙灯到哪，跟到哪。那年头，龙灯还要去附近的八口塘、莲塘、陈路塘等村，一圈下来，也基本是后半夜了。

龙头是极其华丽尊贵的。中间是条纸糊的龙，两排是一个个精美的小灯。龙的顶上还有仙鹤，龙口里还有几个红色的小灯。夜幕降临，点上灯的时候，龙头就相当富丽堂皇了。

龙头一般在下午的时候"出会"，在重要的街道上"亮相"，沿途讨利事。到了吃晚饭的时候，龙头就在村里最重要的地方——大厅，等着板灯过来接上，最后接上的就是龙尾。

大厅的地方很小，只是一个小小的广场，前面还有口池塘。龙头，在龙珠的指引下，会做出"急转头""掉头"等动作，龙头和龙尾也会斗智斗勇般做些精彩的游戏。最精彩的，要数"龙翻身"。一条龙，由一百多桥灯所组成，龙尾把龙头一圈圈围在中间，龙头需要很费力才能"突围而出"。那时，鞭炮响起，鼓声阵阵，板灯飞快地转动，极是好看。也有些地方的板灯，如派溪吕，能让板灯舞出"8"字形，极为壮观。

龙灯是很金贵的，也有很多的讲究。如龙灯在休息的时候，板灯放在地上，人是不能从上面跨过去的，只能是从下面钻过去。老人说，从龙灯，特别是龙头下钻过去，会带来好运。

年年龙灯，年年依旧。老家的龙灯，是老家的风景，年纪越大，看起来越有味道。

# 三月三，三春三月忆江南

## 一

又是一年三月三，三春三月忆江南。

三月三，是非同寻常的日子，尤其是在古代。现在，很多少数民族地区也都非常重视。在浙江一个叫雅庄的村庄，三月三一直以来也都是重要的节日。

这个节日的流传已经有几百年，上千年。

三月三，最出名的当然是永和九年的那场醉。公元353年，东晋穆帝永和九年，这天是农历三月三，天朗气清，惠风和畅，时任会稽内史的王羲之和谢安、孙绰等朋友及子弟等四十二人，在会稽山阴之兰亭这个地方，"修禊事也"。流觞曲水，畅叙幽情，酒酣之际，王羲之提起一支鼠须笔，在薄韧的蚕纸上一气呵成为这次雅集写的序文——这就是名闻天下的《兰亭集序》。序中提到的"修禊事"，其实是古人的一种游春活地动，人们聚于水滨，嬉戏洗濯，以祓除不详。

雅庄的三月三，或许和一千多年前的"修禊事"有种关联，现在已不得而知，留下许多未解的谜团。

三月三，从魏晋撑根竹篙，探到历史深处，还可以追溯到两千多年前的周朝。

在《诗经·郑风·溱洧》篇中："溱与洧，方涣涣兮。士与女，方秉蕳兮。女曰'观乎'？士曰'既且'。'且往观乎，洧之外，洵訏且乐。'维士与女，伊其相谑，赠之以芍药。"《诗经》中描写了士与女在三月三这春情盎然的日子里，踏青幽会，互定终身的美好故事，也因为这些传说，三月三曾经当仁不让地成为古代中国人的情人节。民间又将三月三称为三月节、三月会、情人节、定情节、女儿节、求子节、游春节等。三月三，在唐宋时期也是相当流行的节日，"三月三日天气新，长安水边多丽人"，杜甫的《丽人行》也曾经描写唐天宝年间三月初三，上巳日，长安士女于此日到城南曲江游玩踏青的情形。

时至今日，三月三还是一个重要的日子，但更多都存在于许多少数民族之中，如布依族，壮族，畲族等。让游客们印象最深的，就是"泼水"狂欢节、"畲族对歌"等。

在汉族之中，庆祝三月三这个节日的村子，委实不是太多。

雅庄的三月三，很是独特。

## 二

在江南，三月三的喜庆，保留在浙中的一个古朴村落——雅庄之中。这里的三月三流传了几百年，有兰亭醉人的黄酒，有喜庆的社戏，更有让人梦牵魂绕的"回娘家"。

农历三月初三，江南草长莺飞，柳绿花繁。蜿蜒的苏溪河畔的雅庄村，梨杏翠幽，杨柳婆娑，春暖花开。三月三，对雅庄来说，是非同寻常的。三月三，古称上巳节，是一个纪念轩辕黄帝的节日。陇西李氏宋景祥公，唐李世民后裔，唐宁王之后，自宋代迁居雅庄以来，年年用做戏等方式来纪念黄帝，祈求风调雨顺，平平安安。这个通常做"三天四夜"的大戏，在近代慢慢发展为"平安戏"。

熟悉雅庄的人都知道，雅庄的三月三并非只是"做大戏"，还有一个更重要的内容——回娘家。这一天，不管多远，雅庄嫁到外地的女儿都要拖家带口回娘家看戏团聚。

雅庄有"三宝"：三月三，红色文化和九月重阳。红色文化因为革命烈士李文华，九月重阳是因为雅庄的罗汉队闻名，但三月三除了做戏之外，为什么能成为村里外嫁女儿回娘家的节日？很多人其实并不知详情。

这里还有一个有趣的传说。永康居浙中，雅庄居永康之中，有着丰厚的人文气息和悠久的历史传统，才子名人辈出。在历年的族谱中，名人撰序比比皆是。有一年三月三，雅庄村依然合族做社戏的时候，李氏某房曾为御史的太公，招待贵为总兵的女婿回雅庄探亲，因随从和客人众多，将同族的女眷都叫回村里帮忙，在村里各个厅堂大宴宾客。

就这样，从李姓纪念轩辕黄帝以及"修禊事"这样的节日，到最后发展为女儿回娘家的节日。

三月三在雅庄已经成为一个综合的历史文化节日。年年流传，代代相守，至今已经数百年。

一个节日的形成，是一个民族或国家历史文化长期沉淀凝聚而成的。像雅庄这样，以一个节日来年年庆祝回娘家，体现了男女的平等，对女儿的重视，对宗亲和睦要约的遵守，这在封建社会男尊女卑的年代里，并不多见。有民俗学家经考证后认为，这种节日的形成，与雅庄李氏家族崇尚的"睦亲"和"孝亲"族训，以及皇族后裔传承的一些习惯有很大的关系。"为人者，应常思木本水源。祖者，人身之所自出也；族者，溯源而上，皆家人也。尊祖睦族，为立身之本。"祖训加上后世的遵守，这才有了雅庄李氏几百年来的兴旺繁荣。

三月三，回娘家。自那之后，三月三就成了雅庄村每年最盛大的节日，比春节还要热闹。在这一天，除了出嫁的女儿都要回娘家，在外地上班的雅庄人也要回家，还要邀请亲朋好友过来。三月三现在已经成为一个独具特色的乡村民间艺术节。

## 三

　　锣鼓铿锵响起来,"戏"是雅庄三月三的重点。

　　我们可以说:"来,到我们雅庄看戏!"

　　我们可以说:"今儿回雅庄看戏!"

　　我们可以说:"家里头做戏,要回家!"

　　回娘家、请人来家吃饭等,都可以围绕这个"戏",散发出浓浓的情谊。

　　鲁迅笔下的社戏,我们都不陌生。在浙江一些农村,社戏过于隆重与复杂,一般的村子只是用请戏班唱戏这种形式,来庆贺诸如寿诞、添丁、新修祠堂,或祈求平安、许愿还愿等。做戏一般是三天四夜,有些长的是四天五夜甚至更多,剧种以"婺剧"和"越剧"为主。小时候还不识字,"婺"和永康话"武"为谐音,以为"婺剧团"就是"武剧团",打打杀杀就多,就好看;而"越剧团"就是扭扭捏捏的唱腔,一个字都要唱个半天,让人实在是看不下去。

　　戏一般都是晚上开场,这是夜戏。白天的戏放在下午。下午和晚上的戏,都分为三个阶段。第一阶段是闹台场,接下去是加演,最后是正片。加演的片一般比较短小精悍,如《花头台》《窟家庄》《僧尼会》《跌雪》《断桥》等;正片如《五女拜寿》《包公铡国舅》《三凤求凰》《借妻》《盘妻索妻》等。闹台场,应该叫花头台,又叫闹花台。婺剧戏班到一个新地点演出开始前,必须要闹花台。闹花台很能检验一个戏班乐队的整体水平。

小时候,物资匮乏,娱乐节目不多,对于农村的孩子来说,热闹才是重要的。"锣鼓响,脚底痒,屁股坐不牢",锣鼓一响,孩子们就直奔后山的戏台。台上咿咿呀呀的唱腔,不是他们的兴趣点,看乡村社戏的乐趣在于与玩伴在台前人群中追打嬉闹,在幕后好奇地看演员们化妆,向爸妈讨钱买小吃和玩具。

长大后越走越远,回响在耳畔锣鼓的腔调,是我们绕梁不绝的乡愁。

北上北京,南下广州,半世漂泊,最终回到金华。有空的时候,我爱去婺剧院看戏剧,算不上戏迷,只能说是喜欢,喜欢听戏的感觉。女儿常说这是年老的标志,我承认也是。我喜欢戏剧,这种喜欢虽然不是天生的,却是小时候耳濡目染种下的根。小时候经常去看做戏,在家里听姐姐"三用机"里的越剧声,那时候也不是真正喜欢,但听得多也不厌烦。人生走到了一定的时候,突然就很喜欢了,居然可以随口哼出一些越剧的唱段。

我想,小时候种下的种子,是不可能轻易被抹去的,它会悄悄生根,在你心里默默发芽,直至长成参天大树。

小孩子看戏看热闹。对于大人来说,这一天,早早地邀请亲朋好友,早早备好水果菜肴。现在生活条件好,来做客看戏吃饭的人越多越好。大家团聚在一起,喝茶吃酒聊天,欢天喜地,真好。

外地的游子们,三月三这天也会尽可能地早早回到雅庄。趁着人少的时候,在村里走走,到田野里看看,找找昔日生活的各种痕迹。在村里遇到儿时的小伙伴，也会寒暄几句。

有时，遇到老乡亲，他们慈祥地望着你，半晌后兴奋地说："你是某某的孩子啊，回家看戏了啊！"

移居在舟山定海、金华徐李等地的李氏同宗们，常在三月三这个不同寻常的节日里，由老人带着后辈回到雅庄认祖归宗。他们和村里的老人一起，小心翼翼地翻开民国期间的宗谱，从族谱中找出自己和前人的名字，激动地说："看，我是二十二世，哲字辈呢！""你是二十三世谋字辈呢！"

村庄发生着日新月异的变化，让你欣喜的同时，也略有些惆怅。以前从前山跑到后山，后山跑到中山，感觉很远，而现在你慢慢地走，一下子就走到了。原来的石板路、房子都没有变化，变化的是自己的心哪！

现在，请客人来看戏，还可以很自豪地请客人到雅庄"旅游"半天了。在这两年的新农村建设中，雅庄村已经发生了翻天覆地的变化，登上了《人民日报》《浙江日报》等各级媒体，成为远近闻名的示范村。一年里，各地来雅庄参观的人络绎不绝。

雅庄村古色古香的牌坊，规模宏伟的长廊，典雅美丽的游步道，幽深完整的古驿道，错落有致的古建筑群，庄严肃穆的李文华烈士陵园，戏台前两棵苍虬翠绿的老樟树，自然风光无限的田野……这些都可以让村里人带着客人逛半天，还可以引以为豪地介绍村里"谢客传说""章鸿故事""方斋逸闻""陈亮疑冢"等故事给客人听。

走累了，听累了，我们回家里喝酒吃茶去。

喝饱了,我们一起从前山中山等地方一起逛到后山的戏台前,看看演的是什么戏,站在戏台前瞧瞧听听。

还是这个地方,还是这个三月三。在人来人往拥挤的戏台前,几百年的老樟树还在,圆圆憨憨的粮仓还在,你看不清舞台上演的是什么,却仿佛能看见那个瘦小的自己,正和小伙伴们在人群中泥鳅一般钻来钻去。耳边响起的是那首熟悉的歌曲:"又是一年三月三,风筝飞满天,牵着我的思念和梦幻,走回到童年。"

年年三月三,永和九年的那场醉令人们永世难忘。

年年三月三,三春三月忆江南。

夜来幽梦忽还乡,犹忆雅庄。

# 打罗汉

一场惊天动地的打架事件惊动了戚继光,从而有了"戚家军"。

据《义乌县志》记载,嘉靖三十七年,由于传说义乌倍磊八保山一带有银矿,因为区域划分不清,永康与处州聚集了上千人到八保山,与倍磊大户陈大成(后成为戚家军名将)等率领族人发生大规模的械斗。一开始义乌人失利,被打死了好几个。后来,赤岸、毛店等地的人都参与进来,共聚集三千多人,双方的械斗持续数月。

这个民风彪悍的地方,让戚继光敏锐地觉察到了兵源的作用,拉开了到义乌招兵的序幕。这个"打架"事件中,记录了另一方的主角——同样民风彪悍的永康人。

江南多才子,多为文质彬彬风雅之士。永康自古的贤人中,也多文人。这如此彪悍怎么会和江南,和我们永康扯上关系呢?

这和永康的"打罗汉"有很大的关系。

永康人说话腔调很硬,声调很高,这似乎也与几百年来"打罗汉"的传统有关。"打罗汉"其实就是一场民间练武的会演，集各种民间拳术、棍术于一体。平时，乡人于农忙之余练习，到了九月祭祀胡公的时候，便举行一场盛大的会演。

"打罗汉"，一说是戚继光组织群众练习武术，增强体质，以全民皆兵的形式抵御倭寇的民间体育活动；另一说，是北宋时兵部侍郎胡则，他是永康方岩胡库村人，相传，胡则担任兵部侍郎期间，倡导农闲习武，主张把闲散的农民集中起来，练武强身，以便抵抗外敌入侵，永康的后人谨记在心，平时练习强身健体。

后来，发展成为用"打罗汉"的形式作为祭祀胡公的一种方式。

雅庄的"打罗汉"在永康也是颇有名气的，屡获各种表演金奖。一班罗汉队，在每年的七月半后就开始组织练习，布阵团阵。在每年的九月初六那天，罗汉队员一个个脚蹬红灯笼裤，腰扎白单包，煞是威武雄壮。锣鼓队热热闹闹走在前头，案头旗猎猎其后，后面是执十八般兵器的勇士。

表演开始了。在有节奏的锣鼓声中，通过穿插交叉、里外圈跳阵，不断变化队形，再现古战场之风。罗汉队布出长蛇阵、八卦阵、绞花阵、蜈蚣阵、半月阵、双龙出海阵、大团圆阵等十多种阵式。最吸引孩童的是武术表演时间，由罗汉班队员表演刀、叉、棍、棒及拳术等十八般武艺，祖辈相传几百年的功夫，结合了南拳北腿，处处体现了实用的特色。最后是一些民间杂技的表演，如叠罗汉、钻凳、叠人桌等。整个打罗汉表演一般在叠罗汉（俗称"竖牌坊"）中结束。

在各个村的表演中，有很多活动也是相当吸引人的，让人忍俊不禁，笑口常开。有"大面姑娘"，纤纤玉手拿着花巾和纸扇，一面清亮地唱着歌，一面翩翩起舞；有敲着竹板的"十字莲花"乞丐阵，唱着《永康莲花》调，由乞丐头即兴随编唱起讨彩的话或逗笑词；有"大姑娘坐花轿"，由一名车夫推着竹扎纸糊的彩车缓缓而行，车上坐着一位位美丽的古装姑娘。其他还有永康最有名的"十八蝴蝶""哑口背疯""三十六行"等项目。

小时候，能参加罗汉队可是莫大的荣耀。听外公他们讲旧时上方岩祭拜胡公庙会，"打罗汉"仪式隆重，程序繁多，武斗的现象时有发生。有时几支罗汉队相遇，还要圈坛"品会场"，真刀真枪打斗搏杀，非分出个强弱高低不可。

雅庄的"打罗汉"有代表性，与"十八保"的传统分不开。从明清开始，雅庄长田等十六个村结成一个民间的互助联盟，史称"十八保"（一村一保，雅庄长田为大村，比其他十四村各多一保，共十八保）。这十六个村，团结互助，到了九月的时候，轮流齐聚某一村进行"打罗汉"表演。这一传统，坚持了几百年，充分体现了永康村落之间的团结与互助。

2016年，"十八保"轮值到雅庄，十六个村的"罗汉队"齐聚，一时盛况空前。

一开始的民间武术活动，以演练武艺、群众联欢为主，到如今，"打罗汉"的形式多种多样，不断推陈出新，它已经成为我们永康非遗保护项目的一项瑰宝。

## 家乡的酒

小时候,家乡永康的乡村家家户户都酿酒。每到冬天,走在乡间,不时会闻到糯米蒸熟后的香味,和着红曲散发的气息,弥漫在村子里,唤醒又一个酿酒的季节。

家乡的酒是纯粮食酿制的酒,糯米、红曲、水,安放在酒坛里,用泥封口,沉寂黑暗的空间,缱绻时光的清梦,慢慢地融合,渐渐地沉醉,浓成了酒。

酿好的酒,一坛坛,一缸缸,一瓶瓶,可以喝上一整年,还可以用作炒菜的调料,烧鱼、肉等荤腥的菜肴时加一勺酒,不仅去腥,更添鲜味儿。剩下的酒糟,也可以做菜,小时候最喜欢母亲做的酒糟炒肉,闻着似有酒味儿,吃到嘴里却满是独特的鲜香;还有酒糟烧毛芋、酒糟炒青菜等,都是乡间上等好菜。

喜欢酒,是从小在父辈们那清澈、黄澄的酒中浸润出来的。晚饭时分,揭开酒缸的盖,瞬间,浓香扑鼻,拎起缸里的竹沙漏,沉入酒缸,滤出一大汪清冽的酒。舀酒勺就是一只竹筒连着一根细长的竹柄。用酒勺从沙漏里舀出酒来,倒入酒碗,端到父亲跟前。父亲端起酒碗,眯着眼,浅浅地喝上一口,随即从喉中发出"啊"一声轻叹,极其享受,然后拭去嘴角的酒痕,心满意足。

父亲曾说,奶奶在世时传授给他一些做酒的秘方,因此,父亲做的酒特别香,远近闻名。每每家中来客,父亲总会给客人大碗倒酒,大声劝酒,说这是自家酿的酒,好喝!只是这酒,入口虽好,后劲极凶,尤其是外乡来客,没摸着这酒的性子,一不留神喝猛了,出门再吹一把冷风,极易醉倒。

记得在我二十岁生日那天,第一次喝酒。乡人对十岁、二十岁的生日,都极重视。十岁生日,要上方岩,参拜胡公;二十岁生日,邀来亲朋好友,摆酒庆贺。我二十岁生日的时候,父母亲第一次准我喝酒,敬长辈,敬父母,敬亲友,一碗接着一碗,开怀畅饮。待送走所有的亲朋好友,我终于忍不住,在天井里翻江倒海地吐……那个天井,至今我还记得,种着两棵李子树,有露台,露台中间有葡萄架。二十岁的我,就在那个天井里清醒地吐着,也正是那个夜晚,醉过以后的我,开始长大、成熟。

是男人,总要能喝点酒的。喜欢武侠小说里真性情的乔峰,酒中自有快意江湖;喜欢古代的文人雅士,酒助诗性斗诗百篇,"自称臣是酒中仙";更喜欢几个志同道合的朋友,酒逢知己千杯少。每念及此,总会不由得想起我的大伯父,孤身一人,终生未娶,时常在村中小店,掏出一把零钱,端一碗黄酒,独饮,那模样像极了孔乙己。那时不懂事的我,去店里买东西若碰上大伯父，就会低着头，赶紧买了东西，匆匆逃走……后来，他在一个寒夜里，一个人离我们而去。不知他离去前有没有酒，若有，他就不会走得很孤寂。

一方水土养一方人，一方水土酿一方酒。家乡的酒，其实是水，带着乡风、乡愁，喝进口中，渗入血脉。在外求学时，我才知道绍兴的加饭、花雕、女儿红，和我家乡的米酒一样，都是黄酒，但在我看来，无论酒色、酒味，它们都不敌家乡的酒。家乡的酒，犹如家乡人的朴实，没有包装，简单纯正，清亮的红，透心的爽，满口醇香，回味悠长，当属酒中上品。

记得大学时，和家乡好友二人出行绍兴。在一家小饭店里，点了几盘下酒菜，叫店家做个蛋花酒。店家不懂什么是蛋花酒，听我们解释了半天，我们手把手教，方才做成。然而，绍兴花雕做的蛋花酒味儿总不地道，想来这蛋花酒，还得用我们家乡的酒才正宗。老人们说，从前物资匮乏，用鸡蛋和黄酒做的蛋花酒，是乡间产妇坐月子的最佳补品。而今，好友聚会时，暖一壶家乡的黄酒，切几许姜丝，打上俩鸡蛋，加几块红糖，一桌人，围炉暖酒叙友情，岂不快哉。记得有几回，在同学家，那个叫椒杭的小山村里，窗外，大雪纷飞，屋里，一壶接一壶地暖着酒，一杯接一杯地喝，"晚来天欲雪，能饮一杯无？"直喝到半夜三更，无比惬意。

年轻的时候，回家不太乐意陪父亲喝酒，父亲也就常常一个人，自斟自饮，看似喝得寂寞，自己倒也享受。年岁逐增，每次回老家，总要陪着父亲喝点酒。有一年，父亲又做了新酒，给自己倒了满满一碗,给我倒了半碗,喝着喝着,唠叨起来。他说,除了早餐,他已顿顿离不开这酒了;还说,这点坏习惯可真是费钱,今年光买酿酒的糯米就花了七百多块,想想可真舍不得啊……哥说,这点钱算什么,只要爱喝就是七千元也要买啊!我想,父亲这把年纪了,能喝得动这酒,也是做儿女的福气啊!

然而,人生总有意外,几年前的一场车祸,让父亲在重症监护室里昏迷了二十多天,醒来后,一切再不如前,他再也不能回到田地劳作,再也不能坐在院里喝酒,再也不能和我们谈笑风生……我只能看着他在病床上静静地躺着,春、夏、秋、冬……想到这些,我的心便隐隐作痛——父亲,过去的那些年,我真该多回回家,多陪您喝几杯酒。

前些天,明达友说要回老家做米酒,他学着自己做酒已经好几年了,今年做的是酒糟苦荞烧。我说,今年带我学。家乡的老宅清寂了很久,这个周末,我照例回老家,去医院看过父亲,重返老宅,搬下几袋子的糯米……恍惚间,似已闻到煮熟的糯米香味,从我家的宅院里飘出来……

## 果子词

"讨果子"是永康很有意思的一个习俗,"果子"可以是糖果,是可以吃的东西、用的东西,"讨果子"讲的是闹新房讨要喜糖的风俗。

乡里物质条件不佳,改革开放前的永康乡村基本都穷。永康人的习惯是有一点点的钱,都先用来盖房子。那时候的人都热情,偶尔哪家有喜事,大家就爱凑热闹。一个村子谁家娶新媳妇,别说自村的乡亲能把新房挤得水泄不通,就是上下三处的乡亲们也会闻讯赶来讨果子。在物质稀缺的年代,结婚的喜糖是计划过的,新娘或伴娘,紧紧地将喜糖袋抓在手中。

人多,讨果子需要名义,所以吉利话要一句句来,这个果子就不能不分。可是来者不拒的话,办喜事的人家也着实吃不消。于是,就有了"果子词"这个应运而生的永康民间闹新房的"斗口"。

规则其实很简单,办喜事人家先请来才思敏捷,善于随机应变的果子词师傅。坐在花床前的长脚桌边，适当地"刁难刁难"前来闹新房讨果子的乡亲。

类似于文人雅士对对子，又类似猜谜语。果子词师傅要将谜面编得顺口又吉利，来者猜中或对得出来，方可获得一定量的果子（那时候除了喜糖，更多的是爆米花、花生等其他果子），猜不中者接着来或换人接着来。如此一来，这新房闹得又是热闹，又帮主人家省了不少果子，更重要的是形成了一种民间文化。

当然，果子词师傅除了"刁难"前来闹新房的人，也要跟主人家讨要果子。一般是果子词师傅唱起顺口溜，把要的果子数量暗藏在里面，而主人家会提前请来懂规矩的内场（一般是村里的厨师），此时会提醒新娘，师傅在讨要什么，要按什么规矩给。

如此一来，倒有些"打擂台"的感觉：果子词师傅胜过了一般前来讨果子的人，从而获得了跟新娘讨要更多果子的机会。

既然摆了擂台，自然也容许别人来挑战。这个时候，第二个或者更多的果子词师傅就来了，也就到了闹新房中最热闹最精彩的时刻。

两位或更多位果子词师傅一比高下，个个出口成章。就连自报家门也是很有讲究和学问的。比起电影《刘三姐》的对歌环节是毫不逊色。

咱们今天搜集的就是雅庄果子词和鼓词大师李玉成自报家门的一段词，足以证明这位"永康鼓词第一人"绝非浪得虚名。

金华八县有永康，

离城廿里出东乡；
十八保里当中坐，
地名称出雅川庄；
雅川庄来好地方，
文武玄帝当中坐；
上有万箩门归处，
下有下书院小学堂；
一条市基宽洋洋，
小媳妇开赌博场；
还有德益坐店堂，
保其公来开药方；
长法双简养猪娘，
文广开设草席行；
棱角塘边小学塘，
洗莱还有菜园塘；
瓦灶塘角藏鳖壳，
上水鲶台都横塘；
高山出对雌雄虎，
石铜鼓丢在黄泥塘；
朱坛龙飞东西眼，
老太公殿坐石塔塘，
岩塔背不种糖梗出砂糖；
东边两口三眼井，

后边两棵樟树好乘凉；

银田贩来好种稻，

前山后山当晒场；

东面承起八口塘，

南面栋栊陈路塘；

西面长恬黄塘下；

北面莲塘湖泽塘。

## 雅川与雅庄

我们小时候,村里一些地方还带有很多"雅川"的字眼,家里很多地曹箩、台扁、索箩和地簟等,都还写着"雅川李氏"等几字,这几个字,透着秀雅与大气。

渐渐地,我们都只记得有"雅庄"而不记得有"雅川"了。

川者,河流、平原或是大道也!古人近水而居,靠水敬水,水是我们的母亲河。昔年宋吏部侍郎景祥公,唐宁王之后也,告老还乡,经过雅庄这片地方,见此地山川秀美,风景怡人,卜地于此而居。我们雅川的川,乃苏溪一带,即雅庄人所谓的隔溪,川取隔溪周边一片平原良田沃野之意也!在1949年之后,隔溪一带村民在田里劳作之时,良田之下不时有砖瓦挖出,这也说明我们祖先曾经的活动范围,部分曾经在此。现今,几百年沧桑变迁,隔溪一带依然绿水碧野,仍然是雅庄的"金山"和"银山"。

此乃雅川之来历也!

宋之后,南移的移民众多,广泛以"川"尾化地名。"川"

尾化的地名在永康缙云东阳一带,有很大的使用半径。现今,永康还以"川"尾化地名的,曾经用过或还在用的,有近二百个村庄。据不可考证的资料,在"川"尾化地名流行时期,永康可能有三分之一的村,都采用"川"尾化地名。沿用至今的有苔川、郎川、官川、渼川、花川等村庄。

永康居浙中,雅庄居永康之中,有着深厚的人文土壤和悠久的历史传统,在历年的族谱中,名人撰序比比皆是。从嘉靖、康熙、乾隆到民国,雅庄历次重修的谱牒,记载的均是"雅川李氏宗谱"。若有传记,皆载"雅川李氏""陇西雅川李氏"等字样。所以,在1949年之前,"雅川"是书面语、谱牒以及各方面运用的标准名。某些时期,"雅庄"和"雅川"同时存在通用,"庄"即"川","川"即"庄"。

从文人的角度,"雅川"词更雅,可以想象的范围更大,有"八百里秦川"的壮阔,有"岸迥重重柳,川低渺渺河"的江南诗意,所以文人多用"雅川"。"川"尾化地名,也是对自然的崇拜,是当时的一个潮流。

"川"与"村"的永康话发音基本相同。随着社会的发展,很多的村庄命名也发生了很大变化,有很多村庄原来也和"雅川"一样,去"川"变"村",这也是时代发展民众的选择吧!

雅庄在新中国成立之初,还短暂地使用过"下庄"名。不过,这地名与"雅庄"的"雅"一点不沾边,只是书写方便,不规范,不久就弃用,回归"雅庄"。

"雅川"和"雅庄",皆"雅",皆是我们村庄的地名。现在标准的村名,毫无疑问是"雅庄"。不过,我们偶尔在写给友人的书信手札、字画中,署上"雅川"两字,表达怀念之情,又有何妨?

让我们的子孙后代,知道雅庄曾用"雅川",这样一个很优雅的名字,给人很大想象空间的名字,也是很有必要。

## 雅庄地名传说

宋吏部侍郎景祥公，唐李世民之后也。这年，他告老还乡，经钱塘江，沿兰江及永康江溯流而上，至酥溪河畔时，眼见两岸草长莺飞，姹紫嫣红，春意盎然，让他这宦居京城多年的人心旷神怡。他轻轻挥手示意船靠岸停下，健步登岸。

景祥公带个书童，手摇聚头扇，沿着溪边，闲庭信步，不知不觉走到一个高大的山丘前。抬头一望，这山丘南面、西面、北面均居高临下，气势巍然。他气喘吁吁地爬上山丘，只见山丘之中古树林立，四周高，中间低，景祥公不禁捻须暗叹："真乃一个聚宝盆，子孙居住福地啊！"站在山丘上，他回望酥溪，但见溪流蜿蜒曲折，河水碧绿，如一条锦缎飘逸在绿色的大地上。在山丘与酥溪之间，是一片肥沃的冲积平原，景祥公仿佛看到家人开垦这片希望的土地繁忙的景象。

景祥公不觉笑了。

书童好奇地问："老爷，您笑什么？"

景祥公不语，迈着轻盈的脚步，甩袖往船的方向而去。到了船上，他牵着夫人的手，兴奋地说："娘子，我找到一个好地方了，我们停下来，不走了！"夫人看着他喜悦的表情，自然也非常欢喜。

晚上，景祥公在灯下铺开宣纸，他决定给这个未来自己及子孙定居的地方取一个名字。他想到这个地方山川秀美，风景怡人，油然想到了汉班固《白虎通·礼乐》里的"雅者，古正也"，想到君子安雅，不由得在纸下落下一个"雅"字。他想，这么好的地方配得上这个"雅"字，加之此地为冲积平原，这个村就叫"雅川"吧！

自此，永康中部就多了一个李姓村庄，它叫"雅川"，后改称"雅庄"。

**附：雅庄村标释义**

雅者，古正也。
——《白虎通·礼乐》

雅庄，集大雅与端庄于一身。雅庄有着七百多年的历史，传承着盛唐李氏与多姓氏和谐的精神。江南，水墨芳华，柔中带刚的墨迹妥妥表达其意，正如唐诗那般飘逸却不失钢骨。

整体设计，如"雅"字形的家。那一片片的屋檐，既象征着雅庄村繁荣昌盛，人丁兴旺，又意味着雅庄是一个有历史有文化有渊源与出处的古村，也象征着在新时代，在"三支队伍"和"党群共建"中，雅庄传承历史优秀文化的同时，迈向精品乡村的坚定步伐。

左下角的祥云，带来的是人们的憧憬和祝福，祈祷雅庄村的将来风调雨顺，幸福吉祥！

最后，印上一个朱红色的印章，仔细一瞧，上书"和美"二字。据传，同宗李姓曾出过一名进士，因其功绩卓著，关心民生，深得百姓爱戴，当朝皇帝御赐金匾，上书"世美"二字，后人谨记此语，遵祖训行善事，以和为贵。后来，将二者结合，雅庄以"和美"为座右铭，寓意祥和，美好，团圆。当下，又融入和谐，具有时代意义。

# 雅湖乡

撤社设乡、撤乡并区、撤区并镇、撤镇并街道……行政区划的调整，见证了历史的变迁。而我们老家的村子雅庄，始终是雅庄。按村志来说，从我们的太太太太太……公算起，已有一千多年的历史。这一千多年的历史里，我们属于哪个县，哪个府，一直变化着，唯一不变的，只是我们自己的村名。

我们曾属于雅湖乡，曾属于清溪镇，曾属于象珠区，曾属于芝英街道，现在属于芝英镇。

说到雅湖乡，那已经是久远的一个记忆了。年轻一代都已经没了印象。就像原来的乡政府，透着老公社悠远气息的房子，如今一半成了广场，一些成了信用社，一些已经卖给了私人。

小时候，多数人对于我们村的印象，是革命老区，扫墓的地方。常常也在广播里听到：我县贫困革命老区雅湖乡……革命老区是不假，因为出了一个李文华烈士；贫困也是不假，因为我们村子都在一片黄筋泥的土地上，靠山没有山，靠水没有水，一片贫瘠。

　　雅庄曾属于雅湖乡。这不是故事。但是，若干年后，会不会成为一个传说？一个乡，有乡政府，就是附近几个村子的商业和文化中心，有中心小校，有中心初中，有中心医院，有中心粮库……不过，这些都已经没什么痕迹了。村子的变化，我们自己也认不出来。整个行政区域的分分合合，让经历过的人都感觉模糊，更不用说，年轻的后来者了。

　　属于雅湖乡的时候，是我读小学、初中、高中的那个阶段。那时候的雅湖乡，虽然贫穷，却是青山绿水，到处都是农田。不高的山岗上，有很多的果树。村里有一条唯一的机耕路，是沙石的，车子很少，只是一开过来，就会扬起漫天的灰尘。

　　雅湖乡，已经没有多少的痕迹与遗址了。社会就是在发展变化之中，过去总会被现在替代，而现在在不久的将来也会被未来替代。

　　这是进步。

# 清　明

清明时节雨纷纷。

无雨不清明，缺了雨的清明是不完整。即使是阳光明媚的日子，清明在人们的眼中，也是飘着雨的。成百上千年来的清明，大部分是春雨绵绵，这是江南雨季的特点。

这是人鬼情未了的节日。绵绵的春雨，无端牵着你的思念，奔向另一个世界。在已经消逝了的世界里，你回味着曾经存在过的一切。你的亲人，你的朋友，你的至爱，他们曾经和我们所共同拥有过的一切。

过去与现在，以及虚空的世界，会让你产生复杂的感慨。清明时节的雨，就这样纷沓而来。雨，模糊了你的视线。

或许一切都曾有过的，只是，现在想起来，成了空气。或许，所发生过的一切，并不单单存在于我们的记忆里，也存在于我们曾经呼吸过，接触过的空气里。也许，有一天，未来的科学家不单是从地下的考古中了解曾经发生过的一切，而是在一片片的微小的尘埃中，一接上正负极，空气中就会浮现它所记忆的影像。

那里的你和我，我们，都曾鲜活地存在过。

世界的末日、地球的末日，离我们未免太过于遥远，而我们平常人，终究有一天也将离去。从一出生开始，我们就没有选择地奔向我们生命的终极归宿，没有谁能例外。我们生活的时间，只不过是以十或百年为单位的计量。那些年岁或许有区别，但对于宇宙来说，不过是微乎其微，足以忽略不计。

你和我，都一样要经历生与死，无可奈何地离去。

清明，是随着年岁增长而日渐惆怅的一首歌。年纪小的时候，不懂悲伤，盼着快快长大，也会在半夜的时候想到生与死这个大事，于是在寂静的晚上，学会了失眠；等到长大的时候，你送走身边一个一个朋友和亲人，你才明白时光的无情，世界有种我们不可抗拒的力量。有很多人说，去过一次医院，你就看淡了很多；去一次殡仪馆，你就看淡了更多。

一次次现实的例子，会触碰我们的神经，让我们珍惜生命。

但一回头，一晌贪欢，我们还是挥洒着有限的光阴，挥霍着有限的生命。

每年的清明，会举一把黑色的雨伞，随着父母亲，带着各种各样的祭品，到爷爷奶奶、外公外婆的坟头。程序是在整理墓园的荒草中开始的，锄草、擦拭墓碑，母亲开始燃香、烧纸钱、上祭品，向过世的亲人说近况，请他们保佑家里的人，让他们在另一个世界里安心，之后是放鞭炮。

我会跟父母亲一起，合掌鞠躬，尽可能地多帮忙做一些事情,默默地看着荒草萋萋。想到亲人们的生前种种,音容笑貌;想到自己百年之后,也无非尘土。这个时候,关于人生的哲学命题,会让人无可奈何地摇摇头。

关于清明,关于思念。

另一个世界的人,至爱的亲人,让你在鲜花中,神色凝重,思维上下千万里。很多细节我们并不记得,很多的爱我们不曾真正体会过。逝者已去,亲恩难却。

这个世界上,有人让你牵肠挂肚,让你神魂牵念。但是,思念会被无形的东西阻隔着,让你感觉到触手不及的遥远。世界太过于寒冷,一份情谊,过于难得,过于稀有,过于珍贵,总让你感觉用心呵护的困难。犹如寒夜独行时那点温暖的火,照亮了你,照暖了你。大风来袭,暴雨又至,世界繁杂,当你内心软弱的时候,那些你至爱的亲人,无论在何处,都会给你一种心灵的力量,默默地保佑着你,支持着你!

清明,是场割人心肠的雨,是真情感动了天与地,在泪眼之中,打开的记忆帷幕。

清明,是一个个的梦。

如果你一段时间忙得顾不上想念,那么,某个晚上,那个昔日的梦会再次出现。那个稀奇古怪的梦,有昨日重现,有再续前缘,一场一场,真真假假地在你的梦里演绎。

我们终归还是要醒来。醒来或许记得,或许不记得,或许只是依稀记得。那个梦会牵引着你去做很多事情。你也许会双手合十诚心满怀地说上一段话,这样会让你安心。

我感觉人是有无数触须的家伙。我们伸展着我们身上的触须，伸展着我们的思念，伸展着我们的渴望。

在某个节日到来的时候，触须会膨胀到极限，伸展到极限。

于是，在一个落雨的时节，我们需要一个仪式，舒缓我们的灵魂，安放什么，祭奠什么。

于是，在一个落雨的时节，一个有关思念的梦，会走得很远很远，让你撞上一堵柔情的墙。

# 翠角湾

翠角湾，是一个池塘，是我们小时候夏天的乐园。

夏天，可以一天都泡在这个塘里。塘的旁边就是田地和松树林，太平水库的水通过水渠引到这个池塘里，这个池塘的水质特别好。池塘中有很多螺蛳，小伙伴们一人一个脸盆，沿着池塘摸螺蛳，摸够了一脸盆，就拿回家养在清水里，等几天螺蛳吐得干净了，就用一个大锅爆炒了，一家人围着一大盆螺丝吃。我们吃螺丝，筷子往嘴里一送，舌头一转一吸，一咬螺蛳肉，一下就把螺蛳的肠子和螺蛳壳吐到了地上。那种顺溜，真是从小练的。

池塘也是很多小伙伴们练"狗刨式"式泳技的地方。就个塘很有意思，靠近池塘三分之一的水里，有一条岭，岭那边就是比较深的水域，孩子们都在浅水这边玩。每一个孩子一下水，都以游到那条水岭为荣。一个个拼命地"狗刨"到目的地，站起来欢呼。

大人们要在天色黑下来后，才来洗澡。这个时候，围着埠头的都是洗澡的男男女女。他们笑着说着，说一些小孩不懂的话题，间或开些玩笑。水性好的就在大家的目光中，表演一下泳技，博得些许的喝彩。

洗完后，讲究的人就快步回家换衣服；不讲究的，就在旁边的草丛里，树丛里，窸窸窣窣换衣服。

早晨，池塘是属于女人的。这个池塘有埠头，供大家洗衣。女人们挎着大篮大篮的衣服在埠头上洗着，聊着家常。在不远的池塘排水口，挑着粪桶回家的辛勤男人们，很自觉地在那里濯洗。

最让孩子高兴的还是每年快过年，抽干水捉鱼的时候。小时候，差不多每年都会抽干一次水。看着水一点一点地抽干，一大群鱼儿挤在越来越小的水域里，小孩子们不顾天寒地冻，那个开心啊！

一直以为，大家都叫得出这个池塘的名字，叫得习惯，却不知道这个池塘名是怎么写的。那天，章凤大嫂沉吟了一会儿，提笔写下"翠角湾"三字。

名字就这样定下来了。现在的翠角湾，水还是那样清那样绿，犹如一块绿宝石铺在雅庄的土地上。女人们还在埠头洗衣服，池塘里已经没有孩子游泳，也没有孩子顶个脸盆摸螺蛳。

我想，这就是章凤大嫂提这个名的用意吧！

如果你来雅庄，我带你转转，像翠角湾这样绿宝石般的池塘还很多。它们是江南水乡的"魂"，是美丽雅庄的"魄"，组成了我们秀美的雅庄。

# 黄山降

你知道黄山降吗?

如果你不知道,这是正常的。如果你知道,那么暴露了你的年龄。

黄山降原来是一个很小的自然村,位于永康雅庄大路往官川方向下坡的地方,小得不能算是一个村子。或许当年,是我们雅庄某系某房,迁了几户人家在那里,久而久之,自然而然,就成了一个小村子。

在我们读小学初中的时候,这个村子还在。同学也有住在黄山降这个村的。

现在回想起来,黄山降其实是一个"迷你"的世外桃源。村子很小,位于半坡中央的一个平地上。只有几幢泥土房,房前有小池塘,有高高的芦苇丛。茂密的树林隔开了村子和公路,村子里一片静谧。上学的时候,喜欢放学后到黄山降的同学家玩。那时同学家养了一些小鸭子,毛茸茸、黄澄澄的,很是可爱,放在小院子的大脸盆里，几个小孩脑袋齐刷刷地围着脸盆转，看鸭子在我们的眼光中局促不安地挤来挤去。几个孩子还在讨论着鸭子怎么样分公与母。

孩童的时光一转眼就过去了。等以后出门上学，回雅庄都会经过黄山降，却发现房子日益破败，人越来越少了。

终于有一天，村子的人都搬进了雅庄村里，留下破败的房子在原地。有一次我骑自行车，忍不住下车，看着这个即将消失的村子，地上的土似乎还记得多少年来人们生活的痕迹，如今只有荒草萋萋。

再回来的时候，村子被工业化的厂房所"占领"，不复存在。这个叫黄山降的村子，从此消失了。

其实，我一直好奇，这个村子为什么叫黄山降，有一些什么样的故事——如果你知道，请告诉我吧！

其实，我想我们可以在原址再立个古朴的小碑，告诉后人——这里曾经有个小小的、不起眼却很美的小村子。

这个村子还有一个很美的名字——黄山降。

虽然它已经和无数消失的自然村一样，消失在我们的地图里，消失在很多的人记忆里。但是，它值得人们记住它曾骄傲地生存过的历史。

## 吃知了闲感

没想到蝉也可以上桌，上到饭桌；也没有想到永康的出名，和吃知了有莫大的关系。据国内某知名媒体说，永康一个县级市，一年吃掉的知了有几十吨。

够吓人吧！一只知了才多重？几十吨的重量，是多少只知了？

难怪各地的餐馆，都打上了吃知了的广告语。有需求就有市场。

被油煎炸过的知了，油黑发亮，放在餐桌上。乍一看，我还以为是水中的某种生物，朋友一说，原来是知了。

我终是没有动筷。知了的美丽，不在于餐桌上的美味。这个"居高声自远，非是藉秋风"的蝉，不凭借外来的一切，就能声名远扬。

在作家郑振铎的笔下，蝉之声是高旷的，享乐的，带着自己满足之意的；它高高地栖在梧桐树或竹枝上，迎风而唱，那是生之歌,生之盛年之歌,那是结婚曲,那是中世纪武士美人的大宴时的行吟诗人之歌。

"露重飞难进,风多响易沉""本以高难饱,徒劳恨费声",不同的诗人笔下,蝉的寓意不同。

小时,乡里儿童常是捉了蝉,系根绳子或是放在透明的瓶里玩,顽童不知蝉苦,也不知蝉鸣的乐趣,自顾自享受童趣。也是在夏尽秋快来的时候,会在路边,树上,看到知了的空壳,我把它当作是一个标本,放在书架上。

老家的屋前屋后都是树,而那夏日午后,或看书或午休中的蝉声,则是我在老家无丝竹年代最好的陪伴了……

不喜欢去动物园或是看马戏表演,那街头艺人牵着一个脏兮兮小猴的景象,让我感觉到大自然里的一种不和谐。屋前屋后有梧桐,有各种各样的树,夏日昏沉中,有蝉声,多好的世界。

弱肉强食是一种正常现象。但是,违背动物的本性去做一些事呢?违背人类的本性去做事情呢?假如某一天,人在自然的现象里成为弱者呢?

……

万物生灵,都是有思想有生命的,不唯独人也。

听朋友说,不是现在才流行吃知了,在某些村里,吃知了是很早的习俗了。而抓知了也很简单。夏日的夜晚,拿个手电或灯,放在树下,然后用斧头敲打树干,知了受了惊吓,就往亮灯处去……

知了就这样成了别人的玩物与美食!

"知了也睡了,安静地睡了,在我心里面,宁静的夏天。"

歌词里唱的,夏天可能宁静吗?知了睡了,夏天也过去了。但还有很多的知了,被冷冻在冰柜里,等着好吃的人一年四季享用。

这个夏天,上海的朋友陈伟发了个微博,循着让永康出名的知了广告来了永康,我们在武义的郭洞吃了晚饭,我们终是没有点知了。

吃完晚饭,夜色已黑,我们的车开出村子的时候,陈伟让我停下来。我们俩站在村口的千年古树群下,身后的郭洞是全国知名的古树古村落,这个村子,因为当年先人超前的生态规划,超前的生态保护意识,后人有这样的福泽。

夜色凉如水,微风扫过,哗哗的叶子翻过历史的声音传来,依稀听到了知了的鸣叫声。暗淡的灯光下,陈伟陶醉的表情,让我想到他肯定神游到了他梦中苏南的老家。

## 西园山背

有一次，带几个印度友人回雅庄看三月三戏的时候，路过西园山背，我把车停下来，停了好久。

朋友看着遍地的厂房，好奇地问：为什么？

我笑了笑，没有说什么。你们看到的是满地的厂房，而对我来说不是。

我看到的首先是已经改造成厂房的一部分，面目全非的原雅湖初中的房子。在这些房子里，曾经有无数的乡人精英苦读，走出雅庄，走出永康，走出浙江，乃至走出中国。

我没有在这里读过书。但校舍所赋予这里原来一砖一瓦的灵气，存在过。我的哥哥和姐姐也没有在这里读过书。那年夏天，姐姐在哀叹过了夏天就要去很远的西园山背读书的时候，我还不明白西园山背在哪里。后来，姐姐也是空担心，那年夏天，雅湖初中就迁回了村里。

每次路过这里，我想到的是一片有如西北黄土地上苍凉而广衮的土地。这是雅庄为数不多的广阔的旱地。所谓旱地，就是不能种水稻，只能种些豆子、黄花菜和花生等耐旱作物的地。

分产到户后，外公和我家承包了这片土地上的几亩地，用来种黄花菜、豆子和花生。这里基本没有水源，要挑水浇地，要拔草助苗。一片土地上，竟然没有大树。在顶不住日晒的时候，要跑到栋栊村边上的松树林里才能纳凉。

在黄花菜开花的时候，每天清晨，我和哥要挎个大篮子，沿着水渠到西园山背，将未开花的黄花菜摘下，再拿回家用开水焯过，再晾干。一天有时一次，有时两次。在豆子和花生成熟的时候，也没有什么喜悦的感觉。那时要推着独轮车走很远的路，到西园山背，再把花生、豆子推回家中，小时候就觉得累，没有时间去玩。其他没有多深的记忆。

说起来，那时也不懂事，对父母亲的辛苦丝毫不体谅。只记得自己和哥两个小孩在土地里的渺小，那时多渴望有引渠入田的水，有可以乘凉的大树，便也知足了。

工作后，有两个陕西的好朋友。一个是在海南师大教书的作家张浩文，另一个是商洛电视台的主持王萌子，他们问我，为什么会对西北塬上风光这么感兴趣，这么喜欢？我说，我们村子虽然小，但是那时有一个地方，叫西园山背，黄筋泥的土地，可以说是江南的塬上风光。

他们表示不懂，说哪天到雅庄实地看看。我说，看啥呢？现在都是工业区啦。那片土地上的风光，只存在于我们的记忆中了。

我们记忆中的西园山背，是江南的塬上，是一个有学校的农场，贫瘠的土地上生长着顽强的希望。

# 长杆白

长杆白,是我们这里一种小小的鱼,也是土话的一种称呼。

也许,你不曾在水里见过它,你却可能在餐桌上见过它。因为一般情况下,它实在太小了,需要成群结队你才可能在鱼塘里、小溪里看得见。这种小鱼,用来钓是很难的,它个儿小,嘴也小,通常的钓饵,它只是用小嘴碰碰,吃点边边,马上甩个尾巴就游走了。这种小鱼,在一般的池塘里,抽水放干捕鱼的时候,也经常被忽略不计。它或者在一洼小水中,几条聚在一起;或者躺在快干涸的塘泥上,慢慢吐着泡儿,慢慢被晒干。

也有人叫它草鱼。它常在水中的草丛里钻来钻去。它是那样小,那样灵活。细细长长的身子,一双灵活的眼睛,让人联想到一种小小的柳叶刀,让人联想到浓墨轻挥出的小柳叶。它们在早晨或者黄昏,一群一群地在水里游来游去,背上是一种草青色,通常会比水的颜色稍深,如果你有机会把它捕上来,它的背上,其实是纯白的。

说简单点，它只是种小鱼罢了，很多人都叫不出名字的小鱼。像我，也只能用我们土话的称呼叫它。在水中那个我们看不见的世界里，它微乎其微。

长杆白，却是充满野性的。如果你把它抓起来，养在鱼池里，过不了多久，失去自由的它就会鱼肚翻白，用它的方式捍卫自由。它用这种方式告诉你，它不是那观赏的鱼，它是那在水里自由自在游来游去的鱼。

它很小，你可以忽略它。它很弱，你可以捉、捕、晒。只是，你夺不走它的本性，它的自然，它那灵活的、自由自在游动着的、快乐的世界！

# 市　日

　　市日，也叫集市，是我们这里对乡镇集市的一种叫法。集市的存在，似乎从自给自足的社会迈入交换的社会起就已经存在。这样说来，集市，也有几千年的历史了。永康乡里，即使不知今天的日期，一般从市日的角度，也能明确知晓今天到底是农历初几。市区的集市，农历逢一逢六；芝英的集市，农历逢三逢八。举凡大的乡镇总会有市日的，一个市日也标志着一个地区的繁华。

　　老家雅庄也算是一个很大的村子，却没有市日。儿时的我比较纳闷：为什么我们村就没有集市呢？慈眉白发的老人会充满善意地告诉我：雅庄没有河啊，没有河的地方就没有集市。

　　这不知是真实的谎言呢，还是谎言的真实呢？

　　旁边的村子里，长田有市日，杜山头也是有市日的。再远点，清渭街、象珠也有市日。可是，为什么我们这里没有？它们那里有河，我们也有啊。只是，雅庄的那条河离村子远了些，要

走好远好远的路才能到那条河,河的对岸就是另一个村,叫因村。

从历史的角度分析,远古以来,一般人类的聚居地都是以河为据点,一般像模像样的市日,也是有河的大乡镇才有,这也不为怪了。只是,一个大范围的区域,一个市日是自发形成的,还是由别人形成?指定地点吗?时间又是怎么指定的呢?这真的是无从考证,无史可查。

象珠的市日,唐先的市日,在某些方面就很有代表性。这两个镇都处于山坑口,也就是从山区到平川的咽喉地。以前的山里人出来购货卖货,人来车往,也就自然成了一个集市。像芝英、古山这几个大镇的市日,因为人口多,自古商业繁华,有集市也不足为奇。

市日里,什么东西都有。有五金、服装、饰品、小百货、农产品等。赶上大的市日,时间会持续到两到三天,来的人更多,卖的东西花样也更多。

有了市日,也便有了赶市一说。我们小的时候,赶市可是个节日。去邻村赶市,需要走很远的路,走田埂小路到长田或是杜山头,从那琳琅满目的商品,各种口音的人群里,了解外面的世界。那时候,集市就是一个大世界了。

以前交通不发达,去赶市除了走路,便是骑自行车,或者搭个三轮车或拖拉机。卖东西的商人,他们赶市更早一些。而一般赶市买东西赶热闹的,时间就晚一些。

冬日是赶市最美的时光,农村农事少,暖阳高照的时候,赶市的路上便都是人了。提篮子的，拿袋子的，三两成群的，独自一人的，拿着旱烟袋的，推车的，骑车的，走路的……络绎不绝。

特别是年关将至的时候。市日是乡人采购年货的最好时机。去的时候，提着篮子，两手空空，嘴里聊着家常，嗑着瓜子；散集回来，提着，拿着，扛着……夕阳西下，都是满载而归的人。

赶市，对于平素待在深闺的那些大姑娘，平素在田里操劳的大婶们，也是个"走秀的舞台"。穿上鲜艳的衣服，做个精致的发型，她们在出发前肯定照了好一会儿镜子。赶市是她们展现风貌的一个好窗口。我也常想，这样的一个市日里，有没有发生过一见钟情或是偶遇的缘分呢？男人们呢，可以吸着烟，呼朋友唤友地出去走走，遇到新知故交，在一个小小的饭馆里点几个小菜，喝点黄酒，不亦乐乎。

我第一次赶市，是在冬日的一个早晨，我和几个小伙伴一起走路到几里路之外的杜山头。几个小伙伴一边走，一边玩耍，路倒显得不是太远。杜山头是一个以木材为主的集市，我们去了也没有什么东西可以买，大伙儿口袋里的零花钱也不是太多。最后居然步调一致地用口袋里的零花钱给家里买了年画。想想一群小朋友，在泥灰的路上走了半天，没有用零花钱买零食，却买了家里春节要用的年画，多么懂事。

大人赶市，很多时候会带个小跟班。小孩的心啊，永远是那么容易满足，你给他买小糖果，小玩具，孩子的小脸啊，就灿烂得不行了。大人赶市办正事的时候，也会怕麻烦，不带小孩，把

141

小孩扔在家里，自顾自赶市去了。小孩就会眼巴巴地等啊等，远远的路口，大人的身影慢慢出现，眼睛紧紧盯着大人的手里，提着什么回来了。

市日对于乡人就像是准时到来的"购物季"，是放松的节日，是一场快乐的短途旅游。而对于一个外乡人，你来到了永康，如果没有去永康的某些地方赶过市，在人堆里挤挤，在各种各样的小摊小贩前徘徊，去感受那些乡土里的味道，我个人感觉，那将是有所残缺的。

在芝英念中学的时候，日历的轮回中，多了一个市日的刻度。芝英的市日是逢三逢八。一年里，也有一个大会市。逢三逢八的时候，我们还没有开始早读，就可以听到外面人声鼎沸。而我们，则会趁中午休息的时间，悄悄地出门逛一圈。市日往往持续时间很短，一般的小集市，晌午过后就散了。而大会市，那是所在村的节日，一般要做戏、办集市、请客，总要弄个两三天的。

不光是乡镇有市日，永康市里也是有市日的。这个市日也不是所谓百货市场、批发市场的那种集市。农历的逢一逢六就是市里的市日。各地的商贩，也会在这个日子往集市里赶。其实，赶集的商贩也是辛苦的，他们从初一到初五，要换五个地方，赶不同的集；到了下个五天，又开始了新的循环。这从经济学的角度看，是不是另一种的行商呢？

现在再往回看，那么淳朴的市日已经慢慢进入商品化了。有时经过象珠、芝英、清溪，如果发现路两边都是车，道路很拥挤，那肯定是市日了。

偶有兴致的时候，我会停下车。边走边看看那竹编的篮子，纯手工木制的用品。路上可能会很泥泞，乡人牵着牛带着羊待价而沽，一顶顶太阳伞下摆着琳琅的商品……有时候，会买个竹编的小篮，乡人自己种的兰花。

这些，这里，还有很多小时候的气息。那样亲切，那样自然。

# 我的童年，我的幼儿园

记忆中的很多事，经过时光的湮没，虽然有点模糊，但当有一点光芒的时候，就会照亮记忆，昔日的场景就会重现，清晰如昨。

某地学生自带桌椅上学的事儿，突然就勾起我童年的回忆了。我小时上幼儿园也有过类似的经历，但是，想不到过了这么多年，相同的情景还会在中国某地上演。

我的启蒙教育，母亲在我上学之前就已经开始了。没有上幼儿园，我就会背乘法口诀，会做基本的四则运算。但真正上学，还是幼儿园。

那一年，雅庄这个穷困村，迎来了我们这些第一批上幼儿园的小朋友。一个革命老区也结束了没有幼儿园的历史。在这之前，小学的外头操场，就是我们的幼儿园。我们那辈，每家每户都有很多小孩，一家三个小孩是最为正常的。家里的大人都忙着去生产队做事了，上学的哥哥或姐姐，就带着弟弟妹妹去上学。

哥哥姐姐在教室里上学,弟弟妹妹呢,就在操场玩耍。现在想起来,真不知那时老师是如何实行教学的。家中姐姐排行老大,姐姐上学时不喜欢带着我们,但在我和哥哥没有上学的时候,我们也经历了很长一段时间在小学外"旁听"的时光。

教室是一幢泥土老房子。没有大班、小班和中班,所有的孩子都在一个班,分为两间教室。没有洗手间,在教室外头,摆着一排木制的尿桶。

桌子和凳子都是自带的。上学第一天,父亲背了一张很长的长凳,穿过整个村子,后头跟着流鼻涕的我,在村中绕来绕去,最后到了幼儿园。这个长凳子在那时的家中,也是一个很重要的家当。经过了很多年,凳子被染成很多颜色,有很多各种各样的痕迹。它身上的复杂,主要归结于它功能的重要。这个凳子,窄窄长长的,板面是原木的,很厚重,四个凳脚也很粗壮、坚实。在家里,上面放些东西,它就是货架;清理干净,我们一起做作业,它就是课桌。当然,一年里,它还有一次隆重的使命。家里每年都会养两只猪,到了猪够肥壮的时候,一只猪就拿去集市卖,换钱家用,这些钱就是我们姐弟三人的学费了。另一只猪就在临近春节的时候,被抬放在这个亦桌亦凳的地方上,结束它一生的使命。这个时候,我一般都是负责拉着猪尾巴,眼睛不敢看垂死的肥猪,头扭得远很远。

有着这么多故事的长凳,常常让我在上课的时候,产生某种联想,一种动物的声音在木质的血纹中,嘶吼着,让我常常出神。

幼儿园在村的东头，我家住在村里的西边。在村中满是泥土的小路上，我跟在父亲的后面，背着印有"好好学习，天天向上"的军绿色书包，拿着小板凳，穿过整个村子。

我就这样上学了。父亲很"霸气"地把那张亦桌亦凳、和肥猪有不解之缘的课桌放在班级的第一排，很是惹人注目。父亲对老师说，儿子个小，让他坐第一排吧。桌子太长太大了，邻居家的两个小女孩就带了两条小板凳，我们三人，一起成了"同桌"。

依稀记得当时整个教室相当乱。一群在户外上惯了"野学"的"野孩子"，很光荣地成了村里第一届幼儿园的学生，可能还抑制不住内心狂喜，而刚刚毕业的稚嫩的老师，面对着一群无组织无纪律的孩子，还需要一定的时间去适应。

第一天上课的内容是写名字。大家在本子上歪歪斜斜地写下自己的大名。与其他同学笔画简单的名字相比，我实在大叹我的名字笔画太多，怎么写起来这么烦呢！

一年的幼儿园学习，具体学了什么，记不大清了。因为是泥土房，用现在的话说，属于危房。所以，在刮风打雷下暴雨的时候，老师会很及时地疏散小朋友，让我们开心快乐地背着书包，各回各家。对于刚上学的小孩，偶尔突然放假，是件令人兴奋的事。一群人，才不管下不下雨，打不打雷，一听放假，各自背着书包，疯玩起来。

小时的自己在老师印象中怎么样，也记不大清了。老师肯定是姓李的，因为是同村。但叫什么，我也记不起来了。印象最深的，还是午睡。午睡的时候，我总是不安分，趴在桌子上，很难入睡。午睡没有睡的学生，要接受老师的惩罚。于是，经常在同学们都已经放学回家的时候，我还一个人躺在那张很多肥猪躺过的桌子上，双目紧闭补"午睡"。这样的补午睡，只是闭着眼睛，听老师在旁边走动的声音，心里在数数，听老师什么时候给自己的一个号令。偶尔，倒真还有睡着的时候，等醒来，天已经黑了，我揉着惺忪的睡眼，穿过整个村子，回家。

很快，一年幼儿园生活就结束了。期末的时候，我得到了班里的最高奖励——两支铅笔和一个本子。

# 写对联

　　文房四宝，你家有几样？琴棋书画，你会哪几样？现在的春节，人们基本上都是买对联了，很少有人自己写对联。有些对联，是人手写的；有些对联，是机器直接印刷的。

　　电脑化的操作，让我们用笔写字已经很少，而用老祖宗传下来的毛笔写字，则更是少之又少。

　　说书法，说毛笔，不能不说写对联。其实，写对联，抒写的是一种心情，一种书法与中国传统春节结合，与中国对联文化结合的心情。

　　拿出硕大的端砚，研墨，裁纸。把毛笔用温水润了，蘸少许墨，然后开始写对联……

　　最初写对联，我上小学五年级。

　　小学五年级前，家里的对联都是舅舅写的。那时舅舅作为家里学历最高的人，承担着春节期间外公家和我家各种对联的书写任务。舅舅的字，龙飞凤舞，遒劲有力，这样的对联，贴在墙上，蓬荜生辉。

那年，我小学五年级的时候，老爸对我说，儿子，以后家里的对联，要你写了。你已经长大了。

我似懂非懂。但是，父命难违。我的字写得怎么样，父母亲都清楚。从小学一年级开始，因为字写得难看，经常被老师留下来重写，这是常态。这种情况，到了小学五年级一直都没有改变。

老家的灯光，很是昏暗。忐忑不安中，我满怀欣喜地开始了尝试。

裁纸，磨墨。从小小的日历册上挑了一副对联，根据家里大门的大小，一般字数为七个字，内容大抵为：人寿年丰家家乐，国泰民安处处春；爆竹声声除旧岁，梅花点点迎春来……还要在灶台上贴：灶君之神位；鸡舍犬舍上贴：六畜平安；谷仓上贴：五谷丰登……

刚开始写对联，我需要将红纸折出一个个印痕，方能在上面规定的地方写。起初几年的对联，字写得肯定难看，不像是毛笔写的，倒是像用小棍棒写的。还偶尔写错字，浪费了墨和纸。写出来，自己都是大羞，不忍再看。

字写得不好，但是老爸还是拿出去贴在新房、老房的大门上。

那段日子，每天走过门口，都是低着头红着脸走过的。我不知道邻居看我写的对联时的眼光和心情是怎么样的，父母亲让最小的儿子写这么丑的对联的时候，又是什么样的心情。

刚写完对联的一段时间里,每天看着那几个字,总是说,明年要写得好!写得更好!在儿时的顽皮中,这成了一个短暂的理想。可时间一久,对联贴在门上,红纸在雨打风吹太阳晒中,颜色渐渐变淡,变白,我的心,却也放松了。

在时光悄悄然过去,又快要到来年春节时,才想起,该练的书法,一直没练;字,还是不好看。

年复一年。

中学的时候,二姨夫他们承包了隔壁村——长田供销社的经营权。一个乡级的供销社什么都卖,相当于是一个百货商场,原来属于国有,改制后,经营权就转为承包。供销社销售的商品,有食品,有日用品,有化肥农药,林林总总。有个寒假,我横竖歇着没事,他们说给我锻炼的机会,让我去看一段时间的店。

那时村里有人结婚、盖房,除了一般常规的礼品外,还有一样必送品——一幅画,卷轴的,画的都是吉祥如意、福如东海、比翼齐飞之类的内容,画的下面有块留白,用来写祝词的。那时的农村,谁家结婚或是盖房,屋子的四壁,一幅挨着一幅,挂满的都是这样的画。祝词会请乡里写字好的老人写,龙飞凤舞,挂上后,蓬荜生辉。

临近春节的一天,恰好,有人买了一幅画要作为结婚礼物送人,买了画后,却找不到人写。外公刚好在边上,就对我说,你帮人家写写试试。

第一次帮人写东西,而且,这个画是送人结婚用的,好贵重。初生牛娃不怕虎,提笔就开始写。先在旁边的草稿纸上,写好称谓、内容，一般是：某某某，祝喜结连理，百年好合，某某某贺。

供销社里，总会有些闲人围观，写的时候，好生紧张。但写完后，旁人竟都齐齐说好！

说得我都有点不知所措了。天，我写了多年的对联，在报纸上练了无数字的毛笔字，脱胎换骨了吗？

那一年的寒假，之后到店里买画的人，都在店里叫我写好了字，再拿去送人。这画，有贺结婚的，有贺寿的，有贺乔迁的。

也从那一年开始，舅舅歇笔，外公家和我家的里的对联，都归我写了。外公常会自豪地指着对联对来的客人说，这是我小外孙写的！

念大学的时候，新生入学，班主任说要在班级教室里写一些对联，励志类的。我居然被班主任点名指定。很认真地写完，那些字被贴在墙上。每当上课的时候，我看着德高望重的教授专家盯着墙上的字看时，心里就冒冷汗——这字，拿不出手，还是上不了台面啊！

这么多年，练了不少书法，小时候一直用旧报纸来练字。练过楷书、行书、草书、隶书，也研习过颜体、柳体。但是，李体始终是李体，我写着写着，最终还是会回到自己随心所欲的字体。

现在写对联也少了。有时在书房写字，写的是一种心情。怀念小时候春节写对联的心情。没有多少文化的父母亲，用这种方式，让我练好字，让我珍惜传统文化的根本。

是以纪念。

## 七夕，今又何夕

曾经有个美丽神话的结局是这样的：从此，牛郎和他的儿女就住在了天上，隔着一条天河，和织女遥遥相望。再后来，每至农历七月初七，相传就是牛郎织女相会的日子，无数喜鹊飞来为他们的相聚搭桥。鹊桥上，牛郎织女一家深情团圆，短暂重逢。

"七月七日长生殿，夜半无人私语时。"七月七日夜，江南一片静寂。信与不信，我们都宁愿所有的喜鹊成群结队，去搭那牛郎织女相会的鹊桥了。这该是多宏大的想象，那牵牛与织女间漫长的星际距离，横跨银河相聚的力量。这是古老不可思议的神话，是我们未知世界里的爱情故事。

我宁愿希望这样的故事是真实的。爱情，神话也罢，传说也罢，在每个人的思想里都会有各种各样的版本。

爱情的力量超越了故事的本身。

年年七夕，年年相会。柔情似水，佳期如梦，忍顾鹊桥归路。多少期盼，却只是金风玉露一相逢。迢迢银河，盈盈一水间,更多的时候,只能泣涕零如雨,终日不成章,遥遥相望,脉脉不得语。

这么近,那么远。天上,人间。

因为悲,所以悲。因为喜,所以喜。因为无奈,所以无奈。因为庆幸,所以感恩。

七夕是一份沉甸甸的爱。无关商家喧嚣的嘈杂。我们有我们爱的人,我们有我们思念的人,我们有我们牵挂的人。

一份爱,来自心里,最深最沉地展示着我们的本性。迢迢牵牛星,皎皎河汉女。仰望星空,一个千古流传的美丽神话,如同一份善意柔软,刚好投影到我们的心中,映射到我们内心最深处的渴望,如一束光,清晰明亮地照进你心里的黑房子,带着温暖,带着不可言说的欢喜。

"在天愿作比翼鸟,在地愿为连理枝。"凡人有情,不羡神仙羡鸳鸯。我们的想法,只是人生几十年的相守而已。两情相悦不在于时间长短,只珍惜着有限人生的朝朝与暮暮。遇到对的人,守着对的人。可是相守,要遇到爱的人;遇到爱的人,还需要两人苦心的经营,还需要共同的相守。

"十年生死两茫茫,不思量,自难忘。千里孤坟,无处话凄凉。"王弗已经不在,苏子还在思量。

人生在世,她或者是存在的,是你深爱着的;他或者只是虚幻的,你在等待着的。你见了,或许,只是人生相遇的一眼一瞬;你见了,或者,只能是远远相望,却是脉脉不得语。或许,此生终是见不到,也许开得最灿烂最美丽的那一瞬,并没有找到那个与你相爱、欣赏你的人，于是，你不是不爱了，你只是在人群中慢慢地萎谢了。我们都有属于自己的七夕，不管我们是年轻，还是年老；不管时光一日日地逝去，不管时光一天天地催人老去，总有那个梦，总是在我们的心里。爱给我们想象的权利。

"山无棱，江水为竭，冬雷震震，夏雨雪，天地合，乃敢与君绝！"海枯石烂的爱情故事，在信息化的时代里，却脆弱不堪——两个人的人生，会因为一丝一毫的改变，转为相怨，相别，相离，相恨。这时候，很多人和我一样，格外怀念木心式的爱情："从前的日色变得慢，车，马，邮件都慢，一生只够爱一个人。"

七夕，江畔灯火摇曳。这天，嫦娥后悔去偷药，在锯木声中，抱兔幽怨，牛郎织女犹有相见时，而她的郎君，海枯石烂也不能再相逢。江边那一盏盏的荷花灯，载着祝福，载着祈愿，泣泪而行。葡萄架上，滴着水，葡萄香中没有酒，相逢的喜悦化作浓浓的离别的愁。

如果没有爱，那就是无心之人。再远的别离，也是安然无事的。我想，想出牛郎织女美丽故事的人，你的内心肯定是九曲回肠。

相爱却不能相守，相遇终究要离别。纠纠缠缠的无奈，组成了无可奈何的人生。

年年七夕。现在的节日，充塞着商家的聒噪。那儿时在葡萄架下偷听牛郎织女情话的情趣，如今成了奢侈；那乞巧节里各种手工的精致，如今成了一种追忆。

年年七夕，今又何夕。

唯有眼前人，最值怜惜。

## 永康饼

永康的传统特产，有五指岩生姜，有麦饼，有米糖，有小麦饼……还有一样，肯定少不了的，就是永康饼。

一个地方的特产，其实是当地的一种文化，一种风俗，一种习惯。一个饼冠以一个城市的名称，这个饼，就具有了不同的意义。

小时候吃永康饼，可以说是一场盛宴，给平淡无奇的日常生活平添几分精彩。一日三餐，除非去田里劳作的时间很长，乡人才会准备些点心。在很久很久以前的江南，米饭是饮食中的主旋律，面食吃得少。如果哪天做一顿面食，或者烧个手擀面，或者烙个永康饼，就有点节日气息了。

很早就准备和面、和馅了，一家人围着小小的灶台，和面的和面，擀面的擀面，和馅的和馅，烧火的烧火，烙饼的烙饼。

灶台，是柴火灶，几个大小不一的铁锅有不同的用途，排成一排。右边的是一口小锅，平时主要用途是炒菜。中间的铁锅，不大不小，用途广泛。最左边的是一口很大的锅，一年到头都在烧黄酒，煮霉干菜的时候，才用得到。大锅的周边，围了一圈铜水罐，在烧菜烧饭的时候，灌上水，充分利用余热，节约能源，一边烧菜烧饭，铜水罐里的水也就开了。

而中间的那口铁锅，现在就是烙饼的主力。

擀面的案板，一般就放在一个庞大的水缸上面。案板既用来擀面，也充当了水缸的盖子，一举两得。偶尔有人要加水，在擀面的那个人就要侧身让一让，慢慢地抬起案板，让别人舀水，自己还要小心翼翼地扶住案板上倾斜的东西。

这样的场景，一般发生在雨中的某个下午，农村人正闲着，一家人就趁这个机会做点面食，打打牙祭。做这事，老妈和姐总是主力军。

我只能在灶台后，拿着小面团，玩捏面人的把戏；无聊地添着柴，用烧完的炭火，在地上画着什么；或是在柴火中，加个玉米、番薯；或是站起来，抻着老长的脖子，看锅里的饼熟了没。

一旦饼香传出，嘴里的口水，不停地吞咽。等饼出炉，慌里忙张地拿着饼，不停地抖着，猴急地吃……

饼一般是圆形的，家里都是烙大大的圆形饼。在铁锅中烙饼，也需要点技术。饼很大，直径达六十多厘米不等。为防止粘锅，在合适火候，还要翻下锅里的大饼。雪白的面团在热度中，颜色慢慢变成橙黄色，里面的肉馅也慢慢变热，肉香加麦香就出来了。所以，这个饼，我们很多时候，也叫"肉麦饼"。

大大的饼出锅后，再一块块地切出来，切出来的饼，我们叫

"三角饼"。切的时候，先从中间切成对等的两块，再中分，再中分。

很多时候，还会做一张张小圆形的小饼。揪一小块面团，包进馅之后，沿着面团边褶皱卷起来，等聚在一起的时候，捏一下，去掉上面多余的面。然后用手心轻轻地按一下，再放在铁锅中。

圆形的小饼，出锅不用切，可以直接吃。不过，吃之前要特别注意，饼中的热气相当烫，你要先咬个小口，让热气透出来。否则，那个热气，肯定会让你嘴角烫个泡。

饼的馅一般是干菜肉或是雪菜肉，到后来慢慢丰富为土豆、四季豆之类的馅。以往在农村，饼是一种干粮，烙好了，干农活的时候可以带到田里劳作之余吃。府府县县不离康，以前永康人出门在外工作的多，传统的永康人奉行节约，很多人出差的时候，饼也是种好的干粮。

如果只吃饼，会感到口干。那就用多余的面，下一碗面汤。上联是"吃面条就麦饼"，下联呢？

现在的饼，样式比以前要多多了。从圆的，烙成方的；从一元钱的，两元钱的，到三四元钱的。饼已经成为"专业的人做专业事"的一种特产。三百六十行，行行出状元，经常听到某人说，某某一个小摊位，卖饼一年赚的钱超过一个工厂。

一方水土养一方人。从小吃惯了这种饼，当然就有一定的市场。况且，现在的饼已经登上了大雅之堂。在高级的饭店，招待外地的客人，招待外宾，都可以将精致的"永康饼"摆上来。有一次，有个澳洲的朋友问我这是什么菜的时候，我想了一会儿说，这是永康的"汉堡"。你瞧不像吗？上下两层都是面，中间是夹着的馅。

现在很多人的一日三餐，都是随便去个小小的饭店，吃两个饼，再喝碗粥，或是吃个面，速度又快，又方便，又省钱。你真的没时间，也可以将饼打包，两三分钟就能解决，简洁方便，效率高，经济又实惠。这是永康人的快餐。

多少年的时间沉淀下来，饼店也形成了一些新老品牌店。市区开了个"千里香"饼店，融合了"礼品"和规模经营的优势，还卖一些永康的小吃特产，生意红火。不久，店的对面，马上又开了个"万里香"，生意也是丝毫不差。店名差不多，核心却都是永康饼。只不过，饼有点小区别，一个是四方饼，一个是三角饼。各有各味道。

当然，最多的是弄里坊间，乡里村间，有无数永康饼店，门头不见得好，布置一般，生意却很兴隆，顾客盈门。在永康本地，乡人们说得最多的还是肉麦饼。永康饼这个词，是在外地开饼店的人，打上的旗号。

永康饼，其实也融合了永康的很多特点。永康人的吃苦耐劳，勤俭节约，做事求实际等风格与精神。曾几何时，永康人的"精"——"一个铜钱一个命"，和永康人的"抠门"，是外地人笑话的谈资。但是，在经济化的时代，曾经的乡巴佬已经让外地人刮目相看。

一个土特产，好吃不好吃，各有各的味。永康饼不适合长途携带，在广州和北京工作的时候，偶尔回趟老家，返程的时候，会带些土特产。如金华火腿，金会酥饼，永康冻米糖之类的，口味不同，但天南海北的同事并不一定喜欢。我出差的时候，每到一地，总想尝尝当地的一些特产和风味小吃，但也总有些小吃适合我，有些小吃让人感觉不过如此。

永康饼，也随着世界各地的乡人，随着四处而来的商人，开始远名外扬。如果你是一个外地人，无论是出差或旅游，到了永康，肯定要尝尝正宗的永康饼。朋友对你说，今天，我们不在星级酒店吃早餐了，我们去吃永康饼吧。告诉你，这样不是客气，不是见外，而是拍肩膀把你当好兄弟。如果你不小心爱上了一个永康人，当你来到永康，他带你去一个油迹斑驳的老店，桌上可能还有未擦干的水渍，墙壁上没有什么装饰，让你感觉好难入座，好难下脚。他却自然地扬声对老板娘兼厨师阿姨说：麦饼，两个！阿姨用手擦了擦粗花的围裙，给你端上来放了二张永康饼的盘子。如果你满心欢喜地品尝，迎着他期待的眼神说：真好吃！我想，你才是真的爱上了他，爱上了生他养他的那片土地。

对于我来说，一份小吃，吃的是从小到大的记忆，记忆中的那片乡情。

# 捉　鱼

捉鱼，一直是一件很有趣、很有意思的事情。

小时候，小溪里、小河里、水渠里，都是我和小伙伴们捉鱼的天堂。一般，拿个水桶、畚箕就可以了。在窄长的小溪里，把畚箕放在一个小关口处，从老远的地方，一路把鱼儿赶过来，一起畚箕，往往就有很多小鱼了。从太平水库到我们雅庄村里，有条水渠，等农忙放水完后，水渠的水慢慢只剩下少许。这个时候，我和哥哥就拿着工具去捉鱼。先把一段一段的水渠用石头泥土隔开，再用脸盆把隔断里的水舀干。这时，黄刺鱼、青鱼、白鱼还有一些虾儿，都纷纷现身，我们的水桶就收获颇丰了。

现在的人捉鱼野蛮多了，用电网，之前还有人用炸药。这些简单粗暴的手法是我们小时候所不屑的。我们小时候常用一种"浑水摸鱼"的方法，就是一群小伙伴，在一个水域里，或跳或扑，放肆折腾，让溪水浑浊，鱼儿自动浮出水面，我们就可以"浑水摸鱼"了。

雅庄的小河不多，苏溪也叫隔溪，离村有段距离。除了汛期洪水，那时的隔溪不过是条小河，在河里捉鱼，相当美妙。我们会用沙子围一个小陷阱，开个小口，等鱼游进来后，再把缺口封上。胆大的也会去石头缝里掏鱼。掏鱼需要经验，弄不好，就掏出黄鳝或是蛇来了。

在我很小的时候，外公福顺承包了鱼塘，用来给我和舅舅们钓鱼。平时钓鱼，远没有年底的时候来得快乐，一台台抽水机将水抽干，一池的鱼儿翻滚跳跃。抽水机需要抽一两天，甚至更久才能把水抽完。这时，看着水面慢慢下降，池塘里的高高低低都显露出来了。鱼儿都在水塘的最深处。这样的池塘，你当初放下去鱼苗，便可以知道自己能收获什么。同时，还有很多惊喜在等着你，比如甲鱼，野生的虾。你明明放了很多鱼苗下去，可是不知去了哪儿。大冬天穿着雨裤下水的冰凉刺骨，很快会被丰收的喜悦驱走。

就在水塘的边上，你烤着火，一身的泥，一脸的泥浆，火光映着笑脸。

在更早的时候，在不怎么记事的年纪，那时村里的晒谷场上，总是摆着一堆堆鱼，编了号码，哪户人家抽到就把那堆鱼带回家。大人们一筐一筐地称鱼，再分成堆，再一户一户地领回家。想想真美！

有些池塘，并不是每年都这样捕鱼。有些人哪号只是用渔网拉一些大鱼，用来卖或是用来分给亲朋好友。我想象着千岛湖上那大网捕鱼的场景。那么大的湖，那么大的鱼。我也想象着海上捕鱼的场景，浩茫的海面，渺小的船，人与鱼儿的一种较量，人类味蕾与大自然的和谐、不和谐……

不过，出生在山野之间无大湖无大海地方的我，只能自己捉鱼了，捉的是小鱼，小虾，小泥鳅。

说捉鱼，不知小伙伴们会不会想到雅庄有段时间的"捕蛇者说"。话说，二十世纪八十年代的某个夏天，有人到雅庄来收蛇、大概是收取蛇胆、蛇皮等用来药用。那时候，生态保护意识不强，雅庄村大批人闻风出动，拿根棍子，挂根线，吊只青蛙，拎只蛇皮袋，到池塘和水渠等地方"钓"水蛇。"钓"来的蛇，卖给来收蛇的人，换取微薄的收入。这对于当时贫困的村民来说，也是一笔不小的收入了。来收蛇的人，在大坟山等地方，剖蛇取胆剥蛇皮，蛇肉他们是不要的，便还给村民。那段时间，雅庄村上空飘着蛇汤香。现在想想，真是血腥，又满是心酸。

雅庄，那时的天好蓝，水好清。我们外出可以不用带水，山间渗出的山泉就是最好的饮料。我们可以跳入任何一个池塘和小溪里洗澡，那水是那样澄澈。而在任何一条小溪，你想捕捉点什么，如虾儿、泥鳅、黄鳝、甲鱼等，总会有那么多的惊喜！

似乎总改不了，喜欢吃鱼。红烧的，清蒸的，辣的，不辣的，似乎都喜欢。也总会想起，那个满身泥浆黑不溜秋的小孩，戴着草帽，捉鱼的场景。

# 村　志

在外工作的时候，朋友常会问：你是哪里人？

如果我是在外省，我会回答：浙江人。

在浙江省内的时候，我会回答：永康人。

在永康的时候，我会回答：雅庄人。

朋友会问：你常回雅庄吗？

这个时候，我总会愣住——作为地地道道的雅庄人，一年之中，除了三月三，除了过年，其他的时间我已经很少很少回雅庄了。

偶尔遇上了同是雅庄的人，他会惊讶地问："雅庄人？我怎么不认识你啊！"

"乡音无改鬓毛衰"，我这个地道的雅庄人，要依靠父辈的名字，别人才能找到和我的渊源。

女儿受到各种宫廷剧的影响，也受到"李唐王朝"荣耀的感应，突然想了解自己的祖宗是谁。于是抽了个空，回老家，将放在高阁中的村志给她翻出来，拿回家里。女儿对于各种各样的繁杂宗族树毫不感兴趣，在翻出是唐李世民的后代后，长舒一口气，喜滋滋地说："我们可是李世民的后代啊！"

她转而又问："族谱上怎么没有我的名字啊？"

我说："修族谱的时候，你还没有出生呢。"

她继而惆怅道："什么时候修啊，什么时候有我的名字呢？"

我合上村志，对她肯定地说："快了，很快了！"

李世民后代？我不禁哑然失笑。现代家庭教育让小孩从小就知道她的根在哪，即便她出生在城市，即便她已经很少回到那个村子，即便她对那个村子已经没有什么印象，但她也知道，她的老家是雅庄，那里有她的亲人，有父辈的记忆。

现代社会教育，过早地让小孩们懂得了什么是出身，什么是荣耀。的确，一个村庄需要点支撑，一个家族的荣耀不可取代。

老家有老屋，有父母亲，有自己儿时那不可磨灭的记忆。老家就是血浓于水的地方。我很少求字画，那天和乡贤陈穗老师说起："给我写四个字吧：耕读传家。"这四个字，我会挂在我的书房，传给女儿，提醒她，不管她以后去了哪里，雅庄代表着一种耕读生活的世界，人不能忘本，也不能忘了世间最美的事情就是努力工作和好好学习，这是一生应铭记的。

我回老家很少，常会想起同为金华人艾青写的诗句："为什么我的眼中常含泪水，因为我对这土地爱得深沉。"我不善表达，但我心里想，世间最深的爱恋，是深藏在心里的。我很少回家乡，是不愿意去触动那么多藏在心底的记忆。

但是，为什么？只要我一提起笔来，小时乡村的一切，童年的一切，就不由自主地走了出来，爬满了空白的世界。

突然想到乡人陈章凤大嫂对我说的那句话："你现在还不想回去，那是因为你还没有到那个年纪啊！"

是啊，当我看到她拿着相机拍摄村里的老房子、老树的时候，当我看到她经常带着儿孙回到村里的时候，我突然也明白，我之前想的一切都是自欺欺人，我深爱着这个乡村。当我离开的时候，我一直害怕回头，害怕那沉甸甸的、难以承载的乡愁。

# 积善人家，必有余庆

近日，刚刚领了结婚证的李诗涵和方晓宙夫妇回到雅庄村，第一件事情就是到村老年食堂捐款。

谈及为什么要到老年食堂捐款，这对在永康从事儿童艺术教育事业的90后小夫妻谈了很多的感受，二人是从小受父辈们的言传身教，以及多年来村里无数村民和干部无私奉献精神的影响。

积善代代传，这是雅庄村六七百年来村风和家风相互影响的结果。

翻看雅庄的村志，捐助慈善之风自古盛行。在近现代一百年中，有李章鸿独资挖鸿井，李种德修黄泥塘到芝英的马路，李华南、李志标等赞助修路修村志等义举。

如今，村老年活动中心和文化礼堂均由村民自发赞助建成，不花村集体的一分钱。

据悉，刚刚全线竣工的雅庄"聚心廊"也是由村民自发捐款修建而成。位于村西大门的聚心廊，由上水榭、前拱桥、左右文化长廊、下水榭、牌坊和后拱桥等组成，长约一千米，壮观而不失江南秀丽。

"为什么叫聚心廊？"雅庄村经济合作社社长李高红说："聚心聚心，聚集人心，这个聚心廊是一个个平凡的雅庄人一起捐助兴建而成，体现的是雅庄人团结齐心，无私奉献，有钱出钱，有力出力的雅庄精神，这是雅庄公益事业的一个地标。"

聚心同心，其利断金。这两年来，雅庄村从干部队伍到村容村貌都发生了翻天覆地的变化。一个贫穷的老革命根据地，成为一个远近闻名的模范村。

雅庄村村党支部书记李高明说："聚心廊由村四委发起，我和高红、建伟、肇基等人马上积极响应，村民获悉后纷纷前来捐助，一些在外工作的雅庄人也通过汇款等方式捐助建设基金。在全体村民的努力之下，长廊只花了半年就完美建成，这是我们和美和谐雅庄精神的集中体现啊！"

散落在村各个角落的，还有很多精品长廊和牌坊，这些建筑物背后都是无数村民默默的无私奉献。

人的力量有大有小，但捐助的善心是一样的。在村老年食堂对面的一面墙上，密密麻麻地写满了赞助村民的名字。村老年协会负责人李志杭说："捐助不在于多与少，而是我们雅庄村这种正直的风气，感动了我们无数人。"

"和美雅庄，是一个善与德的雅庄，向上向善向美是我们共同的追求。聚心廊是我们雅庄精神的长廊，我们将集中展现我们雅庄自古以来乐善好施，与人为善的精神，宣传道德模范，以此教育子孙后代。"村委会主任李暾指着正在施工的文化展示牌对我们说。

很多事情，是有回应的。你对生活笑，生活也对你笑；你对世界善，世界也对你善。

我们每个人都应该心怀敬畏，感恩社会，积极行善。

在雅庄，我们欣喜地看到，"奋发向上，崇德向善"正发挥越来越重要的力量，已经成为村民的价值追求和自觉行动，成为人们日常道德的行为习惯。在全体党员干部的带领之下，这种传统思想正一步一步引领雅庄前进。

## 母亲与松鼠的"战争"

"这几天,我正和松鼠抢东西呢!"

母亲戴上草帽,利索地拿了把小割刀,臂弯里挎着两只篮子。"走,我们去田里给你摘点蔬菜。"

"妈,我和你一起去!"

"太阳这么大,你撑把伞吧!"

"不用,不用,没事,没事。"我忙说,"我哪有那么娇贵,这么点太阳,没有关系的。"

母亲的菜地离家几步之遥。这片土地从分产到户开始,就属于我们家。我们在这片土地上,经历了一年又一年的"双抢",一年又一年的秋收冬藏。曾经,这片土地一年到头都是生机勃勃的,每一寸的土地都被利用得相当充分,曾经窄窄的田埂上,都夹种了豆子。即便是寒冷的冬天,还有绿油油的麦子、青菜、紫云英等。

这片菜地在父亲出车祸之前，属于父亲。在父亲出车祸之后，母亲就当仁不让地承担了起来。崇尚"无为而治"的母亲，菜地里一年四季各种瓜果蔬菜连绵不断，种得丝毫不比父亲差。

　　"妈，你刚才说，和松鼠抢什么？"

　　"现在生态好了，不知道怎么回事，松鼠一下子多起来了。它们居然很喜欢吃嫩丝瓜，丝瓜稍长大一点，就被松鼠给吃了。"

　　我想到尾巴翘得高高的松鼠，爬到丝瓜藤上偷吃，就感觉非常有趣："那你怎么办呢？"

　　"知道你们都喜欢吃丝瓜，喜欢吃丝瓜面，于是我就想了个办法。"说话间，母亲带我走近了丝瓜藤架。

　　我看到眼前的一幕，不禁莞尔一笑——母亲用黑色的塑料袋将丝瓜一个个套了起来。小溪边的丝瓜藤架上，一排黑色的袋子，稀稀疏疏分布着，很是壮观。

　　母亲解开两个黑色塑料袋，小心翼翼将丝瓜割了下来，放在篮子里。丝瓜细长，上面还有一些细细的绒毛。"别的东西也就罢了，丝瓜你们喜欢吃，我就要想办法'保护'，和小松鼠之间的'战争'，有输有赢。"母亲有点顽皮地笑了。

　　"是不是太嫩了？"

　　"嫩点才好吃呢！"

　　过了小溪，母亲又去给我掰了一大篮的玉米。我在这边摘了一些茄子、苋菜。

　　这么多年过去了，昔日开阔无比的土地变得狭小了；母亲也更苍老了，在大地之间显得无比渺小。这条狭窄的小溪，是我们小时的"大河",我们这里玩耍,抓鱼。大地却一直不变。只要人们肯耕耘,土地就会殷勤地回报。

我在田间,似乎还可以感觉到年少的时候,赤脚在这片土地奔跑,踩着松软的泥土,大地回应着颤动的脉搏。现在,我依然可以听得到,这片我熟悉的土地上,绿叶和枝芽在缓慢吐绿与生长的声音。无数风从这片土地刮过,土地以不变应对着一切的变化。

我们只是这片土地上的过客。

"够不够?不够我再割点菜。"母亲望着我。

"够了够了,太多了,都吃不完了。"我赶忙说。

"那我们抓紧'逃'回家吧!"母亲说,这中午的太阳太"毒"了。

从菜地到家,也就是几步路。到家后,我说:"我来烧面条吧!"母亲说:"还是我来烧吧!你会不会哦?"我说会。母亲笑了。

我开始切菜,打开煤气灶,用铲子刮了点"脂油"下锅,然后再将菜放入锅里翻炒。母亲似乎有点不放心,一直站在我身边看我炒菜,不安地提醒我:"不要放盐,家里的'土索面'是咸的。"我点点头,说:"好的好的。"

母亲还是习惯用猪肥肉熬的油,说这样菜烧起来香。锅铲等都还是原来老旧的款式。母亲惋惜地说:"如果用以前的土灶烧就更好吃了。"我说:"是的,我也喜欢那土灶的感觉。"

面条上桌了。母亲打开了吊扇,又拿了把扇子坐在我旁边,不时问我热不热。打量打量我,说我瘦了,应该多吃点。

窗外的风一直吹,将我多年前连根拔起的记忆鲜活地送回窗边。人生如胶卷一样,蛰伏的时光与经历,一帧一帧地显现。

"人生啊,起起伏伏都正常。人啊,认真地往前走,踏踏实实地做事情,都会好起来的。"母亲在我旁边说。

我侧过头,掩饰一滴即将跌落的眼泪。和母亲说:"小松鼠真可爱,记得我们小时候很少呢,小时候有黄鼠狼。"

母亲笑了:"是呢,那时野兔和黄鼠狼都很多。"

那时候,母亲很年轻,笑得很好看。

我常在异乡梦见,这片土地上曾经发生过的故事,如母亲年轻的笑脸,荡漾着微笑,洋溢着快乐。

## 麦李成熟的时候

傍晚,从健身房出来的时候,看到了一个老人家在卖李子。不由停下来,轻声问老人家多少钱一斤。

老人家戴着一个草帽,守着一只篮子,好像很久都无人问津。现在水果中的"当家花旦"是杨梅,还有荔枝,这青色皮的李子,相貌平凡,明显入不了人们的眼,老人家一个人坐着好久了。

心莫名揪了一下。老人家急切地说:"这是红心李,很好吃的,很甜的。"我点点头,说:"我知道,我都买了。"我对老人家说,我小时候家里也有这李子树,不过,我们叫麦李。

小时候家里的院子里有两棵树。一棵是麦李树,另一棵也是麦李树。

多年前,父亲在新盖的宅子四周,遍植果树,有橘子、柚子、桃子等。院子中,是两棵麦李树,朝南正大门左右两边还种了两株葡萄藤。想必，平时忙个不停沉默寡言的父亲是将他的爱都放在了这些果树之中，希望果树快快成长，能给我们的童年生活一些不一样的色彩。

果树们不负众望，在父亲的辛勤照顾下，茁壮地成长。不几年，一株株都开花结果了。小小的宅院，常让人感觉有如在花果山之中。其中，长得最好的，还是屋前的葡萄和院中的麦李。

国人讲究成双成对，在种果树的时候，父亲也是差不多。每种果树，都在屋舍的前后左右成对称布局。为什么要种这几种水果，父亲也没有过多的解释。这些水果也是我们那时常见的几种，每种水果的成长、开花及结果，都给我们的童年生活带来了快乐。

为什么叫麦李？是不是麦子成熟的时候，果实也渐成熟？——我一直不清楚。为什么种李子树？小时候总认为"李"是我们的姓，所以父亲就在院中种了此树吧。李子树长得很是争气，在院子中，一左一右，母亲说，这一左一右的李子树，真像我和哥哥。

我一直纳闷，哪一棵是我呢？那高点壮点的，肯定是哥哥吧！可是，两棵麦李树，有如比赛一般，有段时间这棵高大，有段时间那棵高大……直把我搞糊涂了。哥哥一门心思在外面跑外面玩，毫不理会我说哪棵树是他，哪棵树是我的想法。哥哥说："你说哪棵是你就哪棵啦。"

麦李成熟，是我们最为快乐的时候。果实长得太多了，自己家吃不完，隔壁的孩子们有空都过来摘，或是摘了送亲朋好友。

在物资缺乏的年代里，一点点的分享，都让人感觉到十足的温暖。

麦李树就这样一年一年地和各种水果一起，陪着我们成长。后来，家里通了自来水，父母亲在院子里砌了水池，一家人洗衣服洗脸都在这个地方。那一年的夏天，哥哥快初三了，长得高大英俊，又相当勤劳，田里的活基本上都是哥哥干的。我坐在院子里，拿着一本书，看哥哥从外面大汗淋漓地回来，脱掉脏衣服后在院子里痛快地淋浴，擦干后换了干净的白衬衫就奔出了家门。从小到大，我和哥哥就属于不同世界不同性格，他一天到晚往外跑，我一天到晚宅在家里。

那个夏天，我坐在院子里数了数，最多的时候，哥哥一天洗了三次到五次澡。

水池的水，一部分通过水沟往外流，但还是有很大一部分在院子中随意奔流。靠近水池的那棵树，慢慢起了变化。

它突然停止了生长，不发芽，也不开花结果。等我们醒悟过来，整理排水系统，为时已晚。那棵麦李树的树根浸水太多，已经腐烂，最终化为一根枯木，进了土灶的窝孔。

另一棵麦李树还坚持活着，生长着。直到有一天，哥哥嫌弃房子过于陈旧，将老房子推倒重新盖，所有果树就这样淡出了我们的生命。

还是会怀念那一棵棵果树，陪伴了我童年、青少年的时光，在我宅在家的日子里，带给我安静的温暖，伴着我成长。

在外漂泊多年，故乡已经定格在推倒之前的那个小院，那四周果树密布，田野上郁郁葱葱，几多野趣的年少时代。

我拎着一袋麦李上楼，仔细地洗干净，打开一本书，一边啃着麦李，一边看书。一阵酸甜刺激着我的神经，目光浮过文字，回到那老家的院子。

我在院子里，也是啃着麦李看着书。母亲半是好笑，半是责骂地对哥哥说："阿伟啊，一天洗这么多次澡干什么啊？"

麦李的叶子，顽皮地在我的书本上跳啊跳。

## 寒门童养媳

一

民国年间,雅庄这个村子,冬天一到晚上六七点钟就已经是黑灯瞎火,偌大的一个村子,除了偶尔的一两声狗叫和打更人嘶哑的叫声之外,一片寂静。

李陈氏在黑暗中移动着她的小脚,缓慢挪到西厢房的窗户边,屏息听屋子里的动静。

她听到儿子新兴沉重的有规律的呼吸声,以及儿媳妇轻柔的若有若无的呼吸声,响彻静寂的李家大院。她挥了挥手帕,心满意足,悄无声息地回到自己的房间。

昏暗的煤油灯下,她的丈夫春林抽着旱烟袋,不耐烦地对她说:"哪有婆婆管得这么多的,还要管人家小夫妻晚上睡觉!"

李陈氏不以为然:"你知道啥!这两个娃从小一起长大,现在刚刚同房,我就怕新兴这娃身体扛不住啊!"

春林望着这个也是从小媳妇熬成婆婆的老婆,现在如此凶悍,不再作声,扭头睡了。

李陈氏望了望窗外的寒月,除了担心儿子的身体,她还要担心几亩薄田上每天要干的农活。

西厢房这边,新兴和媳妇两人分睡床两头,这也是李陈氏要求的。虽然结婚已经有段时间了,每个晚上都紧张得不敢动弹,现在等李陈氏睡着了,新兴终于敢坐起来,悄悄地爬到床的另一头,紧紧地抱住他自己的媳妇。

## 二

"郎骑竹马来,绕床弄青梅。同居长干里,两小无嫌猜。十四为君妇,羞颜未尝开。低头向暗壁,千唤不一回。"

新兴和他媳妇银子,青梅竹马十多年了,顺理成章成了夫妻。

新兴是我的爷爷。李陈氏,来自永康柿后,是我的太婆。

奶奶姓应,叫银子,生于宣统元年(1909年)的八月二十九日。我的爷爷李新兴,生于光绪二十七年(1901年)的五月初一。

爷爷与奶奶算是青梅竹马。奶奶在很小的时候,就以童养媳的身份,从芝英来到了雅庄。

童养媳,又称"待年媳""养媳",就是由婆家养育女婴、幼女,待到成年正式结婚。童养媳在清代几乎是一种普遍现象。在关汉卿的作品中,我们所熟识的窦娥,就是七岁的时候,被父亲换了四十两银子,入了蔡婆婆家,做了童养媳。艾青也写过一篇《大堰河,我的保姆》,里面歌颂的就是童养媳大堰河。

童养的女孩年龄都很小。因为当时百姓家境贫寒,娶不起儿媳妇,于是就抱养或是买一个女孩来当童养媳。这些小女孩的命运,大抵相似,到婆家后,就是做家务,不上学,成年后,就正式嫁作人妇。

我的外婆和奶奶都是童养媳,老公在世的时候基本没有什么发言权,也不识字。区别是奶奶还是小脚,外婆不缠脚了。

做童养媳的女孩,一般娘家境况都不太好。我的外婆和奶奶都是属于在娘家只有姐妹而没有兄弟的,这样的家庭,用农村话来说,基本就是"绝户"家庭,因为在女儿都出嫁后,老人过世,家里就没有人了。

奶奶和外婆家一样,女儿嫁出去之后,随着老人离世,一个家庭就在村里消失了。这也是农村人为什么喜欢要男孩,在二十一世纪的今天还把男孩看得这么重的一个原因吧。

奶奶的娘家在芝英镇七村,奶奶有个很是俗气,让人不理解的名字:应银子。没有人和我解释这个名字的由来。有一次,父亲和我说起曾经去奶奶的娘家,也就是父亲的外婆家,趁乱抢回外婆娘家的一个什么物件。到底是一根木头,还是一个箱子,父亲也不愿意提起。我在家也没有见过。

我中学是在芝英读的,芝英大,祠堂多。上学的时候,大大小小的巷子我都走过,走着走着,就不自觉地走到了奶奶家那个村的方向。

奶奶的娘家已经不复存在。在芝英七村有个两口池塘交接的地方,父亲曾带我见过奶奶堂兄弟的一个后辈。现在我去芝英,想再找回那个地方,却再也找不到了。

奶奶有个姐姐嫁到钱塘,我们从来没有见过,也没有联系过。

## 三

时隔多年,我和几个朋友走访芝英写了些文章后,我才发现奶奶名字的来历。

在芝英,清朝和民国时期,银匠是很重要的一种职业。在永康,打银、打金、打铁、打锡的都有。芝英自古以来便是一个重要的金属交易市场,是工匠采购各种金属的一个集散地。

听我的高中老师应业修讲,芝英银匠最多的时候,有几百个银担子,规模极其巨大。

听到这件事情的时候,我才恍然大悟。我的外太公给我奶奶取这个"应银子"名字的时候,不一定是真的爱财,不过是他们可能在从事银匠的事业罢了。

多年前,西江千户苗寨没有开发的时候,我和好朋友去苗寨,遇到朋友堂弟还在从事非常传统的苗族银匠的工作。朋友看我很喜欢银饰,特意叫堂弟他们给我打制了几种,有碗、筷等。

苗家的银饰品与芝英的肯定有所不同,但都是银匠一锤锤击打出来的。从敲打的声音中,我仿佛听到了芝英奶奶娘家银饰加工的声音。奶奶那时还小,和她姐姐一起在娘家玩耍,那应该是她一生最无忧无虑的时光吧!

我把这几件银饰都放在书柜里很显眼的地方。

## 四

外婆姓吕,叫玉发,生于民国二十一年。我外公叫李福顺,生于民国十八年。我外婆也是童养媳。

外婆的娘家是清溪的柿口村。现在那里的新农村建设已经相当有规模。这个村,离老家很近,经过的时候,我也常常感叹,我外婆的娘家,竟然没有一个我认识的亲戚,和我一点关系也没有了。

小时候,每逢过年,别的小朋友可以走村串乡,到外面拜年。我的外婆和奶奶同村,差不多的亲戚都在本村,让我少了很多的乐趣。

这让年少的我,相当惆怅。

外婆的命要好些。外公家的条件不错,自我记事以来,从没有感觉到外婆是童养媳。外公家里的条件好,外公还是生产队队长。后来知道了童养媳这回事后,方从某些迹象里明白:哦,原来是这样!如外婆在外公面前,基本没有发言权,外公说是什么就是什么。

小时候去外婆家,在外婆做饭的时候,我喜欢帮外婆在柴灶间添柴火。每当这个时候，外婆偶尔会说起那段往事。

奶奶的童养媳生涯是外婆告诉我的。

在外婆的嘴里，只能用悲惨两个字来形容我奶奶当童养媳的日子。

我没见过的太婆对奶奶很凶，家里的规矩也多。听外婆说太婆对奶奶对"惩罚"，我只能用"无法形容"来形容。写的时候，我都在犹豫，要不要记录下来。

外婆说，爷爷和奶奶睡觉的时候，不能睡同一个枕头，同一个床头。做错事的时候挨打就不用说了，外婆还说，有次奶奶受惩罚，太婆竟把尿浇在瘦小的奶奶身上……

外婆的叙述能力有限，如果将一件件事情积累起来，我真不能相信，我的奶奶，她是怎么样从一个小小的小孩，到了我爷爷家里，艰难地长大，生儿育女，其中受了多少的苦。

在我的想象里，一个男孩一个女孩，从小许配在一起，青梅竹马，两小无猜，是多么幸福的事啊！但事实并非我们想象得那么美好，在那个年代，有多少童养媳，从小小的年纪开始，就受了多少非人的待遇，多少的委屈啊！

我想到这里的时候，心总会酸酸的，眼睛忍不住潮湿起来。

"三岁为妇，靡室劳矣。"童养媳的生活，从早忙到晚，不在爹娘的身边，还要被打被骂。"荣曜秋菊，卿卿忙妇"，长大了，成家了，也不能任性卿卿我我，婆婆还要管。

忙和苦，是童养媳一生的命。

## 五

我爷爷在我出生后的几个月就离世了。我见过我爷爷,但爷爷在我的心中没有任何印象。

在那个年代,一个男人他爱不爱自己的老婆,能不能保护自己的老婆,不是一个值得讨论的命题。奶奶的故事,还有外婆说与我听。而外婆的故事呢?外婆从没有向我提起她受过的苦。外婆会向我描述,在她爸爸妈妈老的时候,那个饥荒的年代里,她会在晚上,怀揣一些食物送过去的情形。人人都吃不饱的时候,外婆还要省吃俭用,将一些食物,在伸手不见五指的晚上,送到没有人照顾的爸妈身边⋯⋯

每每想起,我的泪点总是很低。

奶奶、外婆在世的时候基本都没怎么享过清福,一生劳碌。奶奶是缠过小脚的,在我小时候,年事已高的她还经常去田里干活。她一个人住在一个很老的宅子里,我们小时候去老宅看她,每次去那样阴暗的地方,都是心惊肉跳的。

奶奶的几个子女,我的两个姑妈,我的几个伯父之间,关系也是较为疏远,直接导致去那个宅子的人很少。我小时候算去得多的,因为我老爸算是奶奶儿女里最为孝顺的了,有什么好吃的,就叫我拿过去给奶奶。家里的夏粮,秋天收割了,晒好了就拿到奶奶那里。而年夜饭,奶奶都是我去请过来,和我们一家在一起吃的。那样的宅子,那样的生活,儿孙都离得很远,她也不爱聊天，不会串门，那样的日子，真不知道奶奶是怎么挨过去的。

平凡人的一生，个中的酸甜苦辣，只有自己知道。奶奶的话很少，偶尔在一起的时候，也只是说些家常的话。现在回忆起来，奶奶和我在一起的时候，没有什么令我印象深的事情了。

阳光下，奶奶就是端端地坐着，微笑着。

外婆的命好，外公家的条件好。但是，强悍而能干的外公压制着外婆，在外公去世之前，外婆始终低眉顺耳，很少开口说话，终日忙碌。好在外婆还有五个女儿，个个孝顺，孙女孙子又多，这也是福气吧。在外公匆匆去世后，外婆开始主持家里的事务，舅舅和阿姨们都说，从没有想到外婆的思路这样清晰，做事这样有条理……说到底，外公在世的时候太强，而童养媳出身的经历，对外婆不无影响吧。

外婆在外公离世之后不久，生命似乎少了点均衡，也随外公而去了。

农村里嫁出的女儿，在夫家有没有发言权，看自己，也要看你娘家有没有来头，娘家有没有靠山。童养媳，娘家没人的童养媳，命好不好，只能看嫁的家庭好不好，公公婆婆对你好不好，老公好不好了。

人各有命，而这个命，有多少可以自己决定？而大多数情况，都不由自己决定！

时代越来越进步，男女已经平等。随着社会的变化，时代的发展，童养媳，随着老人的一代代逝去，已经封存于历史的档案中了。

每一次回老家,总会拐到奶奶住过的房子看看。新农村建设越来越好,奶奶等老一辈住的房子早在几年前倒塌。我看着这个房子,在没有人住之后,渐渐破败,倒塌。原来还留有一个漂亮的门头,我经常坐在门楼的门槛上玩。现在,门楼也不见了,只剩下废墟一片。

最近去过一次奶奶的老房子,我从废墟里捡了两块砖头,还有一块门牌,放在我的书房里。

## 雅庄，我们都愿意回来的村庄

你多久没有回雅庄了？几个月？一年？几年？

老家是刻在你生命中的一个符号，是你的根，无论你走得多远，你都会回来。如果你几个月没有回来，那雅庄的变化可是有点大；如果你一年没有回来，那雅庄可真的是大变样了！

七月酷暑，罕见的持续高温。我在一个傍晚回到雅庄。村里照样是车来人往一片繁华的景象。在村里的各个角落，我看到一群穿着红色T恤的乡人在浇花、浇树。一问，才知道这些人都是村里的党员、村干部和村民代表。

"秀美雅庄，大美乡村建设，雅庄村从来没有这么心齐过。你看，现在傍晚给绿化带浇水，大家都不用叫，自觉来的。"雅庄村村党支部书记李高明忙着浇花，满头大汗地说。一年多的时间里，雅庄抓五水共治、拆违章建筑、整治乱堆乱放、硬化路面、完善基础设施等，一举摘掉了"脏乱差"的帽子。

是啊，心齐！世间最难的就是心齐，人心齐，泰山移，还有什么事做不成呢？

我想很多和我一样在外的雅庄游子，和我的心情都是一样的——说到雅庄的时候，又爱又恨。"穿皮鞋，还是穿草鞋?"当年留给我们没有太多的选择。拼尽全力，走出雅庄到外求学或工作，努力离开雅庄这片贫瘠的黄筋泥土地。那时，如果留在村里，能做什么呢？学点手艺，或是在家里面朝黄土背朝天。

在外工作，见的世面也多了。国内外都市的繁华，更衬得家乡的破败不堪。雅庄就像那淡淡的乡愁，虽然时刻挂在心上，却是一个已经回不去的地方。在外的游子，一般就是春节回老家过年。近点的，也无非就是三月三等节日回家，平时为了看望父母亲而回几趟家。

离开了，你还会回来吗？除了看亲爱的爸妈，你会回来养老吗？

以前如果有人问我，我的回答是这样的：常回来看看可以，但我可能不会选择落叶归根，不会选择回来定居。

离得越远，临近回家的时候，思乡的心就更切。但是，回到老家，看到老家的经济发展，翻天覆地的变化，我内心却喜悦不起来。

曾经，我认不出我心中的雅庄了。

一幢幢的高楼拔地而起，水泥路四通八达。逢年过节，村子里停满了车，不够宽阔的水泥路上，还常会堵车。空气中，飘着灰尘的味道，到处都是喜庆的气氛。就连偏僻安静的田野，现在也是不安静的。这一块已被占用，那一块已被分割，一大片的违章建筑。很多有点年代的房子都倒了。倒了东墙，歪了西墙。那些雕刻精美的千门头呢？大厅里的一片热闹与欢乐呢？一点一点,不复存在。楼房不断耸起的背后是古老的物质遗产不断失去,不复可追。你迈步在村里走走,几只不知从哪里来的恶狗却咆哮着,堵住了你的去路。那就去远点的酥溪走走吧,小溪安静着,周边一片荒芜,溪流平静地流淌着,却散发着刺鼻的味道,拒绝了你的亲近……

但现在,我的答案不同了。

现在的雅庄让人刮目相看。新农村改造,五水共治,美丽乡村的建设开始之后,雅庄迎来了日新月异的变化。

吃完晚饭,你在干净的村子里走着,心情大好。环村的大道宽敞,村里的同心廊和各具特色的街角小品成了雅庄新的景点,老樟围绕的前塘有了新的模样,白墙上是家风民俗的彩绘。晚上的雅庄广场,跳起了活力四射的广场舞,一些健身娱乐的设施,都是老人和小孩爱去的地方。雅庄溪游步道和渠道游步道都在紧锣密鼓的施工中。

站在村里有关雅庄文化礼堂和原雅湖供销社版块的规划图前,刚刚带村里干部去金东等地取经回来的雅庄村村委会主任李暾说:"雅庄的历史文化底蕴深厚,我们有一群无私为民的干部队伍,精品村是我们的目标,但我们要建设的是一个有自己特色的人文雅庄。"

晚风吹来一阵清凉。雅庄正褪去浮尘,一点点,一滴滴地露出她原本清亮的样子。慢慢变成我们父老乡亲宜居乐居的村庄,慢慢变成我们外出游子喜欢回来的村庄。

雅庄,大雅之乡。雅庄,我们都愿意回来的村庄。

## 茫茫世间一根草

我想我是根草。

或许，是一丛茅草，长在荒郊野岭，寂寞地自生自长；或许，是匍匐而行的蔓草藤，被踩踏得没有自己的方向；或许，只是岩石上的那根无助的不知名的杂草，虽然努力地生长，却永远只能长成自己所不希望的那样……

我想我是草，也许，不经意的一个可能，我就会长成另一个模样。生命经历过很多的岔口，也许，任何一个岔口的改变，都会让我的生活翻天覆地。

草，虽然平凡，却充满无尽的想象。一枯一荣的草，野火烧不尽的草，被人践踏的草。我想，我自己一生的轨迹与际遇，和草有某些类似的地方。

出生于农家的小孩，就像茫茫荒原上生长的不知名的草。冒芽，生长，都是不起眼的。青春期前的自己，无疑是快乐而开朗的。那个无心机，很简单，很诚实的小孩，整天在村里学校玩耍，功课一般，也没认真去学。从初三的暑假起，那个小孩突然变得沉默起来。此后，他可以整个暑假都把自己关在房里，看书，练字，写莫名其妙的东西，背唐诗，背宋词……偶尔的出行，也是三十里外城里的新华书店。从村里到县里的路，那时都是黄土路，一辆汽车驶过，漫天都是黄土的灰尘。不知怎么，他总习惯去体验乡村与城市的距离。那个时候，城市是乡下小孩的一个梦想。那时的新华书店，在老解放街上，书店不大，却是这个城市里最大的文化中心了。一个半大的小孩，满足于用他所有的零花钱买本书，或是，实在没钱买书，就站在橱窗外看看。书不能随便翻阅，他要顶着售货员的白眼，叫人家拿下这本拿下那本，然后兴奋地翻阅起来。

草有很多的伙伴。低头嬉戏的小草们很热闹，那抬头望天的小草很孤单。那时的城很小，真正的城中心也就是两条短短的街：解放街和胜利街，马路也是窄窄的。从书店出来，喜欢慢悠悠从城东边骑车到西边。从村里到县里，会经过一个个国营厂矿。漂亮的厂房，体面的生活，有规律的日子，在懵懂的小孩眼中，即使考不上大学，在这样的一个工厂里朝九晚五上班，也是一个奢侈的梦想了。

不知什么时候喜欢上了拳击。那段日子，每天起来跑步。拿本普希金的诗词，每天跑到应南溪边，大声地朗读。最爱的是普希金的那首《致大海》。不知道学校旁边那条叫作应南溪的小溪，能不能懂那个对着小溪，大声读《致大海》的男孩。

因为跑步，也认识了几个每天起来练拳击的朋友。他们起来是练体能，他起来只是赶赴河边，在无人的地方，读喜欢的诗词。

那时很瘦弱，一副弱不禁风的样子，便加入了他们，期待改变。被击中，左勾拳、右勾拳、直拳、组合拳，被狠狠地打中，头晕目眩……有很多这样的时候，喜欢挑战与被挑战。他在沙袋上发泄着什么，在击中与被击中体验着平常生活中所不能体验的种种。自那时起，他的身材开始改变，从豆芽菜慢慢变成一个壮小伙。也从那时候开始，健身伴随着自己，直到现在。

那段时间，他很迷离茫然，不知自己要什么，不知自己往哪里去，甚至很是"神经"地在问：我是谁，谁是我……很多人认为那个喜欢写诗的男孩已经走火入魔，无药可救了。那些莫名其妙的诗给他带来了些荣誉，但是，他越来越不懂自己，别人也越来越不懂他了。他每天写别人看不懂的诗，腿上绑着沙包带着诗集跑步，他在一个圈子里，却清醒地在一个圈子之外。

一丝香草系不住。他毅然逃离了。原来，他只是为了感受平常不能感受的经历与世界。一旦发觉，那些"流氓"加"土匪"的大鱼大肉，不是他的世界，他便编一个理由，请了一段时间的假，背着背包，出去旅行。起初的旅行，只是骑着自行车，从乡间的小路上，一路走，一路逛。他拿着小小的黑白地图，从附近最高的山峰开始，一个个攀登。好几次，他帮山农背山柴，在乡间吃面，宿在林场。在黑漆漆的路上骑车的时候，沿途的坟墓、黑色的山林也给他增添了恐惧，但向上攀登和一个个陌生的挑战，马上就冲散了那种恐惧。

再后来，因为种种原因转了学。转学也改变了他的人生。他背着大大的牛仔包。坐火车、坐船，去浙西北，去安徽。住在几个人一间，几块钱的旅馆，背着一大袋书，在旅途中认识那些三教九流的朋友。那时，他想，也许他的人生，就该这样走下去。

真的就这样走下去了。在那之后，不管是读大学，还是毕业之后在广州和北京工作，他感觉漂泊就是他的宿命，有时间他就一个人出去四处走走。他感觉自己就是一根没有根的草，在苍茫的大地流浪。草需要有根，他没有。他在行走的路上，自给自足。

边流浪，边感伤，还在坚持着他的理想。有一天，他走不动的时候，草也就没有了营养。

世间万事本茫茫，前尘往事都在烟消云散。面对着以前的那个他，我照着镜子。我想，自己真的就是那根草，一个朋友、一位老师、一句话、一件小事情，任何一个偶然都可以改变那根草的命运。勤劳善良的父母不知怎么样去引导这个生性怪异的孩子，他们无从知道这个怪异的孩子的脑袋里想的是什么，他们只能让孩子走出农村。

深夜在梦中惊醒：高考落榜，或是走向一种不归路……或是……让人难以想象的一个个偶然，使我的人生偏离了航道与方向，我不复成为我，人生成为另一种人生。

不会荣华富贵，也许就是万劫不复。

总会经历着那一段茫然。野草不该有太多的思想。顺应着大自然的环境成长，一枯一荣，就是草的整个世界。曾经迷离的青春，常常在变异的混沌中找不到阳光的色彩，也常常自己人为地设个圈，让自己掉进去，用青春的赌注博得明天。

但还是很幸运。再怎么走，还是没有偏离自己的方向。这个人到中年，还坚持着自己梦想的老男人，还和三十年前一样健身，还和二十年前一样打羽毛球，还一样坚持着文字，坚持着阅读。一直还像那不知名的草一样，长在无名的田野上。

草也是有梦想的。草的生命力在于它的根，在大地母亲的厚爱之中，在黑暗里，给它提供营养，提供向上生长的力量。

不是所有的人都能长成让人仰望的大树，或是让人爱恋的花朵，大部分人的一生注定都要平凡得像草一样。

来，平凡地降临；走，悄无声息地离开。

我不后悔那段曾经迷离，曾经茫然，曾经不堪的青春。酸甜苦辣组成了我们的人生。野百合也有春天，我是一根普通的草，但也有我的梦想，我坚持的方向。

我是那根草，历经沧桑，对影独舞，无名的草。

## 思 乡（外一章）

江南的雨，一落就会多情。

朦胧之中，雨帘就是无数面记忆的镜子，让我失魂落魄地照见乡愁。

父亲，这段时间的清晨和午后，我会想起，我像丛蓬乱的小草，长在向阳的山坡，接受阳光和雨水的恩惠；母亲，这段时间的黄昏和深夜，我会想起，我是羽翼未丰的小鸟，无论何时，都不能远离你的慈祥与温柔。还有，老家那么质朴的山水，黄土坡上的松树林，也载满我的惦记和愧疚。

这么多年，我一身尘埃，四处漂泊，我的理想在游走。现在，疼痛撑破胸膛，我拎着思乡的行囊，急匆匆奔赴家乡。

父亲，母亲，我要用我坚实的臂膀，拥抱你们的等候。

### 听你讲故事

在一座开满木棉花的城市，我们席地而坐，促膝长谈。轻轻的声音，越过时间和地域，我的眼眸被回忆的光点亮，往事点点滴滴被你唤醒。

江南土壤上的杜鹃花流出血来，岩石上的青苔不为人所知地生长，不为人所知谢落。

那段时光，童年是灰色的，没有色彩。外婆的小脚围绕着我，青白的花布就是我的天空，我的记忆被外婆的嗓音填满。

外婆，我儿时的记忆被你填满，你的思维至今影响我的方向。

窗外木棉花开，无声地飘落。我没有忘记，往事点点滴滴，唤醒的是我自己。曾经误信了废墟上炽热的诺言，一路来回奔波在相聚与别离之间，我向往的世界一直模糊不清。我一直在这些繁华的城市里想抓住什么，却什么也抓不住。

只有记忆，我一直没有忘记。往事常常唤醒当年的自己。

想说的故事有好多，一旦开始就不知停止。我闭目回想，我是在对你说，更像是自言自语。

# 不比，不比

有时，一个眼神，一个表情，一句不自觉的话，就出卖了我们的心。

比如很多人一说话，一激动，就跳出了一个"比"字。这是下意识的行为，从心理学意义上讲，就是人不自觉的行为趋向，或是受到外界影响不受控制做出的自然反应。

我的露台种了几株蔷薇，每年四五月的时候，花枝从露台垂下，如窗帘一般，自己认为很是好看。曾和一个朋友说起我的花儿，朋友马上说："肯定不如我小姨家的蔷薇好看，我小姨家的蔷薇啊，我认为是世界上最好看的蔷薇。"接下来立马发了图片和视频给我，我看到花儿在空中露台，层层叠叠，起起伏伏，颜色各异，极为好看。

我立马"败"下阵来。

在我的眼中，我的每一朵花儿都很普通，却都不一样。每一朵花儿，都有自己的美丽。群芳各有萃，它们不需要比。

有段时间喜欢走路锻炼，酒席间一个总编立马说："说走路，你肯定比不过我的！我每天走路要走十几个公里，要走几个小时。"还拿出他每天走路的步数与轨迹图给我看。

谈到藏书，有朋友就来劲了："老桑啊，你家藏书不多，我某个朋友家啊，那藏书才是多呢！"他的双手往外张开，做出很是宽广的姿态——这么多这么多，有几万册。

我又是立马"败"下阵来。我的书，基本都是因为阅读，或是查阅某些资料而购，不是为了藏书而购书。我所谓的藏书，不过是沧海一粟罢了，如何比。

朋友夸张的姿势，让我想起小时候农村里两小儿争辩的情形。小时候也没有什么娱乐活动，几个小孩在晒谷场玩着玩着，就会吵到一件什么事，大家就开始争论起来。

——我家某某在金华做官呢！

——我家某某在杭州做很大的官呢！

——我家某某在上海做很大很大的官呢！

——我家某某在北京做很大很大的官呢！

——我家某某在联合国做很大很大的官呢！

……

类似的争论可以说到家里某某人显赫的官职，可以说到乘坐过的交通工具，可以说到去过的地方……

万物皆可比。人类自信的建立，要从嘴巴的一时之快说起。小时候，争个面红耳赤，争个你高我低。

成年之后的世界，仿佛也是如此——比的东西不同而已。万

物还是皆可比，比学历、比工资、比职位、比房子、比子女、比寿命。我们大部人，每一天都在"比"，一生都在"比"，在"比"中走完了一生。

同茫茫宇宙相比，地球是渺小的；同地球相比，我们人类更是渺小。

人到中年，慢慢学会的竟然是——不比。人家开个豪车，我自己安步当车，或是骑自行车，也是很好；人家住豪宅，我住个小平房，租个房子，也很好；人家每日山珍海味，我自己粗茶淡饭，也很好……

比，是推进人类发展的动力，是让人努力奋斗的动力。有比，才有了我们现在科技的进展，发展的一切。

比，还是不比？每个人都有自己的选择。孔子云："君子周而不比，小人比而不周。"在这里，我将"周而不比"先暂借为另一个意思。周，圆圈，周围，人生走完一圈，终点回到起点，想得周全。不比，万物皆可不比，这是安然自得，他强任他强，选择自己想要的，才是人生的真谛。

我一说，你马上"比"，一个眼神，一个表情，一句不自觉的话，就出卖了我们的心。那我只好乖乖闭嘴，洗耳恭听，听你说。

## 对山餐野食

马无夜草不肥，人无"野食"不胖。

我转学到荷园的第一个晚上，躺在学校的"通铺"——一大排木板相连、一张床铺挨着一张床铺的宿舍，辗转反侧。此时夜深人静，邻铺的同学低声向我叙述以前的故事，说我们这一届的学生，高一到高二，一年多的时间里，已经开除十来人了。原因也是简单，有些因为打架，有些是因为"偷野食"——也就是偷旁边菜地里的瓜果之类的。

学生时代，正长身体啊，学校里每天蒸饭，配的菜是霉干菜，偶尔在食堂买个菜，都是奢侈的事情，同学们营养严重不足。我转学后的荷园中学，学校极富田园和山水风光，旁边都是桑葚林、菜园、果园，中间还有条清澈的小溪曲折地从学校旁边流过，富有人文和自然文光的寺后山和象珠山一前一后，也在不远处，几百年的文化老镇——清渭街与象珠，也就是几百米的路程。学校隔着一条马路紧挨着荷园村，整个学校就在一片田园之中。

桑葚是不用偷的，基本不算野食之列。你大可以在任何时候，钻进那密密的桑葚林，从这条垄到那条垄，从这丘田去那陵田，只要你不损坏桑叶，没有人说你的。

学校旁边就是比较密集的村庄。很多同学都是住在外面。那段时间，《射雕英雄传》等武侠小说很流行，村里有很多鸡悄悄失踪，变成香喷喷的"叫花鸡"，鸡毛在荒野里乱飞。更厉害的人，在某个冬日晚上，让某只汪汪叫的狗失声，拎到附近的山上，燃起一堆篝火，对山餐野食，学做"济公"……这些都是神人。

那时候的外来人口少。每有这样的事情发生，第二天就会有气急败坏的村民，抡把锄头，气势汹汹地冲进学校，在领导的办公室里闹起来。校领导在排查之后，总有些孩子受到校规的处置。在那个考上高中都是非常困难，就业机会很少的年代里，背着铺盖、沉重地走出校门，我不知道是一种什么样的心情。那些"犯错误"的同学，基本上是体育非常好的学生，精力充沛，竞赛的成绩非常好。这些同学的离校，让我们荷园中学的体育大伤元气。常有同学和我说，某某同学如果在，那我们学校的体育比赛将会如何如何。我没有见过他们，我来的时候，他们已经被开除离校。

有段时间，流行练气功。同学中，有一个练"小周天"的，练出了境界。在学校，短跑、中跑、长跑都可以面不改色地拿到好成绩，真如武侠高手。运动能量消耗快的同学，需要补充体力。在一个饥肠辘辘的晚上，实在撑不住，悄悄地溜出教室，轻飘飘地翻出围墙，脚落在荷园芬芳的田野上。夏秋的土地上，有黄瓜、甜瓜、西瓜等各种各样的果蔬，这个同学在大快朵颐之后，招来了看家护院的田园犬，吠声招来更多的狗狗。同学毕竟是跑步高手，慌不择路，一阵狂奔爬上一棵大树，两三条狗尾随而至，伸长舌头，忠心耿耿地坐在树下不再离去。同学在树上那个猴急，眼看着天光正慢慢展开，没办法瞅了个机会先溜下树要跑回学校。但悲剧的是，下树时候，一不小心裤子挂在树枝上，同学不顾一切地扯烂裤子，衣衫褴褛地奔回学校，后面跟着几条穷追不舍的狗狗。如果有秒表，他那时的速度肯定破了我们学校的短跑纪录。

这个同学虽然没有当场被抓，但遗留在树上的裤子等种种痕迹，当晚上演的疯狂"夜奔"，让他的家长交了钱，在荷园村的晒谷场上放了场电影。放电影的声音在我们晚自习的教室外响起，电影名我们都不知道。好几天晚上，我们躺在学校的通铺上，都可以想象那一天电影开场前，放映员会说一通某某某因为偷窃罚一场电影以作警示云云。

两天后，那个同学离开了学校。在后面的人生中，我再也没有他的消息。

"瓜田不纳履，李下不整冠"——这是古人为了约束自己德行，避免误会而做的事。大部分的同学都胆小，不敢去偷东西吃，我也是。同学中，还有件很好笑的事情，流传为经典。有一天，一个和我一样老实巴交的同学，拍拍胸脯，豪气冲天地要做一件壮举。于是，他带着几个同学在一个月黑风高的晚上去偷西瓜。这个晚上，不是"惯偷"的他们骑着自行车摸到离学校很远很远的一片瓜地，慌乱之中，摘西瓜，扯西瓜，把西瓜藤破坏得惨不忍睹。当晚，"壮举"得逞的这几个同学吃得极是尽兴，在一块安全的空地上，对着寺后山野餐西瓜，肚子吃得圆滚滚的，还玩起踢西瓜皮的游戏，很是愉快。只是，他周末回家的时候，他老妈在那里跺脚怒骂：哪个欠骂的家伙，偷吃几个西瓜不要紧，没天理的，居然把藤都扯掉了……某同学在家很少下地，根本不知自己家的地在哪，偷西瓜偷到自己家了。

同学没敢声张。此事久为笑谈。

转学后睡通铺总感觉不舒服，于是我就借宿在不远的派溪吕姐姐家。晚自习后，有段时间和施、丰三人一起结伴回家。见丰每晚都背个大大的牛仔包总是不解——他们又不是很好学习，每天背这么大牛仔包干吗？在与施、丰和产四人交好得一塌糊涂，效土法"投名状"后，总算明白了丰背着大牛仔包的意图。每个晚上，丰总要在同学后面走，顺便从旁边的菜园里摘些果蔬回到他们借宿的清渭街小学里，晚上两个人就悄悄消夜——大大的牛仔包就是装菜用的。那时，我个子小，发育严重不良，看施和丰长得高大，总算明白了"人无野食而不高"。

在那个年代，没有一起吃过"野食"似乎是可耻的，很容易被同学圈子排斥在外。胆小的我，就壮着胆子和同学一起去"偷甘蔗"。几个人骑着破自行车，骑了数里路，到了一个不知名的小村里，寻见一大片的甘蔗林，我负责望风，他们几个如狼入羊群，稀里哗啦地扯了一大堆甘蔗。我四处张望，心跳加快，唯恐什么时候，一大群人钻出来，把我们几个都"抓"起来，扭到村里"放电影"。所幸还好，在远处有手电筒光照和犬吠声过来的时候，我们已经每人背了大把的甘蔗，踩着自行车，胜利回校。在学校旁的小溪边，左面是寺后山，后面是象珠峰，前面潺潺流水，这种"野食"，好不愉悦。

时光悄然走远。关于"野食"的故事，在那个年代积了一大箩筐，每个人都会有属于那个年代的记忆。现在想起的时候，嘴角似乎还有那甘蔗淡淡的味道。

# 济敦路

> 博闻强识而让，敦善行而不怠，谓之君子。
>
> ——《礼记·曲礼上》

## 一

1933年11月9日，在杭枯住日久的郁达夫，趁着秋高气爽，应国民党杭江铁路局"杭州到江西玉山铁路通车"的邀请，渡江游历浙东。郁达夫在婺城盘桓数日，游北山双龙洞、兰溪横山及兰阴寺，龙游等地之后，于11月18日从婺州坐公共汽车到永康县城，再坐人力轿子到方岩。

"方岩在永康县东北五十里。自金华至永康百余里，有公共汽车可坐，从永康至方岩就非坐轿或步行不可；我们去的那天，因为天阴欲雨，所以在永康下公共汽车后就都坐了轿子，向东前进。"

时年三十八岁的达夫,从永康县城出发,十五里经金山,再五里到黄店。是日,天气一改之前的秋高气爽,秋雨萧瑟。这年,国内外局势复杂,郁达夫心事重重,他坐在轿上望着蒙蒙细雨,两边的农田阡陌纵横,一个个小小的村庄散落在路边,江南独有的黛瓦青砖,与他老家富春相差不远。他将视线收回,看着眼前崭新的道路,路上香客、商贩和农夫等络绎不绝,竟是一派繁荣景象。

郁先生心情大好,敲了敲轿杠子,问轿夫道:"此路何名,何时修的?"

雨中,淳朴的轿夫披着蓑笠,抬头自豪回答:"先生,这叫济敦路!是民国十九年,一个叫应济敦的大善人修的。"

"济敦路……"郁先生自语了一句,似有所思,他隐约在县城听过这条去方岩的新大道,听过这个叫应济敦的芝英人。

"这个叫济敦的善人,还是做过麻酥的手艺侬呢!"轿夫以为郁先生是与他对话,又补充了一句。

郁先生闻此言,望雨不语,视线从雨雾透过去,望着蜿蜒的远方。

这是一条石板大路。路基垫得高,也夯得实,中间铺一块大青石板,两边又用溪滩卵石夹铺,平整而宽阔;整条路新痕犹在,却存古风,散发着江南独有的味道。每隔不远处,还有一座座凉亭供路人休息。郁先生知道,从黄店去方岩,这条济敦路长达二十里。当年捐建这路可不容易啊!好一个济敦路!

抬轿悠悠地荡在济敦路上,郁先生悠悠地驰骋着自己的思

绪，再过五里，就到芝英了。

## 二

郁达夫说芝英是一大镇，居民约有千户，多姓应。他在芝英停轿小憩。因为雨越下越大，就买了些油纸之类做雨具。

这个以应姓氏族为聚居区的镇头地，在当时已经是大镇。因为人来人往，商业兴旺，成了一个重要的中转站。从地理位置看，芝英在浙江和永康的中部，南来北往，东接西攘，都要经过芝英，这里自然而然成了枢纽。

我很好奇，临中午到芝英，匆忙赶路的达夫先生，有没有吃到济敦做的麻酥，有没有吃到芝英有名的小麦饼。但我相信，从轿夫到小贩再到先生的朋友，肯定有很多人和先生说起应济敦用麻酥生意赚的钱捐款修路的事，说起应济敦乐善好施，急公好义，扶危救困，热心公益的故事。

说到济敦的善举，在芝英的历史中，这样的人还有很多很多。这来自先祖的榜样，来自宗族的传统，来自朴素的良知。

民国十九年，五十九岁的"永生"商号老板应济敦，一袭青色长袍，从芝英前往永康办事。从芝英到黄店，从芝英到方岩，是永康地域的中心线，往往是本地拜客和外地来客"上方岩"的必经之路，其重要性不言而喻。这时正是"上方岩"拜胡公的日子，往来的车、轿、人、担，川流不息。但这条方岩大道路况不佳，严重破败，遇到雨雪天气，泥泞难走，让行者苦不堪言。特别是永康一带最流行的独轮车,在坑洼不平的烂泥路面上,负重推行举步维艰;香客们走在泥泞的路面上,草鞋经常深陷其中,衣裤上沾满泥水……

面对行路艰难的人们,济敦在这条位于永康中枢线的道路上,伫立良久。他当年去清渭街当学徒时也常走这样的路,也常浑身沾满泥水,脚上的草鞋也常被泥泞陷住拔不出来。考虑再三,他毅然决定出资修建此路。其实,此时的济敦老板,并没有达到富甲一方的程度,他自己家住的房子,也不过是几间二层小楼而已。他对自己生活水平要求不高,也不追求物质享受。但他对公益事业极具热心,常常倾其所能。他决心一下,就马上动手。很快,从黄店到方岩,二十里石板路的康庄大道修成了。

此路一修成,丽州大地换了新颜,大大方便了永康县街到方岩的交通。乡亲们的独轮车在青石板上飞快地跑起来了,逢三逢八赶芝英市日的人们,来来往往也方便了很多,一路上洋溢着欢声笑语。香客们去方岩也方便多了,方岩的香火也越来越兴旺。这条肩负着浙中商道、政道和学道的交通血脉,真正流动起来了。来来往往的人们,对济敦的善举交口称赞。来方岩的香客不光是来自浙中,还有浙东、浙南乃至华东的很多地方,济敦的口碑就从民间流传到新闻界,流传到了官方,流传到了全国。当时,国民政府得悉济敦的事迹,郑重颁发了"利济行人"的奖匾。

不久,为准备抗战,金华、永康、武义三地的士绅乡民,在乡贤吕公望等人的倡导下,联合出资组建汽车运输公司,动工兴建"金—武—永"公路，济敦又倾全力相助。抗战爆发后，浙江省政府由杭州迁往方岩，在随后省府驻守方岩的五年中，金武永公路和济敦路，都为军民抗战，发挥了巨大作用。

济敦路，应济敦有理由为之感到自豪！芝英人有理由为之感到自豪！永康人有理由为之感到自豪！

## 三

前人修路，后人享福。这才有了郁达夫先生当年优哉游哉的轿上方岩之旅。

前人修的路，虽然因为交通的变化、乡村的发展，产生了变迁，但当年修路的故事和功德却代代相传从未间断。

我少时在芝英中学求学时，每周骑着自行车往返雅庄与学校之间，走的就是从黄店到芝英这段方岩大路，三年里该有无数个来回吧！

这些年来，我也常要骑车走过老"济敦路"，在骑车骑累的时候，坐在马路边休息，遥想当年这条路无限风光的场景：想着风雨之中，郁达夫先生乘轿子晃晃悠悠前来；想着这条路刚开通的时候，人声鼎沸的场景；想着这条路上，曾走过多多少少的才子佳人，香客平民……

历史不会忘记先贤，乡人也不会忘记先贤。

2016年秋，永康市文联和作协举行了"方岩纪静——重走郁达夫之路"的大型活动。二十多位国内知名作家，在永康本土作家的陪同下,沿着郁达夫当年的轨迹,走过芝英古镇,登方岩,入五峰书院,追寻先哲足迹,同抒情怀。此盛举让人感叹,济敦路也重新出现在作家的文稿之中,出现在人们的回忆里。

这条重要的济敦路,虽消失在工业化的大潮中,也消失在很多人的视线之中,但这条路,在芝英人心中的重要性,实在不同。从古至今,经过芝英的古道众多,但济敦路是独一无二的。这是一条展现芝英人精神风貌的路。路的中心,是芝英,体现了以农商为本的中心;大路向西延伸,是县学府学的诗书传家,打开了芝英人走向世界的视野;大路向东延伸,则是以"胡公"文化为基础的浙东文化。三点一线,贯通起了"利济行人""利济学子"到"利济天下"的最传统的芝英人的思维模式,从古到今都是一样。从始祖应詹大将军的"至公至平",到明代著名乡贤应尚道公的"至公无我",芝英人首先考虑的都是对宗族对社会的贡献。"利济行人"的济敦路,是芝英人博大胸怀的又一精彩注释。

如果时光可以穿越回1933年秋的那个雨天,我想在芝英市基的一个屋檐下,拉住郁达夫先生,和他讲讲芝英八村应济敦先生"利济行人"的真实故事。郁先生肯定会频频点头,他的浙东游记里,肯定会添上一篇芝英纪事之类的文章。

# 楼塘惊秋

## 一

惊秋塘和楼塘有着深厚的文化底蕴,在宋朝,这里涌现着一条灿烂的文脉。在那时,"学成文武艺,货与帝王家",文脉即官脉。

这里是永康有名的进士村。

自楼姓祖先永贞公居此地以来,楼氏英才辈出,簪缨不替。

楼姓进士中最出名的还是楼炤。楼炤,字仲晖,婺州永康人。北宋政和五年进士,累官至签书枢密院事兼参知政事等职,是后来南宋的中兴大臣之一,也是婺州永康历史上从政品级最高的官,人称"楼枢密"。

楼炤是南宋构建的重臣,他对南宋定都临安,南宋的国民经济,以及川陕边界的稳定等都做出了杰出的贡献。他与当时的大儒范浚,忠义大臣郑刚中等都私交甚好。元脱脱修订的《宋史》

之中，亦有列传。《全宋词》收录了他的几首诗。

楼炤当年建议赵构定都临安，并被采纳，也是江南经济发展以及永康教育水平自南宋后大幅提升的主要原因。

两宋年间，永康的进士有一百六十名左右，其中，北宋年间因为中原士族参加科举稳定，进士的含金量很高。北宋年间，永康的二十名进士中，楼姓的就有五位，他们是楼昂、楼观、楼定国、楼阅和楼炤。这五位进士不同时期在朝中和地方担任不同的官职，为官清明，为学都有造诣。两宋年间，除了这五位进士之外，金秋塘的楼氏在朝为官者多达二十余人。

这在永康的村庄也是不多见的现象。说明楼姓宗族重视教育，楼姓子弟读书蔚然成风。这也在另一个程度上推动了永康教育的发展，以及当时永康在全国的影响力。

## 二

永康有句老话，叫"枇杷叶连耳朵"。

如果用来形容村子，我想楼塘和金秋塘是最贴切的。

先有惊秋塘再有楼塘。

楼塘村约建于明永乐年间，迄今约有五百八十年的历史。位于城西，距市中心约四里。东南临金温铁路，东与大山、前山头毗邻，西与下田桥土地接壤。

楼塘村现辖金秋塘、楼塘、后山应三个自然村。村民有楼、徐、应三姓，楼姓约占百分之七十。楼塘村明清时期属长安乡，

民国初期属长安区二图，后属桐安乡，1949年后属花川乡，2002年划入西城辖区。后有楼氏子孙，居现楼塘一带，子孙繁衍多了，形成了一个新的村落。因为该村池塘较多，而且楼姓居多，新村便叫楼塘。楼塘的水利条件较差，1949年以前的水利主要靠这几口池塘，村民建造了石大塘和杨塘这两个小型的水电站后，水利条件才有所改观，农业经济才得以飞速发展。

金秋塘自然村原名惊秋塘，是永康楼氏始祖永贞公的发祥地。楼姓是大禹的后裔，周武王追封禹皇后裔为杞国国君，赐号东楼，自此以楼为姓。唐朝中和年间，永贞公游学武川，后在永康许码头建宅讲学，不久就迁徙至惊秋塘定居。从那时开始，楼姓在永康生活居住繁衍，惊秋塘村至今已经有一千多年的历史。

惊秋塘村的出名离不开说一个人的一篇文章。绍兴二十三年，枢密公从南园回到故居，写下了著名的《惊秋塘记》，因此这塘名叫"惊秋塘"，村亦以塘为名。惊秋塘村因为楼炤，因为这篇文章，声名远扬。而改称金秋塘村，现在来说，原因已经很难考证了。金秋塘村和楼塘一样，原属长安乡。村中现有七十多户村民，一百九十左右人口。

楼姓的后代子孙，分为襄靖派、惊秋塘派等，从楼塘迁往永康和全国各地。

后山应，村民姓应，位于后山脚，故得此名。村民从烈桥的应宅迁到此地，距今有二三百年的历史，有五十多户村民，一百四十左右人口。

## 三

这个村还流传着很多故事。

据村里的老人讲,永康乡间正月里处处"迎龙灯",而楼塘则是"迎马"。

关于"迎马"的由来,要追溯至明朝明德年间,楼塘出了一个"拉马武举人"的传说。据说,在闹市之中,有匹马受惊冲向人群,这位武举人挺身而出,一把拉住马,他天生神力,硬生生将疾驰的骏马拉住,避免了百姓受伤。楼塘自那时候开始,每年的正月十三,改"迎龙灯"为"迎马"。"迎马"的风俗和"迎龙灯"类似,只不过,迎的是"马"而不是"龙"。村里宗祠中备有六匹"神马",平时放在花厅或宗祠。每年正月,这些"马"齐上阵,村民自己用纸糊的"马"也加入"迎马"的队伍中来,最多的时候,有四十来"匹"马巡游,场面相当隆重壮观。

楼塘人以这种方式来纪念当年武举人的壮举,同时也是通过这种方式来庆祝风调雨顺,国泰民安。

在楼塘村,现存一座较完整的楼氏宗祠和花厅。宗祠是典型的江南风格,有前院后院中亭及上下两层的回廊,现在已经修葺一新。花厅是村中的文化瑰宝,该厅分为上中下三进两天井,两厢房,雕梁画栋,工艺精湛,栩栩如生,后进的东西大房门刻有"阶前迎瑞气,帘里发书香""几静风吟韵,闲虚月映书"的对联。这个花厅,庄重在布局,格调在精细,用材精良,雕工细腻。

据考证，该厅为琏公所建，建于康熙年间。可惜这些木雕现在都有破损，有明显的刀斧痕迹。相传是太平天国时期，忠王李秀成属下的一支队伍路过楼塘，在楼塘的花厅停驻了几天。每天到晚上的时候，睡在花厅的士兵就听到锣鼓喇叭唢呐声阵阵，还有人在唱戏。士兵们第一晚很纳闷，明明周边没有村庄做戏啊！到后面的几个晚上，士兵们睡不着觉了，他们拿着火把在花厅中找原因，后来才发现是这些雕在梁上的戏剧人物都成精了！——这当然只是一个民间传说，足见木工雕功之精。

这位琏公，是远近闻名的一个大善人，也是一位有着丰厚地产的乡绅。在楼姓祖先良好的家风熏陶下，他兴修水利，让附近几个村的村民都受益，现在这些水坝仍发挥着作用；他还资助村里的教学，做了很多的公益。

现在村里还在流传，琏公出门去邻村看戏，一路过去，两旁都是点着印有"楼"和"太师"字样的灯笼，全都是自己家的地盘，不用提灯笼。以前村与村间隔远，这也是从另一个角度说明，琏公的资产之丰厚，乡人对富而仁者的尊重。

## 四

楼姓的始祖都居住在金秋塘，但现在的金秋塘村已经基本没有楼姓的后人，这也是一个非常奇怪的现象。

据传说，有个柏岩人叫黄青龙，因为家乡发生天灾，一路乞讨到了金秋塘村的一个财主家，到门口的时候，被财主家的一群看家狗吓得爬到门厅的柱子上。楼姓主人闻声出门一看，喝退看家狗，让黄青龙下来，命仆人好菜好饭招待。在闲聊的时候，主人看到这个黄青龙虽然行乞，却眉清目秀，一派正气。再一问名字，听到青龙二字，加上刚才黄青龙爬上柱子的情形，一下子想到了"青龙绕柱"四字，这是个吉兆啊。想到家里有女儿没有儿子，就将黄青龙留在家中入赘。

于是黄姓在金秋塘落了根。再后来，楼姓慢慢移居到旁边的楼塘，而黄姓却人丁兴旺，人口越来越多，渐成规模。慢慢地，楼姓退出金秋塘，居住在楼塘村，还有一部分迁居在永康及全国各地。

不过，传说和现实之中，也有某些关联。据史载，绍兴二十九年（1159年），楼炤致仕归田，赵构赐全禄，田二十顷，颐养天年。而这二十顷田，就在柏岩。据说，柏岩原名白岩，因为楼炤建有别墅在此，改名柏岩。晚年，楼炤常住在柏岩。

传说中的黄青龙，就是柏岩人。不过，其中是不是有什么关系，已经无从可考。这也是留给后人想象的空间吧！

## 五

站在楼炤曾经写下《惊秋塘记》的惊秋塘，正值深秋，周边枫叶飘红，天高气清，粼粼波光上有飞鸟的影子。现在，塘中已经没有楼炤笔下的景致，几个村民正在悠闲地垂钓。金秋塘所处的位置有点凹陷，有如一个聚宝盆的中心，楼塘、金秋塘和后山应环抱在四周。塘的形状，恰似一个金元宝，落在聚宝盆的中间。当年楼枢密归乡行至此处，在观赏美景的同时，却毫无心情，他望池水清涟，四顾云山，想到二圣未还，国土未复，不由得惊动于心，此谓惊秋也！

现在的楼塘、金秋塘和后山应，都在城西新区，一扫交通落后、经济贫穷的旧面貌，各方面都在全市前列，也是永康工业的重要区域，和永康城区紧紧连在一起。拥有祖上荣耀光环的村民，还有文化的自豪感，这几年，都住上了高楼，收入和生活水平也提高了，村民都说现在的条件和以前相比，真是天差地别啊！

想必九泉之下的楼枢密，看到这景象，定会含笑。如果他重游此地，必定不再惊秋，而是会再写一篇《喜秋塘记》吧！

# 一江繁华，出城西

水乃生命之源。自古以来，人类就懂得择水而居，沿河湖而居。河流滋润着大地，哺育着人类，我们亲切地称之为"母亲河"。自有人类居住开始，母亲河上的活动也随之展开，人类在河里捕鱼，依托河道以利通济，从河边走向远方。

在永康，有一条母亲河永康江，江上曾经有几百年千帆共舞的航运历史，滔滔江水默默记录着曾经有过的好时光，记录着曾经有过的一江繁华。

## 上篇　曾经，一江繁华

"浙江因水而生，因水而名，因水而兴，因水而美。钱塘江是浙江的母亲河，孕育了灿烂的吴越文化。"而作为钱塘江支流之一的永康江，也是永康的母亲河，灌溉了永康的土地，孕育了丽州人民，也形成了独特的百工文化。

永康地处金衢盆地的半山区，丘陵起伏，河流纵横交错，陆地交通因为地势起伏较大不便，所以基本依赖水路，水路一般以船、筏（竹排）等为主。

永康江，古称丽阳川，东流与熟溪合，东北入金华与东阳溪合，俗称"大溪"，在陆路不发达的几百年时间里，人们基本依赖的都是水路。永康江的水流有季节性，雨季的时候雨水充足，枯水期就不适合水运。以前永康江河水畅通时，常年可以竹排航行，在春夏秋雨季的时候还可以通帆木船，在冬季枯水期的时候一般就停航了。

竹排，也称竹筏，用直径十厘米以上的竹削去青皮，用火熏，捆扎而成。小的竹排有五至八根竹，大的竹排有十一至十七根竹，竹子的粗端做成排头高高翘起，乘风破浪。永康江上的竹排，一般以十七根为主，以人力摇橹、拉纤、撑篙作为前进动力。每个竹排可载重一吨左右。

除了竹排这个简单的航运工具外，永康很早就有木船，这些木船可载货也可以载客，负重可达五吨以上。

据史记载，明正德、嘉靖年间，永康就有西津、李店、桐琴（下谢）三个渡口，有水码头、山川坛、翁埠、李店等码头。渡口承担的是摆渡功能，方便两岸的百姓。永康城西人称永康江为"大溪"，很大的溪流之意。南方人无南北之概念，我们称对岸为"隔溪"。所以，摆渡到对岸，我们称为"到隔溪"。

清朝之后，永康江的西津渡、山川坛、翁埠、埠头、杨店、杨埠、李店和褚店等，一直都是水上运输的重要码头。但除永康城内几个重要的码头之后，主要的河段及码头大部分集中在城西。"据1947年统计，永康城区有大小木船123只，船工270人，竹排173对，撑排工有几百人。"足可见当时水运之繁华。

那时候，永康陆路交通不发达，货物运输基本依赖水上的排运。从永康出发，经武义、金华到兰溪，上可到安徽徽州，到杭州再从京杭运河到北京，还可以从钱塘江出海。真的是四通八达！同样，客运出行也走水路，顺江而下，顺风顺水，速度极快。同样，到缙云丽水的很多货物，也是要经过水运到永康码头，再通过陆地到浙西各地。

从永康运到外地的，主要有粮食、萤石、木材、木炭、陶器、桐油、茶叶、火腿等，而从金华和兰溪运回来的，是石灰、煤油、肥料、食盐、百货等。

随着民国年间陆路交通的发展，永康通往金华和杭州的道路开通，水路交通日渐没落。在1957年，永康江上游的水利工程筑坝截流蓄水，致使航道水流量不足，航运开始走向衰落，撑排和渡船渐渐停止。1958年，当年的船夫和排工都加入了县里的运输队伍。他们有的推独轮车，有的拉二轮车，从原来从事的河运转到了陆运。另外一些人，则到一些国有的矿业，如附近武义杨家的东风荧石矿等工作。

下谢渡在1970年桐琴公路桥建成后，废除；杨埠和翁埠渡在1983年李崇大桥建成后，废除。

民国时期，乡人吕公望回乡，写下《西津晚渡》："西津野渡倚长桥，晚市人回隔水遥。两岸苍烟迷去客，一肩寒日引归樵。

桨穿暮霭近桃叶，帆卷斜阳拂柳条。东望石城明月上，渔歌何处隐闻箫。"

那时候的西津渡已然成了野渡，回望多少年前，曾经千帆共舞的永康江，几百年间几多繁华。

江水声声，木桨声声，渔歌何处隐闻箫。

## 下篇　回望，水运繁华

**回望镜头一：二十世纪六七十年代下谢人**

这一天，下谢人谢子清头戴斗笠，闲坐码头上，在百无聊赖地敲着旱烟杆。眼光扫过广阔的江面，午时的江面已经很是平静，偶见一两只小鸟轻盈掠过。谢子清吐了口悠长的烟圈，他的脑海中浮现的是父辈们经常说起的永康江曾经繁华的景象。那时候，永康江上舟筏如梭，千帆共舞，何等繁华，而现在？他远远看着附近在修的公路，他想，他可能算是这个渡口最后一批老排工了。

正想着，他看到不远处一个姑娘用扁担挑着两个箩筐，步履沉重地走过来。他将烟杆别在了腰上，卷了一下袖口，迎了上去。

只见那姑娘，竹笠下脸蛋红彤彤的，都是汗水，身上的衣服也湿透了。谢子清怜惜地接过她的担子："鲜囡，我来担。"

说着他便挑起担子，往江边的竹排走去。箩筐里是木炭，并不重。他小心地将木炭放在竹排的高处，又回身用手扶着姑娘到竹排里坐稳，然后撑起竹篙，竹排徐徐地离开桐琴码头，往下谢村而去。

到了对岸码头后，他又殷勤地将木炭挑到岸上。这个应姓的姑娘是到武义贩了木炭回永康来卖的，她挑着担离开码头很远了，还回头望了望竹排上那个英俊帅气的摆渡工，关键他还那么勤快呢。

这个谢子清就是当时负责桐琴和下谢两地渡口的排工之一。他本能的勤快之举，让这个姑娘由衷地爱上了他。这个年轻的排工，家境贫寒，但这个姑娘不顾一切和他走到一起，成就了一段佳话。

**回望镜头二：二十世纪六七十年代李店人**

华灯初上，婺城，河盘桥头。

从城里高圳出发的李店人李后清和李德兴撑着一排排的松木排，到达金华江的河盘桥码头，将松木排交到码头管理处后，他们长长地舒了一口气，结伴到附近吃了碗金华大馄饨，喝了点自己带的永康米酒，无比惬意。

李后清从十几岁跟着父辈开始撑排，跑得最多的是兰溪和金华，一直跑货物运输，一晃就是多年。

1949年之后，随着陆路的发达，航运日渐衰弱，他开始和老排工们从事放竹木运输的工作。

简单地说，这种工作就是将永康产得多的松木、杉木和竹子，用钢丝等捆绑在一起成为木排，三个一溜，几个一串，由经

验丰富的排工"掌舵",一般运到金华的河盘桥,在河盘桥码头卸下之后,再转火车运输到全国各地。在一些无人的河道里,可以将竹木直接扔在水中,然后在下游汇合处打捞上来就行,但永康江到金华江这个航道不行,必须有撑排的人才行。

李后清也知道,照现在公路发展的规模和速度,他们老排工撑排,真是撑一趟少一趟了。

而壮年时候在李店六七十人撑排的景象,上百个排的规模,也将成为记忆。

**回望镜头三:二十世纪五十年代褚店人**

1952年,夏,唐朝政治家、书法家褚遂良的后人,现居永康的褚店人褚宇兴,从西津渡出发,豪迈地撑起一缕排(三个竹排成一字形,连接在一起),沿永康江南下,过翁埠、埠头、杨店、褚店等码头,到武义江,过桐琴、白洋渡、叶前埠,到金华,再到兰溪。这一次他没有像以往一样在这里结束航程,而是一鼓作气到七里泷,最后到达杭州七堡。

到杭州的时候,正值"接天莲叶无穷碧,映日荷花别样红"的季节,他和同伴将永康运过去的坛头、五金等货卸到指定地点,交接完毕后,兴致勃勃地游览慕名已久的西湖。他们赏荷花、尝藕粉、品莲子后,又逆水拉纤将排拉回到永康。

他回到家里,恰逢孙子出生。回味西湖美景及莲子美味,他自然而然给孙子起名为莲生。

这也是一般永康排工走水路最远的传说了。

**回望镜头四：二十世纪六七十年代杨店人**

那些年，从义乌赤岸迁居到永康的部分杨姓人，到永康之后形成了杨店村。这个村与褚店相邻，也紧邻永康江。在鼎盛时期，该村在浙江流传着一段佳话："杨店村，真的大，十八间布店，十八间牛店，十八口井，十八个大肚汉，十八个络胡腮。"前面是说杨店村庄之繁盛，后面的"大肚汉"和"络胡腮"说的是村里撑排汉子的"排场"，形容其彪悍威武。

不说杨店村里的商业繁荣，就说一个村庄便有几十个竹排高手，几十个排，我们想象一下，几十个竹排一溜地在大溪上摆开，埠头的竹排连着杨店，杨店的竹排连着褚店，还有杨埠、李店和下谢，沿着城西的永康江，这是何等盛况啊！

这是永康江城西，千帆共舞的时代。

**回望镜头五：城西的河里和陆上**

水路带动了陆地的繁荣。从地理位置上看，永康城西在陆路交通中也是非常重要的。从缙云、丽水、金华、永康等地来往的官宦客商，以及考生等，在这几个区域间往来，城西也是船换路、路换船的必经之路。

水运带动了陆地的兴旺。百姓以江中放排为生，在岸边聚居，一代一代发展，渐渐形成了村落。这些家庭，男的撑排，女的在家做农活。随着码头的发展，陆地上来去的人和货也渐渐多起来，一派兴旺。

应姓的排民为了方便，用"埠头"两字直接做了村名。当年河运兴旺的时候，从永康塥塘迁来的应姓，从永祥迁来的舒姓，渐渐在码头附近形成了村庄。杨埠古渡，也曾是永康江的重要渡口，杨埠村也因临江码头岸上多杨柳树而命名。

河运发达后，带动了第三产业的发展，每个村子的职能也有所不同。有些村子人多，便承载了以商业为主的职能，开店的人也多，索性以店来命名吧，如李店、杨店和褚店等。而有些村子因为码头更为出名，所以更多地以埠来命名，如翁埠、埠头和杨埠等。

在永康城西，当年靠水运生存的村子，经历都差不多。村子的形成和土地开发的历史都不长，大约三百年到六百年。当年都曾经饱受水患，与水共居，靠水生活，寻求着人与自然之间的一种平衡与协调。在城西水运发达的年代里，这些村子都扮演着重要的角色。

永康江自古在钱塘江水系中起着重要的作用。如果我们要描绘一幅永康江航运的盛景，那么肯定是这样的：

在长达二十多公里的永康江上，城西占据着重要的河段。我们可以看到江面上，有摆渡的竹排，有顺江而下的木船和运着货物的竹排，有逆流而上喊着号子的人们，还有在江上捕鱼撒网的渔夫。在码头上，有驻足等待的商旅官宦，也有很多在装货卸货的乡亲，有摆摊的商贩，有玩耍的孩童，还有在码头洗浣的妇女等。

这一幅永康江上图，记录着曾经河海航运时代的辉煌，几个世纪的江水，记录着曾经的荣耀。

## 结束语

"只要破解水流的密码，我们就能读懂一片大地。"要读懂永康，就要去解读永康江，去解读永康江曾经的样子。在这条母亲河边，我们临水而居；在这条航道上，水路运输几百年的风风雨雨见证了永康的繁华。

而今，江水依然悠悠，风景如画，江上横架的是一条条高速铁路和公路，两岸是繁忙而四通八达的交通网。曾经的时代已经过去了。我们记住一个时代，是为了迎接和开创一个更好的时代。

# 一生忠节楼枢密

## 一

清晨,狂风大作,乌云蔽日。沿着御街向北缓慢移动的是成千上万人的队伍,坐在牛车上的有身穿青衣满脸愧色的皇帝赵桓和朱皇后,有太上皇赵佶和郑太后,还有数不清的亲王、王子、公主、大臣和宫廷的能工巧匠,无数俘虏在金兵的押送下抬着无数奇珍异宝。

战争没有风花雪月。这是刺在汉族人心上的一根刺,这是两千多年汉王朝中最难以言说的一场灾难,史称"靖康之难"。谁也没有想到,宋朝开国皇帝赵匡胤曾经让南唐后主李煜蒙受的屈辱,现在降临到自己子孙的身上。

街道两旁跪满了数不清号哭的百姓。

眼看着一个瘦高个子的人走过,趁着金兵不注意的间隙,人群中等待已久的一个壮实的人站了起来,拉住他的手:"会之,议状你我都有份，今日你却要……"说着，这位中年人忍不住哽咽起来。

倒是这个瘦高个子比较清醒冷静："仲晖，你我同年登科，职为争臣，岂能坐视不吐一词？我此番一路服侍皇上和太上皇，也是臣子的本分了。"他说完看了看周边，低声道："康王和宗泽在大名府勤兵，你为人磊落豁达，且速去辅佐，宋室中兴，就在康王了！"

会之，即秦桧，江宁人也，时任御史中丞。提到康王，秦桧的脸上露出一丝微笑。他用力地握了握仲晖的手，又拍拍他的肩膀："我们还会再见的！"

说完，他横眉冷对四周的金兵，凛然快步跟上他妻子王氏的脚步，身影消失在人群之中。

仲晖坚毅地点了点头。

这个叫仲晖的人，就是婺州永康人楼炤。他状貌伟然，南人北相，累官至资政殿学士、签书枢密院事兼参知政事等职，是后来南宋的中兴大臣之一，人称"楼枢密"。

他没有犹豫，随后就准备行囊，星夜投奔康王而去。

他和秦桧，同登政和五年乙未科。两位同科进士的政治方向，由此南辕北辙。

此时的秦桧，以他的职务，尽可以不必随赵桓、赵佶入北。前不久的二月，赵桓、赵佶被金废为庶人，金军欲立张邦昌为伪帝。朝中御史和秦桧联名写议状，上书金帅乞立赵氏为帝，后秦被拘押在金营，现与二帝北迁。

楼炤想，天变了，但人心还没有变。

这年，是公元1127年，这日，是北宋靖康二年三月二十八日。

## 二

八年后，赵佶这位艺术品位极高的皇帝，悲惨地病死在黑龙江依兰的五国城。这位写得一手遒劲细瘦书法（后世叫"瘦金体"）、这位可以细致观察到"孔雀登高，必先举左腿"的宋徽宗，当了二十五年的皇帝，享尽了人间的荣华富贵，后做了亡国之君，当了八年的俘虏，受尽了人间疾苦。在他去世之前，他日日夜夜想念着张择端《清明上河图》里的汴京，一百多年的和平，筑就了中国空前绝后的文化顶峰。

如果不与女真结盟，不与虎谋皮，宋朝的未来，或许是另一个方向。

宣和元年（1119），给事中楼炤和郑刚中一起上书，反对与女真盟约。这个奏折放在赵佶案头的时候，他正被马植规划的妙计激发得热血沸腾。他幻想着脱离中原二十多年之久的幽云十六州，将在他的手上收回，这是何等的丰功伟绩啊！他在画画的手，不禁抖了一下，眼光望向北方，波涛汹涌的激动让他的内心无法平静，他随手把笔扔在案头。

宣和二年（1120），宋金订立"海上之盟"，这成为宋朝国运的转折点。

事情是从政和元年（1111）十月开始的。那年，宋朝派遣去祝贺辽国第九任皇帝耶律延禧生日的童贯抵达卢沟桥，在行馆住下。一个青年，晚上悄悄进入童贯的房间，提出了我们熟识的"远交近攻"策略，他希望宋朝能够和辽东北的女真族联合起来，东西夹攻，夺回幽云十六州。童贯如获至宝，后来将马植连人带计献给了赵佶。

这个青年叫马植，他出生在辽国一个显赫的家族，官至光禄卿，原籍是幽京，即现在北京，他希望他的故乡能够回到祖国。

他的想法有一定的可行性。只可惜，他遇到了一个没有强大军事力量和执政力的宋朝。宋朝辜负了他，最后还怪罪于他。历史本来可以拐个弯的，这策略若能成功，将改变宋朝国运，也能使中华文化向前发展。

只可惜历史没有假设，后人无法穿越历史，拍醒沉睡的执政者们。

在朝廷中，不乏一些有主见的热血青年，他们分析出女真凶残且不知足的本性，宋与金合作犹如与虎谋皮，他们勇敢地提出了自己的政治见解。

婺州的两位才子，永康人给事中楼炤和曹宅人郑刚中就是其中的两个。他们审时度势，看到这个策略的弊端，直言上奏不可与女真族通盟。

在此次上奏的人中，还有后来的抗金名将宗泽。宗泽当时是个小县令，不幸的是，此次上奏后，他被当朝权贵直接贬去看守道观。

赵佶没有听取他们的建议，宋金开始结盟。这次远交近攻，马植有深谋远虑，但因为宋帝国的软弱，军事无能，政治短见和反复无常不守信用，以众所周知的结果宣告了失败。

靖康元年（1126），金军以不可抵挡的势头入侵。新帝赵桓召开紧急会议，一部分大臣主张迁都，一部分主张坚守待援，一部分主张和议，朝廷上乱哄哄，还没有讨论出结果，金兵已经渡过黄河，兵临城下。

无奈之下，宋朝再次与金和议。割三镇地，增加岁币。

这一年，楼炤、梅执礼与范宗甲等一起上书，反对割地，三镇乃是中原之根基，根基动则惊京师，他们呼吁以积极的态度备兵迎战。

三镇在众议反抗中悬而未割，金兵卷土重来，汴京失陷，北宋灭亡。大厦已倾，梅执礼和楼炤等人在"覆巢无完卵"之下，苦苦维护着君王的尊严以及百姓的利益。梅执礼，字和胜，浦江通化（现兰溪梅街头村）人。宋崇宁五年（1106）中进士，后任户部尚书。靖康二年（1127）二月，金兵派人通知梅执礼及户部、刑部等八位官员赴金营谈判交纳金银财帛一事。当时国库空虚，民穷财尽，更何况巨额的赔款比以前又增加了一倍。梅执礼一行八人不忍京师百姓涂炭，力陈民力困乏，要求减少缴纳。宦官密告金人，言所取未及百分之一。金人大怒，杖责谈判官员。梅执礼严厉斥责："天子蒙尘，臣民皆愿致死，虽肝脑不计，于金缯何有哉！"金人暴怒，竟残忍地用槌子将他当场活活打死，时年四十九岁。赵构即位后，下诏追封他为通奉大夫、端明殿学士，谥号节愍。

在这种局面之下，楼炤和梅执礼所做的一切，无力且悲哀。

历史终未能按楼炤与诸大臣的建议向前，软弱的北宋一错再错，终于滑向了靖康之耻的无尽黑暗。

好在历史还是留了一点亮光，这个微弱的亮光在无数忠诚义士的努力下，照亮了南宋。

## 三

楼炤从开封星夜前往相州，招相民之义勇爱国者组织军队，十天之间就召集了数万之人，建炎元年（1127）辅佐康王赵构在应天府登基，从此追随在赵构左右。

建炎三年（1129），赵构下令改江宁府为建康府，并北上进驻。金兵再次南下，准备消灭南宋政权。时在扬州纵情享受的赵构，一路狼狈逃亡，由扬州至镇江，又至常州、杭州、宁波，并由宁波海上逃往温州。在金兵北撤的过程中，宋大将韩世忠和妻子梁红玉在黄天荡以八千人迎战金兵十万人，迎来第一次宋军大捷。

赵构直至金兵北撤，才从温州回到杭州，还在建康修了行宫。

随着时局的发展与稳定，定都何处成为人们讨论的中心议题，高宗还在建炎四年（1130）六月，"诏侍从，台谏，诸将集议驻跸事宜"。

南宋政权虽然据有半壁江山，但可供其选择做都城的地点，只有两个区域，一是长江中游的江陵、武昌、襄阳一带；二是长

江下游的扬州和建康一带。

南宋政权还据有战略地位十分重要且富庶的巴蜀地区。朝中基本有几个意见。一是李纲"以天下形势而观，长安为上，襄阳次之，建康又次之"；二是宰相吕颐浩等人奉上幸武昌为趋陕之计；三是赵鼎认为"经营中原当自关中始，经营关中当自蜀始，欲幸蜀当自荆襄始，吴越介在一隅，非进取中原之地。荆襄左顾川陕，右控湖湘，而不瞰京洛，三国所必争。宜以公安为行阙，而重只干襄阳，运江浙之粟以资川陕兵，经营大业，计无此出"；四是张守与滕康上书的定都蜀地一说。

作为南宋初年的重要人物，李纲、赵鼎、张浚等主张都江陵一带或武昌、襄阳一带。然而，江陵地处江北，周围无险可守，武昌、襄阳战略地位虽然重要，但易暴露在金兵的铁骑之下，更重要的是两者距富庶的东南较远。蜀地太远，赵构自己心里就否决了。

虽然许多朝臣主张定都建康，但也有相当一部分主张定都临安一带。有远见的楼炤就是其中一位，他说："今日大计，当思古人量力之言，察兵家知己之计。力可以保淮南则以淮南为屏蔽，权都建康渐图恢复。力未可以保淮南，则因长江为险阻，权都吴（今苏州）、会（今绍兴），以养国力。"

事实上，两种意见出发点不同，定都建康主要是看中建康的形胜条件，定都临安主要从当时南宋政权的军事实力与经济实力的实际出发。

最终楼炤的建议得到了赵构的认同。南宋王朝最终定都临安，改元"绍兴"。绍者，继承之意；兴者，兴旺之寓。

江南迎来了一个发展时机。

## 四

"江南形胜，三吴都会，钱塘自古繁华。"一生只在勾栏得志的柳永，"奉旨填词"的柳三变，他真的想不到，他的一首《望海潮》词能让金兀术心生夺取大宋江山的野心。

定都临安之后，百业待兴。

南宋新朝的"行在"，定在临安，这里能直接控制赋税与粮食生产的重心，也就是浙江与江西。往东北，是淮河流域的两淮地区，这里是金兵来犯的军事缓冲区，而往北的襄阳就是南宋的军事要地，南宋控制下的川陕，都要靠襄阳作为联系纽带。

南渡之后的南宋，土地和人口都减少了近三分之一，偏偏南宋的税收却远远超过北宋，税收增加了三分之二。北宋中期以后平均年财政收入在六千万两上下，而南宋的财政收入则常年保持在一亿两左右，宋朝财政收入的最高数字——一亿六千万两同样是南宋创造的。后世明朝在鼎盛的时候，财政收入亦不过是南宋的十分之一。

财政收入这么高，难怪南北宋都不把赔款当回事。北宋以屈辱的"澶渊之盟"换取了一百多年的和平，南宋也以"绍兴和议"换取了南宋与金长达一百五十二年的对峙。

财政收入增长很大方面的原因是南宋开辟了海外贸易，范围

从南海到印度洋，最远的到波斯湾等。南宋的海上贸易也给后世的郑和打下了坚实基础。

长时间的偏安一隅，南宋依靠科学技术，如火药、活字印刷、双季水稻、纺织、制瓷、冶矿等发展国力。在吏治及国家财政政策等方面，楼炤以永康人的经世济国才能如鱼得水、脱颖而出。若干年后，他的学说由另一个乡人陈亮加以发扬光大。陈亮，字同甫，号龙川，绍熙四年（1193）状元及第。他们以永康人务实的思想最终形成了"浙东事功学派"，在南宋年间与朱熹理学、陆九渊心学分庭抗礼。

楼炤看到朝廷各方面的弊端和存在的问题之后，积极上奏进行改革。

绍兴六年（1136），复召为左司员外郎，寻迁殿中侍御史，复调起居郎。任内，楼炤向朝廷建议："今暴师日久，财用匮乏，考唐故事，以宰相领盐铁转运使，或判户部，或兼度支。今宰相之事难行。若参仿唐制，令户部长贰，兼领诸路漕权，何不可之有？内则可以总大计之出入，外则可以知诸道之盈虚。"诏下三省，措置实行。

又言："监司、郡守，系民甚切。乞令侍从官各举通判资序或尝任监察御史以上可任监司、郡守者一二人。"诏从之，命中书、门下置籍。

不久楼炤又上书："论屯田、鼓铸、市舶、常平四事奏。"

这些建议皆被赵构采纳并实施。经过一系列吏治和税收改革，战乱之后的临安，慢慢开始繁华。南宋这个"背海半壁谋临安"的帝国，在江南终于迎来了一段时间的国泰民安。

尽管暖风熏得游人醉，尽管不知西湖歌舞几时休，靖康之难的耻辱还是重重地压在大宋君臣的头上，难以消散，而北面金兵虎狼的危机大家都心知肚明。

## 五

建炎四年（1130），临安已初具规模。从皇宫的北门和宁门开始，经鼓楼、清河坊、中瓦前、官巷口、棚桥、从安桥，这一条从南到北的天街上，各种奇珍异品琳琅满目、应有尽有。

这年十月，秦桧自北神奇地回到临安。

楼炤与老友抱头痛哭，听秦桧讲自己陪二圣一路北行的经历，讲如何杀掉监视的金兵逾河渡海而归，不由唏嘘感叹。他隆重地在太和楼上设宴，与友长叙。听到秦桧讲这一路北行二圣的遭遇，楼炤不由得热泪奔涌，他举起一碗琼花露，向北而敬，长跪不起。

朝中有多人质疑秦桧的独归，但宰相范宗尹、同知枢密院李回等都支持秦桧，向赵构力荐。楼炤虽将信将疑，但想到靖康年间秦桧的勇猛忠义，不由信之。

但人总是会变的，慢慢地，楼炤感觉秦桧越来越陌生了。

这日，秦桧在朝中首次提出"如欲天下无事，南自南，北自北"，并首呈所草与达赉的和书，圣甚悦。

楼炤的心慢慢沉了下去。

这也难怪，赵构遗传了赵家最厉害的招数就是逃跑与议和。

这个时期，因为楼炤的文笔不错，赵构充分信任，朝廷重要的外交文书基本都是楼炤所写。临安城，歌舞升平。党派之争，议和与北伐之讨论，朝廷坊间一片奢靡之风。楼炤厌烦而无奈，他萌生了去川陕边界，安定南宋西防的想法。

对于南宋王朝来说，川陕是其西线，相当重要，地域广阔，蜀内地产丰饶，军事位置也非常重要。南宋境内分路十六，西路在川陕，与西夏、吐蕃等接壤。

在金国政变之前的绍兴九年（1139）正月，时任枢密使的秦桧在积极地调整西线的布局。首先，他将川陕宣抚使吴阶晋升为四川宣抚使，吴阶是著名的抗金名将，由他坐镇西线，确保万无一失。随后，秦桧任命周聿为陕西宣谕使。

"我宋临安，已失半壁江山，川陕若失，我宋再失半壁矣！"秦桧拉着楼炤的手说，"仲晖你为人忠诚、宅心仁厚，在此关键时候，你去圣上才放心啊！"

"为社稷，是臣子本分。仲晖当竭尽全力，不负圣上的重托！"楼炤想到川陕的复杂和重要性，一脸严肃，说得斩钉截铁。

时局动荡，为了把控西线，时任签书枢密院事的楼炤临危受托，前往陕西全面督政。他的身份就是钦差大臣，掌控西线，便宜行事。

风萧萧兮路漫漫。楼炤就这样踏上了陕西督政的路。

他一到任，就开始整顿吏治，任人唯贤，调整和任命了一批西线的文武官员，以加强对当地的管理和防守。不幸的是，在六月,时年三十六岁的吴阶病故,南宋未战先损失了一员大将。抗金名将吴阶比岳飞小三岁,甘肃人,三代守蜀。吴阶一死,秦桧在楼炤的建议之下,在七月任命四川制置使胡世将兼任主管四川宣抚司职事。

楼炤在陕西,将吴阶的弟弟吴璘提拔上来,为经略安抚使,兼知秦州。他还综合吴璘的建议,命令三万人守川口,把住四川的门户,再遣五万人往陕西。在稳定了西线之后,八月,楼炤不辱使命返回临安。

绍兴九年、十年(1139—1140),胡世将任川陕宣抚使,此时,金兵大举进攻关中,长安陷落;西北守军分屯各地,面临覆灭的危险。胡世将调动吴璘等部联合出击,屡挫金兵,使"分屯之军,得全师而返"。绍兴十一年(1141),南宋收复陇州等地。

收到胡世将获胜的捷报,赵构兴奋地说:"此皆拜楼爱卿功劳所至啊!"

绍兴十年(1140)五月,金国的都元帅完颜兀术将军队部署完毕,宋金战争随即爆发。绍兴十一年,宋金达成"绍兴和议",南宋再次屈辱地向金称臣。

这时的局面,已不是楼炤等能控制的了。

于是他在还朝之后,以求归省于明州。

## 六

绍兴十四年(1144),宋前使王伦居于河间,不受大金爵禄,

冠带南向，乃被缢杀。

南宋临安依旧歌舞升平，犹厌言兵。这一年二月，复置教坊，分为筚篥部、大鼓部、拍板部、筝色等，时有乐工四百十六人。

二月，楼炤告假去明州（宁波）探母亲，行前，赵构特赠诗一首《赐枢密院楼炤》送别，诗曰：

联念邦家历万凡，幸卿相与久维持。
孜孜广道谘询处，謇謇封章纳诲时。
半世奇勋惟我重，一生忠节自天知。
南归奚事将为赠，金石诗篇壮羽仪。

这也是赵构诗文的代表作之一。作为赵佶的第九子，他天性聪明、知识渊博，而且武功了得，能拉一石五斗的弓，诗与书法也俱佳。

赵构与楼炤之间，虽为君臣，从南渡开始的风风雨雨，却已经让二人形成了类似父子和兄弟的关系。

在南宋那种内忧外患的情形下，文官与武官都涌现出了很多的英雄人物。但对楼炤而言，自从南渡追随赵构之后，他能做的，也只是如清朝中兴大臣李鸿章一样，做一个"裱糊匠"罢了。李鸿章曾说："我办了一辈子的事，练兵也，海军也，都是纸糊的老虎，何尝能实在放手办理，不过勉强涂饰，虚有其表，不揭破，犹可敷衍一时……但裱糊匠又何术能负其责？"

楼焻也是一个提笔的"裱糊匠"，他一生只是为社稷、为君王的体面与尊严罢了。

继命往陕西宣谕德意，赐以皂纛金书："楼焻到处，如朕亲行，便宜行事，随意遣使。"

在楼焻与赵构之间，自从他赴磁州辅佐之后，风风雨雨，飘飘摇摇，却也结下了牢不可破的关系。

"半世奇勋惟我重，一生忠节自天知。"

天知，天是赵构，是天下百姓。

## 七

北宋赵佶年间，从北往南流行着一种特殊的船队，叫"纲"，往往十艘船为一"纲"，这些船运的是从东南一带搜刮而来的珍奇玉石等文物。寻常百姓家若有一木一石、一花一草可供玩赏的，应奉局立刻前来强夺。这事史称"花石纲"，它为祸东南州县达二十余年，到金兵入侵之后方停止。

这事的起因是北宋崇宁四年（1105），赵佶的生活骄奢淫逸、挥霍无度，他为了帝国最大的园林建设工程——艮岳，在苏州设置应奉局，由蔡京负责。在赵佶的昏庸、蔡京和童贯的专权之下，大部分的文人士大夫都噤若寒蝉。

这时，新科进士、时任闽县令的楼焻站了出来。

为官一任，造福一方。北宋胡则是永康乡间鼎鼎有名的人物，楼焻很是佩服乡贤胡则的所作所为，他也一直以前辈为

239

榜样。

楼炤出生于传统的士大夫家庭。其祖父为庆历进士,其父楼沫官至侍郎,他年少时就立志圣贤之学,精《易》《书》《春秋》,通诸子百家,有明显的士大夫情结。在他主政的福建、温州、绍兴、宣州皆有脍炙人口的事迹。

政和五年(1115),楼炤任闽县令,刚上任就遇到疫灾。楼炤一方面组织药方,另一方面身先士卒,焚香祷天,诚意感神,不久疫疠顿息。

这个时候,蔡京搜刮花石纲,以朝廷的名义向楼炤索要福建的各种玉玩、珍禽奇兽,他慨然拒之,不顾自身安危,上书给赵佶,对此类误国伤民的行为发出了有脊梁的知识分子的声音。

绍兴十二年(1143),楼炤为《云溪居士文集》作序。在两浙东路安抚使任上,楼炤删其《傅大士语录》讹误,刊定为四卷。傅大士的佛学思想主要收入现存的《傅大士录》中。楼炤见其文繁杂,用语俗野,进行重新审核,终编成精品存于后世。

"一生低首谢宣城。"能让才高气傲的李白低首的谢朓,他的超级粉丝除了诗仙李白,还有白居易等。绍兴二十七年(1157),楼炤在知宣城期间,搜集整理了谢朓的诗集,还为诗集写了序。

这些都是楼炤在地方给中华文化做出的贡献,留下了很多文化瑰宝。

看一个人,我们往往看他走过的路,看他交的朋友就知道了。

## 八

南宋大儒朱熹,后世称为朱子。这么了不起的理学大师,居然曾经三次拜访一个人,都吃了闭门羹,未能如愿。

这个人就是范浚。

朱熹为范浚著《香溪范子小传》,如此写道:"近世言浙学者多尚事功,浚独有志圣贤之心学,无少外慕,屡辞征辟不就。所著文辞,多本诸经而参诸子史,其考《易》《书》《春秋》,皆有传注,以发前儒之所未发。于时家居,授徒至数百人,吾乡亦有从其游者。熹尝屡造其门而不获见。"

这个范浚何许人物也?

南宋理学盛行,以薛季宣为代表的永嘉学派,以吕祖谦为代表的金华学派和以陈亮为代表的永康学派合称"浙东学派",它们都是南宋理学的一个重要分支。这其中以金华学派的影响最大最久。

而开浙东学派之先河,发浙东学派之先声者,正是范浚。范浚的理学思想对金华乃至浙江理学的影响久远,被称为"婺学之开宗,浙学之托始"。

这么个人物,却是楼炤的挚友。

绍兴元年(1131),范浚和兵部郎官楼炤相约游天王寺,他们聊理学、聊文学、聊宋金现状,不知不觉间登城晚归。

归后,范浚作《次韵楼仲晖郎中游天王寺登城晚归三绝句》,

其三:"归路行吟惨夕风,愁烦聊遣酒兵攻。也知念国髭须白,不忘朝廷醉眼中。"

楼炤亦有《偕范贤良游天王寺登城晚归三绝》相和,这些诗收录在《全宋诗》中。范浚还有《贺枢密楼公复政启》等文存世。

物以类聚,人以群分。

同楼炤交好的朋友中,还有一个铮铮铁骨的郑刚中。

郑刚中,字亨仲,一字汉章,号北山,又号观如,婺州曹宅郭门村人。生于北宋哲宗元祐三年(1088)五月二十三日,绍兴二年(1132)以第三名进士及第,是探花出身的南宋名臣。他一生忠义,以治蜀治陕让百姓爱戴,让金兵闻风丧胆。这样的忠臣却被秦桧及党羽窘辱、折磨致死。郑刚中卒于绍兴二十四年(1154)五月二十三日,与其生日同月同日,时年六十七岁。直至秦桧死后,郑刚中案得以昭雪,恢复其资政殿学士的官职,追谥"忠愍"。

郑刚中和楼炤,因为都是婺州府人,生活学习及从仕的经历都大致相同,所以私交甚密,在一些大政方针上意见也基本一致。之前提到的二人一起上奏,关系可见一斑。

郑刚中写有《送楼仲晖知温州序》及往来《与楼枢密书》等若干,他们除私交往来外,还经常信件往来讨论国家大事。

能让理学大儒范浚和一代忠义名臣郑刚中引为挚友真交的楼炤,他的品性可见一斑。

## 九

绍兴二十一年（1151），在家独好佛法、闭门谢客、绝不言兵的抗金名将韩世忠去世，他以所谓的韬光养晦安度了晚年。而当年和他齐名的岳飞，不会低头不会明哲保身，身骨已经埋在栖霞岭，孤寂了很多年。

暂时告假还乡的楼炤，住在丽州御赐的南园，天天忧国忧民。

这年秋天，金风萧瑟，梧叶飘扬，菱叶和荷叶已经半是残败。在永康城西的一个小池塘边，一个老者望池水清涟，四顾云山，想到二圣未还，国土未复，不由得惊动于心，击楫长叹！他由衷地希望文官武吏各司其职，同此之心，追奔逐北，荡平中原，雪百年之耻。

楼炤回到家乡惊秋塘村后，见景思家国大事，不由写下《惊秋塘记》一文。忧国忧民之心，跃然纸上。楼氏后人楼明统老先生，直言此文堪比范仲淹先生的《岳阳楼记》。一样是"居庙堂之高则忧其民，处江湖之远则居忧其君"啊！

楼炤在朝时写诏书的文笔了得，诗文上造诣也很高，除《全宋词》有三首收录之外，还有若干诗文收录于《襄靖公遗集》之中。文以理胜，不事雕刻华藻。

楼炤还乡之后，衣食简朴，所谓"衣不理采，食不兼味"。平时在乡里也是尊老爱幼、救济乡邻，为人所尊仰。

他还是一个有情趣的人，吟诗咏雪、咏茶、咏物，留下不少优美的诗篇。他曾用永康的十乡名写过一首《临江仙·集县十乡名》，词曰：

孝义义和家必富，

子孙承训文章。

太平时节称贤良。

长安科举动，

合德状元郎。

滔滔升平浮云路，

游仙桂子馨香。

一枝折得岂寻常。

义丰高品后，

共乐武平昌。

山水之乐，与民之乐。

世事动乱，半生宦海飘浮，也唯有用诗书诉真性情了。

十

绍兴二十九年（1159），为官四十四载，归来已不是少年。
这年冬日的一天，临安的东门，挑夫小贩络绎不绝。古道边,荒草黄连天。

一个驿站内,一场传统的祖席正在展开。

饯饮送行是中国自古以来最为常见的送别方式,这种送别方式一般在远行者出行之前举行,它源于先秦时流行的一种叫"祖"的风俗。"祖"是在出行时祭祀路神,目的是祈求一路平安。"祖"又称"祖行",先秦时期属于"七祀"(又称"五礼")之一,为行祀礼,是时人出行时不可缺少的仪式。唐代司马贞在《史记索隐》中写道:"祖者,行神,送行之祭,故曰'祖'也。"后来人们将送行喝酒也称为"祖",即东汉学者郑玄所说:"将行而饮酒,曰'祖'。"

祖席到宋代已有一套成熟的程序,很讲究。文人在驿馆或路边设帐摆上酒筵,饮酒赋诗饯行。

此时正是江南的冬天,寒风凛冽。一群官吏,围着一身御赐紫袍金带的楼炤,长揖惜别,大家吟诗作赋,为这位楼枢密还乡饯别。

人群中有户部给事张时用,监察言御史徐天和,工部侍郎王用,佥事林子高等人。当日送别的诗集成《诗八首》,颂扬楼炤的为人及功绩。

阳关迭唱促开船,再次相见却又是何年啊。

此次归乡,楼炤就再没有回过临安。

隆兴二年(1164)九月二十日,楼炤卒,享年七十有六(《宋史》有误),赵构命礼部遣使谕祭,谥"襄靖"。襄,美谥也,辟地有德曰襄,甲胄有劳曰襄,因事有功曰襄,执心克刚曰襄，协赞有成曰襄，威德服远曰襄。第二年，葬于武义白峰章祝园之原。逝世三个月之后，宰相陈俊卿立传，兵部尚书杨椿撰墓志铭。陈俊卿和杨椿，皆南宋忠贞不贰之士也！

后世留有传说，楼炤生前曾有言，死后不葬祖地，但由乡人放一纸风筝，待风筝飞高之后，剪断线，任风筝飘去何方，风筝落地就是下葬之地。

说得也怪，风筝飞到武义一个叫羊角湾的地方，就掉落了。这个地方，永康江到这里已经叫武义江，江水在这里拐了一个形似羊角的弯，风筝所落之地，后有高山，前有一川江水，如一把金交椅，是风水好穴。

一生忠节自天知，南宋一代重臣，就此巨星陨落。

而他的家乡——永康惊秋塘村，还留有很多很多关于他——楼太师的传说。他的忍辱负重、他的忠义节气一直为子孙后代所景仰，世代传唱。

**本文参考资料：**

1. 元代脱脱撰《宋史》
2. 楼明统编《襄靖公遗集》
3. 《楼氏宗谱》

## 走，去南山集

南山集，不在南山，不在深山。

它，浅浅地坐落在丽州一条普通的千锦路上，淡雅的竹子篱笆隔开了一城的喧嚣。

里面就是南山集的世界。

世间名贵的不是物品，而是普通物品在人手中展现出来的精细，营造出来的意境。

南山集，有菖蒲，有花，有草，有书，有画，有各种各样的物件，各种物件在匠心独具的人手中，排列组合，有限的空间里展现出无限的意境。

但南山集的镇集之宝，是茶，是古澄墨，是耀师，是徐半仙，是瑶书……不同的人眼中，有不一样的南山集，或文艺或清新，是沙龙是茶社。不同人眼中不一样的南山集，组合成一个真真实实的南山集。

南山集，有南山集特有的味道。

我不常回丽州,但我常想去南山集。

走,我们去南山集!
南山集于我来说,是个朋友。
我常常是不预约就去了。
我常常是和一个朋友走在附近,逛着逛着就去了。
那天湖北的老朋友张枝松过来,我们在南山集附近吃完晚饭。饭后两个人散散步,走着走着就到了南山集。
那天我和老同学明达、志伟,也是说着说着,走着走着,就到了南山集。
那天我和朋友陈思赛在附近走着,逛着逛着又去了南山集。我对他说,这里我肯定要带你去看看。
看什么呢?
南山集啊,太多样化了。有"色声香味触法",要光是看,看不完的。在南山集,你要靠"眼耳鼻舌声意",全身心地感受,你才能感觉到南山集的博大精深。

和很多朋友来过南山集。在这里,和古澄墨在一起,喝南山集特有的桑叶茶,随意地聊聊坐坐,听听音乐,看看菖蒲。
自在。
然后离开。

偶尔,惯性让我偶然路过。我会停下车,望望南山集,然后离去。

有如王子猷雪夜访戴，不必进门，已是兴尽而归。

我说南山集是个深山，你信吗？

山不在高，有仙则灵。南山集，有个"半仙"，就叫徐半仙吧！不不不！他不算命，他只摄影。

有人有故事，是很精彩，但也需要有一个视角独特的人，用镜头捕捉下来，才是完美的。

徐半仙在业界大有名头。纪实，人像，风景等都得心应手。他就在城市的一个角落里，拿着相机；他就在南山集的一个角落里，用相机记录着光和影，留住真实的世界。南山集把这个叫映画。

在南山集的世界里，还有一本清新靓丽的书——瑶书。瑶书是个女孩子，她用文字和图片，记录着心情，记录着世界，记录着感悟。"笔一支，字两行，书写小城故事；机一台，片一张，片那生活时光。"文字中有一种本真的美，能触动你的内心。南山集把这个叫片书。

南山集还有位制茶的大师级人物——耀师。他是制茶高手，也是品茶大师，南山集精制的茶叶都出自他的手笔。

有很多的大神聚于此，隐于此，这里是南山集。

但他们也只是谦虚地说："不入南山，不江湖。"

有人说南山集，是文艺的。

我认为南山集的文艺，是古澄墨式的文艺，自成一家，独成一派。

初次看到古澄墨这个名字的时候，很多人总认为是一个糟老头。待到一见面，才感叹：哇，想不到你原来是个漂亮的女孩子！

这是个端庄，秀外慧中，颇具古典气质的女子。

你会觉得，她就像是从一幅宋朝画作中走出来的女子。

举手投足之间，都是优雅。

看古澄墨，看她养的菖蒲，看她泡茶。你还要看她写的蝇头小楷，看她画的画。这个无师自通的女子，写字和画画都流露着一种自然和率性。有如山野幽谷中的菖蒲，喜清净，性高洁，无趋炎媚俗之风。

这是自然，不做作，朴素。

这就是南山集的文艺。

它淡淡地在这个喧嚣浮躁的世界开着花，开出一种属于自己的模样。

我们都喜欢的模样。

有无数的交集，思想和思想，灵魂与灵魂，在此交会碰撞，这也是南山集。

南山集于我来说，是个雅集。

这是我们"酸子集"（酸腐文人的小集子）的一个基地。有时，我们几个人聚到这里，有守望麦田，子由，涛哥，研庄，生如夏花，星宇，水木清华，惜芳……谈的话题天南海北，上下五千年，谈着谈着，不知外面天色已黑，星辰升起。

这里也常高朋满座，聚集了文艺界的各路大咖。谈笑有鸿儒，往来皆墨客。世扬师谈藏书谈学问，广星师在这里谈宇宙谈《心经》……

名不见经传的桑洛也曾在这里，谈他的健身，谈他的文学，谈他的坚持。

无数的交集，汇聚了众多思想灵魂的精华。这里的空气，这里的器皿，这里的植物，都聆听过很多大师的妙音。

所以，各路媒体纷至沓来的时候，发现这里的菖蒲长得真不一样，有文人的气息，与南山集浑然一体。

"寒泉自换菖蒲水，活火闲煎桑叶茶。"

"来，茶凉了，给你续上！"

你端起茶杯，茶杯是中原卢钧第六代传人张小源亲手所制，黑唐新花，充满历史的质感。

桑叶茶香扑鼻而来，和着这里的文艺因子，一起进入你的呼吸，你的身体，你的灵魂。

"人间有味是清欢"，南山集，静静地在那里，它是你生活的留白。你可以饭后小坐，可以静谧清修，可以抄经写字，可以看书看电影，可以发呆……

怎么样都好！南山集是水，柔柔地包围着你，让你放松，让你安逸。

南山集，就在那里。

我待人，喜欢不远不近，不亲不热，淡然如水，见与不见，自自然然。见面，开怀畅饮，不生疏，不见外；不见面，不联不系，心中常挂牵。

南山集于我就是这样一个朋友，淡淡如水，即使不联系，常挂牵，常想起。

有空的时候，我们一起相约——

走，去南山集！

## 什么年纪做什么事情

上海的朋友陈伟前来我们武义这个小城做客。

我们一起在郭洞的农家乐边吃边畅聊。其间说到了自己开的车，相当巧，两年前我们都换掉了越野车，而现在我们俩开的都是商用轿车。

我们俩的年纪也是相仿。说到车子的时候，我们的意见也是相同：什么年纪做什么事情，什么年纪开什么车。

我们都不是疯狂的车迷。"什么年纪开什么车"当然也只是我们自己的个人理解。年轻的时候，自然要开越野车，因为年少轻狂，性格外向，开着越野车，有天南海北，纵横江湖的感觉。我们俩那时开的越野车，其实也不过是辆都市越野，而且我们也从没有在哪片泥地里面野过，但一辆越野车，毕竟可以安慰我们不羁的心。

到了年纪渐渐增长的时候，心也慢慢安定了。外表很是沉静，内心也极为波澜不惊，这时候，开辆黑色的轿车，车和自己

一样成熟而稳重。车不追求个性，自己也不追求个性。追求一种自在与安稳，一如我们追求的人生。

人要顺其自然。顺应着自然界和自己的身体，人生与社会的一些规律。

年轻的时候，有很多不堪回首的经历。但年轻时候张狂过，年轻时候疯狂过，年轻时候浪漫过，不痴迷，不青春啊！

从长大到渐渐老去，要做与自己的身体，与自己的身份和年纪相称的事情了。成了家，就有责任，为人父，为人夫，就要有个样子；在父母亲面前，你也不再是一个不懂事的小孩，要承担起自己相应的责任。在工作中，你也不能像以前那样任性，耍脾气，你要看着自己渐渐成熟的脸，告诉自己要成熟与稳重。

打了几年的羽毛球联赛。我和老球友朱一民原来都是单打选手，但是最近的几年，慢慢都向双打选手转变。就是平时打球，双打也更多一些了。这个年纪，就是要接受身体渐渐变老的这个现实，身体的机能已经不是年轻时候的样子了。

一次打完比赛，杭州好朋友陈子好问我战况，我说现在比赛基本都是输多赢少。陈子好在电话那头哈哈大笑。他说，你现在这个岁数的人还和二十多岁的小伙子打比赛，怎么打呢？

我一惊，惊的是自己的年纪。继而大笑，是啊，不知不觉已经是四十的年纪了。

什么年纪做什么事情，顺应自然界的规律才是自然。人的心态可以始终年轻，永远不老，偶尔也可以老夫聊发少年狂，但是，置身于社会的洪流，我们还是做一个什么年纪就做什么事情的人吧。

人都期望有不老的容颜，也希望有颗不老去的心，前者难，后者易。人可以一直有青春的心态，但什么年纪做什么事情，不是老派，不是落后，只是顺应自然。

# 不平凡的路

有段时间，我寄宿在清溪初中，常喜欢在清晨或傍晚爬山。

有段时间没有爬山。那天在不经意中发现，通往寺后山顶原来的两条老路上，又多了几条新的道路。

寺后山只是座普通的山，坐落在清溪镇的一个角落里。山上的植物也就是一些普通的松树及一些常绿灌木。

最早上山的路，是一条比较陡峭的路，已经不知道有多少年历史。

第二条路沿着山腰而修。修路人极富有创造力和想象力。有些地方路窄，就依山伐了几棵树，绑在一起，做成一条傍山的小桥。路经过的地方，有矮矮的野竹林和一些不知名的灌木丛，现在还可以清晰地看出刀斧的痕迹。路在山里起伏，上坡或下坡，或穿林而过，或绕崖而行，没有规划师，却大有意境，在小小的山林里，浑然天成，自成诗意。

新增加的路，在原来的两条路之间，又极富创造力地开辟了几条羊肠小径，让路与路之间连接起来，通往四面八方。

你可以听到上面那条路有人语声响，却看不到说话的人，两条路依山而行，不远的前方，你会和前面的人不小心"撞"到一起。

向北的北坡，树稀而草地开阔。原来也只能从山顶的那些路往上走，现在在草坡上，也有了两条小路，弯弯曲曲的，终点都是一个山坳。

这个山坳不简单。原来只是几个秋千，现在多了一个草棚，下面有桌椅，都是山上的树木天然而成。一根原木，绑在两棵树间，低的可以做凳子用，也可以让人练习走独木桥；高的呢，可以练单杠，练倒立……简直是个山上的乐园。

这山，籍籍无名，真正走的人不多，来来去去的主要是村里老年协会的会员，附近学校的老师和学生而已。几条路将这座平凡朴实的山变得精彩起来，增加了不少乐趣。

走在新修的山路上，体会着修路人的别有匠心，让人惊叹。有几个锻炼的人走在我后面，他们边走边说，这几条山路，都是一位六七十岁的老婆婆一锄一锄修的。这位老婆婆，每次来修路，都带着做饭的"铜火罐"，一干就是一整天，累了就在山上吃饭，干到天黑才下山。

山，很平常；山路，很平常。这么长的山路，一锄，一铲，一斧，就是一个精壮小伙，也得干多少个日子啊？

一位老婆婆，以她不平常的行为，修了不平常的路，筑就一块不平常的丰碑。尽管我不知道她是谁。

# 江南仙界名山——金华山

**金华山**

[唐] 袁吉

金华山色与天齐，一径盘纡尽石梯。

步步前登清汉近，时时回首白云低。

风偷药气名何限，水泛花光路即迷。

洞口数声仙犬吠，始知羽客此真栖。

袁吉，唐初诗人，曾任婺州刺史。他在金华任职期间，曾游遍金华山，留下很多脍炙人口的诗篇，如《金华山》《宿上霄洞》《宿赤松会仙阁》等诗。《金华山》的首句"金华山色与天齐"，气势磅礴，已成为描写金华山的经典名句，广为人们传诵引用。

金华山，俗称北山，古称常山、长山，位于浙江省中部，属龙门山脉的支脉。作为一条山脉而言，金华山西南起兰溪，绵延婺城区和金东区北部以及东北部的罗店、赤松、曹宅、源东等乡镇，东北达义乌至浦江而止，绵延五十余千米，面积达五百多平方千米。最高峰大盘山海拔1314米，这也是龙门山脉最高峰，与山脚垂直落差达1100米。因其横亘数县且面积较大，故与北之天目、会稽，南之括苍、武夷，东之天台、四明，西之衡、庐等山脉并列齐名。

对于浙中的人来说，金华山不仅仅是一座山脉，它是八婺的人文、地貌象征之一，婺州人赋予其非同一般的精神意义。昔年吕祖谦、王柏、方凤、吴师道、徐霞客、郁达夫、叶圣陶等登临此地，吟诗留文，遍赞此地山峰秀美，清流见底，奇洞深藏，又有"黄大仙"之祖宫，平添此地仙意。它的心脏，是数千年的喀斯特溶洞，在群山之中不规则地分布，这是江南太湖石的仙风道骨，藏着多少的神秘。聊斋小倩的传说，徐霞客的足迹，黄大仙的神奇，智者禅寺的雄伟，金华山有写不完的故事，落在多少文人墨客的纸上，一咏三叹，成为绝唱。

金华山是龙门山脉最高峰，"一径盘纡尽石梯"，经过蜿蜒曲折的山路，或是一径盘旋而上的石梯，登顶之后，四处所望，金衢盆地渺渺茫茫，"步步前登清汉近"，让袁吉不由得发出了"金华山色与天齐"的感叹。

"始知羽客此真栖"，金华山在历史上就是道教名山，早在宋代便有"天下名山"之誉。山中的双龙、冰壶、朝真三洞合为道教第三十六洞天，它与历史上的赤松宫一起被誉为"江南道观之最"。张天师、赤松子、安期生、黄初平兄弟、徐公、葛洪等道教名流都曾在此游历或是修炼，相传黄大仙就是在金华山修炼成

仙的。同时，金华山也是一座"三教合一"的名山，儒、释、道在此和谐相处，共同护佑着一方的平安。

婺城的生活，自在舒适。这里是很多人心中的终南山。

蜿蜒东流的婺江水，千百年来冲积出一片肥沃的平原，层峦叠嶂的千里岗、仙霞岭、金华山和大盘山儿大山脉，温柔地将这块平原环绕，形成了浙江省内最大的盆地。俯身生活，城市低处也如一个个小盆地，有种逼仄和熟悉的陈旧感，待久了，总想站起来，爬到尖峰山顶，爬到金华山上，呼吸新鲜的空气，眺望远方。

这样的宁静，才能盛得下半生的沧桑。在金华山里，漫山碧绿的森林，山间飘着白色的浮云，时光在这里停止。

将所有的经历心绪都挡在入山的那一刻，在山路十八弯中，曲折摇摆地进入大山深处。

夹道欢迎的，是两侧高大的乔木，还有沿路数不清的小花小草。心中的铜铃，在新鲜的空气之中，发出渺远的共振。

在金华山深处，一边遐想，一边行走。山势错落，步移景异。伴着山风，茶园、寺庙、道观、山径掩映在大山深处，恍然如画，优美如诗。

山上，如同天上。我们奔赴的是另一个世界。

从地理角度说，海拔每升高一百米，气温下降 0.6 摄氏度，海拔划分出不同的世界。修仙修禅，都适合在高处。高处不胜寒，能承受住寒冷的都不是凡人。低处是尘世，是人间低到尘埃里的一切。宽大叶面的亚热带及热带植物的叶子，粗大而饱满，生长极快却缺乏细腻。越往高处走，如同在地球上跋涉北行，在蜿蜒曲折的山路上，我们从亚热带走到了温带。叶子变细了，树木在清寒中俏拔挺立，一片片宽大的叶子变成无数的针叶，这是植物的自我保护。如果是冬天，冰凌包裹针叶，那是极美的景色，山下没有雪，山上却是白雪皑皑，一派北国风光。

婺江东流，将所有的往事带走。在这里，时间被阻挡在山外。在山中，大部分的时间里，建筑和人们都在安静地发呆；所有的动植物，都不喜形于色，不渴望理解。

我们都保持着自己。和谐，不掩饰。

听不到马路上的声音，世界如朝露般安静。小花自顾自激昂地绽放。

山间的夜晚，清风围着枫香，樟香，花香，书香和茶香，在山间厮磨。

在另一边不断倒塌的世界里，我们费尽心思，重新构筑我们新的生活。无论何时上山，金华山都能给我们宽容的慰藉，就这样包容了我们所有的情绪。

现在的金华山上可以露营，山上有各种美食，夜晚可以看到清亮的星星，山中星罗棋布着很多古老村落，山上别有人间。

我们都想有一个远离世俗的桃花源，一个梦中的终南山。

在北山之巅，群星和月亮在明净地闪烁。

金华山，是金华城的屏障。金华山的美，美在宽阔，美在包容，美在让人闲庭信步。

## 芙蓉峰

[元] 吴师道

千峰烟雨乱峥嵘，中涌芙蓉一朵青。
想见登高能赋客，吸呼山气聚英灵。
兰社青林数里程，孤峰当道送还迎。
归来寒食梨花夜，犹梦松风涧水声。

这是元代吴师道的一首《芙蓉峰》。在金华山绵延不断的山脉中，亭亭玉立着一座芙蓉一样的山峰，这就是芙蓉峰，又名潜岳，因《方舆纪要》中"孤山特起，秀若芙蓉"而得名。

"孤峰当道送还迎"，芙蓉峰不似其他山峰那般平坦，它的山顶尖锐得仿佛要冲破天空，"尖峰山"之名由此得来。金华人更喜欢称芙蓉峰为尖峰山。金华人恋家，古有"金华人三日不见尖峰欲泪"之说。尖峰山小巧而精致，树木青翠茂盛，松鼠在林间跳跃，鸟儿在枝头窃窃私语。一段石梯绕着山体一路往上，没有什么陡峭的地方，一路都是缓缓的，并不像它的名字那般尖锐。也正因如此，它成为许多金华人周末与亲朋好友游玩的好去处。明媚的阳光下，携一家老小爬一爬尖峰山，在锻炼身体的同时，又融洽了家庭氛围，岂不美哉？

时间不断流逝，也改变了许多，原本的黄泥路变成了柏油马路，原本的砖瓦小屋变成了钢筋大楼，原本的马车变成了汽车……但金华山上的青苔石梯，即使在岁月的冲刷下也依然存在着。它记录着一代又一代人的成长，从年少时的蹦蹦跳跳，到青年时的朝气蓬勃，再到中年时的成熟稳重，最后到老年时的踌躇蹒跚。它承载着许多故事，诉说着许多故事，它静默着躺着，无言地陪伴着尖峰山，一起看着时光流逝。

## 双龙洞

[明] 屠隆

千尺横梁压水低，轻舠仰卧入回溪。

悬崖云叶垂垂下，削壁莲花朵朵齐。

定有灵文封石简，何缘瑞榜发银题。

探奇喜共澄怀者，一饭胡麻路不迷。

"一水穿开岩底石，片槎引入洞中天。"当木筏进入双龙洞时，眼前漆黑一片，只能感受到岩石在头顶的压迫，可水波荡漾开去便能清晰地见到顶层的岩石。这恐怕就是双龙洞的魅力所在吧，"千尺横梁压水低，轻舠仰卧入回溪。"小小的木筏引领我们进入洞内全新的世界。

双龙洞也位于金华山的山脉之中，素有"双龙胜景，大仙圣地，禅学中心，浙中凉都"之美誉。洞中有一线泉水流动，水源处便是洞的入口，只要你一路迎着溪流，便能找到双龙洞。洞里与洞外是截然不同的两个世界。洞内常年温度较低，是避暑胜地。洞内钟乳、石笋形状各异，变化多端，犹如在峭壁上盛开了朵朵莲花，其数量之多，令人咋舌。

在洞中一路走一路辨别，每一块钟乳石都有自己独特的美，

但需要你有一双会发现的眼睛；在这样的环境中，如果想不迷路，还需要你有一双灵敏的耳朵，去倾听溪水的声音，跟着溪水走。

## 鹿田听雨记

［宋］谢翱

此游金华之北山，宿东西鹿田，夜闻风雨声，滃郁浥隘，琤琮澎湃，淅淅浮浮，冷冷廖廖，或散或衰，或赴或体，或激或射，或凌或沥，或沉或淫，或益或溢，其过虚若乘，其击实若盈，其举朽若胜，而振于叶也若凭，其赴于壑也若崩，其回旋于空而薄乎轩窗也，若涛风击舟而拥于败罾，是不可行而诘其名也。

金华山的文化与金华"小邹鲁"文化一脉相承。现在山上还保存完好的讲经洞与鹿田书院。宋元时期，金华学派的四位著名学者何基、王柏、金履祥与许谦，世称"北山四先生"。

当你一步一步地向上攀登时，天空变得越来越近，云朵也就在身边似乎触手可及。茂密的树叶后似是遮挡着一处住所，拨开那一团团绿叶，那座南宋大儒朱熹曾讲学过的书院——鹿田书院映入眼帘。书院的门厅很大，挂着金华知府继良所题的"八婺儒宗""鹿田书院"的匾额。书院四周群山环抱，景色秀丽，白墙黑瓦的院落式建筑在翠绿中带着一种别样的书香气，有一种遗世独立，远离世俗的恬淡。"自是评吾乡山水以此为第一。"这或许是对鹿田书院最高的赞美了吧。金华的儒家文化在这里因大师的讲学，开始盛行、传播。

找个有雨的日子来鹿田书院，谢翱的听雨记，陈亮、朱熹的讲学声，几百年学子的读书声，都似乎还藏在穿越时空的雨声中。

再往东走，一汪藏在金华山半山腰上鹿田村中的绿水出现在你的眼前。这汪绿水，俯瞰秀美不凡，走近看清澈见底，还能看到成群结队的鱼儿在水中游动。这便是鹿女湖。鹿女湖原名鹿田水库，建成于二十世纪七十年代。从前的鹿女湖还流传着一段玉女和耕鹿的传说。现在的鹿女湖经过改造，更凸显了"仙山、圣水、密林"的特色。这里有你在繁忙的都市生活中一直不断寻找的那份宁静与安宁，坐在湖边，看着雨过天晴后的雾气在湖的上方萦绕，似有一种人间仙境的感觉。迎着雾气往里走，一幕幕景色在你的眼前呈现，颇有一种拨云见日的感觉，是一种奇妙的体验。湖的中心有个小岛，可以顺着观景栈道一路走过去。当站在湖中时，仿佛周围的一切都已经与你无关，被雾气笼罩在一个小小世界中，寻得自己内心深处的那份宁静。

鹿湖一池春水，倒映着我们的生长。芳华与沧桑同镜，阳光在微波上流淌。一泓清流透明，水天一色间。

### 牧羊少儿留仙迹

[宋] 李清照

金华山长赤松劲，仙鹤双双入白云。

牧羊少儿留仙迹，清涧潺湲古洞深。

易安居士李清照避居金华时，为了生计，曾在金华山赤松宫和金华二仙古洞"二仙阁"畔开设"易安卦馆"，为黄大仙的信奉者解签。《牧羊少儿留仙迹》一诗，描写了当时黄大仙祖宫的仙气飘飘，以及金华山清泉、古洞幽深的情形。

赤松深处有一座黄大仙祖宫，祖宫之高，仙鹤仿佛可以深入白云。金华山本就是历史上有名的道教名山。黄大仙祖宫占地面积大，整座宫殿气势恢宏，不论道院抑或法器都气派无比，足以见得黄大仙在金华人心中的地位之重要。祖宫边似有放牧的少年经过，哼着山间的小调，甩着农家自制的小皮鞭，留下条条痕迹。溪水从山涧中潺潺流下，随着山势一路蜿蜒曲折，最后来到古洞之中。仿佛是上天格外眷顾这道教圣地，让祖宫在这样美好的环境中存在着。

这样的道教圣地的地位也并非无缘无故：早在东汉道教文化鼎盛时期，金华山就被誉为"江东名山"，与"五岳"齐名。尤其是黄初平经葛洪写进《神仙传》被尊称为"黄大仙"后，金华山便成为名冠江南的道教圣地。

金华山不仅有秀丽的自然风光，也有着丰厚的文化底蕴。鹿田书院的儒学，黄大仙祖庙的道教，以及智者寺的佛教，使一座金华山涵盖了三教合一的思想。山中的每一处景点都有着各自的特点，各自的故事，都会给你带来不同的感受。一起攀登山峰，拉近与天空的距离，感受世外桃源般的逍遥与自在。

## 金杭古道

玉壶到处成仙宅,行尽深林过板桥。
人入白云迷谷口,路堆红叶住山腰。
当门瀑布看晴雪,隔坞松声听夜潮。
枣栗炰鸡兼美味,他年卜隐不须招。

傅文光(1732—1790),清朝历史人物,婺州金华傅村人。又名从铢,字衡玉,号竹溪,人称竹溪先生。初受业于耆儒李莲峰,为入室弟子,后进学为廪生。乾隆二十四年(1795)中举人,拣选知县,例授文林郎,但未出仕。终生收徒讲学,工诗文,常与方淇(曾任学官)、曹长泰(曾任知县)、曹临相唱和,时人誉为金华文坛"四虎"。著有《东山草堂诗》《茂槐堂集》等。傅文光的这首诗写尽金杭古道的风采,有白云深处,有瀑布看雪,有松声听夜潮,有晚秋红叶,更有枣栗炰鸡等美味佳肴,诗人真想隐居在此。

挑一个清凉的午后，跟着傅文光先生的诗，去金杭古道走走吧。

据清光绪二十年的文献记载，金杭古道是金华市区到义乌的干道，从金华东关出发，经二仙桥，到曹宅、黄龙背、山下施、黄山村、仙坪等地，通往诸暨及杭州方向，是古代金华城往杭州最便捷的要道。整条古道有些路段由青石板砌垒，延绵于青山绿水之间；有些是在古街小镇之中，保存得相当完整；有些是在崇山峻岭之中，遗迹犹存。

如果说金杭古道是一首绵长的抒情诗，仙桥老街就是这首诗的序曲。仙桥老街是金杭古道上保存最为完整的一段。以前这里叫金浦孔道，车马络绎不绝。现在，老街还保存着原来的修伞、补鞋、打铁、中草药等店铺，数百年的古道沧桑与繁华，在这里拉开序幕。

我们在建于明代的早餐店吃了烧饼和油条后，满心畅快地往东走了几十米，穿过二仙桥，一路经潘村、小黄村、大黄村来到曹宅，过了大佛寺就是金杭古道中的一段——太阳岭古道。从南宋绍定年间到晚清，太阳岭古道都设有公馆铺、邮亭等，是历来科举考试以及公文往来传递的必经之路。行走在古道之上，阵阵清风拂面，带着自然的清香，一座座青山，如水墨画一般此起彼伏。

金杭古道现存的精华，除了太阳岭古道之外，还有一段仙坪古道。仙坪古道全长约五公里，位于浦江南山和义乌草大坪的莽莽群山之中，全由青石板铺成。走在这条古道上，一派田园风光，沿途有丽水秀谷中状如春笋的石柱，有闸门西面的顽皮小狗踏石，有威猛雄健的展翅苍鹰，有形神毕肖的世硕石硅，有相传为明洪武皇帝挥剑劈开的试剑石，还有济公石、乌龟石、天鹅石等。溪瀑众多，溪水清澈见底，常年潺潺不息，颇有当年傅先生"当门瀑布看晴雪，隔坞松声听夜潮"的意境。

现在的古道上，还遗存古驿站、休闲亭、剑门亭等。我们途经水库堤坝，路过遗落的村庄，有百年的香樟树为我们指路。走在古道上，时光开始倒流，我们似乎能看到以前的故事，和从前的人交流、对话。百年香樟随风摇曳着它的枝干，指引我们往前不断行走。

经过仙坪古道，直抵诸暨，可以一路前往杭州。

循着蜿蜒的古道，我们走路的节奏慢了下来，生怕打扰到这里的宁静。鸟鸣啾啾，泉水潺潺，竹风阵阵，无边无际的绿色，这是一个自然的世界，等待着你的赞美。

鸡犬之声相闻，一切安静，井然又有序。走在古道上，我就想关掉手机，收起所有的电子产品，想在泥砌的土灶里，抓一把脆硬的松针引火，将一根根刻有岁月肌理的木头扔进膛灶，让熊熊燃烧的灶火将沉睡已久的大铁锅烤热，油和水在粗糙的铁锅表面滋滋起舞，一股青烟从九曲的烟道之中，钻出房屋，凌驾于一片青翠的竹林之上，轻轻地抚摸着山川树木，沉重的历史往事飘然挥散而去。

古道山静云闲，鸟鸣花开。风在摇树的叶子，花静静地绽放。

就是在这样的一条山道上,金华与义乌开展着贸易,同时也带动着八婺子弟走出盆地,不断发展,不断进步。这已经不仅仅是一条古道,它承载着历史,承载着金华人民的团结,承载着太多太多……

金杭古道,有山有水,有谷有窟,还有诸多奇异的风景。

金杭古道多古木,多古迹,也多故事。

## 访古寻踪三白寺

"水作青罗带，山如碧玉簪。"三白山，是遗落在浙中大地上的一颗璀璨明珠。

三白山离孝顺不远。不论什么时间，你都可以驱车前来。一人前来，独坐，时光缓慢且美好；与友同来，相伴众乐。那些生活中的无奈，在人间仙境般的三白山，如纷纷飘落的花瓣一样，轻轻地旋转着，从我们的心上散去。

知白守黑，大自然是一位真正的哲人。

四周空阔，高低起伏的群山，密密麻麻地长满了亚热带的植物，它们轻轻地笼起一汪碧湖，湖水清澈碧绿。三白山的魅力在于山，在于水，山水赋予了三白山灵魂与生命。湖光山色，波光潋滟，清净迷人。这一片土地，似乎吸附了大地所有的灵气，满世界是一片绿色的和谐，白鹭轻轻飞过精心勾勒的画面。

湖面悄悄起了波澜。

生活如果向右转一百八十度，推回去数十年的光阴，眼前是一片"一穷三白"的地步。宋朱弁《曲洧旧闻》卷六:"东坡尝与刘贡父言:'某与舍弟习制科时,日享三白,食之甚美,不复信世间有八珍也。'贡父问'三白',答曰:'一撮盐,一碟生萝卜,一碗饭,乃三白也。'"苏东坡和好友刘贡父谈天时,谈到他当年和弟弟一起学习,说他那时每天吃的都是"三白饭",并吃得非常香甜,感到世界上没有比这更好吃的饭菜了。刘贡父就问苏东坡何为"三白饭"。开始,苏东坡笑而不答,在刘贡父再三追问之下,苏东坡才说:"三白饭"即白盐、白萝卜、白米饭。过了一段时间,刘贡父给苏东坡发了一张请柬,邀请他到府上吃"皛饭"。苏东坡接到请柬很纳闷,心想,这"皛饭"自己从来没有听说过,会是一种什么样的饭菜呢?后又想,刘贡父博学多识,这"皛饭"必有典故,一定很讲究。苏东坡来到刘府,发现宴席上只摆了三样东西:洁白的细盐、水灵灵的白萝卜、雪白的大米饭。苏东坡恍然大悟,原来这"皛"字由三个"白"字组成,暗喻"三白",是刘贡父对他开的一个玩笑。

东坡苦读时候的达观,文人之间的雅戏都成典故。旧时的"三白"指的是"盐、萝卜、饭",三者皆白色,故谓"三白"。唐杨华《膳夫经手录》:"萝卜,贫窭之家,与盐、饭皆行,号为三白。"当年,这一带的"三白",是无数耕读子弟的"博士菜",他们寒窗苦读,努力走出这片土地,走向宽广的世界,最终又回到这里,反哺家乡。

有"三白菜",还有"三白酒",明谢肇淛《五杂俎·物部三》:"江南之三白,不胫而走半九州矣。"可以想象金华三白山酿造的"三白酒",香沁肌骨,更矫矫独出吧!

山不在高,有寺则灵。在三白山的群山之中,掩藏着两处神秘古寺遗址。风光秀丽的水库畔,现今依然有个叫三白山的自然村,这是余店村的一个自然村,目前居住着几户人家,有如世外桃源。传说中的三白寺就在三白山上。沿着崎岖的山路往山上走,行至半山腰,就看到了寺庙遗址。只见芳草萋萋,杂木丛生,有三片平整的地基顽强地保留着记忆。寺中曾有三口古井,如今仅存一口。在残垣断壁中,目光穿过历史的尘埃,仿佛可以看到曾经香火旺盛,信徒如鲤,一千余年前的辉煌。

据史记载,三白山寺于后晋天福九年(944)从瑫禅师建,宋淳化五年(994)更名为资圣院,明嘉靖七年(1528)高僧兹白重建。明大儒许弘纲曾在此读书。许弘纲(1554—1638),字张之,号少薇,洪塘紫薇山人(今东阳市),曾为顺天府尹,官至南京兵部尚书。廉洁淡泊,因不满魏忠贤专权,请退回乡,撰有《群玉山房文集》等。三白山寺也是金华最古老的寺庙之一,可惜毁于太平天国时期战火。

在三白山,还有一座嘉庆年间的林泉寺,拱琪禅师建于1800年,只可惜现在也仅留下遗迹了。

空山寂寂,鸟鸣啾啾。山中流传着多少古寺的故事,等着旅人前来访古寻踪。

山中春色俏。一朵朵五彩缤纷的鲜花正在绽放,它们倒映在湖面上,如清亮亮的花儿开放在水中的世界。山间有拖着长音的鸟鸣,恍如一道道透明的声线,穿过人类的灵魂。群山无言,耸立在天地间；碧水柔软，自然和美。山和水，在三白山和谐自然地融汇在了一起。

苏子有诗："高歌对三白，迟暮慰安仁。"在这里，请苏子痛饮三白山水库酿造的三白酒，且谈美景无边，赋诗几首。至夜，月色入户，想必苏子会欣然起行："今夜我们且三白寺夜游去吧！"

## 麦磨滩的光辉

这江,这江滩,这猎猎作响的酒旗,还有温热的黄酒。

风呼呼地响在麦磨滩,一拨一拨的人,从这里离开,到外面的世界,又从外面的世界回到这里。有明代"开国文臣之首"之称的宋濂,年少的时候一次一次从麦磨滩出行,到婺城求学,也从这里走向了浦江郑义门,走向明朝的政治中心。

奔流的潜溪与义乌江交汇,暗流汹涌,两水在此回旋冲积形成沙洲,俗称"麦磨滩"。这里曾有潭村古埠码头,是孝顺一带文人商贾出行的必经之路。当年,陈望道、艾青等就是从月潭码头,走向了广阔的天地。

站在码头,抬眼望去,江滩上鹭鸟成群、白练如飞。宋濂的心情想必是非常复杂的,每次的心情也应该有所不同。当时他不知道,过了数年,左右他人生际遇的朱元璋,也曾在江的对面,下马眺望江水、远方。

他那时不知道,他们的目光曾穿越时空,在此交汇。

麦磨滩知道。

她曾听过，公元1358年冬天，朱元璋在麦磨滩对面下马展望天下的雄心大志；她也听过，寒门书生宋濂每次从这里出行时发出的轻喟叹息；她也听过，陈望道、艾青等人伫立渡口时吟诵的革命诗句。

当年，古婺州是朱元璋军事政治的桥头堡。1358年，朱元璋率十万大军亲征婺州，直取婺州，改为宁越府，惟王宗显为知府。他还延请名儒为郡学师，叶仪、宋濂为五经师，戴良为学正，吴沉、徐原等为训导，一时金华郡学名贤毕集，书声不绝。朱元璋在金华的招贤纳士，为明初文臣集团浙东派的形成奠定了基础。这批文人中，宋濂成为太子师，主持修《元史》，制定典章制度，被朱元璋誉为"开国文臣之首"。宋濂《萝山迁居志》一文中称："余世居金华孝善里之潜溪，其地在县东七十里禅定院侧。"他号潜溪先生，著有《潜溪集》《潜溪续集》《潜溪新集》，皆示其不忘本也。

时光到了清朝年间，低田村曾有一告老还乡的官员，在麦磨滩这个地方，修建府邸、庭院和园林，圆了他少时对麦磨滩的爱恋。一时间，此地文人墨客云集，吟诗弄赋，雅集不断。后毁于战乱，现仅存残垣断壁。

麦磨滩在20世纪30年代，绽放过最灿烂的希望光芒。1920年早春，春寒料峭，陈望道回到了浙江义乌，翻译了第一本《共产党宣言》。十年后，在麦磨滩召开了浙中革命重要的会议。1930年7月，中共浙江省委书记卓兰芳曾在这老宅的遗址上主持召开过浙西十三县党的负责人会议，领导和组织浙西农民进行秋收暴动，史称"麦磨滩会议"。抗战时期，麦磨滩成为中共抗日游击队秘密活动的重要据点，为革命解放事业做出了积极贡献。现在的麦磨滩，建成了以红色文化为主题的麦磨滩会议遗址、麦磨滩会议史料陈列馆、党建活动成果展览馆等展示基地。

历史的光辉在麦磨滩的上空交汇，定格。记忆的琐碎，如灰尘一样落在滩上，滋养了这片土地。

古渡难觅，今天的麦磨滩成了鸟类天堂。溪中人工为岛，栖息着数千只白鹭。它们或在沼泽地上悠闲地漫步，或蹿入水中嬉戏觅食，或在天空自由翱翔，展示它们美丽的身姿。

流水滔滔，江面上波光粼粼，松间鸟鸣清风，那些年的铿锵遇上这些年的雨，哗啦啦地洒落在麦磨滩的水面上，溅起历史的波涛。

在麦磨滩，我们可以一身青衣，或是着一大褂，撑一油纸伞，重新走走那段历史芳华。

## 十里绿洲漾人心

十里绿洲挤人山,花开时节的金满湖,樱花、桃花、海棠等争相开放,无数行人争相望。

必须承认,金满湖是很美的,美得让人感动。而且,不同时候来金满湖,有不同的收获。它的美,在于你静下来细细品味之中。

我来的时候是一个安静的傍晚。坐在湖边,金色夕阳洒在眼前的湖面上,泛着淡淡的波光,不时有成群的白鹭从湖面上飞过,顿时有了"落霞与孤鹜齐飞,秋水共长天一色"之意境。

有孩子在湖边嬉戏,有情侣携手在湖边漫步,有老人们在古树下锻炼,有幸福的新人在拍摄浪漫美丽的婚纱照。湖边有些欧式风格的房子,热带风的沙滩,都给拍照的人们提供了很好的布景,金满湖也成了摄影者热衷的取景地。

与金满湖一路之遥就是浙中经济重脉的金义都市新区,人来人往,企业众多,经济繁荣昌盛。来到这里,突然感觉"穿越"了,来到了另一个世界。工作的忙碌,现实的烦恼,顿时被我抛在脑后。

现在，我们只消静静地在这里，感受风，感受湖水，感受无边的美景。

我们从流水线走出来，我们从办公室走出来，我们从家里走出来，在这里，快乐的心境，公园的美景，都摸着我们柔软的心爬了上来，我们触摸到了自己。

金满湖省级湿地公园位于金义都市新区，属于城中型城市社区人工湿地公园，周围有孝顺镇余宅村、童新村、大湖沿村、满塘村和傅村镇徐家村，前身是当年群众集体劳动创建的人工水库。"大伙儿每个人打着背包就来干活了，干粮都是自己带的。"几十年前，这里还是光秃秃的一片小山岗。上了点岁数的人都会和我提到当年在这个水库劳动时的情形，今昔的对比，让人感叹。公园以金满湖为中心，结合周围水陆交界区绿地，规划总面积117.96公顷，其中湿地面积76.34公顷，湿地率达64.72%，是名副其实的浙中之肺。

金满湖，见证了历史变迁，见证了金东大地日新月异的变化。这是一个充满灵性与希望的地方，这是一片充满希望的土地。

穿过都市丛林，这是浙中之心最湿润最温暖的地方。满眼都是花红柳绿，湖畔清新可人的垂柳，石径两边的各种小花，错落有致的亭台……一步一景，百转千回。我想到了沙漠之中的绿洲，这里也是我们城市的"绿洲"呀！

绿树鲜花，湖光山色，这些"绿洲"是我们人类天然的摇篮，伴随着我们一起成长。

## 孝行天下百善先

碧绿柔美的孝顺溪在浙中大地缓慢而坚定地流过，在孝顺画了一个漂亮的圆弧曲线，几千年的冲积，形成了船帆形的绿洲。现在成了孝顺镇集老年健身、孝文化宣传、休闲旅行的一个文化公园。

漫步在园中，绿柳垂荫，樟树飘香，栗子树林立，以传统"二十四孝"故事为原型的青石雕像，分布在主要通道的两侧，寓教于人。"孝文化"是孝顺文化的根基，是孝顺的文化品牌，此园是孝顺"孝德"文化的主要传承教育之地。在孝顺镇，各村都有孝顺碑、孝顺榜、孝顺馆等，在全镇弘扬孝文化，营造全社会尊老敬老的社会风尚，促进了孝顺镇的精神文明建设。

孝顺镇是全国文明镇，这里民风淳朴，其孝文化传承有序，有上千年的历史。

时光延展千年，浩荡的春风从孝顺的土地上吹过。在孝顺一千多年的历史中，涌现过方文政、凌凤梧、钱独罕、陈敬森、雷烨、俞绍安、何茂钟、留赞、叶衡、宋濂等知名的乡贤,这些历史人物在政治、新闻、文学等领域给中华文化发展做出了杰出的贡献。

百善孝为先。《礼记》云:"孝子之养也,乐其心,不违其志。"汉代以孝治天下,"举孝廉"是推行人才的一种制度。孝顺人杰地灵,文风鼎盛,这一切,都源于孝顺这片净土。在农耕文明的稻香与鸟鸣声中,文脉和孝道两条主线支撑着耕读传家的世代流传。

孝顺的乡贤馆,是孝顺公园的亮点之一。孝顺乡贤馆坐落于孝文化公园的西北角,建于2016年,是一幢典雅精致的木结构婺派建筑。馆内摆设古朴雅致,堂前"孝行天下"匾额与"孝德"匾额遥相呼应,警示后人。"孝顺乡贤协会""孝顺华侨联合会""孝川梅鼎书画院""孝川镇商会""孝顺镇知道分子联谊会"等机构的入驻,使这里成为乡贤参与家乡建设工作的主要阵地。馆中有联"梅花欢喜漫天雪,玉宇澄清万里埃",是乡贤严军所书。

"家多孝子亲安乐",在这里,我们感叹孝顺民风淳朴,孝风之盛,文脉之广。孝文化,这是我们民族文化的根基之一。在孝顺,孝的光辉一直照耀着我们,为我们指引前进的方向。

## 詹都古风白溪湾

"先有詹都府,再有白溪县",白溪曾经无比繁华。

曾经有一个地方,让著名的建筑大师洪铁城先生失眠,结果考证出一个惊天秘密——白溪村就是詹都,是两千八百多年前詹国的国都!先生在文中感叹:"好一个詹都啊!让我匪夷所思的,一而再,再而三地光顾的地方。"

先生说的古詹国国都——白溪村,也是我一而再,再而三光顾的地方。

"詹都府,白溪县,满街路上是店面。"至今犹存的碗店桥,曾经十八口的古饮用水井,都记载着当年古詹国的荣光。白溪悠远,浪淘尽往事,白溪村现在是繁世中一个宁静的去处。

村旁有建于南北朝时期的回龙寺,距今有一千多年的历史,晨钟暮鼓,一片祥和。寺西北侧有三百多年历史的古樟,有淹没在荒草深处沧桑的金义古道。我在古凉亭小坐,金义古道上曾经的人来人往,如微风一样吹过了我的脑海。

村中有徽派古戏台，建于民国六年，距今已有一百多年的历史。梁柱雕花刻字，飞檐翘角，一派雄伟。一百多年中，多少故事在这里上演，古戏台亦曾看过多少世间的悲欢离合与变迁。

青山侧，湖水旁。江南春，白溪村落烟雾蒙蒙，云雾缭绕，含蓄而幽美。

在历史的深处，两千多年前的詹国是白溪村的底蕴。现在，白溪村依山傍水，古老文化的传承与现代生态文明的建设交相辉映。

"渐觉风生袖底，月到波心，俗虑尘怀，爽然顿释。"在白溪，静静地守望，淡淡地守候。这里有一种美妙的意境，一种闲散的心境，吟诗作赋，慢慢地把时光感怀。

村侧有坡，蜿蜒前行。左下是村庄，右旁是青山，行百余米见开阔，白溪水库的风光顿现眼前。世间之美，在于山水。山之美，群山绵延横亘，葱绿茂盛；水之美，灵动清丽，如明眸流盼。

水因山势，山随水秀，在水库一隅，湖水悄悄伸进去，随性而行，自成白溪湾，湾中有一精品山庄——白溪湾山庄，别有洞天。背倚青山，门临湖水，山庄边上小径通幽，可抵山中诸景，如弹子岩、文昌塔、狮子潭等景，演绎了许多美丽动人的传说。

人有根，水有源，两千多年的詹国文化如白溪湾的水脉一样，绵延不绝，孕育了这一方独特的历史文化，人杰地灵，才子频出。

"清晖能娱人，游子憺忘归。"白溪美，白溪湾美，美在两千多年詹国古史，美在山水间，美在我们心间！

## 宽 空

——嗨，宽空！

——宽空麦！

对，这就是丽州乡里的土话，说一个人很闲，没事做，就叫"宽空"。

永康人总是太勤劳、太勤快、太勤奋，太能吃苦了！我从父辈、身边的朋友、乡人身上看到太多真正永康人的影子。他们可能没有太多的文化，他们做过很多工作，不管怎么样他们都是努力地去工作，不怕脏，不怕累，不怕辛苦！

稍微上点年纪的永康人，都会一门手艺，也就是传统的五金手艺。改革开放前，除了一些国有的工厂，丽州没有什么加工厂。"永康工匠走四方，府府县县不离康"——这句俗语，说得好听，却听得辛酸。永康那时的手艺人，打铁的、打金的、嵌牙齿的、补铜壶的、磨菜刀的……他们带着肉饼小麦饼坐上火车汽车，经过日夜兼程，到达异地他乡，开始了艰难的手艺生活。白天，他们挑着担子，一路行走，一路吃喝；晚上，借宿在一些人家的屋檐下或是学校里，或是野外。他们省吃俭用，最开心快乐的时候，是通过一张张汇款单往家里寄钱的时候。在外面过得那么苦，穿得那么的破烂，一年之中最期待的时候就是农忙回家，春节回家。那个年代，永康人一年四季都是这么忙，哪有人那么宽空。

改革开放之后，永康迎来了经济腾飞的年代，四处商机，大家都忙赚钱，没有时间宽空。永康人办企业，做各种加工，做贸易，生意做到了全球。家里的车都换成了世界名牌，房子都换成了别墅洋房。

有钱了，永康人也没有时间宽空。在很长一段历史里，永康人有钱，似乎很不喜欢消费，"一个铜钿一条命"，是周边一些城市对永康人的评语。勤劳的永康人，努力地工作，辛苦地赚钱，把钱都用来盖房子，舍不得乱花。只会赚钱，不懂得消费的人，是没有时间宽空的。

我很佩服父亲，靠着手艺活，养育了三个儿女，同时自己盖了几次房子。要知道，那些盖房子的钱，是靠一元一角的工钱积累起来的。记得小时候，家里的电灯，只有几个小孩做作业的灯是最亮的，别的灯都是暗暗的，一个月的电费也不需要多少。父母亲总是把家里收拾得干净整洁，没有多余的物品，没有多余的消费。

雨天是我最喜欢的时候。这个时候，父亲不能出去干活，就会留在家里，但他也闲不住，在家里修修这个，补补那个，一刻也停不下来。对他来说，忙里忙外，真没有时间宽空。

在我家里，如果说宽空，那只有我了。小时候，我最忙的事情，就是看书，手不释卷。但看书，在很多人眼中，毕竟是宽空的事情。刚从北京回浙江工作的时候，我经常骑自行车，打羽毛球。有很多永康人就会说："这么宽空，还骑自行车？还打羽毛球？有那点时间不多做点业务多赚点钱？"

"宽"，是心宽，是想得开，是放得下；"空"，则是给自己时间和空间，也是种放空。结合起来，"宽空"，就可以延伸出很多很多的意思。永康话里的"宽"和"空"，是很有意思的一个境界。"宽"是一种态度，是一种心态；而"空"，是空灵，是禅学的境界，是让自己的心腾空，腾空是为了让自己更好地去接受新的东西。也可以这样理解，"宽"是一种行为的状态，"空"是一种精神的状态。

宽空这个词，我当真觉得妙极。

如果把思维角度拔高一点，宽空就是老子的《逍遥游》，是清谈的魏晋风度，是李渔的《闲情偶记》。

做与公司无关的事情，是一种不务正业。我读书、写作和运动，与传统的永康人相去甚远，在几十年的自我坚持中，我已经不去解释了。做自己就好了，不是吗？对我来说，工作是工作，生活是生活。工作上的状态，就是勤奋努力，而生活上的状态，就是要——宽空。

——"你嗨宽空，有时间写字，写书，打球，跑步？"

那天有人这样当面问我。

——"你忙啊,连读书运动的时间都没有?"

一个人有宽空的想法和行为,更多的是一种情怀。你想做的事情,想要实现的事情,就已经不是宽空层面的事情。做一件手工艺品,就像缝个香包,会花很多的时间,但你乐在其中,不觉得这是浪费时间的,而是一种享受;写字,是一种修心,是在艺术世界里的畅游,你也不觉得这是浪费时间的;你在发呆,发呆是最幸福的一件事情啊,思绪如庄子一样神游,这个宽空,岂是常人所能理解的?

宽空的人,有颗宽空的心,有种宽空的情怀。

讲你宽空,也许是说你无聊。对于勤劳的永康人来说,宽空是一种贬义词。大家每天都行色匆匆,坐下来就问你今年生意怎么样,赚了多少钱,有什么项目可以投资,看你买了什么房子……坐下来喝个茶,那都是要讲经济效益的。做的什么事,都是围绕人民币的,价值观是以金钱来衡量的。

在我的世界里,宽空是一个很好的词语。宽空是你自己的生存状态,你为了宽空去做了什么努力,才争取到了相对宽空的时间与权利。当你掌握着宽空的时间和权利的时候,你又用宽空做了你自己喜欢的事情。

我的词典里,宽空等于自我,在自我的世界里,做自己喜欢的事情,有意义的事情。辛勤的工作基础是生活,而宽空属于自我调配的时间,属于自我的时间,你可以做你喜欢的事情。

宽空有没有意义,也取决于在这段宽空的时间里,你做了什么。如果你做了无聊的事,没有意义的事,那么宽空等于虚度,等于无聊。比如刷朋友圈、玩抖音，白白地浪费了时间。但在宽空的时间里，你做了自己想做的有意义的事，那么这个宽空，是一种调整、充电……

工作上，我们都不应该是宽空的，我们都应该做个有用的人，尽己所能地去努力实现梦想，尽自己作为一个社会人的贡献。工作之余的我，因为少有应酬，时间基本属于自己，是宽空的。一个宽空的我，在宽空的时间里，可以每天写字、看书、写文章、运动。我做我自己喜欢的事情，过我自己喜欢过的生活。

自从读大学之后，我在广州、北京、杭州等地工作，与家乡遥遥相望。不管身在何方，我的血液里都流淌着正宗永康人的基因。可是，你怎么看怎么瞧，我都不像一个正宗的永康人，因为，我太宽空，太喜欢宽空，太享受宽空了。

我喜欢我是一个很宽空的永康人。在步履匆忙的世界里，自顾自地在自己的世界里过着平和的生活。

挺好的。

## 出走半生,归来仍是少年

一

当我年少的时候

我曾经有过好时光

这片土地上的一草一木都记得

人言万般最远途,是归乡路。

当路边的李花开得灿烂,或是看到街边小贩在卖李子;当偶尔看到字里行间,有"雅庄"二字,或是与"雅"有关的词,我的心就会轻轻地一颤,粗糙的心顿时柔软得不行,一汪一汪的记忆就会在脑海里头荡漾开来。

雅庄就是记忆海洋中最蓝的海,那村口五六百年高龄的古樟就是海洋中璀璨的明珠啊。

她们沧桑的年轮会记得,那个儿时在大厅小厅里嬉戏的你,前塘、后塘、前山、中山、后山至今还留有你疯跑的足迹,那些长街沿背着书包奔跑上学的男孩和女孩,现在已然是大叔大婶、大爷大妈的模样……

她们伸展的枝条会记得,年年灯节,年年三月三,年年九月重阳,那儿时的露天电影,是多么喜庆!人山人海,你小小的身影,如小鱼一样,在人群中快乐地游来游去。

她们盘旋交错的根须会记得,那一片希望的田野啊!你和父辈们,早出晚归,春耕秋收,辛勤劳作。父亲推着独轮车,你在前面拉车……一个家族和自己的命运,就在一步一个脚印之中,走出了村外,走向外面的世界。

"穿皮鞋还是穿草鞋,就看你能不能走出这个村子了。"老一辈的人对年少的我们说。

那时,我们走路穿过陈路塘到杜山头,我们从村口的公交车辗转到外面的城市,我们就这样走出了这片土地。面朝黄土背朝天,曾经我们是那么渴盼着离开这片土地。

一晃,我们都长大了。一晃,我们也老了。我们在离家乡远远近近的地方守望着雅庄。我们的老樟树,她们在帮我们守护着家乡。

## 二

走在异乡的街头

只觉得任何地方的景色都无法与我的故乡相比

> 我们故乡的风景
> 是我们压在箱底的笑声
> 常在我们回忆的时候
> 喷涌而出

我们的家乡在不断地变化,我们守望的是我们曾经的记忆。

我们雅庄的樟树,也能感觉到她们老了。以前的前山后山,那可不是晒谷场,而是长满参天大树的原始森林,最终却只剩下了后山的两株和前塘的十几株樟树。让她们感觉到老的,还有大厅、小厅、下书房等老友,历尽风雨,都倒在了废墟之中,只剩下她们,仍孤独地守护着雅庄。

在我们小时候,她们是参天的大树,可以伸到天空,看到外面的世界。现在,我们雅庄的樟树们,却是越来越老,愈显渺小了。当时我们还小,在村子的任何一个地方,一抬头就可以看到她们郁葱的身影。但是,现在她们藏在一片高楼大厦之中,要走近才能看到。背对着高楼,看着眼前已是水泥地的后山,我心中涌上一阵惆怅。

她们记得,以前她们的根裸露在地上,扎在土里。她们宽厚的怀抱,容纳着这里乘凉的老人们,捉迷藏的小朋友们,南来北往的行客们。

她们记得,当年我们离开村子的时候,身上背了多少父母的期望。我们在她们的目光中,走向远方。

她们还记得,后来,我们一个人回来;再后来,两个人回来；后来的后来，我们带着我们的孩子，一群人回来。她们听到我们告诉孩子，这个地方，这片土地上曾经的故事。我们带着孩子们看我们小时候住过的房子，我们耕作过的农田，我们游泳戏水的小溪，我们小时候的雅庄小学……还有更多是已经消失，却还在我们脑海中的记忆。

我们告诉孩子们，这里就是雅庄啊，这里是你的家，这里是你的根。

## 三

站在异乡

我就是故乡的一棵树

我的根深深扎在土里

可以在地底下　和故乡的土地连在一起

我的叶片

在张开的时候带来故乡的回音

这里是我们的根。

我们的根在雅庄，这个从名字就透出优雅的村子。她在永康市地理版图的中心，美丽的苏溪河从村外的田野绕流而过。村里有四五百年历史的樟树群，有层层叠进的九重门，有沧桑古道雅庄大路，有革命英烈李文华……

故乡留给我们的也有一段段不堪回首的往事。

她是黄筋泥地的永康版"黄土高原",贫瘠的自然环境给我们儿时的记忆,增加了不少的艰辛。以前是真的苦,不过当时不觉得,现在回想起来苦中反而带了甜。童年生活是我们人生中最宝贵的财富,它教会我们许多道理,让我们有了走出村子,走向未来的勇气。

我们什么时候开始离开家乡的呢?求学,工作,在异乡开始新的生活,对时间越来越没有概念,但对离开的那一幕,却历历在目。

"妈,我走了!"

我们离开了那黄灿灿的土地,那空气中略带着青草香气的地方,离开了我们熟悉的每一幢房子,每一朵云,每一颗挂在村庄上头的星星,和每一株田野里生长着的植物。

那时候,傍晚有炊烟袅袅升起。我们曾是牧童,我们养过羊,放过牛,喂过鹅;我们拔过草,捉过鱼,摸过虾,逗过蟹……

现今,农事已不繁忙,大家的脚步和车轮却异常忙碌。那片希望的田野,有些还是一年又一年生长着稻谷或是其他作物,而有些已经被工业厂房和机器所侵占。埋在心里的,地头上的那些记忆,虽已陈旧,但永不落幕。

雅庄,我们在不远的地方,守望着你。很多记忆,在离开的数年之后,凝结成童年印象之中的某个缩影。那时的日子,阳光耀眼,苦涩和开心熬成一锅五味俱全的稠粥,喝下,背起行囊,出发。

我们常在思考的过程中，浅尝辄止，在喘不过气中逃离。从此，天南海北，我们在不同的城市里生活，日子过得或重或轻，人生也过出不一样的高度和滋味。但我们的灵魂，没有别的去处，只有这里——雅庄，才是我们共同的灵魂的故土。

## 四

我和家乡是一对伴侣

相依相偎着

不朽的时间

会引领着我们一直走到地老天荒

湖山最是雅庄美，一望弥千里。游子能得几时回？

我们离开之后，以一种新的眼光来看我们的家乡。看家乡在改革开放中成长，看这个革命老区在一步一步变成新农村的典范。现在的雅庄村越来越美，知名度越来越大，"雅庄红"已经成了一个响亮的品牌。在外的日子，遇到有朋友说要到永康玩，我们都会说："可以去我们雅庄看看啊！我们雅庄现在真不错！"也常在朋友圈里，看到他们来雅庄考察参观的照片，我们在下面的点赞评论都洋溢着自豪："来我们雅庄啦！"

乡音无改鬓毛衰。

当年我们出去，说普通话或英文都盖不住乡音的味道，而若干年后，我们的儿女回来时，却不约而同地用我们共同的普通话致以问候。

"你老家是哪里啊?"

"我老家是永康的。"

"永康哪里啊?"

"雅庄。"

老樟树还在。年年春去秋来,叶落归根。

万里归来愈年少。

微笑,笑时犹带雅庄腔。

出走半生,归来我们仍是少年。

当风吹来,我想就是远方的游子带来想念的讯息,我们的老樟树啊,她们摇摆着身姿,塞塞窣窣地说着我们听不懂的话语。

走得再远,我们都要回来,响亮地说声:

"爸,妈,我们回来了!"

# 就像风儿吹过大地

## 一

去追了一下风。

初秋的傍晚,云淡风轻。

车子贴着地面向前奔。迫不及待地想告别过去,紧随着风,去陌生的远方。

我一脚一脚地踩着。总会想到年少的时候,也是这样一脚一脚地踩着,从老家到县城的新华书店,握着手中不多的零钱,望着柜台里不多的书。

而我现在一脚一脚地踩着,表面是为了所谓的"锻炼",心里却在追风。

追过风,我会变得如风轻盈。

偶尔,我停下,将车靠在湖边的栏杆。

别急。我想停一下。

世界这么美，我们一起看看世间的繁华。

## 二

秋天的天空。绿茵茵的草地上，有一个男子在放风筝。

他戴着帽子，坐在草地上。风筝拖着彩色的尾巴，在空中摇摇晃晃。

初秋的风筝，和秋天的第一杯奶茶一样，或许，骨子里面都是寂寞。

我戴着帽子，绕着湖边的绿道，骑了一圈又一圈。似乎想在这个中元节之夜，绕晕我自己。

很多人，见了又见。

也许，他们也认为，这个骑车的人，才真是寂寞。

## 三

和信路上，修车的师傅叫阿波。

看到我的旧车，他抬起了头。

这是一辆十年前的车了，当时很经典。他说。

接下来，他就默默地帮我整理车子。

你是健身教练？他抬了抬头。

我说不是。

我说，除了自己买车，以前还带我女儿来过这里。一晃女儿

都读大学了。

阿波听了,又抬起了头。

这个码表装得真好,是阿康装的吧!阿波没有抬头。当时生意肯定不是太忙。

我听出了他的笑意。

阿康也是这个店的店员,十多年前就是,现在也是。

车好了。我推出车。

车迎向了风。

## 四

刚学骑自行车的时候,还够不着车座。小学时候骑车,都是斜侧着脚伸进车里骑的,还骑得飞快,又溜。

小学时,有一次学校要去方岩,一般的学生要求走路,如果要骑车,必须通过考试,拿到"自行车驾照"才行。在晒谷场上画一个大大的空心"8"字,我们骑自行车,要绕着这个"8"字骑,不能压线。作为骑车小能手的我,当然顺利通过了这次考试,拿到了盖着学校红章的"自行车驾照"。

这是我生平第一本"驾照"。

那么小,骑着自行车去方岩,也是挺拉风的。过程怎么样也记不清,只记得回程的时候,一个小石子,弹进了自行车与挡泥板的间隙,糟糕,挡泥板被自行车的惯性扭了出来,差点摔了。

推着坏了的自行车,找了个店修理,总算将这次出行画了个句号。

舅舅和哥哥他们回来,看到我将那个"驾照"端端正正放在桌子中央,都要来打趣一下,哇,自行车小能手,露两手我们看看。

于是我推出自行车,左脚用力一蹬,右脚灵巧地伸进车梁,我与车合为一体,风一样蹿出去了。

## 五

听过一个故事。

一个男人,和一个女人是好朋友,女人在安地工作。傍晚的时候,他常从城区出发,骑自行车去安地看她。

和女人聊聊天之后,他再骑自行车回城区。

这样过了很多年。

故事中,他们还是很好的朋友。

## 六

中学时候,我们住在芝英中学的祠堂,一个大通铺。上面睡人,下面是一溜的自行车。那时候最喜欢和同学一起,骑车瞎疯。骑着自行车不知疲倦,去同学家玩,或是去哪个风景区。

工作后,偶尔心血来潮,参加了自行车俱乐部的一些活动,越野骑、休闲骑等。过了一段时间,又消停了。

就像风儿吹过大地

　　这些年，一直坚持打羽毛球和健身，此外，自行车还是如一种小小的魔咒一样圈着我，让我欲罢不能。我喜欢步行，安"步"当车；喜欢骑着自行车，穿行在大街小巷里。走路和骑车，都有不同的趣味，都能体会不同的生活气息。

　　以前的城市很小，骑骑自行车就能到达想去的地方。现在我骑着自行车，只能在城市的一个角落里转转。偶尔，鼓起勇气，伸伸触角，去某个小小的远方。

　　年轻的时候，我想有一天可以甩掉自行车，去远方，仗剑走天涯。年轻的时候，一直以为我能追到风，追到我想要的东西。最后才发现，我北上南下，最终握在手中的只不过是些支离破碎的风的叹息。

　　我悄悄回到这个小小的城市。静静在城市一隅，选择步行，选择自行车，选择一步一步去丈量余生的光阴。

　　选择像风儿一样吹过大地。

　　如风一样轻盈。

# 后 记

曾写过一篇文章——《恰到好处的坚持，是世间最好的相知》。

人生在世，白驹过隙。不管世间是如何薄凉，或是深情，人总要坚持做点有意义有价值的事情。

生命的意义是自己赋予的。对于一个很傻，很能坚持的老桑来说，文字就是生命中有意义有价值的事情。

转眼，《相遇不晚》《稻草人之约》《记忆的画卷》出版已经十年。爱好文字，从中学开始，不知不觉坚持了这么多年。现在，老桑的新书——《半堤雨》即将出版，整理了这些年来的一些游记、随笔和散文等，是生活的记录，是生命的思考，也是人生美好的记忆。

记录曾经遇到的你，相遇过的我们，世间美好的一切。

面壁十年，不图破壁，只是默默坚持。

总要记点什么，总要写点什么。

需要用心去感受，需要用心去捕捉生命之中美好的东西，形成笔下优美的文字。

每有所得，我就开心不已。

常常背个包，携一卷书，走一段自己喜欢的路。半世蹉跎，碌碌无为，一事无成，潦倒可笑。如果说，有什么让我感觉到欣慰的，那就是我的文字。

还有我偏执的坚持。比如，我热爱的书法，我热爱的运动。

我阻止不了，华发渐生，容颜老去。我想，我可以不油腻地老去，从容而阳光地老去。

第一本书《记忆的画卷》出版的时候，有朋友说："桑，很喜欢你的文字，你可以一直写下去吗？"

我说，我可以啊，我会一直写下去，写到八十岁。

转眼十年，我做到了！一直坚持写着，坚持记录着。以后的以后，我还会坚持着。

只是不知，你还喜欢老桑的文字吗？

还在看老桑的文字吗？

# 半堤雨

## 人间浅睡

桑洛／著

北方文艺出版社

图书在版编目(CIP)数据

半堤雨 / 桑洛著. -- 哈尔滨：北方文艺出版社，2022.6
ISBN 978-7-5317-5491-6

Ⅰ.①半… Ⅱ.①桑… Ⅲ.①散文集-中国-当代 Ⅳ.①I267

中国版本图书馆 CIP 数据核字(2022)第 043535 号

半堤雨
BAN DI YU

作　者 / 桑　洛

责任编辑 / 李正刚　赵　芳　　　装帧设计 / 书香力扬

出版发行 / 北方文艺出版社　　　网　址 / www.bfwy.com
邮　编 / 150008　　　　　　　　　经　销 / 新华书店
地　址 / 哈尔滨市南岗区宣庆小区 1 号楼
发行电话 / (0451) 86825533

印　刷 / 成都兴怡包装装潢有限公司　　开　本 / 880mm×1230mm　1/32
字　数 / 882 千　　　　　　　　　　　　印　张 / 46.5
版　次 / 2022 年 6 月第 1 版　　　　　　印　次 / 2022 年 6 月第 1 次印刷

书　号 / ISBN 978-7-5317-5491-6　　　　定　价 / 260.00 元（全五册）

# 无　题
## ——桑洛五卷散文集《半堤雨》总序

陆春祥

## 1

某年江南春分时节,一位永康少年,从芝英中学黯然离开,少年的叛逆行为导致他转学到了荷园中学。甫至新学校,少年就怀揣着一个写满诗的本子,独自走到校园旁的小溪边,坐在春草疯长的草地上,小心拿出诗本,一页一页地撕下,撕声轻轻,他的心却如针扎般疼痛。撕下的纸,少年将它们折成一只只小船。折船时,少年很用心,目光专注,神情庄严,他觉得,他的诗,化成了船,将会漂向远方,虽然不知道船会去往哪里,但一定会离开原地,他终究也是要去往远方的,和船一样。

溪水清澈而平缓,白色小船淌着清流离开了少年,他目送小白船一只一只漂走,就如送他亲爱的朋友。不过,本子上还留有最后一页,上面的诗题为《该走了》,少年将其当作人生一个阶段的纪念，我却将那一页未撕之诗看作是一粒埋在他心底的文学种子，只要经风沐雨，一遇合适的时机，它就会破土而出。

## 2

少年与他的小白船，最后去往了哪里？

少年成了青年后，他自述，先是北上，然后南下，求学，工作，北京，上海，无锡，杭州，广州，他一直如他的小白船一样，走走停停，停停走走，等青年在无情的时光中熬成了中年，他终于又回到了婺城，离永康最近的城市，小白船终于停下，靠岸进港。

## 3

少年心中的那颗文学种子长成什么样了？

我收到《记得年少青衫薄》《就像风儿吹过大地》《人间浅睡》《山中无所有》《一朵落单的云》，署名"桑洛"，煌煌五册散文，大吃一惊。我对浙江散文的创作情况大致知道一些，但依然孤陋寡闻，这位叫桑洛的文字也实在陌生，这一回，出版方嘱我写序，我才细读他的文字，走进他的世界，五册书，一千多页，一周时间读完，颇多感慨。

我眼中的桑洛，依然是那个伫立溪边放小白船的少年，他似乎永远在行走，是一个典型的行者。双肩包里面有相机、笔记本电脑，大约还有一些水及食物，当他歇息时，他会整理相机，这成了他对行走的回忆，然后，那些深深触动他的场景，迅速变成了笔下的文字。他对行走与文字，近乎痴迷，偶有灵感，立即打开笔记本，在宾馆、在车上、飞机上，甚至在路边，自顾自地写，旁若无人地写，他写那些让他记得住的日子，他在自己的文字世界里赶路。

桑洛的文字，和别的作家一样，也是从家乡开始的。他的家乡叫雅川，这是他心中的高原，时时出现在他的笔下。雅川有鸿井，历史与井水一样深刻；雅川有鼓词传承人，琴声与唱词一样动人；雅川有南宋状元陈亮的疑冢，连接起九百年前深邃的时空；雅川有九重门，一门一门又一门，门门都透射出时代的光阴；雅川还有他外公教他的三句话：说要说得过人，做要做得过人，打要打得过人！读得我真是好想去一次雅川呀！

行者桑洛，三天不走，脚底发痒。桑洛自述，一有机会，就马上离开，让高山的风吹散俗世在脑中累积的灰尘。自然，他的足迹遍及浙江大地、中国大地，甚至世界大地。不过，他最想去的地方，还是山中。山中无所有，让李白常魂牵梦绕，也让他梦绕魂牵。岭上多白云，"白云遍地无人扫"，他却是"一朵落单的云"；山中无所有，"风来绿树春含笑"，片叶皆关情；山中无所有，聊赠一枝春，他在"静待一朵花开"，他要在"山楂树下，等蓝莲花开"，他要"回看山楂树，千里暮云平"，他还要"在山楂树下晴耕雨读"。为什么这么喜欢山，没有理由，也不需要理由，因为山就在那里。即便是冬日的雨中，他也喜欢一个人静静待在山中，干什么？"我坐在世界的一个角落里，收拾凌凌乱乱的心情，瑟瑟缩缩穿上外衣。"

桑洛和我说，他家的阳台，就对着北山。不过，仅日日看山显然不够，他还要去探山，"春上北山""又上北山""夜上北山""在北山深处"，他将北山看成他的依靠，他的寄托，有这么一座大山做伴，夫复何求？嗯，我赞同。因为我也喜欢北山，它虽然不大不高，却也陪伴了我四年。四十年前求学于"牛经大学"（浙江师范大学戏称，彼时，有牛经常穿过校园），北山也是我们常去的地方，它虽没有让我梦绕魂牵，却是一个忠实的陪伴者，感谢桑洛让我又一次回忆起了北山的风貌风情。

## 4

人满世界地飘，桑洛的内心却是沉静的，他的文字也随之简洁，句式简短，散散的，疏疏的，干净朴素，且大部分时候，思维随时跃动毫无拘束，这是他行文的整体风格，然而，就如好风景常在人迹罕至处一样，桑洛行走时不断碰撞出的火花也不时闪现，思想的芦苇，时而摇曳。

从桑洛的文字中，我还似乎看到了林清玄的影子，深受道佛思想的浸润，略带忧郁与敏感，然而，却是善于思考的，比如春雷的启迪，比如阳光下的灰尘，比如那些举手之劳的善意，大地，天空，星辰，树木，花草，美与丑，真与假，穷与富，善与恶，生与死，人世间的一切，他似乎都在用心观察，他知道，几乎所有的日常，都暗藏着生活的真谛，只是没有被发现而已，他的行走，某种意义上就是为了寻找这种识见。

## 5

我从文字里基本认识了桑洛，却感觉无法准确为他画像，故在我迄今所写的序言中，史无前例地用了"无题"为题。他天马行空般的思想，我无法一一捕捉住，我觉得，他是一个深藏不露的人，他一定还会写出更多让我们期待的东西。

西哲柏拉图曾说过：所有的胜利，与征服自己的胜利比起来，都是微不足道的。桑洛是不是一直在征服自己呢？或许，只有他自己能回答。

辛丑冬月<br>匆于全国第十次作代会期间湖南大厦

（陆春祥，中国散文学会副会长、浙江省作协副主席、鲁迅文学奖得主）

# 目录

/

CONTENTS

| | |
|---|---|
| 尘世太短，我们在人间浅睡 | / 001 |
| 繁星，尘埃…… | / 005 |
| 风吹雨成花 | / 009 |
| 世间只有几缕轻风…… | / 018 |
| 今夜无事，只喝茶 | / 021 |
| 呼吸文字 | / 024 |
| 非如此不可 | / 028 |
| 认　怂 | / 033 |
| 我不知道风是在哪个方向吹 | / 037 |
| 文字，记录下来就是胜利 | / 045 |
| 心中常备一蒲团 | / 053 |
| 谢谢你深夜十二点来看我 | / 056 |

| | |
|---|---|
| 现在，请微笑一会儿…… | / 059 |
| 闲敲往事落入风 | / 064 |
| 我坐在世界的一个角落里，收拾凌凌乱乱的 | |
| 　心情，瑟瑟缩缩穿上外衣 | / 090 |
| 有间书房 | / 093 |
| 再苦再难的生活，也要学会歌唱 | / 097 |
| 站成一棵树的孤独 | / 101 |
| 幸福有时就是毛毛雨 | / 106 |
| 需要隐藏多少秘密，才能巧妙度过一生 | / 108 |
| 文字，我那浅显易懂的心事 | / 111 |
| 生而为人 | / 115 |
| 给我一杯酒 | / 118 |
| 时间的针脚 | / 123 |
| 今夜，我不吟诗 | / 127 |
| 文字，是我们生活记住的日子 | / 132 |
| 我会让我自己累着，跳进自己的文字里 | / 135 |
| 别问，很多事情真的没有为什么 | / 137 |
| 人生，一篇限时的作文 | / 141 |
| 是无无明 | / 143 |
| 在暴风骤雨的夜里…… | / 149 |
| 阅后即焚 | / 151 |
| 有没有那样一个时候…… | / 158 |

| | |
|---|---|
| 夜深人静的时候我不想说话，文字代替我发出声音 | / 161 |
| 我偏爱诗的荒谬 | / 164 |
| 恰到好处的坚持，是世间最好的相知 | / 167 |
| 人间有戏 | / 175 |
| 多少纠结，多少半途而废 | / 178 |
| 何事秋风 | / 180 |
| 凉风已经吹动暑气 | / 183 |
| 我的地板上长出了蘑菇 | / 185 |
| 笔记生活 | / 189 |
| 大排档 | / 212 |
| 一笔一笔，一字一字，救自己 | / 219 |
| 书之兰亭 | / 222 |
| 十分冷淡存知己 | / 231 |
| 谦，谦，谦，了无谦卦 | / 243 |
| 悲欣交集 | / 248 |

携一卷书，行十里路，
选一块清静地，看天，看地，看书。
累了，
在草绵绵处寻梦去。

## 尘世太短，我们在人间浅睡

尘世太短，夜间总舍不得睡。

夜。

听，雨的声音。

三月里的小雨淅淅沥沥。

小楼一夜听春雨。

春夜，往往是孤独者的伴侣。你捧着书，呆呆地看着，那雨，就悄悄然来了。

喜欢雨夜看书。

确切地说，是喜欢小时雨夜看书的韵味。

有屋檐滴雨。有芭蕉打雨。有梧桐漏雨。

雨滴带着童话般的色彩，在黑夜，穿过无边的世界而来。

入梦。

如果可以。

在梦里有充足的时间。

清点雨滴。

就这样听，雨盛开的声音。

雨其实没有声音的，它来的时候，悄无声息。

只是那些树叶儿、花儿、树儿，那些它所不知道它碰到的物件，迎接它所发出的声音罢了。

深夜里我一直在想，不对，雨滴似乎是天上的星星落了下来，滴在地上，盛开的雨花。

我们都没注意，让一朵朵的雨花，虚掷在土地上，如昙花般地消逝。没有命名，一朵一朵地敲击着我们的软肋。

它就这样成了水。

它就这样成了看不见的河。

它就这样成了云中弥漫的雾气。

它就这样成了拒绝融化，或者融化的冰。

就这样想，雨落的样子。


雨落是一个世界，我坐在世界的岸边，遥望漆黑的深海，尘世之间亮着的点点灯光，孤独驶入无法知晓的真相与虚无。

我用一生追逐着苦海的高度与厚度。在黑夜中用文字写下现在的心情的记录，每一篇文字，都是静止的波浪，似乎是今世的遗言，总有一天会将我无声地吞没。

这一刻足够安静。

不动声色的世界都睡了。白天的一切如同某个戏剧的布景。嘈杂的雨滴打开了另一个清醒的世界，舒展着自由的意志。

深夜之中，万物如入无人之境，开始生长。天籁之中，是它们交流的声音。雨是一意孤行的掩护者，它唱诗般地打磨着这个世界。

水滴石穿。

有人说：上善若水。

不知道，雨是不是愿意变成这样或那样。

它喜欢的样子。不喜欢的样子。又是什么呢？

想拥抱雨。想拥抱水。

想问，你真的不争吗？

有人说：子非雨。

深夜的雨，腾起的雨花，以灵魂的方式，如羽毛一般地失重。我们都生活在半空，寸草不生。植物与我们，都是半空中的寄居者。

杂念，是某个落魄文人在灯下用劣质酒勾兑的野史。若干年后，有人拿着他当年说过的胡话口沫横飞，却再也没有人记得他的名字。叙述者感觉是他自己的句子。除了偶尔互访的梦境，他们未曾见面。

碎念，是喃喃自语的酒话，在雨夜里独自出行，寻找着有共鸣的朋友，相逢在黑漆漆的无际。

所有的开始,都不会偃旗息鼓。无论你经历了什么,收获了什么,悲伤或是欣喜。没有神灵会向你表示歉意。生命的本质,原本就是你想要什么,更愿意听到什么。

结局,都在此时此刻。生命中最好的时光。

我有梦难入。

尘世太短,我们在人间浅睡。

## 繁星，尘埃……

那些得到繁星，也得到尘埃的人，才是享受了真实的人生。

人的一生都在选择与取舍。一天，也是。

我把你囚禁了一天，深夜，我把你解放出来。

在深夜，我打开灵魂的囚笼，把灵魂放出来。我习惯了在深夜，以文字架梯，打捞自己的灵魂。

此刻鼓停声息。这是我一天最好的时刻，可以写文字给往事。也可以写文字给未来，给异乡的风景……给夜间的无穷无尽。

花一天的时间，让肉体与灵魂在尘世奔波。我喜欢在深夜，坐在书房的书堆里，等灵魂的波浪从书中各个角度，吹来。

身不能至，心向往之。在书房之中，出现千堆雪，出现斜阳残照，出现花开驿道……书中有阳光，有大海，世间最美好的气息喧哗着扑向了我。

一切都很好！

闭门即是深山，读书便是净土。此刻灵魂和我相对而坐，一起顾影自怜。

他说，我不怪你。

已经很久没有理他了。

此刻，我坐着，神色疲惫地面对他。

他舒展着筋骨，长手长脚地笼在我的周边。温柔地抚摸着我的头，别担心，我不怪你。

温暖使我们变得很轻，如空气一般飘浮在半空。

半夜却突然传来虫鸣鸟叫的声音。

窗外的雨落了一地，如同一本泛黄潮湿的日记，在低声呢喃。

像是很久很久以前的事。

我尝试过懒惰，不写什么，不做什么，白天深夜碌碌无为地浪费一天又一天。这样的日子，没有痕迹，什么也没有留下。

想到就这样过一生？！

我就会握紧拳头，捶打自己。

生命可以放纵，但同样可以有条不紊。

时光一直在酝酿一种让你能够沉沦的方式。在智能化的世界里，沉沦悄无声息，肉体不是突然死亡的，肌肉和细胞是一点点地死去离开。

灵魂，它早就厌烦这种生活。它先于肉体，早就离去。

那些得到繁星，也得到尘埃的人，才是享受了真实的人生。我们终究卑微如一粒微不足道的尘埃。

倾盆的雨，从天而降。我在水深火热的世界里，写自己的诗句。

人生，是一首被别人误读的诗，是一首别人不屑去读的诗，那么，何不活成自己想要的样子。

我的世界无声无息的时候，文字在深情地凝视。
我承认，我与世间和解的方式，是文字。

是文字让我有突然的安宁。一些世事艰难，人心险恶，需要用文字写下来，让一切在文字中被遗忘，被铭记。一些人和事，有善有爱有感动，虔诚地记录下来，也是种态度，让它们融入世界的大历史中。

生活很难得偿所愿，文字的生活倒可以略微补偿。生活把你打得遍体鳞伤，文字可以疗伤。

我将身体中的泥沙，用文字的刷子，深夜清洗干净。我们的身体会饱经沧桑，我们的灵魂却要永远童真。生活日复一日，没有新鲜的词可以形容日子。深夜了，总要写点文字给自己。尽管可能是自言自语，用文字给自己的日子渲染些色彩，用文字来擦亮那锈迹斑驳的日子。

一生，总要写点文字给自己。有一天，我们的生命会停歇，文字却还活着，无穷无尽地代替我们生活，生长。

它代替我们不朽。

我们只有不断地往前走，写着文字，往上伸展着，往上爬着，才不至于被自己写的文字掩埋住。

入夜，我睡了，文字还点着亮灯，守着我。

入夜，我睡了，有人打着文字的灯，过来找我。

# 风吹雨成花

## 一

风吹雨成花,花落到心坎里。

在安吉山楂树居住几日,都是雨天。

山间的日子很慢,我们花了很多的时间看雨,把雨煮进我们的眼睛里,把雨煮进我们的书里,把雨煮进我们的文字里。我们把时间煮成了雨,我们把雨煮成了自由的空气。在山林之中,自由自在地呼吸。

雨中,空无一人的街道。一层一层的雨把石板冲得干干净净,街道上雨水汇成了临时的一条河流。

雨中深山,空无一人,雨阻断了所有试图踏进深山的脚步。山间的溪流淌成无羁绊的野马,肆意地在山间左冲右突,尽情嬉戏。无数顽皮的雨滴孩子聚在一起,此时,山间是它们的世界,是它们的乐园。

屋檐上的雨，串成了珠帘。

珠帘暮卷西山雨，雨落在我们的书本里。

我喜欢雨天的日子，雨带来时光的阻隔之感。我们在山中，自成一世界。

喜欢坐在山楂树书吧大堂里，火盆里烤着火，空旷的房间，四周是书本。山间的雨，是精灵，在窗外飞。我的思想是在深山里飘了千年的空气，和雨结合在一起，滴滴渗进了大地。

在书桌温暖的射灯之下，孤独的影子留在身后，寂寞的忧伤在心中快乐地流淌。只有会享受寂寞与孤独的人，才听得到自然界中最为细微的声音；才能发现自己灵魂思想中的丝丝缕缕。人不需要做作，不需要装给别人看。那么装，自己累不累？那么假，自己都认不出自己。活出最自然的自己，一点点地完善自己，做一个自己喜欢的自己。不再做一个自己都讨厌的自己，也不再做一个自己都认不清的自己。

书，真的是一个很好的世界。在书中，寻找着心灵的一种相知，寻找着一种未知，也寻找着一种慰藉。无穷无尽的世界在等着你。

风吹雨成花，时间化了雨，雨化了山间的清泉，我们用清泉煮茗。

我们就把时间喝进了自己的胃里。

## 二

时间煮雨,我们把时间,把雨写进了文字里。

在雨中记录,一直是种乐事。似乎不用考虑有人来打扰,雨滴给文字打着节拍,也似乎用一点一滴来打开我们的思维和灵感。山中的雨天,可以用大把的时间来煮那场十六岁的花季落入了十七岁的雨,可以用时间来煮人生各个阶段的风风和雨雨。

我一直在记录,用文字记录。

有人问我,你为什么要写书?我毫不迟疑地说,因为我热爱生活,爱生活中美的一切,我想把我生命中经历的感动的人,感动的事记录下来。

一直认为文字是世间最圣洁的神物,可以描绘所有的美好和非美好的事物,可以表述各种各样的心情,可以记录这世间所有发生过的事情。几千年文明的传承,正是因为文字的存在。

在我的心里,文字是心的窗口,是心的出路,文字是自己和自己的对话。文字更是心的一种创造。

起先的时候,文字只是一个记录。记录很多的想法,很多的经历,很多的过程,很多不为人所知的一切。我写的,是我的故乡,是我的生活,还有和我一起经历过的那么多人和事。这些人,都不是伟大的人,都只是平平常常、普普通通的人。我和这些人一样,总有一天会安静地离去,在我们离去的时候,我们的名字只会留在墓碑上,会有我们的儿女辈,我们的孙辈记得我

们。而后，我们的名字会消失在历史的大河之中，没有痕迹，在多少年后，没有人记得在地球上曾经生活过的这群人，他们经历过什么。而我，想用自己笨拙的笔去记录，记录这些简单的人和事。图片或许能代表一部分，视频也能记录一些。但有些东西，只有文字才能够描述。

很多的时候，文字是种放置。有些心情，灰色天空的心情，晴朗天空的心情，只是把内心深处的很多想法，悄然地放置在这里。偶尔飘过的想法，深藏于内心的很多东西。一个字一个字地码出来，放置在这里。

更多的时候，文字是一种交流。自己和自己的交流，自己和自己的心进行的交流。

坚持的路上是孤单的，可以听见自己心的声音，可以听到文字像一条平静的小河在流淌的声音。

所有的爱，所有的美好，都是平时汇集的雨滴。

一叶叶，一声声，莫听穿林打叶声，何妨吟啸且独行。

时间化雨。我们把痛过滤，风吹雨成花，灿烂的花。

## 三

雨住，天未晴。

新雨后的山，是空山。

暮冬时节，山间薄雾轻寒，细绵柔软的雾似乎也能够拧得出水来。溪流放慢了咆哮的脚步，山峰似乎瘦了，轻盈了许多。微风吹着修长的竹子在轻柔地飘,旖旎而成绿色的浪潮,在山间推涌着竹涛。远处的山头上,白茫茫的一片,好不容易积起来的雪线,随着气温的升高,不停地收缩。

雪,在山上就是雪绒花,到了山下就成了雨滴。雨和雪,它们隔着融化的距离。

小鸟开始鸣叫。奇怪,在雨天的时候,小鸟是不是都躲在窝里?听不见它们的鸣叫。

山村里,有鸡犬之声相闻,今年春节却难觅人影。

山间岁月长。可以让人拥抱一种寂寞,一种孤独。我们和热闹在街头分道扬镳,稍有时间和机会,我就躲进山里。

世界喧杂与否,短暂地与我无关。

山里的时间,可以煮雨,雨中有花的芳香和气息。

在这个世界的一个僻静角落,我在黑暗中点燃呼吸的烟火,需要平复很多的创伤,需要疗伤。心被掏空,需要阅读,需要用文字填补心房。

我把时间交给大山,大山把时间交给雨。

晨起,我站在露台,看群山,看竹海,看云雾,然后我在山楂树的大厅里,写字看书。

雨中临《书谱》,是件很开心的事,水如墨,行云流水,在宣纸上煮成很多很多的想象,很多很多的故事。

## 四

山间无数年的记忆,落下的痕迹,在老树上,在古道的台阶上。

山间有古道,是我向往的地方。

我戴上帽子,口罩,匆匆忙忙穿过村庄。村庄空无一人。

我飞速地奔跑。在古道上,我扯掉口罩,大声地喘气,大口地呼吸。我们需要自由呼吸,我们需要与自然和谐相处,我们需要堂堂亮亮开门迎客,我们需要安安心心夜不闭户。

在山间,可以自由自在地呼吸。

古道亦无人,我独行。

古道西风,没有瘦马。斑驳的台阶上,拥挤着岁月腐蚀的痕迹。草鞋的印迹,踩踏着野草顽强的意志,山民在百年前铺成了这条通往世外的古道。

朝代的背影在古砖古树的细微表情里,它们的眼眸是无声的历史。一阵风吹过,是它们在记录,是它们在低语,是它们在回忆着过去的点滴。

古道,等一种沧桑将坚强风化,千凿万锤的光滑,在岁月风雨中,跌落在地上。

粗糙成真实的表象。裸露内心的颜色给天空端详,等一双温暖的手,唤醒前世的哀伤。

乱石板铺成的路,在岁月的抚摸中,承担了无数的步履,高高低低，上上下下。

蜿蜿蜒蜒，走出山村。

要走很久，要走很多年，才能走到外面的世界。变迁是肩头汗水浸湿的土布，上面压得弯月一样的挑担，流在脸上的汗水，无法轻松地拭去，都滴落在眼前的台阶上。

王孙已去，年年不回。芳草菁菁，年年常绿。

岁岁的季风从遥远的大洋吹过来，在山间拥挤着，化成了雨，荡漾开了古树的心头之花。山上有无数的花儿，冬天的白色山茶花，从杂草之中挺身而出，鹤立鸡群，露出纯情的笑意。

这里的时光走得越来越慢。深山经历繁华衰败的变迁，在某处有块湮灭的碑文，曾经记录这里不过一百多年的历史。山间所有老树，对经过的人们，都充满了慈祥的爱怜。

无数的故事，像一场一场的大雨，冲刷着石头，将记忆深埋进土地，肥沃了土壤。

故事的细节，在老树的枝枝叶叶中生长发芽。

好奇是台阶角落里吐绿的青草。它们一听到狗吠，便在微风中飘着摇着，好奇而认真地翘首等待着，看着。

——谁来啦？

——来干吗啦？

只要有时间，我总会从山楂树旁的古道走一走。从竹林沿着古道往山上走，不过十五分钟，就到了守山独居的老爷爷老奶奶那里，我在山中老树下坐一坐，在老爷爷老奶奶那里喝口茶。

神奇的雪线，就在老爷爷的房子这里。从这里往下，了无雪

踪。从这里往上，白雪皑皑。

山上，风吹雪成花，天空中有雪花飞舞，落入山下就成了雨。

便觉人间美好，人生值得。

## 五

人生最美的遇见，无须用言语诉说。

山中有三条古道：欢喜岭，大岭和回峰岭古道。欢喜岭和大岭古道已经走过多次，一直没有去回峰岭古道走走，我想留点遗憾给山楂树，想在下次回来的时候，有个到来的理由。

山居的日子其实很是平淡。在这里，安静下来，有一种踏实的温和。每天都在读书，写字，写文字，偶尔爬爬山，就过去了一天，又一天。

日历就翻过了一页又一页。

时间消逝，迅雷不及掩耳。

在山楂树的民宿里，我抚摸着房子里的原木柱子，凝望着土墙上斑驳的岁月痕迹。段王爷他们在改造这个民宿的时候，都不忘给房子留点呼吸的出口，让历史与当下交流。建筑也是有生命的，树木离开了森林，在建筑之中，也有它们不一样的生命。我们要给自然万物充分的尊重，才能在和谐世界里赢得更美好的未来。

山居不管多久，总要回去，迎接一个崭新的开始和未来。回首向来萧瑟处，归去，也无风雨也无晴。

风吹雨成花,花落到泥土里。耳边响起《春泥》的旋律:"那些痛的记忆,落在春的泥土里,滋养了大地,开出下一个花季……"

我们都在等待春暖花开,在那样的季节里,自由地呼吸,快乐地相遇。

再坚持一会儿!

相信美好会马上到来!

## 世间只有几缕轻风……

秋天的风轻轻滑过林梢,月亮从开阔的宇宙倾泻到我的露台。

月华如水。疑是地上霜。夜微凉。

中元节之后的夜晚,一切都是那样安静柔和。

在高处,世界空空荡荡。我喜欢这轻而慢的时光,无色无相,世间只有几缕轻风。

一

人终究是一个人活在这个世界,需要时刻面对自己。

我们一天不知道要打开多少次手机,一天要刷多少次朋友圈,还有其他的手机软件。

手机是我们豢养的宠物,大部分人对它有摆脱不掉的依赖。

今日出门,忘了带充电器,到下午的时候电脑没电了,手机没电了。没有去找充电器,沏了杯茶,找了两本书安静地看。边看边画重点,手写做点记录。

手机黑屏。有个魔鬼被锁进了黑暗。

好久没有这种感觉了。好久没有这么心平气和地对待阅读,对待文字,以及阅读的乐趣。

烟雨一场,人生一世。手机和网络,这些神奇的东西,给我们魔幻的世界,也将我们一些最珍贵的东西永远地隔绝到了昨天。

没有手机和网络的下午,我的心展开了翅膀,我随着心去了很多的地方。我发现,手机将我的世界塞得那么满,我需要点留白的时间,给自己,给我的生命。

## 二

留白。

珍贵的想象空间。

我相信世间有天籁。

在扔掉手机,没有网络的下午,我在看书。在放下手机的晚上,我在露台,享受世界的静寂之声。

树叶的叹息与欢喜,在夜间都那么熟悉。那只珠颈斑鸠,还在紧张地孵着小斑鸠。白天经历暴晒的蔷薇,在夜间大口地呼吸着,吐着新绿……

留白。

如春日的雨滴，浇在我日渐荒芜的心间，重新生长出清新的力量。

万物，都需要安静地俯下身去，把这些美好的事物，拥在怀里。

温柔地拥抱自己，拥抱万物。

## 三

——如果卧室没有手机，会不会更幸福一些？

——如果书房没有手机，会不会阅读得更有效一些？

——如果，在处理工作之余，少用些手机……

想想那些不知不觉被手机绑架的时光，我有莫名的畏惧与心痛。

想想那些扔掉手机的时光，拥有的快乐总是难以言表。那时，世间只有几缕微风，吹轻我的心情，吹亮我的眼睛，吹响我的欢乐，吹远我的灵魂……

很久了，我的手机一直静音。我假装漫不经心，忘记了看手机。

如果漏接你的电话，晚回你的信息，我想说声抱歉。

## 今夜无事，只喝茶

今夜无事，只喝茶。

在春天的最后一个节气面前，总有些不舍。

"清明后十五日，斗指辰，为谷雨，三月中，言雨生百谷清净明洁也。"南方谷雨，有个老习俗，不管是什么天气，人们都会去茶山摘些新茶回来，以祈求健康。

今日谷雨。有寒风穿街疾走，温度不见得降很多，着薄衣却是冷了。真正应了"谷雨寒死老鼠"的古谚。今日没有去山上摘茶，而是宅在家中品茶。有友新寄六安瓜片，有友寄雨前茶，还有凤凰单枞及武夷山岩茶，正好一一细品。

流水如旧。草木葳蕤，春潮四溅。坐酌泠泠水，看剪瑟瑟尘。这个晚上，街上没有多少人，飞鸟已经倦归。我们在深夜，一丝不挂。和群山，灯花下私语。

护生的六安瓜片,是道禄法师自己采摘,炒制的。护生小居的清茶,入口清冽,回味甘甜,汤清香醇。苦行僧道禄,腰背直挺挺,是一个执着追求理想的人,一切所为,皆为善念。

雨前茶为段王爷的"山中来信"出品,年年有茶,年年有信,可以品到清明到谷雨之间的天目山、新昌及龙井的新茶。

有段时间痴迷单枞和大红袍,喜欢它们独特的茶香……凡哥特意从深圳寄来,让我细细品味。

山里的风和水,带来的茶叶,干净而明亮。一小片,一小片,倾心盛开,我看到金黄的茶花在黑夜中还不闲着。

深夜,我的眼里只有浮光掠影,世事纷杂停在窗外,只有风声,没有脚步。

我们或是未曾谋面,或是长久未见。

尽在茶中就好。

刚喝了一杯,又一杯,还不够。深夜里,我把茶当酒。我听到自己内心有奔腾的野马,从小小的书屋中跑出去,驰骋于崇山峻岭,绿色草原。

随着斜阳,到天涯。

夜有鹤来。安静地凝望,如同宇宙。人生有漏洞,也有通透,不如率性地好好过一辈子。探身于黑暗之中,直面人性最丑陋最真实的东西,未免太累。人生简单真诚一点,偶吃小亏,或许也无妨。

在深夜的小楼中，台灯所及的一片小小光明下，不断涌出的前尘往事，让我手忙脚乱地不断按住。人过中年，沧桑而落拓，如同眼前的茶，只喝了个囫囵。阳光下触目惊心，然而在黑暗之中，有了藏匿，一切了无痕迹。

不经意之间，生死悠悠。

人生高平曲折皆成山水之象。很难的时候，默默坚持，静静观望，需要耐心和毅力。

或许，历久经年，柳暗花明，风轻云淡，洞若观火。

谷雨来风吹古道，我闭南楼写闲书。茶亦可以醉人，孤灯楼高且自得。

且放白鹿"墨香"间。

今夜无事，只喝茶。

# 呼吸文字

## 一

每天看着自己和其他人,却不曾注意到在你的身体里,有多少东西在崩溃,又有多少在重建,从何时起你的状态好了起来,又在何时丧失了气力。在长长的沉默之后说出的话,原本根本就不愿意说。

——赫塔·米勒《呼吸秋千》

喜欢文字的人,语言表达方面的能力在一点点减弱,话语在干涸。不得不说的时候,气流从丹田缓慢地聚起,再从喉舌爆破而出,声音陌生得让自己怀疑。

所需的力气,仿佛是"洪荒之力"。

说完,便累了,倦了。想在自己的世界,沉沉睡去。

躯壳已经承受不了心思的快速流转,遥远陌生地在后面眺望着灵魂。每天，我们在创造，也在重建自己脆弱不安的灵魂。

面对不喜欢的人，不如不说。

面对言不由衷，不如不说。

心中也未必能做到老僧入定。在一呼一吸之间，文字的波澜有如台风之夜的海塘，无声的波纹荡开，又如夜莺之翼，绕转三千，低低回转。

## 二

松在疫情期间，每天只说有限的几句话。

——小度，小度，播放音乐。

——小度，小度……

——小度，小度……

霞在考研的那段时间，一天说的话不超过三句。

说第四句的时候，自己身体都诧异，诸多不适。

时间久了，是不是会适应？

那个叫燕的老作者，每天写作画画之余，只不过是逗几句猫语。

——喵喵喵……

话语多余。虽然，在静默的世界里，某一刹那间，话语已经运算了无数次。

只是懒得去说。

看蓝天，看白云，看流水。看着看着，有小小的节拍在无声

地打着。平静之中，有声音的共鸣，轻盈如羽毛拂过荒凉的心。

我们都在用无声的语言，讲述生命不为人所知的秘密。

无声胜有声。

无声也是一种语言吧！如此温柔。

## 三

酷热无风。多日无语。日渐寡言。

文字代替了呼吸，代替了话语。安静中，呼吸着文字。安静中，文字在呼吸。

我是自己世界中，一个孤独的客人。

"洋葱、萝卜和西红柿不相信世界上有南瓜这种东西，它们认为那是一种空想。南瓜不说话，默默地成长着。"

——这是德国作家于尔克·舒比格的《当世界年纪还小的时候》中一篇最短的故事。

很多时候，我在自己的梦想中，是一个不说话的南瓜，默默地生长着。我试着做一件大部分人看起来无益而且没有价值的事情。

世界需要倾听，喧嚣掩盖了一个个深沉的隐喻。我在静默的世界中无声地行走，云阔天高，苍穹低首与我私语。群星寂寞，怕打扰了我们。

俗世纷纷，众神都是沉默的。

## 四

某日,我想哭,想大声哭。

有泪,我却哭不出声音。

若是,有一日,当我想说,想大声说时,唇齿之间,一定震颤着盛开的花儿。

我只想说,你真美!

我只想说,世界真美!

## 非如此不可

夏日的阳光,带着浓烈的热情,早早地将温暖打在窗台。奔放的鸟鸣,甩掉起含蓄的韵脚,起承转合成清晨嘹亮的生命律动。

生物钟真是个软柿子。

恢复早起跑步才没有几天,生物钟就像用力被捏了一下的软柿子,成了我自己要的形状。早睡早起,五点半到六点之间不用闹钟就醒来了,生物钟彻底调整过来了。以前总是给自己太多的借口,深夜舍不得睡,享受着夜深人静属于自己的时光,可以看书,写字,做自己喜欢的事情。但,没有迎接过这个城市每天朝霞升起的岁月,我想是有缺憾的吧!

我要奔跑起来!做个迎风奔跑的孩子,做一个一直向上的大孩子。

我把自己藏在湖海塘晨跑的人流中,步入一个带有惯性的潮流里。

湖海塘的四月，不用滤镜。满目树木葳蕤，鲜花怒放。一片片草坪上，一株株小草，这时竟现出一个奇观，都是露珠，像是一粒粒珍珠顶在草尖上。朝露待日晞，它们的生命何其短暂，却依然在晨间努力地展示自己的生命。

阳春布德泽，万物生光辉。只有在这样的清晨，在万物生长的季节里，领悟看不见的地下世界里深藏着怎样神奇的生命力量，支撑起青葱岁月。

雾霭晨岚，山明水净，大自然该是有多爱这片土地上的子民，才给了人间这个"相看两不厌"的湖海塘。

沿湖自成跑道，有路的地方处处是跑道。

江南园林的特色也在此地尽显。有秀丽的亭台，有曲折的轩榭，有高耸的拱桥。东侧有山岗，山上有沿湖不一样的风景。凭湖而望，东南西北，远近高低各不相同。湖中有岛，人迹不能至，遂成鸟类天堂。

有人跑，有人走。有人唱，有人练。有人年少，有人年长。这么多人洒在湖海塘，渺小如沙粒。我在这些不同的人身上，看到了自己——曾经的年少，曾经的青春，也有不久之后的老年……人与人都是一面镜子，我们就这样一步一步走来，与自己的昨天告别，同时也迎接一个新的自己。

湖如一个小小的世界。不同的时间，不同的地点，纵使天天在这个湖边跑步，熟悉的人也不一定见面。只要相同频率，合适时间的人，才会在某一时刻遇到。

时光真的不会再重来。

遇到皆是有缘人。曾经有缘,我们一起走过人生的某一段路。

跑跑,停停。会想到一些事情,触动内心的一些无法消除的事情,脚步就重了起来,伫立,扶腰叹口气。身心无力,和湖边柔软的柳枝一样,飘动。

情绪是看不见,摸不着的东西,但是特别能影响人的心情。

很多情绪却是莫名的。莫名的一件事情,一句话,一个物品,一个表情,就会影响到人的情绪。

心绪刹那间游走,忧愁很长,悲伤很深,那些被沧桑打痛的枝叶,噼里啪啦地在春天里跌落在地,霜红的叶子,如同那些结了痂又被扯开的血淋淋的记忆。

我想抱紧自己。

我想奔跑,努力打开自己,走出自己。像是冲破迷离的雾,也像是走出自作的茧。

我跑跑,走走,停停。这都没有关系,只要坚定地朝着自己的目标和理想走下去。偶尔,停下来喘口气,停下来看看风景,停下来拍些照片。遇到美好的景色,我们总是贪心地想把这份美好永久地保存下来,留住世间美好的一切。

湖面常常有黑白的鸟儿,成双成对,在湖面上翩翩飞翔,划过天空传来鸣唱,它们的世界里有自己的故事,有自己的人生。四处有不同的花儿,在湖边,在草丛里,盛开着春夏的絮语,花儿也一样有自己的世界和语言。我们和它们，和谐而自然地一起相处。

在这个城市的中心，此处，有一隅清泉一般的清静与美好。

春意还浓。夏意渐来。风中吹来绿色的清香。季节的更迭在不知不觉之间。

昔我往矣，今我来思，杨柳皆依依。那一路的蔷薇花都开的时候，江南也进入五月了吧！

村上春树说："当你穿过了暴风雨，你就不再是原来那个人。"每坚持跑一天步，身体和精神的机能，都在慢慢地蜕变，是一种渗透到微小细胞里的裂变，将用一定的时间来证明自己越来越为优秀的改变。

人不能两次踏进同一条河里。我们也不可能成为原来的那个人。

村上春树还总结了他自己跑步的很多好处，如健康，毅力，独处，排解情绪，甚至给写小说提供了很多的素材。

他还说，跑步"对我人生而言，是无论如何非要做不可的事"。是的，非如此不可！非运动跑步不可，非读书写作不可。

人生总有些事情，我们没有理由地要去坚持。一直一直坚持下去，到生命的尽头。

最舒服的时候，就是跑完步，在湖边找个临水的栏杆，一边优哉拉伸，一边闲闲地看风景。这种努力之后的惬意，流汗之后

的遍体放松，让自己心满意足。不管什么时候，逆境或是顺境，人总要竭尽全力才会心安，才会不后悔。年轻的时候，用"生活上榨干自己，工作上享受自己"来激励自己，现在虽然人到中年，却依然要为了自己的梦想去努力。

习惯不戴耳机，可以听听大自然原生态的音乐。空气中，有清脆的鸟鸣，有和煦的风声，有花开的声音，有各种各样的声音……大自然，有无处不在的美好，正通过一个个渠道向我们传来。在清晨，打开身体所有的接收设备，去迎接自然与生命之中的美好吧。

要先打开自己，清空自己，才能接收到美好的消息。

还有对面一个如风一样跑来的朋友，每天遇到，都大声地对我喊道："老桑！"

声音热情而透亮，有种震动心灵的力量。

生活的美好，无处不在。

生活真的很美好。

我需要将往事和悲伤踩在脚下，也将肥胖的脂肪踩在脚下，让脚步动起来，手臂摆起来，勇敢地跑下去。

非如此不可！

# 认怂

骑自行车，遇到一个三十度以上的长陡坡，认怂，下来推行上去。这在年轻的时候是不可能的事情，年轻的时候是想着不管怎么样都要骑上去。到了一定的年纪，身体和精力不得不让你做出决策，与自己妥协，与现实妥协。

接受自己的不完美，接受自己的脆弱，接受自己的失败。

有过种种经历，岁月和现实就是这样无情而坚决地让我们懂得这些道理。

不是接受，而是无可奈何地承认。

不得不。

不得不认怂。

偶尔逞强，去搬一下重物，结局是不小心闪了腰，不小心岔了气。偶尔逞强，和年轻人较量一下球技，打完之后膝盖疼，腰酸背痛，如同一架老机器一下子提到高速，各方面性能都跟不上了。

偶尔逞强，喝高了。一是酒量越来越差，喝不了很多；二是喝下去的酒，化解能力也没有年轻时候强了，第二天都缓不过来。

偶尔逞强，熬了一个夜。缺的觉，需要很久很久才能补得过来。

拍拍大腿，大叹一声，想当年啊！

想当年，又如何？当年，年轻已成曾经，如落花流水一去不复返了。

认怂吧！

重回健身房。穿着长袖在一个角落里，默默地用轻重量，做着重复性锻炼。年轻的时候很傲慢，在健身房当着一些"菜鸟"的面，将杠铃的重量一片一片地加，然后"力拔山兮气盖世"地举起，拉起，推起……体验着肌肉充血，在健身房宽大的镜子前，做着各种展示肌肉的动作，秀自己。

现在，不比，不争。

长衣长裤，不参加团队的跑步，一个人跑，按自己的节奏去跑。骑车，也是按自己的节奏与体能，一个人慢慢骑。

就这样，在无声无息之中，那个争强好胜的自己就丢在了风雨中。

狭路相逢宜回身，往来都是暂时人。

"一日，与蒋工聊及南宋历史。师兄雷及汤同桌。聊及赵康王从扬州遁镇江，后杭州，绍兴，宁波，海上到温州……蒋工怒斥吾之不懂。言康王在今南京登基称帝一事,及其他。后余寂声。赵构建炎三年(1129)曾到建康。短停二月,旋去镇江。康王1127年于南京称帝,但此南京,为宋南京,今河南商丘也。"

不争,不辩。

一笑置之。别人以为我们无知,以为我们无能,我们认怂也无妨。

无事看有闲杂念头否,有事看有粗浮意气否。得意看有骄矜辞色否,失意看有怨望情怀否。以百折不回之真心,生万变不穷之妙用。知天地皆逆旅,不必更求顺境。

天地皆逆旅。

在外漂泊数十年,不能光宗耀祖,也不能衣锦还乡,总是"回乡情更怯",于是就很少回老家。这次,隔了几个月才回了趟老家,母亲也没有说什么。她说,平时也不敢打电话,总是怕我在忙,有事。她说,你们在外面都这么忙,忙了才好……我心里大惭。母亲又说,富贵要有命还要有运,命中没有那就认命,也没有关系。我听后,心酸,黯然不语。

现实让自己不得不低头。背开始弯曲,人类与重力吸引力斗争了几千年,我们自己斗争了几十年,迫使自己接受事实。已经过了不惑之年,真的不懂,想不明白,也就假装难得糊涂了。

——今后我们只需默默前行,迈着不快也不慢的步子,以非常正常的步调勇往直前即可。想知道这条路通向何方吗?那就去问一问那些蔓延伸展的藤蔓吧,藤蔓也许会给我们回答:"我什

么也不知道。不过，在我伸展的前方好像洒满了阳光。"

　　人到中年的认怂，是随着年纪的增长，知道自己越来越浅薄，人也就越来越谦虚，态度也越来越谦和。这是一个从内心到外表，都与自己与世界妥协的结果。"怂"，我更喜欢理解为"从心"而已，并不可悲。

　　我想我认怂，外表并不油腻；我认怂，内心依旧顽强。

　　两鬓斑白，常常认怂，内心依然还是十几岁的少年模样。"在夜的尽头咀嚼生活的艰辛，在晨的开端期许人生的美好"，我们的未来有很多已知和未知，但是前方好像洒满了阳光。

# 我不知道风是在哪个方向吹

一

这鼓一声,钟一声,磬一声,木鱼一声,佛号一声……乐音在大殿里,迂缓地,漫长地回荡着,无数冲撞波流中和谐了,无数相反的色彩净化了,无数现世的高低消灭了……

这一声佛号,一声钟,一声鼓,一声木鱼,一声磬,磅礴在宇宙间——解开一小颗时间的尘埃,收束了无数世纪的因果;这是哪里来的大和谐——星海里的光彩,大千世界的音籁,真生命的洪流;止息了一切的动,一切的扰攘;在天地的尽头,在金漆的殿椽间,在佛像的眉宇间,在我的衣袖里,在耳鬓,在感官里,在心灵里,在梦里……

这是神性的,这是诗意的,这是有声的,这是无声的,这是宗教的,这是美学的……这是哀叹的,这是伤感的,这是平静

的，这是超凡的，这是感悟的……这是庄严的，这是澄明的，这是敞亮的……

这都是徐志摩。

## 二

这个经常说，"我不知道风／是在哪一个方向吹"的大男孩，他是一个歌者，经常在梦里伤悲，在梦里低回，在梦里心碎的诗人。

那晚，首都剧场，看歌剧《再别康桥》。

徐志摩、林徽因、梁思成、陆小曼、金岳霖，在康桥、北平、上海……

这是一段伤感的缅怀，这是一段诗意的回想。

人生有爱，有诗，没有恨。他，在他所处的世界周围，真是一片最可爱的云彩，永远是温暖的颜色，永远是美的花样，永远是可爱。在他的世界里，生活与诗是和谐的，爱人与诗是和谐的，所有一切都是和谐的。他用他独特的感悟记载着人生的礼忏。

那一弯的新月、一片的云彩、一树的嫣红、一池的清水，还有那小雨……和着鼓一声，钟一声，磬一声，木鱼一声，佛号一声……

## 三

年轻的时候到过海宁。在徐志摩的故居,曾写下一首小诗。

总相信时空中可以留下记忆
所以
在你曾经生活的城市
你曾经居住的房子
我在历史的尘埃中找寻旧日的痕迹
总相信
我把自己放下
我把自己清空
在碧波荡漾的江南小道
我就可以和你细语
总想念你的诗句　你的才情
那些打动人心的灿若珍珠的句子
经久流传　不能复制
你对文字　对爱情　对生活
是与生俱来的灵性与天真
自然挥洒你的天性
我在这里
感受灵魂之中的种种激荡

让我在新月的路上

一直追随你

那时候　我还年轻　还有梦想

## 四

"呀，你到得真巧，再过一分钟，你准让阵雨漫透！"

这个大男孩笑答："我正是为了浸透来的！"

由此，他看到了河边满树开花的栗树，曼陀罗，紫丁香芬芳的呼吸，他听得见自然界一体的喧哗声。

他生平的教育是大自然，纯粹可贵。田野，树林，山谷，湖，草地，云彩的变化，晚霞，星月，等等。

面对着世间的美好，他大声道："好天，今日才知道使用我生命的权利。"

但穷其一生，我们很多人都没有使用自己生命的权利。

他说，即使打破了头，也还要保持灵魂的自由。

## 五

一九二二年二月，张幼仪在离婚协议上签字。

一九二六年八月十四日，徐志摩与陆小曼在北海董事会举行订婚仪式。

关于爱情，关于别人的生活。

我们是踮起脚跟，在旁边看热闹的人。

## 六

我们没有太多自己的见解，所有的见解都建立在别人已经说过的话语之上。

他，不过是一个想飞的大男孩。

"忽的机沿一侧，一球光直往下注，嘭的一声炸响，——炸碎了我在飞行中的幻想，青天里平添了几堆破碎的浮云。"

他，只是曾经飘过我们天空的浮云。

"一年容易。又到尽头。回头望望。就只烟雾似的一片。希望，理想一好词儿。希望早就劈碎了当柴烧。在这小火上面慢慢烤煳了理想。烤煳了栗子。烤煳了白薯。捏上手全是灰。还热着呐。再别高谈什么人生。生活就比是小孩们在地上用绳子抽着直转的地龙。东一歪西一跛的。嗡嗡地扁着小嗓子且唱。"

这才是一九二七年的年底。

他在想，关起门来写一行性灵暖处来的诗；去一个僻静的教堂，听白长袍的孩子们唱赞美诗。

看二尺来高的白蜡一寸寸地往下矮。

生活在这个世界上，诗人也有一大堆丑陋的事情笼罩着他的思想，他的生命。

不能抵抗，没有力量。

所幸，维持着他生命的不仅是面包，不仅是饭，还有诗，情

爱，敬仰心，希望。

## 七

摩，志摩，摩摩。

汝摩，你的摩摩。

你的欢快了的摩摩。

你的顶亲亲的摩摩。

摩问眉。

摩问眉好。

摩摩祝眉眉福。

摩吻。

摩的热吻。

摩亲吻你。

你的丈夫摩摩。

你的"愚"夫摩摩。

情寄尺牍。爱情在《爱眉小札》。

两相知。

## 八

她说：

"你的眼睛望着，不断的在说话：

我却仍然没有回答，一片的沉静
永远守住我的魂灵。"
他们终没有能在一起。

## 九

——"因为，这是我唯一的机会，
自己到自己眼前来领罪。
领罪，我说不是罪是什么？
这日子过得有什么话说！"

一九三一年，徐志摩去世。
一九五五年，林徽因去世。
一九六五年，陆小曼去世。
一九八八年，张幼仪去世。
在海宁，徐志摩的衣冠冢。
我们都没有话说。

## 十

"轻轻的我走了，正如我轻轻的来。"
再多都是多余的。
"一身诗意千寻瀑，万古人间四月天"，轻轻的，悄悄的步履

中，才子佳人，风流诗话，在二十世纪的风雨中，渐去渐远。那片可爱的云彩呢？天空变惨淡了，变寂寞了，最可爱的云彩卷走了，永远不回来了。

他像小孩般的精神和认真，他也是一个古怪的人，但他人格里最精华的却是他对人的同情，和蔼和优容。

但是他，就突然进入了另一个世界，沉入永远的静寂。

都市的快节奏遮掩不住音乐的和声，诵者、歌者、舞者，还有灯光、五重乐……诗意和爱意，在时空里有了无限的延伸和碰撞。

曲终人散。

人生的诸般享受，胜过音乐的，唯有爱情，而爱情本身就是一曲和谐的歌。

——这是普希金说的。

## 文字,记录下来就是胜利

文字,对自己的意义——坚持记录下来,就是胜利。

### 一

微博写了又删,博客写了又删,当年的日记散落不知放置何处。一个朋友对我说:桑,写了别删了,再删,留什么东西回忆呢?也是,都删了,拿什么来回忆呢?现在用微博和博客的朋友还有很多,其中不乏很多和我一样,有着十多年博客情结的人,也有很多年轻的朋友,不喜欢在微信、抖音和快手里浪费时间,而在微博上记录着自己生活的点滴。这些记录,像是一种身心的安置,也像是一种寻求,在茫茫的宇宙中体味着尘埃般微弱的呼吸,也似尘埃卑微的叹息。我们存在。我们曾经来过。我们记录。

## 二

回响。文字是自己与生命,与这个宇宙之间感应的回响。季节与身体有种非同寻常的共鸣,总有些触动在心里。不同的季节,总能触动内心不同的细胞因子,随着季节没有规则地来回摆动。叮叮咚咚地,在春天的雨滴中作响。摇摇晃晃地,随着新绿的柳枝在堤岸上摆动。

曾经这个时候发生过的事情,曾经春天里发生过的故事,有些如秋天掉落的叶子,和入了春泥,滋养今春的种子;而有些,已经长成星空中熠熠生辉的星辰,在遥远的夜空,点亮自己。

## 三

"昨夜梦回旧时光,一般年少,几许痴狂,梦醒,窗外有月光,默默如往常。"曾经年少,几许痴狂。思维有时候自己拉不住,被看不见的手拉着四处狂走。

世界不过是一定元素一定规律的排列组合。无常的世界才有无我的存在。其实记忆的东西最为虚无,当记忆不能以文字为辅助,以图片为备注,以他人为共鸣的时候,只是一个虚空的存在。我相信时空和尘埃,宇宙都有记忆,懂的人能读懂。多年前的电影《致青春》,唤起了很多七〇后的青春回忆,导演赵薇不老,却在轮回的光阴中,也不年轻。史玉柱为这个片子,在微博上晒出了曾经青春过的"大嘴"照片,聊以怀念曾经玉柱的春天。——谁都有过青春,只不过,青春易逝而年华易老,很多感伤是看着别人的文艺故事,泪湿了自己的衣裳。听一曲《老男孩》,总有破败的伤感流浪,回响远方。生如四季,都有春天。人的儿童时代、青少年、中年和老年,一如四季。四季过去,还有轮回,人生却没有轮回。每个人都会有自己的春天。春天是美的,美在它的万物复苏,草长莺飞,花红柳绿……春天是可贵的,可贵在它的短暂,它的易逝不可追。

人生命中的春天,我们往往不珍惜、不重视,懵懂中就把青春挥霍了干净。容颜渐老。去某个城市,总喜欢去该城市有名的大学走走。一个城市代表性的大学,是这个时代与地域青春的代表,这里的天之骄子,仿佛时代最强最时尚最激情的音符。我走过他们灯火辉煌的教室,安静的图书馆,热闹的操场。总有感伤。

这是看着别人青春,而自己已沧桑的百味杂陈。我们的春天,我们人生的春天,当它离去的时候,我们怎能不感伤?曾经拥有过的,或是没拥有的,过去了就成了一种回想。人生有四季,春夏秋冬。人生可能没有四季,有些人永远在冬季,有些人永远在夏季,而有些人永远在春天……那么,不管有没有春天,不管春天是短是长,我们回忆起那个春天,回想的内容是什么呢?那一帧帧的画面里,都有谁?都有什么样的音乐?

## 四

在北京工作的时候,有一次去人民大学的明德厅听"春天的回想——合唱音乐会"。坐在一群青春飞扬满脸稚气的学生中间,我有一种突兀与尴尬。随着指挥棒的挥动,音乐与歌声组成合唱独特的艺术。恍恍惚惚中,每首歌背后的故事向着自己走来,短暂的春天,有美丽,有忧伤,有雄壮,有遗憾,组合成了不一样的乐章。每个人的青春也如合唱一样。合唱是种独特的艺术,每个人的声音在整个团队中微不足道,但不可或缺。每个人的声音如涓涓细流,在指挥棒的流线型轨迹中,或变成一条清澈欢快的小河,或变成一潭清静无邪的湖水,或变成奔腾不息的大海。音乐,是种触碰灵魂的回响。高雅艺术的魅力,在于它本是一种无边境的艺术,仁者见仁,智者见智。它是一个荡涤的过程,你浮躁的时候,它滤去你内心的沉淀;它是一个心灵交辉的过程,它的每个音符,可以随着你的心,一个节拍一个节拍地叩响;它是一个启发心智的过程,犹如一种参道与悟禅,让你的心胸与眼界积极地拓展。艺术从远古的时候就开始积累,它以各种形式宣扬着我们的快乐与悲伤,节日与庆典,我们以不同的方式参与着艺术的传承与魅力。

我喜欢话剧,在北京工作的时候,喜欢周末去人艺看话剧。后来离开了北京,出差到一些大城市的时候,总会抓住机会去看话剧。在婺城,看话剧的机会少一点。那天,雨。在浙师大的小剧场，也是坐在一群学生中，看阿西剧社的《萨勒姆女巫》。这是学生们自编自导的话剧。这是一个关于人性的深刻解剖的剧本，人性的阴暗，谎言与卑劣，在学生们精湛的表演中，入木三分，直击内心。人生如戏，戏里戏外，有人看戏，有人演戏，有人入戏，有人置身戏外。但有几个人，能保持正直的品格呢？当 Yesterday Once More 响起的时候，坐在一群年轻学生里的我也想起了曾经的大学岁月，曾经的年轻，曾经的激情，曾经的春天。"谁能够划船不用桨，谁能够扬帆没有风向，谁能够离开好朋友，没有感伤……我可以划船不用桨，我可以扬帆没有风向，但是朋友啊，当你离我远去，我却不能不感伤……"

## 五

年轻的时候，我们写诗，我们恋爱，我们向往远方。

你还记得那时候的诗吗？我一直庆幸，中学时的我经历了诗歌最为火热的时代。虽然那个时代已经走向了尾声，我在一个时代的"尾巴"仰望辉煌。文学，就是那个时候埋下的种子。那时候，我们中学有个"雏鹰文学社"，有很多和我一样爱好文学的同学。那时候很多人，和我一样，心里埋藏着一个很深很深的理想。这里是心灵的圣殿，梦开始的地方。这么多年下来，一直坚持着心底的那一点点渴望。转眼，中学毕业很多年，很多年。我在想，当年，一起坚持梦想的同学，现在还在追求着自己的梦想吗？你还在追求着你的梦想吗？你还记得你当年的梦想吗？你还

记得那时的诗句吗?现在,你可能背不出来那些华丽或朦胧的诗句了,但是,在你的心中,始终会有那一句句诗,写在本子上,写在你的记忆里,时不时跳出来,在你的记忆中闪现。永远都不会消失。

很喜欢周作人的一段话:"他原是水师出身,自己知道并非文人,更不是学者,他的工作只是打杂,砍柴打水扫地一类的工作。如关于歌谣,童话,神话,民俗的搜寻……因为无专门,所以不求学但喜欢读杂书,目的只是想多知道一点事情而已。"那些诗,也许你忘了,我没有忘。在自己可以支配的时间里,在自己的精神世界里,我喜欢读杂书,喜欢记录自己。那些文字,是我们工作劳累之后的美酒,是闪着最耀眼光芒的圣物。我读书,我写作,我的目的也只是想多知道一点事情而已。或者,多点和自己,和生命,和你的回响吧!

## 六

季节在感应着我们的回响,季风有信,像调皮的候鸟一样停留在我们的窗前。春去春又回。江南,天气又回暖了。露台上有个小花园,经过了一个冬天的沉寂。天气正好,放下书,拿起小锄子松土,突然挖到一种像洋葱球的东西,小小的圆球上,已经绽放了一个嫩绿的芽。猛地想起,这小东西是夏天种的郁金香。我以为这小东西在炎热的夏季,短暂的花期后,早已经"香消",却没想到,它的生命力竟然那么强。花季过了,上面的枝叶枯萎了，冬天来了，它沉寂了。但是，在土里，在我们看不见的世界里，它默默酝酿着的是来年春天绽放的力量。

记得去年冬天，有段非常冷的日子，没有细心给花园里的花草过冬，结果很多花草都败落了。到了春天，看着一地枯萎的花花木木。我没有气馁，给它们施肥，给它们浇水，慢慢地，除了百合不经冬，其他几种植物竟然慢慢地苏醒了过来。在干枯的枝头上，长出了绿绿的芽。到了夏天，又枝繁叶茂起来了。

一株小小的植物，竟然都是如此。世间，再普通不过的离离原上草，往往也是野火烧不尽，春风吹又生。有些沉寂了，直接将自己的信心，自己的勇气，自己的希望都沉寂掉了，在黑暗的角落里，消失了。寒冬终会过去，有些沉寂的生命，只是暂时沉寂，在寒冬中积蓄着力量，等待着春天的到来，那时，它就能破土而出，爆发出惊人的力量。

朋友间聊天，说这个朋友混得好，那个朋友混得不好。我却只是笑笑，好与不好，只是一种表象，我们所不了解的表象。在人生这个短暂的马拉松中，好与不好，终不是以一时、一个指标来衡量的。

一时不代表一世。寒冬中短暂沉寂的力量，正是考验一个人毅力、精神的时刻。那些沉寂却不消沉，默默积蓄的力量，在土壤深处我们看不见的地方，没有喝彩，只听得见自己的心跳。生命在空寂之处回响。

## 七

"世界上有不绝的风景，我有不老的心情。"春天，久违地打开信箱，收到很多杂志，《十月》《当代》《译林》，还有家乡的杂志《方岩》。在信息不发达的时候，邮筒是承载一个文青希望的地方。即使到了现在，我还是喜欢手写的信，纸质的阅读。喜欢在自己居住的地方，做一个大大的木质邮箱，等远方的信息和回响。

信箱里有一本书，朋友自己看了感觉不错，也给我寄了一本——钱钟书的《七缀集》。这位身患红斑狼疮的朋友，多年来一直和病魔搏斗，一直乐观地坚持看书，生活。每次我遇到困难的时候，想到这位朋友，我都会汗颜——我们拥有健康的身体，还有什么比这个更让人幸福的财富呢？

信箱里还有一张来自台北高雄的明信片，是朋友小行寄来的。"阿洛，请相信，冰雪消融之际，花会开，蝴蝶也会来。"

我们的友情，淡淡的，远远的。常常有剧散人还留在剧中的感觉。走在街头，气温在慢慢地升高，树枝上挂满了诱人的绿色，阳光耀眼，玉兰花快谢了，蝴蝶也飞来了。

我们再不珍惜，今年的春天又要过去了。过不了很久，等我们可以畅快地见面，很多花儿都谢了，也快到夏天了，那又有什么关系呢？

夏天有夏天的花朵，有夏天的回响。在今年的春天，我们又将撒下很多很多种子，在肥沃的春泥上。等着以后的春天，时不时地拨动琴弦，听铮铮回响。

## 心中常备一蒲团

有清风,有明月,有花影,有小酒。

想到三毛曾淡淡地说,清风明月都应该是一个人的事情。

世间最好的美景,需要认真体会的时候,的确就是一个人的事情。我常选择一个人出行。一个人出行的时候,可以观察到旅途中很多的细节,看到景色和风土人情中独特的一面,可以思考,可以反省,可以参透一些事情。而两人以上的出行,往往都是在闲聊之中度过。

"以其求思之深而无不在也。夫夷以近,则游者众;险以远,则至者少。而世之奇伟、瑰怪,非常之观,常在于险远,而人之所罕至焉。"好的风景,都是孤独的。

优秀的人也是。

潘天寿说,艺术需要热闹,更需要寂寞,一种忘我的寂寞。

心中常备一蒲团，时常独坐一会儿。

艺术需要学习，讨论，争鸣，需要热闹。但更多的时候，艺术需要一种寂寞，守得住自己的寂寞，忍得住心中的孤独，在自我修行的路上，不断地坚持，完善着自我。

不是所有人都会学有大成，如书法，画画，还有写作等。成功真的不只是名和利，而是在修行的路上，娱己娱人，给别人带来美好，带来快乐，带来共鸣。

心中常备一蒲团，是一种静思悟的能力，与宇宙自然同游，与自己沟通，与世界交流。人就是这样，在反思与领悟中向前。

心中常备一蒲团，万千孤独又何妨。

其实，没有人喜欢孤独，只是不喜欢失望罢了。

"孤独两个字拆开，有孩童，有瓜果，有小犬，有蚊蝇，足以撑起一个盛夏傍晚的巷子口，人情味十足。稚儿擎瓜柳棚下，细犬逐蝶窄巷中。人间繁华多笑语，唯我空余两鬓风。"孩童、水果、猫狗、飞蝇当然热闹，可都与你无关，这就叫孤独。

的确是最深的孤独吧！

"后来发现凉白开水，喝下去更干净。

半夜写出来的文字，也挺有味道。

清晨那碗白粥，暖胃更舒服。

痛极后孤立无援的想法更成熟。

一路走,一路失去。

也一路拥有。"

我们一路走,一路失去。我们人生之中,原本也不需要那么多东西,如果想开了,何惧失去。

朋友也是。世间难得真心相互理解的朋友,人越走越孤独,走着走着,散了,也便散了吧!

世界万物也是。一切皆是身外之物,想开了,没有了,也就没有了吧!

失去的同时,却是拥有。如拥有孤独,虽失去很多,却拥有最大限度的自由。

孤独,有时是自由的代名词。

无论命运如何多舛,如果你想有所成就,请不要背叛自己的初心,自己的孤独。

夜半花落二三声。要足够安静,才能听到黑暗倾诉,万物和自己的声音。

心中常备一蒲团,静如老僧补衲。

观自在,见如来。

夜深人静的时候,心柔软地与自己打成一片。

## 谢谢你深夜十二点来看我

秋雨，突然就来了，无声无息，无遮无拦。

"下雨了！"心里这声音清晰，欣喜无比。我躲进我的小屋，试着对冰冷的屏幕写出温暖的句子。

我把白天尖锐悲伤的故事，揉成一句句平缓的话语。时光总似回到年少时候，秋雨的午后，姐姐们总爱在这雨闲的日子里做面食，可以做肉麦饼、面条、馒头和包子等。她们用力地揉着柔软的面，聊着一些趣闻，时不时欢快的声音就会飘满全世界。我坐在小凳子上，在泥土灶旁烧火，我一根一根地往锅灶里添柴，那通红跳动的火焰和笑声，让年少的我沉醉。

时间仿佛停住，就此静止。

在往事和现实之间，在文字和生活之间，一字一字如雪一般堆积着。我想用文字，一笔一画地去记录着生活的真实。

但事实上，生活的真相从来没有被我保存下来过。

我可笑地，如唐·吉诃德一样在文字中挥舞我的情绪。

半夜，迎来倾盆的秋雨。

自然界变幻莫测，是它的魔力之一。

它是如此神奇，数层秋雨，浇灭红彤彤的晚霞，夜的深处是梦，或者失眠，或者是燃尽的灰尘。

悄无声息的乌云背后，月亮孤独地在赶路，我想知道它翻过山脊的时候，会不会伤心。没有月光的晚上，没有人见过它的叹息，从宇宙孤绝的深处，轻轻吹来。

它的叹息，紧紧地裹紧了我的身子。

在深夜，我常常拼凑我不堪回首、一无是处、一事无成的大半生。悔恨让我把我自己举过头顶，狠狠地扔进剖析的祭台，尖利的刀锋划得灵魂遍体鳞伤。

我就是这么卑微，脆弱，无能，胆怯，厌世，又想恬淡，自在，逍遥。

看似云淡风轻，漫不经心，每在简单的阅读、写字和写作之中，虚度着自己真实而又虚幻的日常。

深夜的情绪，可以如此真实。

——是什么支撑着我们继续走下去？

——谢谢你深夜十二点来看我。

我知道，你尽可以在早上起来的时候看我的文字。你也可以选择只是看个标题，或是朋友圈里点个赞。

——谢谢你无声无息地喜欢我的文字。

我知道，我也明白，我的文字在文学的海洋中，是那么瘦弱与渺小，微不足道而可笑。

但你喜欢，谢谢你的喜欢，无声无息地喜欢。

十年前，有人对我说："桑，喜欢你的文字，你可以一直写下去吗？"

我常在深夜的时候，想到这句话，无论纠结什么担心什么，都能生出写下去的勇气。

我的身体内，有某种力量静静驱动着我的兴奋和热情。我想，那是你们的支持给我人生的微光，让我在文字中一次一次成长。

真的好想说声谢谢！

谢谢你喜欢我的文字，谢谢你在深夜十二点来看我。

## 现在，请微笑一会儿……

总要在日复一日的生活中，找出点不一样来。
给疲惫的心灵一<u>丝丝</u>，一点点的快乐！

阳光在西，闪亮地在巷子两旁的高楼中间坠落。万物将慢慢走进黑暗的世界，总在这一时刻，心生倦意，心中空空如也，却又有一种轻松。很多事情都需要明天再说，那就明天再说吧！

现在，请微笑一会儿。

道旁的路灯，昏昏地亮起，照亮无数归家人的眼眸。空气中飘来晚餐的热情，浓香诱惑着我们的味蕾。

这究竟是谁家？烧的是什么？这道大菜中可是添加了什么香料？火候掌握得可好？

思维细细地散发开去。如空气中的那缕香味，一缕一缕地萦绕在高楼之中。仿佛看到了一家几口围在小桌旁那其乐融融的样子。

路上有垃圾，随意废弃的口罩，或是不小心掉落的杂物，在干净的地面显得很是突兀。但是，我们孤清地站在这里，走在没有人认识你的街道，是不是可以再微笑一会儿？

这是很多人的远方。

很远的远方。拖家带口，或是孤身前来。这个远方没有鲜花，没有诗歌，只有蜗居的房子，嘈杂的小巷，让人期待的未来。

我们都去过远方，也都曾经漂泊过远方。在异乡，我们一样租着民房，卑微地闯荡，落魄地行走，也一样渴盼着一个让人欣喜及期待的未来。

我在这片小区游走的时候，我总相信空中有种炊烟无形地飘着。儿时乡村的炊烟，带着草木灰的香味。这城市之中的炊烟，无形地稀释在空气中，带着别处他乡的苍茫，不同区域的人们在这里烧出了自己的家乡味，融合在空中，成了这个区域独特的气息。

那时在异乡的我们，很喜欢两首歌。一首是《故乡的云》，一首是《大约在冬季》。

那时候绿皮火车很慢，那时候回一趟老家要好久。

想起年少，曾经的稚嫩，曾经的痴狂，暂时忘记生活的烦恼，对自己笑一笑。

城中村里的居民，除了本地人，有些住得久了，成了新婆城人。而更多的,像"换汤水"一样,换了一茬又一茬。年年换,一年换几次。

如同菜市场中,有些菜常年在,而时新菜随着四季一直在变。

在菜场中,枇杷突然就变少了,只有寥寥几个摊位。主力军变成了油桃、水蜜桃、杨梅、黄瓜之类。菜场里的主角一直在默默地发生改变,随着四季,随着天气。唯一不变的是大棚里的蔬菜,它们是四季不变的脸。

接下来的江南,就要到梅雨季了,菜场也将是杨梅的天下。想到杨梅,酸酸的,胃中似有花儿在梅雨节开放,撑开了僵硬的脸上褶皱的皮肤,嗯,微笑一下吧!

在菜场之外的土地上,生长着各种可以入口的植物。我一直不知道,在生长的过程中,它们的快乐是怎么样的;在被粗暴地连根拔起的时候,或是被锋利的剪刀剪断的时候,它们疼不疼;在我们厨房煎、炒、炸、煮的时候,它们能不能感受到疼痛或是什么……

这样似乎太过于矫情。我们在自己的世界里都千疮百孔,还在考虑着另一个世界的喜怒哀乐。


每次路过菜场,我都会想到那些卖不完的菜,卖不掉的熟食,商家要怎么处理,如何对待?

有时我也对自己摇摇头。或许,我应该想的是那些兴高采烈买菜回家的人,那些高兴地数着钱回家的人。

悲与喜在这个世界上同时并存，起起伏伏地存在于我们生活的正面与反面。

在生活多棱镜迷离的光束中，温暖的光可以射进每一个努力的角落，我们可以假装迷失一会儿。

微笑一会儿。

《献给爱丽丝》的音乐响起，我们与生活，与命运共舞。

我搬了条小板凳在街角，静静地坐下来。看人来人往，看菜场中的菜，挑选与被挑选，人们在做选择与被选择。

看似即刻选择，即刻消费，个中影响决定的却是无数因素，无限可能。

现实的叙述无声，却更真实。在今夜，时光和一切都将被送走，眼前繁华的街道也将寂静无声。喧闹散尽，我在想，深夜的马路上会出现什么，它们也在聊白天看到的话题吗？

我想起最近骑电动车回家，夜深了，骑行在和信路上，总会闻到高处飘来樟树花的香味，芳香而淳郁，感觉全身筋脉舒坦泰然，这种感觉让自己想要微笑。

脸上却带着泪花。

这种市场，老百姓都叫地摊，是一种流动市场，有很多人是自产自销的农户。但现在，有很多都是专业的菜贩子。

我看到有一个卖水果的地摊生意特别好。她家卖的水果价格，和周围的水果店价格都差不多，不见便宜，但是为什么那么多人都喜欢到她的地摊上买呢?

大概都认为地摊上的东西总比店里的便宜吧。

我坐着看了一会儿,眼前堆积如山的水果,渐渐空了下去。这时,一个穿着拖鞋、着花色休闲裤的男人抱了一筐水果过来,补充了货源。我这时才发现,这个地摊上卖水果的,是旁边那个水果店的老板娘。

不禁心里一笑。

我们总相信地摊上的东西便宜,但事实并非如此肯定。我们总是把很多事当作理所当然,其实很多事情理所不当然。

我总在晚饭后,出来逛一逛南市的菜场,看看这平淡无奇的市场中,有什么能点亮我的眼睛,温暖我的心,填满我的胃。

新鲜的菜,新上市的水果,在路上遇到的陌生人……我们披着掩饰自己的外衣,在熟悉而陌生的街头,无所顾忌而又心存顾虑,仿佛都忧心忡忡。

生活欠很多人一个解释,没有人向你解释。

在这平凡而简单的生活中,总有一些不同寻常的惊喜在等着我们。生活每天都是新的,太阳也是,所有万物都是。即使是日复一日简单的重复,也要努力去发现美好,去感恩。

我想,就是坐在街边的一条小板凳上,我也要对着生活,对着自己,笑一笑。

## 闲敲往事落入风

好在有文字。

有一天,我会写一篇文字。文字也许很长,想把自己这个小人物,剖析得体无完肤;文字也许很长,想让自己这个小人物,在一个虚无的世界里,成长为另一个自己,我所希望看到的自己。

好在有文字。

我坐在地板上写文字。孤独没有影子。

这个季节,是最美的季节。

我的世界里,有光亮,所有的灯都亮着;有音乐,音符充满在这个混凝土的空间里;有书香是沁人心脾的墨香。

这个季节,还有雨。

我坐在露台旁边的地板上写文字,看书。雨就在外面,淅沥地陪着我。

半夜,心中满是纠结,雨在房子外面的世界里,陪着我。

我宅在自己的世界里，突然感觉，如果这样下去，我会不会失语？

## 一

有一年岁末，江南陆续几场大雪。寒冬的一个日子里，我来到婺城边兰溪的一个寺庙。

师父问，你信佛吗？

我满脸羞愧，我说，我修佛经，我抄经，我不信佛。我尊敬所有神灵。

师父问，你来想求什么吗？

我抬头看了看天，低头想了想，我说，我想求的有很多，如父母的健康，家人的平安，等等。

但我跪在佛前的时候，双手合十，看着佛慈悲的眼神，却什么也没有说。

求无所求而来。

庙里有两位师父。一位师父个子不高，相貌平平，讷于言，和我说话只用很简短的字，不是句子。

另一位师父和我交流，只用手势，眼神和肢体语言。

师父禁语已经一年多了，还要再禁一年多。

好友伯牙和小昭也曾和我说过他们在尼泊尔禁语一周的事情，让我感觉到佛家智慧的博大精深。

一切尽在不言中。

勿用言。不须言。

佛，如来。

观，自在。

我在自己的世界里禁言。

终于不需要在人来人往中，说不想说的话，我突然感到放松。我的脑袋在疯狂地运转，但我慢慢变得不想多说话了。

和我自己，我用文字说；和这个世界，我用文字说。

和我的朋友？朋友，有时我会问，我还有朋友吗？

真的朋友，我想，也是不须多说的。

当我关上房门的一刻，我暂时关闭了我与外面世界的通道。收起浮梯，藏起钥匙。

我在云端。

## 二

我们总是说得太多，而做得太少。

我们总是刷手机太多，而思考太少。

房间里，没有无线，没有电视。

但有 CD，有投影仪。我把笔记本连上投影仪，接上音响，看那些老掉牙的剧。

一个人看。坐在地板上看。

这个时候的我，会为别人哭，为别人笑。我发现，人不说话，也可以笑，可以哭，表达内心丰富的情感。

越长大，对世界越来越麻木，对自己也越来越麻木。我们却可以为无关紧要的东西，去悲，去喜。

虽然，一切都不关我们什么事。

是我们自作多情而已。

对我们在意的人，我们吝啬我们的情感，我们的时间，我们的甜言蜜语，我们的殷勤。

对不在意我们的人，我们却挥霍我们的时间，我们的精力，我们的所有。

有些花花草草，你精心照料，却总是照料不好。

## 三

房间里有一个石磨，还有一个石臼。

这都是以前的农具。我在自己的小天地里，种了睡莲，养了鱼。用一个很廉价的四十五元的水泵，把水抽到磨盘上一个摔破的花盆里，水再流回石臼。

水泵居然很经用，用了几年也不坏。

鱼是我精心从江南花鸟市场挑的，不定期换水，投专用的养料。鱼一直只养三条。

三条——有朋友问什么意思。

我说，我不会看风水，也不知五行八卦，我只是知道"道生一，一生二，三生万物"。

看来，"三"是万物之母。

在我的世界里，鱼是和我这个灵长类动物一起生活的较大体积的动物。较小体积的，还有蚊子、蜈蚣、蜘蛛，甚至老鼠，等等，它们有它们的世界，偶尔与我相关。

鱼被我固定在一个世界里。石臼不大，它们只能在这个小小的空间里，挤来挤去。我还不时地站在旁边打扰它们。

我和鱼儿从来不说话。我们用目光交流。但很多时候，对于我放出的电波，鱼儿扭扭身子，矜持地毫不理会。

一天到晚游来游去的鱼儿，时不时会一个个离我远去。

看它们鱼肚朝上，眼睛睁得大大的，漂在水面上，心有种剧痛，这也是一个生命，也是我世界里的一个成员，因为我照顾不好，它们去了另一个世界。

除了鱼儿，我的世界里还有植物。

先是那几个有点岁数的石盆里，种了铜钱草，毕竟是草，长得很茂。

广西的朋友寄了石斛，两个盆又种了石斛。但养了一段时间就耷拉了，我以为它行将离别，我极尽挽留，于是它也有点生机，依依不舍了。

露台上有两株桂花树，嫁接的，野蛮生长，没有淑女的样子。到了八月的时候，也懒洋洋地吐着桂花香。

北阳台种了很多年的紫罗兰，也被一株不知名的野树所代替，招摇着它的丰姿。我也就懒得理它，随它长成什么样子。

那天想在北阳台开个门，种满兰花。门中的杂树，也不搬了。门中有树，那是一个"闲"字。

感觉挺符合我。

前后阳台的树下面，倒是长了很多可爱的野草莓。我们小时候叫"红莓"，是极好吃的果子。桂花树的下面和紫罗兰原来的领地，都是它们的世界。我偶尔摘一两颗，尝尝小时候的味道。但更多时候，把它们当作春雨连绵中可观赏的一道风景，能久点就久点。

## 四

房间之外还有房间。

世界之外还有世界。

有两个晚上，我看了两次《万物理论》。

关于霍金。

我们在天才的身上看到神话。这个天才有种让我们无法企及的高度。没有几个人可以成为天才，但我们可以在电影中短暂想象自己也是那样的天才。

我们在电影中，看到别人的痛苦。通过对比，我们体会到自己的幸福。那两个晚上下着雨，我在雨声里，坐在地上，打开投影仪。

"时间"和"边界"。这是打动我的最重要的两个词。

时间是什么？我们能回到过去吗？

边界是什么？宇宙有边界吗？宇宙的边界是什么？

无神论的物理学家，最终和上帝妥协。假设可以证明，也可

以推翻。有些问题，我们可能永远解释不了。

不管怎么样的困境，他们都在坚持；怎么样的情况下，都有爱情。

生活就是让你心酸得想哭，却能从泪水的苦涩中品味出淡淡的甜。

五味杂陈，才是生活原本的味道。

影片的最后，是一段倒叙。

如果可以，我们真想将人生暂停在我们最喜欢的时候，最美的时候。

可是，不能。

看完电影。我睡不着。

我在我的几个房间里穿梭。

我的一个房间里，有一排柜子，摆着线装书，一些手稿以及老的字画；一个房间里，有一排书架，摆着清末及民国以来的书籍；外面的房间里，摆的都是近现代的书籍。

书很乱。随意摆放。只是根据房间进行大概的分类整理。

夜半的时候，在房间里穿梭。像是在时光的隧道里，我在明清和现代之间穿越。

书中的人物和作者，在夜色中，面带他们经典的神情站在我的四周。我在他们中间，小心翼翼地迂回、前进，唯恐撞上他们。

撞上他们，我怕穿越进另一个世界里。

我爱自己，爱我的世界。

我舍不得离开。

## 五

总舍不得睡。

想看书,想写文字,舍不得睡。

很晚了。

我躺在硬木板的床上。

强迫自己入睡。

我厚实的三角肌,让习惯侧卧的我需要较高的枕头。

我适合平静地躺着。睡不着也闭着眼睛。

睡不着的时候,我就念《心经》。

我不信佛,但我念佛经,抄佛经,修佛经。我相信佛学的博大精深里,有种难以明说的力量。

身体强壮的我,恐高,不会游泳。在一次拓展活动中,我要和同学一道走过钢索桥。上面一根钢索,下面一根钢索,两个人各踩一根,手各拉一根,中间的手拉在一起,保持平衡。

下面就是深深的河流。不光是自己要保持平衡,还要和同学之间保持平衡。我晃得厉害。这个时候,我深呼吸,默念《心经》,一步一步走了过去。

在很多日子里,有巨大压力的时候,有困难的时候,我放弃发呆,而是抄经书。主要是抄《心经》和《金刚经》,用小楷。

常修习,总有不同寻常的收获。

真正的修行不是躺在舒服的席梦思上面的。我躺在硬板床上的时候，有点奢望我的床上有一层薄薄的稻草，我可以舒服地枕着，进入梦乡。

很多晚上，我不知道念了多少次《心经》后才入睡。

正如我不知道小时候，是想了多少鬼怪故事后才能入睡一样。

失眠和幻想，是小时候就落下的根。

## 六

人有病，天知否？天不知。

人有俗病，是因为人不能免俗。

去年，婺城办了几个菖蒲展。中国文人自古便爱菖蒲，这是文人的一种雅致吧！

刚开始，我也是不屑一顾——随波逐流有什么好呢！

但自己渐渐不能免俗。

先是淘了几个老的石盆，再是去山里找野菖蒲，还从朋友那里买了几盆金钱菖蒲。室内有复古的菖蒲几盆，金钱菖蒲几盆，感觉也有点像模像样。

很多时候，我渴望成为一个古代文人。希望自己琴棋书画，样样精通，能成为唐伯虎之类的风流才子。

可惜，一直在装，没有装成那样的文人。

首先是因为姿色不行，身高不够，又不帅，拉不出去。

其次是作为一个农家子弟，小时候没有条件，乐器只学了口琴、吉他；棋只略通围棋、象棋；书，只是写自己的"桑体字"；画，只是涂鸦。

书还有文字的书呢，只会写几首酸诗，几篇酸文而已。

不擅交流，也不擅夸夸其谈。

我把自己归类为一种很酸的老文青。

文字是我的梦想，用文字记录生活中美好的人和事，经过的人，经过的事。对我来说，这样就行了。

年轻的时候，机缘错过，没有进入中文系，也没能从事以文字为生的工作。

我一直不知道，这是对，还是错。

是运气，还是失败。

对于文字，有时很自信，自信得一塌糊涂，有一种"前无古人，后无来者，念天地之悠悠，独怆然而涕下"的感觉。

对于文字，有时又很不自信，常问："我真的有天才吗？我真的适合写文字吗？我真的是为文字而生的吗？"

文字需要一定的功底。我没怎么用功，我把自己能写文字归根为自己从小到大的阅读，从小到大的一种灵性。

还有，我对生活对世界的感激，感恩。

一个男孩子的敏感、忧郁，也是他能写出细腻文字的一个原因吧。

曾梦想写到老的时候，著作等身，该是何等的成就。

这也需要多大的决心与坚持。

## 七

我没有别的。

只会坚持。傻傻地坚持。孤单地坚持。

一回头，从中学开始真正写作，坚持这么多年了；一回头，健身也坚持二十多年了；一回头，打羽毛球也坚持十几年了。

一年前，坚持写毛笔字，也有一年多了。基本上每天都坚持写。出差的时候，在机场写，在宾馆写。

坚持是自己的一种宿命。

我感觉到在坚持的过程中，人安静下来了。

我感觉到在坚持的过程中，想法简单了，人也简单了。

我在坚持的同时，也选择了逃避。如果是写字、健身和打球，基本是每天一个多小时的时间，在那段时间里，我可以逃避整个世界。

从小，我便不是一个天资聪颖的孩子，成绩也不是名列前茅。但是，很多事情坚持了几十年后，一回头，却有了沉沉的收获。

是什么造就了自己的坚持？

我的答案是，因为自己傻，自己简单。

打球充其量只是二流三流的水平；健身最好状态的时候，也不过是二流的水平；写文字，若以后的评论家评论起我，估计也是一个三流的作家。

二流加二流加三流。于是有朋友说,我是作家里打球打得最好的,是作家里肌肉最为壮实的,是健身里文章写得最好的,是打球里文章写得最好的。

我笑了笑。这也是营销学里的市场细分。

人总是要有个第一,和品牌一样。我们做不了大海里的第一,那么就做池塘里的第一;真做不了池塘里的第一,那就做自己脸盆里的第一。

反正是第一。

也许是自欺欺人的第一。

## 八

我们常在自欺且欺人。

文字是逃离尘世最好的一种途径。

我们在文字的世界里,建造了一幢幢房子,一个个世界,一个个人物。

真真假假,虚虚实实,欺人且自欺。

历史也往往没有真实。任何一个史学家,不管怎么忠于历史,他的笔和记录,和真实的都会有误差,后世的叙述,也往往都有情感和立场的因素在。

我们写文字的人,是用自己的视角,用自己的情感,说事说人,记事记人。

文字中渲染着自己的情绪,自己的感觉。

都有水分。拎起来，可以沥得出水来。

有些文字，唯美，来源于生活又高于生活，成了艺术。

有些文字，唯真，来自生活忠于生活，成了纪实。

人活着是需要有点意义的，做点有意义的事，成为一个有意义的人。人生不过百年，这百年之后，你能真正留下点什么，也就是你的意义吧。

这需要你自己去掂量。

也需要你长年累月地去坚持，去做。

我不喜欢看周围所谓文人的文章。这里有文人相轻的味道，也有自视清高的味道。

终究，文人总是清高的。

清高需要点底气和才气来支撑。关键是你有没有。

不要成为自狂而不自知的人。不要成为自傲而不晓的人。

少年时，常做仰天大笑出门去的事情。现在想起还会笑，年少的时候不张扬，怎么叫少年。

年轻时也会做一些傻傻的事情，让人现在想起来五味杂陈，发出苦笑，千姿百态，才叫青春吧。

现在写字，越写越内敛。这是人在中年的缘故吧。

身上的棱角已经慢慢磨平。越来越不会争辩什么。脸上总是挂着一抹浅浅的笑。浅浅地笑着，看人生，看世间人，看自己。

## 九

文字,文字,文字。

想到文字,说到文字。重要的事情重复了三次。

我爱的文字,我喜欢的文字,我的文字。

我活在红尘里,俗人一个,凡夫一个。文字是我的一个魔咒。

我念了几句咒语,便抵达另一个世界。

我的生活,我的情感,我所有的悲欢离合、喜怒哀乐都在文字里。在文字里尽情地做着自己。我是那么爱自己,爱生活,爱周边美好的一切。

所以,我记录着。

所以,我一直写着。

伏案耕耘。

写文字,写自己,写生活。

真庆幸世间还有文字。在文字的世界里,我和自己对话,和自己独语。每一次经历过的蛛丝马迹都纤毫毕露,我把内心隐藏很深的一切都在文字中展现。

用文字的手术刀深深地剖析着自己。

那么血淋淋。

在文字里,自己和自己激战,战斗到最后一刻。

精疲力竭。

最终,坦诚相待,和平共处。

坐在茶桌前，心平气和地讨论自己，讨论天气。

在现实中，我们有各种各样的理由来逃避自己。拒绝剖析。拒绝别人深入自己的心灵深处。

总是在担心点什么。

因为安全感太缺失。年岁越大，一点点风吹草动，就会让你的心提起。

+

街上响起的警笛声。

刹车时轮胎重重摩擦地面的声音。

半夜响起的电话声。

……

都会让自己的心那么容易提起。事情关己与不关己，我们的心都悬在半空中，那么警惕。

随着年岁的增长，见了太多大灾大难，看了太多悲欢离合。每天都有那么多的人来到这个世界，也有那么多的人无可奈何地离去。

但，我们周边的世界是有限的。

亲人是有限的，每个人都是独一无二的。

安全感的缺失，是因为我们经历太多，那些看到过的、经历过的场景，如基因一样储藏在身体里，一点点的风吹草动，都让我们开始担心。

开始怕。

怕是我们敬畏的开始。

生命如此脆弱。世间有太多的意外。

我们爱的人,比我们自己还重要,还珍贵。

我们刷微信,刷微博,除了刷存在感,也是安全感的一种体现。

我们怕失去自己,失去亲人,也怕被这个世界孤立。

我们需要点赞,需要有人欣赏。

需要安全感。

需要知道我们自己身处哪里。

## 十一

露台的桂花树上,清晨有小鸟叽叽喳喳地唤我起床。

窗帘很透光,常常外面亮了,我就会醒来。

醒来的时候,偶尔会有身不知何处的感觉。

这时候,思考一下人生。看着自己,华发渐生,一脸的憔悴,一身的疲惫。那个精力充沛的少年,充满激情的少年,在远远的云端看着我。

我其实不喜欢那个少年。

那个少年不阳光,忧郁,没有人心疼。

但我喜欢那个少年身上散发出的青春气息,他的才情,他的我行我素。这是离我日渐远去的东西。

我喜欢现在的自己。

越来越成熟,越来越知道自己要什么,不要什么。越来越完善自己,让自己越来越完美。

这是桑洛吗?

这个桑洛却让我自己感觉到陌生。陌生得让那个云端的少年,讥讽地发笑。

这时泪从眼角滑落。

少年的时候,想象不到现在这个年纪的样子。我那时只想到自己三十岁应该是什么样,不敢想象三十岁以后的样子。

那时会傻傻地想,是不是三十多岁以后,自己就不在了?

现在才明白。

那时的想不到,是少年眼前有太多的美好,让人没空去想。

现在如果去想再过几十年后的生活,还是不敢去想。

不敢去想,那个时候,自己在哪,过着什么样的生活,身体怎么样,追求的梦想还在吗?

那时的自己,回想起现在这个年纪的自己,满意吗?

## 十二

人总是对自己不满意。对最亲近的人苛刻。

从小到大,最难写的总是自己的名字。最不满意的,往往是自己最为亲近的人。

我们对先天的条件有诸多抱怨,而对后天的努力有太多的借口和理由。

几年前,一首《老男孩》击中了自己,在一个人的晚上,听着歌,眼泪无声地流,时光把青春无声无息地带走,空留一副衰老的躯壳,让自己凭吊。

一晃,那个少年,成了大男孩,成了老男孩,成了大叔。

现在,大叔一个人在自己的世界里,光着脚,在地板上走来走去。

本来无一物,地上没有留下脚印。

时时勤拂拭,不教惹尘埃。

地板拖得很干净,桌子擦得很干净。在离开房门前,我把东西归到原位,鞋子也放得整整齐齐。

这是我希望回家看到的样子。

我喜欢我回家的时候,打开房门,地是干干净净的,物品是整整齐齐的。

我这样对待它们,它们这样欢迎我。

我坐在地板上听歌,看电影,写东西。一写,有时几行字,有时几个小时;一看,有时几分钟,有时几个小时。

我光脚在地上走来走去,一趟又一趟。坐着是一种思维,行走也是一种思维。坐着是一种海拔,站着也是一种海拔。行走是一种速度,奔跑也是一种速度。

人需要从不同的角度去思考,去体验。

我照料着我的植物们,睡莲、铜钱草、菖蒲、石斛等。

我在我的露台发呆。

发呆这个词很多年前很流行。那个年代，还没有智能手机，流量也不是很普及，沟通不那么便捷，有了QQ，还没有微信。

有了微信的时候，人们很少用发呆这个词了。

空闲的时间，那就刷刷屏吧。一次一次地刷，也好；看看附近的人，也好；抢抢红包，也好。

发呆干吗呢！

我的房间没有无线网。没有无线网的房间，适合发呆。

露台上摆了一张老门板，用来做桌子。这个桌子，我只是用来设计一个环境的情景用。我不需要坐在这里看书，坐在这里喝茶。

只是装装样子。这个样子装点了我的梦。

微信，微博，空间，等等，都不私密，都有雷区。这个露台没有，我的这个世界没有。

我写稿写诗，在哪里写就放在哪里。

我常不知道手机被我搁在了哪里。常常在出门的时候找手机。

我把一些小摆件，组成一个个小场景，放大成一个个世界。

我在这些世界面前发呆。

我在我的书面前，走来走去。我边走，边看看书脊，看看书上面的文字，想着自己什么时候看过这本书，书中写了什么，我在哪里看的。

很多书看了，也有很多书没看。

很多文字写得不好。现在回头看以前的文字，真是不忍看。

很多文字想写,却没有写。约的稿,拖了再拖。自己想写的文字,常写一两行,就放在了那里。

有时候,灵感来的时候,我坐在地上,拿着笔记本,写几个小时。有时候,即使非常想写,我也懒得写。我享受灵感在脑海中跳跃着的快乐。

我就这么任性。任着自己的性子,写与不写。

没有人管我。没有人找我,也没有人找得到我。

我就这么任性。

我的世界那么宽容,宠着我,像母亲那慈祥的目光。

在母亲的眼中,我总是对的。从小到大,我错的也是对的。我就是最好的。

我恃宠而骄。

我在我自己的世界里,尽情发呆。

尽情。

## 十三

尽情是种境界。

要做一件事情,只有一个理由,那就是要去做。

不做一件事情,却有很多很多的理由。

努力和拼全力,中间有条界线,那就是理由。努力,只是努力而已,失败了有理由;拼全力是没有退路的,没有理由的。

常常自己给自己找理由。

晚餐只吃水果。厨房被灰尘统治着,懒得清理。清理出来有限的空间,又被杂物所霸占。我就用一只电饭煲,一台电磁炉。

烧饭和煲汤。

偶尔,晚饭我就烧一锅饭,就点榨菜。虽然简单,却不认为苦。

食品存放在一个小冰箱里。

里面有水果和牛奶。

同样是素食。

十年前在北京,用"素食锦年"的标题写文章。

现在写,已经不敢用"锦年"这个词了。十年前,脸上还有青春的模样;十年后,只有苍老。锦衣少年,已经成为历史。素食老年,是现在的写照。

对,现在过的就是老年人的生活。

写字,锻炼,工作。

好像没有别的了!

这是我的极简生活主义吗?真正践行的人,不需要谈什么极简主义。喜欢举着幌子的人,才需要用极简主义的口号来标榜自己。

健身房里,有人用十几分钟的时间来自拍、发朋友圈,用几分钟的时间来锻炼。

有很多人向往极简主义,只是叹息自己做不到。

Less is more.(以简胜繁。)

做的人都不说。

不说的人都做得很少。

做作的人,做得似乎"高大上"。

自然的人,跟着心做自然的事情。

## 十四

有闲情如许。

我有点闲的时候,宁愿接点雨水,用来浇养我的菖蒲。

一只水桶放在露台上,江南的雨季,一个晚上水桶就满了。满了,我就让它满着。用大木勺舀了水,倒在一个小喷斗里。

早上的时候,我穿着睡衣,一边刷着牙,一边给花花草草喷着水。

小时候,在农村,没有自来水。天井里有一只大水缸,接了屋顶的雨水,直接用来烧茶做饭洗菜。

现在天上的雨水不行了,地下的水也不可靠了。

没有雨水的时候,接点露水。

有时连续几天没有雨。水桶里的雨水干了。我就在露台的桂花树叶子上接点露水。

露水不多,我装装样子,给我的菖蒲解解渴。

草本生活。

我精心照料它们,如同待自己的孩子。

曾经我也养狗狗,如同自己的孩子。

朋友知道我爱狗,有只四个月的金毛,名字叫耳朵,想送我

养。我喜欢狗,也喜欢金毛。但朋友不知道我最喜欢的是下司犬,我喜欢的下司犬叫黔钱。我的黔钱,已经在天国好久好久了。我的命里已经不会再有狗狗了。

有的缘分只有一次。不珍惜,错过了就永远错过了。

——那只金毛为什么叫耳朵啊?

——因为它耳朵耷拉得很好看啊!

我的黔钱也很好看,它是最好看的下司犬。

耳朵,耳朵。我一直叫它的名字,想象它已经在我身边的样子。我陪它散步,和它一起跑步。我在写书的时候,它安静地坐在我的身边。

我的世界不再只有我一个人,有它忠诚地陪着我。

但脑海里的金毛,总与下司犬重叠,幻变成黔钱的样子。

在我的脑海里,我的狗狗只有黔钱。只有它。

可是,我上班了,它怎么办?

可是,我出差了,它怎么办?

想到那一条条离我而去的金鱼,我下不了决心。

想到自己没有时间照顾它,我下不了决心。

想到黔钱。

我和狗狗的情缘已经随着黔钱远走了,已经终结了。这是我的宿命。

我的人生不再有黔钱。

我的世界里,还有它的影子,它还在陪着我。

## 十五

很少联系人。

不告诉别人我在哪里。

很少欢迎别人来。

我也很少去别人那里。

君子之交淡如水。礼尚不往来。

偶尔有朋友过来,那就坐,喝茶,喝白茶。

这两年,喝的基本都是福建的老白茶。多年前喝普洱,是因为一个朋友;喝老白茶,也是因为一个朋友。

任何事情,都是有因,有果。

我信。

茶是我们的一种媒介,创造的是一个聊天的情景,多数人不懂茶,但不妨碍我们喝茶。

人总是会变的。十几年前,我不懂茶,决心不喝茶。就喝白开水,做白开水的纯纯净净。

在朋友的影响之下喝茶,一发不可收拾。开始了痴茶的过程。

好而不求甚解。读书,喝茶,都一样。

好读书不求甚解。

好喝茶不求甚解。

我一直认为,一直读书就好了,将阅读的习惯一直保持下

去。我不做学问，不要自己太累。

喝茶也是，用最简单的方式泡茶。和志同道合的朋友一起泡茶，喝茶，聊天。这样就行了，太懂，让自己太累。

要懂的事情太多，我可以选择。

我总给自己找理由，找让自己偷懒的理由，让自己有充分的时间可以坐在地板上发呆的理由，让自己有充分的时间在自己的世界里光着脚、穿着不得体的衣服梦游的理由。

我选择不要太累，所以大部分东西，我选择不懂。

不懂，我就可以不说；不说，我就可以看，听你说。

大部分聊天的场合，听了一大通，结果没有记住什么。一起聊天的人面目模糊，场景如同设计好的对白。大家或按规定出牌，或不按规定出牌。

假装倾听，坐得腰酸背疼，禁锢我原本可以自由的躯体。这时，分外想念我自己的世界。想到我自己的世界，我的脸上浮起笑容。我面前的朋友，顿时有了兴致。

我的心已经飞回我自己的世界。

之后，我就选择较少出行，较少外出。

# 十六

我很宅。

偶尔出门。

拎两只球拍去打球，像是携两把剑的古代侠士。

一身豪气地出了门,却在球场上铩羽。悄悄把失败藏起,在人群正酣的时候,悄悄地走路而回。

江南春夏多雨。我不喜带伞。

不管雨下得多大,我都愿意在雨中飞奔,忘记了年龄。雨下得很大,雨帘把我隐藏在夜色里。

我想,如果就这样消失了,会怎么样?我在这暴雨倾盆的路上,没有人注意我;我在我自己的世界里,没有人留意我。如果哪一天,我真的无声无息地消失了,谁会想起我?谁会满世界找我?

有谁会记得我的文字吗?有谁会整理我那么多的稿子,把它们印刷成书吗?

我掏出手机,想发个定位,不知道该发给谁。

我不想成为手机控。我坚持每天发一两条朋友圈与微博,刷我的存在感。朋友圈与微博的内容基本相同,大部分不适合朋友圈发的内容,记录在微博里。微博里有些内容,设定了唯自己可见。

这些都是记录。

告诉你,我在。

如果有一天,我不发朋友圈和微博了,真的在意我的朋友,会明白我的心思。

> 我坐在世界的一个角落里,收拾凌凌乱乱的心情,瑟瑟缩缩穿上外衣

## 一

夜,微雨。在工作室刷完字,夜已深。

"刷"了辆电动车,慢悠悠地骑回家。雨却下得大了,冰冷的秋雨打在脸上,有了冬的感觉。

忽就想起了一首词:老夫聊发少年狂,左牵黄,右擎苍。

初读这首词的时候是中学,心里想,怎么到老才发少年狂?于是年轻的时候,就做了很多所谓的"狂"事,也就是别人眼中所谓的"疯癫"之事。

是是非非,如眼前的雨,湿了眼,看不清。

不过,人总是要留有点回忆的。没有年轻时候那些快乐的、惨痛的、悲伤的回忆,以什么来慰藉往后漫长的岁月。

## 二

文字也是种慰藉。

今年春天的时候,重新写"人间浅睡"公众号,刚开始说挑战"日更七天",再后来"日更一个月"……

现在,日更已经半年了。

有时会很累、很烦,但坚持下去真的很棒。文字和心情,都有即时性,离开了片刻再写下的文字,已经不是当时的心情了。

认真地洗热水澡,认真地刷牙,认真地吹干头发。

认真看几页书。

认真地清醒。

## 三

雨夜,会舍不得睡。

雨天,会不想出门。

雨水里藏着一种心情。

## 四

酷暑之后,阳台的兰花、多肉基本凄然离场。我是一个"刽子手"。在露台徘徊的时候,我想吟一两首有关伤离别的诗,我

的心既虚伪又真诚,两眼却挤不出几滴老泪。

到了见惯生离死别的年纪。

几场雨后,露台的月季开了一朵花,蔷薇发了新枝,三角梅开得灿烂,有无名的野花自顾自地生长……

我坐在世界的一个角落里,收拾凌凌乱乱的心情,瑟瑟缩缩穿上外衣。

# 有间书房

## 一

有间书房,余生不荒。

人云亦云者众。

这个春节,众皆家中游,的确让很多人感受到了拥有一间书房的重要性。

荒,通慌,在满室的书香中,与圣贤交游,内心的焦虑可以慢慢放下。书房是很多人的遁世之所,在自己的世界里坐一坐,看会儿书,写会儿字,冥想一会儿,身心都放松,无比快意。

荒,亦言心之不荒。有精神食粮的幸福,很多人感觉不到。生在此世,随处随时的阅读已经是相当便利,但读书仍不是每个人的事。

读书乃当下之事,谈余生太远,唯有痴好书者,以读书和书房为赏心乐事。

书房的效用，最美的还是当下。

笃志明理静修之所。

## 二

还是要有书房。可大可小，可雅可俗。赏物玩器，读书喝茶，呼朋唤友。

满足读书人的酸和装。斯文常常用来扫地。百无一用的往往是书生。

酸腐，是江南腌制的霉干菜，装在一坛坛陶瓷缸里，发酵出特殊的气息。

为了这种特殊的气息，还需要题上属于自己的斋号。

斋以咏怀，且以言志。

## 三

不可居无石。

不可居无花。

不可居无茶。

不可……

我们总是在讨好经典，讨好赞美，讨好别人的眼光。书房之中，限制了自己多少的想象。或许，也没有多少想象，没有多少主张，也没有自己的审美。书读得人云亦云，字写得人云亦云。

书房,是没有个性,没有自我的书房。

与金钱无关。书房的品位在于书房的灵魂与精神。

不可复制。最好,让人如沐春风,心旷神怡。

## 四

古人的书房,庭院深深,四壁清朗,架上版本空前,几上一砚一笔一搁,处处精致,内有乾坤。

现在的书房,填充了太多的宝贝,塞进了太多的贪欲,总让人感觉满屋商贾,一屋子的不合时宜。如一现代人站在古室之中,不伦不类。

大家已逝,很多东西断了根。物件需要一种特殊的气,与主人气味相投,才能重现生命力。

有些物件,摆进自己的书房,却没有那种气。

书房要有线装书,有几样气息纯正的老物件,方能镇得住浮躁之气。

这是我们精神的迷信。很多事,不过"自然"二字。

## 五

玉壶买春,赏雨茆屋。坐中佳士,左右修竹。

书之岁华,其曰可读。

往来有好友。

友不在多，三五尚可。各有才艺，谈纸，谈书，谈墨，亦弹琴，弄箫，吹笛……共同醉心于某一小物件，共鸣于某个小段落。或不说话，各自看书，亦无违和感。

有茶，有酒。可以高歌，可以低吟。兴至，君来自来。意罢，君归自归。

## 六

贫居大黄山，有一陋室为书房。有一个看得见风景的露台。看北山，看南山。看落日，看朝阳。看阴晴，看雨雪。

明月清风人无不有，弹琴作诗足以自娱。

"天边何处琼楼，叹一落红尘，光景弹指。"人生短暂，"躲进小楼成一统"，满目是自己喜欢的书，"偷得浮生半日闲"，平生无憾意。有间书房，无非是满足自己，不愧欠自己，无深意，无他意。多读书，多写文章，多做点自己喜欢的事。

且读书去！

## 再苦再难的生活,也要学会歌唱

苦痛与悲伤,总是无人问津,唯有财富和荣耀让人举目抬眸。

南方的亚热带阔叶林,一年到头始终都保持着绿色。嫩绿、葱绿、墨绿等各式各样的绿,但细细地看过去,在这些绿色的叶脉和枝干中,总藏着周折的痕迹。大自然拿着一把锈钝无比的剪刀,无为而治,修修裁裁。植物也如人类一样,要经历病虫灾害,狂风暴雨,天灾人祸等,但最终总是要在一片苦痛之上,生长出一片绿色的希望。

今儿立夏。农谚说:"立夏落雨晒干塘。"婺城今天的雨,摇摇摆摆,铺天盖地,任性而恣肆。

立夏,我们老家的习俗是要吃碗红枣鸡蛋汤,加本地产的红糖,有大补、酷夏不会中暑等意思。没有真正在老家过立夏,喝上母亲煮的汤,异乡的红枣煮起来,似乎没有家乡的味道。

下了一天的雨。傍晚的时候，天终于短暂晴了，还流露点余晖。晚饭后，我和女儿信步踱出小区。在门口看到了一个在发传单的小女孩。她戴着口罩，抱着一大沓传单，或许是某个房地产公司的广告，她用力地向每个经过的人宣传着，但能接下传单的人寥寥无几。

我不知道她吃晚饭了没有，她的父母是否知道女儿在外面这么努力。

有一次在千户苗寨住青旅，遇到一个单身走川藏线的广西姑娘。她和我说起各种曲折的搭车经历以及旅途故事，相当传奇。说到有个人停车载了她一段，这个人的话，我印象很深。他说，我也有一个女儿，希望她长大到外面工作和生活的时候，遇到困难也有人帮助她。

我不由地出了一下神。

女儿乖巧地主动拿了两份海报，回来递给我一份。她说，我们让她把海报快点发完，可以早点回家……

这时，躲在云层后面一整天的太阳，聚起无比灿烂的晚霞，天空是红彤彤的一片。

太阳其实一直在。不管是暴雨、大雪，还是某些至暗的时刻。

又想到早上在湖海塘跑步的时候，遇到两个西装革履的年轻小伙子，也是拿着房地产公司海报，一人站在跑道的一边发传单。但是他们找错了地方，奔跑和走路的人们，基本上都不愿意接传单。第二天,他们就没有再来。这是敢于尝试,也会调整策略的小伙子。

又想到经常遇到的一些年轻的小伙子们,上门推销一些产品。在线上购物如此便捷的时代里,他们还背着包,从事"扫楼"或"扫街",但收获甚微的工作。经常遇到他们,他们在被拒绝无数次之后,还在坚持。

想起两句鸡汤语录。

——方向比努力更重要。

——不是看到了希望才坚持,而是坚持下去才有希望。

总是从这些年轻人身上,看到曾经的过往。我们都年轻过,奋斗过。

年轻的时候,总要经历一些事情,做一些努力。

想到我们读大学的时候,做过勤工俭学,发过传单,"扫过楼",送过报纸,挑过泥沙。参加工作后,做销售的工作,也是背着沉重的样品,坐公交换大巴,一家一家、一站一站拜访客户。

那时候没有觉得苦,只觉得青春就应该是这样子吧!

一生之中,要有很多的努力和奋斗,周折与磨难,快乐与悲伤,才能撑得起人生的血肉筋骨,生命才能丰满。

在清晨和深夜的街头,这样努力而孤单的身影随处可见。只有这样努力,忧愁的生活才会有尽头。那些成功人士,何尝不是

经历过很多的努力,有无处诉说的凄凉呢。

努力,奋斗,吃苦,并不只是年轻人的义务与权利。任何时候,都要保持一种学习和积极向上的精气神。

向上,向善。

虽然现实很骨感,但总要将自己的生活过得足够温暖,并去温暖更多的人。

不带着昨日的痛苦和悲伤前行,不带着仇恨去工作,更不要将泪水带到生活中。

要懂得,再苦再难的生活,也要学会歌唱。

## 站成一棵树的孤独

### 一

站成一棵树的孤独。

凭水临照,孤芳自赏,若抵达天地之间。

每个人都是一座孤岛,长着一棵属于自己的树。

朋友说,看得见自己不算真的孤独,真的孤独是连自己都看不见。

也是。对镜自怜,有影可照,似乎还可以看到自己。

最深的孤独是连自己也找不到吧!

那是比尘土还卑微的孤独啊。

对很多人来说,你的孤独,无足轻重。

## 二

晨起。微雨。跑步。

一点点雨,就将很多人阻隔在另一个世界里。坚持的人风雨无阻,犹豫的人找到了理由。

或跑或走,或赏花或观景。

今日快跑完的时候,下了雨。刚开始是稀稀落落地砸下来,试探预警。大部分在奔跑的人,基本没有带雨具。众人皆坦然,按原有的节奏,或走或跑。

如果结局都是一样,何不气定神闲,淡定从容一些。

我快步回到车上,雨磅礴而下。

车里有音乐,是《卡萨布兰卡》。小而圆的雨珠密密地挤在挡风玻璃上,渐渐地连成朦胧的一片。车内空间很小很安全,不一会儿,雾气封锁住所有的出口。

雨拉住我,口若悬河,向我讲一个伤心的故事。

## 三

这个假期,湖海塘上多了一只大黄鸭。

它漂在湖面上,不言不语。

我绕着它,走了一圈又一圈。

它是静默着的,是虚心的,有一种深不见底的寂寞。

灵动的一直是那啾啾鸣叫，掠水比翼飞翔的鸟儿啊！还有，躲在草丛之中，拖家带口的野鸭部落。

这是湖海塘悦耳的自然之声。

## 四

运动要热身，还要用拉伸收尾。

几天来，我都到湖旁的"山"上，也就是一个小山坡上，拉伸收尾。

登高而招，臂非加长也，而见者远。可以大呼，大喊，大叫。可以回头看刚才走过的路。

凛凛的目光，穿越时光，穿过迷离的雾。

我仿佛可以看到几千年前的自己，岩石般裸露着自己的丑陋，鲜血淋漓。

这么多年了，我一直想努力做点什么。站在山顶，我依然是命运的奴隶。

## 五

要缓解自己所有的笨拙，莫过于宅着。

一茶。一书。

这个假期就这样过去了。在书中有很多自由飘飞的故事，有很多暖心或是悲伤的故事。我常神游了一阵又一阵，时而滑翔，

时而穿越，最后叹息。

回到原地。

有足够的耐心，等天慢慢变亮。

也有足够的耐心，等天慢慢变黑。

在假期，储备足够多的理由，给自己营造一个紧封城门的机会，去擦拭一屋子的灰尘。虽然，往事已知，未来不可期，却依然蠢蠢欲动。生命的细节，在独处的岁月中，藏着旷日的忧伤。

我臣服于自己的无知，以及又臭又硬的脾气。

明天，我将成为别人。

现在，我还是自己。

## 六

家里有客。

珠颈斑鸠是不速之客，在我的露台上筑巢，产蛋孵卵。

在小鸟起飞之前，这露台，是它们的领地。

生命，潮起潮落，花开花谢。我把它们当作是命运怜惜我的使者。

今生这么短，它们和我相伴一段时光，也算缘分。

## 七

风过蔷薇，时间飘落在蝉声里。

正风轻云淡,春去未多时。在夏日的炎热到来时,它终于有了盛开的理由,缓缓地打开自己,枝头绽放着饱满的笑意。

五月蔷薇花开,闹。

闹,不是喜庆,却有悲春之意。

花朵是世间的智者,无声地隐喻了世间的悲欢。天空柔软,花间有刺。它来世上一遭,是为了送一封信,然后带着阅尽人间的沧桑落花而去。

风儿吹过花丛,毫发无伤,找到它们的归途。

而我,千言万语没有说尽,惆怅地在黑夜里,等天亮的时刻。

## 幸福有时就是毛毛雨

一

幸福有时就是毛毛雨。江南的雨，绵软细腻，悠长如曲，又似柔软的松针，丰富而有层次地在天上飘落。在雨中，春和秋都似乎是一个季节，春雨和秋雨虽然性格迥异，但骨子里是一样的，一下起来，都是江南水乡的风情。

雨天，连叹息都美妙，似水滴在青瓷盘中的叮咚叮咚，拨动着内心深处的琴弦。

雨天，说不尽的无穷好。

雨天，是宅着的最好借口。

我可以几天不出门不下楼。写字、看书、煮茶、慵懒地躺着……做什么都好。

什么都不做也好。

闲来只是乱翻书。

书看得越多，人变得越沉默，逐渐失去诉说的能力。

## 二

在一个大雨滂沱的晚上，一个人去了旌孝街。年少时，曾经在此度过几年整片的光阴。如今婺城日新月异，已经很难找得出来二十世纪九十年代初的印记。唯有在这里，似乎依稀能找到一点记忆中的影子，在低声呢喃。

我在空无一人的街上，凭吊一段属于我的青春。

雨打风吹，黯然离去。

想哪天约老蒋、老杨、老倪、老高，在此喝两瓶啤酒。

一晃，我们都已经到了喝点小酒，聊聊往事的年龄。

## 三

回到陋室。深夜，高楼，独倚，听雨。

现在世界都安静下来了，唯有雨声。

关掉音乐，关掉手机……只是安静。

## 需要隐藏多少秘密，才能巧妙度过一生

> 一个人需要隐藏多少秘密
> 才能巧妙地度过一生
> 这佛光闪闪的高原
> 一步两步便是天堂
> 却仍有那么多人
> 因心事过重而走不动
> ——仓央嘉措

一

一个人需要隐藏多少秘密，才能巧妙地度过一生？谁都有秘密。这秘密或大或小，或藏在心里的某个地方，或藏在几个好友的圈子里，或藏在隐晦的文字里。层层掩盖起来，包裹起来，藏得让秘密成为永远的秘密，烂在心底。

推心置腹，坦诚相见，是种相当美的意境。我想世界上很多人之间可以实现。但是，我们很多人都做不到。

我们的秘密，也许都很简单。只是希望有个属于自己的地方，简单而神圣地放置些属于自己东西。

每个人都会有自己的原则。人总会有心累的时候，无助的时候，我们的心需要一点点温暖，需要一点点关心，也需要一点点想象，需要有一个树洞放得下自己的忧伤，不值一文的忧伤。

## 二

"每个人总有不愿意公开的秘密，千万不要苦苦相逼。"有些秘密，就像是我们穿在外面的衣服，向别人展示着我们最好的形象。内心小心翼翼地放着一些秘密，这不代表我心里的龌龊。每个人都只是凡人，都有自己的彷徨，软弱。

偶尔，一时的秘密，时间久了，自己也忘了。

我们有很多秘密。这不代表神秘与虚假。只是，用那些石头与沙子，过滤着生活，让那些秘密层层过滤下来，展示在别人面前的，只是一个简单的自己。

有些秘密，太沉重了，需要层层压在心底。每一次想起，心都像是被刀割了一次。要深呼吸，将它重重地压下去。

## 三

朋友将写了几年的日记本，分成几份，分别交给几个朋友保管。

我们都写过日记，都烧毁过日记。

秘密是人生的一个空间，不属于别人，只属于自己。人生的日记本里，写着很多秘密。我们都愿意倾诉，只是找不到合适的倾诉对象。

秘密漂浮在微尘里，盛放在山谷中，黑夜之中寂寞疯狂地生长。记忆的尖刺，在浅睡眠之中，刺伤滴血的神经。

"却仍有那么多人，因心事过重而走不动。"

在什么情况下，我们会完完全全地交出自己？

即使在神灵的面前表白，我们似乎都要思索一番，需要组织一下语言。

## 文字，我那浅显易懂的心事

一

难舍红尘，有时并不是真的贪生怕死，并不是贪恋花花世界，而是有人牵挂太深，有人让你无法舍去，你有很多重要的事没有做，你不甘心。

生命终不是一场单向的选择，人生的长与短不是由自己决定的。有时，会莫名其妙地想到，如果哪一天我突然离开这个世界，如果我失去了知觉，究竟会怎么样？爱你的人会哭，会难过，但是，生活还是会继续。无关紧要的人，没有时间关心如此微小的事情。恨你的人，也许会大笑几声，长叹几声。随着时间的推移，你将从你最爱的人记忆的最痛处，慢慢模糊，最终消失。

身体发肤，受之父母。正因为生命之不可复制，时光之不可轮回，才让人敬畏到沉重。你不光是你的，还是你父母的，爱你的人的。

## 二

有一次冬日去武义，一路的大雾，能见度罕见低。雾是白茫茫的一片，一团一团，浓浓淡淡地笼罩了一切。旁边的树木都失去了身影，世界也在大雾中隐身退场。

打了雾灯和双闪，听着英语，突然看到一个人在路边拼命地挥手，下意识地踩了下刹车，正在诧异中，看到前面两辆货车撞得支离破碎，一地碎片。紧急刹车后，一辆强壮的泥石车和我的车头只隔了半米的距离！

一阵惊魂！坐着，深深地吸了口气，安静了下。打了转向灯，从旁边的人行道上绕行。

感谢那个路人。不知他是出事的司机，还是普通的路人。我还在心里念了几个神的名字，感谢他们。在电光火石的那一刻，我突然又想起：如果这一刻，所有的一切都终结了，那么……？

一切都没有假设。我们可以像《非诚勿扰》中那样，活着为自己举行葬礼，却终不能在自己真正离去的时候，看着身后的世界。那么多我们认为可以抓在手里的，可以感受到的所有的物质所有的爱所有的情感，都抵不过阴阳两隔。就像我们现在可以呼吸，可以感受阳光，可以畅快微笑，转瞬即逝，我们的感官中会残存点什么，我们能用文字记录点什么，终究什么都留不住。

## 三

1976年,唐山大地震。2010年,冯导的《唐山大地震》。2012年,世界末日没有来,冯导的另一部大片《一九四二》,又让人看到了在大自然灾害面前的沉重。

唐山大地震,23秒,毁灭了一座城市。32年后,汶川大地震,故事中人物的生命轨迹才重新交织到一起。

1942年,一场大饥荒造成的流离失所。道德、信仰、仁义,在生与死面前,苍白而渺小。人性在生存危机的面前,无力卑微。

## 四

生命如此脆弱。矿难、车祸、洪水、地震、火山喷发……自然灾害无情地吞食着很多人的生命。世事沧桑,人生几何。意外离我们很远,却也很近。

有的时候,看着电影,看到一幕幕场景,我们都会流泪。

悲从心起。为别人哭的同时,也是为自己哭。

世事无常,天亦无常。在这样的情况下,我们无法预见未来——谁又能够真正知道,下一秒,下一分钟,身边会发生什么事情呢?有些事情,我们根本无法改变。

我们是否会如一粒尘埃,一个泡沫一样,我们的悲伤,我们的哭喊,寂寞的苍穹中没人听得见?生命的卑微与否,有时并不

取决于你的生命是否有意义。更多的时候，在大自然面前，我们无从选择。

我们选择不了我们的到来，选择不了我们的必然离去，也选择不了我们一路要经过的风景。

## 五

写完一篇文字，都会有一种轻松，感觉我生命的记忆已经真实地留在了那些文字里。不管以后怎么样，恨我的人可以无视我的文字，而爱我的人，记得我的人，想我了就可以看看我的文字。

想到这些，眼角总会潮湿。人活着不是为了让别人记住，却想用文字来记录自己，用文字来感恩。文字让爱的人更理解你，更了解你。由此，活着的每一天，都记录点什么，便有了意义。

如果你关心我，就让你知道——我好好的，还在写文字。

今日，白露微凉，文字记得我来过这个世界。

## 生而为人

胆小鬼连幸福都会害怕，碰到棉花都会受伤，有时还会被幸福所伤。

——太宰治

总有些书值得一读再读，只是因为喜欢；也有一些书值得收藏各种不同的版本，只是因为喜欢。

人生的路不能回头重走一次。重读一本书，却可以重温一个故事，不同年纪不同心境之下，能品读出不同的味道。

重读太宰治的《人间失格》。上一次的阅读可以推到五年前，第一次的阅读时间就更早了。

《人间失格》，这是我看的第 N 回了。这本书我有多个版本，我自己的藏书中，《世说新语》《人间失格》《月亮与六便士》，我都有几个版本，一本书，拥有几个不同版本，说明了我的喜欢。

日本文学中，我最喜欢的，还有三岛由纪夫的《金阁寺》等。

在江南的梅雨中，临完《赤壁赋》的几百字后，重读这本书，有一种特别的感觉。

太宰治，39岁和崇拜他的女读者一起自杀，一生有五次自杀。《人间失格》曾被冠以低俗，颓废到极点，初看的时候，你会感觉的确是这样；再看的时候，你会在书中发现很多个自己。

"我的不幸，恰恰在于我缺乏拒绝的能力，我害怕一拒绝别人，便会在彼此心里留下永远无法愈合的裂痕。"我们为了取悦别人，扮演着小丑。在我们的内心深处，一样有这样悲伤的时刻。我们都想简简单单地做一个人，却成了一个丑陋的自己。

"生而为人，我很抱歉。"这是这本书的最好解释——丧失了一个做人的资格。这本书，借用主人公叶藏的遭遇，说的是作者自己的故事，是一部滴血的灵魂的自白。叶藏生性怯懦敏感，对人类生活充满恐惧与不安，再加上世道的混乱、人情的冷暖，以及家人之间的虚伪和欺骗、校园生活的无聊与无奈、社会现实的冷酷与残忍，这一切都使他痛感成了人世间的"异类"，失去了为人的资格，最终他走向了毁灭的道路。

人这一辈子，总是那么在意别人的感受，而最终失去了自我。但我们没有这样的勇气，将自己剖析得如此透彻，如此痛快淋漓。

太宰治做到了。我觉得自杀的人不是畏惧胆小的，而是勇敢的。当太宰治第一次与女招待一起自杀的时候，他是勇敢的。我们大多数人，无法面对一个真实的自己，也无法面对眼前的困难和挫折,也无法面对死亡。这也让我想到了鲁迅先生,"真的猛士,敢于直面惨淡的人生,敢于正视淋漓的鲜血"。徐志摩也写过几篇自剖的文章,但终究没有这部《人间失格》让人感觉到深刻。

太宰治的一生,他自己说:"我这一生,尽是可耻之事。"

这部作品的主人公叶藏,他的人生经历里面藏着无数人的影子。

要写出好的作品,不光是要辞藻华丽,语句优美,构思巧妙,而是要直击人性,启迪众人。

两年前,我自己也写了一些类似剖析自己的文章,但毕竟也不过是自己的小情绪而已,隔靴搔痒。我喜欢的是阳光、率性、健康的自己,现实却往往事与愿违,内心深处藏着的千年忧伤,总是让自己陷于多愁善感的泥潭。

每个人的内心都会有"叶藏",所谓的世人,也不就是我们自己吗?我们一直尽力把持自己,方不至于癫狂。我们就这样慢慢沦落,最终,"如今的我,谈不上幸福,也谈不上不幸"。

我们缺乏爱,也缺乏爱的能力。"我知道有人是爱我的,但我好像缺乏爱人的能力。"我们不得不接受自己的不完美,接受自己的脆弱,接受自己的失败。

我们选择委曲求全。而太宰治的坚决是另类的疯狂。

"我仍然认为向人诉苦不过是徒劳,与其如此,不如默默地承受。"

一切都会过去的,生而为人,我们很抱歉,却依然热爱生活,爱这世间美好的一切。

# 给我一杯酒

有没有这样一个夜晚,只是想喝杯酒。

夜太深,约人比较麻烦。倒了杯酒,独酌。

这个时候,整个世界只剩下了一个人。一滴酒,如雨一样,滴在心上。

可能是杯威士忌,或是淡淡的清酒,或是奔涌着的伏特加,或是夏日清爽的冰啤酒……一个人的时候,酒只是杯情绪,酒只是种媒介,道不尽的千年愁。

给我一杯酒。

有喜欢的酒,自然是最好的。

中意的酒,如合拍的知己美人。她知道你的所思所想,知道你的心忧,她善解人意,给你带来抚慰。

她也能给你一个晚上好眠,给你造一个迷幻、神奇的美梦。在太阳拉开黑夜的帷幕的时候,轻轻地让你如露珠一样,坠回尘世。

给我一杯酒。

独酌的酒，拎出一个轻薄的人世间，众生与万物都随着酒精在空中飘摇。世界接近于虚无，只有自己轻微的喘息。在这深沉的黑夜中，肩部生长出振动的翅膀，随清风飞去……

"若夫乘天地之正，而御六气之辩，以游无穷者，彼且恶乎待哉？"大鹏振动翅膀，奋起而飞，招来清风，扶摇直上，是一个宽阔的宇宙。

那里没有悲喜，没有时间，没有未来。

圣人无名。

给我一杯酒。

一瓶瓶酒在夜色中发出闪闪的亮光，呼唤着我，招引着我。给我一杯酒！似是向自己恳求。一个人的时候，酌一小杯酒，终是愧对自己的身体，愧对自己的健康……

我对自己说，我只喝一小杯，就一小杯！

我将白天背负的重重的壳放在角落中，拿着一杯酒坐在窗边，台灯压得低低的，打着暖暖的灯光。白日的尘土，在啜饮的酒中，簌簌地落下，紧紧地附着在往事中，糨糊似的包围自己。

如影子，庞大地坐在我身后。

黑夜寂寂。酒在欢声笑语，它像是从瓶子里放出来的精灵，通晓着世间所有的秘密。

"嘘，你什么都不要说。"

嗯，我什么都不说，什么都不消说。

端起酒杯吧！一杯敬朝阳，一杯敬星光；一杯敬过往，一杯敬明天……

给我一杯酒。

"举杯邀明月，对影成三人。"二十四桥明月夜，诗人也有独饮的时候。在孤寂的深夜饮酒，举起金樽，邀请明月，月与人，与影子，三人同饮。

是趣。

也是种千年的苍凉。

"呼儿将出换美酒，与尔同销万古愁。"

酒最懂诗，最懂诗人，因此有李白斗酒诗百篇。

酒也最懂草书，因此有颠张狂素的传世神作。

酒也最懂愁肠，点滴化作相思泪。

酒也最懂热闹，三两杯下肚便称兄道弟。

若不是那日温酒壮志，竖子岂能成名？

没有酒，天下或许少了很多英雄。

很多文人因为不饮酒，史书无名。

唯有饮者留其名。

"人生几何，对酒当歌。"没有酒就没有魏晋风度。鲁迅在《魏晋风度及文章与药与酒的关系》中，说明了个中关系。

天生刘伶，以酒为名。

刘伶常坐一辆鹿车招摇过市，车上放着酒具，以备随时饮用。后面跟着荷锄的仆人。他对仆人说："如果哪天我喝死了，就挖个坑把我埋了。"

他渴望那样活着，把自己泡在酒里。这世间肯定有他所不想清醒面对的事情，不想面对的人。所以，偶尔清醒的时候，他挣扎着又抓住了一杯酒。

酒，给我一杯酒！

"我以天地为栋宇，屋室为裈衣。"《酒德颂》还在，风骨流传在世间。

他还没有走远。

平常一个人的时候，想不到喝酒。人多的时候，非知心好友，也想不到喝酒。喝酒总需要一个特定的环境，情境与心境。年轻的时候，也不懂父亲为何每餐饭总爱喝几口酒，也不乐意于陪他喝酒。人到中年的时候，也才理解了那几口酒对于父亲的意义。

对于父亲来说，他的孩子们已经长大，他也不用急匆匆地赶路，他的身体，需要一点点饱满粮食酿造的小酒。他的身体，因为喝下的小酒而充盈；脑海中的陈年往事，找不到倾诉的对象，于是就一个人对了酒。

他，不需要表达。

给我一杯酒！

清饮之乐，胜于迷醉。

这世间，我们所坚持的和承担的一切，总会有一个回应。它们并非没有踪迹，只是我们需要长途跋涉，需要时间抵达。如同夜间的星光落到我们的眼睛里，落到我们的酒中。

酒，带我们去另一个维度，认识自己，认识世界。

一杯酒，相坐不知多久。

起风了。风在夜间奔走。

深夜的清醒，是种罪。

给我一杯酒。偶尔，在深夜买场红尘中的醉。

# 时间的针脚

## 一

总有一天，我们能将我们渴盼的东西，如同窗外细长的藤蔓，描述得一清二楚。

我们喜欢儿时的静谧，时光比轻纱更薄，一层一层叠加、沉积，岁月一针一脚地缝补着心事，墙上的摆钟，轻轻摇晃着影子。

不疾不徐，匀速前行的岁月。

喜欢变慢，用手编织时光，温柔磨亮了沧桑。一针一针，手工编织，让时光回到过去。

千丝万缕，一针一线。

一叶桑，一根丝，一匹布。

"唧唧复唧唧，木兰当户织。"

男耕女织，放到现今，已经是诗意的江湖。

## 二

你在时间的那里，而我在这里。

我们在日常生活里流露出专注。

专注。我想为一个人裁衣缝裳。

青春年少时的初恋，会在寝室狭窄的床铺上，花一个冬天的时光，就想给他打一件厚厚的毛衣，一条长长的围巾。

想让他被温暖包围，走到哪儿都带着你，记着你。

小时候，游子临行，慈母手中线。在昏黄的煤油灯下，母亲一针一针密密缝。小时候的春节，最美好的事便是穿上母亲亲手做的棉鞋、棉衣。

生命短暂。那时的针脚，如同春天那密不透风的细线，组成前呼后拥的雨，笼罩我回忆的每一个画面。

画面中，浮现出家姐初三就辍学，在家缝被套、枕头，供年幼的两个弟弟上学的画面……

## 三

人们都欢天喜地向前，我们不想拥挤在无数的路口。

时间往后，我们回到一针一线的从前。

针脚，是生活的密码。

"即使不光亮，却也都在时间密密麻麻的针脚中，也值得一活,就像一件衣服的使命。"

"为此我必须粉饰过去,编造一个虚假而辉煌的现在和未来。得赶快行动起来,现在。再也不流泪,再也不伤悲,再也不对自己的过去回眸嗟叹,我只关心现在,努力地活在今天。我要像魔术师从袖子里凭空掏出一条手帕或者一个骰子一样,变出一个全新的自己,一个外表坚定、果敢、历经世事的女人。我必须用清高和淡漠来掩饰无知,用甜美的慵懒来掩盖对未来的不安。把恐惧深深地藏在高跟鞋坚定的步伐和冷峻刚强的外表下,不让任何人起疑心并看出我每天需要多努力才能一点点地战胜自己的悲伤。"

"我们的命运可以是这样,也可以是完全不同的结局,因为我们的生活没有在任何地方被记载下来。也许我们甚至没有存在过。或者存在过,但没有人知道。不管怎么样,我们永远都在历史的背面,在密密麻麻的时间的针脚中,真实而隐形地活着。"

我想推荐一本书——玛丽亚·杜埃尼亚斯的《时间的针脚》。

在时间的针脚里,你可以体会生活的穷苦与困顿,生命的顽强与自新,人的渺小与光芒。

都在这小裁缝的一针一线中。

## 四

针脚,是种生活方式。

针脚,是种爱的语言。

屏息在凝望的语境
今夕是何夕
当来不及传递的钟声响起
于是我们都发现了岁月的意义

我想推荐一种生活方式。身边有个朋友——董小姐，她做香包、书袋、纸巾盒、笔帘等，用针脚记叙着生活。

世间的路，被针脚缝成了唐诗宋词中的种种意象。春江花月夜，在棉质植物染的土布上，纷至沓来。

针脚，刺出了棉布上的微光，恍惚而清澈。微小的疼痛，顺着针脚，绵延成幽深而悠长的小调。

我一直想，细长的针是在棉布上面阅读生活，是在棉布上面飞舞，是在棉布上面读经，是在棉布上面朗诵。

## 五

有很多人和我一样，喜欢这翻飞的针脚，这棉布上面的飞舞。

当我们的眼睛停留在针脚的时候，会停留很久。

在时间的针脚中，我们溯流而上，听懂每个针脚的语言。

## 今夜，我不吟诗

我们穿梭在素不相识、来历不明的陌生人中。

但我们的心，还是容易被一些小小的善意打动。

一

工作室隔壁是个喜糖铺的仓库。老板是个三十来岁的小伙子，常开着一辆电动三轮车过来取货，包装喜糖，偶尔也做些劳保用品的生意。

见面，会打个招呼。虽然，我们不知对方的姓与名。

——"天天做喜糖生意，是不是很幸福？"

我问，问得傻里傻气。

——"为什么幸福啊？"

他反问，直来直去。

——"因为天天给新人们送幸福啊！"

我答，依然傻里傻气。

——"这有什么幸福啊！数钱数得手抽筋，这才幸福呢！"

他回答，还是直来直去。

他年轻的脸上，酡红，有如微醉。

我想起几个工匠盖教堂的故事。

有一位哲学家到一个建筑工地，分别问三个正在干活的工人说："你在干什么？"第一个工人头也不抬地说："我在砌砖。"第二个工人抬了抬头说："我在砌一堵墙。"第三个工人热情洋溢、满怀憧憬地说："我在建一座教堂！"

我想，故事毕竟是故事，现实才是现实。

## 二

有一次走在丽州的街头，清晨，微雨。

我低头走路的样子，有点颓废。

突然有人迎面和我打招呼：

"嗨，桑老师，早上好！"

声音洋溢着热情。他看我有点蒙，赶紧说："桑老师，我听过一次你的分享。也正是那次分享，改变了我的生活习惯，每天坚持运动！"

"你看，今天早上本来是下雨，我就是想到你，然后撑着伞起来跑步了！"

我心里涌过一阵暖流。

他扬了扬手,一下子跑远了。

这些年,常做读书与健身的分享。不是我有多厉害,只是想传播美好给大伙,也是幸福快乐的事。

是晚,在同学的阅读写作群分享了"我的坚持,我的梦想"给三百来名孩子,感觉很充实。

万一,种下了一两粒种子呢!

## 三

遇到无趣的人,也是写文字的人。

这时就会想起朋友的清高,有魏晋风度。

朋友常说,一个外表、言行都不雅,格调都不高的人,写得出好文章吗?

朋友说,观其言,听其行,一个人的文字有如言行。

朋友说,看一个人在朋友圈里发了什么,在群里发什么,这个人的文字也基本可以想象得到了。

朋友自我要求严格,工作精益求精,文字一丝不苟。在生活、工作、交友上面,也是一样。

我常想到这个朋友,如镜子。

这天,我遇到了几个无趣的人,也是写文字的人。

我的笑容,有点僵硬。

我浪费了半天的光阴。

## 四

生活，两点一线。

工作之余，就躲进小楼成一统。

要写字，要看书，要写作。没有点时间，能写出好的文字吗？

平时，只能利用些碎片时间。

学问上，没有些整块的时间，也是不行的。

如写书法，看书，写文字，有时候需要"手热"，才能渐入佳境。

随便写个三笔两笔，何时能进入佳境？

## 五

很多朋友，常会在街边买些蔬菜水果，照顾那些从远处挑来卖菜的大叔大婶。

看到他们，我常心酸。会想到年迈的父母，想到小时候在农村的生活。

我也常会买一些。

很少逛朋友圈。偶尔看到一些朋友圈卖的东西，也力所能及会买一些。

生活都不容易，优秀的人不需要我们锦上添花，和我们一样的普通人，需要我们偶尔的点赞，偶尔的支持。

生活需要点善意。

## 六

月亮也是怕寂寞孤独的。

月圆之夜，她肯定是精心装扮，从时光的深处走来。

好像开了朵洁白的花。

她亭亭玉立，在江边，湖边，将自己倒映过来，欣赏一番。

她招呼风来，云来，一群鸟儿在夜间欢乐地鸣唱。

明月楼高。

我站得那么高。

我想，是不是能离你近些。

今夜，我不吟诗。

月亮，她已经见过了世间最帅最有才的诗人。

## 文字，是我们生活记住的日子

加西亚·马尔克斯的自传《活着为了讲述》一书的封底有一段文字："生活不是我们活过的日子，而是我们记住的日子，我们为了讲述而在记忆中重现的日子。"

每个人的人生，都有自己的使命。有些人活着的使命，和马尔克斯一样，是为了记录，为了讲述。

日历总是在一页一页不停地翻过。这么多这么长的日子，一转眼就没有了。总会有莫名的悲伤，却也有些许的欢笑。

对于记录者而言，好在有文字。

文字总记得我们原来栩栩如生的日子。

我用叙事文字留下自己的印记，更多是触不到摸不着的精神生活的轨迹。生活总是过度与过剩。人贪婪地攫取用不到的东西，野心如同一个被撑大的胃，过度地吸取大量的东西。

文字将生活中的水分挤了出去。在喧嚣的世界，以孤独为酒，静守自己的世界，写下旷世的寂寞。

没有那么多的思索，怎么可能有那么深的领悟？

文字，是我们生活记录的样子。可以自我疗伤，也给人温暖和力量。

有朋友问，你写了几本书，写了那么多的文字，花了多少时间？写了多久？

我说，我从中学就开始写了。虽然那时候的文字基本没有留下来，但是那些坚持着的经历，给了我一笔很大的财富。

在这之后的日子，我坚持写作，或许只是记录。我一直背着笔记本旅行、出差。偶有灵感，就打开笔记本，在宾馆、在车上、在飞机上、在路边，自顾自地写。

旁若无人地写。

在黑夜和白天中，我和文字相互对峙，相依相偎。

将日子过成旁若无人，生活就有了一点儿意境。

太在意别人的眼光，会让自己过得不自在，也失去了自我。

坚持写文字的人，的确是有点悲摧。很多人说，谁看这文字？有几个人看？写了有什么意义？

人生的意义和文字的意义一样。你觉得有意义，就有意义；你觉得没有意义，那的确没有意义了。

回头看十几年前写的文字，太青涩了，不敢回头看。

但，好在有文字，如果没有文字，拿什么回忆？即使是那么不堪回首的过去。

回头看这三个月里写的文字，感谢有文字，文字是那一刹那的感觉，如果当时不记录下来，过后再也写不出那种感觉。

——对，就是那种感觉。

写文字，是种痛快的煎熬。

是倾倒豆子般的痛快，也是想表达却不能的惆怅。

不是所有的情感都可以"倒豆子"的，也不是所有想表达的情感，都可以用文字记录下来。

但是不记录，日子就悄悄地过去了。

文字，在讲述中重现生活的情景。

我们遇到的人，喜欢的事物，为之哭过笑过的事……天下万物皆可入画，也可以入诗，入文字。

不失生命之本真。

悦己，然后愉人。

在雨夜，我打开笔记本，一边听雨，一边写点什么。

我在文字的世界里赶路。

我一直相信，文字，是我们生活记住的样子。

## 我会让我自己累着，跳进自己的文字里

  黄昏，下起了青色的雨。
  好久不见的朋友，在同一城市，我们彼此不见。
  在一个虚空的时间和地点，我们面对面相逢。几碟小菜，周围略显嘈杂的声音。
  我们都不是彼此的最佳听众，太多的欲言又止，太多的语焉不详。
  心隔着太平洋的距离。

  我们拒绝撕掉面具。努力地微笑，寒暄，假装是熟悉的老朋友。
  ——你好像变了很多？
  自己没有觉得。或胖或瘦？或是白发渐多？
  或是，你已经记不得我原来的样子了。你用一个想象的我和现在的我比较。
  都说故人易变，其实是自己的心在变。

时间在流逝。我们彼此坐立不安。

——时间不早了！嗯，还有点事情。那就再见吧！

再见，或许，是再也不见。

在雨中，我步行。步行中沉思，湿透了我的帆布鞋。

我们的友谊，仅限于朋友圈偶尔的张望。

三天可见，或是什么都不可见。

友情隔着很远很远的网。

还隔着情绪的距离，隔着人设的距离。

各种传闻，各种谣言，以各种语言跳进应酬的圈子里："他不就是那样的人吗？"

在口水横飞的天空下，人们心满意足地接受了。

下次应酬，话题以另一种版本在继续。

我们的友谊，活在不了解的谣言里。

你又何曾了解过真正的我？我也不曾了解过你。

我们都活在不真实的世界里。

我已经习以为常。

在夜晚，世界安静下来了。我挺直了腰杆。关上手机。校正台灯的位置。

我本不欲与很多人做太多的交谈，也不想做太多的辩解。

我会让自己累着，跳进自己的文字里。文字的深处，传来阵阵粗放或是婉约的回声。

我像吃饭、记日记一样，写着自己的文字。

## 别问，很多事情真的没有为什么

生活每天都似曾相识，日子在循环之中，重复而又不相同。

我想，你已经忘记我长什么样子了吧。

真好！

别问，很多事情真的没有为什么。

也没有答案。

### 一

有一天，就是不想发朋友圈了。

于是，不发。潜身在朋友圈之中，不去翻朋友圈，偶尔看一下有没有重要的消息。

手机静音。能不能接到电话，靠的是运气，还要看我的心情。

梅雨后的太阳重现威力，早上六点多，它就勤劳地闪现在人间，亮晃晃的阳光烤得柏油马路发烫，闪得人们心中发慌。

唯空调和智能手机可以"续命"。

我们都生活在一个狭窄的空间里，我们远没有自己想得那么重要。你可以试试看：

——如果你三天不发朋友圈，有谁在意你？

——如果你十天不发朋友圈，有谁在意你？

——如果一个月呢？

我们的手机也远没有那么业务繁忙，时不时响起的，差不多都是广告业务的骚扰。收到的短信是快递提取码和手机欠费通知，给你打电话的是外卖小哥，发通知的是花呗还款提示。

我们远没有我们想象得重要。

## 二

为你，千千万万遍。

爱你的人，无条件、无私地爱你的人，关心你睡得好不好，关心你开心不开心，关心你吃过没有……

他们关心这些，胜过关心你赚了多少钱。

为你，千千万万遍，不图什么，不计较什么，除了父母，如果还有别人，那肯定是你上辈子拯救了银河系。

不，拯救了宇宙。

## 三

大部分社交都毫无意义。

但人是群居的动物,所以我们需要社交。

大部分的圈子和朋友,可有可无。我们的价值,不是我们自己认为对社会、对别人的重要,是我们需要圈子,需要朋友,他们对我们很重要。

所有艺术的修行,人世间的修行,都是孤独的,都需要一个人守住自我,笃定自己的方向,坚定不移地前行,方有所为。

事实上,大部分的人都是无为的,平凡的,无名的。

为什么一直坚持?只是想无愧于自己的内心与一生。

毕竟,我们坚持着的,对很多人来说,都是无用且没有意义的事情。

但是,自己认为可以,那就可以!

没有那么多为什么。

## 四

晚上的那个你,可能才是最真实的你。

你是去应酬,还是去酒吧,还是在刷手机,还是在游戏,还是在看书,还是在写字,还是在失眠……

这个时候的自己,没有伪装,不用去刻意。这个时候的自己,是最真的自己!

梦,出卖了你灵魂真实的想法。在梦中,潜意识炮制出一个虚幻的世界,在那个世界里,或许,才是真实的存在。

我们可怜而又幸福，绝望而又充满希望，悲观而又积极向上。

## 五

总要热爱生活。热爱让生活和生命如此真实，热情，生机勃勃。

我用热爱掩盖我的悲观，我的绝望，我的孤独，它们生活在我的梦境里。

现实之中，我爱我的生活，如此充满活力，生机盎然。

你问我为什么？

别问，很多事情真的没有为什么。

# 人生，一篇限时的作文

总会做些离奇而又古怪的梦，梦醒后，不知自己身在何处。

有些梦会记得，大部分的梦都将忘掉。依稀记得的只是部分的梦，部分光怪陆离的记忆。如同人生中遇到的人，大部分的人将会忘记。

在梦中，一篇限时而又没有命题的作文，即兴发挥。白日里，有所思，或许晚上便有所梦；因睡眠时的各种状况，梦中也许会有相应的表现……

遇到噩梦，醒来甚是感慨——还好，还好是梦中；遇到美梦，人生也常叹息——为何只是在梦中？黄粱一梦，南柯一梦，庄周梦蝶……

梦醒的时候，天若雨，便常感欣喜，想钻进被窝复又沉沉睡去，去续一个没有完成的美梦。

其实，所有的得与未得，都只是一场梦。

我常把自己关在一个小房间里，没有太多的杂物，心无挂碍，关好门，设定好闹铃，写一篇限时的文章。

关于平时那些牵丝一样的随想，有如梦境，要用一些平淡或是精美的词句串起来，形成一篇篇文章，梦可以永久地保存下来。

人生的内存实在有限，我们想那么多，经历那么多，遇到了那么多的人，经历了那么多的美好，如果不用文字记录下来，那还有什么？如云丝雾气，转瞬不见。文字是自己手心里的温暖，起码可以温暖自己。

人生也如梦境，不知限时多少。在这不知限时多少的人生里，我们都可以努力地好好生活，做些自己觉得有意义的事情。人生，这篇限时作文的评分没有标准，只有自己觉得值与不值，喜欢与不喜欢，愿意与不愿意。

对于我，佳句偶得，小文若成，甚感欣慰。

## 是无无明

物来顺应，未来不迎，当时不杂，既过不恋。

### 一

"蓝色的月亮啊，你看我孤独地站着。"

半夜的时候，老李突然被一个梦惊醒。醒来，习惯顺手抓了一下床的另一边，漆黑的夜里，只抓到了薄薄的被，一股清凉透到心里。一幢楼里都是黑漆漆的一片，不知道现在是几点，孤单的一个人在这水泥钢筋的建筑中，在黑暗中没来由地产生了一种悲怆。

两股浊泪无声地从脸颊上滑落。

他扭亮台灯，拿起烟盒，走到露台。

北山脚下的村子，一片安静。月亮还挂在树梢，散发着幽幽的蓝光，天际还有星星。

黑夜中，烟头的光孤单地闪烁着。这烟的味道清凛，从咽喉粗暴地冲击下去，一直到心里燃起了火，灼得心伤。

老李掐灭一支，又点燃一支。

现在没有另一只手，劈过来夺去老李的香烟了。

老李感觉到一种自由，却也有种莫名的空落。心中有一块空空的地方，不着边际，让他在黑暗中，如浮萍一般不知漂向无处。

陡然自觉凄凉。

## 二

几年前，老李这个教了多年中学历史的老师，在书法老师的岗位上退休了。

在上历史课的时候，老李是有名的"跑火车"老师，他一直很想将自己所学的历史、国学等都教给学生。学生听得兴趣盎然，都喜欢听他的课。但这样有才华的老师，往往会忽略考试的内容。结果呢，学生喜欢，领导无奈。

幸好，老李写了一手很好的毛笔字。他像一棵北山青松，带着一身正气凛然，在写二王手札的时候，也会愣生生写出点豪侠之气。于是，结束了几十年的历史老师生涯，老李改行做了书法老师，并且得心应手。

退休之后，他就一直归隐在这个北山脚下的小山村。这是生他养他的村子，离婺城很近，几分钟的车程。

其实在退休之前,他已经过上了这样的生活。白天在城里中学教书,晚上回到村里喝点小酒,写书法,养鱼,养点植物。

老李不知道自己什么时候爱上喝酒这事儿。

好像从中师毕业后就开始了。性格豪爽的老李,一直是朋友酒桌上的常客,有了酒风好酒量好的老李,整个酒桌的气氛就不一样了。

以前喝酒的时候,常有电话前来提醒——不准喝了,赶紧回家!

而现在,哪怕喝到夜半手机声再也不会响起。

酒终人散的时候,老李拖着自己长长的影子,总有些孤独。这时候,他倍加思念两个优秀的儿子。他们读完名校之后,在离家很远很远的地方发展。

——这是我优秀的儿子,我优秀的基因。黑色中,老李红彤彤的脸上洋溢着自豪的微笑。

## 三

老李总觉得自己会孤独终老,他已经不想去"祸害"别人了。

汤校长总是固执地给老李介绍各种单身的或未婚的女人。老李奇怪老汤怎么会有那么多的资源,源源不断地给自己介绍。但老李已经心如止水。他现在最大的兴趣,是喝点小酒,临帖或是创作。闲时,去田里挑点泥土到自家花园,种点花草,戏戏游鱼。

日子也是不亦乐乎。

老汤常和书法同道说起老李。话说当年一个炎炎夏日,古子城未名画廊的老板老汤,正在微信上与某女聊得不亦乐乎。突然,地震一样的脚步,洪钟一样的声音把老汤吓得一愣。

老汤慌不迭地从椅子上坐起,手机还啪地掉在了地上。乖乖,今天没有请装修师傅啊!

只见眼前的一个壮小伙,腰板笔挺,头上戴个风尘尘的头盔,眼神里满是自信。

——我来学书法的!

老李粗声壮气地说。他的声线将老汤的耳膜和未名画廊填充得满满当当。

老汤从惊愕中醒来,内心充满了即将收钱的小欢喜。他从老李的身上,闻到了丝丝缕缕同类的气息。他仿佛看到了不久的未来,与老李觥筹交错的场景,定然非常有趣。

这就是老李在未名画廊书画史上的首秀。未名画廊曾涌现过无数在神州大地叱咤风云的人物,一般都是文绉绉地亮相,如老李这样水浒好汉般的亮相,在未名画廊是头一个。

当然最让老汤津津乐道的,还是老李的两个儿子。两个儿子都是人中之龙,非常优秀。两个儿子分属于老李生命之中不同的故事,这也让八卦的老汤无穷想象,逢人便介绍。

聊慰老汤自己身不能至、心向往之的人生。

虽然老汤说,如果他现在如老李般单身,追求他的女孩子可以从保宁门排到兰溪门。

闻者呵呵一笑，就是老李，也是一脸不屑。老李想，我与老汤如果一起去和女孩子吃饭，哪有你老汤什么事啊！

老李一脸的自信。

## 四

老李非常明白自己。他性格刚毅，喜欢喝点小酒，人又率性，喜欢自由，大大咧咧，这些都是优点，也都是缺点。这些也是造成他前面两段故事的原因。他非常感谢两个孩子的妈妈，从没有半分怨恨之心。婚姻中两个人的不合适，分分合合，更多也是自己的原因。单身之后，也常有喜欢书法的女生与老李交往，但老李都与之相处成了哥们。

想年少的时候，贪玩顽劣，常被老师罚站于教室门外。老李，那时候叫小李的中学生，常是在教室外上课的。那时教室外的操场上，堆着一大堆杂木，小李就站在那堆木头上听了大部分的课程。就是这样，天资聪颖的他，还是以优等生的身份考上了中师，那时候的中师几乎集中了本地最优秀的学生。

一晃多年。老李摇摇头，想到三十多年的教书光阴，现在也是桃李满天下了。

心还年轻，只是头发已经花白，有空不如养花、养鱼、写字和看书。他从来没有像现在这样关心院子里的小鱼活得好不好，花圃中的芍药香不香，四季的田野有什么样的变化，等等。

"日长篱落无人过，惟有蜻蜓蛱蝶飞。""田夫荷锄至，相见

语依依。"即此羡闲逸,内心自成一个桃花源。

他的笔墨也慢慢受到北山灵气的滋养,渐渐有了魂灵,气韵流畅生动,章法平朴见奇。

徐强老师见之,亦谓神奇:"以往寒石写字,有酒有神,今之书法,有酒更见神气,无酒平淡见神奇。"

老李只是憨憨地笑,嘴上说:"果真好吗?我只是随便画画的,果真好吗?"

人生有得有失,单身的这些年,他收获最多的是自我。他眯着眼睛看着这些字,心里想真是比以前好了!

他又想,什么时候可以将婺城大街小巷前几年写的牌匾都换一换。对,落款为寒石的那些牌匾。

常有朋友问老李:"为什么号寒石?"老李呵呵笑道:"我就是那冥顽不化的石头啊,又冷又硬的石头。"可他还是一个有尊严的老李啊,虽然他已经无意于世间的很多事情了,只钟情于小院花草,闲云野鹤的生活,现在只是想过属于自己的生活而已。

但人生经历过那么多,总会留下点啥。老李备了好酒,约上老汤和老桑等,边喝边聊。

"老桑啊,你什么时候写写老李我啊,我老李的故事可多了!"

老桑说:"好啊,好啊,老李,我给你写两篇文章记录一下。第一篇叫《是无无明》先抛个砖,第二篇叫《是无无明明尽》,写点真实的、有料的,你且细细道来。"

老李咂了口酒,打开了话匣子。

## 在暴风骤雨的夜里……

夜归的时候,遇见吓人的闪电,瓢泼的大雨。

我喜欢在暴风雨中穿行,但今天,我只想停车路边,暂时歇会。车打着双跳,雨刮安静,虎视眈眈看着如河水一样在玻璃上流动的雨水。雨和雾气,遮挡住我与外界所有的联系。

屋檐下挤满了猝不及防躲雨的人。在梅雨季小心翼翼携带的雨伞,今天被无情地辜负了。

在暴风雨中出行的人,要不是壮士,要不是疯子。

不,还有一种人,在雨中进退两难,只得前行。

雨并没有丝毫的歉意。江南七月,雨带来了只有夏季才有的味道。

雨代替空气成为另种隔绝的介质,在风雨飘摇的晚上,我的车是座孤岛,小心盛放着我的孤独与寂寞,以及种种复杂的情愫。空间的压迫和逼仄却带来树洞般的安全感,在行色匆匆的世

界里，我潦草落魄地生活着——我很安全！

无人处，清醒雨滴，织着一个无边无际的梦。

这个时候，可以掩面哭泣——假装是雨不小心下进车里。

这个时候，可以放声高歌，大声喊叫——张开嘴却寂然无声。

我的心在这样的大雨中奔跑，我在七月的雨中狂奔，河流般的雨珠和汗水，从我的脸上滚落。雨，代替了泪水想要表达的悲壮。

雨中的万物蒙了。雨的声音，振聋发聩，没有章法地压迫着人们的听觉。闪电一次一次劈打着人们的良心，震碎天空的玻璃，雨珠是玻璃的碎片，从夜空倾倒而下。

雨，温情似水，带我进入一个全新的世界；雨，又如钢刀利刃，将我从遥远的世界拉回。

我启动车子，在暴风雨中，车子如孤舟一样驶进汪洋的世界……

即使道路险而长，狂风怒号，暴雨如注，白色的闪电在天边燃烧，我们的路，还是要走下去。

我们的路还是要继续走下去。

# 阅后即焚

一

有些事儿，老汤完全记得。

比如他儿时随着在铁路局工作的父亲，从温州来到婺城生活，住在铁道小区，上的铁路小学和金华二中。他还能清晰地记得教室里桌子的位置，食堂大妈豪气的样子，以及那时候操场上播放的是第几套广播体操……一幕一幕清晰无比，时光将那些记忆都刻在了他的脑袋之中，只消悄悄按一下播放键，就可以如电影一样播放。

一幕幕清晰得如同他小时候和父亲一起走过的铁轨，枕木泛着油亮的光，一节一节地铺满了他脑海里的空间。

后来的日子，他求学的经历，在北京潘家园工作的经历，以及他与日本女朋友交往的细节，所有的所有，随着岁月，如同一层一层落叶，层层堆积起来，在他的脑海里越积越多。旧的出不

去，新的一阵一阵疯狂地挤进来。

再后来，老汤有了第 N 个手机，第 N 个电脑，电子化的产品如同中国传统的文化，一生二，二生三，三生万物，很多事情已经不需要脑袋记忆了，但老汤的脑袋一直固执地记得生活之中所有的蛛丝马迹，常人所记不得的事情，没必要记得的事情他总记得。

所以，老汤年纪很小的时候，头发就白了，脑海中的记忆似乎有很大的重量，让他的脑袋变得死沉，沉得压弯了他的背。还在青壮年的时候，他坐公交车，常有懂礼貌的孩子迅速在他来到跟前的时候起身："爷爷，您请坐！"

这时候，老汤厚厚的镜片后，是笑眯眯的眼："这娃真乖，上几年级啦？在哪上学呀？"

看着飞驰而过的窗外景色，老汤不知道记忆是不是一个无边无际的宇宙，还是内存有限。一天一天，一年一年的记忆，常让他感觉记忆与记忆打架，让他在深夜里失眠，让他的小忧郁在孤独的时候蠢蠢欲动。

他想到了黑洞，想到了宇宙爆炸，他不知道脑袋里的记忆是不是会有挤爆的一天，如同吹爆的气球。

每当聊到某个过往的细节，几乎婺城所有的档案馆都无法找到的历史细节时，老汤眼神里有熠熠的光辉，所有过去的细节，在他的脑海中，都鲜活起来了。

啪的一声，他的脑海就回到了某个时间节点。那时候的人，那时候的婺城，那时候的景色，在他的脑海中，昨日重现，有声有色。

还有，如果你需要查询某个生僻字，某个知名的书法人物，问他就行了。

他想过，有没有一种如抽丝一样清理脑海库存的机器，将他那么多的记忆一点一点、一丝一丝地抽走。

轻装上阵的他，是不是可以挺直腰杆，头上的白发会不会因为有了营养而重焕青春的颜色。

可是没有这样的机器。于是，他还是清晰地记得，那年入冬之后，北京下的暴雪，雪中他日本女朋友的回眸一笑。

之后，他们再也没有见过面。

想到那一刹那，他觉得自己是弘一法师。

很巧的是，那个女孩子叫诚子。

## 二

老汤自己明白，诚子只是记忆中的几万分之一。

有些事情，我们想千方百计忘记却忘不掉。而有些事情，我们想千方百计去记住，却又很难。

有段时间，老汤一直在背诵《金刚经》，希望在这个冬天彻底了悟一些生命的意义。在反复的背诵中，他常常在古子城陷入恍惚，他看着保宁门巍峨的城墙，仿佛回到了晚清，行人如鲤，进出城门，耳朵里却又听到了不远处侍王府中金戈铁马的声音。这些声音，同时唤起了他脑海中庞大的记忆，这些记忆争先恐后

地发声，汇集起来，发出了雪崩一样的声响。

振聋发聩，却棒吓不了他。

他摇摇头，不由地想到了八个字：万物皆虚，诸意皆妄。

凡所有相，皆是虚妄。他自己也明白，他脑海中固执着的一切，有些是真实的记忆，而有些不过是他脑海之中情不自禁的想象。

臆，臆见，臆想，臆造。

没有人强迫他，是他自己强迫自己，是他自己的思维强迫自己。

存着一些没有用的记忆，守着一些没有用的原则。

毫无办法。

却又无可奈何。

## 三

即使没有抽去脑海记忆的神奇机器，有阅后即焚的那种也好。

如今，微信朋友圈里很多朋友设定"朋友圈三天可见""朋友圈一个月可见"……

这个世界真正关心你的人本来就很少。在微信的世界里，你可能拥有着几百上千的好友，但是仔细想想，有多少朋友从来没有点过赞，有多少朋友从来没有评论过，他们只是静静排在你朋友的列表里，很少出现。也有很多朋友，其实早就给你设置了

"仅聊天",或是"朋友圈不可见",你早就已经被人拒于千里之外了。又有几个朋友可以说说心里话,可以一起喝点小酒、吹个小牛呢?

老汤倒是不在意那些所谓的朋友。朋友圈已经越来越没有意思了,他发朋友圈也越来越少,也很少去翻朋友圈。

他看着自己设置"三天可见"的朋友圈,在三天的期限里,阅后即焚,这些记忆慢慢退出所有人的视线,这些记忆也将成为别人不可见的记忆。但它们静静躺在自己的微信朋友圈里,一条一条,沉淀成自己的历史。

是的,可以不记录,不记录就不会留下什么。但是不记录,真的什么都不会留下吗?阅后即焚,可以不给别人"偷窥"的机会,但是自己心里的记忆真的"焚"掉了吗?

老汤想到这些的时候,想到那年诚子走的时候,她一步一步在雪中走远,他握在手心的冰一点一点地融化,点点滴滴落在自己的心上。

他的心现在还感觉到冷。

四

冷到他无法安静地进入梦乡。

冰冷让他的神经清醒,让他的记忆有声有色,立体饱满,如同诚子温暖柔软的身体。

在午夜来临的时候,他翻看着莫迪利亚尼给阿赫玛托娃画的

素描。这位留着黑色长辫，举手投足都透着优雅的俄国著名诗人，有着"俄罗斯的萨福"之称的女诗人，在公元1935年前后，她的罗曼史依旧是坊间的传闻，她的诗才在体制内一样有着夺目的光辉。以前，阿赫玛托娃写诗总是手写，将诗句写在莎草纸上，然后自己朗读，修改。后来，她写诗，自己写一段背一段，只有这样，她才是安全的。但是，她也担心，哪一天自己消失的时候，这些伟大的诗句也会随着她消失。于是，阿赫玛托娃小心翼翼地找到她最亲近的朋友，向她们反复诵读这首诗。

这首诗，就是有名的《安魂曲》。老汤在昏黄的灯光下诵读，其实他并没有读懂这部伟大的诗作，他也无意去寻找俄文原著。他只记住了十几个女人，在那个非常的年代，经过多年多人的记忆与传诵，才留下这伟大的诗篇。

## 五

诚子在雪中也曾问过老汤，你会记得我吗？你会记得我的什么？

老汤华发早生的脑袋瓜与北京的雪地争相辉映。

他目送着诚子走远，远到隔江隔海，他都没有回答。

过了很多年，他已经无法将这些记忆中的角色进行排序。反而，越远的记忆在脑袋中越发清醒。

清醒得像失眠晚上的星星，常在窗外一闪一闪地和他打招呼。

## 六

老汤放下手中的《金刚经》，与朋友一道赴婺城附近的一个古刹。

他和一位和尚短暂地会面，详细地讨论了生死。窗外的一朵花开了，另一朵花谢了。寺外的湖面上，一只飞鸟掠过，湖面的平静被打破，一会儿，又恢复平静。

舍内的梵香，在空中婉转如同腰肢，也如同老汤平时写字的笔墨，一丝一丝，一缕一缕。

香如浮云，没有定型，没有定性。时有时无，转瞬即逝。

谁都无法承认它是不是来过。

走的时候，山间突然起了阵妖风。

老汤坐在车上，手上是老和尚给他写的两个字——口与火。

车行至一片空旷地，他下车。

他从裤兜里掏出一盒一年都没有用掉的火柴，点燃一支细长的烟，顺手将那两个写在宣纸上的字点燃。

烟缓缓地从嘴里、鼻孔里喷出，烟在空中婉转如同腰肢。

行云流水的字在火中化为烟，烟在空中婉转如同腰肢。

火苗猛地一蹿，将他的手指烫了一下，痛到了心里。

眼前的纸，化成了灰烬，风一吹，灰在古子城的古板路上无处可觅，但他脑海中记忆的精灵，却抓住了它们所有的去向。

他"呸"地吐了口痰，"朋友圈三天可见"算啥"阅后即焚"，这才是真正的"阅后即焚"呢！

# 有没有那样一个时候……

有没有那样一个时候。褪去繁华，褪去表面的微笑，心在无际的黑色海洋上漂浮，波涛卷起重重的人与事，腾到半空中，倏地失去了筋骨，如暴雨般倾泻而下，我们湿淋淋的一片。

有没有那样一个时候。梅雨天的雨，无休无止，雨刮在不知疲倦地工作。手握着方向盘，碟机里唱着喜欢的歌，车窗上的雨点在灯光下闪烁着斑斓的色彩，还没有站稳脚跟，就被雨刮无情地甩了出去。车停在路边，无骨一般靠着坐垫，只是想这样坐一会儿。或者，重新启动车辆，冲破这雨帘，去某一个地方，去狂浪一回。可是，没有目的。继续坐着，无力地叹口气。

有没有那样一个时候。什么都不想。把音乐关了，把手机静音，听听雨敲打窗户的声音。车窗也好，家里的玻璃窗也好。听雨，仿佛听人生。

有没有那样一个时候。只是在怀念一场雪，只是在想念一个人。

有没有那样一个时候。很想有一个开关，可以将脑袋暂时"关掉"，什么也不想，只是休眠一会儿。

有没有那样一个时候。躲在自己一个人的"树洞"里，蜷缩在自己的世界里，什么也不想说，什么也不想做。不想倾诉。

有没有那样一个时候。想喝杯酒。想抽支烟。想在深夜奔跑到筋疲力尽。想到世界的尽头。

有没有那样一个时候。在人群之中，笑着说着，喝着唱着。突然，自己停了下来，感觉到一种人群之中的孤独，无法言说。于是，一个人到旁边，安静地坐着。再后来，好像都不习惯很多人的场合了。只习惯自己一个人待着。"独行独坐。独倡独酬还独卧。伫立伤神。无奈轻寒著摸人。"

有没有那样一个时候。想回到自己内心深处去。煮一壶清茶。看夕阳中的大地，多么柔软，多么安宁。

总会有很多这样或那样的时候。那种时刻，转瞬即至，快得都来不及迎接。我们都没有办法拒绝与之相对。镜前呵起一层雾，迷失了自我。无形无状，我们踏进了镜中的另一个世界。去另一个世界旅行了一回。在另一个世界不小心看到了自己，难以擦洗的不堪。人群背后，满面泪痕。我们无法将自己真正界定清楚，无法界定自己的痛苦、快乐、悲伤，无法界定人生有无意义、生命有无意思。无法做到始终如花朵一样灿烂。不该有的疼痛与疯狂，与纠结的天马行空的幻想，杀将过来。

慢慢，包容那个努力却依然不完美的自己，也原谅自己之前

荒唐不堪的岁月。或许，不是包容，不是原谅。只是，不得不接受。之后，某物静静地流回自己的躯体。四肢五官开始舒展，身体随着万物重新生长。

脸重新戴上了面具。

胃感觉到了饥饿。

## 夜深人静的时候我不想说话，
## 文字代替我发出声音

我常在树旁，等一个句子。

雨天，或是月圆之夜。有酒，或是有茶。

空灵。不知何故，最近老是想起这两个字。

空气之中，生发出无限的可能，在黑暗之中闪着光亮。我想做神奇的裁缝，将夜色中空灵的气体，裁成长短不一的句子，贴在我的笔记本上，编进我的《桑言桑语》里。

我不想炫耀什么，只想给尘世的美好一个交代。

闪亮的文字，挂满我人生的夜空，照亮我一直前行的道路。

风吹起洁白的云朵，我的书房在空中的某个角落。

这是空茫的云端，人迹罕至。一层层、一级级的台阶上落满了四季的灰尘。

我每天用文字清扫我心灵的灰尘。

春天在露台桂花树小窝中孵出的珠颈斑鸠,已经成年,常在我的窗前低吟,啁啾。

它们还记得我。

月光很好的晚上,我在桂花树下静坐,鸟儿的影子投射到我手上,成了斧头的样子,让我扮演了一个角色。

露台上有两棵桂花树。花儿年年盛开。

我拿起斧头,在空中劈,砍,敲,砸,乱舞一通。

气喘吁吁地打印收获的句子。

细长的文字,不干胶一样,封住了我的嘴巴,我的声带。

夜深人静的时候,我常有想呐喊,想大声歌唱,想吼点什么的冲动。深夜,心如月亮一般,爬上远方的峰峦,我想高歌!

月光静静地看着我,像树枝一样,伸出藤蔓,缠住了我的舌头,我的四肢,甚至想扼住我灵魂的触须。

我不能言语,灵魂的呼吸,叹出绵长的一口气。黑暗的屋子里,铁匠陈旧的风箱,在拉扯着进退着,燃烧的火焰,振聋发聩。

文字从头上长出触角,夜晚伸出很长很长,我是尘世间的怪物。

所有的人离我很远很远。

总要写点什么,才不会忘记今生来到世上的目的。

文字，让时间的刻度有了微薄的意义。

文字，每闪光一下，就会敲响生命的钟声，悠扬地在耳畔回荡。

每每佳句偶得，小文初成，我常会激动得手舞足蹈，泪流成河。

其实，看的人很少。但又有什么关系呢？

人生不是过给别人看的。絮叨的记载，如同自言自语，我在文字中自言自语，与自己对饮，与自己共歌。我在文字中，将所有的悲剧写成喜剧，将所有过往的忏悔蒸馏，萃取成酒液琼浆。

夜深人静的时候，我只能用文字发出声音。

白天已经耗尽身体所有的力气。夜晚才是灵魂和文字共舞的时刻。真正精彩的人生，是静水流深，是条安静流淌的大河。此刻，我用文字，清濯我白昼心灵的灰尘。

夜深人静的时候，我不想说话。

文字代替我发出了声音。

## 我偏爱诗的荒谬

一

那一年,看到汪国真去世的消息,朋友圈都在感伤,都在缅怀。我手抄了九首汪国真的诗,用我的方式表达我对这个诗人的敬意。

但突然,有很多人跳了出来,纷纷讨伐怀念这个"三流"诗人的意义。看到标题,我深感汗颜:汪国真什么时候成三流诗人了?我们什么时候成了三流的欣赏者?

粗略地看了评论,大致的意思是诗写得不怎么样云云。我不想用什么角度去反驳,我只是想,说这些话的人真的经历过那个年代吗?真的懂诗吗?真的写诗吗?真的读诗吗?

在那个一句话可以激励你的年代里,每一首诗都有无上的力量。在那个诗人满地都是的年代里,有多少首诗值得我们记住,有几个诗人到现在我们还记得?

## 二

我一直在怀想那个年代,真的是诗的黄金时代。各种诗派层出不穷,那么多的人写诗。我也一样,"少年不识愁滋味,为赋新词强说愁",为了写诗,整个青春期的自己都神经兮兮的。那时的诗,留下稿件的仅有几首了。有的诗,获了奖,但那些诗写的是什么,我都记不得了。

诗真没有那么高尚,《诗经》放到现在,也是白话文一样的寻常人寻常话语而已;诗真的可以那么高尚,普通的诗,经久不衰,让人世代吟咏与流传。

我和那个时代一样,有段时间不写诗了,也不看诗。好的诗,我认为前人都已经写完了。唐诗,就像最经典的中国画,让人想象,让人神往,让人读完之后弃笔不写。好的诗,徐志摩的,普希金的……多么有灵性,多么美,爱和生活在诗人的笔下是多么美好,如果写不出那么美的诗,对诗定然是种亵渎。

于是,很久很久都不写诗了。

## 三

重新拾起诗,是因为工作实在太忙,又想记录,于是用诗作为记录的载体。一写,竟停不下来,出了一本诗集。这本诗集,是自己年轻时候的一个梦想吧!这本诗集也是一个开始,写着写着便不想停了,接下去,还要出第二本,第三本……

听从心的呼唤，把心里想说的写出来，这是一种幸福；有人和你分享你的快乐，即使只有一个人，也是种幸福；能把想表达的东西，表达得完美，那是种极致的幸福。

诗也绝非简单的拼凑和文字的神经发作。诗总是美的，美的生活，美的人物，美的心情。即使是悲伤的事情，落在诗行间，也会绽放出美丽的花儿。

诗是一幅画。山水画，抽象画，肖像画，等等，让你我神游，让你我在画中流连忘返。

有些诗，也许打动不了你，但可以打动另一个人。只因你的心和他的文字不在一个频率上。

有些诗，有些诗人，有时代性，不一定流传多久，但在那个时代里，他的诗肯定是标准的精品。流传很久的诗，已经没有国界和时代的区别。

## 四

世间的人人不同，也造就了诗诗不同。不是每首诗都是精品，也不是每首诗都是次品。对诗的宽容，就是对人生的包容。

我们不妄谈诗，因为诗的神圣性；我们也不妄写诗，因为写诗要对得起自己，对得起文字。

我们也不妄评一个诗人，一切以"几流"来衡量人的标准，原本就该被打上不健康的烙印。

辛波斯卡的一句话说得很好："我偏爱写诗的荒谬，胜于不写诗的荒谬。"

## 恰到好处的坚持,是世间最好的相知

就像是长时间在黑暗的洞穴中徘徊,终于看到了一缕光一样的感觉。

没有任何其他希望。他只能沿着这一缕光往前走。

——东野圭吾《信》

一

有些缘分看似阴差阳错,看似巧合,却又似冥冥之中天注定。

瘦猴似的好兄带着瘦猫似的我走进文化宫一楼健身房的那个晚上,正下着灰蒙蒙的小雨。

这是我人生第一次进健身房,谁也不知道,我和健身的缘分就此开始,"撸铁"一直持续到了现在。

好兄明显比我成熟很多。他那时已经有心仪的女孩子,正迫

不及待地想用健壮的身体增加女孩子对他的印象分。那时候，好兄去女同学家，去做点啥，都喜欢带上懵懵懂懂的我。谁叫我一直那么天真，丝毫不会对好兄造成威胁。

刚刚撤县建市的丽州小城，文化宫健身房只有二十来平方米。没有多少器械，练的人也少，很多器械还是自制的。比如最基础的卧推器就是木头做的，上面汗渍斑斑。中间是一个组合七人站的器械，旁边是一些小器械。那时的教练是曾杰，连续多年被评为浙江省健美先生，是健美届的前辈。第一天，他简单带我们认识了各种器械，教我们怎么用。然后面无表情地说，你们自己练吧。

说完，他就坐在一边自己看报纸了。

于是，我和好兄就呼啦呼啦地开始了锻炼。曾教练一般看都不看，只要我们不受伤就行。教练是在下午的时候练，我们白天还是要学习，都是吃了晚饭就去健身房练。在昏暗的灯光下，曾教练一个人坐在一边看报纸，一张日报他可以慢慢看上一两个小时。几个为了大块肌肉梦想的毛头小伙子，毫无章法，挥汗如雨。

那时候，有一大批跟着曾杰已经练得不错的健友，在省健美比赛中都取得不错的成绩，我们仰望如高山。傻傻的我，一直也没有想过要练得怎么样，只不过是惯性让我一直坚持下去罢了！

暑假快结束时，和我一起去的好兄，最后不知和哪个女孩子野到哪里去了，留下我还在坚持。若干年后，他依然是瘦猴一个，而我这个文弱书生老桑，在健身房练成了肌肉男。在羽毛球场上，大家都以为我是体操专业的；在户外骑行俱乐部，大家以为我是退伍老兵。却很少有人知道我是一个写得一手锦绣文章的书生。

傻傻的我，一直坚持，每天的营养就是两三个鸡蛋。

撸铁，就这么开始了！

## 二

对未来真正的慷慨，就是把一切献给现在。

夏去秋来。我上了一个不入流的大学。

夏末秋初，八个室友住在狭小的宿舍里，晚上临入睡，我一脱衣服，室友黄晓敏一声惊呼：哇，史泰龙！施瓦辛格！

众友注目，皆惊呼。其实那时的身材并不出众，只是那个时代健身的人少，我身上的几个肌肉块也有点像模像样了。室友让我用胸肌夹铅笔，在宿舍里各种秀肌肉。一时，我们宿舍都跟着我一起锻炼健身了。

健身就这样改变了自己。

健身有了感觉与效果，于是兴致就来了，从那时开始，健身也就成了一种爱好。那时候的学校条件不好，没有健身房，我就骑上自行车，满街找健身房。找到了健身房，砍价格，然后继续健身。老板看我一个穷学生，这样热衷于健身，特意给我办了一张"次"卡，就是来一次算一次钱。

在学校里，我同时负责学生会和班级的工作，再加上学业，

也是很忙。所以，一般都是在大家午休的时候，我便骑上我的破自行车去健身。等大家都睡醒的时候，我也就回来了。

那时，交上了一个好朋友，就是《健与美》杂志。慢慢明白，原来健美可以这样练。那时，很自豪的是因为我的爱好，我们学校里的很多同学都喜欢上了健身。第一次感觉自己可以为推广健身做点事，这感觉可真好。若干年后，我的照片登上《健与美》杂志，编辑说，一个普通人能坚持健身这么多年，而且保持这么好的状态，的确是值得点赞。

在大学，因为健身练得很壮，所有人都以为我体育很好，结果我做了学生会的体育部部长——这让我的小学、中学的同学们笑掉了大牙。桑洛，那个体育成绩很差，瘦弱的，神经兮兮的桑洛！有很多小学同学都记得，体育课上跳高，桑洛肯定是在那里捡竹竿的——因为体育不好，老师懒得理我，就让我在那里帮同学捡竹竿。

他们不知道，健身让一个人变了模样。

坚持让一个人变了模样。

## 三

你要有自己的节奏，自己的生活，自己想要的世界。

经过大学阶段的健身，我的健身"专业度"又达到另一个层次。

不管做什么事情，约会或是应酬，都要先练完再参加。因为健身，我在学校也成了一个公众人物，人称"健身狂"。

后来我参加了工作，为了生活四处奔波。不管到哪，我都会自备简单的器械进行训练。每次出差，一住下来，就四处看健身房，看别人训练，自己也训练，然后与他们交流。在一处工作暂时定来下的时候，我就会给自己办健身卡。这么多年下来，总共办了多少张健身卡？中学毕业那段时间，大学期间，工作期间，如果一张张卡累积起来，估计有二十张卡了。

年轻的时候爱闯荡天涯。那一年，背起行囊，义无反顾地去了广东。到了之后，安排了三室两厅的房子，安定下来后，老板问我还有什么需要，我只问，附近有没有健身房？得到否定的回答后，我说，我想买套健身器材。老板很是器重我，于是公司给我买了套健身器材，有史密斯器、卧推架等。刚开始的时候，我把这套器材放在客厅里，每天下班回来后，挥汗如雨地练。练三天，一个循环，休息的那天就去体育馆打羽毛球，就当有氧运动了。之后，公司的新厂房盖好了，我在新厂区的生活区申请了一处场地，把健身房搬了过去，成立了公司的健身中心。

健身，不光是自己健身，也是要让更多的人参与进来。

## 四

还有什么比坚持更酷的呢！

对，坚持就是最酷的！

人长大了，成熟了，又老了。离开广州后，我又去了北京，

南下北上之后，最终叶落归根，回了浙江。

不管在哪，我的生活还是相当有规律。下班后开车去健身房，练完大概是六点半到七点，回家吃饭。就是出差我也背着健身包。住宾馆，也要先查一下有没有健身房。健身陪着我，五年、十年、二十年、三十年，就这么走了过来。虽然，练得不怎么样，但是自己起码坚持下来了，还是相当开心，相当自豪。

健身，给我带来了良好的习惯。这些年，不管是出差在外还是应酬，我都能坚持良好的饮食习惯，不抽烟，不酗酒。健身占用了我业余的大部分时间，所以我也没有什么时间去打牌、打麻将。这个习惯，终身受用。

健身，给我带来了良好的体魄，坚强的毅力，能让我在不同的环境，不同的处境中，积极往上走。

健身，给我带来了自信，从那么瘦弱的我到强壮的我，我在工作、生活中有很多的收获与快乐。

健身，也给我带来了许多朋友。认识的，不认识的；深交的，不深交的。每到一地，总是会到一个地方的健身房看看。这些年，在全国各地很多城市打过羽毛球，健过身，每到一处，总能认识许多如我般为健身执着的朋友。

平时在各种场合，我做得最多的分享，就是健身和读书方面的。能带着身边的朋友一起锻炼，一起运动，一起读书，这真是件快乐的事情。

健身和读书，修身修心，可真好。

我崇尚的生活也是这样，一文一武，一动一静，动如脱兔，静若处子。静下来，看书写字；动起来，打球跑步。

现代社会的书生，已不是手无缚鸡之力。

## 五

1+0＝0，这是我信奉的健身原则。

肌肉不是什么物品，不能储存，我们要保持肌肉，保持体形，要保证我们的健康，只能科学地进行训练。这其中，坚持才是硬道理。一分耕耘，一分收获，这也是我信奉的。肌肉，不会凭空而来，肌肉的增长也需要我们不断投入，不断科学训练。

我们需要健康的体魄，阳光的心理。

我坚信，时间是挤出来的。只要有心，你可以用哑铃、跳绳，甚至徒手也能做很多健身的动作，达到健身的目的。诚然，健身房的氛围更好一些。我喜欢健身房的氛围，有那么多健友，同时我也享受一个人的健身时的那种孤独感、快乐感。

有一年，我被健身会所评为年度最佳学员，领奖的时候，我说，不是我该感谢健身房老板，而是健身房老板应该感谢我。为什么呢？一年来，我背着印有健身会所商标的包去了广东、四川、浙江、山西、河南……大半个中国，给他们打了多少免费的广告……这么多年来，只要不出差，我每天都出现在健身房。即使出差，一只手拎着笔记本，另一只手拎着健身包。

因为工作时间的关系，我到健身房锻炼都是在人比较少的时

候，空旷的健身房里常常只有我一个人孤独的影子，日复一日地推举着冰冷的器械，日复一日地在跑步机上跑着……跑出健康，跑出激情，练出兴趣，练出体形……

健身房的收获有很多。

——哇，推举增加了十斤！

——啊，交了一个知心的朋友！

——嗨，对着镜子自我欣赏，感觉身材又好了！

我喜欢，每次锻炼后，拉伸完，坐在地上享受出汗之后的快乐，那种舒坦劲，任何文字言语都无法形容。

有时，在光芒万丈之前，我们要欣然接受眼前的难堪与不易，接受一个人的孤独和无助。

真正坚持一件事情到最后的人，往往靠的不是短暂的激情，而是恰到好处的喜欢和投入，靠的是习惯，是一种不被知觉的温和的持续努力。

写文，健身及世间所有的事，皆是如此。

世事清凉，万物遇见，皆是缘分。有舍方有得，恰到好处的坚持，是世间最好的相守与相知。

# 人间有戏

## 一

让我猜测。

今天的你,是不是要送出精美的礼物。今天送出的礼物,是不是一束芬芳的鲜花,或是珍贵的珠宝,或是名牌的包包……代表着节日中你的爱意。

让我猜测。

今天的你,务必要营造一种庸俗生活的温馨,笑意盈盈地表示着爱的幸福与忠贞。

让我猜测。

今天,节日的色彩无比鲜艳,有玫瑰红、百合白等,在朋友圈里晒着爱的幸福。

生活是如此色彩斑斓,爱是怒放的花儿。

平凡的生活,遇上了节日,便有了爱。

人间有戏，今日的戏份更足。

人间有爱，今日的爱满屏满街。

在今天这个日子里，我想起若干年前去越南，也是这个节日，我看到一个个普通的工人，在下班的时候都会买一枝玫瑰花回家送给太太。

我记得那摩托车拥挤的胡志明街头，藏在生活缝隙里的鲜花，格外耀眼。

## 二

让我猜测。

葡萄架下听故事，卧看牵牛织女星……在今天是遥远的事。

这些美丽的神话，在人类的历史上熠熠生辉，流传千年。

但今晚，抱歉，星河黯然无光。

但今晚，抱歉，没有人相信喜鹊搭桥的故事。

烛光中的浪漫，抖动着幸福的柔软。

人们不需要遥远的答案。

我记得年少时候的七夕，家中姐妹争相做各种手工刺绣，我们躲在葡萄架下听牛郎织女的悄悄话，在夜半的露台上，我们看着满天的星辰，渐渐睡去……

## 三

让我猜测。

在暮光的消退中,你黯然神伤。

如一个无关紧要的人,带着疲惫之态,缩进半斤酒的世界。

夜半会失重,恍在星空。

你想表白,所有的纸张和文字都不能代表你的感情。不如让所有的一切,如缈缈的轻烟一样无足轻重地飘走,消散。

## 四

都结束了。一切都会停息。

时钟,不紧不慢地往前走着,无视狂欢与孤独。

——这只是普通的一天。生活在继续,无所谓细节,一路向前。

每个节日都挂上一面白布,我看到你、我、他夸张地投影在屏幕上。

上面播放着很多老旧的故事。

人间有戏。

生活有味。

## 多少纠结,多少半途而废

细数一下,有多少美妙的灵感曾在脑中闪现,但未曾记录下来,这些灵光一闪的想法,于是就消失得无影无踪,仿佛它们未曾来过。

细数一下,人生里遇到过多少人,错过多少人,现在还记得清的有多少人。

理不清,数不清。

惹得自己感叹一声。

如果……

如果。

——就说文字吧!

如果全部记录下来,那应该有多少文字了。

如果全部记录下来,那该有多好。

人生似乎也是如此。没有照片,没有文字,没有视频的记录,人生似乎就没有真切地来过。

多少经历,淡若无痕,人生如白驹过隙,转瞬走完。

多少纠结,多少半途而废。

多少坚持,只坚持了一小段时间;多少旅途,只在萌芽之中;多少选择,在纠结之中消磨了时光。

我曾想,偶尔不纠结也是好的。

想吃某种食物的时候,那就去吃;想去某个地方的时候,那就出发;想发呆的时候,那就发呆……

多半的积累,就在于立刻行动,坚持下去。

率性而为之后,面对的是一天天的洒脱,貌似潇洒,实则碌碌无为。渐渐,除了略胖的身材,空白的笔记本……最后,什么也没有留下。

我也会偶尔纠结。纠结的时候我选择还是先坚持读书,写字吧!删去一些不必要的微信群,选择在人群背后,静静沉下来,做点什么。

坚持是件多么酷的事情!

当年老的我已经写不动的时候,我还有很多青春的文字可以翻阅。

就值得。

# 何事秋风

## 一

天气是看得着，摸不着的东西，却特别影响人的情绪。

古人的秋，或许和我们现在的不一样。时令已经是立秋了，天气依然酷热，早晚也不似儿时那么凉快。在时间的迅速流逝中，我们儿时的立秋和现在的立秋，已是大大不同。

天气没有入秋，我们的心却已经入秋了。秋已经在我们心里植了根，常常不经意间，想到秋，想到已经到了秋天。

换来一句悲叹：都已经是秋天了！

天气还依然热得非同寻常。一年已经过去了二分之一，这一年的春、夏，我们都做了些什么呀！

## 二

每天都在逃离。

怕被闹钟追着跑,早上都在闹钟响之前醒来。坐在床边的时候,常会发呆,努力找一个让自己心动心欢的理由,去面对人生。

小区里在施工,要很久。噪音是看不见却听得着的东西,影响着人的情绪。挖掘机和各种大型机械的声音,在早上七点多的时候,惊醒了很多人的梦。

我匆匆逃离这个大型工地。

但又无处可去。

## 三

秋风秋月,是一抹微笑的清凉。

不属于热闹。

热热闹闹的英仙座流星雨,在我们的眼前一闪而过,转瞬即逝。留下依然如故的天空,依然如故的我们。

我们也都是过客。

渺小如尘埃。

## 四

深夜，贪恋一本书。

有如遁入一个迷幻的世界，跟着书中的主人公，过了一段不一样的人生。

不觉夜渐深。

有空闲的时候，贪恋文字。

有如遁入一个现实交织虚幻的世界，给自己一个理想非现实的人生。

不觉人生渐黄昏。

天气忽已秋。

## 凉风已经吹动暑气

一

很累很烦的时候，不妨从一件小事做起。无从下手的时候，别让自己闲着，边做边等待机会。

我整理书籍，打扫卫生，做一些很小很小的事情。在空气和尘土之中，这些微小的事情，如水中的涟漪，一丝一丝的纹路，扩散到内心喜悦的深处。

苦恼大部分是自己找的。快乐也终需自己找。

整理书籍的时候，我总是很慢，像是在翻阅无数时光。

有时会叹口气，呆呆地坐在地板上。

二

凉风已经吹动了暑气。

在壶镇，一个秋风吹起的晚上，我和敏杰坐在街边的大排档喝了点啤酒，感觉到了丝丝点点的秋意。我们聊起曾经的朋友，有的已经悄无声息，或是各奔东西。

秋的凉意，翻动我的内心，我收到了十几年前写给自己的信。

黑夜有黑色的光，黑色的纹理。夜间出行的人们，和我生活在不同的时间和空间里。在一个偶然的时空中，我们相遇，不相识。

我们匆忙奔赴，匆忙吃饭，匆忙交谈，匆忙睡觉。一切匆忙。在每日的行事历中，写着潦草二字。

临风望月，望星河，以及宇宙。

星河无比淡定。

## 三

一直两点一线。在城市的一隅，我用脚步、自行车、汽车等各种方式丈量过这两点一线。我还是怕，有一天，我会不小心迷路。

贫居的大黄山，老旧小区开始了漫长的改造。每天早上在机械的噪声中醒来，匆忙逃离。

在夜深人静的时候回到小区，在诗书的世界里自我沉醉。

已成习惯，日渐着迷。

我是小区中的一个隐形人。

## 我的地板上长出了蘑菇

梅雨，让人喜让人恼的梅雨。

梅雨季快要结束的时候，缠绵的细雨，缱绻的柔雨，它们不知道，不知不觉中，已经悄悄改变了世界。

一

年轻时候没有认真读过的一本书，不经意地，我在落满灰尘的书房角落里看到了它。

陈旧的封面上，落满了被遗弃的委屈，扉页上有文字痕迹，年轻时候不懂事的线条，依旧嚣张任性地向外张扬。晕开的墨痕，稚嫩如同文字中盛开的花儿。

在这个深夜，我重读这本书。

如同，初见。人生若只如初见。

人生最美是初见。倒流的时光被寂静的回忆照拂，我回忆起

当时的岁月,如黑白胶片一样一帧帧闪过。在固守的时光中,记忆活在曾经的城堡里,清晰可见。

我曾见过你。我们曾经相遇过。

但是一转身,我们再也不见。

一个女孩在她最爱一个男孩的时候,悄然地离开了他。在现实中,她知道自己无法与男孩共同面对婚姻,便选择在最爱的时候毅然离开。

她凄然地笑了——她是男孩一生中记得最深的女孩,常常挂念,经常念叨。只是,他再也不会见到她了。

人生若只如初见。停在初见的时刻,两个人在异地,悲壮而甜蜜地思念,却再也回不去,再也不相见。

一个女人在和先生你侬我侬,最相爱的时候,先生不幸意外离世。女人痛不欲生,几年都走不出悲伤的世界。

爱,还在初见。

初见,是一封不能打开阅读到结尾的信,是茫茫人海的偶然相遇,是蓦然回首的心酸甜蜜,五味杂陈。

在这个深夜,我重读完这本书,我看到了原来很多漏掉的细节,忽略的情绪,以及回不去的过去。

我们无法让时光倒流,无法重新选择,也无法回到过去。

想到了很多。悔恨的心在猛烈地捶打着灵魂,记忆排着长队向自己叩首忏悔。我背着厚重的包袱,如乌龟一样向前爬行,忘记了奔跑,忘记了微笑。

忽然,泪流满面。

错把陈醋当成墨，写尽半生纸上酸。

## 二

梅雨。庚子的梅雨来得比往年都猛烈一些。

新安江水电站前所未有的九孔泄洪，有些省份几十年一遇的洪灾，意外的灾害常常出现在新闻之中……我们在悲叹之余，祈祷世间平安，灾难少一些，苦难早点过去。

这些都教我们，珍惜眼前，珍惜生命。

一个早上，我擦着惺忪的睡眼，被地板上奇怪的东西吓呆了——地板上居然长了白色的、黑色的蘑菇，一丛丛，一簇簇……在我的书房之中，在干净的地板上，我闻到了枯树，昆虫以及腐败的气息。

我慌乱地用脚踢掉了这些蘑菇，将它们扔进了垃圾桶，使劲地用洗手液洗手。地面还是留下了恐怖的黑色浆痕，证明它们经历过死亡却重新萌生，最后消失的印记。

有些生命，有一点点机会，它们就不放弃，在黑暗中沉寂了无数光阴后，有点雨露就绽放它们的生命。

给世界惊喜。

也给我惊吓。

地板上长出蘑菇，原因是书房的台式空调漏水，应该有段时间了。水慢慢地渗进地板之下，在腐烂的世界里，新的生命开始慢慢萌生，长大。

对于黑暗的世界，我们知之甚少。尤其是，黑暗世界生长着的生命。

蘑菇，或许是神的寓意。

黑与白，是世间的无常。

我的惊吓是我自己的懈怠。

## 三

那晚，梦见有人用黑色蘑菇给我熬汤，热气腾腾中，令人窒息的绝望在黑暗中扼住我的咽喉……

醒来，出了身冷汗。

我开始打扫屋内的卫生，拂去书上的尘埃。我换上跑鞋，开始晨跑。

记得我奶奶说过，只要能跑起来，什么都能跨得过去。

# 笔记生活

生活，是自己过的，大部分的情况下，与别人无关。

文字，是写给自己的。

我们过着自己的生活。

写着属于自己的文字。

## 一

我们都在城市中隐居。

关上沉重的防盗门，拉上不透光的窗帘，在斗室之中，打开各种聊天工具，无形的信号延伸到外界，如同小时候的天线，横横斜斜地立在高高低低各种颜色的屋顶上，各种信息、图片、视频在手机中，纷至沓来。曾几何时，手机成为我们世界的中心，我们在手机中成为自己世界的王者，我们运筹帷幄，天下尽在掌握。

其实，我们只不过是立着脚下那点小地方，交着有限的朋友，过着一日三餐、几点一线的日子。

只有这个春节是个例外。在这个春节，宅在家里的人们，在小区群里展示着才艺，焦点是厨房美食。这个特殊时期，小区空前团结，邻里关系特别融洽。

我们似乎很熟悉彼此。

我也"隐居"在一个小区。

我再三确定钥匙：房门钥匙带了吗？车钥匙带了吗？

这是我每一次出门前，最重要的一件事情——再三确定钥匙。

钥匙带了吗？钥匙带对了吗？

再三确定！再三确定所有的窗都已经关上，电源等都没有问题，然后才放心出门。

几个星期之前，找了一个换锁的师傅来换掉了这把锁。师傅换完的时候对我说："要把钥匙放好，这种锁，如果钥匙丢了，我也打不开。"

师傅又问："为什么不直接换个指纹锁？多方便。"

我摇摇头。我还是喜欢钥匙拿在手上的沉重感。

这个锁有七把钥匙。我手上拿着一个，不知该把剩下的六个放在哪里。我把钥匙放了一把在车上，又放了一把在办公室里，剩下的一股脑都放在一个抽屉里。

只有你一个人有自己家的钥匙，我告诉自己。

没有人在里面给你开门。

如果忘记了带钥匙，没有人给你送钥匙。

我经常背着双肩包在夜半时分回家。在小区正门的一幢建筑物的顶楼，我的小房间黑漆漆的，隐藏在零零星星亮灯的房子中间。窗户紧闭，没有光亮，严肃地望着苍穹，平静地看着我。楼上的桂花树，在黑暗中等着我。

从一楼到顶楼，要爬七层一百多级的台阶。楼梯上堆着一些杂物，感应灯随着走路的声音，在我的前面如阳光般亮起，在我的身后如鬼魅般熄灭。

我看到一间间关着的房门。房门老旧，有些贴了印刷的春联，有些只简单贴了一个不知什么年代的福字。这些人和我都住在一个楼里，但是和我都没有关系。他们不认识我，我也不认识他们。我每天都匆匆地离开，默默地回来。在他们窗户外的视线中，或许曾经注意到我一个一直背着背包，来去匆匆的人。

谁会在意你呢？

我有时会站在窗前，一般都是在晚上，或者下雨，或者月朗星稀的时候。我看不见他们，我看到的是这个小区白天喧嚣之后的宁静。

特别安静。

其他时间里，我都宅在自己小小的世界里。

## 二

贫居大黄山。这个老旧的小区，雕进了岁月的寒碜，几幢房

子，一条狭窄的路，居住着形形色色的人。富人，早就换了房，去了湖海塘，去了江滨的豪宅，或是更为开阔的地方。固守这里人们，有自己的苦衷，也有自己的乐趣。

大黄山的名字，很是豪气。婺城自称是小邹鲁，文风盛行，才人辈出。大黄山，以前不过是一个很大的黄土山吧！"黄"字，私以为只是黄土。"大"之意，为广，为大。如同旁边的"湖海塘"，一个很大的塘，前面非要冠上"湖"和"海"，名字取得如此波澜壮阔，也是有意思。

年轻的时候，与大黄山的渊源，因好友朱华就读于这里的金华供销学校。周末的时候，常来这里，一起喝酒，一起吹牛聊天，一起挤在狭小的上下铺。那时，我们要坐公交车到山嘴头，然后再步行到金华供销学校。

步行经过的地方，一大片的黄土，长着粗壮的松树。那是以前名副其实的大黄山，现在已经成为有几万学子的高校。

回想起以前和现在，在点滴之中，可以找到些脉络，穿越时空连接起来。在因果和缘分之中，找到了心安理得的解释与说明。

我的世界里似乎始终亮着灯。掏出钥匙的时候，我总感觉背后的猫眼里，有一个疑惑的眼神看着我，似乎总想知道，他对面的这个房间里，这个来去神秘的家伙是干吗的。我打开房门，在开灯之前，迅速关上了房门。不给别人偷窥我房间秘密的机会。打开灯，打开了好多灯。我把客厅的，卧室的，厨房的，洗手间的，包括台灯，所有的灯都打开了。

灯火通明，家中充满温暖。

我感觉这个房间在这个城市的半空，一下子耀眼了。像一颗星星，在浩茫的宇宙中，发出了光亮。这光亮也照亮了我，我在自己的世界里如鱼一样游来游去，如浮萍一样漂来漂去，这个世界里没有我的影子。

我放下包，随意地放在一个角落里。把口袋里所有的东西，都掏出来，放在桌上。把身上的衣服，换成宽松的家居服。

现在，我感觉是我自己了！

## 三

有光亮，房间里还差了点什么。好像充满了一种叫寂寞的东西。寂寞像是一种低度酒，在深夜时分，浓郁成孤独的成分，让我沉醉。我打开CD机，里面放着一张老CD。音乐声开始环绕在我的周边，轻轻的音乐和光亮一样，立体地塞满了我的空间。

这张老CD，听了几年都没有换。

我穿着宽松的拖鞋开始巡视着自己的世界。

独处的时候，才能真正体现出一个人真正的精神生活。没有了拘束，没有了约束，没有了伪装，就是那么真实的一个自己。

房间里有几面小镜子。偶尔我会草草地看看镜子中的自己。这个男人，慢慢步入中年，最明显的特征是遗传了母亲的小眼睛，身材不高，穿着麻纱的衣服，神情有点忧郁。

相顾两无言。

我们相互承认自己的失败，影子和身体相互怜惜。

房中最多的就是书。各个房间里，线装的，民国的，还有新书等，整整齐齐地码在书架上。大部分书已经读过，也有很多书，包装都没有拆，带着塑料的包装崭新地立在书堆里。

我坐在罗汉床上看书，坐在书房里看书，坐在地板上看书，坐在阳台上看书，坐在楼梯上看书，坐在床上看书。我在看书，书也在看我。

在不同的角度，不同的世界里，看出不一样的自己，也看到书中不一样的世界。从小到大，我一直庆幸着有书这样一个世界，让一个孤独忧郁的小孩，找到了真实的自己，找到了朋友，找到了自己的方向。

我在看文字，我在写文字。

值得阅读的文字，越来越少，没有跟着书籍数量的暴发而增加多少；相反，等你读到一定程度的时候，可读的书越来越少了，想读的书也越来越少了。

偶尔，我也尝试着读自己。在独处的时候，读自己，挖掘自己，就像站在镜前看自己，却越看越发现自己面目可憎，往事不堪回首，镜前这个人的所作所为，言行举止，让自己摇头，让自己叹息，让自己无语。我想打自己耳光，想质问自己：混蛋，你怎么可以一直错，一直错！

如果经历可以抹掉，人生可以重新开始，我真想选择重新开始。

## 四

偶尔出门。

背着双肩包，去旁边的职业技术学院健身。穿过满是学生的人潮中，会有"破帽遮颜过闹市"的感觉。我拉低自己的帽子，在人流中穿行，到达健身房。

健身房里，面对的都是路人。这样也很好，不需要堆起笑容，不需要打招呼，不需要在意别人的眼光。

我每一次都直奔主题：每次练肌肉是重点。每块肌肉三个动作，每个动作三到四组。

人生就如举杠铃和哑铃，不断地举起，不断地放下。人生也如在跑道上奔跑，一圈一圈，一天一天，周而复始。哪天举不起来，放不下去，跑不下去，我们人生的游戏也就结束了。

偶尔出门。

去不远的峰羽打球。老板是一个叫郭文峰的东北小伙，刚认识的时候，他还是浙师大大四的学生，现在他已经是两个女娃的父亲了。我在这个球馆一晃打了十几年的球。俱乐部中有很多老球友，相约打到七八十岁。我最佩服的是杜成东，我叫他小杜，年纪比我稍长，是婺城羽毛球界的前辈，一年四季坚持每天打球，体能还超级棒。我们曾经在去年夏天的一个晚上相约"单挑"，两个老人家约定七局三胜。结果是我惨败，上气不接下气地惨败。这个俱乐部里，有很多一起参加过各种比赛的朋友。在

这里有主场的感觉,有释放的快感。

我常常最早来,最早走。

偶尔晚点走,会和迈克、"没毛病"等几个球友,找一个大排档喝啤酒。

有夜风吹来。

偶尔出门。

去湖海塘的公园里跑步,或是走路。改造后的湖海塘真是婺城人民的福地,可以跑步、散步、郊游……旁边还有金华体育中心,可以游泳,打球,踢球,等等。

最近几年膝盖不好,我停止打球,少跑步,少爬山,变成走路。

生活总需要一点小仪式,自己送给自己。

当我跑到小区楼下的时候,抬头看着六楼微小的灯光,傻傻地笑了。

我回来了。

我给我的世界留了一盏灯,照亮回家的路,温暖回家的心情。

## 五

前几年的一些日子,现在回想起来,仿佛已经很多年很多年。

那时星期天的下午,常坐上公交车去江南。一个田姓的山东朋友，寄居金华，喜爱古玩、书籍收藏，说着让我难懂的山东普通话。我到他那里，大部分的时间，看和刻本的书，日本回流的字画，千奇百怪的文玩。我在这些物件的岁月痕迹中感知到一种前所未有的东西。关于历史，关于那些物件的拥有者。

雅苑街。在汤溪老菜馆，我们几个朋友常常一起吃饭。三人居多。有一次，和刘兄、田兄一起吃饭，吹了会儿牛。千岛湖的啤酒，很淡。无所谓什么酒，主要是有一个可以和我一起喝酒的人，值得的人。

只记得喝了三瓶啤酒。

只记得三个人。

再聚又不知何时。

在雅苑街，以鲁人田兄茂银为中心，他客居的速8酒店，经常迎来送往天南海北的文人墨客。看他从日本淘回的各种线装本、砚台、毛笔等文玩。这些东西，在不喜欢的人眼中就是垃圾，但文人雅士都喜欢。喜欢装文雅的人也喜欢。有些文贩更喜欢。

吃完，时候尚早，去婺江边刘信兄寓居的房舍——安堂，品纸品字品画。

墙边有两幅婺城名人浙师大方严老师的画，据说一幅已经拍到了十万。我喜欢，但我也只是看看。他那里最多的就是纸和笔。但奇怪，我只喜欢一尊大力神，据说是汉代的。他吹眉瞪眼，胸肌饱满，肚浑圆，但仍让人感觉到畅快，有力量。

这个比纸好琢磨，比墨好懂。

宣纸的品种年份太多,我脑子简单,运作不过来。记不住纸的细节,评判不出纸的好坏。

于是打哈哈,笑笑,我懒得那么懂。

我不说话,别人以为沉默是金。

聚散如风,人如飘萍。

转眼刘兄、田兄回了山东,我们再见面也不知何时了。

## 六

偶尔想出门。武汉朋友张枝松送了一台闪电的自行车,放在车库里。乐于做公益的他,在今年春节武汉最需要的时候,一直领导着所在的自行车协会做着公益。前两天,看到他在中央电视台《朝闻天下》里接受采访,开着路虎送着医用物资,戴着口罩也掩饰不住帅气。

我还记得有一年和他在澳门的沙滩上,他没有任何的准备动作,轻松潇洒地翻了几个空心筋斗,把我给惊呆了。

忘了说,他老家是体操之乡仙桃。

我们偶尔聊天,感叹好多年没有见了。等疫情结束,我们聚聚吧!

是的。疫情也教会了我们珍惜。那些多年未见的朋友,我们一起聚聚吧!

我想做个追风的桑洛,不是桑少年了,是桑老头。

江南雨水多,我空闲的时候,雨水正忙。我的闪电自行车推不出我的车库。我们总开车。

汽车是我们的另一个房子,是我的另一个独立世界。陪着我们南征北战,风雨兼程。我不排斥新技术,新技术和新产品让我们的生活可以越来越好,拉近人与人的距离,拉近地域与地域的距离,让我们的生活越来越精彩。事物都有两面性。物品只是工具而已,看用的人是谁,怎么用,目的是什么。

车是男人的情人。

男孩子从小爱车。

我对车的品牌没有太多的讲究。我对速度既向往,又恐惧。速度的一种极限是生命的挑战。我畏难又畏死,我怕冷又怕热。男人的勇敢,很多时候都是装的。我曾看到很多女孩子,面对极限挑战,比男人都勇敢得多。男人的勇敢,是性别所赋予的。你没有办法不勇敢。男人的心里都有一辆四驱全能的越野车,可以带你去想去的任何地方。男人的心里都有一个狂野的梦。越是儒雅的男人,心里这种狂野越深。而平时狂野得难以接近的男人,内心细致,浓情如水。事物的两面性,也是人生的两面性,人性的多面性。

车轮是男人脚步的延伸。

车里,没有香水,没有多余的物件。干干净净,有点灰尘也感觉很难容忍。

绝大部分的时间里,车里只有一个人。我不经常洗车,一两个月都难得洗一次车。有时,时间更长。灰尘和泥土,把车身原来的黑色都挡住了,车牌也模模糊糊。我感觉到一种安全,仿佛

199

披上了伪装走在路上。

在城市里，一身的格格不入。

## 七

出门，你在路上。不出门，你也一直在人生的路上。

开车上班，也是一场短途旅行，我开始奔波在我的塞纳河两岸。

一边是理想，一边是现实。路上有很多的风景，很漂亮。我想停下来，拍江景，拍村庄，拍那可爱的毛毛草。可我停不下来。路上有很多车。车越来越多，路越来越挤，我想快却快不起来。国道线上，省道线上，经常修路。我经常需要绕路。直线距离最短，世间没有随心所欲的道路。但为了到达我们的目的地，千难百折，我们都会奔赴。

所有拥堵的路，都是会通的，时间问题。

所有在修的路，都是会修好的，时间问题。

我们都会到达目的地，时间问题。到了之后，我们都会再离开，时间问题。

在路上，不停地在路上。

在路上，我偶尔听歌，听很俗的民谣，很老的歌，听不懂的外文歌，电台无聊的脱口秀。在路上，遇到加塞或是不讲道理的车子，我会恨恨地骂上一句。

虽然我平时不说一句脏话。

在路上，我有时会关掉所有的音响，让车迎着风吹，想让风吹走脑袋里所有乱七八糟的东西。

我们只是站在人生的风口上，迫不得已，被吹在路上。我摇了摇我的头，我的颈椎已经越来越不行了。我挺了挺我的身子，我的老腰也越来越不习惯开车了。

已经不习惯在路上。

我想坐下来，喝壶茶。

如果有知心的朋友，聊会儿天。

喝点酒也行。

## 八

茶是好东西，要心平气和地品。

酒也是好东西，充满荷尔蒙的激进分子，让人心跳加速，思维加快，腾云驾雾。

这年头，做人很难。现在，人们都喜欢边喝茶边聊事情。偶尔，聊完事情，再喝点酒。

我拒绝烟，但不拒绝酒。和好朋友在一起，如果不开车，总是可以喝点酒的。如果能在一起喝酒的，也算是朋友吧。是不是酒肉朋友，你自己知道。喝了酒，说的话也算是直抒胸臆了。酒刺激着人的神经，让原来不喜欢说话的人，都开始舌头开花。我记不住酒桌上的话。但有几杯酒，聊以慰风尘。喝的都是自己的情绪。有朋友说，你的生活太无聊压抑了。这个不吃，这个不

喝，这个不做。你做的只是那几件事情而已。朋友们哈哈大笑，我们想吃就吃，想喝就喝，想玩就玩，人生多自在啊！我低头没有说话，心里在计算着今天喝下去的白酒，明天要跑多少步，才能消化掉这个热量。

曲终人散。

回到自己的世界里，礼貌地给朋友发了条消息——我到了，开始练字。

朋友回了个笑脸：好，不羡慕，我看电视。

不羡慕。

每人都有自己想过的生活。你过的是自己想过的生活，也不是用来给别人羡慕的。

是我自己话多了。

多话，也充分体现了自己的内心。有种孤独需要别人看到，有种坚持需要别人认可。把自己的坚持，自己的修行，做了炫耀。还是没有修炼到宠辱不惊，任云卷云舒的境地。内心不强大，才需要点赞，才需要放在光亮的地方让别人看到。

自古以来的文人隐士也是如此。隐居山林，怀着济世的心，在半隐半退之间，等待着机会。用隐士的身份来抬高自己的地位，终是浮名难舍，功利难舍。真正能放下的，古今中外，又能有几个。

我也放不下很多。我也向往很多。

但我终究还是要放下很多，向往的也不能太多。

贪嗔痴，一切苦恼的根源。

戒定慧，万佛归宗。

## 九

生活需要折腾。爱的过程也是折腾。

广西的朋友寄来的石斛花开了，又快谢了。这个朋友，是一次我从广西梧州坐绿皮车回婺城时认识的，广西师范大学的研究生。人生的缘分，始于偶然。用一把张小泉的剪子，把一朵一朵花剪下来，放在一个小竹篮里，在屋里的各种场景摆拍。

花最终落在一本叫《在路上》的书上。想起来了，有一次从南昌回金华的路上，因为没有座位，我在两节车厢的接缝处，坐在地上看书。遇到一个到南京的小伙子，我们一起聊到读书，一起交换了背包里的书。下了车，我们就再也没有联系过。

我只记得扉页上的签名。

## 十

城市里没有炊烟，只有油烟味。

油烟是小区后面金职院生活区里的美食城飘出来的味道，一墙之隔，各种美食应有尽有。烧烤的香味最是霸道，辣味也是极其嚣张。江南菜系和我喜欢的粤菜一样，有一种生活的本真，平平淡淡的家常味道。小区旁，还有很浓很浓的工业味道，有食品添加剂味，还有宠物食物的混合气味。这些气味，削弱了小区的

房价,也让这个小区的居民,在金职院的书香、美食园的菜香、食品工业区的混合香中,有点不知所措。还好,不远的金帆路一路向南,如同狭窄的华容道,引领着我们走向湖海塘的天然氧吧。

可以透透气。

雨天,傍晚,我喜欢在这样的日子,坐在飘窗发呆。

夜色中这样的隐身很好。房子隐身在夜色里,我也隐身在房子里。

窗户外如同一道悬崖,我和它隔着薄薄的玻璃。

## 十一

面馆名字叫"百味面"。我在那里只吃番茄鸡蛋米粉。江南的米粉细细的,这一带的人从小都吃这样的米粉。

在工作室那里,有家"韩式私房菜",我也只点一个菜:辣椒炒蛋。单调的循环,让老板娘都感觉难以容忍。而我的胃已经强大到很会适应。我对胃说,今天我吃面啊!今天我还吃面啊!我的胃不语。南人吃北面。一方水土养一方人,南方种水稻,南方人还是习惯吃米饭。

我的胃,它是我的死党。每次去面馆,都只有我一个人。这里地处校园周边,现在的学生和我一样宅,他们喜欢外卖。店家的电脑里不断地跳出一个甜美的声音——您有一个美团外卖订单。

研究生的室友，在大学教市场营销课程的赵教授，有一次我俩，还有楼虎儿，三人在宁波天一阁边上散步的时候，聊起大学课堂上，学生都昏昏欲睡，提不起精神。他有一次设定了一个铃声——"支付宝到账一百万元"，在课堂里播放。

这么美妙的声音响起，所有昏睡的同学都醒来了。

这个声音远比老师上课的声音动听。

叫店家帮我用铁皮石斛的花炒了四个鸡蛋，我用这道蛋炒花，配我的米粉吃，吃得满头大汗。我吃东西很快，而且总是满头大汗。这和父亲很像，父亲吃饭的时候也是这样。父亲吃饭的时候，喜欢就点小酒。我年轻的时候不喜欢，现在慢慢喜欢了。只是没有付诸行动。

吃饭是应付胃的要求。这个小餐馆不是我留恋的地方。我对吃饭一直是速战速决，越快越好。我吃得满头大汗，用了店家很多纸巾，这可相当不环保。这怪自己，没有带手帕的习惯，没有带雨伞的习惯。出门如果要背包，包里倒是要有一本书。

我也不带钱包，我用支付宝付了晚餐的费用。

粉是九元钱，加上炒的鸡蛋，总共是十六元钱。

# 十二

——你不记得我了吗？

一个很甜美的声音。来电的尾号是888。我接了电话。

——你是？

205

我犹犹豫豫，到底是谁？

——我是小林啊，你不记得我了吗？

——小林？我不知道！你是哪里的？

——啊！你不记得我了。我们在 KTV 认识的。

对方的语气有点失落。

——那你肯定打错了。

我斩钉截铁地说。

——好吧，那你想起我的时候，再打电话给我吧！

那个她说。

我挂了电话，不再把这件事情放在心上。别的场合认识，我也一般不会给电话号码。如果是 KTV，那更不可能了。要知道，我从北京回来后，根本就没有去过夜总会，也没有去过 KTV。我不喜欢唱歌，喜欢听歌。虽然也有朋友说我的嗓音不错。这让我想起大学时候合唱《明天会更好》，那时我也是男领唱之一。这不是荣耀，只是我们那个班男生奇缺，矮子里面拔将军。

我不喜欢抽烟，不喜欢那种乌烟瘴气的场合。

麻醉和快感，及时行乐和逢场作戏，是很多人追求的。但道德与伦理，都没有底线地在那些场所沉沦。身处其中，人会失去自制力。

那些道貌岸然的君子，放浪形骸起来，更是惊人。

朋友在 KTV，问我去不去，我晚上基本很少接电话，接了我也说不去。

问过几次后，所有的朋友，喝酒和应酬的时候，都完全把我忽略。还有打牌和打麻将的时候，绝对没有朋友会想起这个无趣的老桑。

我不喜欢这些。我感觉人生太短暂，生命太宝贵。

我也不是圣人。

我认为发发呆，看看书，随意地走走，也比做这些事情好很多，有意思得多。

我们没必要装。

只是喜好不一样。

## 十三

天蝎座是偏执的。我喜欢一件事情，总是疯狂地喜欢。健身是这样，打羽毛球是这样，阅读是这样，写作是这样。总觉得人生需要点坚持，在日积月累中做点有价值和意义的事情。

我有时信星座，也信生肖，也信风水。

多多少少都去信一点。

信，是因为与世界妥协，或是自己也无法解释的因素。

与其这样，不如多些敬畏吧！

## 十四

我的衣服，舒服就行。成为老桑之后，越来越喜欢有沉淀味道的物件，连穿衣也开始怀旧了。

衣服舒服就好，有些衣服已经十几个年头。越有年头的东西，感觉越是舒服。棉质的材料，随着岁月的磨洗，质地也变得柔软。

和皮肤日渐亲近，彼此熟悉。

## 十五

自恋，是顾影自怜。在这样一个空荡荡的地方，从最初的无所适从，到安之若素。

心也走过了很多地方。

心放下了，心适应了。

雨，在夜色中不知疲倦地下着。

小区内的灯光，一个个都暗了。只留下一些路灯还亮着。创业区的工地上，因为是雨天，格外安静。

有时睡前，我都会拉开窗帘，这样阳光出来的时候，能早点进到我的世界唤醒我。

虽然我的窗户朝西，但我相信阳光折射的力量，可以照进我，温暖我。

做了些梦，有时醒来感觉还在梦里。

## 十六

喝朋友送来的茶。喝了一个下午，茶醉了。人让茶醉了，茶也可以醉人。一直没有睡，写字看书，听音乐，静坐。还是睡不着。

看到一个购书网站年中庆的消息，优惠力度很大。于是开始找书。明明知道有些书买来也不会看，但还是买了。

有些书，只是因为喜欢那个封面。

有些书，只是因为喜欢那个作者。

有些书，只是因为喜欢那个书名。

有些书，只是曾经听到朋友说起。

有些书，只是为了凑够优惠的金额。

这时候的我，犹如在逛街购物的女人。不过，无可奈何地，要考虑囊中的羞涩。

有些套装书，咬咬牙，买下吧！

就当是少买一件衣服，就当是少吃一顿饭，就当是少买一条烟。

我一直不抽烟，书就是我的烟！

我的书房是我的图书馆。

我的书房是我的工作室。

我的书房是我的天堂。

我的一整个家，就是我一整个书房。我承诺今年不添新衣服。那么我能奖励自己多买一些书吗？抽烟的人总给自己找离不开烟的理由。我总给自己找要买书的理由。

节衣缩食，为了我精神的鸦片。

我戒不了。

也懒得去戒。

## 十七

要学会拒绝。

要以前所未有的斩钉截铁去拒绝。拒绝违背自己原则的，拒绝虚情假意的。不要有负罪感。

我需要做的事情很多。能不做自己不喜欢的事情，何尝不是自己所追求的。

做一个真性情的人，从拒绝开始吧。

## 十八

有几天身体很倦怠，感觉没有力气，没有精神，什么事情也不想做。

我没有去调整自己。什么都不想做，那就什么事也不做吧。浇浇花，修修草。随意涂几个字，随意翻几本书。随意也是随心。不锻炼，不勉强自己。只是，我上下楼梯时，开车时都很小心。我做每件事情都小心翼翼。

因为我知道，只有自己能照顾自己，没有人照顾你。当你倒下的时候，世界都不知道。

所以，我对自己说，你不能有事，不能生病，你要做的事情还有很多很多。我在随意的状态里，调整自己的身体。

我对自己说：桑，好好的！

## 十九

我站在高楼上，看春天来临，看春天离去。楼下有一片栀子花，每一年的花香都告诉我，春天即将远去，夏天到来。也告诉我，旁边学校的毕业季到来了。

我喜欢站在这个城市的边缘。这个地方，夹在学校和工业区之间。有限的几幢房子，逼仄的空间，这是一个容易被人遗忘的地方。这里没有城市的热闹，也缺少工业区特有的喧嚣。这是城市的夹缝地带。这里的人都是候鸟。

不过，谁不是这个世界的候鸟呢！时间长与短而已。

四十不惑。古人说得真好。

我的确是没有需要解答，或是无法解答的事情了。

而我，快奔五了，该知天命了吗？

何谓天，何谓命？

知天命，就是要服从命运，然后就这样终老了吗？

有朋友说，你这叫孤独终老。

我笑了笑，不语。

知道自己不好，接受自己的失败，还是要勇敢地往前走。

就这样，挺好。

这种生活，是你所不羡慕的生活。

# 大排档

## 一

君子之交淡如水。

水可以至深，至浅，可以善利万物而不争，最好的友情也是如此。好友段王爷常说："云淡风轻是兄弟。"我和他就是这样的朋友，我们认识近十年只见过两次面，但并不影响我们之间的友情。

有朋友来婺城我的工作室看我。在我这里，喝茶，聊天，看书都可以，或者各自做各自的事情，不说话也很好。如果刚好遇到饭点，想一起吃饭就吃。

很多朋友都会有点雀跃，你住在大学城呢，大学城有很多很多美食吧！

我带着朋友走到与小区一墙之隔的美食城。这是一片简陋的房子，是用原来钢篷厂房改的。我引朋友走进最里面的一个大排档——"实惠人家"。

我对朋友说，这里味道很好，我常在这里吃。

朋友环顾左右，看到环境简单，桌椅也是普通，眼里都会带有点疑虑。还好，通常每次来都是人满为患，弄不好还要等位——人多的地方菜肯定好吃，趋同效应是国人常见的思维。这种热热闹闹的场面也让朋友们安心。

拿过一张塑封的菜单，自己想点的菜就自己画。这个大排档的上菜速度非常快，菜一上，朋友一动筷，我看到他们的表情，从期待，到怀疑，再到放松的愉悦。

味蕾的满足是最好的自我愉悦。

胃温暖起来，一种充盈的快感让我们顿觉眼前世界的美好。

## 二

我一直觉得自己的世界非常美好。虽然遇到过很多很多的困难，遇到过各种各样的坎坷，但我一直没有觉得世界灰暗。

这么多年，我偏居在城市的一个角落里。

这是一个让很多人感觉到逼仄的地方，一边是婺城的职业学院，这里有几万名学生，一边是婺城的食品工业园，以盛产金华火腿而出名。小区小到在城市的版图上忽略不计，是个无富无贵的贫民小区。

因为这个地理位置，小区的味道会有点奇怪。北边是大学城的美食区，有各种各样的美食，飘着各种香味；东边是大学，飘来书香和青春的气息；另外两个方向，则会不定时飘来食品加工的特殊味道，如果你很专业，可以辨析是什么成分，比如，宠物食品的气味，火腿添加剂的味道，等等。

我喜欢这里的清净。在这个小区里，每天是被鸟鸣吵醒的。特别是夜间，想看本书，或写篇文章，安静让你神思飞扬。

这个逼仄有一点被打破，因为婺城南面的湖海塘公园建成开放，这个明珠一般的"小西湖"将这个小区的"困境"打开了一个缺口，迎来了阳光。

虽然对于很多人来说，房价上涨才是最好的阳光。

## 三

人们喜欢某种食物，都是有某种情结的。或许是地域，或许是儿时记忆，或许是口味，或许是因为某个人，这些复杂而简单的各种因素，组成我们的口味。

我喜欢大排档的原因很简单，在羊城长达十多年的生活工作经历，让我喜欢上了羊城的生活，也喜欢上了早茶夜宵，喜欢上了大排档。难忘在这个城市之中的自在，人衣着简单，吃饭也简单。都说食在广州，是因为在这里可以吃到各种美食，你什么时间想吃东西，都有地方吃。最讲究的美食，并不是价格惊人的高档酒店，而是价格亲民、随处可见的大排档。即使只是喝了一碗早茶，随意点了几种不贵的小吃，坐着看了几小时的《南方都市报》，也没有人给你白眼。这种自在，不分贵贱，也许吃早茶时和你拼桌的那个普通人，没准就是某地财富排行榜上的人物。

离开广州之后,我去了北京和杭州工作,这种感觉,再未找到过。

在厌倦了漂泊,回到婺城之后,我想选择一种自己喜欢的生活。宅在自己的工作室中,每天写字看书,每天去湖海塘跑跑步。

我宅得地老天荒。

如果我不发朋友圈,多数人已经忘记我的存在。

## 四

如果不是朋友偶尔来看我,我会感觉我已经被朋友圈抛弃,被世界抛弃。

有好朋友来,我常和他们坐在"实惠人家"吃点家常菜,喝点啤酒。

我对朋友说,你不要小看这家大排档,这可是大学城生意最好的饭店了!在这里,我可以找回一点羊城大排档的感觉。

不知情的朋友点点头,表示了认同。

我知道,这可能是一种礼貌的附和。

在大排档,你感觉到的是一种舒适。偶尔有穿着考究的朋友和我坐在这样的一个大排档之中,有种格格不入的感觉。考究的穿着,的确适合星级宾馆,或是高档酒店,那里有豪华的包间,有优雅的服务小姐,有精美的菜品。有很多人喜欢那样的场合,体现着身份与格调,体现着尊重与阶层。

我不喜欢。

我不喜欢朋友间彼此端着，假装礼貌着，人与人隔着很远的距离，远到让你不知道感情是不是真的。

真正的生活，不是在云端，而是在生活的烟火味里。

大排档有如市井，是真正的生活。在这里，桌子很小，桌子与桌子之间很近，人与人的空间距离感被拉近。朋友之间对一个饭店的认同，也是一种"三观"的契合。

虽然有喧嚣，但你可以观察到一种真正的生活。

和好朋友在一起，总是需要有酒的，酒能助兴，打开一瓶一瓶的啤酒，友情和思维都被打开了。

有很多信息会传到你的脑袋里。

这边一个大哥和大姐，一人喝了一瓶啤酒，没有倒进杯子，直接对着瓶子吹，一餐饭吃下来，两人也没有说几句话；那边几个暑期留守的学生，在讨论着一个话题，不时发出阵阵笑声……

这里平常是大学生的世界，青春是主旋律，而我们是过来"蹭青春"的。

我和很多朋友一样，在这里看着别人的青春，想着我们曾经的青春。

我们聊的话题，喝的酒，已经蒙上了几十年的风尘。

## 五

一个好的大排档，需要好的烧菜师傅，还需要一个有趣的老板。

或者美丽的老板娘。

这个"实惠人家"都具备。

那个晚上,我们三个朋友坐着喝酒,聊着聊着,不知夜深。

突然传来一句"喝酒是兄弟,上床是夫妻"豪迈的话语,吸引了我们的注意,只见老板和老板娘两人在喝酒,老板娘举起酒杯,戏谑的神情带着调皮,青春的脸上洋溢着活力,她故意在"逗"老板喝酒,四目相对是满满的爱意。

这个场景,让我们几个都忍俊不禁,遂大笑。

朋友若有所思,我们都曾这样年轻过,这样爱过。

可是,爱情已经离我们有多远了?随着岁月飘走了吗?我们很多人的爱情,败给了生活的琐碎,败给了残酷的现实……

这时候,大排档只剩下我们这桌和老板他们自己。于是我们说,嗨,老板,老板娘,我们拼桌一起喝吧!

爽朗的老板立即行动,我们五个人坐在一起继续喝。

酒桌上的话题,不知不觉间又多了几倍。我才知道打了几年照面的老板姓张,来自杨梅之乡仙居,老板娘来自浦江,他们俩都毕业于旁边的职业技术学院,两人都是90后。

我们都笑问,这么漂亮的老板娘,怎么追到的啊?

老板脸上都是幸福,这可是我追了好几年才追到的啊!

茫茫人海,能够遇见,能够相互吸引,存在很多因素。人与人之间能坐在一起喝酒聊天,其实也是某种因果。

如萍水相逢,又如他乡遇故知。

这一幕，让我想到了"蓝莲花开"民宿的大厅，想到了世界各地青旅的大堂。南来北往的人们，在这里打开自己的心扉，和陌生的朋友交流着生活和旅行，交流着爱情与人生。

酒是种媒介，无论喝什么，喝得刚刚好就好。几个从世界各地过来的人，从各自的世界里跳出来，在这里，酒杯端起又放下，空了又满上，觥筹交错之间，怎一个妙字了得。

夜半时候，众人终于决定歇了。出得门来，才发现江南暴雨已肆虐了一阵，小区里的车库都进了水。

真是奇怪，如此大的动静，我们刚才都不晓得。

脚踩着朵朵柔软的棉花，我们都还知道回家的路。

## 一笔一笔,一字一字,救自己

秋云无影树无声。

酷热里的秋意,是种意象,无声无息地在身体和灵魂中伸展。一个宅着的人,宅在家中看书。

宅着思索,宅着写文字。

"文学是一字一字地救出自己,书法是一笔一笔地救出自己。"

文字是种救赎,书法也是。

一笔一笔,一字一字,都是一个孤独的世界。

一笔一字,如同一呼一吸,在屏息静气中,可以体会到天地的清明旷达,万物的绵长呼吸。

一笔一字,是万籁的清寂。听山风,听鸟鸣,听心跳的声音。笔墨与纸,铺陈开一个远离喧嚣的世界。有万岁枯藤,有金戈铁马,有高山坠石,有千里阵云;如峻峭的山河,如严谨的将

军布阵，如舒缓的溪流……

我们在一笔一字之中，超脱了人生的限制，从有限到无限。

一笔一字，写个静，写个自我，写一个真实的世界，写一个虚幻的世界。

天下无人。天下无字。

笔画交叉，文字成行成段成文，在纸间渗透纠结着氤氲的水汽，风吹纸纷飞，耳边幻化出一个神仙的乌托邦。

甚美。

人皆窃笑。

人间纷纷如絮。字里行间，浩瀚风光，如在世外。

不喜欢猫，却染了猫的习性，考拉一样把自己挂上了树。从书中走出，走进拥挤的集市，发现热闹让宅的心更安静。

对比是帖安神的黑泥土，用脚写出一条路。

喜睡能睡是种幸福，宅的世界里有颗鲲鹏展翅的心。

梦是神仙的归宿。

列起尖兵强甲，宅成八阵图，有人想入，不得其路。

一步一步，行走是种修行，一步一步救自己。

一笔一笔，一字一字，写字，写文字也是种修行，一笔一笔救自己，一字一字救自己。

殊途同归，万物皆然。

我曾走过万水千山，去过很多国家和地区，我最引以为豪的是我在这些国家和地区跑过步,逛过当地最好的书店和图书馆。

还有,我带着我们的纸墨笔,在这些国家和地区写过字。

在异地他乡,宾馆小小的桌上,一笔一笔,一字一字,救自己。

秋云无影,树叶无声。字里行间,似水流年。

人生如寄,白驹过隙。

不想生命里一片虚无,宁愿在一笔一字之中修行,救自己。

## 书之兰亭

旅行,不为目的而来,为自己而来。

### 一

数次去绍兴,数次去兰亭。

每一次去,似乎都是为了增加某种记忆。这种记忆一直萦绕在心头,欲罢不能。

不为什么而来,为我自己而来。

那魏晋的风款款走来,在江南的烟雨中,《兰亭集序》成为书法界不可逾越的高峰。

这片土地,千余年来,换了一个又一个朝代,换了一代又一代人。兰亭也不复为当年的兰亭,勾践的兰花已不复为这片土地的主角,断碑亭耸立在崇山峻岭,茂林修竹,清流激湍之中。

一次一次来兰亭,似乎只是为了曲水流觞的美酒,在永和九年三月三的那个季节沉醉。

王羲之将魏晋风度留在了这里。这是自由的，率性书写的魏晋。

自然之风。

三月三，永和九年的那场醉啊！酒气香飘到现在。

公元353年，东晋穆帝永和九年，这天是农历三月三，天朗气清，惠风和畅，时任右将军的王羲之和谢安、孙绰、支遁等朋友及子弟四十余人，会于会稽山阴之兰亭这个地方"修禊事"也，流觞曲水，畅叙幽情。酒酣之际，王羲之提起一支鼠须笔，在蚕纸上一气呵成，为这次雅集写下序文，这就是名闻天下的《兰亭集序》。修禊，古代习俗，于阴历三月上旬的巳日（魏以后定为三月三），人们在水边洗濯污垢，祭祀祖先，以祓除不祥。

在兰亭的烟雨中，我们吟咏《兰亭集序》。抬头，湿润的芭蕉叶上有帝王的荣光，辩才的老泪。

我们和兰亭一样，都老了。

## 二

"风在戴老爷家过夏，我家过冬。"

脚夫边擦汗，边解嘲。

兰亭的风，惠风和畅；青藤的风，凛冽清寒。

这日，晨雪，饥寒交迫的徐文长收到了张太史送来的美酒及半臂羔裘。江南的冬天，想必是非常冷的，酒与裘，知音与温

暖，是文长的对症药。这个落魄的文人，宅居在山阴，自锁门户，孤灯温酒，人生几多感慨，都付苦笑中。

在这之前，文长以胡宗宪与杀妻案入狱，是张太史挺身而出，多方奔走，才得以平安。

此张太史，张元忭也，隆庆五年（1571）状元，亦山阴人氏。《湖心亭看雪》张岱曾祖父也。

知交半零落，患难见真情。

张状元敬的，是文长的才。

同在会稽山阴，这边是书圣，那边是青藤老人。

很多人笑，这杀妻入狱，持斧自击的疯子！

天才纵横，一生潦倒。如果没有字画，笔意奔放如诗，苍劲中姿媚跃出，那么，这位不得志于时，抱愤而死的"文疯子"，恐沦为笑话。

徐渭，字文长，号青藤。明之奇人，文奇诗奇，字奇画奇，病奇貌奇，无所不奇。

奇人有奇志，却不得志。

文章憎命达，诗穷而后工。文才的一生，极具悲壮与凄凉。

——庶出，襁褓丧父，入赘潘氏，科举八试不中，偏偏为人傲岸，自许狷介……

先生所得志，不过是葛衣乌巾，在胡宗宪幕下短暂而已。自那之后，游历山水，走遍了华北乃至西北，浪荡于江湖河海，群山五岳之间。

流浪是诗人的行吟，也是画家的写生。所见，所思，给先生的诗画都增加了很多营养，成就了艺术的悲壮。

先生在世时，雅不与时合，名不出越。

后世推崇，却已是英雄失路，先生已逝。

先生的魂魄已经在诗文及字画的墨香里，闪烁的光芒让人难以接近。在艺术的领域里，"活跃"着很多类似的疯子，出名之后，一名掩千丑；不出名，不过是一个让人笑话的疯子罢了。

文长晚年闭门谢客。只在张状元去世时，往张家吊唁。

文长辞世多年，袁宏道与陶望龄偶然看到其作品，拍案叫绝，兴奋得废寝忘食。

名乃出越，扬名天下。

先生安在？徒叹息！

## 三

随着兰亭的风走过来，到安昌小镇一坐，时光似乎回到了民国。

在安昌古镇廊内坐久了，我似乎成了小镇的人。

有一天，我也会老，老成小镇街边的一道风景。

小镇游人如鲤，沿街皆是摊贩。

这一路，尽显江南纯朴。在安昌，我找到了最原始的江南味道。

满街挂着鱼干、香肠和鹌鹑，散发着霉干菜一样腌制的味道，绍兴的滋味如同腐乳一样发酵。

我去的时候，小镇还没有收费。小镇有很多历史人文，我不想复制粘贴景点的介绍。本真，是这个小镇最大的特点。我何必乱添油加醋呢！

这一切都在慢慢改变。我不知道以后我还会不会再来。

安昌，成为我记忆中一个古老的小镇，散发着江南水乡风情。

## 四

来绍兴，去沈园，只因一首《钗头凤》。

因陆游和唐婉的故事，此地一时成为爱情的圣地。

这个爱情故事如同梁祝一样让人感叹悲伤。悲剧就是将美丽撕裂给人们看。

爱情的真与假，皆是人生的虚与实。

我在这里，凭吊的是我自己。

那一日，在沈园，遇到一个退休的阿姨，她说她也在写诗，给我看了很多她自己写的诗。

亭前似有鹤展翅飞过，似乎是我前世的坐骑。

蔚蓝的天空，白云朵朵。风吹动着仿古走廊上的许愿牌，多少痴男信女在这里写下爱情的天长地久，给亲人的祝愿。

很多故事的结局，还不过也是"错错错，莫莫莫"。

很多人没有经历过爱情。

很多人的爱情不值一提。

很多人未曾经历一个触及灵魂的故事，就匆匆离去。

在沈园，陆游不过是一个错失所爱的男人。

## 五

夜，绍兴古城白墙黛瓦，古街的石板被多少岁月磨砺。

我在这里和历史对视。

他们走了，房子没有上锁，只留下空房子。

留在地上的脚印，没有人擦得掉。来来往往的脚步，把精神擦得明亮，如镜子般照着自己，照亮世界。

在成年之后读鲁迅，方能读懂人生的百味。好的作品，百年不朽。先生文字的光辉，直击灵魂，直击胸膛。

学生的时候读鲁迅很累，很排斥。

因为那时太肤浅了，初生牛犊，目空一切。不懂社会，不懂世事的悲凄。

跟着课本游绍兴，鲁迅笔下的世界，三味书屋，百草园，后花园，社戏等，一幕一幕再现。

多少年了，书屋传来琅琅的读书声，铿锵有力。

在街角，煮熟的，有茶叶蛋，有岁月，有迷茫，有沧桑，有泪流满面。

人到中年，才读懂了鲁迅。

鲁迅的文章，在成年之后体会得更深。我们在看社戏，在百草园与三味书屋中，体会童趣天真，在"祥林嫂""阿Q""孔乙

己"等人物中，找到社会的原型和自己的影子。

那是种痛到心里的深刻，是一道深远的光。

很多人只看到升腾起的烟雾，和先生发黄的手指。

人是要有脊梁的，撑起灵魂的衣裳。

"破帽遮颜过闹市，漏船载酒泛中流。"我在半夜的绍兴城中漫步，我想在某处"躲进小楼成一统，管他冬夏与春秋"。

在春风荡漾的江南，我更想成为周作人。他说："我们于日用必需的东西以外，必须还有一点无用的游戏与享乐，生活才觉得有意思。"

半生已过，人生不易。不为无用之事，何以遣有涯之生？

在薄情的世界，我们都要深情地活着。

我不愿深刻，只愿有茶，有书，做些无用之事，遣有涯之生。

## 六

想念的地方，因为美，总想再去。

再去，再去，兴致却渐渐淡了，心渐渐灰了。

风景是一个姿色不错的美人，被人涂了太多的脂粉，打扮得不伦不类，看着让人惊讶，似曾相识，又不识。

不如不再去。

人生若只如初见。

想去的地方要趁早！我常和朋友说，真庆幸那时候去了黔东南千户苗寨，那时候去了厦门鼓浪屿，那时候去了丽江和大理……

庆幸那时候去了绍兴。

去过绍兴的很多地方，但似乎都没有什么记忆了。那些消失的记忆，我就把它们放在风里，随风去吧！

记忆中最早一次来绍兴，还是在读大学的时候。我和杨志刚、蒋伟等一行五人，坐火车，乘公交，走了绍兴很多地方。住很便宜的旅舍，吃几块钱一盆的螺蛳，喝花雕酒、加饭酒、蛋花酒。年轻时候的记忆，在恍惚之中，竟然没有留下更多深刻的东西。

唯记那时春日暖阳，有兄弟间的豪情，有酒。

好在有酒。

金圣叹在《不亦快哉三十三则》里写道："冬夜饮酒，转复寒甚，推窗试看，雪大如手，已积三四寸矣。不亦快哉！"

绍兴有好酒：花雕，女儿红，状元红。在冬夜，飞雪有声，听雪洒竹林，此时温一壶绍兴老酒，三两知己，当是人生畅快事。

不亦快哉！

家乡亦有黄酒，与绍兴酒截然不同，勉强算是江南米酒的一种。绍兴酒，有千古的文风，有历朝历代的书风，有绍兴霉干菜的酸腐味，有鉴湖清亮的水与女侠豪气……饮之忘忧，饮之遣怀，饮之文思泉涌。

——小二，来二斤花雕，配几碟茴香豆，臭豆腐，再上盘螺蛳吧！

229

心似不系之舟，乌篷船从酒中轻轻地摇出，摇到历史的深处。

没有翅膀，却飞了很远。

如果我是一个绍兴人，我将半日做酒，半日读书，半夜喝酒。

# 十分冷淡存知己

十分冷淡存知己,一曲微茫度此生。

——张充和

## 一

卞之琳,一代诗才,胡适和徐志摩的得意学生。一九三五年十月创作的《断章》一诗,是那个时代诗歌的经典。

你站在桥上看风景,
看风景的人在楼上看你。
明月装饰了你的窗子,
你装饰了别人的梦。

诗歌的意境很美,都说是诗人写给张充和的。

民国时的爱情，充满了罗曼蒂克的味道，郁达夫和王映霞，张爱玲和胡兰成，徐志摩和林徽因、陆小曼，徐悲鸿与蒋碧微，沈从文与张兆和，等等。爱的风花雪月，文人的诗文流传，给民国的爱情平添了别样的色彩。

但卞诗人的爱情充满了无奈。这位诗人，为人孤僻内敛，性格不开朗，又敏感。他给充和写了几百封信，充和没有回过一封，看过就扔了，也没有保存下来。他们没有单独出去过一次，也没有看过一场戏。

相比较，沈从文就幸运多了，终是抱得美人归。

相比较，充和比兆和要清醒坚定很多。

她找的郎君不仅仅是一个好人，不仅仅是一个才华出众的人，而且是她自己想要的人。

充和每次见到卞之琳，都不耐烦，觉得这个人不爽快，啰啰唆唆的。

她说，她不大看得懂他们写的新诗，包括卞之琳。

不是不懂，只是不想懂而已。

她在等，等一个真正爱的人。

爱，就像是一条单行道。

卞之琳苦苦单恋十多年，写了无数的信与诗给充和。这位五官平实，戴着圆框眼镜，神情木讷的诗人，收获不了他的爱情，只能在诗歌中放飞自己爱的想象。《十年诗草》里很多有名的爱情诗，诗的女主角都是充和。

命运总是如此嘲弄人。卞之琳花了十几年没有攻陷的爱的堡垒，傅汉思只用了不到一年。

1947年，北平，充和住沈从文家。时在美国的胡适，请斯坦福教授傅汉思来北大教书，曾留德的季羡林与德商犹太人傅汉思一下子打得火热，随后将傅汉思介绍给沈从文，自然而然，傅汉思认识了张充和。就这样，一场浪漫的跨国姻缘开始了。

爱，只是遇到对的人，与文才无关。

一年之后，张充和与傅汉思喜结连理。那一年，张充和已经三十五岁，她清醒的等待与执着，没有白费。"十分冷淡"，让她在漫长的等待之后，收获了爱情；"十分冷淡"，也让她一生与卞之琳保持比较好的友谊。

拒绝是不爱最好的结果。将就才是痛苦一生的开始。

在卞之琳的眼中，一生得不到的张充和，绝对是最美最痛，但又是最酸最甜的一首诗。

1948年12月17日清晨，充和在北平家里煮了一锅稀饭，还没有来得及吃，美国大使馆的一个领事就匆匆赶过来，要他们跟着一起上飞机。他们先飞到青岛，再到苏州，于1949年1月，从上海乘"戈顿将军号"海轮，前往美国。

——这是最好的选择。

充和在美国，享受了半个多世纪安然的时光。到了晚年，她还能用明朝程君房制的墨写字，能用乾隆年间的朱砂墨画丹批。虽然战乱中丢失了很多宝贝，她家里藏的宣纸、文玩、古籍还是不计其数、足以温润老人百岁时光。

卞之琳直到四十五岁才结婚，迎娶三十三岁的新娘林青。曾经的爱与诗，都留在了昨天。爱与不爱，舍与不舍，我们不得而知道，只有诗人自己明白。

诗人写下"独爱你曾经沧海桑田"给新婚的妻子。

情真意切。

充和那时在美国。她的眼中，是她的先生，她的昆曲，她的书法。

有一年春天，卞之琳在诗里对张充和说：

"百转千回都不能与你讲，

水有愁，水自哀，水愿意载你。"

## 二

"你自归家我自归，说着如何过；

我断不思量，你莫思量我。

将你从前与我心，付与他人可。"

对于自己想要的，她比所有人都明白。

这样清醒着爱与生活的，民国女子中只有林徽因了吧。

"曲弦拨尽情难尽，意足无声胜有声。今古悲欢终了了，为谁合眼想平生。"她在台上行行走走莺莺燕燕，在人间写写画画自得其乐。

一曲微茫度此生。何其有幸，明白得太早！

二十世纪三十年代，上海兰馨戏院演出《牡丹亭》的《游园》《惊梦》《寻梦》，由张充和扮演杜丽娘，李云梅唱花旦春香。同台演出的还有《蝴蝶梦》。这是张充和第一次正式昆曲演出，艳惊四座。

四十年代，在重庆，一曲《游园惊梦》，曾轰动大后方的杏坛文苑，章士钊、沈尹默等名流纷纷赋诗唱和，成为一桩文化盛事。

充和十六岁开始学昆曲，师从"传"字辈的沈传芷先生。虽然学得晚，但家里的几个姐姐都与昆曲结缘，耳濡目染。她在苏州的时候，经常在拙政园听曲练戏。

1946年，上海，昆曲《断桥》，著名戏剧大师俞振飞唱许仙，充和唱白娘子，大姐元和唱青蛇。

她曾和民国四公子之一，溥仪的族兄——溥侗一起在南京的"公余联欢社"一起唱过戏。

这样的人生经历只有张充和才拥有吧。

张先生常袭暗色旗袍，"素雅玲珑，并无半点浓妆，说笑自如"，先生唱得最多的是《游园惊梦》《刺虎》《断桥》《思凡》还有《闹学》等。

汪曾祺在《晚翠园曲会》一文中回忆西南联大的生活：

"有一个人，没有跟我们一起拍过曲子，也没有参加过同期，但是她的唱法却在曲社中产生很大的影响……

她能戏很多，唱得非常讲究，运字行腔，精微细致，真是'水磨腔'。我们唱的'思凡''学堂''瑶台'，都是用的她的唱法（她灌过几张唱片）。她唱的'受吐'，娇慵醉媚，若不胜情，难可比拟。"

昆剧的舞台，广阔无边，吟诗填词，写字画画，游园惊梦……她一直活在雅致与美韵里。

太雅，太美，她就是剧中的人。

她常说"玩"，玩昆曲，玩书法，玩画画，等等。世家子弟深厚的积累，让她有"玩"的底气。

张爱玲是李鸿章的曾外孙女，张充和的叔祖母是李鸿章的侄女，叔祖母的父亲是李鸿章的四弟，她从小跟着叔祖母过生活。同样的张家大族，一个在皖南，一个在合肥，巧的是她们两人最后都到了美国。但充和和爱玲没有见过面，也没有任何交集。

同样是名门望族的千金，同样与李鸿章有联系，但张爱玲和张充和的性格、际遇完全不同。

张爱玲将人生写进了书里，书中满是悲欢离合，人生百味。而张充和，她是平淡的，无所求的，自得其乐的。

## 三

"十分冷淡存知己，一曲微茫度此生。"此句出自张充和的《寻幽》。

叶圣陶说，九如巷张家的四个才女，谁娶了她们都会幸福一辈子。

张家四姐妹出身名门，是清末淮军名将张树声之后。张元和嫁给昆曲家顾传玠，张允和与语言学家周有光结缘，张兆和和文学家沈从文喜结连理。张充和在姐妹中排行最末，与汉学家傅汉思成就一段佳话。张氏四姐妹的故事，是民国史上浓重华丽的一章。

1934年，张充和化名"张旋"，以数学零分，国文满分的成绩，破格被北京大学中文系录取，当时胡适是国文系的主任。北大的中文系教授惜才，都想录取她，后协调后给她的数学加了几分，充和得以入北大中文系就读。之后的两年里，她经常戴个小红帽，骑辆自行车，在北大的校园里来来去去。

这时候，卞之琳和她已经认识，并开始给她写信。但落花有意，流水无情。

她是一个从不问世事的书生，钟情于她的昆曲与书法，对不爱的人丝毫不浪费时间与感情。二十四岁时，她开始为自己编第一本《曲人鸿爪》，收集各方昆曲名家、学士才人的即兴书画。到了美国后，继续编第二本、第三本。收录李方桂、胡适、徐逆方、赵荣琛、毓子山、余时英等方家的即兴书画墨迹。

1956年，胡适在充和家抄过一首元曲《清江引》送给充和夫妇：

"若还与他相见时，

道个真传示。

不是不修书，

不是无才思，

绕清江

买不得，

天样纸！"

胡博士的字，撇捺都拖得很长，是当时典型的郑孝胥用笔。这幅墨迹，曾先后经过张充和、黄裳、潘亦孚、许礼平、董桥五人收藏，也是文坛和收藏界的一件趣事。

## 四

"若还与他相见时，道个真传示。"

二十世纪八十年代，张充和再次回到北京串演昆曲《游园惊梦》。在演出之前，她对卞之琳说，等一下演出后晚点走。已是耄耋之年的卞之琳坐在观众席望着风采依旧的张充和，温和一笑，皱纹的沟壑里洋溢出一首首曾经爱的断章，似乎还有当年未尽的醉意。

张充和的演出还未结束，卞之琳便提前悄悄地离开。

诗人出门之后，望了一眼天上的明月，它还在装饰着很多人的梦，但是他已经放下了吧！

月是天上月，人是剧中人。

这次相见也是二人最后一次相见。

那个人，永远是他心底的美好。

那一年，张充和进北大，卞之琳已经离开北大。抗战开始，充和在成都，卞之琳在川大教书，随后卞之琳去了延安。卞之琳从延安到昆明，两人短暂见面，充和就去了重庆。

两人最长的一次见面，是抗战胜利后，卞之琳到苏州看充和。短暂相处，却没有单独叙深情的机会。

充和是"十分冷淡"地不想,卞之琳一往情深,却始终不自信地犹豫。

若干年后,伊人已经在美国,卞之琳到苏州,还是住充和家原来的房间,睹物思人。

先生念旧,情难依旧。

## 五

知己难觅,人生得一知己足矣。

清人徐时栋《烟屿楼笔记》有这样一段记载:"何瓦琴溱集稧贴字属书云:人生得一知己足矣,斯世当以同怀视之。亦佳。"这副对联是何瓦琴从王羲之《兰亭集序》中集字创作的。"夫人之相与,俯仰一世。或取诸怀抱,悟言一室之内;或因寄所托,放浪形骸之外。虽趣舍万殊,静躁不同,当其欣于所遇,暂得于己,快然自足,不知老之将至。"从《兰亭集序》到何瓦琴的集字联,这种奇妙的互文也印证了"虽世殊事异,所以兴怀,其致一也"。

我们熟知这副对联的故事,是在鲁迅1933年写给瞿秋白的,落款处写着"洛文录何瓦琴句"。

洛文是鲁迅众多笔名中的一个。鲁迅一生,知己不多,秋白是相知。

自古知音难寻觅。古有俞伯牙摔琴谢知音,白居易"同贫同病退闲日,一生一死临老头",李白也时常出现在杜甫的梦里

——"故人入我梦,明我长相忆"。

"冷淡"表达的是合适的距离,"亲则疏,疏则亲",亲而有间,疏而有密。万事万物,人与人,适当的距离感,不远不近,刚好!

这也是中国人的中庸之道吧。

"冷淡",才会给对方和自己充分的空间。

"十分",这是人生的坚决。

——"我们爱好、性格都不一样,爱一个人怎么能将就?"

千言万语,不如一句"我懂你"。

不将就的人生,才能选择得从容与自由。

## 六

"一曲微茫度余生",知己难求,何不淡然处之。

张充和的书法各体皆备,师从朱谟钦,从《颜勤礼碑》入手,一笔娟秀端凝的小楷,结体沉熟,骨力深蕴,尤为世人所重,被誉为"当代小楷第一人"。行书和章草亦俱佳。

后世书法不可企及的,不是技法,而是世家子弟的生活环境、眼界,数十年如一日的浸淫。他们日常生活接触的朋友,随便一个,都是某一领域的泰斗。在这个大时代背景下,充和难得"十分冷淡"地"游离"与"淡出",这份淡泊,为她赢得了一生的诗意。

这是传统文人优雅的风华。

在各种版本的昆曲图录里,她的名字是和俞振飞、梅兰芳这些一代大师连在一起的。

中英文诗集《桃花鱼》是充和的代表作,诗词由傅汉思亲译,堪称伉俪合作的佳构。

白先勇赞她,"琴曲书画,当今才女"。

董桥说,我"迷她的字迷了好多年"。

她是一个格调很高的人,保持一贯的传统风范。欧阳中石说她:"无论字、画、诗及昆曲,都是上乘。"

在美国,充和有一个学生,也是她在美国最要好的朋友之一,跟着她学草书,这个人叫咪咪,后来成了比尔·盖茨的继母。

书法和昆曲是充和一生的知己。

同样爱书法爱昆曲的雪小禅,文字之中也有超凡脱俗的味道。在一次聚会中,她一时兴起,给我们唱起了"却原来姹紫嫣红开遍,到这般都付于断井颓垣……"原来昆曲可以这么美,文学不能脱离这些美好的事物而独立存在,文学的基础是世间所有美好的事情,是真情,是真性情。

昆曲温软,从此坠入。

"愿为波底蝶,随意到天涯。"张充和随遇而安,一生出尘脱俗,高旷孤清,却又不绝尘烟。

一生闲情。

孤芳众赏。

## 七

游倦仍归天一方。

就如同鸟儿从天空飞过,却没有留下任何痕迹。

康州新港地处美东新英格兰,与东北大连的纬度相近。先生的余生在这里度过。她说:"我写字,画画,唱昆曲,作诗词,养花种草,都是玩玩,从来不想拿出来给人家展示,给人家看。"

她一生都无意于著作传世,只为自己率性本真地活着。

"十分冷淡存知己,一曲微茫度此生",便是她一生最好的写照。

难得如此宏伟却平淡自然的一生。

最后一个民国闺秀的故事,随着那个年代的远去,已成绝唱。

但借清阴一霎凉。

便胜人间无数。

# 谦，谦，谦，了无谦卦

谦：亨，君子有终。

谦，无不利。

## 一

唐大历七年（772），文学家元结、贾至卒，文学巨星白居易出生于河南新郑。这年，颜真卿被贬为湖州刺史，有争议的《湖州帖》据说就写于这一年。这年，回纥使者百余匹马，竟然横行京师，肆无忌惮。

此时在位的是唐代宗李豫，他由宦官拥立即位，在位仅十七年，收复两京，平定安史之乱，执政期间朝廷宦官擅权，藩镇跋扈。

大唐日暮。

这一年，李白病逝已经整整十年。当涂县令李阳冰已经将族

侄李白存世的诗稿，编成《草堂集》。李白一生创作上千首诗，存世仅千首左右，这其中很大部分得益于李阳冰的功劳。

"诗仙"的军功章，有李阳冰的一半。当年李白走投无路，带病携眷从金陵前来投靠李阳冰，在李阳冰的家中度过了最后的岁月，他的后事也是李阳冰一手操办。

李阳冰手抚书墨初香的《草堂集》，不禁感慨万千。

十年生死两茫茫。

也是这一年，李阳冰时任当涂县令，应友人之请书《谦卦碑》，后刻于石。

## 二

我们已经无法领略永和九年的那场春风，也无法知晓篆书自秦李斯以来，几无佼佼者，而李阳冰的小篆在唐楷唐草盛行的年代里，异军突起——为何？

前有古人，仅李斯，后无来者。

有大家王澍者，面对《谦卦碑》却说："三十年来，望而惊怖，不敢涉笔。"

李阳冰在缙云、当涂等地也不过任小县令而已。他以整理《李太白文集》闻名于后世。

大唐书风尚法，他偏以"运笔如蚕吐丝，骨力如绵裹铁"走出了一条自己的路。他在书法艺术上的"瘦身"，似乎也是对这个帝国走向没落的沉重告白。

这不是卑微幼稚，这是一种成熟稳重，胸有成竹，从容不迫。

冰，水为之而寒于水。阳冰，他是大唐一块拒绝融化的冰。

## 三

文字的线条，似乎是没有表情的，根根如蚕吐丝，内含筋骨的通透，不悲不喜，忘情山水。但我却听到了阳冰老先生一声一声的嘱咐，一声一声的叹息。

他说，你要谦啊！

他说，你要谦卑，才能亨通啊！

他说，你要谦逊，才能得到尊敬啊！

他说，你要以谦为怀啊！

他从小篆大篆之中，创造性地写出了二十个字形各异的"谦"。

最厉害的武林秘籍，是无招胜有招。

在李阳冰的书法世界里，以一根根粗细一致的线条，表达着自己的神乎技矣。冰肌雪骨的纸，柔软而平静地铺着，他拿起笔，如锥画沙，如印印泥，如折钗股，如缙云仙都那耕牛犁地的铧，如当涂李白水中的揽月……

专注，凝神息气，物我两忘。

"落笔洒篆文，崩云使人惊。"

"劲利豪爽，风行而集，识者谓之仓颉后身。"

## 四

唐大历十二年（777），怀素《自叙帖》问世。

这是中国文化一个神奇的年代，无论书法还是诗歌，都可以称为千古第一。

弱纸轻薄，难以抵挡岁月，厚重的碑石走到了现在。据说，在那个年代里，很多颜真卿书写的碑石，肯定要找李阳冰书写小篆碑额，可谓是金石联璧，千古妙传。

但也就是这样一个李阳冰，居然生卒年不详。

冰渐化，化为升腾的水汽，或渗进泥土的深处。他扔了笔，如弃枯枝，我自去了便去了。

我百思不得其解。

县志，族谱，各种碑志，通通将这个举世罕见的小篆高手的生卒年给忽略了。

## 五

或许当年他不过籍籍无名。书法艺术的高度，当时的人们往往看不清。需要后世进行综合比较，才能明白。

时人哪得知？

斯人自顾自去了，空留《三坟记》《城隍庙碑》《谦卦碑》等存世。

无知者，最为无畏。

初学书法的时候，总是认为铁线篆之类的篆书，线条粗细一样，毫无美感可言，也没有什么技术含量，于是就舍之弃之，习楷书、行书、草书，一时还沾沾自喜。

也常有不习书法的朋友，看到大篆小篆的书法作品，作嗤之以鼻状：就这画画一样的，我也会画啊！

临两个月的《谦卦碑》，笔杆如竹篙，撑船入浩渺之处。每写一字，如同听前辈一次又一次语重心长的人生教诲。

阳冰老先生说，桑，谦谦君子，用涉大川。

他说，谦，亨，君子有终。

万物归简，谦卦的中锋，朴实无华，如锥一样锋利地划破我曾经虚浮的脸面，血淋淋一片，惊吓了自己。

我坐在成片成堆的废纸中，多年习书，似有所得。

## 悲欣交集

还记得吗?

你曾经很严肃地问过我:喜欢李叔同,还是弘一法师?

我轻声地答:弘一法师。

你垂眉:知道了。

我那么肯定地说,毫不犹豫,其实我自己真的知道吗?知道自己心里喜欢的是谁吗?

叔同的才情、多情、温柔缠绵,我很喜欢。
弘一法师的看破、放下、自在,我很向往
外表的淡定与自在,就真的放下了吗?
我问我自己,我还是不信。
因为我自己虽修佛经,却在红尘,我自己做不到而已。

其实你真的知道吗？你知道我真的喜欢弘一法师吗？

人什么时候可以做到那样决绝？什么样的情况下，可以真的放下。

是心的召唤，是一个伟人的使命感吗？

民国七年（1918），三十九岁的叔同在虎跑寺度过了春节，并在这一年的七月十三，正式出家，专事研佛。当叔同转身进入佛门的那一刻，我们不知道他在想什么。他的表情是那样从容与淡定，我们只看到了历史的背影。

可为什么我可以感觉到他脸上滑落冷冷的泪，直入心底。

再转身的时候，他已经是弘一。

弘一在佛门。叔同还在世间。在爱他的人心里。

雪子爱他。爱的人，才会质问他。

西湖，雪子质问她的叔同。弘一低眉垂目，看也不看。

也许，眼睛会泄露心的秘密。也许，一触到爱人的目光，他就做不到那么决然。也许，大师的心里仍有一点点一线线，与红尘相连。

不敢看。

不敢回头。

不然，临终前，他也不会垂下两行热泪，留下"悲欣交集"四个字。

弘一法师，他不是不爱，只是爱得更深沉，更超脱凡俗。

若我是雪子，我爱的肯定只是叔同。
若我是叔同，重新选择，我是向左走，还是向右走？
若我是弘一，会后悔吗？

人生是个悲欣交集的过程。左也许是悲，右也许是喜。或者，世间根本没有绝对的悲或喜。

更多的，是悲和喜两者的交集。

# 半堤雨

记得年少
青衫薄

桑洛／著

北方文艺出版社

**图书在版编目(CIP)数据**

半堤雨 / 桑洛著. —— 哈尔滨：北方文艺出版社，2022.6
 ISBN 978-7-5317-5491-6

Ⅰ.①半… Ⅱ.①桑… Ⅲ.①散文集-中国-当代 Ⅳ.①I267

中国版本图书馆 CIP 数据核字(2022)第 043535 号

**半堤雨**
BAN DI YU

作 者 / 桑 洛

责任编辑 / 李正刚　赵　芳　　　　装帧设计 / 书香力扬

出版发行 / 北方文艺出版社　　　　网　址 / www.bfwy.com
邮　编 / 150008　　　　　　　　　经　销 / 新华书店
地　址 / 哈尔滨市南岗区宣庆小区 1 号楼
发行电话 / （0451）86825533

印　刷 / 成都兴怡包装装潢有限公司　　开　本 / 880mm×1230mm　1/32
字　数 / 882 千　　　　　　　　　　　印　张 / 46.5
版　次 / 2022 年 6 月第 1 版　　　　　 印　次 / 2022 年 6 月第 1 次印刷
书　号 / ISBN 978-7-5317-5491-6　　　定　价 / 260.00 元（全五册）

# 目录

/

CONTENTS

| | |
|---|---|
| 三月烟花江南 | / 001 |
| 记得年少青衫薄 | / 004 |
| 每个人的时间,都是自己的生命 | / 014 |
| 生活,有阳光从树叶间漏下来 | / 019 |
| 田野里的草籽花 | / 025 |
| 春分,春雷炸耳 | / 029 |
| 我能伤害的,都是爱我的 | / 035 |
| 逃　离 | / 039 |
| 岁月不语人间事 | / 044 |
| 那夜,我们唱《鲁冰花》 | / 051 |
| 那些指缝间流走的时光,流不走的爱 | / 055 |
| 存在之物 | / 060 |

| | |
|---|---|
| 当村上春树在跑步的时候，我们在做什么 | / 065 |
| 忽而立夏 | / 073 |
| 回乡偶书 | / 076 |
| 恰同学少年 | / 081 |
| 六月蔷薇花未落 | / 086 |
| 我们都不过是暂时的保管者 | / 091 |
| 我愿回到博客时代 | / 098 |
| 五月五，是端午 | / 102 |
| 日光流年 | / 106 |
| 清茶淡水 | / 112 |
| 父亲的闹钟 | / 117 |
| 时光大步向前，不会回头 | / 119 |
| 如果，皮肤不能呼吸 | / 125 |
| 例 外 | / 131 |
| 我是一个不能一心多用的人 | / 134 |
| 叶公好书 | / 138 |
| 在雨夜，莫名伤感 | / 143 |
| 今天，我悄悄地陪母亲过母亲节 | / 147 |
| 食事二忆 | / 150 |
| 把春节过成自己喜欢的节日 | / 153 |
| 今天，我停掉了微信运动 | / 158 |
| 南市的烟火 | / 163 |
| 你也在坚持，真好 | / 167 |

总有一天我们都会变老 / 170

鲜花插在牛栏里 / 173

月央的爱情 / 175

灶台的那点事 / 182

我有深疾问不得 / 185

谁陪你走过漫漫长夜 / 190

穿越薄情的人世间，寻找温暖 / 195

那不善罢甘休的桂花树 / 200

如果你不来，我怎么知道自己寂寞 / 203

我将深夜的灯，仔细擦了一遍 / 206

我不去问每朵花的芳名 / 208

那时候生活很慢，路上写满了故事 / 213

那些想要去做，却没有实现的梦想 / 217

我是人间惆怅客 / 221

在高楼，通往另一片天空 / 226

失去村庄的异乡人 / 228

这是一个流行告别的时代 / 232

携一卷书，行十里路，
选一块清静地，看天，看地，看书。
累了，
在草绵绵处寻梦去。

# 三月烟花江南

## 一

江南三月。

忽如一夜春风来,满目都是触动你的春色。

春天的到来,在不知不觉中。先是点点的、抹抹的嫩绿不知什么时候悄悄地爬上柳树的枝丫,田野里各个角落满目的绿色油然而生。

和煦的东风一阵阵吹过,迎春花、桃花、杏花、玉兰花、油菜花等,忙不迭地,前脚踩着后脚,如一幅水彩画,百花便齐放了。

满垄的油菜花,山上那一片片红的、白的各种各样的花儿,沿途的玉兰,招摇的柳枝,迎面而来暖暖的春风,漫天的风筝,新鲜的泥土在耕耘中散发出沁人的气息……这一切组成春天的美景。

春天是调皮的。江南的春天有时来得太早，有时来得太晚。那娉婷鲜艳的春天，柔嫩喜悦的江南春色，姹紫嫣红，百花争艳。

江南的春色，最让人喜悦的，还是因为——希望！

## 二

江南三月。

三月里的小雨，淅淅沥沥。随便下个雨，都可以用来吟咏，哼唱。

江南三月，春天的雨，像一个又可爱，又调皮捣蛋的孩子，喜欢黏人。

细雨洒在三月，柔软，绵长。在黄昏、黎明、深夜，沙沙地来，润物无声。

一江春水，涌动着力量，承载着一年的希望，潺潺东流。

哪个角落都是那样动人，那样美丽，让你想拿着相机满山遍野地去捕捉住这些春色。满目春光，美不胜收，你想踏遍青山，守着这些花儿树儿。夜晚，静听风雨声，唯恐夜深花落去；春眠不觉晓，在叽叽喳喳的鸟鸣中，春天在你的窗边拉开华丽的画卷。

春色，让人欣喜却又让人心怜。你有时不忍心去看这番美景。花开花落，总是在极短的时间里。从一片荒芜中走来，那如妙龄少女般秀丽的春日，让你眼前一亮，她的美让你不忍直视，她的美让你心生怜惜。

## 三

有什么可以留下来？

春日犹如良辰美景，奈何天。你拿着相机，就能把一片片春光刻成永恒吗？你用心守着这片春色，是想守住花期，还是想陪着它走到夏日，走过四季？

春日犹如红颜薄命。才艺双馨，姿色超群。但只是惊鸿一瞥，如拂面的轻纱，让你闻其香、惊其艳，却只能徒留一份回忆。

春日处于冰火两重的中间，在你为冬之冷酷，夏之炎热而无奈的时候，春日中和着冬冷夏热，架起桥梁，让你平静过渡。它没有明显的界线，只是来的时候突然而来，走的时候平静而走。春花与秋月，人世间的两大美景，让人惋惜的是"何时了"，一江春水，让人感叹的"向东流"。

我们可以留下点什么的。放慢我们的脚步，多看看身边美丽的世界；多陪我们的亲人踏青，到郊外走走；春夜喜雨，读书也是不错的选择。总之，这个时节太美，所以我们感叹春宵苦短。

如果你无法抓住什么，那么就在春日种下些什么吧。在春日的阳光里，种下一棵树、一朵花，今年的目标，人生的理想，脱去冬日的繁重，在春光中轻盈而行！

# 记得年少青衫薄

生命的际遇,起起伏伏,在事隔多年之后想起,还是觉得太过丰富,充满意外。

人的一生中,本来就充满各种意外。这些意外,是造就,也可能是毁灭。人生如此微妙,意外也许是正常的,正常的生活才是意外。时光总是在意外的起伏间,将所有的事情稀释与平淡。

有些事情,唯有自己记得,不足挂齿。

记得当时,年少青衫薄。

## 一

走了吗,桑?

离开了这个让你背负太多的学校,离开了让你黯淡的短暂光阴。

不说道别,没有仪式。

从芝英中学离开，我转学到了荷园中学。那是很多年前，也是春分的时刻。隔得太久了，透过时光的镜子，那些青春鲜活的面孔，依稀难辨。

每年，当春风渐起，惊蛰雷声炸响，心里就会泛起波澜，心绪飘到转学那时候徘徊。总有一只手斩钉截铁地按了暂停键，空留巨大的轰鸣和一抹灰色的尘烟。

那写满诗歌的本子，在我转学之后，被一页一页地撕掉了，我把它折成一只只纸船，放到学校旁边的小溪中，清澈的河流把它们送去远方，湍急的河水在欢唱。水面浮现一张扯动神经的脸，想恸哭，却没有流下眼泪。

所有的纸船，或是在前方搁浅，或是在水中变软，融化，沉没，支离破碎。

手中留下最后一页诗稿，名字是《该走了》。

这是那个年代，留下的唯一的一首诗。至今留着。

该走了。

行到水穷处，坐看云起时。

生活不过如此。

## 二

停不下流浪的脚步，或许就是从那一刻开始的。

大学毕业后，我去了很多城市。广州，北京，杭州，无锡，上海……我在这些城市工作和生活，路过的城市就更多更多了。

有很多年的元旦,我都不忘寄张明信片给我转学时候的班主任。

有朋友对我开玩笑,桑,总有人在你的文字中不朽。这里有两类人,一种是你爱的人,一种是你恨的人。

我笑了笑,不应。

不响。

我一直没有说,我不喜欢的人,是不配留在我的文字里,占用的我笔墨的。我只是想记录我人生中遇到的美好,所有的美好的人,美好的事物。

——那为什么有他呢?

——唉,你不是不知道,因为叙事的需要。况且,写下,我就真的已经放下了。

我想起转学的时候喜欢读的《罪与罚》。那时候我爱忧伤,爱蓝色的忧郁。

爱武侠。武侠的世界里,善有善报,恶有恶报,畅快淋漓。

我对这个世界有了很深很深的恨意。我以为自己认识了这个世界。

记得那时写下的一句话:

"我想起一个人,想得很用力,用上了杀人的力气。

心里有咆哮的海浪,席卷过来,有十二级的声响。"

我把记忆烧成了灰烬。

我说,有人比我受的伤害更深。

蜉蝣,朝生暮死。

因为善，有些人爱。

因为恶，有些人恨。

## 三

我来到荷园中学教学楼一楼的教室。

我坐在第一排靠墙靠门的位置。这个桌子因为没有人用，上面的搁板都坏了。这是一张没有桌板的课桌。我用这样的课桌，上了几天的课，桌子几天后终于换成了新的。黑板在我的眼中，大部分时间都像是一片黑色的海，无边无际的海。墙，我的右边就是墙，坚硬的墙，我有穿墙而出的欲望。

刚到荷园报到的时候，春天让我刚卸下冬装。我穿着一件自己喜欢的红白相间的开司米，在校长的办公室等了很久。

——"这是谁？"

——"转学的。"

——"这个时候转学，肯定'犯'了什么事情！"

狐疑的眼光在我身上飘来飘去，唾沫在空中飞散。薄薄的简历，被一只手又一只手翻了再翻，探究秘密。

我有点不安，又有点初到陌生地的胆怯。不敢走开，等了一上午。

这是下马威，或是无视，是给一个转学少年的惩戒。

青春都是在血淋淋的刺痛之后，成熟的。

记忆就放在光到达不了的地方。生命的一个角落里，脆弱，不堪,都被层层囚禁。自以为的坚强,是在心灵的祭塔前,年年洒酒。

在结痂的伤口处,自己吹了口气,抚摸曾经的伤痛。

## 四

文字是数十年如一日的寂寞与坚守。

回顾和遥想,没有意义。

回忆有颗落寞与失落的心,却要贴上喜剧诙谐的脸,自编自导,逗自己发笑。黑色的,朦胧的,缄默的世界,交叉成几个维度。

总有种力量,悄然改变了我们的世界。

真相如同汹涌的暗潮,没有几个人知道真相。我们都是经历者,都有直述历史的资格。横看成岭侧成峰,那段经历,在我们的一生中,重如泰山,旁人却觉得丝毫不值得说起。

年轻时候的锋利,让自己满身伤痕,

我看到自己年轻而清晰的身影,渐行渐远。

那个青涩懵懂的孩子,如草一样生长的孩子。

一切都发生得太仓促。

冥冥之中,埋藏着因果。

没有人给当时笨拙的孩子启示,引导。

——"旷课,迟到,早退等,都要罚款。"诸如此类,彼时的教室里,有人在负责任地宣布纪律。

我和同桌，用老旧的录音机录了下来，还写了封举报信，附上磁带，寄到教育局。

录音机，不动声色地记录，它是忠实的。记忆是有偏差的，主观地记录着偏向于自己的一面。

信和磁带被原封退回。多盖了一个邮戳。校长室响起很重的分贝。

操场上空响起了惊雷。

我从祠堂改造的大宿舍搬出，住在姐姐的家具厂里。每天晚上就趴在高高叠起的三合板上写字，睡觉。第二天在工人上班前，收起三合板上面的被子。

时间久了，倦了。

于是拿着一张简易的地图，骑上自行车，漫无目的地出发。

这是人生的第一次远行。没有盘缠。只有一辆自行车，一个背包，背包里空无一物。我帮山里的农夫挑柴，他们请我吃鸡子索面，晚上给我一个位置歇息。

那时候，民风淳朴。

若干天之后，神灵让我和父亲在一个漆黑的晚上不可思议地相遇。父亲满脸疲惫，他应该是找我很多天了，骑着自行车，漫无目的地找。我的好友陈子好、应振强也骑着自行车找了我很多天，去每一个我可能去的地方找。

那个晚上，天空漆黑没有月亮，父亲没有看我，甩给我硬邦邦的一句话："我给你办了转学，回家吧！"说完，他就左脚一蹬，右脚掠过自行车的坐垫，骑往回家的方向。

没有再回头看我。

夜色在坎坷不平的路上颠簸，眼泪就不争气地掉了一路。

青春的路，是汗水和眼泪的盐碱地，寸草不生。

不管怎么样，至少有些希望，有些真情，永远地留了下来。

岁月希望我们息事宁人。我们痛心疾首，为自己，也为被自己的事情波及的朋友、亲人，他们因为我的事情无辜受到牵连。

有些人，被这件事影响了一生。

我在文字中喃喃自语，絮絮叨叨。多年以来，一直避免着和这段经历短兵相接。

却绕不过去。

每年，每逢这个时候，我任性地给自己放假。想请一个人喝酒。尽兴处，点一支烟，吸一口，又一口。

吐出一个个烟圈，大烟圈套小烟圈，置身在烟雾缭绕处。

长歌当哭，我一直傻傻地走在自己的路上。半生虚度，一事无成，没有悔意。

生活，命运，我讴歌你，我赞美你，你不必原谅我。

从不怕别人的伤害，最怕的是自己糟蹋自己，比别人还不遗余力。

我想踩自己几脚。


## 五

广州，北京，杭州，无锡，婺城。生命就在这颠沛流离中，不断地转移阵地，也不断地失去。

我曾在元旦的时候写些明信片，寄给亲人，朋友，同学。有些明信片，会写上自己的名字。有些明信片，只是写上对方的地址和祝福，没有签名。

有好多年，我必寄两张明信片。

一张是寄给我小学时候的语文老师。是他不经意地常将我的作文当作范本，无形地引导我走上了文学这条路。记得诗歌第一次获奖，我还郑重地寄了一封信给他。

另一张，就是我转学时的班主任。在转学之后，我再也没有见过他。

我雷打不动地寄明信片。

我的笔迹在纸上狂舞，从狂野，到越来越内敛。无声无息的明信片，利箭一样畅快地穿过大半个中国。

之后，我很努力地写文字，很认真地教书房里的每个孩子写字。这个世界，没有谁有理由可以伤害谁，我们可以多点爱给别人，多点引导给孩子。

我希望我们书房里的孩子，都是爱读书，写一手好字，快乐的孩子。

教育不可逆，一时的成就，是一生。

我不再寄明信片。不再关注无所谓的人的生活。

## 六

差距是巨大的，内容大于形式。

我和她绝交。

大张旗鼓的绝交，是心虚的在意。真正的分手，都是悄无声息地进行的。默默删去，再也不联系。

曾经和她有过文字的交集，引以为知音。没有见过面，以为可以在孤寒的世界里相互取暖，激励前进。

她说有一次和我高中的同学一起打麻将，发现我真的和他们说的一样神经质。

高中的生活，已经过了很多年很多年。我很少参加同学的聚会。在很多人的眼中，我依然是当年的"怪人"。他们用二十多年前不确切的记忆来描述着现在的我，理所当然。

不要去祈求一个不了解你的人理解你。人生这么短，时间这么少，这不是浪费吗？

很多人说喜欢文学，喜欢文字，不过是借着文学的名义罢了。假装优雅，在文字上装腔作势，让我感觉到厌恶。

我已经和过去绝交。

不介意和一个不了解自己的人绝交。

我不觉得失望，也不觉得可惜。好好的一份情谊，就如此夭折。所有的缅怀，仅限于眼前的文字。

我曾真诚。

此后,记忆烟消云散,魂飞魄散。

不再相逢。

从此是路人。

你只消记得,曾经有个人二十多年前叫"疯子"。现在安安静静,不"疯",却依然高冷,一直傻傻地坚持走自己的路。

有时间,我不如去一个叫"花时间"的地方,静静坐坐。

## 七

生命是无数定格。

一个结束,也是某个顺理成章的起点。

我在新昌,一个叫山中来信的民宿中,写下关于转学的文字,是一种自剖。生活是如此真实,只记得当时年少青衫薄,多少不堪回首,旧梦重游人不见,曾经的容颜和年少的旧事早就被岁月刻画成俗世云烟。

我的文字是我庸常生活里的一点点亮色,时隔多年,我依然对文字,对生活,充满了热爱。

如果你恰好喜欢,我非常感谢!

## 每个人的时间，都是自己的生命

### 一

每个人的时间都是自己的生命，愿意用时间来陪你的人，这个世界上很少。

我们都想用宝贵的时间，陪一个喜欢陪的人。

可能很愚蠢。像已知宿命却仍旧扑火的飞蛾，依然尽情地飞舞着，奔向悬崖。

这是一种失重的飞翔。感觉是挣脱了生命，挣脱了地球。

平顺的坦途，总不如陡峭崎岖的道路荡气回肠。

现在，愿意多陪你，多过陪手机，我想这肯定是真爱了。

我们要珍惜那个愿意用时间来陪你的人。

## 二

感谢指出你错误的人。

愿意花时间指出你的缺点,指出你文字错误的人,是你真正的朋友。

小时候,老师说这就是诤友。

在大众都喜欢听好话的年代里,忠言逆耳。愿意花时间看你文字的人,太少了。看到了错误,还愿意告诉你的人,也太少了。

今日收获几句诤言。

朋友说,要有老桑的品质,不将就,不凑合。别阿谀,少些溢美之词,别违背自己。这些累赘,是落俗,反而拉低了自己的格调。

我,似乎在老好人的路上越走越远了,变得面目不可认。

自己都觉得可憎。

人生半百,我折了腰,屈了膝,精神摇摇欲坠。

你扶了我一把。

## 三

我在工作室的桌面上,放了两本书,《阿特拉斯耸耸肩》,厚厚的上下册。

这是我很喜欢的一本书。

一周,人来人往,我只见过一个人伸出手翻了几页。

他们,都捧着手机。

在社会上,这些人都是所谓的知识分子和精英。

## 四

台风天。

江南的夏天,酷热难耐,要降点温,靠的是雷阵雨,或是偶尔的台风。

台风见了婺城,都绕着走。这几年都是。

年年都有台风的消息,正面从婺城经过,这些年很少很少。小时候,房屋简陋,植被覆盖率不高,每次台风来临的时候,风呼啸挟雨而来,心总是提到嗓子眼上,担心得不得了。木制的门窗都要用重物顶着,一家人都躲在家中,祈祷风雨千万不要给农作物和房子太大的伤害。但每次台风过境,断电停水,树倒了不少,瓦片被吹坏不少……

小时没见过虎,台风如猛虎。

现在的台风天,雨大风大,不适合出门,适合宅家,喝茶看书,或者看个电影。

今儿的台风天,我看着窗外的大风大雨,片刻出神。

打开电脑和手机,坏消息接踵而至。不远处的老家,好多街区都成了河流……

我长这么大，可真没有见过老家这样的场景。

记得小时候家里盖房子，父亲说，以前泥土房扛不住洪水，家里盖的房子是灰沙混凝土的，这样的房子，洪水来了也不怕。新房子变成了老房子，老房子拆掉重建了，也没有经历过洪水。洪水没有在梅雨的汛期来临，却在不起眼的台风中，肆意成百年一遇的"风景"。

有人在看"风景"，有人在发愁。

我在雨后的清凉中，如在梦里，仿佛看到的是不真实的人生。

祈祷平安。

## 五

很少问朋友孩子的学习成绩。

高考成绩发布的那个晚上，女儿打给我电话，一边哭一边说，声音哽咽。从那晚起的数天内，接到很多消息，很多电话。

"考了多少分？"

"考上了哪个大学？"

……

孩子考得好成绩的人欢天喜地，朋友圈晒着成绩，微信群里发着红包，逢人问一句："你孩子考了多少分？"

邻居中，有个孩子考了 630 分的家长，见我一次说一次，"我家那娃，本来正常发挥，可以考得更好的……"

我默默。

每个人的时间都是自己的生命，愿意用时间来陪你的人，这个世界上很少。我们都想用宝贵的时间，陪一个喜欢陪的人。

有些男人对女人不会说花言巧语，但他的爱，真的如山如海，很重很深。有些人虽然没有打电话，没有发信息，但真的关心你。

每个人都会有自己要关心爱护的人。

有些关心，是恰如其分，是不远不近的默默守护。

# 生活，有阳光从树叶间漏下来

## 一

在"人间浅睡"公众号，发完《日出而作，日落而息》这篇文章之后，我想我要调整一下自己的生物钟了。

调整生物钟和作息习惯，似乎是在开始一种新的生活，迎接一个新的自己。

一个晚上，我都在一个个沉沉浮浮的梦中穿行。肥胖的身体，沉沉地压在绵软的床垫上，浮现出一个丑陋的形象，也沉沉地掉落在一个个梦境里。我挣扎着爬了出来，拖着自己千斤重的臭皮囊，在一片白茫茫的大雾之中，颤颤前行……

我听到了一声咳嗽。惊醒。

大约是在早上六点钟，我在床上摸着自己腰上厚厚的脂肪，叹了口气。立马爬起来，换上衣服，穿上跑鞋，开始去湖海塘跑步。

婺城的湖海塘，什么季节都是美的。现在这个时候，湖光绿树，是一种整齐的绿。

我拖着自己，走走停停。环绕着湖海塘的道路，如同一条人生的跑道。我发现要让躯体跟得上灵魂，必须要让自己轻盈，跑起来。

一个人生活的时候，应该学会自私，学会好好地爱自己。

开始了，就不要停下来。

## 二

上班，遇到做清洁的阿姨。一脸的笑，很真诚。

她颈上挂了个音乐播放器，播放着《大悲咒》。

音乐不徐不疾地流淌，如同迟暮的和煦春风，摇曳着柳枝。

——阿姨啊，侬喜欢佛教啊！

——俺侬也不晓得喜欢不喜欢，只是一边干活一边听，会感觉开心！

阿姨笑得像庙里的菩萨。

今年是阿姨的本命年。

在婺城，所有从事家政的女性都可以叫阿姨。如清洁的阿姨，做菜的阿姨，等等，很多人都不知道她们的名字。

她们的名字叫阿姨。

这位阿姨干活很利索，烧饭也很好吃。桑胖子想减肥，却忍不住想吃第二碗。

久违的厨房烟火，让桑胖子想到老家，母亲的味道。

有人说，生活的烟火，是厨房里煮的菜冒着香味，是客厅里有孩子在奔跑，是沙发上有两个人一起唠着嗑。升腾起的尘烟，是树叶间漏下的灿烂的阳光。

## 三

这两天，已经有点暑热，阳光耀眼。

中午开车经过一个郊区的路口，看到了一个男子，没有戴帽子，没有打伞，正弯着腰捡一路的米粒。他的旁边，是一只小小的裂开的塑料袋，里面还有些没有洒完的米粒。那么小的一粒粒米，很难收拾，所以，他需要用两只手把地上的米聚拢到一起，再把米捧起来吹一吹，吹走那些灰尘，再把看起来略为干净的米放进塑料袋……

高温。马路边。大汗滴落。洒落一地的米粒。

在我很小很小的时候，在农村，还是生产队的年代，还没有分田到户。一个村里有很多个大队，又分为几个小队。村里的农活，都是一个小队一个小队的工作组去干。父母亲一天辛苦下来，只能赚几工分。那时候，家里连灯泡都需要选低度数的，夜里早早地就熄了灯……

记忆中，常和小伙伴一起去捡麦穗。在已经收割完的田野上，几个小伙伴提着篮子，半是玩耍，半是"捡漏"，捡剩下的穗子。乡村的田地里，松软的黑色泥土，还有那让人快乐的

童年。

除了拾麦穗，还有花生、萝卜、红薯都是可"捡"的。这些埋在泥土里的农产品，给小伙伴们收获战利品带来更多的乐趣。后来，稍长大些，听家里的大人们说，一般他们在收割的时候，都不会把那些作物收割得一干二净，而是稍稍故意留一点，让小孩们放学后在田里玩的时候，可以收获点什么……

物质的匮乏，生活的困苦，从小父母就告诫吃饭不要浪费。如果吃饭的时候掉了米饭，雷神会"劈"到你的。

童年的记忆如黑白胶片，展示着曾经农村生活的一点一滴。有很多的快乐，不能用语言诉说。有很多的忧伤，在那个不懂忧伤的年纪里，那些红土堆成的泥房，那一条条没有水泥的阡陌田野，以及那一处处山泉……

我的车停在道边樟树的浓荫之下，树叶之间，有阳光斑斑驳驳地掉落。记忆就在眼前男子捡米的场景中翻滚，心里有些酸楚，眼角泛出泪花来。

## 四

年轻的时候，喜欢开越野车，开车很猛。

现在开车越来越慢。

今天开了一辆朋友的长轴商务车。

夜色温柔，慢悠悠沿着海棠西路往回走。

在一个红绿灯路口停下来的时候，一辆没有车牌的雅阁新车从我左边超车，一个年轻人摇下车窗，嘴型夸张。见我没反应，又不停地比画着什么。

我想，我车开得好好的啊，今天心情好，我开得慢了点，这个年轻人想干吗？我又没招他！

绿灯了。

他的车超了过去，他打转向灯，要拐进一个小区。

他还在用手语和我表达着什么。我车窗关着，听不见他的声音，只看见他的手在夜色里挥舞，如同魔鬼的画符。

这个人真是有毛病，有完没完？我鼻子里喷出夸张的声音。

开车回小区，刚一停下来，保安就跑过来对我说——侬的车一个后轮都没气，侬开车都不晓得？

我下来一看，还真是的。不过，轮胎都已经被我开报废了。

那么——

刚才那个人一直在说的，一直在表达的……

其实，他是在告诉我轮胎的事。

他嘴手联动的，不是魔鬼的画符，而是一首善意的交响曲。

我想到了吕洞宾。

## 五

深夜的高楼。

太阳暴晒了一天，此时还传着温热，毛孔之间传来一丝丝暖意。

想吼一首歌，想喝一杯酒。摊开一本书，想闯进书里头。

打开所有的灯。手指触摸过一本本书脊，灵魂有灼烧之感。清楚地听得到外面的声音，有汽车的喇叭，有人群的喧哗，有工地还在施工，有远远的热闹。有呼啸的风从楼畔刮过，吹动着声音和光线，明明暗暗，曲曲折折地投进室内，跌落在地板上，竟是一行行星星点点的文字。

此刻，文字说，好了，现在只有我们俩在一起。

万物，晚安！

## 田野里的草籽花

年轻的时候,在杭城吴山脚下学过画画。在上色彩基础课的时候,最迷恋三原色相加变幻的各种色彩,觉得真是神奇。原来,红、黄、蓝可混合出世间所有的颜色。

记得那时候,老师问每个同学自己所喜欢的颜色,我毫不犹豫地回答:紫色!同学们和老师都笑了。老师颇有意思地问,你是男生啊,为什么喜欢紫色?是因为喜欢紫罗兰这种花吗?

我说,我喜欢紫色,是因为我们小时候春天田野里最多的就是紫色的花。那成片成片绿色海洋之中,闪耀着鲜艳的紫色花朵。

老师又问,是紫云英吗?

我说,是啊,但我们叫它花草、草籽花、勺子花等。我们那时还不知道,这种花还有一个这么好听的名字——紫云英。

凡事皆有由来。小时候的紫色记忆,成为我学画经历里最喜欢紫色的原因——那是因为,那片紫色的草籽花啊,在一年又一年的花开花落里，已经刻进了我的灵魂和血液里。

　　小时候，乡间的生活是单调的，却也是快乐的。在晚季稻尚未成熟的时候，父亲就在田里洒下了紫云英的种子，那时候，这叫套种。紫云英就在晚稻的脚踝下悄悄地长出了绿苗，到了晚稻收割完后，它们长舒一口气，长出一片浓浓的绿意。经过严寒的冬天，到了春天，它们就绿油油地开遍了田野，漫山遍地。慢慢地，江南回暖，春雨绵绵，起先紫色的花朵只是星星点点，到最后突然就成了闪耀夺目的花的海洋，在整片江南的田野里喧闹。乡人为什么管它叫草籽，或是花草，也是有原因的。紫云英除了可以作为家禽家畜的饲料，在乡间还是最好的生态肥料，是一种绿肥植物。春耕的时候，它们随着犁铧碾入春泥中，化作早稻的养分。也可以把它们收割起来，在晒谷场晒干，草的籽另外收起来作为明年的种子或是中草药，秆子直接烧作草木灰，再洒回田里做肥料。据了解，紫云英有很强的培肥作用，还能增加土壤生物数量及多样性，促进土壤有机肥的增加，所以在江南一带，紫云英作为绿肥广为播种。

　　至于它们还是上好的炒粉干和炒年糕的佐料，绿油油地上了餐桌，那是后来的事情了。小时候不觉得它美味，乡下生活虽然清苦，却也很少吃这道菜。还是在人们大鱼大肉吃多了，喜欢返璞归真吃野菜的时候，紫云英才真正成了饭桌的新宠。

　　对于孩子来说，花草田里，则是游玩的好地方。男孩子们在花草田里放牛，赤脚追逐奔跑，脚踩在软软的泥上，踩在柔柔的花草上，欢笑声可以震破头顶清澈干净的蓝天。女孩子们文静静地拎着竹篮子去田里,就能在花草田里玩上半天。紫云英的茎为中空,将其花连茎一起摘下,可以编花冠、编花眼镜、编花手链等,一串串,一圈圈,挂在头上,手上,这是乡下少女们在春天田野上的自得其乐。当然,回家的时候免不了家长的一顿臭骂:"割个花草,要割这么久啊!"小孩子噘着嘴,责骂声从一只耳朵进从另一只耳朵出,想着刚才全身的花,心里还装着满满的快乐。

童年的快乐,就是在原生态的乡间,没有什么玩具,没有什么零食,但大自然的慷慨,给了我们无尽的快乐。

童年的美好,是在花草满地的田野里,处处散发出的芳香。即便是满怀惆怅地看着水牛踩过花草田,犁铧翻耕出黑色的土壤,那些美丽的花儿,一排排地埋葬在看不见的世界里。接着水牛又拉着犁耙,锋利的铁刃又将花草碾得支离破碎,它们终于和泥土、和水混合在一起。再后来,一排排绿色的秧苗整齐地列队在田野的时候,你还能闻到花草和着泥土传来的清香。

长大了之后,知道这种花草原来还有很好听的名字:紫云英,还有翘摇、红花草等很多很好听的名字。紫云英的花语是幸福。《诗经》中也有"邛有旨苕"的诗句,"苕"就是指紫云英。"紫云英"这个词,始见于中国传统绘画的经典教材《芥子园画谱》,其中载有"紫云英,一名荷花紫草"。紫荷花,也是因为紫云英的花酷似荷花而得名。清词人朱彝尊亦有"草生田中,花开如茵,可坐卧,每籍此泥饮"等佳句。我觉得我们乡人称的"花草"最符合它的品性。俗也大雅,说它是花,它是紫云英,是美丽的紫色的花；说它是草，它是默默平凡的小草，零乱成泥碾作尘的小草而已。

现在，在江浙一带已经很难看到小时候那样成片成片的花草地了。在春天，偶尔见到有一小片的花草田，或是田埂上有几根紫云英，我都忍不住停下来，想拍几张照片，或是摘几朵花儿，将其编成一个小花环，就像是一个有穿越力量的魔法器，童年时存放的快乐记忆就一点一点地播放出来，它们在我桌上的画布里鲜活而生动地跳跃着，舞动着紫色的光芒。

## 春分,春雷炸耳

### 一

春分的时候,春雷来了。

今年的春雷姗姗来迟,错过了惊蛰的约定。直至过了春分才大大咧咧地来到江南的土地,任性而嚣张,没有一点愧意。

每年春天,我都在等一声春雷。

炸耳的春雷。

等着它响在下着春雨的夜里,把冰冻炸开,把寒冷炸开。

毁灭一次,再重生一次。

唤醒生命!闪电和雷击从天边来,归天边去,轰隆隆如千军万马走来,炸响。雷声和着雨声,春雷似严父,似慈母,在宇宙浩茫的天际边,写下自己的痛楚,自己的欢乐。春雨来得懒洋洋,漫不经心,是春雷催着它去人间滋润万物。

这是顿棒喝!唤醒冬天的沉睡,唤醒已经困懒的心。

让我们的人生猛地一震!

我们原本缩着手,在温室中偏安自得。但春雷把我们拎出舒适的房子,去迎接朝气蓬勃的新的一年。

新春的旋律正式开启。

我们都想自由自在地呼吸,行走,奔跑,出行。

这个黎明的春雷,厚薄不均。严重的地方冰雹交加,轻的地方只是小雨淅沥。很多人在床上翻了一个身,仿佛只是一个梦,然后继续睡去。很多人被这春雷给惊呆了,在朋友圈里晒着各种雷雨交加的照片与视频。

春雷来临,我醒了。

仿佛体内的万钧之力苏醒了,突破了重重封锁,和春天的植物一样,我的身体也似乎抽出了绿芽,向新的世界探望。

所有关于春天生命的词句,都有点词不达意。唯有生命的亮光,光耀夺目,灿烂辉煌。

重返人间,生命的美好,美不可言。

## 二

雨后的天空,碧空如洗,一切透亮。

阳光下的灰尘,一颗一粒,在空中飞舞着,似乎没有颜色,没有重量,一点一点,无声地落着。它们似乎是另一个世界的雪。

生于尘,归于尘。

雪是白色的，灰尘是黄色的；雪是美好的，灰尘是被忽略的。

它的母亲，或许是灰色的山岩，或许是黄色的泥土，或许是我们皮肤上新陈代谢死去的皮肤，或许是我们风化剥离的墙皮带走的岁月。

它们自由自在地在空气中漫步，最后叹息一声，就落在我们衣服上，地面上，茶几上……

时时勤拂拭，莫使惹尘埃。

本来无一物，何处惹尘埃。

在一个封闭的房子里，我们常感叹，灰尘——它从何而来？又去哪里？

一天一天打扫，但灰尘似乎源源不尽。我们扫完了，灰尘慢慢又落了。它无处不在。

打扫着房间，也打扫着我们的眼睛，我们的身体，我们的灵魂。

最怕的是，眼睛蒙了灰，看不见美好。

最怕的是，心蒙了灰，感知不到美好。

世间所有的温暖和美好，都难以穿透灰尘。

房里的器物蒙了灰，如同蒙上了厚厚的窗帘，封闭成独立的一个世界。

我们擦去了灰尘，器物便打开了窗户。

## 三

年轻的时候,我的身体和灵魂,同为一个人,是一个整体,却似乎貌合神离。

我不爱惜自己的身体,我常在雨中奔跑,从不带伞;我常骑着一辆自行车,轻一脚重一脚,骑往很远很远的地方,要让自己充满疲倦,躺在一片陌生的草地上;我常在深夜里,不睡,胡思乱想。

灵魂和肉体之间,仿佛充满了仇恨,把爱变成一条孤独寂寞的河流,不安分守己,可笑至极。

这条河流常常沉默,缩在自己的角落里。憋得太久,也会惊天动地吼叫,有点歇斯底里。

身体承受不住自己的愤怒,便用锋利的牙齿咬噬自己的灵魂,将自己撕成片片灰尘。

尘埃为什么都是灰的?尘埃在阳光下,如同我们逝去的岁月,如同我们阴暗而不告解的心事,藏在世界的背面。

## 四

霞说,她家一个亲戚,先生去年离世,一个人带孩子,前两天,突然跳楼了,留下了幼小的孩子。世界每天都在上演着悲欢离合,我们几个人都陷入了深深的悲伤之中。生命如此脆弱,生命之不可复制,生命之不可再生。

对逝者的惋惜,对孩子的心疼。

对于别人的人生,我们不了解不知情,我们都没有评价的权利。

即使是卑微如草芥般的生存,如尘埃一样,也是需要勇气和值得尊敬的。而选择自己结束生命的人,该是有多大的勇气,多深的悲伤,多坚决的义无反顾。

蝼蚁尚且偷生。

时代的一粒灰,落在地上,积累起来,也可能是我们肥沃的土壤。

农村孩子,对于土地总是充满了依恋。离开老家很多年了,还是会在阳台上种花、种菜,还是喜欢到田野走走。

脚下的土地质朴而神圣,庄严又沉重。

在城里的高楼,还养过一只小狗。后来不知得了什么毛病,正准备送去看兽医。刚好父亲过来,他看了看,对我说:"我带回去先看看,你这里楼太高,不接地气。回去让它接接乡下的地气,可能就好了。"

说也神奇,狗狗让父亲带回去几天,真的生龙活虎了。

这只狗狗我就再也没有带回城里了。我想,它既然属于这片土地,就让它和着土地的呼吸,畅快地生活吧!

土地是很多生物的原生力量。

## 五

我们有些软弱、脆弱需要交给黑夜,需要用黑暗掩饰,需要交给冬天保密。

何夜无月,何处无竹柏?丰富的汉语言文学里,有着无尽的语言含义,我在黑夜之中,体会着人生与语言无尽的内涵。

孟子曾云,夜气,乃清明之气。夜间,"人事才停机械息,天心无间本真存"。

安,定,静,止。

夜的完美,在独处者的眼中,无可挑剔。

天亮的时候,把这些都埋进泥土里吧,春天的泥土!

灰尘在阳光下飞舞,世界温和,道路光明。

春天唤醒我们工作和努力的欲望。

"光明的获得不是在仰望的时刻,而是于低头的一瞬。"

生活,还不是低到尘埃里去,在人生中的磨难里,开出一朵花来吗?

## 六

"任何东西都有生命,一切在于如何唤起它们的灵性。"

风雷起兮。

我一直认为,春雷是在提醒着什么,是一年真正标志性的开始。

## 我能伤害的，都是爱我的

能伤害我的，都是我爱的。

——苏亦承《保护色》

我能伤害的，都是爱我的。能伤害我的，都是我爱的。

幸福与快乐常常不被提及，最能隐忍的都是因为爱。伤害的根须从日常生活蔓延到生活的所有角落。爱给了无限的包容，放养滋生了舒适，一句话，一个眼神，一个动作，一个不经意，就可以给人幸福，也可以给人深深的伤害。

快乐就像是雪夜里温暖的灯，如雪花一样容易消逝。

伤害是刀鞘，是屠龙不回，是出刀必见血，以永恒的名义存在着，酿成一片无涯的黑色沉默。

我们以毕生的错与对，磨砺成锋利的剪刀，裁成我们一生的修行。

完美无缺，或不堪回首。

人与人是平等的。其实，我们根本无权因为自己的心情，因为误会，因为考虑不周，而去伤害别人。虽然，有时我们不是故意的，真的不是故意的。

因为得宠，我们滥用伤害。伤害如钢刀，切断归途与去路。

伤人于无声，伤人于肢体，伤人于精神。让别人痛不欲生，让别人焦虑，让别人失眠，让别人心身俱疲……也许你会有一时的快感。曾经有人也是这样对你，你不过"以牙还牙"而已。

灵魂里的废墟与天堂，一念之间。

一念天堂，一念地狱。

人都是善良的，也是软弱的。越是和你无关的，或者关联很小的人，在相同程度下，被你伤害的可能性越小。相反，越是和你亲近的人，在相同程度下，被你伤害的可能性越大。所以，我们常常对与自己亲近的人，没有一副好脸色，而对与自己不亲近的人客客气气。很多时候，你挥剑狂舞，伤害的都是周边亲近的人。小人们，你的敌人们，他们躲得远远的，在轻笑着，嘲笑着，你连他们的皮毛都伤不到。即使伤到了，他们可能会更暴烈地报复你。

我们真正能伤害的人，往往是我们最爱的人，最在意我们的人。他们平时不断地包容我们，不断地呵护我们，不断地给我们关怀，我们却伤害他们最深。我们常常拿一把锋利的剑，直刺爱人的胸膛。

良知告诉我们错了，难以名状的内心郁结，如同我们无处安放的罪孽。

不断地给别人快乐，给别人幸福的时候，我们自己也是快乐的，幸福的。这种快乐会反射，能让我们更快乐。而给别人伤害的时候，你的心也会因为自己的故意或非故意受到伤害。

伤害别人，请先别笑，这不会给你带来真快乐。

用宽容的心去对待别人以及人生。我们有权发泄我们的不快乐，但是我们无权将自己的不快乐发泄给别人，伤害别人，特别是那些爱着我们的人啊！

桐华说："年少时因为没被伤害过，所以不懂得仁慈；因为没有畏惧，所以不懂得退让，我们任性肆意，毫不在乎伤害他人。当有一日，我们经历了被伤害，懂得了疼痛和畏惧，才会明白仁慈和退让。可这时，属于青春的飞扬和放肆也正逐渐离我们而去。我们长大了的胸腔里是一颗已经斑驳的心。"

爱真的是仁慈，是退让，是真正用感恩的心去对待亲人与朋友，对待世间的万物与生灵。

对情绪的控制，是我们衡量爱的一把尺。从心里跳出来魔鬼，也在不断考验意志。

不断尝试，不断改变，不断后悔。隐忍的顽疾是常常爆发的瑕疵。

"每个人都在寻觅内心尚未崩塌的地方,那里有我们全部的爱与希望。"伤害让我们的内心崩塌,而善良会重建我们的内心,那里有我们全部的爱与希望。

时间从来没有忽略冷峻的真相。子夜写下的文字,是我深夜里的自我救赎,我本不该如此。

我对我自己一直来的任性与无知充满了悔意,倦意。

——我能伤害的,都是我爱的。

——我能爱的,都是我想爱的。

爱离开的时候,走得很轻。

我深夜写下的文字,会有忏悔前来阅读。

## 逃 离

有时，会有那种不顾一切的疯狂冲动，想脱离眼前的一切，挣脱所有的束缚，离现在的生活远远的。

有时，心会有被压抑得很深的那种感觉，甚至喘不过气来，一块块沉沉的石头，几百斤、几千斤地压在心里，没有人可以搬得开，没有人可以帮你搬开。

有时，会产生一种深深的孤独感。一个人走在路上，阳光下，拖着自己的影子，踩着自己的影子，茕茕独行。一个人在人来人往的大街上，在熙熙攘攘的人群中，在觥筹交错的世界里，灵魂蓦然脱离你的躯体，浮在半空，凛凛地看着眼前的喧嚣，凛凛地看着眼前的一切，如此陌生。

现实的生活不是你所想要的。有时，你也说不出来自己想要的是什么样的生活。只是，心还没有老，心里还有许多不甘与不情愿。所以，你长叹了一口气，常常问自己：为什么？

有时，不一定有方向，只是想逃离什么，只是想躲避什么。

有时，不一定有目标，只是朝着心里向往的地方，去走一步，再走一步。有些目标，有些人行走一生都到达不了，只是朝着那个目标前行，心贴在前行的路上，走一步，就是膜拜一步。

纵是深山更深处，纵是天高更高处，你可以逃到哪里呢？

去流浪，去重新开始一段属于自己的人生。心中已经构思了很久，蓝图制定了无数次，比如走一趟青藏线，比如沿海岸线去流浪，比如在一个陌生的城市里隐居……

计划很好，念头在心里翻滚了无数次，终被一声有很多水气的叹息所压下，雾气朦胧了视线。

现实总是与人相违，我们的脚想离开，更多时候只能待在原地，日复一日地重复着机械的生活，没有时间去问我们这样的生活有没有意义。

一代一代的，一辈一辈的生活，原本就是这样的吧。我们概莫能外。

现实生活中，能实现这样逃离的人肯定有很多。有卖了房子去周游世界的，有躲进终南山隐居的，有倾其所有开个民宿的……总有形形色色的选择，也有不一样的结局。

中学的时候，第一次想逃离，是在一年暑假，郑重其事地对母亲说："我一个人搬到老房子去住吧！"母亲对我的"阴谋"断然拒绝："你就想一个人自由自在，不行！"

那时还经历了一次"离家出走"，骑着自行车，拿着张简单的地图，走了很多地方。还一个人背着牛仔包，去了趟安徽黄山，这算是不懂事时候的第二次"逃离"吧！

在填高考志愿的时候，经历了第三次"逃离"，填了很远很远的地方，记得是西北政法大学。虽然最终没有被录取，但一心想奔向远方的思想一直没有变。

在走入社会之后，还有很多成功或不成功的"逃离"，如婚姻，如事业，如交友，等等。摔得鼻青脸肿，却依然故我。

沧海笑，滔滔两岸潮，我们都想相忘于江湖，经典版本的"逃离"终与我们无缘。

我们还是在书本中体会逃离吧！用别人的故事来过个"逃离瘾"。《逃离》和《月亮与六便士》两本书中，我看到了两种经典的逃离。

《逃离》，卡拉十八岁那年，为了摆脱父母的"囚禁"，她毅然决然地选择和男友克拉克在一起。他们经营着一个骑马场，种种原因，生意并不是特别好。卡拉为了尝试新的生活，她计划了一次又一次的"逃离"，最后一次她坐上大巴，把一切扔在了身后，打算永远离开克拉克。

《月亮与六便士》，以法国印象派画家保罗·高更的生平为原型，讲述了一个原本平凡的伦敦证券经纪人思特里克兰德的故事。他为了艺术，抛妻弃子，舍弃了旁人看来优裕美满的生活，离家出走，去法国，又奔赴南太平洋美丽的塔希提岛，用生命的画笔写出自己光辉灿烂的"逃离"，用绘画体现自己生命的价值。

两部小说，都是有关"逃离"的故事。一部是加拿大作家爱丽丝·门罗的作品，一部是英国作家毛姆的作品。毛姆是我最喜欢的作家之一，他大部分作品我都读过，《刀锋》我也很喜欢，

最喜欢的还是《月亮与六便士》。

在这两部作品中，主人公都为了逃离原来的生活而努力。不同的是，卡拉失败了，而斯特里克兰德成功了。但两个主人公还是有很大的不同，卡拉是没有目标的，而思特里克兰德，他是有目标的，有追求的。

卡拉不过是想逃离原来的生活。她十八岁的时候，放弃读大学，和现在的先生在一起，就已经放弃了她做一个独立女性的权利，从此她依附于先生，每天只能做讨好先生的事情，博取他的欢心，来保障自己生活的平安。但机会真的在她面前的时候，她获得了"逃离"的机会，在一个陌生的地方，她发现自己其实很难面对新的生活，最终她还是选择了回去。

改变是需要成本的，最节约的成本就是维持现状——这是大部分人的选择。

这是现实。

但思特里克兰德不一样，他成功了。

月亮代表的是理想，六便士代表的是现实的生活。理想如月亮一样，挂在空中，遥不可及。而六便士，代表的是每个人卑微的生活。我们每个人都要在现实面前低头，都要为了一便士而努力。

思特里克兰德，他追求自己的理想，放弃了原有的生活，最终艺术有所成。这个以高更为原型的故事，让每一个有理想有追求的人为之动容。

艺术的路是辛苦的，真正成功的人太少。想逃离的人太多，却不知道自己为什么逃离，逃离之后能做什么。生活中的卡拉太多，思特里克兰德太少。

我自己感觉也是这样，写作的路，书法的路，都是孤独的路，需要不断学习，才会有进步。最终是不是真的有所成就，还是一个未知数。

但是，路不要走错了。走自己喜欢的路，一生追求自己的理想，不问结果，这样也是挺好的。

"闭门即是深山，读书随处净土"，我不用逃离，我一直在自己梦想的路上。

所以，我想我是幸福的。我也有很多有关"逃离"的梦，在深夜里说给文字听。

和文字密谋生命中下一次"逃离"。

## 岁月不语人间事

### 一

暗尘随马去,明月逐人来。月圆之夜,如期而至。

江南雨。不管我们看得见,还是看不见,月亮都在,节日都在。岁月不语人间事,纷纷杂杂;岁月不语人间事,白驹过隙。在高雄的朋友小行,边看花灯,边给我发了一段感想:"走在赏灯的人群里,特殊的氛围下,人们没有了往日的热闹与喧哗。我想到了幸福这件事,也许幸福并不等于一直快乐,而是一种持久的安宁感,经得起挫折和困难,也感受得到爱与温暖。此时当下,对于很多人来说,能平安地活着,期待春暖花开,就是最好的幸福了。"——幸福是一种平静的安全带给人的安宁,是国泰民安之下的人间烟火。朋友又说:"放松心情,走出你的避风港,去看灯会吧,阿洛!"

我现在在婺城,在心中看灯。我们大部分人都宅在家里,看不到元宵的花灯。路上很安静，没有车如流水马如龙。没有一个春天不会来临，只是我们对这个春天的到达，特别期盼一些。

来吧，来吧！我们期盼这个鸟鸣悦耳，阳光灿烂，红花绿树，草木丰茂的春天早点来临。

小时候，对元宵节充满一种恐惧。春节是孩子们一年最盛大的节日，有鞭炮，有新衣服，有压岁钱，还有疯玩的日子。过了元宵节之后，孩子们就要背着书包上学了。

孩提时候的寒假就在元宵节戛然而止。时光在此刻刹车，摩擦出灯节万盏灯火的璀璨，又如同划破夜空的烟火，悄无声息地掉落在荒郊野岭的一个角落里。从春节开始，我们说起时间用的是大年初几。过了元宵节，我们将恢复正常的作息，正常的工作。春天也将如期而至。

三月的江南，千里莺啼绿映红，微风吹过，隐约的花香在身边缭绕，还有和煦的阳光从碧蓝的天空倾洒到每个人的身上。

又是一年江南春。又是一年元宵至。人间小团圆。

## 二

江南的元宵节，应该是热闹的灯节。

要穿过一条条弯弯曲曲的小巷，走过一个个似曾相熟的地方，老家的龙灯才会展现在我的面前。正月十三迎龙灯，是老家雅庄灯节的传统。在外工作后，很长时间没有回老家看过龙灯了。雅庄的龙灯，说实在话，近不如派溪吕般气派，远不如童宅

或象珠出名，但不管怎么说，都是我们家乡的一种重要习俗。龙头是迎龙灯的重头戏。以前一般为去年送了"龙口灯"生了儿子的农家而迎，现在则是老年协会的事情了。龙灯由一条条板灯组成，板灯就由爱好者自由拼组了。此外，龙尾也是一个重要的环节。

龙头是极其华丽而尊贵的。中间是条纸糊的龙，两排是精美的小灯。龙的顶上还有仙鹤，龙口里还有几盏红色的小灯。夜色降临，点上灯的时候，龙头就相当富丽堂皇了。

龙头一般在下午的时候"出会"，在重要的街道上"亮相"，沿途讨利是。到了吃完晚饭后，龙头就在村里最重要的地方——大厅，等着"一桥桥"的"板灯"过来接上，最后接上的是千呼万唤才来的龙尾。大厅的地方是很小的，只是一个小小的广场，前面还有口池塘。龙头在龙珠的指引下，会做出"急转头""掉头"等动作，龙头和龙尾也会斗智斗勇地做些精彩的游戏。最精彩的，要数"龙翻身"。一条龙，由一百多"桥"灯组成，龙尾把龙头一圈圈地围在中间，龙头需要用很大的力量才能"突围而出"。刹那间，鞭炮四起，鼓声阵阵，板灯飞快地转动，极是好看。也有些地方的板灯，如派溪吕，能让板灯做出各式花样，也很是壮观。附近的村，如象珠，还会迎龙灯上珠峰山，一条龙蜿蜒曲折地绕山而上，耍龙灯的人着统一服装，十分赏心悦目。龙灯是很"金贵"的，也有很多的讲究。如龙灯在休息的时候，板灯放在地上，人是不能迈腿从上面跨过去的，只能是从下面钻过去。老人说，从龙灯，特别是龙头下钻过去，那是会带来好运的。

小时候的灯节，也是一个隆重的节日。那时，会拿着一个"鞭炮头"，再弄些蜡烛油在上面点着，跟在龙灯的旁边，龙灯到哪跟到哪。龙灯还要去附近的八口塘、莲塘、陈路塘等村，一群小孩屁颠屁颠地跟着，一圈下来，基本都要到后半夜了。老家的龙灯，有老家的光景，岁岁人不同，龙灯却年年依旧，越上年纪看越觉得有味道。现在，永康别的村子还有好看的龙灯，但老家的龙灯只能停留在想象之中了。

粉墙黛瓦，翠柳画舫，烟花细雨，世界却无比安静。时光在这个时候，却按了一个暂停键，让我们可以静下来去思考，静下来去回忆，也静下来去想象未来。这个元宵节，我们都守在家里，虽然看不到花灯，但无数的花灯依然在夜空中，孤独热情地展示着自己，在深夜窃窃私语。

## 三

元宵节，人面桃花相映红，应该是个情人节。在中国，七夕和元宵节，都可以算是我们自己的情人节。

把元宵节视为中国情人节，很大部分源于欧阳修的《生查子》："去年元夜时，花市灯如昼。月上柳梢头，人约黄昏后。"旧时年轻女孩平日锁在深闺，只有过节时可以出来逛逛花市、灯市，未婚男女借赏花灯之机物色对象。这样说来，元宵节灯会是一个很大的相亲场所，月圆灯红，瞧见对眼的，渐生情愫，暗自

定情。推元宵节为中国情人节不无道理。诗人眼中的元宵节，美轮美奂，让人浮想联翩。元宵节，踩着春节的余音，伴着灯市、庙会、迎灯的热闹，春潮暗涌，雨滋情生。在以前，似乎总可以演绎出一段段才子佳人的故事。现在的元宵节，晚会热闹，灯会热闹。古诗词中的意境美，现实生活中是另一种美。而今年的元宵节，安静得可以让所有人一生铭记。

儿时在永康过元宵节，提灯，猜谜，看龙灯。很多人喜欢灯节的热闹，喜欢合家吃元宵。元宵节最热闹的是灯节，也像是春节最后的狂欢。在永康，过完元宵也就意味着年过完了，过了这天，就要撸起袖子认真地工作了。在这一天，你会惆怅地想，这个年怎么就过完了？怎么一下子就过完了？时间真快啊！在这一天，我们总结一下吧。这个春节，我们怎么过来的？都做了些什么？读了多少书？走过什么地方？学习了什么？收获了什么？——其实想这么多干吗？假期不适合做一个精确的总结与说明。

生命的价值，对于很多人来说，是没有任何意义的存在。冥冥之中，一切似有安排，也有巧合，却也是自己的选择和努力。

## 四

时间没有重量，只不过在我们走过的地方划开波浪。记忆像窗外的布谷鸟叫声一样遥远而清晰。窗外的北山和南山白雾蒙蒙，雨水滴落的声音，跌落在心中，总能不经意激起海浪滔天，有千层浪，拍打四壁。在自己小小的世界里，每天六点起来写字，写完字锻炼身体，做早饭，看书……我一丝不苟地过着我的一天又一天。每天早上醒来，马上起床，唯恐片刻的懈怠瓦解自己的斗志。我在写字和看书的时候，关闭手机，设定闹钟；我随时拿着笔记本和笔，随时记录着读书心得；每天抽出时间来锻炼，做俯卧撑、仰卧起坐、跳绳、拉伸……岁月不语，却知晓你所有的心事。我们没必要去管别人过什么样的人生，却要用自己的计划和行动，主宰着自己。

## 五

"不要落俗，保持你的清朗。心静文精字也清。"一个好朋友对我说。一直以来，这个朋友是我的一面镜子，真善美的镜子。我们很少聊天，却心心相印，照出自己的粗陋不堪，也清晰地指引着坚守和努力的方向。"地球是一个美丽的笼子，里面的人，都是一只只小虫，他们终其一生，不过是在困守牢笼。"寂寞的宇宙，辽阔而永恒，我们不过蝼蚁一样，立志要将自己的人生过得热烈美好，或者意境幽深淡远，或者普普通通随遇而安。时间像看不清的河水一样流淌着。孤独总是会被夜色吸引，沉沦成漆黑的底色。"如此渺小，以至于穿过针眼。"我们的文字，在看不见的手中，在黑暗中，一针一针地扎成语句，拼成段落，组合而成。

我们依然如此渺小而无助，就像写在沙滩上浅浅的文字，随时会被抹去，好像没有存在过。岁月不语，人生太短暂，人世太潦草。这个春节，给我们一段时间完整地思考，在极小的范围内体验生活的烟火。只有在这样的时间里，世界如此安静，前所未有的安静，有种悲怆在内心呐喊。我们把所有的焦虑都融进眼前生活的一日三餐，锅碗瓢盆的烟火气息里。

生活的烟火气，才是爱和生活的温度。在最琐碎的生活细节里，却能体会和感觉到爱与生活，日子不一定波澜壮阔，却平平淡淡，如同一盘盘简单的菜肴，吃得有滋有味。可以有点小酒，不必多，也不必是好酒。浅酌就好，微醺也无妨，就在自己爱的世界里，激情一场也很好。

生活中需要烟火味，那是最接近地气的人生。在缭绕的烟火之中，春至，万物渐次苏醒，欣欣然张开了眼。

## 那夜,我们唱《鲁冰花》

有些歌,我们听着听着,停不下来。某首歌,我们哼着唱着,不知不觉地重复了一次又一次。歌可以单曲循环,再老的歌都可以回头再听再唱,而人生有些路走着走着,停不下来,再也回不到从前。

夏日,深夜,一个人在空旷的街路上开着车,从收音机里传出一首熟悉的歌。

夜夜想起妈妈的话
闪闪的泪光鲁冰花
天上的星星不说话
地上的娃娃想妈妈
天上的眼睛眨呀眨
妈妈的心呀鲁冰花……

歌声让我的思绪飘回了中学时代。《鲁冰花》，这是我们中学时学唱的一首歌。那是二十世纪九十年代初，我就读于荷园中学。

荷园中学是永康环境相当好的学校。有清澈的小溪从校边蜿蜒而过，如一匹碧绿的飘带，溪中有各种小鱼，随意翻开一块块石头，就能找到一只只螃蟹。学校周边是成片成片的农田及桑叶园，每一年桑葚成熟的时候，是同学们最为开心的时候，钻进桑林不一会儿，就可以摘到满手紫色的桑葚果，嘴角还都是紫色的痕迹。荷园周边还有几座漂亮的山峰，如寺后山、珠山和方山，都与学校相距不远。傍晚的时候，如果想登高望远，骑个自行车几分钟就到了山脚，爬到山顶也用不了多少时间。在山顶，周边的清渭街和象珠等村落尽收眼底，良田万顷绵延到未知的远方，让青春期的我们多了很多遐想和期望。

同学大部分住校，走读的学生比较少，学校周边几十公里的村子，如唐先、中山、雅吕等地的学生，都到这里上学。每天晚上夜自修开始前，学校安排了十五分钟娱乐时间。那时候，其实也没有什么娱乐活动，一般就是学生自教自唱，班里唱歌很好的同学，会自告奋勇上台教同学们唱歌。

某个晚上，一个叫楼佩佩的女孩子教我们唱《鲁冰花》。这首歌旋律简单，不一会儿，同学们就把歌学会了。之后，不用楼同学指挥，同学们一曲唱完后，接下去再重新唱，如单曲循环，翻来覆去地唱……

那个夏夜，不知是不是因为枯燥的学习，是不是因为高度紧张的压力,是不是因为远离亲人,这首歌突然就勾起了每个人不一样的情愫,打动了每个人的心,合唱出不一样的特殊氛围,情绪在蔓延扩散。

上课时间到了,数学老师抱着教材站在教室门口,有点诧异地看着班级。同学们毫不理会,忘记了时间,翻来覆去地唱,有些同学越唱越投入,眼角都挂满了泪水。

窗外是安静的操场,一墙之隔就是桑园,是小溪。教室里的白色日光灯下,是一张张稚气而青春的脸庞,在投入而忘我地歌唱。

歌声中,一张张脸上流淌着思家的泪光。

老师举起手想拍门,又收住了,他轻轻关上门,慢慢踱向了黑暗的操场。我看到他猛吸一口香烟,一刹那的火光照亮了他抬头望向星际的眼眸,有种温暖的包容,也似乎有星点的泪光。

最后"单曲循环"是怎么样结束的,我忘记了。但那个泪光莹莹里唱着《鲁冰花》的夜晚,将会刻在多少人的心里,一生难忘。

后来读大学的时候,也有一件很类似的事情。有一个晚上在宿舍里,一个叫黄晓敏的同学教大家唱《解放区的天》这首歌,这首歌雄壮而有力量,大家学会之后,马上把这首歌的歌词改成了自己的班歌,曲不变。改完后兴奋地唱"班歌",心中的情绪迅速被点燃,那个晚上,我们九个同学也一次又一次地单曲循环这首歌:"外贸班的天是晴朗的天,外贸班的男孩真的帅……"

激情成了一种惯性,我们没办法让它停下来,也不想让它停

下来。

在宿管老师严厉的批评之下，我们勉强停了下来。大家躺在架子床上，脑袋里思维还随着节奏在转，身上的热血还在歌中沸腾。

大学毕业的时候，女生宿生楼下，一群抱着吉他已经喝得差不多的男生，在唱周华健的歌："其实不想走，其实我想留，留下来陪你度过春夏秋冬……"在夏夜里，也是单曲循环，一次一次，一遍一遍。宿舍的楼道里，来不及说珍重的道别，如同那带不走的纷乱的垃圾。在青春中，很多很多东西我们都来不及带走，很多很多话我们都来不及表白，我们带走的只是极少极少的记忆。

常会有那样的时候，你不自觉就哼起一首歌，一直哼，反反复复停不下来；常会有那样的时候，你听着一首歌，一直想听，停不下来，设成单曲循环的模式；常会有那样的时候，一首歌勾起了你曾经的记忆，让你找寻起曾经的日子，青春燃烧的岁月。

在歌中，音符牵引着你穿越现在的时空，走进另一个世界。

# 那些指缝间流走的时光，流不走的爱

## 一

那一年端午，临近中考，夏雨在闷热的梅雨天里左冲右突。父亲风尘仆仆从外面工作回来，带回了两个瓶子，喜滋滋地递给我。我看着黑黝黝的瓶子，外观和乡里某农药的瓶子一模一样，有点诧异。

父亲充满期待地看着我："这是补脑汁，给你补补，中考考得好点。"

我漫不经心地抓住瓶盖，从父亲粗糙的手上接过瓶子。

"啪——"瓶子掉在家里的水泥地上，摔得粉碎，"补脑汁"溅得到处都是。我手足无措地呆站着。父亲的脸灰了下来，低下头，看着满地的碎片，缓缓地弯下腰捡拾。

他的手在颤巍巍地抖。我仿佛听到空气中的哭泣声。

那时候很少有什么补品，这是我第一次收到的补品，也许也是父亲第一次买的补品，我不知道这"补脑汁"花了父亲多少天的工资。在物资匮乏的年代里，一切都是那么珍贵。我想到了不久之前，我想要买几盒英语磁带，父亲没有答应，我硬是一周没有和父亲讲过一句话。过了几天，父亲将崭新的英语磁带放在我桌上的时候，我内疚得要命。

父亲低声地说："以后接人家的物品，要小心些，务必要接踏实了。"

我永远地记住了父亲的这句话。

过了两天，我的桌上，重新出现了一瓶胖胖墩墩的"补脑汁"，旁边有母亲娟秀的字迹："记得每天早晚喝。"

## 二

那年十六岁，要去外面读书了。

父亲说送一下我，骑着自行车从漫天灰尘的土路载我到车站。父亲说："你在这里莫走开，我去买点东西。"这句话，让我想到了朱自清的《背影》。我的父亲也是一样，他急匆匆地蹬上自行车，消失在人群之中。

过了好久，父亲回来了，递给我一个棕色小盒子。我打开一看，是块梅花牌的手表，秒针嘀嗒嘀嗒清脆地响着。

一刹那，眼眶情不自禁湿润了。父亲挥了挥手，使劲蹬了脚自行车，飞快地骑走了。

我看着他的背影消失在道路的尽头，慢慢转身，背着我的背包走向了新的世界。

这么多年了，这块表已经锈迹斑斑，指针也静止了，我却一直保留着。

静止的时间，如同车站那幅静止的画面，永远地留在了我的脑海中。

## 三

哥哥和姐姐出去工作比较早，家里很长时间里只有我和父母亲。自我到外地上学后，家里就只剩下父母亲了。母亲患有风湿性关节炎，不能干重活，家里外的活都落在父亲的身上。

有一年大学放假，我回家看父母亲。

刚好是秋收，我起来的时候很晚了，拿了镰刀就下了地。在地里，我被眼前的一幕给惊呆了：一整片的田里，父亲已经收割完一大半，这时候，露珠还挂在稻谷间，太阳还没有上山……

而父亲，他太累了，他是坐在地上割的稻子，割完一排，他就移动着往前一点点……

对于后知后觉的我来说，从小有哥哥和姐姐的呵护，成长也慢，懂事也晚，一直无忧无虑地生活着。

但也就在那一瞬间，我开始长大。在那之后，只要有时间，我都会尽量回家，做些自己力所能及的农活。

## 四

那年在广州。

浅睡眠的我,一般晚上手机会静音或是关机。一大早醒来的时候,看到大嫂十几个未接电话,吓了一跳,立刻回了电话。

"你爸出车祸了,速回。"

大嫂只有寥寥几句,我却如五雷轰顶。立刻订了机票,打上出租车赶往白云机场。在出租车上,想到父亲的辛苦,对我的关爱,不知此刻情况如何,禁不住泪流满面,一路无声地哭泣。出租车司机惊讶地看了看我,没有说话。飞机上,空姐一再过来问我有没有问题。

飞机晚点,赶回到武义的时候,已经近傍晚。父亲还在昏迷之中,身上插满了各种管子。因为痛苦,手脚不停地挣扎。第二天,父亲转到金华中心医院,在重症监护室里过了二十多天,终于醒来。

醒来后的父亲,身体大不如前,记忆也有所缺失,记不得几个人了。

但我每次回去,父亲总记得我。他宽厚的手,总牢牢地握着我:"这是我的小儿子啊!"

## 五

近乡情更怯,回老家总是很少。

常常匆匆忙忙回雅庄看了一下爸妈,就急匆匆地回金华。最近一次回老家的时候,父亲对我说:"家里三楼收拾收拾,你也住家里啊!"

我用力地点了点头:"嗯,下次,我下次回来住。"

父亲高兴地点了点头:"好,好,好!"

## 六

指缝夹不住,时光总是那么无情地流走,流走我们的光阴,流走我们的岁月,流走我们的记忆,流走我们很多很多的爱。

总有些最深重的爱,我们放在心中,一直珍藏,是我们一生最值得感恩的力量,是我们一生快乐的源泉。

## 存在之物

### 一

月在深空，如镰刀，收割深夜绵长的梦想，堆积起层层云朵，即将在清晨给小草洒上露珠。

月光下的台阶，有绵软的羊毫，画出长长短短的线条，浓淡横折，墨色弹跳如黑白键弹奏的交响曲。

午夜，放下笔，我看了看书房满目的书籍，还有角落中收着的各种小物件。

它们都争相与我对话。

时间在一个个物件的身上发生了穿越，童年的生活，少年的痕迹，以及眼前的中年。

我看了一下光阴的余额。

光阴在深夜中，永恒，静止，呼吸暂停，有种天青色的静谧。

鸟儿在深夜熟睡。坚硬的羽毛，在深夜里温柔地抚摸着幼小的儿女。从黑暗世界里爬出来的螳螂、老鼠，打开一个折叠而平等的世界。

寂寞如海，一尘不染。

我像是在海边，听着潮汐，海浪推着往事向我走来，轻轻地喧闹着趴在我的脚边，呢喃一声，和着泥沙，毫不留恋地奔向了远方。

我拿无形的笔，深夜勾勒。像是一个老来还乡的人，推开房门，在旧日的物件上找寻曾经。

## 二

这个深夜，忽地想起小时候的春天，江南大片大片的草籽花，整片整片，开得烂漫。也想起了，江南木结构的房屋楼上，立着一排高大的谷柜，堆满了谷粒。在谷柜上，一年一年贴着"五谷丰登""风调雨顺"之类的吉祥话。这几个字，我写了一年又一年，滚瓜烂熟，笔画在手上留下了轻车熟路的记忆。

红纸随着岁月，渐渐褪白。一张一张，一年一年，那少年的笔迹从稚嫩走向了成熟。

终于有一天，谷柜失去了存在的意义。谷柜被嫌弃地扔在了储物间，它的上面，堆置起密密麻麻的废弃的杂什。

谷柜上的斗方，也停留在某一年的春节。

旧时对饥荒的恐惧，要粮食满仓才安心。这个深夜，我从一个干瘪的纸巾盒中抽出一张纸巾,心里有种莫名的不安全感,如同父亲面对空空的谷柜。

有份深夜里的苍凉,月光一样洒在我空寂的露台。

## 三

生活总是一成不变地推动着向前,推陈出新。旧物不断地被抛弃,直至消失。

夏日的一个午后,我在老家的阁楼上,找出了层层灰尘积压的一些老物件,比如竹篮子、箩筐等。放在一楼的空地上,用水清洗。清洗掉岁月的包浆,它们露出了原来的样子。

如同层层剥开的尘封的记忆。

当年新鲜的竹篾条,编织的是一个阳光的江南。

有些竹篮是奶奶用过的,或是外婆用过,或是母亲的嫁妆。母亲对这些物什的记忆让我感到奇怪。她清楚地记得那个小箩筐购置的时间,是她二十二岁的时候,距现在已经是五十多年了。奶奶和外婆用过的物件,已经有七八十年以上,甚至百年的历史。

一不小心,就是我们自己小时候用过的物件,也已经有了几十年的岁月包浆。很多物件上,还有我小时候的涂鸦,清晰地标示了物品的所有权。

我想将物件带回婺城。临行的时候,母亲的眼神有些不舍,这些没有用的东西,如果你不拿出来就放在那儿烂掉了,但是,还是留下一两件吧，万一干农活的时候用到呢！母亲低声地说。

## 四

我不做收藏。有万册藏书，不过是自己从小喜欢阅读，一直买书看书，书也就多了。有一些小物件，因为喜欢，也不值钱，便当了装饰品。

写过一篇文章，《我们都不过是暂时的保管者》，自得地和很多朋友交流，很多朋友考虑了一下，还是很认真地对我说："如果有条件，还是上手比较好！"人就是这样，喜欢的物品，总是千方百计地想占有。这是人类的贪婪。

我将老家带回的物件放在书房中，插上干花，装上书法作品，或是做了废纸篓。

我喜欢收藏这些小物件。只是因为这些物件与自己息息相关，留存着家族和自己的一些印记。这些质朴的物件中，深藏着家族的记忆与精华。它们是人类的草木，活得比我们都久，是我们记忆的传承。

我一直想，它们应该从未停止过生长。当太阳和灯光照在它们身上的时候，它们身上的纤维都打开了，在吸收，在释放，空气之中有流动的生命和我们在交流，美好和喜悦在世界蔓延开来。

它们一直高傲。

它们的来历与曾经，以及岁月，都是世界上独一无二的孤品。

从来不可能被复制。

## 五

如果可以,我们总是要记录点什么的,留下点什么。

以文字的名义,或是以物件的名义,存在之物。

过了若干年,那些花梨木的椅子,那些竹篮子,那些旧书,在我们起身离开之后,还承载着我们的一次闲谈,一段难忘的时光,或是某些我们都记不起来的细节。

我们都走了。时光还一直轻轻地吻着它们,岁月轻轻咬着它们的纹理。

摆在那里,它们就是一个小型的历史博物馆。

## 当村上春树在跑步的时候，我们在做什么

有个作家曾写过：每个人心中都有一条塞纳河，它把我们的一颗心分作两边，左岸柔软，右岸冷硬；左岸感性，右岸理性；左岸是梦想，右岸是生活。

生活中，我们都是理想和现实之间的摆渡人。

村上春树的书我一直喜欢，但更喜欢的是他生活的态度。

看村上春树的《1Q84》，看得让人神乎神往，里面有科幻，有灵异，有文学，有历史，像一部大百科全书，像一幅古往今来的大画卷。细细品味，美不胜收。

看他的《当我在跑步的时候，我在想什么》，发现自己被那颗坚持的心、勇敢的心深深打动了。真想马上穿上跑步鞋，马上出发，在大街小巷，在公园，在体育馆，开始奔跑……

可是，我没有做到像他那样。除了一周几次的打羽毛球，有限的跑步或爬山，我做不到那么有规律每天长跑；我也不会游泳，是个旱鸭子，参加不了铁人三项的比赛。

当村上春树在跑步的时候，我在开车。

以前在广州、北京等地工作，感觉自己就是一个漂泊者。几年前，因为工作的关系，从北京回到浙江。回来后，安家金华。从此，金华是家，是梦想，是我的左岸；而武义是工作，是生活，是我的右岸。我一直在两个城市之间来回奔波，游走在理想和现实之中。

清晨，当村上春树在东京的神宫外苑开始跑步的时候，老桑在金华和武义之间，开始上演"双城记"。

从金华到武义，是四十二公里，差不多一个马拉松的距离。

每天，我在心里对村上春树说："嗨，前辈，你开始跑步，老桑开始开车上班啦！"

天天行驶在美丽的风景线上。跑步，在路上，音乐都是最好的陪伴。

在车上，可以听歌，可以听广播。不管听着歌曲还是广播，我经常会走神。

车就像是一个高速移动的房子，路和两边的风景是发射线，引发你的思维到很远很远。

会想到很多不切合实际的东西：会想到小时候的一些关键转折点，会想到人生一些关键的时候自己没有把握住，会想到理想的生活是怎么样的，会想到人生中遇到过的各种各样的事情……如果生命可以重来，如果以后的发展可以按自己想象的样子……

如果沿着眼前的路一直开一直开，开到路的尽头，那么会怎么样？

这时候的狂想，就像是老庄神游一样，往往一想就不可收拾。我也常在狂想的世界里，构建一个自己的世界，越走越远。这是盗梦空间的第几层？我不知道。

有些时候，会想到被自己蠢哭的事情，很多不堪回首的往事，我常会不自觉伸手打自己一巴掌：当年为什么这么浑！为什么这样不懂事！

打完，不禁摇了摇头。如果不那样做，如果改变了，那么我的生活会是怎么样？

这样的狂想，常被路上的一个意外给拉回来。

开车久了，经常会有一些意外的情况，如遇到不按交规行驶的汽车，如路边一场惨痛的车祸，还有意外的堵车，等等。

我回过神来，战战兢兢地握好方向盘。

想象的世界里，有另一个理想国度的老桑，栖居在幻想里，虚无缥缈，如同空气。

我要回到现实，把心拉回来。

车是一个独立的空间。这个空间，不大不小，让人感觉相对安全。

如果把这个空间里的种种情形用视频录下来，你是不是会发现一个"神经病"？

对，在车上，你会发现自己就是一个神经病。

这是一个独立而相对私密的空间。心情不好的时候，可以把音响开得很大声，让音符在空间震动；可以大声喊某句话，某个词，某个恨的人，某个爱的人；有时也会大声地朗读英语；有时

也可以静静的，什么都不做什么都不想，安静得只听到自己的呼吸。

可以严严实实地关上车窗，听到风在车窗外与车摩擦；可以打开天窗，任风左冲右突地回流；可以将车的所有窗户都打开，心里的雀跃如同追风少年……

偶尔，是的，就可以这么任性一把。

就差一点儿，在车上你不能站起来，不能蹦，不能跳，不能手舞足蹈。

收音机里的音乐，夹杂着太多的广告，听多了就想转台。

便对自己说，那就转点别的吧！在车上的时间太多了，还是学点东西吧。

这时候，励志老桑就买了赖世雄的美语教学，把资料都拷进内存卡里，天天上车就强迫自己听英语。大声听，大声读。这样，听了几个月，又听了几年。

水滴石穿，大自然最伟大的力量是平凡中坚持的力量。

天天这样听，让自己已经丢掉的英语，捡回来了一些。可以看一些英文原著，遇到老外也可以交流一二。到国外商务或旅行的时候，单独行动再也不露怯。

在车上听英语，把路上的时间利用起来，当作是学习，坚持到如今。

我的车上，还放了一支录音笔。当有什么奇思妙想的时候，我就用录音笔录下来，像是自己和自己说话。文字的原本，是自己和自己的说话，语音的表达是另一维度的内涵。

等到有空闲的时候，我再把录音的文件整理成文字。

这不是一个很好的利用时间的机会吗？

我有点扬扬自得。

在路上，一年又一年，走过四季又四季，什么样的情况都可能遇到。

有极端的天气，如暴雨、暴雪等。秋冬的时候，还有大雾，迷蒙的雾气笼在高速上、山间，打开雾灯都看不清几十米以外的地方。武义这个山间小城，朋友都说改成"雾义"更为贴切。雾气之重，如同置身朦胧的仙境，但也让你感觉呼吸乏力。

这个时候，连路上的红绿灯都看不清楚，你只有小心翼翼地驾驶，在仙境做仙人的心情暂时放旁边。

什么样的情况都有可能发生。堵车会有，甚至可能会一堵几个小时；轮胎扎了会有，轮胎直接爆胎也有，一个人在路边孤独地撑起千斤顶换轮胎。也有遇到问题自己解决不了的时候，这时就要在某个前不着村后不着店的地方等救援……

路上很黑，但没有小倩，没有《倩女幽魂》的故事。

最为严重的是一次暴雨后的水灾。这条路不通，那条路不通，恨不得自己的车是船，直接从道路的水面划过去；或是条有翅膀的飞船，飞越洪水。那一天，辗转了好几条路，最后挪到高速路口，从高速回到了金华，已是大半夜。

最出丑的一次，就是开着开着，车居然没有油了！车在岭下汤上坡那里趴了窝。考验友情的时候到了，打电话给几十里之外的朋友。

——这种丑事,实在让人无颜去提。但老桑这个马大哈,居然遇到了。

自己找的。

无论什么样的情况,也无论发生什么样的事情,开车唯一要做的事,就是淡定再淡定,安全再安全。

再怎么样,平安都是人生最为重要的事情,车毕竟只是一种工具罢了,平安和健康才是世界上最昂贵的财产。

路都是我们自己走的,也是我们自己选择的。人生很多路我们无从选择,也没有选择的权利。但在有限的条件里,还是可以选择。

从武义到金华,有几条不同的路。开车的时间久了,于是想尝试不同的道路。走国道最为正统,先走330国道,再走省道,这条路基本不堵车;先走330国道,再走泉深线,一路上一派田园风光;时间充裕的时候,可以走安地水库那条线,沿着水库蜿蜒前行,也是无限风景;有时心情不爽,那就直接走高速吧!

后来走得最多的,还是经过履坦那条路。金华到武义的809路城市公交车,据说是风景最美的一条线路。这条线路基本与我开车的路线相同。

不同的线路,就依着自己的心情,依着自己的性子,在这条路上走累了,就换条路走走吧。

每条路都走了无数遍,每条路上都会有不同的风景。汤村那里有卖橘子等水果的;走泉深线可以看到水稻和每年的油菜花;

走履坦那条路最快捷，风景也最为丰富，有铁道口，有武义江，经过范村、坛头等有名的村落，还有好多美丽自然的风景。

有时候，我让自己在蕉岩的大桥边停下来，看江，看山；在范村、坛头停下来，看那里的古村落，看几百年的老树，看湿地的自然风光。四时风景很美，让我屏息，让我满足。十几分钟，几十分钟的暂时停歇，让我恢复了体能和精力。

美丽的风景就在眼前，我们会忽略，浑然不觉，这是多大的浪费。这时，我想我比村上春树幸福。金华和武义的自然风光，那真不是东京找得到的。

我们在路上，很多时候想停下来看，但车轮的惯性让自己停不下来。

在车里叹了口气，风景，只是窗外的风景。

同样的路，需要换个角度看风景。车开得久了，有一天真的很累，我就去坐大巴，晃晃悠悠地去上班，如同旅游者；这条路，我用自行车也骑过无数个来回，来回九十公里的路，四个小时，当作是锻炼。

大汗淋漓之后，美哉，乐哉！

这时候，我想对村上春树说："前辈，能不能邀请你来这里跑一次马拉松？我陪你！"

这条路的美景，不能辜负。

时间对谁都是公平的。你的关注点在哪里，效果就在哪里。

村上春树和我父亲同龄，他用日复一日，年复一年的坚持，在文学和运动的道路上树起了标杆。我们普通人，日子也是一天一天，想要让日子不虚度，就要认真去面对。爱自己，珍惜自己有限的时间和光阴，把时间充分安排好，做好自己想做的事情。

一条路，需要勇敢地坚持走下去。坚持梦想的路很孤单，少有人走的路才是你自己要走的路。生活原本都是无趣的，你要变成一个有趣的人，并让自己的生活有趣。现在的坚持，虽然要付出很多，放弃很多，但是未来的你，会感谢现在的坚持！

是的，不要去抱怨。我们有选择的权利，但很多时候我们也无从选择。我们有选择梦想的权利和坚持梦想的勇气，这些是自己给的。

当村上春树在跑步的时候，老桑开车奔波在路上，每天开车进行两次马拉松。当村上春树在写稿子的时候，老桑也在写稿子。我想我也可以和他一样坚持那么久，无论是我喜欢的文字，喜欢的运动，还是我喜欢的事业。

在路上，风一样的老桑一直在路上。

## 忽而立夏

忽而立夏。

温度突然升得很高。热，让人猝不及防的热，燥热。热点似乎都集中在地表，空气中，还有心里。一年之中最温暖最舒服的风就这样吹过去了，留下的是满眼的绿和无处不在的热气。

季节深厚着大地的绿意，越炽热越浓烈，缠绵地爬上最接近阳光的位置。

灿烂地迎接阳光，拥抱雨露，山川山野褪去稚嫩，奔放着浓绿。

枝芽交头接耳，嬉笑着推推攘攘，争先恐后地炫耀着新装。

我们都热爱生活。盛装出席，是对生命和生活最起码的尊重。

在大自然的世界里，没有高矮之分，没有贵贱区别。小小的毛毛草枯荣着自己的岁月，小树张望着天空的浮云。

还有小花，点缀在一片夏绿之间，那么生机勃勃。

这是夏，万物都在努力生长，都在开放向前。

守其白，守其黑。每天都有人在唱歌。庸人自扰，打乱自己的自得其乐。他说，笑着的时候看不清世界，眼泪滴下来的时候却擦亮了眼睛。

总有些不合时宜，路边零零乱乱的落叶。

夏日，犹有落叶的飘零，它们是冬季坚强的枯枝败叶，或是春季不小心失足的绿叶，在鲜花中，在绿叶里，醒目地飘落。

落在泥土里，落在花丛中，落在水面上。

是爱恋太久，不想放手，在前岁寒冬就有了盟誓；是爱恋太浅，无奈放手，青涩地选择过早放弃；是不堪忍受被风浪驱逐，自愿分离却无处投奔。

在满眼绿的夏天里，总有枯叶的不合时宜，在一阵风起的时候，飘落满地。

知了也总是不合时宜。

——知了知了，知了知了。

——你究竟懂得些什么呢？

要在繁密之间呼吸。要在树叶之间，漏一点点指缝，让阳光可以漏下来，雨滴可以落下来。让阳光感激地与地面对话，波澜不惊地在某人的心中投下三个字。

接下来，沉默。影子在酷暑之中，一步一步前行。亿万滴的雨点集合在云层。

季风已经如期来临。台风的编号早已经排好，张冠李戴地穿好华丽的外衣，百感交集地在遥远的大洋酝酿，在地表的深处有雷霆一样的脚步向我们走来。

阳光飘浮在街道。我是一个匆匆的过客。母亲的红枣煮鸡蛋，常在节日的记忆中飘香。

我却在瞻前顾后中迷失了回家的路。

# 回乡偶书

## 一

近乡情更怯。久疏的亲情，需要找到一些琐碎的主题，打破尴尬。

——今年田里的黄瓜长得可真多，我和你爸都吃不了……

——嗯，是的，长得真好！我从小就喜欢吃。

——你爸这段时间身体好多了，也不出门，出门不会判断和避让车辆，也不认识回家的路……不出门也挺好，就在家里看看电视。

——对的，在家挺好，就是要锻炼一下身体。

——前几天，我和你爸吃了一个葫芦瓜，结果食物中毒，你爸没事，我上吐下泻了两天，最后还去了医院……

——是要注意呢，吃的东西要注意，有了事情要马上吃药看医生……

——这次泻得可真厉害,体重都轻了三斤。你的手上怎么好像长了东西,这是怎么了?

——前两天过敏了,长了点东西。等下回去就去看看,买点药。

——你从小皮肤就容易过敏,遇到不干净就容易长东西,自己要特别注意。

母亲都是在笑着说。她的眼睛笑起来弯弯的,和年轻的时候一样美。

我想到小时候我身上时不时长些东西,母亲半夜听到我辗转睡不着,就从隔壁走过来,轻轻地抚摸,让我慢慢进入梦乡。

梦里,我和家乡一次一次地告别。

那时,我一直想离开这个家乡,一去不回头。

母亲拉过我的手,粗糙的手掌轻轻地揉着我过敏的手臂:"吃了药很快就会好了,一下子就会光滑一片了。"母亲安慰着我。

我的心似踩到了枯枝,碎了一地,疼成几片。

## 二

——家里三楼都空着,你可以搬回来住啊!

父亲看着电视,翻来覆去几个比较老的话题,因为有些记忆缺失,有些话很难符合逻辑,也很难对应现实。

我们就笑笑,点点头。

父亲也就踏实地坐在藤椅上,紧紧地抓着我的手。

母亲笑了笑，老头子就是这样了。母亲花白的头发翻卷着岁月的痕迹，衣服宽大地罩着瘦削的身体，仿佛一阵风都能将她吹得很远。她的笑，洋溢着一种历经岁月却依然不改的乐观，感染着我。

——妈，我以前有一个箱子，放着我所有的日记和信件，还在不在？

——呀，我扔掉了。这个箱子，我保管了二十多年，一直没见你拿走，前不久我就扔到垃圾堆了。

——嗯，扔了就扔了吧！

似惋惜，又似释然，五味杂陈。

## 三

母亲拿出很多吃的，水果、熟食、饼干等，一样一样献宝似的放在我的面前。

——吃点什么？吃一点儿吧。不想吃，我给你打包带回去。

我每样都吃了点。

——嗯。我都喜欢吃，我吃饱了。

——喜欢吃，都给你带回去！

——不了，妈，我挑一个带回去就好。

——月央，今年玉米很多，给儿子带点回去。

不一会儿，一楼就放了很多塑料袋，什么吃的都有。

——你爸现在都不喝酒了，就吃饭，胃口非常好！

突然遗憾年轻的时候没有陪父亲多喝几杯酒。

默默地，酸了一下。

眼角湿了。

## 四

——妈，我去村里走走。

——村里就不要去了，刚刚施工，路上都挖得没有办法走。

——好的，那我去溪边走走。

——对的，那隔溪可真好，景色也美，现在绿道做得也真好。你去走走再回来。

每次回家，我都会去溪边走走。看看我小时候做过农活的地方，看看曾经伴随我度过十几年光阴岁月的田野。家乡也是越来越美好，但是越来越不是我小时候的样子了。

荷花开得正艳。有人在耕田，有人在种地，有人在钓鱼。我坐在田埂上，看成群的白鹭飞来飞去。恍惚间，那个农家孩子，正奔跑在乡间的田野上……

雨绵绵地飘落下来。

田野里的荒草如青春一样肆无忌惮生长，蝴蝶在上面笑个不停，蜻蜓抖了抖翅膀飞走了。

这片土地养育了我，回忆催人柔软，似是土地深处轻轻的召唤。这里的风曾经拉扯着我长大，却也吹着我如风一样浪迹天涯。

是该回去了。

心似被蜜蜂蜇了一下,麻胀的感觉蔓延全身。我的灵魂也似乎被成群的白鹭拉到了高空中。

我望不见自己。

## 五

带上很多父母亲种的菜。离开的车轮,扬起一场大雨,水雾汇成一条大河,灵魂远远地落在了后面。

每次离别的时候,拥抱似乎都多余。我去田里摘点青菜,回家搭配晚上的面条。

我回去的方向,始终是家乡的远方。

我的心中有一个维度,还藏着一个村庄,这里有我思之不尽的亲情,写之不尽的回忆,还有伤感的泪水,幸福的忧伤。

我在家乡之外的地方,挥霍着我碌碌无为的光阴。

章凤大嫂总是对我说,你不在老家盖个房子,以后老了会后悔的。

我总是笑笑,不会啊!

真的不会吗?家乡的存在,让我们有根,让我们有家可归。

我却自断退路。将孤独与寂寞,快乐与悲伤,统统地交付给文字。

深夜,在文字丛中,用牙齿剥开厚厚的外壳,偷偷地瞄了一眼,迅速地盖上,捂紧。

东张西望。嗯,你肯定没有看见。

## 恰同学少年

之前,我总觉得人与人之间的情谊自在心里,不用去表达,也不用去套近乎。

马上要到浙江工商大学106周年校庆和MPM(项目管理硕士)同学会了。MPM二班在俞红老师、陶莺老师、符班长、吴迪莱博士、王祺勇等班委的带领下开始了筹备工作。老桑和张大中负责通知同学。

有人就说了,咦,老桑以前不是不热衷这些吗?老桑不是一直清高吗?不参加同学聚会吗?现在怎么这么积极了。

我笑了笑:"人年纪大了,什么都会变的。"

之前,我总觉得真正的友情,是君子之交淡如水。不用过多地去联系,花时间和礼物去维系,挂念放在心里,真情记在心间,不管隔了多么久,只要想起,或是遇到,熟稔依旧。

之前,我不加任何同学群,也很少参加同学会。有人说我薄情,说我寡义。我也不解释,珍惜不珍惜同学的情谊,不是挂在

嘴上的，是在心里的。

真正的爱，大爱无声，我认为是不需要庸俗地去表达的。

恰同学少年，老桑还是少年。我，我行我素，坚持着很多别人不理解的神经质的行为，阿甘一样奔跑在自己的路上，不解释。人生太短，要做的事情太多太多，何必在意那么多人的眼光，花时间和精力在无用的事情上呢。

真的朋友，自然而然，联系也好，不联系也好。走到哪，也丢不了。时光再久，友情如酒，愈久愈醇。虽然不是所有的同学能都成为朋友，但同学间最基本的那份情谊，很纯净，很纯粹。

那时候，我们还年轻。

时光会一下子拉得好久好远，多少年后的今天，我们想到当年课堂上的自己，老师的声音飘得很远，一号行政楼外有一群鸟儿叽喳着飞过。我们还来不及珍惜，窗外的树叶就仓促地滑落。

如果有时空隧道，你是不是愿意再来一次？像那部电影《夏洛特的烦恼》，夏洛从洗手间穿越回了高中校园。

这么久没有聚了。大家都说，办个同学会聚聚吧！

说到同学会，很多人不由自主地笑了笑。脸上浮现比较暧昧的笑容："同学会，拆散一对算一对！"

听到此言，老桑表示没有发言权。什么样的思维方向决定了什么样的言语和行为。我基本没有参加过同学会，初中——雅湖初中，高中——荷园中学加芝英中学，这些同学会我都没有参加，没有实践就没有发言权。所以我不发表此方面的意见。至于"拆散一对算一对"，现实中真的要散的家庭，不用同学会也是会散的。不是这个社会诱惑的多与少，是因为人们心里想要的东西不确定，很多人都迷失了。

以前不参加同学会，倒不是我有多高或多低的觉悟，而是纯属于懒。懒得动，懒得去应酬，懒得参加聚会，懒得去说一些言不由衷的话。我从来不否定友谊，同学的情谊，以及同学会的作用。只不过，始终没有找到让我去参加的动力。也就由着自己的牛脾气，不参加就不参加。

感谢同学们的包容。在同学会之后，我还是能够收到同学寄来的纪念品和相册等。有些合影，直接将老桑P了上去。P得很真，真的像是出席了同学会一样。他们记得我，包容我。同学们知道我的脾气不好，我的性格怪异。

我倍加感激。世间能宽容你坏脾气的，只有你的亲人，你的朋友，只有那些爱你的人。

但工商大学的同学会，一开始提议的时候，我就积极响应了。

有朋友说，老桑，你老了，念旧了。

今年初到北京，回到曾经工作的地方，照例都会约上在京的同学聚一聚。聚在一起的时候，发现已经有两位同学因为意外或是疾病先走一步了。席间，听到这个消息的时候，很多同学和我一样，端起酒杯愣了一会儿，房间里一片静寂。这时有同学提议，我们明天去趟山西，看望乔家大院的一个同学。这个同学自打毕业后就没有见过面了，我们一起去看看吧。同学们都表示同意，立马联系了乔同学，订了机票。第二天，我们大伙就集体飞

到了太原。到祁县和乔同学聚会，还把东北吉林的几个同学都叫过来一起参加。一时的冲动，成就了一次同学会。

人到中年，越长大越孤单。朋友已经有所选择，放弃了很多无效的社交，真正的朋友越来越少。社会和家庭的压力也是越来越大，但这个年纪，也开始越来越珍惜。

惜缘。

朋友和亲人之间，见一面多一面，同时也是见一面少一面。如同打球、健身，每天做的事情都一样。人生有太多的意外和不可预料，珍惜自己，珍惜亲人，珍惜朋友，珍惜生命，成为我们现在这个年纪的重点。

我非无情。只是表达爱和感情的方式不同。这样的方式，并非合理，也是自己逃避的一种借口，也是所谓我行我素的借口。有些事情需要去做，要马上做。自从父亲车祸后，这种感触特别深。尽孝不能等，友情也是一样，不能搁置。

时光让我们的友情如此珍贵，而岁月让我们越来越珍惜彼此。

不久前，当收到母校浙江工商大学106周年校庆及MPM同学会消息的时候，马上打电话给好朋友赵毅和楼虎儿说："兄弟，要开同学会了，我们也好久没有聚了吧！快，我们一起聚聚。"

朋友和同学间聚聚，多美好的事情！在教工路美丽的校园里走走，重温一下以前在这里生活的点点滴滴。曾经的教室，曾经住过的宿舍，曾经读书的图书馆和阅览室等，都记录了当年青春的往事。

翻看着以前的相片，想着鬓发渐白的自己，种种往事，历历在目，一幕幕地浮现。是晚，我在自己的微博写下一段话：恰同学少年，风华正茂。时光悄然流逝，蓦然回首，竟十余年。同窗生活之开始，犹在眼前。那教工路的教学楼，那图书馆，那体育馆，那念书声、吵闹声、嬉笑声，今日忆之如声声在耳，字字在心。现同学均不惑之年，散居四方，各安其命，而兴衰荣辱相系。一脉商大同学之情，自始至终，无论世事变迁，岁月改变，如酒之陈酿，愈久愈醇，历久弥香。何言地域之远近，何言地位之差异，何言贫富之区分——同窗之情，唯同窗，唯友情，唯真情。

这份同窗的缘分，同学的友情，有什么可以衡量比较呢？

这是无价的！见到当年授课的老师依然精神矍铄，表示感恩；见到一个个同学开心快乐的笑容，已是足够；和好哥们见面，促膝夜谈，已经满足。

不惑之年，时光让我们的友情如此珍贵。而岁月，让我们越来越珍惜彼此。

(2017年5月5日，写在浙江工商大学106周年校庆及MPM同学会来临之际)

# 六月蔷薇花未落

> 一朵初夏的蔷薇
> 
> 划过波浪的琴弦
> 
> 向不可及的水平远航
> 
> 乌云像癣一样
> 
> 布满天空的颜面
> 
> 鸥群
> 
> 却为她铺开洁白的翅膀
> 
> ——舒婷《向北方》

## 一

蔷薇花开的五月,这是一个春夏相交的季节。

在这个时节里,立夏已经来临,小满芒种紧随其后。节气,如同我们人生的一个个驿站。站在时光粼粼的河流里,花儿随着节气舒展开放，随着节气自行凋落，在我们不注意的节气变化中，它们已经经历了生与死的漫长距离。

"春雨惊春清谷天，夏满芒夏暑相连。秋处露秋寒霜降，冬雪雪冬小大寒。"节气是自然无形的存在，花儿是向世界最长情的告白。二十四节气，一年四季，我们在一次次的轮回中，经历了无数的相遇与分离。

季节就是一本本书，不同的花就是书中的插画。春天的销魂，在于那一批批争相开放的五颜六色的花儿，在这些花儿之中，我独爱蔷薇。在城市边缘的一个偏僻小区的顶楼，几年前沿着栏杆，我种下了几株蔷薇花。蔷薇花开姗姗迟，经过几岁寒暑的等待，终于可以如瀑布一样从露台垂下，在开放的时候，形成一道漂亮的花帘。一花即开，春意满堂。沏杯小茶，倚窗听花语，听鸟鸣，在城市的一隅，自在而舒坦。

每一年，当一树一树的梧桐花开得旺的时候，就是我最为惆怅的时候。花开至盛，也就是花将衰败之时。江南的油菜花结成果，春天也就去了一半。当蔷薇花谢的时候，江南的梅雨就来了，这春天就已经过去差不多了。

有朋友问，你怎么不种点月季，月季每月都可以开放啊！

对，蔷薇，我们一年只能等一回。

一半在尘土里安详。

一半在风里飞扬。

087

## 二

我对朋友说，用漫长等待迎接的事物，可能会更珍惜。

我还对朋友说，相比较月季，蔷薇有种说不出来的柔软，你不觉得吗？

当蔷薇花开的时候，她娇小的花盘一朵一朵地挤在一起，没有月季的艳丽富贵，却有一种说不出的小家碧玉，感觉她将春天所有的美都吸附在身上，又将身上所有的欢乐都释放给了人间。她长长垂下的枝条有着柳枝般的柔软，吸引着群鸟从远处飞来，在枝条上面吵吵闹闹，在轻风之中，如同春天的河流，向远方流淌。

月季的花瓣比较稀疏，有些粗犷，一阵暴风雨过来，花瓣就随风凌乱。蔷薇花则不同。

春夏之间，多暴雨狂风，她细嫩的茎承受了狂风的摧残，面对着狂风暴雨，勇敢地经受住了考验，花和花瓣紧紧地连在一起，花和枝儿紧紧地相依。

她的美丽，蕴藏着坚韧。

细想，月季的决绝，也是一种智慧吧！说散就散，该离开的就离开，化作尘泥也是种爱。多留点时间和空间给绿叶生长，再给后来的花儿绽放的机会，相爱和分别，轻快得如行云流水，没有丝毫的不舍，这也是一种成全。

草木有情，花儿有灵。花儿与枝条之间，如同人生之中无数的相遇与分别，有人选择了记住，有人选择了遗忘。

一半洒落阴凉。

一半沐浴阳光。

## 三

落花不是无情物，花都会谢的，我们都无可奈何，我知道留不住你。蔷薇花开着迟，却开得漫长，五月花开，到了六月，花瓣虽然已经枯了，却还未落。

记起青葱岁月时候的毕业季，一个长发飘飘的女生写在我毕业册上长长短短的句子：

"五月的蔷薇，枝叶葳蕤，乱了心似的繁华，堂皇邻家檐垭；五月的蔷薇，低头发萼，挂在向晨的东窗，坐等春风拂发。

那细细碎碎的声音，像风铃，似浅唱，穿过爱人的耳朵，漫天雨花。

初见你时，似一树海棠飞红，

再见你时，是一院蔷薇粉下。

五月春残，微微正好。"

那时风华正茂，哪里真正懂得"五月春残，微微正好"。现在的人生，步履匆忙之间，白发渐生，一回首，依稀还能回忆起那站在花丛之中的玉人，在一院的蔷薇粉下，微微正好。

时光匆匆，我们不舍地挂在枝上。在暮色之中，枯萎的花瓣有点萧瑟，有点凄凉。每一种花都有人赋予特定的花语，其实，我们哪里听得懂花语？我们找一种喜欢的花，也如同在找寻一个自己喜欢的人，可以照见自己的灵魂。我们所读懂的花语，也无非是将我们所喜欢的事情强加在花儿的身上，由此让花儿有了不同的性格、不同的花语。

在我们的世界里，我们静静地看花开花落，在同样的世界里，花儿何尝不是静静地看我们喜怒哀乐，她们带着记忆零落入泥，也有了前世今生的故事。

五月春残，蔷薇花盛，微微正好。六月蔷薇花未落，我真想抱抱你，痴情坚韧的蔷薇。我们所需要的深刻，要用你的尖刺划破肌肤，绽放生命绚烂的花朵，经历花开花谢，才是完整的一生。

鲍勃·迪伦的歌唱道："一个人要多少次回首，才能做到视而不见，我的朋友啊，答案在摇曳的风中。"我相信，六月黄昏的蔷薇，她枯而未落，是春天最痴情的最后一朵花儿，她没有了艳丽，却有一种难得的纯净和恬美。花儿终究是会落的，她会在一个寂静的夜里选择飘落，但不是飘落，是飞扬，我相信，鸥群已经为她铺开洁白的翅膀，向不可及的远方启航。

# 我们都不过是暂时的保管者

一

如果我们在博物馆看到陆机的《平复帖》，展子虔的《游春图》，杜牧的《张好好诗》，李白的《上阳台帖》，黄庭坚的《诸上座帖》，范仲淹的《道服赞》，赵佶的《雪江归棹图》，我们在心里应该向一位伟大的收藏家——张伯驹致敬。或许一辈子都看不到真迹，但哪怕我们看到的是摹本、印刷品，也应该向这位伟大的收藏家表示敬意。

不说他四万大洋买下的《平复帖》，一百一十两黄金购的《道服赞》，也不说他卖掉了占地一万平方米的原李莲英旧宅买下的《游春图》，以及在保护国宝不流失海外方面做的种种努力，就说他捐献给故宫博物院和吉林博物馆等的文物，件件都是国宝，这件事情就前无古人，后无来者。

当张伯驹将自己收藏的最后一件珍宝，宋代杨婕妤的《百花图》捐献出去之后，先生已经心无尘念。此画被认为是我国存世的第一位女画家的作品，张伯驹自己对这幅画爱不释手，他曾说："我终生以书画为伴，到了晚年，身边就只有这么一件珍品，每天看看它，精神也会好些。"

这样一件被他当作精神慰藉的宝贝捐出去之后，对这位"民国四公子"之一的收藏家来说，数万豪珍终于不过是过眼烟云。

曾经的拥有，也不过只是暂时的保管者。

但在博物馆中的文物，能发挥更大的作用，能流传得更久更远。

## 二

收藏家需有三力：财力、精力、功力，具备此三力者，方可为收藏家。

有这样三力基础的，除了张伯驹，还有近代的吴湖帆等。吴湖帆的祖父是吴大澂，外公是沈树镛，夫人潘静淑的伯父是潘祖荫，他是一位真正的贵族子弟。吴大澂平生所藏字画、青铜彝鼎尽归吴湖帆，吴大澂生前特别爱的古印四十余方、官印五十余方、将军印二十八方，也为吴湖帆收藏。吴湖帆极喜爱吴大澂传下来的周代邢钟和克鼎，故名其室为"邢克山房"。

现代收藏家，需要天时地利，还有人和。马未都、黄永玉、王世襄、王雁南、韦力、洪三雄等，各有各的收藏故事。但民国之前收藏的荣光，再也不可能重现。

收藏离我们老百姓很远很远。

## 三

我们都不过是暂时的保管者。

于我们的身体，我们的亲人，世间的万物，我们都不过是匆匆的过客，都是暂时的保管者。

人的一生，极其短暂。有什么可以不朽？有什么可以永恒？

只要是人，就有占有欲。

小时候，看到天上飞的鸟，地上奔跑的野兔，多数人第一反应是打下来、抓起来和吃下去。不只对动物如此，我们对自然界中很多事物也是一样，把山间名贵的树木植物千方百计往家移，把奇石绞尽脑汁拿回自己的家中。田地、山峰，都要筑墙立界，划分势力范围。

谁都知道生带不来，死也带不走。欲望的没有底线，让人们在名与利的争夺中，孜孜不倦。生前荣耀权力无限的帝王们，不会想到他们想带走的东西，最终也不过是化为尘土，或是成为盗墓者的战利品，或是成为某些人手上的玩物，或是永远埋藏在地底黑暗的世界。

结局都是可以想象的。

佛说，贪嗔痴是我们一切烦恼的根源。

很多道理我们都懂，只是做不到罢了。

## 四

  朋友沈伟东，出生在江南绍兴的书香世家，举止之间有儒雅之气。他在办公室内作中国山水画，用毛笔写每天的日记，收藏各种家具、瓷器与书画等。他常年奔波于中国各个乡村，收集一些古董、珍贵的物品，去世界各地的拍卖会，目的就是把有历史意义的东西好好珍藏起来。他深入了解这些物件背后的历史、故事，并将这些物件与更多的人一起分享。

  他说："收藏物品的意义不在于增值，也不在于我们能够拥有，我们不过是暂时的保管者。我们在保管的这段时间，更好地把物品保管好，再留给子孙后代与国家，这才是我们收藏的意义。"

  是啊，我们不过是暂时的保管者而已。

  无独有偶。乡人陈章凤大嫂和她的先生，一直也在抢救与保管我们老家雅庄的物质与非物质遗产。因为经费的关系，她看到村里的一些老建筑被雨打风吹，无可奈何，只有将一些物质和非物质的宝贵东西拍下来，保留下来。几年的时间里，他们拍了几百张珍贵的照片，这些照片将村里的一些古建筑、民居、古时的村民用具等完整地拍了下来，形成了一部恢宏的雅庄文化史册。

  有人收藏物品，是为了私有，为了增值，为了交换，而有人是为了理想。

## 五

因为爱，所以收藏。

一个人喜欢收藏，必定也是出于对某种物品的真正喜欢。因为喜欢，才义无反顾地去做事。我自己喜欢各种小物件、小东西，却也难真正进入收藏家的行列。一是因为财力，二也是因为自己想涉猎的太多、太博了，反而难以精了。有段时间，受我山东朋友田茂银的影响，我也加入了收藏古籍的行列。田兄是一个书迷，从各地收集古籍，收藏并研究。

藏书在我所有的物品中，是最多的。有一个长辈的朋友，看了我的藏书，说："你那个书，不能叫藏书。"后来，我才搞清楚，在收藏家的眼中，我的书不过是些普通的阅读书，纵然有一万多册，却没有什么价值。对于收藏家来说，古籍善本才是藏书。后来，我慢慢收集了一些明清的线装书，也才深刻了解收藏这里面的水深，让一个穷书生苦闷得紧。

而我所谓的藏书，不过是因为自己喜欢阅读，书越积越多，渐渐成了"藏书"！

我也收藏一些自己家族的老物件，如奶奶、母亲等用过的家什，我将它们在书房中存放起来。这些物件，没有多大的价值，对我来说，更重要的是家族传承的意义。

世间的物品是这样，我们的身体也是这样。身体是我们的，我们都无法控制。身体的使用年限有限，我们也只能在有限的时间里，好好地善待它，保养它，这样才能对得起保管者的责任。身体也会用它更有效的机能，回报我们的生活，让生活更有质量。

## 六

周末的时候，经常去古子城的古玩市场走走。以往看到好的东西，我也常会产生拥有的欲望。现在心态好多了，我只是看看，看看而不买。这么多的好东西，有人在帮我们保管着，多好！而我们有福气欣赏，就已经足够了，多好！

喜欢去各地博物馆看看，看过即拥有，也是对自己囊内空空的自嘲。

我们要感谢那些收藏家，他们的保管对很多珍贵的文物都有积极的意义。在我们金华武义，有一座民间建筑博物馆叫"璟园"，是一位民间老板斥巨资收集了全国各地的八十幢明清古建筑，建立了一个集建筑和非遗等一体的民间艺术馆，可谓功在当代，利在千秋啊。

感谢这世间有这么多抱持暂时保管者理念的人。有这样的人，世间就少了抢夺，少了炒作，少了浮躁。

## 七

我们都不过是暂时的保管者，于自己的身体，于万物。

有个极简主义的旅行者，他的全部家当，只能塞满一个行李箱，他的房间极干净，空而少物。而我们大部分人的房间，刚搬进去的时候东西少，等到要搬家的时候，才发现——居然有了那么多东西。

有多少我们是必需的，有多少又是我们可用可不用的，有多少又是我们根本用不到的呢?

人生真的不需要那么多东西，我们平时吃的、穿的、用的，都不需要那么多。我们疯狂地想占有，想拥有更多，最后却适得其反。

是我们太贪心了，断舍离可以让我们少些包袱，更幸福一些。人类的贪婪如果少一点，那我们与大自然的关系就会更和谐一些。

看过即拥有。珍惜那些充盈着我们精神世界的真情，友谊，旅行，读书，等等。于万物，我们不过是暂时的保管者。

## 我愿回到博客时代

——Hi，你还在用博客或微博吗？

——还记得原来留下的快乐时光与记忆吗？

——还是已经忘记了账号密码……

我一直怀念博客年代。

很多朋友和我一样，还喜欢用微博，博客，或是 QQ 空间。用这种方式，来坚守自己的某些东西。

我一直想回到博客年代。虽然知道这种逆潮流的事情是不可能发生的，但我可以用我的方式进行我的逆思维。

比如，用微信公众号代替博客。

最近，我慢慢少用微信，删掉了很多群，基本不去翻朋友圈，让自己静下来回到微信公众号。每天用微信公众号记录一些读书笔记，记录一些生活的感悟和心得，等等。

说实话，我是把微信公众号当作是博客用的。

生活是点滴积累的。一回头，看自己积累的一大堆文字，很有成就感。有些文字，记下了就记下了。而不坚持，时间也一样不知不觉就过去了，什么也没有留下。

我自己有种体会，如果没有强迫自己，有些文字，写了个开头就写不下去，就扔在那里了。写博客时候的体会就是，一篇文章总要想方设法完成，或者配几张相关的图。这样，留下来的文章就是完整的。写一百多个字，真不像文章，也不好意思发出来。

用这样的方式写微信公众号，文章写得快了，会粗糙一些，没有精打细磨。好处是，文章写完整了，并且每天坚持。

文章是需要有读者看的，这是鞭策，也是动力。这种动力也会迫使自己去坚持，去完成，去修改，去想怎么样才能写得好。

写文章和书法一样，都需要平时的学习，需要每天的练习。"不间临池之志"，方能有所长进。

我和很多朋友说过，如果中国的博客时代能持续更久一些，那么文章会更多一些。或许，生活会少一些浮躁。

这当然是我的片面之语。

现在，我们的生活以一种迅雷不及掩耳的速度向前进展。当年微博替代了博客之后，我们写长文章的习惯就变成了一百多字的记录；当微信又替代了微博之后，更加碎片化的知识时代又到了。

有时候，我也会和朋友聊起当年，拎着个笔记本，住在宾馆里还要用拨号上网，在新浪聊天室聊天，在当年的论坛冲浪。那个年代的思想和精神，虽然鱼龙混杂，在大浪淘沙后，却也留下

很多钻石般熠熠生辉、光彩照人的东西，一直震荡在我心间。

从前的日子，虽然很慢，回想起来却让人感觉到无比幸福与知足。

我自己出版的几本书，还是要感谢新浪博客。在经营新浪博客十多年的时间里，我积累了很多文字。这些文字，记录了我当时的感悟，当时的心情，我用这些文字整理成了几本书。

在经营新浪博客的十几年里，我也认识了很多志同道合的朋友。我们一起聊文学，我们远远地相互观望和欣赏，我们聊读书，用私信、评论、点赞来维系着我们天南海北的友情。

有很多博客的朋友，成了微博的朋友，后来成了微信的朋友，但在微信中，我们发现彼此不会聊天了。朋友说，这不是"尬聊"吗？我们还是回到微博的距离吧！

这就是君子网络之交的距离，默默关注，有事联系，无事不打扰。

博客和微博，不远不近，刚好！

博客和微博，不快不慢，正好！

我感觉博客和微信的圈子，就如同一片大海和一个池塘。

海，很宽阔，可以让人心旷神怡，豁然开朗；而池子，固然可以清如许，但不免圈子太小了，太近了，没有隐私，多了很多窥探，八卦，让人不适。

我一直怀念博客年代，我一直想回到博客年代。这个是可以自己选择的，现在一有空，我就用公众号写文字，我的心便静了下来，我的人生也可以沉淀下来。

一篇博客，是要有头有尾，有始有终，也需要有一定的深度和思考，需要创新，需要美感与共鸣，这才组成我们文字的完整性。

这么多年了，每天还是会刷微博，看一下博客，用微博记录生活的经历，用博客记录一些生活的感悟。微博和博客像是两件一短一长的武器，短的如唐诗宋词，记录生活的片言感悟与流水账；长的如散文小说，可以记录生活的精彩与无限美好。

当很多人在微信和抖音的年代里飞奔的时候，我更愿意在新浪微博和微信公众号里，慢慢地品着茶，听着大自然的呼吸声，用文字和自己说话。

每天记录下来，过了很久之后，留下来的就是很多很多文字了。

## 五月五，是端午

"五月五，是端午，背个竹篓入山谷；溪边百草香，最香是菖蒲。雄黄酒，洒庭户，小孩头上画老虎。一二三四五，家家户户过端午。"

童谣声中，端午来了。孩提时候，节日是简单而纯粹的。就像是对一个人，喜欢就是喜欢，不喜欢就是不喜欢。

小时候的我特别喜欢过端午节。原因很简单，喜欢吃粽子。在物资匮乏的年代，节日是吃的狂欢。江南的端午节，有我喜欢的粽子。

长大后更喜欢端午节，是因为除了粽子以外，这个节日还有独特的气息和味道。

她是我一个年年期盼见面的老友。

一年一次，都会带给我久别重逢的欣喜。我喜欢她带来的满街、满城和满地香。

"端午临中夏，时清日复长。"江南的乡下，每每要过端午节的时候，节日的气氛是很浓烈的。

古称"角黍"的粽子是必备的，或新或旧的粽叶很早就洗好了，一片片挂在檐前的麻绳上，很早就昭示着节日的到来。自己家种的新糯米浸在水里一段时间，捞出来放在圆圆的木桶里。艾叶和菖蒲带着淡淡的清香味，用草绳随意绑好，插在窗台和门上。小孩的脖子上挂起了各种颜色、形状各异的香包，形形色色、玲珑可爱的香包更像是节日的主角，佩戴上了，就如同新年穿上了新衣裳一样。

这个节日就在欢声笑语中五彩缤纷地开始了。

父亲在这日成了"祭酒的巫师"。"美酒雄黄，正气能消五毒"，父亲虔诚地用雄黄配了黄酒，仔细地在房前屋后角角落落喷雄黄酒。父亲没有用工具，他像平时喝黄酒一样，端起瓷碗，含一大口的酒，然后奋力地喷射酒柱。这时候，我的脑海里浮现《白蛇传》里白蛇在端午节喝了雄黄酒的痛苦样子——人形褪去，她露出了白蛇尾巴……雄黄酒真的这么厉害吗？在父亲做完这些仪式后，我常托腮，望着那些茅草丛出神地想：不知道草丛里的动物们，它们怎么样了？

这些年少时候，年复一年的仪式，深入我的骨髓。当我人到中年，在自己的院子里，学着父亲的模样，用嘴喷着雄黄酒的时候，我想我那姿势和表情肯定和我父亲一模一样。这时，我女儿也是站在旁边好奇地看着我，她也问了我少年时问过我父亲的问题。

——"爸，这是什么？"

——"爸，这是干吗？"

——"爸，这有用吗？"

那些年，香包是阿姨、姐姐她们自己做的，各种形状，里面有朱砂、雄黄、香药，外包以五色丝布，细细地缠起来，可以挂在脖子上，挂在床头，姑娘家用香包来比较谁更手巧；雄黄酒是父亲自己调的，秘方估计是奶奶传下来的；粽子是母亲和姐姐包的，里面有糖有肉，粽子的身姿有瘦有长，有方有三角。

小满之后的夏天，渐渐地热起来了。不知你是否还记得，用小麦条手编的扇子。圆圆的扇团，中间是手工刺绣，扇子的圆边用布或是麦条装饰，手柄是扁长的竹子做的。

在端午节，在夏日的夜里，摇一摇扇子，都是田野的清凉。

江南的端午，节日就是这么立体，色香味俱全。

端午节，最色彩斑斓的节日。

这个节日，不光有色彩，有好闻的气息，还有动感的力量。说端午，不能不说龙舟。江南水乡，河道并不宽阔。锣鼓声中，百舟竞发，乱流齐进声轰然，万水欢歌。岸边，人声鼎沸，人山人海，千门喜庆。

这种节日的气势，是江南婉约中的一种奔放。江南的端午，在香包的精致中，艾叶的清香里，粽子的美味中，处处透着腔调，而龙舟是这种腔调中喝了黄酒的豪迈与张狂。

我闻着好闻的香气，对它说：端午安康。

也对你说：端午安康！

小孩子有香包，窗台上有艾叶，合家欢聚吃着粽子……"粽团桃柳，盈门共饮。"清风好在，佳辰欢聚。这样的场景，这种简单而纯粹的快乐，现在已经无法寻觅。

那时候我们很小，不知道屈原，不知道《楚辞》，不知道为了什么而过节日。我们不知道节日的来由，却因为节日有了很多的快乐。

现在我们手里拿着粽子，里面的馅越来越丰富——有板栗、有排骨、有蛋黄等各种各样的惊喜。但那年少时候，流着鼻涕脏脏的小脸，快乐吃着粽子的情景，再也回不去了。

现在的端午，还是端午，也会是若干年之后让我们回忆的难忘的端午。一切都还在，艾草香，粽子香，香包香……节日一点一滴地回归传统，回归文化，变得更丰富多彩，而且又与时俱进。

今年的端午，时光慢了下来。在这个清静的午后，有蝉鸣鸟叫花香，我将"董小姐手作"的香包挂在车上，香包在车里晃悠，它陪着我，驶往回老家的路上。它调皮地对我说：老桑，端午安康！它不安分地朝车窗外张望，挤眉弄眼，对世界对所有人笑着说：嗨，端午安康。

我闻着它好闻的香气，看它转来转去的身姿，对它说：端午安康。

也对你说：端午安康！

## 日光流年

"恒河呵,
你的大象回家的脚步声,
这样沉重,
就像落日走下天空。"
落日,夕阳。
宁静。空旷。高远。透明。
需要屏声息气。
送来空寂一天的回响。
又如同,水波纹一般,层层荡漾开来,扩散成为一生的意象。
四季循环,昼夜更替,天上的繁星如同恒河之沙,万物都有自己运行的轨道和规律。

日光流年,前尘纷沓。往事呈现出干净的真诚,懊悔与悲伤无能为力。未知的世界,光影流转。

华丽已经退场。

夜晚关于思想，孤独，彷徨，遁世。

屋顶有鸽子。两相嬉戏，飞起飞落。

天空有麻雀，固执地排成一定的阵式，盘旋巡视着自己的领空。

落霞与孤鹜齐飞。

已经春天了。我们在看不见春水的楼顶，想象着春潮带雨晚来急，百川齐汇，东流到海不复回。逝者如斯夫。远处的霞光，牵着很细很薄的暮色，夜风急不迭地催赶着什么，夕阳即将奔赴一场与朝阳的约会。云归何处，我看着它的背影，独自惆怅。

人生有些时刻，所有的人都不在你的身旁。我们坐进自己孤独的微光里，在黑暗里，感受生之微凉，万籁俱寂，孤独如霜。

感谢黑夜，我在黑夜里开始我的旅行。

云游四海。畅行几千年。

这个世界只有我了。一天过去了。又一天过去了。等一个结束，也等一个开始。巨大的橙色太阳，滑到远方的城市楼群之下。瞬间坠下，消失。整个世界被暮色所笼罩。月亮从世界的另一头升起，带着春天的一点点冷意，带着龙泉出鞘的寒光。

日月同在，苍穹屹立。冷月无声尽风流。

生活原本平平常常。只是，平平常常的生活，也要品味出不一样的味道。我们活着不是为了给谁看。活着，只是给自己感觉的。只是这个时候，勇敢不知藏身何处。只是有时，眼角会有泪。

世间所有的神灵,都会看到弱小的悲伤。

只不过,最好的慈悲,是希望我们有爱,有内心的强壮。

人生,喜悦总是伴随着悲伤。疾病与苦难是生命的一部分。焦虑和忧伤伴随很多人的一生。

太阳每天都是新的。晨风轻扬,小鸟鸣叫。一缕缕光亮,从遥远的天际,如母亲一样慈祥的目光,轻轻地落在我的肩上,把我的影子拉得很长很长,我用力地打开门,大口地呼吸。

想呐喊!想大声地和世界问好!

回头却看到自己的心虚,如同影子一样没有温度地贴在地面,没有入木三分地刻画着我们的生活。我们就这样浮躁、粗浅地走过了一天又一天,直至一生。

生活却云淡风轻地笑了笑。在夜色之中,脚踩霞光扬长而去。我们和自己,面面相觑,顾影自怜。生命最好的状态,是放松。

——人大部分时间都是孤独的,因为我们与众不同。

——有时候我们最记不清楚的人,却留给我们最深刻的印象。

——绝大多数的人都会从外表来对你进行判断,而不会去了解你到底是一个什么样的人。

那晚,一个人看《本杰明巴顿奇事》,记住了这几句。

这个春节,度过了工作以来最漫长的假期,看了很多电影,看了很多书,写了很多字。

我总希望人生中,回忆起一段时光,是值得记忆的,值得回味的。

希望这段日子也是一样。

我们一直在成长,在自我完善,自我蜕变。

做一个最好的自己,自己喜欢的自己。

"在这个无赖且贪婪的国度里,要保持热情与爱,是困难的。但唯有困难,才能不断创造新的自我,摆脱乏味与平庸。世界尚在成长时。"

世界尚在成长时。我们也是。

分享给谁,有什么意义?

说给谁听?

就是因为有诉说对象的存在,一切才变得有意义。

文字和图片,都不能尽情地描述我们的心情,我们看到的美景,我们无与伦比的世界。

缺陷是美的,是不可实现的遗憾之美。

先写下来,先拍下来,先自我欣赏。

万一,还有人欣赏呢?

微风,白云,彩霞满天。

最深情的凝视,是送别。

长亭外,古道边,暮色染红连天的芳草,绵延到无边无际。

送别,流失的光阴将带我们到生活的背面。

暮色苍茫问大地。

想问,心中为何总有不平事。

都问，疫情过后，你最想见的是谁？第一件想做的事情是什么？这一天的晚安，你想道给谁听？

朝霞升起的早安，你想问候给谁听？有答案，或许是心里的秘密；或许是一生中最勇敢的一次行动；或许是人生最为豁达的决定；或许是一生中最有意义和价值的事情。奔着目标而去，前程便有了意义。没有答案，也许是生活堵住了我们灵感的毛孔，我们不能细微地体会到生活的欣喜。空气中原本充满了无数快乐的精灵，你打开自己，快乐就会源源而至。

没有答案，是麻木的人生。日复一日，只是机械地在重复与消耗。

曾经痛过，但伤疤会好，一切都会过去。在不久的将来，我们又将忘记眼前的灾难。庸庸碌碌，随波逐流，是最省力的前行方式。你就是躺着，生活的潮水也将把你送到人生的终点。我们必将与某些人某些事相遇，以不同的方式走向共同的终点。长空阔大，云在天边。

我们，渺茫如尘埃。

我坐在露台的小竹椅上，看着落日，仿佛看到一个历史的巨人，带着他的激情、苦涩、悲痛、快乐等，悄然退场。

如同篮球巨星科比和天才诗人徐志摩。命运，非要在空中让他们以如此惨痛的方式离去。短暂的人生啊，留给我们永恒的微笑与遗憾。

他们都走了，但夜色还是如此撩人，生活让我们有无限的憧憬。
暖阳如同一双温暖的大手，轻轻熨过大地。

春天让万物滋生生长的欲望。
太阳明天还能升起。但意外和明天，永远不知道哪个先来。
人生还不是一侧靠山，一侧临渊。
我们在狭窄的山路上前行。
一生孤独而漫长的奔忙，不过是生与死之间的单程旅行。
风雨兼程的路上，朝日与夕阳，是造物眼花缭乱的魔术。
它也怕自己的生活太单调。
亿万年，它们也孤独。
人如蝼蚁，不过是一瞬的苍茫。

偶尔雨天，那就不看朝阳，不看落日——听雨。
我的心凝视着黑夜。灯熄了。雨珠继续倾泻着天空的情绪。
里尔克《给一个青年诗人的十封信》里说，好好忍耐，不要沮丧，如果春天要来，大地会使它一点一点地完成。

我听到了万物复苏和生长的声音。千山耸立，万物久远，青草芳香。

111

# 清茶淡水

人的一生中,不同的时期总会有不同的生活状态,不管是什么样的状态,在那时就是最适合的,最好的。

## 一

年轻的时候,喜欢清水一杯。

我也喜欢茶,喜欢咖啡。食物是通灵的,这些吸纳天地精华的东西,在人类的巧手中,以各种手工及机器的工艺,转换成神奇的饮品,再延伸出来不同的茶文化和咖啡文化。

但是,最喜欢的还是水。喜欢这最自然,最随意的清水一杯。

很向往,也很怀念小时的农村。出门可以不用带茶,不用带水。玩累了,渴了,可以到山涧的一处小溪,我们叫"山脉水",用小手拨开落叶,手掌捧了就可以喝。也可以用荷叶当作舀水的工具,水是晶莹的水珠,泉是山涧埋在地下的精灵,澄澈而清凉，直入心底。

那时的农村都是瓦房。青黛色的屋檐下，用白铁皮或是半片竹子做了雨接，每当下雨的时候，雨水就顺着雨接，哗啦啦地流到院子角落的大水缸里。在没有自来水的年代里，这水可以喝，可以烧茶，可以洗澡，可以煮饭。

而我们现在喝的水，是漂白过的非自然水。在几十年前，你说可以将普通的水卖钱，大家会笑你傻。社会就是这样在演化，原来属于我们的东西，经过时代的迁移，成了奢侈品。我们越来越难以喝到所需要的健康水，安全水。我们喝到的所谓矿泉水和天然水等，仍让我们缺乏安全感。

地球表面71%的面积都是水覆盖。水是我们人类存在的最基本的元素之一。它是我们一切物质的最佳溶媒，是我们一切物质交换的媒介。所以，水约占了我们成人体重的60%~70%。

水适众人，而茶、咖啡等不适众人。一杯水，用玻璃的器皿装着，可以看到自己的手，光线中可以看到自己的影子。至清，至洁，上善若水也。

水也有生命。在《水知道答案》的研究中，科学家们让不同情景音乐下的水结晶，结果让人叹为观止。你把一杯清水放在面前，靠近它，你知道吗，你凝望着它的时候，它也在凝望着你。研究说，它不光是在"感受"周边的风景，它还在听着周边的声音，它还在"阅读"着你的心情……

你信吗？我信。

人的一生，也是洗涤自己一生的过程。三省吾身也好，日清

日高也好，追求的都是对自己灵魂的一种救赎。简单的生活未尝不好，如水，如茶，如咖啡都好，适合自己就好。

做人，有的高开高走，一路阳春；有的起承转合，自在人生；也有的跌宕起伏，过山车一样……不同的人生，适合不同的人。我所想象的生活，就像平常的一杯水一样，虽然简单，却也珍贵真实。我所期望的人生，也就像那杯白开水一样，任世事浮沉，我心依旧。

做不了太复杂的人。那么，简单也是好的。不去钩心斗角，不去蝇营狗苟，不去搬弄是非。如水一样透明又何妨，清者自清，浊者自浊。

人生真的能做到清水一杯，其实也是一种境界。

简简单单，透透明明。

## 二

喜欢上了喝茶。

刚开始，买了很多茶具，如紫砂、汝窑、兄弟窑之类的，终是怕麻烦，一是怕茶具清洗麻烦，二更怕自己不懂这茶叶，怕品不出茶中的滋味，浪费了好茶，对不起这自然之色自然之香的茶叶。

所以，一直喝白开水。拿一个透明的玻璃杯子盛水。或是开水，冒着热气；或是凉水，透着清凉。杯是透明的，水也是透明的。不是说白开水就没有味道，白开水也有白开水的味道，这更像是平平常常，普普通通的生活味道。

喜欢普洱，后来喜欢老白茶，都是因为某个朋友。喝着喝着，突然就喜欢了。

喜欢了茶，就回不去清水一杯的感觉了。

清水一杯，喝的是简单，喝的是天然，读的是大自然之中的质本洁来还洁去。喝普洱，喝老白茶，喝的是茶，读的是岁月。茶中那种特殊的陈香，就像是放在书柜里早已泛黄的书，纸张之中渗出那原木的味道，夹杂着笔墨的气息，文字像一个老朋友，在书香中走近了你。这茶的味道，就像这书香一般，在水的滋润中，随着水，翻腾舒展，那沉积已久的年华也随之释放，在茶和水的交融中，在轻语，在呢喃。

普洱和老白茶，时间越久，滋味越醇厚。一撮嫩绿的茶叶，在某个清风白露的季节，刚刚崭露头角，却匆匆走下枝头，揉捻，然后经过自然的发酵，天然熟化……容颜尽管老去，滋味丝毫不减当年的青涩、狂放，转而成为一种成熟内敛，气质在一泡一泡的滚水冲刷中始终淡定而从容。

喝茶，你会发现每一泡的滋味都不同。不同的水质，不同的茶具，不同的阳光或是灯光下，滋味各不相同。

## 三

清水一杯，是年轻时对复杂的不屑。接受岁月陈香，是一种历经打磨的人生，人生百况在心，难以言说。人生是一件精美的

瓷器，需要用智慧，用学习，用经历去打磨，从长途跋涉中，一点一滴去积累，去感悟。这是履尽长路后，拂去风尘的那会心，水照清田，茶绕心头，用心才能品到历经了时间沉淀的清香。

人生短暂。喜欢茶之后，每一年都会收藏几饼普洱或是老白茶。有些茶一放十多年，想着自己的十年经历，十年成长，十年沉淀，飘飘忽忽的十年，茶叶在我们所不知道的世界里，转换了什么，起了什么变化呢？闭上眼睛，一个神秘的世界悄然开启。我烧水喝茶，是在阅读，是在与茶叶相互倾诉。

年轻的时候，践行简单，简单如水，真水无香。岁月渐长，喜欢茶叶，有种时光的味道。清茶与淡水，却终是清淡，有如心性与人生。

从清水一杯到茶叶陈香，人生犹如逆旅行舟，却是再也回不去了。

## 父亲的闹钟

很小的时候在老家农村,如果有事需要早起,只要提前告诉父亲,便可以很安心地睡个大觉。第二天早上,父亲会准时叫醒我。

那时,钟表在农家不是太普及,家里有小小的闹钟,却听不到闹钟的声响,父亲也不用闹铃。小的时候感觉很神奇:为什么父亲可以做到这样?

不管是我们有事,还是父亲自己的事情,父亲的生物钟,就像他身体里调好了的一个闹铃,说好了几点就是几点,总会按时醒过来。

从来不耽误大家的事。

慢慢长大。第二天要做什么事情,特别是赶飞机,总怕忘了,怕赶不上,于是一个手机加闹铃,另一个手机也设闹铃,双保险,以防万一。天蒙蒙亮的时候,闹铃突然在睡梦中响起,惊了好梦,万般无奈地醒来。

后来，慢慢成熟，或是慢慢变老。女儿有事或是自己有事的时候，也会设闹钟，但第二天自己早在闹钟未响之前就会醒来几次。

　　是否需要设闹钟，原来是在闹钟前自己有没有一颗责任心。有了责任，心里就会有一个闹钟，时时提醒自己。

## 时光大步向前,不会回头

时间用锋利的刀,在我身后的土地上,迸溅出火花,电光火石中,划出一条深如天堑的刻痕。

时光大步向前,不会回头。

以此为界。

从这个时间开始,青丝成雪。在周杰伦的歌声中:狼牙月,伊人憔悴,我举杯饮尽了风雪,是谁打翻前世柜,惹尘埃是非……我等待苍老了谁……

苍老了我。

白发就那样慢慢在一头黑发中悄悄滋生。在我的印象里,白色就是苍老的信使。在一丛黑发中,白发是身体任性的情绪,从黑色的海洋中,钻了出来,营造泛白的情绪。当白发攻城略地,如雪片一样的沙漏在倾倒,时间一点一点地筛落,它们最终和悲伤送别的白色连成一体,把我们身体融成一片,然后消失不见。

在我的印象中，父亲一直是满头白发。尽管小时候，父亲还很年轻。

在我不到十岁的时候，家里遇到一件对父亲来说是相当重大的事情。他辛苦盖起来的房子，有可能要被推倒，原因是审批手续未下来就开始修盖。或许是因为自信，父亲没有意识到后果严重，就开始了房子的建造。

在接到通知的那个晚上，父亲一夜未眠。我喝了粥，很早就睡了。夜半的梦中，我似乎听到了男人掩饰不住的哽咽声，朦胧中，梦到鲤鱼在跳龙门，身上的鳞片闪得晃眼。我想抱抱这鱼，它一摆尾，跳上龙门不见了。

天亮的时候，我看到的父亲，如说书故事里的伍子胥，一夜之间白了头。

那时想，我长大就好了。我可以帮父亲去解决一些问题，让他的白发一夜之间重新变回黑色。

我曾听父亲很自豪地对邻居说："我盖这个房子的时候，我儿子说，大门怎么开这么小，长大我开汽车怎么开进家？"

父亲总是呵呵一笑，看着我的眼神，是无限的期望。

父亲不知道，那或许是我小时候说过最夸张的豪言壮语。

那次一夜白头之后，过了三十多年，父亲经历了一次车祸，昏迷二十多天后醒来，他已经记不得我曾经说过的话，有时甚至认不出我来。

父亲的白发更白了，闪现着银色的光芒。这种光芒带着一种审问的力量，让我羞愧难对。

在毕业后的数十年光阴中,我一直漂在外面,从南到北,从北到南,始终一事无成,碌碌无为。

从北京回浙江后,经历了很多事情,白发渐生。初是一根,藏在黑发中。朋友偶见,很是诧异——"你也有白头发了!"阳光下,偶尔一根白发刺眼地闪现,于是赶紧拔之弃之。慌不迭地,仿佛扔掉烫手的苍老。

渐渐有了第二根,再有了数根,渐渐双鬓霜白……

鬓角一根根白发向着黑发坚守的城池发起进攻。青春向岁月缴起白旗,铺陈出后半生的背景。

发就那样白了。

初拔的时候,犹如拔去烦恼之丝,感觉轻松无比。其实自己犹不知,白发如春雨后的嫩草,茁壮无比。

最让自己意想不到的,几年前曾经生过白色的眉毛,在消失几年之后,慢慢地又长了出来。说是白眉,也就是左眉上头一两根白色的眉毛。刚出来的时候,是不知"凶"是"吉",听之任之,白眉坚韧地开始了生长,长到可以遮住眼睛,常在我眼前飘啊飘。用剪刀理了理,又顽强地长。后来干脆拔了,消停了很久,现在又长了出来。

不光是发如雪,眉发也如雪。

在球场上一局接一局打,可以打一整个下午,这样的时光一去不复返。坐在场边大口地喘着气,擦着汗,对年轻人的体力只有羡慕。偶尔和朋友喝酒，第二天起床的时候，就有点回不过神来，感觉生理上的调节跟不上了。还有记忆力，年轻的时候，总能做到很多事都过目不忘。而现在，有些事是记了就忘，有些事是根本没记住。

岁月催人老。尽管很多人说，老不老是心态问题，而心态，怎么能阻止朝如青丝暮成雪？又怎么能阻止时光一去不复返？又怎么能让身体各个机能长青不败？

前两天，喉咙发炎了，还淌鼻涕，没看医生，没吃药，还照常和朋友一起打球……可是今天，发现咽唾液都痛的时候，扁桃体发炎已经严重到了要打点滴的地步……

终于发觉，自己已经不再是那个可以冒雨快乐自在行走、甩着头发上雨珠的少年，不再是那个用朝气蓬勃的身体挥霍活力的少年……

岁月催人老，土都埋到腰身了，同龄的朋友说。岁月渐增，经历过的生离死别越多，心里的感叹越深。

——想当年，我们那时候……和年轻人说话，倚老卖老的口气多了起来。

——你们啊，还小，不懂事！总把人家当小孩，感觉自己吃过的盐比人家吃过的饭还多，自己走过的桥比人家走过的路还长。

年龄是宝。对于我们一去不返的青春，我们是唏嘘感叹，还是捶胸顿足呢？

想长大的时候，日子一天一天过得好漫长。而一旦想时光停住，不想它往前走，却如螳臂当车，挡不住历史的脚步。

最近居家的三个月，我们应该总结，我们在这些天里收获了什么，看了多少书，写了多少文字，做了什么值得纪念的事情。

岁月蹉跎。

一千年以后，世上早已没有你和我。一切都会随着我们的离开，席卷而去。

何处染秋霜？拔去的头发，那是死亡的头发。丝白不难染，唯见星星鬓。繁华如三千东流水，缘愁似个长。

高堂明镜悲白发。逝去的是青春，老去的是岁月。逝者如斯夫，一切都是不可追。

在黑发白发之间，轮廓慢慢改变，愈见悲怆的生命，有很多怅然，物是人非。

空留记忆。不如，好好地活成自己。我们都是自己的传奇。无论英雄落寞，还是普通人的籍籍无名，无论是热闹的华美，还是黯淡的人生，都是自己，唯有自己。

"爸爸，人的一生说长不长，说短不短，但人生只有一次，所以我希望你能去做自己喜欢的事情。虽然你身边的人不会支持你理解你，但我知道道理你自己都懂，你还是想去试一试，做自己喜欢的事。我觉得这份勇气真的很可贵。我也不知道为什么就想给你写这段话，可能是出于一个女儿对父亲最基本的关心……"

女儿在成人礼之后写的一封信，让我泪目。我们老了，没有必要恓恓惶惶。目以心静,无论风遂不遂人心愿,万事皆好。

岁月如斯。我们的人生从来不缺乏相遇。我们也在相遇的路上见证着自己。黑发依旧顽强,在挽留着残存的青春,延续着我们有涯与无涯的生命与梦想。

时光大步向前,没有回头。

## 如果，皮肤不能呼吸

一

有段时间，人总恶心、头晕、昏沉，心里感觉难受，精神提不起来，感觉恹恹的，浑身绵软，没有力量。感冒也找上门了，流鼻涕、咳嗽，浑身不舒服。

天阴沉着，间或下些小雨。过去的这个冬天不是很冷，春天来得快，走得也快。乍暖还寒，雨天的时候就冷如冬天，太阳一出来就热如夏天。

最难将息。

路过一个刮痧店的时候，猛然想起——也许，自己是中暑了。

永康人的体质，似乎特别容易中暑。

从小，乡人对付中暑，基本有两个办法：一个针灸，一个是用手"抓"。用手"抓"颈部和身上有些"痧门"的地方，这是

比较恐怖的。因为疼，便挣扎，大人们就几个一起上，一个把你手脚牢牢拿住，另一个用手蘸了茶水，在你的颈部、肩部、背部"抓痧"。抓的时候是痛，而"抓"出来的效果，也是立竿见影，人一下子就感觉清爽了。这时候，裸露在外的皮肤上，一条条一道道的红紫痕迹，让不懂的人感觉很是可怕。在外求学或工作的时候，一看到某人身上有这个"抓痧"痕迹，心里便想此人十有八九是我们那附近的。

最要命的是从小抓痧抓习惯了，会落下个"病根"：一有这样的症状，就必须要刮痧。吃药等都不怎么顶用。一代一代永康人的体质，就对"抓痧"有了依赖性。

现在处理中暑的方法就多了，可以刮痧，可以拔罐，也可以吃药，等等。传统的"抓痧"现在已经少了很多。

小小的刮痧馆，不是很大，一对老夫妻在店里打理经营。抓痧馆，同时还有保健按摩、少儿感冒按摩等业务。

在刮的时候，随口问了问那老伯："这么冷的冬天，怎么会中暑？"

老伯留着长长的胡子，一看就让人肃然起敬："通则不痛，痛则不通，是瘀滞！"

老伯的这种说法，是非常传统的中医说法。我一直只是简单地以为，中暑是身体里的热量散发不出来，或是身体调和出现了问题，或是抵抗力差等因素。

我想了想，故作聪明问："是不是也可以理解为，皮肤不能呼吸了？"

"也可以这样说!"老伯的手上动作没有停下来。刮痧板如同泥水匠的灰板,一下一下地刮着我背上的皮肤。

为什么不能呼吸?我就没有往下问。这个冬春里,我和很多人一样,宅在自己小小的世界里,很少说话,很安静,但很焦虑,常会感觉心中有无名的压力,压得心都喘不过气来。原来,空气是如此稀薄,心不能呼吸,皮肤的呼吸都有了问题。

"这痧中得很深啊,都黑了!"老伯细细地擦着刮痧板,又问,"感觉怎么样,好些没?"

病去如抽丝。我坐了起来,穿好衣服,喝了杯热水,脑袋清醒了很多,感觉是舒服多了。

朋友王医生对我说,这种情况可能不是中暑,而是颈椎有问题,堵塞了。这个说法和老伯的说法差不多。身体不舒服,肯定是因为有地方出了问题。或是堵塞,或是劳损。

电子化产品的时代,带来很多以前没有出现过的健康问题,颈椎、腰椎、肩膀等有问题的人越来越多。我们"葛优躺""贵妃躺",一种姿势过久,而且常常不拉伸不运动,身体某些肌肉趋于僵化,久而久之,就瘀堵了。

皮肤也需要干净而正常的呼吸,需要精心的呵护。皮肤表面太脏,也会造成堵塞。在冷热之间没有注意适度增减衣服,也会让皮肤不适。

我们带着"身体"这个最宝贵的财富一路同行,都说"身外之物",可弃可放手,而唯一伴随我们一生的——只有自己。

## 二

汽车、道路、房屋和机器设备等都需要定期的养护。

凡物有价,而生命无价。我们很多人恰恰对单程有限的生命缺乏必要的维修和保养。

汽车每开五千公里就需要更换机油,做必要的保养。每到几万公里的时候,又需要做个大保养。滤芯、刹车片、机油,甚至轮胎等,这些易损件经过长期的磨损,会让这台高速运作的机器出现大问题,不及时更换,就会酿成大祸。

生命是场疲倦的旅程,我们不知终点地前进,体验着生命的种种快乐与悲伤,幸福与痛苦,我们每天都在支出生命,一秒、一分钟、一个小时、一天,生命就在这样从指缝中一点点溜走,直至灯灭油尽。

这场旅行中,我们会有小病小灾,也有各种意外。生命也如同肌体,需要锻炼,需要记忆,需要清空,需要休息,需要补充,需要调节。

对于一辆车来说,好的磨合,好的养护,好的司机,可以让车的寿命增加好几倍。对人生来说,又何尝不是如此?无论是男人还是女人,我们是自己身体的司机,每天行走在自己的道路上。同时,我们也身不由己,在社会洪流之中,与我们相伴的人,也是行驶我们人生这辆车的司机。

有很多人,辛辛苦苦赚钱,花上千元修车保养车,却没有时间休息、体检、保养身体。

养护需要时间，需要金钱。有很多人讲，我每天都这么忙，忙着工作，忙着赚钱，哪有时间啊？车不同，不保养会坏，没法开啊！不开车，没法工作啊！

这时候，我们以为我们是超人，以为身体这个资源是免费的，是取之不尽的资源。累了，我们睡一下就行，身体会自动在睡眠之中恢复机能，不需要付出额外的时间和费用去养护。

身体如同一辆好车，如果能遇到一个好的司机，也是人生的幸事。有一个懂自己、识自己、爱自己的司机或是同行人，能让自己好好地养护，更有品质地过这短暂的一生——这更加可遇而不可求。

我们在漫无目的地奔走，我们在疲于奔命，我们在做有意义的事，我们在做些无用功……无论何时何地，我们都在支出我们有限的生命，我们都在消耗。

一程一程，一站一站，我们要一直往前走。

我们需要爱惜自己，身体和生命需要养护。走累了，你该歇歇，喝口水，补补身子；疲倦了，你也该睡会儿，休息一下。真的有压力了，你要找一个缓冲解决的方法。可以一个人看看书，喝喝茶，或是到一个地方走走；可以早点回家，陪陪家人，做点家务活；去健身房运动也是一个不错的选择，流汗也可以排解压力。生活中缓解压力的方式有很多，你肯定要找到适合自己的一种。不能让压力一直层层积压，压着你自己，到最后压倒了你自己，让你站不起来。

人生的养护，不光光是身体，还有心情，还有灵魂。

我们需要知道，车的承重力有限，不能承载太多的东西，同样，生命的承载力也是有限的。你不能无限制地往自己的车上搬东西，该舍弃的就该舍弃，该带的就不能扔下。这就是有舍有得。不要去记恨一个人，该忘记的人和事就要去忘记。生命的容量很有限，记住那些好的人，好的事情，就够了。其他的，通通都舍弃吧。我们的胃，装不了那么多食物，学会健康饮食非常重要；我们的心，也装不了那么多人，就装那些我们要爱的人，爱我们的人吧！

生命的车，不可以无限载人。一生中，可以与你随行的，也就那么多人，能让我们爱的、爱我们的人也就那么几个。更多的人，隔着窗，隔着空间，微笑着与我们擦身而过。

对于这些，我们笑笑，感恩就好。

身体是革命的本钱，但光有健康的身体也不够，每天的心情也很重要。

每个人都有负能量满满的时候，但没有必要把负能量带给别人。我们养护自己，还要养护我们身边的环境，养护爱着我们的人。因为有了他们，我们的生活才变得那么丰富多彩，我们的人生才有了意义。

当然，最应该爱惜的，还是你自己。先养护好自己，先爱自己，才能爱这个世界，才能养护好我们的亲人和朋友。

最好的养护，就是读书学习，有好的心态，锻炼身体，坚持良好的习惯，有坚定的目标，并配上坚持不懈的努力。

这样，我们的全身都可以通畅地自由呼吸。

# 例　外

## 一

我听到一声怒喝。

是一声清脆的女声。因为激动,声带拉扯变形,声调尖锐。

"你这样做不好吧！这面包你捏过了不买,别人还怎么吃?"

被呵斥的女人,穿着一条黄色连衣裙,停下了动作,不知所措,悻悻然从面包店离去。

甩下了一句"神经病"！

发出怒喝的女人,身穿一条淡蓝色布裙,环顾四周,起伏的胸膛还有不能抑制的怒气,眼睛有点湿润。

在面包店里的人,店员和顾客,都假装做别的事情。

就在刚才,那个被呵斥的女人正在店里挑面包。她拿起一个个面包,捏了捏,放在鼻子下面闻了闻,又放了回去……

穿淡蓝色布裙的女人,就是因为看不惯她的作为,忍不住发

出了怒喝。

我们很多人,都假装看不见。

## 二

很多事情,我们都选择忍耐。

乘坐电梯的时候,常遇到抽烟的男人。他们无视公共场合不能抽烟的规定,自顾自地抽烟,这让我们不会抽烟的人相当难受。

但我们大部分情况下,都选择了忍耐。

在电梯停下的时候,快步跑出电梯。

我们都缺少点怒喝的勇气。

我们都是习惯忍耐,习惯忍受的人。

## 三

随着年龄的增长,渐渐老去的是容颜,是越来越健忘的木讷,还有我们越来越弯曲的脊梁。

挺不直自己的灵魂。

我们的灵魂毫无价值地随着落日下沉,还要留下"忍耐"的经验,传给下一代人。

这是我们一生的遗憾。

没有勇气。

## 四

总有些例外。

比如那个面包店怒喝的女子,比如伸出友善之手的陌生人,比如见义勇为的英雄。

他们的行为,如同一面镜子,照出了我们的卑微。

尘世之中,贪图享受、思前顾后,让我们迷失。

我们都不是勇敢的人。

## 五

一生坎坷,回首是满地的泥泞。

有人在泥泞里哭泣。

有人在泥泞中种植玫瑰。

## 我是一个不能一心多用的人

### 一

把手机调成了静音,关闭震动。

再也懒得打开。

有些消息是在什么样的情况下看到的,有些电话是在什么样的情况下接到的?

——全靠偶然。

有几次,我不知将手机放在何处,找了很久,很多地方。

如同有时候,丢失了自己,找了很久很久,很多很多地方。

在静音模式里,有许多闪光的句子,穿过城市浓密、冰冷的丛林,走进我屋里孤独的灯光下。

它们说,等了我好久好久。

## 二

每天早上唤醒自己的是什么？

是闹钟，是梦想，还是窗外的噪音？

这已经是一道哲学加生理命题。

对于大部分人来说，每天唤醒自己的是责任，是谋生的本能，是无可奈何。

我也常想，每天晚上逼着自己入睡的又是什么？

是困意，是倦意，还是面对明天的无可奈何？

疲惫让我放弃辗转反侧。我静静地躺着，一动不动。

身体睡着了，被巨大的黑暗包围。精神清醒着，燃烧着时间深处的火焰。

一闪一闪。

我听到房间书架上，一本书一本书翻动的声音。

哗哗的声音，似水流淌，一直响在深夜的寂静之中。

## 三

提前十分钟。取消前一天设定的闹铃，不喜欢被事情追着的感觉。

提前十分钟。离开家之前，清扫一下家里的地面、桌面等，只是希望回家的时候，有干净的家等着自己。

提前十分钟。享受在路上偶尔的闲适。可以坐在金帆路上的嵊州小吃店里，悠然吃碗豆腐脑加小笼包。小小的煎饺已经涨到了一元五角一只，就是白粥也要两元一碗。

我们已经很少使用纸钞，刷着二维码，用微信和支付宝付钱。"嘀"，付款成功的消息，此起彼伏——付的仿佛不是自己的钱。

如果从口袋里掏出钱包，取出钞票，再去付钱——整个过程会变慢，人会迟疑。付钱和找钱，会让一切慢下来。

提前十分钟。

我的人生放慢了脚步。

## 四

风吹过的时候，想喝一杯茶。

云朵飘过的时候，想去某一个远方。

总感觉太久没有静静坐下来，泡壶茶了。每片茶叶打开的时候，都像是树上飘落下来叶子，盛开的一朵花。

每一年，都会收十饼茶叶送给自己，有点像小时候的集邮。

等老的时候，一饼一饼打开，就像一张张泛黄的相片。

一片一片茶叶在我的瓷碗里打开，年轻的心又一次苏醒，和我讲述某一年某个地方的某个故事。

一叶一世界。有朋友说，他喝茶可以喝得出茶叶当年当时的情景，以及周边的环境。还有朋友说，他喝葡萄酒可以喝得出酒庄位于哪个纬度哪个地区,有着什么样的土壤与环境。

我不可思议。我佩服于他们的神奇能力。

我却是一个木讷迟钝的人。

我适合日复一日做着重复的工作,我只能做好一件事情。

我是一个不能一心多用的人。

# 叶公好书

## 一

对于书,我们很多人不过是叶公好龙。

假得彻底的人,直接在办公室用书的照片做后墙的背景,或是买了一大堆书,布置成书香四溢的办公室——这种人,总是为真正的读书人不齿。掩盖不住的铜臭味与暴发户的气息,有种颐指气使的财大气粗。

如财与闲兼得,且好读书,是一个读书人的福气。

真正的读书人,读书是他一生的习惯。手不释卷,走到哪里都要有书。求知是他内心真正的渴望。

但只有自己明白,究竟是真的喜欢看书,还是装装样子,买来的书,究竟读过几本?

我们很多所谓的"读书人",是不是也是买很多的书,装点一下自己的书房、办公室,更多的时候,无非是刷刷抖音、朋友圈,看着无聊的电视剧?

别不承认,我们很多人虽然自称是读书人、文化人,其实不过是"叶公"而已。

"叶公好书",并不比那些假读书人高尚多少。

## 二

历史上真实的叶公,是楚国的贵族,在治国和水利上大有成就。

相传孔子专门来楚国拜访叶公学习治国之道,两人谈论礼仪与治国,在谈到道德问题的时候,叶公提出"大义灭亲"的主张——这就是历史上有名的"叶公论政"。不知为什么,叶公在申不害的《申子》里,居然就成了空谈理论、不务正事的主儿,从此臭名留万年。

"好书"的"叶公"们,基本有几个特征。首先是必须要会买书,喜欢书。看到喜欢的书就会买,时刻关注着读书榜里的好书。其次喜欢逛书店,去每个城市都会去当地地标性的书店看看,走走,拍个照,发个朋友圈。再次是都有自己的书房,摆满了各种各样的书籍。办公室或是工作室,也定摆放着各种文玩书籍之类。出差的时候会看电子书,或是随身携带一本书。会在朋友圈里发推荐书目,摆拍各种阅读的照片……

真正符合上述几个条件的,那是真的书虫了。在上面几条之上,加上一条:平时也看书,但是沉不下心认真看书。也就是说，读书是碎片式的，喜欢书只是年少的一个情结，只是喜欢买，略略看而已。

符合这个特征的，我觉得就是"叶公好书"了。

## 三

"叶公好书"，谈必及书，行必及书，坐必及书，灵魂也都是书，只不过被世俗所束缚，渐渐随波逐流，书束之高阁，平时被"鸡汤文"、快速阅读等吸引。

现在很多人都听书，很多人依然钟情纸质书，不过，大部分人都在人云亦云地看着推荐书，畅销书，鸡汤书，励志书。

有一次聊起书，好友段王爷和我说，他开的蓝莲花民宿，每个大厅里都有书吧，每个书吧的书都是自己挑选的，务必在书的种类、品位上符合自己的审美，也给那些有高端要求的人享受。

书品如人品。

不过，他笑道，他于书，真够不到"书虫"的境界，不过是"叶公好龙"罢了！

作为"书虫"，我所见略同。我说，我也一直认为自己是"叶公好龙"，距离那些真的学者，真的读书人，差远了！

我环顾自己的书房，想想自己看过的书有多少，精读过的书又有多少；想想自己每次路过书店，都会进去看看，但常常是环顾四周，看一些封面，随便翻翻，也就出来了。

"叶公好书"，我用一生时光读书，腹内其实草莽。

读书遁世，虚度光阴。

## 四

托朋友给自己刻了两方章。

一方为"庖丁解牛"，一方为"不求甚解"。

汗牛充栋，书太多了。大部分的书，都是草草翻过，"不求甚解"。人生太短，全部的时间用来读书都不够，只有少部分书，才真正值得自己"庖丁解牛"。

刚开始的一段时间，每看完一本书，便认真地盖一方章。时间久了，"庖丁解牛"的章始终没有盖下去过，盖的都是"不求甚解"。

好读书，不求甚解，读书人的事，你懂吗？

"叶公好书"的人，自己都整不明白。

## 五

人生也往往是这样，书籍叠高，装箱搬运，到了一定时间，又要苦于整理。犹如叶公好龙般，想着书，却没时间读书。书渐黄，人渐老。被阅读的书和读书的人，谁为谁在坚守？

唉，你在笑我们书虫的"叶公好龙"，那么，在很多领域里，何尝不是有很多"叶公"呢！

"叶公"其实在我们的社会上无处不在呀！

有些爱好健身的,有些爱好喝茶的,有些……

有很多人获得知识的途径,是朋友圈,或是道听途说,侃侃而谈酷似专家,却是一知半解。

我们总在装模作样,摆够了仪式,却没有深入骨髓的真正的爱。

真正的爱,是爱到灵魂里的,要痴,要专情,要深。

"叶公好龙",只是爱在形式,没有爱到死去活来,没有爱到天长地久,没有敬之为神灵。

爱,是发自内心的信仰。

不过,虽然也是"叶公好龙",但我们总是在知识的路上一直求索。给书找一个归宿,也一直在传播着读书的好习惯,这也是"叶公"们的一个社会作用吧!

认清自己的"叶公好书",是自知,是自嘲,也是希望自己能改掉这些停留在表面的坏习惯。

我是个浅薄的人,只能做到"叶公好书"。不过,好读书,读好书,就让读书"误"我一生吧!

# 在雨夜，莫名伤感

在雨夜，莫名伤感。

心情就像被雨牵了线，摇摇摆摆地在天上飘来飘去，在空中游走，突然就碰到了什么，摔落在地上，树叶上。

溅起水花，是心的涟漪。

既然莫名，是说不出，道不明；是不想说，不消说。

写在雨里，埋在这夜色里。

莫名，是另一种明朗。

不说，是另一种诉说。

雨天，心情也有雨。

断断续续，滴滴答答。伤感，总是莫名的，说不清楚的。在阴沉沉的天里，心情似乎可以捏得出水来。

带着咸湿的泪与汗。

雨总是踩着心情的节拍而来。

一些人和物，在雨中，反复折叠。

往事牵扯着衣袖。

在虚虚实实的幻境之中，拈花，轻笑。

雨刮，一层一层地刮着悲伤。

车流，喧闹裹挟。

车里，单曲循环。

歌里唱着一个故事，播放着一种温暖的哭泣。

想停车，呐喊。

想捶方向盘。

想独自哭泣。

雨夜的忧伤，是种心灵的暴力。

谁都会有悄然离去的一天。在送别的时候悲伤，不过是在为自己悲伤。

失去和得到，常常顾此失彼。

我们和神灵一样，心照不宣。

却常常不相信真实。

怎么还会有如此千古愁，万古伤？

哑然失笑。

笑自己，不伦不类。

也笑，人生半老，却幼稚如斯。

摇摇头。想用一记耳光，把自己从另一个世界唤醒。

心总要去感知，敏感地去体会悲伤喜乐，季节变更。
这是生命里一根根细细的血管，血脉相连成丰富的一生。

宿命，似前生的注定。
雨夜，是一次一次与悲伤的练习对话。
无语的悲伤，莫名的情绪。
在雨夜，把自己抛入一个深不见底的世界。
有个自我的精灵，它只在雨夜出现。
我们要相拥而眠。
焚香，看书，品茶。
略为简单的仪式感，用香味去麻痹自己的感知，去填满空白的世界。
心浮在半空。我看着自己。

情有独钟，黑暗和雨，雨和黑暗。
神经质的絮语，遗漏了大自然重要的信息。
在看起来莫名的悲伤之中，欢乐是一种明亮，在雨夜中散发着光芒。
照亮我的告别。
窗外有暗香。
这是一缕缕暮春的橘香，沁人心脾。
它的花，可能丝毫不惹人注意。
却让人有蓦然回首，循香而望的冲动。

明明知道它就在这里。

我们不需要再找寻，亦不用再等候。

斯人已去，独留怅然。

静听夜雨，是慢读诗书的奢华。

读一行行诗，体会无法言说的美好。

草木一秋。

植物的一生，其实是一场美好的花事。

人生，不过是一场俗人俗事。

在深夜，触摸那些不动声色，埋藏很深的，波涛，山林，远影，人。

莫名地溢出清澈与平静。

在俗不可耐的生活中，偏偏要过出点诗意。

# 今天,我悄悄地陪母亲过母亲节

母亲不知道有母亲节。

今天,我悄悄地陪母亲过母亲节。

正是院子里金银花盛开的时候,柳树已经成荫。初夏早晨的丽州,清新的像是露水洗涤过一样。清澈的阳光照在大地上,天是蓝的,山间有层薄薄的雾。微风吹来一阵枇杷等瓜果的清香。

鸟儿已经迫不及待迎接节日的到来。迫不及待的还有热情的商家,他们早几天就在准备了。

我也早就开始准备了,准备今天回家。

母亲不知道母亲节。七十岁的母亲很土,土得掉渣。她和外婆一样,最远到过省城杭州,没有出过省。她哪儿都不想去,一生最喜欢的就是家里,雅庄的家。

我外婆家是雅庄的,我爷爷家也是雅庄的。母亲生在雅庄,嫁在雅庄,几乎未出过雅庄。

她说,出去多麻烦啊,家里最好!她虽然很少出门,从小却

博览群书。她喜欢看报纸，看书，看新闻。但她不喜欢八卦，虽然在农村，却超尘脱俗。也许在一些媒体上，母亲看到过母亲节的新闻，但她不在意，认为是小孩子的游戏。

我住在金华，母亲从没有在我家里过过夜。她怕麻烦，她认为的麻烦，是给我们添麻烦。她常说，你们忙，事情都多，回家也麻烦，我理解的。

我们小时候很少过节，总以为是母亲懒，是她不会也不想做节日的各种糕点。稍长大后，认为虽然生在农村，母亲有种读书人的清高，她不愿意做那些所谓的杂事，无关紧要的事。

再长大，才明白母亲不是不喜欢过节，而是在那个年代，拉扯三个小孩，真的是要省吃俭用，勤俭节约。要抚养好孩子，家里要盖房子，就是节约一度电，省下一分钱，也是好的。

从读大学开始在外地工作，一晃很多年。男孩子表达爱的方式，和女孩子不尽相同。很少打电话，也很少写信。我默默地把对父母和亲人的爱浓缩进我的文字里。

偶尔打电话回家，也不过是几句话。

"妈，最近好不好？"

"嗯，挺好的就好，我也挺好的。"

就是这样很短的几句话。在通话的时候，却是满心的喜悦。挂了电话，拿着手机的手暖暖的，就像是握着儿时的种种记忆。

我从来没有给母亲庆祝过一次母亲节。有几次，在母亲节的时候打电话回家，照例问了一下母亲好后，还是没有说出来——"母亲节快乐"这句祝福。

母亲每天的生活就是种点菜，张罗一日三餐，守着父亲过日子，等我们回去看他们，平平淡淡。

一天一天地老去。

如果和母亲说到母亲节，母亲肯定会说：

"什么母亲节啊？不过这个节。"

"这是什么节日啊，还有这个节？不过不过，这是别人过的，我们农村人不过这个节。"

母亲在意的，是我们有没有常回家看看。不是只在节日的时候才想起他们。对母亲来说，我们回家那天就是母亲节。

今年的母亲节，我会开车回永康老家。我想悄悄地陪母亲过个节日。坐着陪父母亲聊聊天，陪母亲去田里走走，和母亲去村子里转转。

虽然，我没有给母亲一个大大的拥抱，没有和母亲说："母亲节快乐！"但我在心里真的说了：

"妈，母亲节快乐！你和父亲都要健健康康的。"

说了无数次，无数遍。

# 食事二忆

我童年的记忆并不是多彩的。

回想过去,脑海中经常只浮现灰色,或者是黄色。

灰色的是衣服的颜色,那时候大家的衣着简单,色调简单,生活也简单。我的童年没有动画片、没有零食、没有玩具、没有课外书,灰色体现的就是一种单调。还有一种黄色,那是尘土飞扬的颜色,是雅庄黄金泥的颜色,是这片黄土地的颜色。

那时候的生活虽然清苦,却也快乐。

虽然缺少点色彩,现在回忆起来,依然觉得开心,童年的记忆如同百宝箱,如同金秋的麦穗。

## 酱油汤

如果你在农村生活过,你小时候肯定打过酱油。拿着一个旧瓶子,在大街小巷里穿行,到村供销社,那柜台比你人还高,油渍斑斑。你把瓶子递上去,童声童气地说:"打酱油!"

但不知道你有没有喝过酱油汤?

小时候,每家每户孩子都多。父母亲四处奔波忙碌,根本没有空管我们这些小孩子。穷人家的孩子早当家,很多时候,我们都是自己解决午饭。

我们这些泥孩子,在村庄里四处玩耍,到了中午,就自己煮个米饭。也不做菜,一是家里没有那么多菜,二来做得不好。倒碗开水,里面加点酱油,加点猪油,就这么简单三个步骤,一碗美味的酱油汤就成了。

——这就是我们小时候常常吃的唯一的主菜。

一碗酱油汤,上面浮着一层薄薄的油,就像那时候在雅庄的生活,清淡却有味。

从想吃什么没什么的年代,到想吃什么就吃什么的年代,再到现在只愿粗茶淡饭就足矣的年代。世事轮回。

我常想起那一幕:我和小伙伴新宅,坐在街沿,一人端着一碗白饭,中间放着一碗酱油汤。你一调羹,我一调羹,吃得不亦乐乎。

## 灰膛饭

现在都流行回归,餐饮业也是一样。如现在很多农家乐中,有些就推出泥火膛、柴火灶之类的。做饭用原来的泥灶,烧的是柴火,这样烧出来的菜饭,自然是香很多的。

"柴米油盐酱醋茶"，"柴"是列第一位的。小时候，老家都是泥灶。沼气只用了一段时间，传统的燃料还是柴火。

有段时间，印象很深，有一种灰膛饭。

用柴火烧饭，都会有些余炭。爸妈用"钢筋罐"，调好米和水，密封后，就把"钢筋罐"埋到炭火里。炭火的热量会维持一定的时间，等一家人出外劳作回来，那米饭就可以吃了。灰膛饭非常香，若是再加点肉，那可是绝世美味。

"钢筋罐"也就是我们上学时蒸饭用的饭盒。灰膛饭，似乎是十多岁以前的记忆了。除了"钢筋罐"，还有"铜火罐"，也可以像灰膛饭一样烧，也可以把"铜火罐"挂起来，下面用柴火烤，做出的饭一样很香很好吃。

那时候日子很平淡，生活很清苦，现在想起来却感觉很好。

那些酱油汤，灰膛饭，铜火罐饭，偶然想起，依然很香。

## 把春节过成自己喜欢的节日

过了腊八就是年。

春节,快到了!

年味是从商场、农贸市场挂满的大红灯笼先弥漫出来的,那种夺人眼球的红色,以喜庆的愉悦感让你一下子陷入了神思——春节这么近了吗?春节就要到了吗?心无端忧伤惆怅。怎么这么快,一下子就过年了,一年就这么匆匆地过去了。

节日是人生旅程上的一个个节点。在这些节点上,我们都需要短暂地停歇,用美食、聚会、走亲访友等各种方式来感谢生活,慰劳一下自己。

春节是不一样的节日。几千年的传统让"年"已经树立了自己独特的地位,有一套标准的流程和礼仪。如年夜饭,拜年,红包……我们也以万众狂欢的方式增加节日的隆重感。

每到春节,总会有不一样的感觉。一方面是脑海中对儿时春节美好的记忆,愈行愈远;另一方面,我们要顺应传统的春节节

奏，每年到这个时候，所有的一切都要停下来，来到春节模式。

不管你喜欢不喜欢春节，我们都活在有春节的世界里。

一样的春节，不同的人有不同的体会。

大部分人的春节，往往不是属于自己的，是身不由己的。

大部分人的春节，是属于长辈和晚辈的，是属于别人的，属于来回奔波的旅途，属于走亲访友的礼节。很早就要开始忙了，准备年货，准备新衣服，准备吃的用的。

春节，要让长辈们感觉到阖家团圆的快乐，要让孩子们体验春节的传统，是准备年货的匆忙，是准备过年的忙碌。

——春节是热闹的，是有仪式感的。但是，春节似乎不是属于自己的。

往往要等春节过去之后，一回头——这个春节怎么一下子就过去了？我们收获了什么？常常觉得自己徒长了一岁，徒长了几斤脂肪而已。然后面对着自己每况愈下的身体状况，在春天来临的时候，叹上一口气。

通常的春节，我们都在每天的吃吃喝喝中不知不觉地虚度过去了。中年人睡懒觉也是奢侈的，生物钟和责任感每天都在提醒自己早早醒来。都说四十不惑，五十知天命，四十到五十岁的年纪，虽然背负着很重的责任，但是也应该从容淡定。我自己在这个岁数的时候，越发觉得时间不够用，天天看着时间匆匆流逝，想做的事情没有做完，焦虑常常在心中堆积。

少壮不努力，现在徒伤悲。

空？怎么会有空呢？闲？怎么会很闲呢？

无聊,那是不可能的事情啊。

一天要做的事情那么多。除了工作之外,我们开始圆自己小时候没有实现的梦想,追求着自我身心的修习,想学书法,想健身,想写文章……原来青春年少的时候,没有条件学的,现在都想去完成和实现。

人到一定的年纪,最明智的就是知道自己想要的是什么,不想要的是什么,明确取和舍。舍,不是无为无欲,不是什么都不想要。取,则要视自己兴趣所向,根据自己的条件和精力。年少的时候,没有条件学音乐,学舞蹈,学各项运动,而现在渐渐有条件了,我们终于可以学自己想学的东西,做自己想做的事情。

但这个年纪,精力和体能都与之前大不一样。特别是时间,平时根本没有整块大把的时间属于自己。当有节日来临的时候,常常憧憬在节日又可以做很多很多事情了啊,特别是春节长假。

虽然这些节日,我们也常常是身不由己。

我想改变,让一年一次这么长时间的假期在吃吃喝喝中度过,真是心有不甘。

春节要怎么过?怎么过才能不浪费,才能过得有意义?

可以选择出行,领略不同的人文风情,让春节过得更有意义。

每到春节,一颗不羁的心加速跳跃,想去远方。这么多年的春节,在瑞士,在巴厘岛,在鼓浪屿,在海南……都留下了漂泊的痕迹与记忆。

最近的一个春节，选择了在莫干山上度过。车上载了很多的书，到了山上就安静地住下来，哪里也不去。在山中的日子，每天起来跑步，每天看书写字写文字。偶尔发下呆，饮点小酒。还遇到了大雪封山，山中断电。这些不一样的日子，偶然想起，都会心跳加快，幸福不已。那段时间，我写了一篇值得回味的文章——《莫干山，从前慢》。

更多时候选择宅家过春节。每年节前，我就会给自己备很多喜欢阅读的书，备好笔墨纸砚，等着放假的日子到来。

想起中学的时候，每个周末都会背着一大袋书回家，想着周末的时候可以做很多事情，看很多书。虽然常常事与愿违：书背回家了，也不可能看那么多。从少年到中年，我依然还是乐意背着一大包的书，宅在家中度过节日。把节日过成什么样，体现了一个人的生活质量，也体现了一个人的自律和追求。

我喜欢给自己订下阅读、健身和练书法的计划与目标，希望自己在春节期间，不颓废，不浪费宝贵的时间。人的一生由很多很多的一天组成，而一天之中，最不能缺失的就是三件事情：一是工作，二是锻炼，三是学习。很多人认为，春节就可以放松一下了，可以"松"，可以"塌"，可以"懒"……其实，人生容不得半点松懈。

每天早上六点多起来的时候，先练习书法和学习英语。这是一天中精力最集中的时间，学习英语半小时，练习书法一个半小时。接下来的白天时间，需要陪父母走亲戚，随身带本书，有空的时间就看看。走亲戚时，多走路，利用空闲的时间锻炼。比如去田野里走走，散散步，爬爬附近的山等。锻炼和学习可以随时随地进行，只要我们有决心，有恒心，有目标。没有目标的生活，表面看似轻松自在，但人生就在浑浑噩噩中过去了，没有成长没有改变，虚度年华。

我喜欢的春节，可以粗茶淡饭，一家人聚聚聊聊；可以出门旅行，看世界大好河山；可以宅在家里，看书写字写稿子……

一个健康的春节，绝不是胡吃海喝，蒙头大睡。

在每个春节，我都会给自己定一个目标和计划，关于锻炼和学习，然后坚持着去实现。我们要过健康的春节，过健康的人生。

这才是生活应该有的样子。

## 今天，我停掉了微信运动

有同学问："最近你的微信运动怎么都是零？"

我说："前几天我把微信重装，停掉了微信运动。"

同学很诧异："为什么？"

很多事情，没有为什么！

从某种意义上讲，微信是个隐形功利圈。你可以看看，每天给你点赞的是谁，你在给谁点赞。

你点赞的人是你欣赏的人、你的领导、你的亲人、你需要的人等，而给你点赞的也是。

在功利之外，所谓朋友圈里的朋友，是被忽略的。

当然，也有可能是太无聊，刷着朋友圈，集体点赞的。

微信已经改变了人的生活习惯，成为生活的一部分。如果你是有正常社交需要的人，你就很难说："我不用微信。"

现在不用微信的是世外高人，也可能是不用手机的老人，还有未注册微信的小孩。

既然这样，对微信我们只能是接受，有选择地使用，根据自己工作和生活的需要去使用。

时代在发展，微信也在发展，如一些新颖有趣的小程序。

刚开始接触微信运动的时候，很是兴奋：运动也可以做公益了！每天走的步数，可以捐出去，既锻炼又做公益，真好！

运动需要点竞技，微信运动就是一个互动的、隐形的竞技场。你可以默默地和别人比赛，他走一万步，你走一万一千步；他走两万步，你走两万零五百步……

到晚上十点的时候，你刷新微信运动，看谁占领了你的封面，你又占领了哪几个人的封面。

如果那天刚好你比第一名少了几百步，估计你会马上起来，在客厅里不停地走，用手晃动手机——就是为了超过别人。更有甚者，把手机挂在小狗身上，或用特定的软件来刷微信步数。

微信运动的出发点是健康的。以一个基本健康点——一万步，来提醒人们多运动，同时还加了一个相当棒的公益活动来让运动更有意义。

但微信运动是个小程序，它的母体是手机。

根据德国数据统计互联网公司最新调查发现，近年来，全球民众每天对着手机屏幕的时间明显增加，巴西人每天花在手机上的时间最多，平均每天近五小时，中国以每天三小时位居第二，随后是美国、意大利、西班牙、韩国、加拿大、英国、法国、德国。手机已经形成一种综合征，坐车、等车，任何有空的时候大家都在玩手机。有的人隔一会儿，有事没事都要看一下手机，其

中最重要的就是刷微信。据一个权威机构统计，中国人人均每天看手机在五百次以上！

我们自以为控制了手机，其实是被手机控制了。

微信运动带来好处的同时，让越来越多的人更加离不开手机。在家里走几步路，都要揣上手机；上个洗手间，也要拿上手机；跑步健身的时候，手机都要放在身上；出去走路，那更加不用说了。出门可以不带钱，但是手机肯定要带，带上手机就万事大吉。手机没有带或是手机没有电，就会坐立不安。

这是一个分享的时代，也是需要证明自己存在的时代。

微信运动从最初的健康和公益，慢慢变为一种自己的负担。

每个人的身体健康状况不同。就如同一万步的标准线，可能不适合你。人与人的体重不同，年龄不同，追求的目标也不一样，太盲目地走一万步，有可能会伤了自己身体的其他部位，如膝盖。

同样一个人，每一天的身体状况也不同，状态也有差异。如果当天身体状况不理想，一味地追求要完成一定的量，就会失去保持健康的初衷。

说到底，健康的运动习惯不单靠自己的意识，还需要专业的知识，需要专业的指导。这并不是微信运动的错，有所欠缺的是我们自己。

工具本身是没有错与对的，错与对是工具的主宰者——我们自己决定的。

受到民众欢迎，这是一个硬道理，也是微信运动存在的价值。我们在拥有的同时，也在失去。智能手机，微信，微信运动等丰富了我们的生活，同时，我们也失去了人与人之间亲密的交流、坦诚的沟通，我们也失去了很多独立思考的空间。

一个手机，就把我们的空闲时间塞得满满的。

生活需要一种淡定与从容，需要对自己的目标有一种笃定。人生，是一场起点已知，终点未知的马拉松，我们终究都是要自己一个人慢慢跑过去。我们需要方便快捷的工具，但要谨慎使用。

微信和微信运动，更加让人们"机不离身"。很多大人骂小孩玩手机成瘾，打游戏成迷，悲叹手机毁掉了一代人……这些小孩的背后，其实是大人自己对手机的欲罢不能。

我们都需要认同，需要证明自己的存在感，需要从某些人的点赞上找到意义和答案。从聊天室，到QQ，到论坛，到QQ空间，到微信，现在各种各样的社交软件，成为我们生活必不可少的一部分。

技术在发展，更像一张无边无际的网，把人们网在其中。

我不想被无形的网困住。

于是，开始少用手机，停掉了微信运动。停掉的只是微信运，不是微信。我轻装上阵，手机扔在包里或是桌上，想跳绳就跳，想跑步就跑，根据自己的身体情况制定计划，累了就休息。

我不再去看谁谁谁今天走了几万步，不再去挨个点赞。

到了晚上，我把手机放在客厅，远离书房或卧室，让自己回归纸质阅读，回归人与自然与心融为一体的时刻，这个时刻需要和自己说说话，和书里的智者沟通，这也是一种成长。

这种成长，显然不是朋友圈里的鸡汤能带来的。

微信和微信运动，就像是一帖药，你用得好是良药，用得不好则是毒药。

我很懒，我知道自己用不了那么多的东西，某些方面也欠缺自制力，那么我就断掉一些东西，舍弃一些事物，离开一些人。

我们想要的东西太多，我们都明白简简单单的人生很好，我们却做不到。

所以，俗人老桑从现在开始，不试图占领你的封面，让你也无从占领我的封面；不去给你点赞，也不管你有没有给我点赞。

我只知道，没有微信运动，我该跑的步还在跑，该跳的绳还在跳，该走的路还在走。

重要的是，不要时刻把手机揣在身上。

## 南市的烟火

往常,一到饭点,我所在的婺州南市一个小小的城中村,充塞着外卖骑手的影子与声音。

今年的春,今年的夏,蝉鸣还没有响起,有种让人惆怅的安静,不安的平静。

每天总有些固定的人来来去去。比如骑着超大电动三轮车收废品的,骑着电动车回收旧手机旧电脑的,挑着担子卖时新水果的,骑着自行车磨菜刀的,等等。他们的吆喝声,给城中村增加了市井的气息。

每天都有拖着行李箱来到这个城市,在这个城中村落脚的人。也有人拖着行李箱,匆匆忙忙离开。

城中村中的高楼崭新整齐,汽车川流不息,街道干干净净。

傍晚的菜场,是最有人间烟火气的。

有几条小街,沿街摆着农家自产的蔬菜瓜果。还有卖茶叶的,卖自制调料(辣椒酱之类)的,批发水产的,卖野菜的,等等。

生活似乎消耗掉每个人太多精力，听不到谁大声吆喝，讨价还价的声音都很少，很低。店铺中微信和支付宝到账的声音，异常响亮。

今年的龙虾特别便宜，密麻拥挤地堆满了一盆又一盆，买的人依然很多。

卖枇杷的人很多。应季水果飘香，却难以保存长久，买的人不多。

我买了一斤绿茶，说是农家自己摘自己炒的。四十五元一斤，想想，采摘的成本也不止这个价了吧！

有些店铺，早早售罄了，欢快地清洗着地面，利索地关紧了店门。

天慢慢变黑。还有很多没卖完货的人。他们的表情，与黑灰的夜色融为一体。儿时常为他们担心，担心那些卖不出去的熟食，容易变质的水果……

城中村主干道两旁是一些店面。有些店面今年还没有开过门，店面上挂了转租的牌子。卷帘门保持着冷傲的铁将军本色，在人气热度不够高的情况下，它们也没有打开自己的欲望。偶尔路过的人们，用眼睛瞄了一下，就急匆匆地赶路了。

我们都不愿意在无关紧要的事情上面花费太多的精力，有时宁愿"葛优躺"地刷着无关紧要的微信、抖音、微博和小红书等。

听人说过，常常逛菜市场的人基本不会抑郁。我们都需要点人间烟火，需要为最基本的衣食住行奔波。

我们都很卑微渺小。世间还有很多如我们一样平凡的人，我们都在努力地生活，努力地向上。

即使很累，在生活之余，也不忘对自己，对生命，对生活微笑。

中午，城中村最为安静。沿街施工的几个工人，躺在路边的台阶上休息了，疲劳使他们睡得格外安心。

在房间内吹着空调的老汤，十二点多就躺在躺椅上准备午休了，到了一点钟还在刷手机。

视书法为生命的雷师兄，几天前将智能手机换成了老年机。

生命和时间依然有限，我们一辈子都在进行着取和舍。很多事情我们坚持了也不一定有意义，但还是要义无反顾地坚持下去。

傍晚的时候，车依然很多，车位总是僧多粥少。

人声隐在黑暗之中，在狭小的弄堂里流窜。换下工作服的女生，穿上漂亮的衣服和小姐妹三两成群，昂扬着青春朝气，飘动着秀丽长发，奔赴一个个约会。

也有穿着睡衣，头发蓬乱的小姑娘，在清晨和傍晚，打着呵欠，拉着她心爱的狗狗，在城中村旁边的草地上流浪。

家有两幢房子的房东大叔，从隔壁小区的保安岗位下班回家，喝了两口老酒，用力擦了擦嘴角，快步向村里一个棋牌室走去。

路旁有几个超市，有点冷清，商品在货架上待久了，神情恍惚地落了灰。空地上堆满了大大小小的各种快递。

有个早餐店，少了刚开张时候的神气。老板娘常靠在门前，不知拿着手机在想啥。

有个存放喜糖的仓库，老板很乐观地说："去年因为无春（阳历年中无立春，乡人认为不适合结婚），所以结婚的人少。今年有两个立春，结婚的人本来会很多。只可惜啊，半年就这么过去了。不过，现在开始好起来了！"他的仓库开始搬出各种喜糖。

喜糖的喜气，喜洋洋地在城中村飘散出喜庆的气息。

已经立夏，又快梅雨了。

不知谁家阳台不小心飘落下来一件白色的衬衫，掉落在地上，有人熟视无睹地走过，有位大叔走过来，弯腰捡起衣服，用力吹了吹上面的灰尘，抬头看了看，将衣服挂在路旁的栏杆上。

他和很多人一样，身影很快地消失在黑色之中。

这是城市中心的一个城中村，每天都在演绎着生命的故事。

南腔北调，东来西往。

今年，略显安静。

## 你也在坚持，真好

自从住在金华后，就很少回永康了。自然而然，回到永康打羽毛球也是少之又少。

那天凑了几个同学一起到永康新会展中心打球，意外遇到了吴德进、王利秋、吴文革、胡常武、贾建根、程卡等人。其中，建根、文革和常武等人在打比赛的时候经常见面，而阿秋和德进差不多有十多年没见过面了。

进了球场，先见到了德进。德进把我带到阿秋面前："秋，你还认得这是谁吗？"阿秋没有犹豫，指着我笑道："这小子，打球的爱好还是没有丢，和我一样，还在坚持！"他拍拍我的肩膀说："你瘦了，十年前那可是过于健壮了。"

十年前一起打球的徐明朗，提到我的时候，还说："那个小后生？"十多年了，我已经不是当年的那个小后生，也慢慢老了。当年的"小李"，现在已经是"老李"了。

阿秋还是和十年前一样生猛，上来就和我单打，而且，干脆利落地把我"灭"了。接下去和文革也是一局单打,也被文革不费吹灰之力"虐"了。虽然都输了,但是和十几年前一起打球的朋友玩,真的很开心。

十多年前,我们这么一群人在永康体育馆打球。大家都是刚刚开始打球不久,技术一般,但是体能和热情非同一般,一天不打球手就发痒。大家还组织在高圳小学进行俱乐部排位赛,去余姚交流学习等,无比积极。这么多年过去,有人中途离开了,有人因伤因工作不打球了,而更多的人还在坚持。

羽毛球是我们健身运动中的一项,这么多年,它已经成为我们生活中必不可缺的一部分了。它同我们的呼吸一样不可或缺,和我们的一日三餐一样不能缺少。这项运动,带给我们激情,带给我们健康的身体,带给我们好的习惯。

爱打羽毛球的人,一般都是生活习惯极好的人。一般坚持打羽毛球十几年的人,胜败已不是关键了,坚持运动,坚持信仰,才是最重要的。

在永康的时候,最常和我一起打球的是童麦韶和赵群都,那时我们想如果大家六十岁还在一起打球,那是多么快乐的事情——一是说明,我们都在坚持;二是说明,我们的身体很好!

一项运动,我们可以坚持几十年,这是一件多么快乐的事情。

阿秋绑着各种护具也要坚持打球;文革还在细细琢磨着细节,精益求精;贾建根正逐渐向他最好的状态回归;常武的球技已经如同他精密的技术一样,难以找到弱点……

当年单打很强的，现在可能正慢慢转向双打；当年单打生猛的，现在可能一直生猛。江山代有新人出，但是这些前辈没有被拍死在沙滩上，依然用我们的经验，我们的手感，我们后天的努力，在球场上宝刀不老。

这群人，身体力行向周边的人灌输打球的好处，健身的好处，把很多原来在麻将桌旁的人拉到球场，把很多已经四体不勤的人拉进这个圈子，一起出汗一起健身——这也是我们打球之外的人生价值吧。

在微信上看到你每天坚持健身，真好！在球场上看到你还在坚持打球，坚持运动，真好！

你也在坚持，我也在坚持，我们大家都在坚持着运动，真好！

## 总有一天我们都会变老

这两天,看到一篇公众号文章——《我不会用智能手机,你们是不是准备让我去死》,难过了半天。一个安徽亳州的大爷,想去黄岩投靠亲戚,因为没有健康码,坐不了车,走了一千公里的路,最后幸好遇上了一个好心人,带了他一程……

看罢,久久无言。

总有一天,我们也会变老的,变得跟不上智能化的时代,变得跟不上时代的步伐。

在工作室的时候,常常会有隔壁的大叔大婶,拿着手机过来,问怎么转账,问怎么下载,问怎么处理手机上的各种事情。我们在耐心地帮他们解决的同时,也在想,如果我们的爸妈遇到这样的问题该怎么办。

我可以想象拿着老年机的爸妈,在这个时候出门的情形——寸步难行。没有健康码,不会用智能手机,没有微信……他们还是以前二十多年的模式,到银行存钱取钱,支付都是用现金,手机用来接听和拨打电话……

没错，时代一直在发展。我们年迈的父母亲也曾经是"前浪"，但是现在他们老了，眼睛和身体都已经跟不上时代了。

曾经写过一篇《微信墓志铭》，在微信越来越占据我们大部分时间的时代，我想我们可以少用些手机，少用些微信，多些时间回到纸质阅读，回到亲情的陪伴……但我们已经被卷入高效的智能化时代，我们的工作和生活都离不开支付宝和微信，离不开各种各样的软件。

离开网络和手机，我们还能生活吗？

或许，对大部分人来说，答案是否定的。智能化，这是时代的潮流，我们在这股潮流之中，只能随波逐流。

你不随波逐流，只能被时代，被朋友圈，被社会所抛弃。

说得也对。为什么老年人会被社会所抛弃？就是因为他们不会用智能手机吗？就是因为他们已经跟不上时代？

有很多朋友，想在智能化的时代里，活出自我。想少用手机，不用微信，不用钉钉，不用支付宝……想多些时间去阅读经典，思考人生，去感受生活，陪伴家人……可是，他们能做得到吗？

"老吾老，以及人之老，幼吾幼，以及人之幼。"看到那篇文章的时候，想到了孟子的话。

想到一个朋友说，他开车走青藏线，看到一个搭车的女孩子，停车下来帮助她。因为他也有个女儿，希望有一天他女儿遇到困难的时候，也有人能热心帮助。

想到我们平时帮助周围的老人家，教他们用手机，教他们使用一些软件，也是希望我们的父母亲遇到困难时候，有人帮忙吧。

"只要人人都献出一点爱，世界将变成美好的人间。"智能化的时代，带给我们快乐、便捷、高效，但更应该带给我们的，是永恒不变的爱。

愿世间少点无助，少点无奈，少点辛酸。

多一些关怀，多一些爱。

# 鲜花插在牛栏里

在繁华的世界,

在塘里,

一抹本真,成就了你一世的超然。

——写于牛栏咖啡

这是一个奇妙的地方。

很多人来了,又走了。

光阴适合颓废,让压抑无处躲藏。一种醇香,恰到好处地包容你的忧伤。无声的张力,却是无限变数的吸引力,试图拉回你的初心,回归到你最想要的时刻。

回归到那曾经的年代。

我没有到这儿之前,这里是多么闹腾。农耕文明的沉淀,让我想起曾经的潮湿,一层一层,垒起的百年孤独。

暗夜是无知的,眼神透着读懂你读懂世界的善良,它却不反抗。草木在深夜反刍,在胃里燃烧,烧成清晨雾色中的一缕叹

息，走向无边的旷野，强壮的脊背拉起黑色土地的希望，铁锹闪着微弱的火花，不知疲倦。

这里虽然清苦，但从这里走出去的，都是干净的人。

希望总是一年一年地延续，春耕秋收。多少年过去，这里渐渐寂静。多少本真在荒废，堆积成无人阅读的诗句。一切都在等待那位绝色倾城的女子。

她把鲜花插在这里。

她在这里，风马牛不相及地，煮起咖啡。

再多的咖啡，也是不醉。

窗外常常是熙熙攘攘，有很多欣喜的人，屋内却有一种沉默的孤傲。

有一扇窗，推开能看到诗意的光芒，能闻到鸟语花香。

在牛栏，我们踮起脚尖，努力凝视自己的内心；在牛栏，我们放低姿态，在静寂的世界里，寻找到属于自己的那片超然。

浓香飘在空中，两个杯里，天地间只印着你和我。

柔软的音乐让你安逸地发着呆。

发现自己真的很疲惫。一切灵与肉的故事，最后都不过是烟消云散。一张张发黄残破的书页，也会告别相约的忠诚。

我只想安静地享受。没有诉说的愿望。

听水流，闻花香。

夜，静悄悄的；月光摇着挂在牛身上的铃铛，空气中波纹四散。

蓦然，有一种韵味，定格成永恒的美丽。

在繁华的世界里，在塘里，一抹本真，成就了你一世的超然。

## 月央的爱情

### 一

"我会做饭了！"七十岁的父亲自豪地对我说。他端端正正地坐在厨房的小板凳上，两只沧桑的手放在膝盖上，眼睛一转不转地看着墙上的挂钟。

母亲在厨房锵锵地切着青菜，准备烧饭。瞅我进来，嘴努向老爸道："宝雄，你认着吗，这个侬是谁？"

父亲的神情有点不屑，感觉是老师给他出的试题太容易了，头也没有转："这是我小儿子啊！"

"你爸啊，就是有时候记得，有时候不记得。不过，现在是好多了！"母亲笑着对我说，手上的菜刀也轻快起来了。受风湿性关节炎的影响，她的很多手指已经不灵活了。

父亲的眼睛始终没有离开墙上的挂钟一丝一毫。

母亲已经很多年不烧菜了。坐在那里一本正经地看着电饭煲

煮饭的父亲，当年可是烧菜的能手。我们都喜欢父亲做的菜。家里其他的活，如洗衣都是父亲承包的。

多年前母亲患了风湿性关节炎，自此父亲就"禁止"母亲去田里干活，也不让她做一些很重的家务活。连能接触到自来水的活儿，父亲也都自己做。常看到父亲在天还没有亮的时候洗衣服，或是已经很晚了，天黑到看不清的时候，还在洗衣服或是去田里干活。自从听人说，患风湿性关节炎的人只能用"熟水"，也就是烧开的水，不能用使用"生水"，也就是自来水，父亲总是烧好热开水，给母亲备着。

母亲姓李，叫月央，很美的名字，如月在水中央。母亲的姐妹从月字辈，如月琴，月珍，月桂等。母亲娘家的家境在那时还算不错的。母亲是家中的长女，她出生后，家族中又夭折了一个弟弟和妹妹，很长的一段时间里，只有母亲一个小孩。母亲天生聪慧，身材娇小，思维敏捷，记忆力超群，因此深得宠爱。我的外太婆十分溺爱我母亲，家务活不让她动手，虽然在农村，却养得像千金小姐。即便后来，母亲的几个妹妹和弟弟都出生后，家里有什么好吃的，外太婆都要偷偷藏着，等母亲放学回家后给母亲吃。

集万千宠爱于一身的母亲，谈了一场自由恋爱，嫁了本村一个叫宝雄的忠厚男子——我父亲。母亲嫁给父亲后，被子不会铺，衣服不会叠。永康人在家里来客人的时候，烧碗"鸡子索面"是最为客气的，母亲也不会做，只好跑到田头喊父亲回家给烧。这是我们没有出生时候的事情了。在我的印象里，母亲做事利索，特别是在灵巧的工作上更胜人一筹。在父亲出门干手艺活那段时间里，里里外外都是母亲一个人在操劳。时间和环境会改变人，家境的贫寒，让母亲甩掉了千金小姐的作风与脾气，上山下田，不辞辛苦。

爱是可以改变一个人的。

父亲家境就差得多了，可以说是家徒四壁。兄弟三个，我的爷爷去世又早，父亲的二哥还读了高中，父亲小学毕业就辍学在家，十多岁就在生产队干活挣工分。父亲的个子不高，因为在生产队干活太早太重，营养不够，过早挑重担，压坏了身体。我也遗传了父亲的身高。

面对爱情与幸福，母亲表现了她坚强的一面，没有听从父母的安排，追求着她喜欢的人。那个年代的自由恋爱，个中有多少曲折，父母亲很少向我们说起。但我可以想象，因为父亲赤贫的家境，当年两个人费了多少劲才走到一起。

父亲爱母亲。只要父亲在家，家里的活就是父亲干。烧菜，做饭，还有到田地里耕作。有时，母亲就在厨房烧着窝灶，负责添木柴，或者和她小儿子一样，悠闲地躺在躺椅上看书。

母亲不会骑自行车。在乡间交通工具很少的年代，每次母亲要出门，父亲就先用自行车送母亲去目的地，如赶集或是走亲戚，自己再赶去工作。等工作完，再骑自行车把母亲接回来。

母亲刚嫁给父亲的时候，没有房子，临时住在家族大宅子的一间蜗居里。父母亲省吃俭用，用很短的时间便盖了一座房子，等我十岁的时候，家里又盖了一座漂亮的新房子。父亲用一个男

人的实际行动,努力让爱的女人过上更好的幸福生活。

父亲总是无怨无悔地为母亲做着一切,很多年,很多年。

直至父亲遭遇车祸。

## 二

"现在是我照顾他的时候了!"母亲心疼地说,"这老头啊,我也不想他怎么样了,好好的就行了!"

父亲这辈子也是多灾多难。因为天天在外奔波,父亲的性子又很急,经过几次比较严重的车祸。每次住院,母亲总是守在父亲的身边,拉着父亲的手陪伴。端茶送水,精心呵护。父亲宠爱母亲,很多时候像宠一个小女孩,而当母亲照顾父亲的时候,也像照顾一个大孩子。

三年前,一次车祸,父亲在重症监护室昏迷了二十多天。这时候,母亲表现出了家里长者的坚强,日复一日在医院照顾着父亲,直至父亲醒来。父亲醒来后,还住了几个月院,母亲都在医院里尽心尽力地照顾。哥和姐最担心的,就是母亲能不能担得起这些精神和身体上的压力,但责任让母亲勇敢地坚持了下来。

父亲醒来后,身体要经过很长时间的恢复,但已经恢复不到最好的状态了。最大的问题就是失忆,在很长的时间里,他甚至不记得母亲是谁。有时他记得儿女,有时不记得。

母亲说:"你爸啊,现在的智商就像是个小孩。"母亲看着父亲的表情,的确也像看小孩子一样宠溺。

父亲记不得人，记不得字，但还会看钟表。母亲想让父亲干点力所能及的事情。母亲说，宝雄啊，你几点要烧开水！父亲就牢牢记住这个时间。母亲说，宝雄啊，你几点要烧饭！父亲也不会忘记。母亲说，你一天要沿着这条路走几趟，这样对身体好！父亲就严格执行着母亲的吩咐，一趟也不少。

母亲也会带着父亲，到家旁边的田里种点菜。父亲也能抢着锄头帮母亲干点挖地的活。这么小的菜地里，一年也种了很多很多的菜。父亲总会自豪地说："这菜，是我种的。"

父亲不记得邻居，也不记得亲戚朋友。刚从医院回来的时候，母亲想让父亲去人群中，去恢复一些记忆，所以母亲常会陪同父亲去村里同龄人多的地方坐一下。村人也不见得都是善良之辈，常有人用各种问题来取笑考验父亲，失去大部分记忆且智商如同幼儿的父亲常常感到尴尬，母亲就不再领父亲去村里人多的地方了。

这段时间里，母亲最难忍受的是父亲因为手术后神经压迫不正常，造成的间歇性发脾气，他总是迁怒于母亲。

日复一日，母亲也只是自己默默承受。对我们也只是偶尔笑着说："这老头子啊，最近……"

个中的辛苦，母亲淡淡地省略了。

三

相敬如宾，也不代表着没有分歧。几十年下来，印象中父母

亲只吵过两次架。冲突并不能产生离心的力量，父母亲经历过的冲突，更让他们珍惜彼此。

母亲是一个相当宅的人，是一个怕人家烦她，也怕麻烦人家的普通农村妇女。她不喜欢串门，连最亲的姐妹家都很少去。她很少出去旅游，在她的心中，最好的地方就是家。母亲年轻的时候，最喜欢的事情就是看看书，听听越剧。以前我回家的时候，常会带书给母亲看，母亲到我的书房的时候，也会自己挑些书带回去看。现在年老了，眼睛不行了，书也看不了，母亲会和几个邻居摆牌局。

父亲呢，退休在家后，更少出门了。父亲年轻的时候，一心都扑在工作上，不抽烟，不会玩牌，不会打麻将。退休后，反而感觉没有事情做了。父亲过了一段闲散的生活后，最终还是闲不住，又到儿女的工厂里帮我们忙碌。

以前偶尔回老家，经常看到父亲一人在附近的田里忙碌。问父亲，母亲在哪里呢？父亲说，在不远的地方打牌。父亲说，打打牌，活动下也好的。烧好饭菜，父亲再走去村里喊母亲回来吃饭。

只是现在，这些都成了美好的回忆。

若说一个女人的命好不好，先天条件是一方面，后天努力是一方面，生的子女如何也是一方面，还有最重要的一方面——嫁的人好不好。

从各方面来说，我都像极了母亲。个子小，眼睛小，脸型也相似，我俩都属牛。父亲总说，在冬天里出生的牛，是个富命。

因为冬天不用耕作，这个季节的牛，可以在牛棚里趴着，舒心地吃着草，不用干活。

我和母亲都是冬季出生的牛。

父亲说这句话，大概是当年在生产队的时候。父亲的工作，就是每天牵着牛去田里耕地、犁地。说这话，兴许是因为天天和牛打交道吧。

我的父母亲是不是一见钟情，我也不知道。他们是同一个村子的，上同一所小学。爷爷家和外公家距离也不是很远。父亲年长母亲一岁，两人也算是青梅竹马，两小无猜了。年轻的时候，父亲外表英俊，踏踏实实，这些是父亲吸引母亲的一个重要方面。听说，在看某场露天电影的时候，母亲把一条洁白的手帕交给了父亲。我想象着那晚的月光如水，想象着害羞的母亲，想象着欣喜若狂的父亲……平凡的爱情故事中，也有很多浪漫动人的时候，当事人铭记于心，却从不提起。

月央，如月在水中央。镜花水月的爱情，过于昙花一现；真正的爱情，却是普普通通，简简单单的白头到老。

普通人的爱情故事，相濡以沫，举案齐眉，平淡如水。同患难，共艰辛。母亲在茫茫岁月中找到父亲，依靠父亲，将一生交付给父亲，而在年老的时候，母亲又用自己柔弱的肩膀让父亲依靠。

于平凡中见证爱情，于轮回中把握世事，或许就是我母亲——月央，普普通通的爱情，普普通通的人生吧。

## 灶台的那点事

现在很多事情都流行复古。比如有一个朋友在家里装修的时候，就"泥"了一个柴火灶。问他为什么还要用柴火灶，朋友笑答："柴火灶烧出来的菜和饭，那个香啊！好吃！"

说香，说好吃，那是肯定的。不过，有柴火灶情结的人，更多的是怀念小时候"烧锅孔"的经历吧。

柴火灶是我们永康传统的灶台。靠山吃山，有山的地方自然如此，我们烧的是柴，满山都是。没有山的地方，就麻烦一些。小的灌木、茅草、松毛等，大凡可以烧的，都可以塞到"锅孔"里去烧。家有山里亲戚的，自然也是会去"沾点光"的。灶台一般分为几眼锅。比如一口大锅是肯定有的，但不常用；还有一个中锅和一个小锅，这样的"三眼锅"是标配。灶台有弧形的，也有长方形或是三角形等各种形状的。

二十世纪八十年代之前，锅灶台就是烧菜做饭的主要场所。后来，锅灶经过改良，有一段时间用"省柴灶"，加了可以注水的"铜哭",可以边烧饭做菜,边烧开水。这种"省柴灶",通过结构的改变,在物资匮乏的年代里,为大家省柴,提高烧火的效率,真是惠民工程。

从柴火灶之后,九十年代,煤气灶已经很普及了。煤气灶用起来方便,只不过灌气比较麻烦,毕竟钢瓶还是比较重的,弱小的女生要扛到楼上,可不是一件易事。

煤气灶之后,就是电和煤气并存的时代了。在解决了"用电荒"之后,电器在民间越来越普及,烧饭用电饭煲,炒菜用电磁炉,基本上用煤气灶烧的,用电都可以烧。

如今,生活日新月异,厨房更是进入智能化的年代了。

除了这些,不知道还有没有人记得"沼气灶"?

在二十世纪八十年代,家里有段时间用的是沼气灶。记忆中,在天井里挖了口很大的"井",井壁上砌了水泥,顶上盖了两块盖子,再用一根塑料管牵进厨房。在厨房边,还有一个类似温度表的东西,表明气体的数值。

我至今认为,沼气灶还是比较先进和环保的,吞进去的是草,吐出来的是气,可谓厨房里的"孺子牛"了。

沼气灶是"食草动物"。儿时的记忆就增加了很多到野外拔草的经历。一群孩子,到野外四处拔草,整理到一堆,到了中午或晚上的时候,家里的大人过来挑回家去。一群孩子在一起玩多了,也会做一些游戏,输的人,可能会把一天辛苦拔的草都输掉,回到家自然要被大人骂的。那时农村的孩子玩耍的项目很少,像这样干活与玩结合的活动,是最让孩子们开心的事了。

小时,叫我从那根小小管子上点沼气,是件很恐怖的事情。点着火柴,我总会被腾一下蹿起的火苗吓一跳。这火苗,现在想起来,和煤气差不多,只是气体不同罢了。

不知什么时候,沼气灶慢慢从我们的视线中淡出。

科学技术的发展,就是不断地带给人们便利与选择权。现在的厨房,摆满了各种家用小电器,我们一边用电饭煲焖饭,一边用煤气灶炒菜,安排着我们的厨房乐趣。

"暧暧远人村,依依墟里烟",我们也会怀念乡间的柴火灶,有缕缕炊烟升起的地方,那是我们回不去的老家,回不去的旧时光。

## 我有深疾问不得

### 一

我在秋天凝视一小丛一小丛油菜花。

秋天的油菜花,刚刚冒出新芽,和青菜没有什么区别。植物与人很类似,起点差不多,刚开始也没有什么区别,最终结果却各不相同。

很多人都喜欢看油菜花开的样子,很少有人注意过冬天的油菜花。

在秋天萧瑟的田野里,我喜欢看看油菜花。

### 二

季节对于热爱的响应,是一行绵长悠远空灵的诗。

秋天很美,却已是立冬了。

立冬，我爱的秋天，秋色刚布满整个山坡。

我把自己放在一个角落里，躲在自己的世界里，码毫无价值的文字，唱无人所知的山歌。

——可是我自己喜欢。

我不想被热闹打扰。

秋天火红的叶子却打扰到我的心。

再拍一张秋天的照片。

似是想留住秋天的记忆或是叶子的容颜，其实是想留住自己在某个刹那的记忆罢了。

叶子和照片，折射了自己的心情与世界。我在拍的是自己的心情，自己的想法，自己的世界。

我忙前忙后，左拍右拍，上拍下拍。我如此这番折腾半天，倒惹得叶子也笑了。

——这个老桑！

## 三

红叶似乎深晓我的心事。

当时光老去，人世沧桑，世界喧嚣，我还在安静地做着我想做的事。

我以不完美的方式，孤独地老去。

叶子说，隔着寂寞，隔着沧桑，我们一样坐在时光的秋千上。

晃荡着走完一生。

我常让人发笑。

年近半百，将人生失败地活成别人的笑话，的确不是我的本意。

我很固执，不介意别人的笑话。

也不愿意说——惹你发笑，真的对不起！

## 四

偌大的操场，大部分的时间都很空。

很多图书馆、书店，大部分的时间也都很空。

我的大部分时间也都很空。我把空的时间留给了自己。

也是甚好。

想要做的事情太多。一有时间，先躲起来，做自己想做的事情吧！

## 五

偶有伤病，实在忍不住，去看医生。

但我已经很多年没有体检了。

我实在不知道，这么多年下来，我的身体内部究竟发生了什么，隐藏了什么。

我不去想。

我也惜命。为人子，为人父，为人……总有责任。

平时尽量运动，健康饮食，合理休息。真有天命，那顺其自然吧！

先好好珍惜今天。

## 六

总怕……

说不怕是不可能的。

疫情期间，偶有几次，身体某个部位隐隐作痛。那几天之后，突然更加"发奋"，每天开始写文，每天上下楼梯都很小心，每天尽量一日三餐准时……

我也怕。如果有一天，悄悄地走了，很多想说的话没有说出口，想写的文字没有写下来，岂不是很遗憾。

## 七

固执地没有加各种同学群。

陆续退了很多群。

以前的同学一般都可以理解，毕竟那个桑洛，一直是特立独行的"疯子"。几十年过去了，一直禀性难改。

现在的朋友——如果有所谓的朋友，不理解也就不理解吧！

解释那么多，有什么用呢？

## 八

偶尔会叹口气。

长长重重地叹口气。毫无表情。或许是心里想到了一件什么事，无可奈何，便叹了口气。或许是突然受了什么影响，便叹了口气。

叹气有时和呵欠一样，居然成了惯性。

其实，我只是将郁积在心里的那团记忆的气体，驱逐出境。

## 九

夜半的时候，常给自己望闻问切。

——患疾太深。无药可救。

老桑的症状是：

夜半的时候，常一个人高歌。

星光下做梦，晓露里赶路。

# 谁陪你走过漫漫长夜

## 一

仿佛,叹尽最后一口长长的悲伤,太阳的直射点沉重地移到了南回归线。

这是一年之中,北半球最漫长的一个寒夜。

黑夜,如同无边无际的巨大容器,盛得下所有的失眠,所有的欢喜,所有的不堪,所有的欢乐,所有的一切。

孤坐。或留一圈昏暗的灯光,柔柔地照着自己。夜,非常安静。想到了很多很多,有湿湿的东西从眼角莫名滑落。说不清是欢喜还是悲伤,仿佛只是身体中已经贮存太久的情绪,在这样的宁静时刻,需要释放……

漫漫寒夜,我尝试摆出轻飘飘的人生姿态。

却不能匆忙睡去,一笔带过。

## 二

黑夜有自己的脉搏，所有的一切都不能一笔带过。

寒风吹过的一切，从幽暗处到更深更深的黑暗，天使与魔鬼并存。作为曾经时光的见证者，我们遗忘，它们却一直还在记忆。

那是一种叫作"以前"的东西。

在黑暗之中，宇宙在悄无声息地运行。

在一个叫作"现在"的时刻，我尝试着去抓住什么。我的手中却依然空空如也，什么也抓不住。

在一个叫作"明天"的未来，我们种满了希望与无奈。每一天都有无数的人看不到黎明的曙光，我们能抵达明天的时间，本身就是一种幸运。

稍有一点点的疏忽，真实的生命就和我们永远地天各一方，从此遥不可及。

## 三

今天，一年中最漫长的寒夜，诸事基本接近于总结与尾声。句号已经提前画好，很多时候，解释与努力徒劳无力。

有人说，冷。

有人说，愁。

有人说，收获。

有人说，欢喜。

有人说，希望。

很多人求了心满意足的签。所有无处安放的灵魂就有了归处。

我们爬上年龄的高峰，走过一年，又一年。

## 四

极昼，极夜。

长夜，长明。

世事辩证，两极对立而又统一。

花落，花开。

人死，人生。

悲欣交集。

这个长夜，有很多熟悉的面孔和我一起静坐，或被回忆绊倒，或被长夜的灵光照亮。有很多人在深夜里努力地刷着社交媒体的新信息。有很多人执着地数着某些数字。有很多人半夜也在奔波，只为了生计。

这个世界，没有谁是容易的。

## 五

在长夜空空的衣袖里,我瑟缩着,想从知识的海洋中汲取些温暖。

却扛不住,半夜起身煮了一碗滚烫的泡面。

泡面让我取暖。打了个响亮的嗝,阻挡了灵魂在长夜的絮絮叨叨,能说会道。

它才是真正的智者,阅尽大千世界,依然宽容与慈悲。

## 六

这漫长的黑夜,虽漆黑,却也能照亮每个人灵魂的荒凉与孤独。

世之神交知己,寥寥不可多得。"退处山泽,更绝过从,所与谈者,惟笔砚而已。"

大抵世上难为的事太多,不想胡乱地将就,又不甘于苦境,所以人生难寄吧。

人情必有所寄,然后为乐。

"若不作诗,何以过活这寂寞日子也。"

我们将日子过成孤独与寂寞,再将寂寞与孤独写成了诗。

## 七

一年一度。

一年一渡。

对自己,温柔以待吧!

近日,有好好地看一本书,认真地看一片叶子,安静地写字,慢慢地烧菜……便觉人生值得。

我朴素地爱着人间的烟火,带着敬畏,想将自己埋得深一点,安静一点,坚持走在一条荒凉的人生小路上。

## 穿越薄情的人世间,寻找温暖

一

岁寒谁同心。冬天的寒冷更多来源于荒凉的心境。那一抹触及指尖的微凉,再化为从头到脚的冰冷入骨。江南的冬天,屋内闪过寒风的呼啸声。

我总会想起儿时裹着厚厚棉袄,穿着笨重棉鞋,戴着帽子手套上学的日子。那时池塘经常结厚厚的冰,屋檐上挂着长短不一、晶莹透亮的"冻道"。江南的雪时常下得很厚,呵口气,雾气就在空气中弥漫。遇到有阳光的日子,老人孩子都拎着一个取暖的"火笼",在朝南背风的墙边,站成高高低低的一排——我们叫"孵日头"。

这些年,江南的冬天越来越暖和,人却是越来越怕冷了。

我常在一堆旧书后面,找到那个瑟瑟发抖,牙齿格格作响的少年,却已面目模糊。

这些年，快乐没有长大，永远留在儿时，我却慢慢变老了。

## 二

寒冷的时候，笔墨不曾冷却。

这些年，"我既没有愁苦到足以成为一个诗人，又没有冷漠到像个哲学家，但我清醒到足可以成为一个废人。"常想到齐奥朗说的这句话。

"如果一切可以重来，在一万种选择之中，我仍会选中这条错误的道路。"

也许是的。

面对过去，我们丝毫无能为力。现在只有坚定自己的选择，再寒冷的天，笔墨依然在手下流淌，文字是寒夜里的温暖。

有很多人，很多文字都曾温暖过我。小时候农村基本没有什么书，读过很多名著，如《岳飞传》《复活》《基督山伯爵》等；中学时候，读金庸、琼瑶、巴金、莎士比亚、普希金等。就这样孤单地长大，阅读成瘾，文字也成了我一生中最坚定最温暖的陪伴。

这些年，一直坚持着写文字。文字能记录一些美好，也给我带来灵魂的力量。不知我的文字是不是也能温暖你。

我在自娱的同时，也在努力。

## 三

雪,越来越少了,有一点点的小雪就可以全民狂欢。江南的大雪,不久之后,会不会成为我们这代人口中的传说。

那时候的时光真的好慢啊,我们站着,彼此望望,不说话,雪花就落了,欢笑声、吵闹声就在乡间此起彼伏。

母亲会在那些寒冷的日子里,将我的棉衣放在灶火前烤热,笑吟吟地拿到床前,将手伸进被窝:"快起床了,小懒虫!"我半睁着惺忪的眼睛,嘴里嘟囔着,母亲将我扶起,一件一件为我穿上衣服。

外面很冷,衣服暖暖的,是乡间灶火温暖的味道。

那时候的冬天应该很冷吧,那么厚的冰,要费好些时日才能融化。

那时候的冬天应该很冷吧,那么厚的雪,没过膝盖满目苍茫。

那时候穿的是厚厚的棉衣,一层一层纳的棉鞋,草席下面是秋收的稻草,灶间燃烧的是山间的新柴……

为什么蹦蹦跳跳的童年,没有感觉到那么冷?

## 四

渐渐地,万物都在慢慢变化。

一如既往的是，冬天来临的时候，很多动物会冬眠，很多候鸟还在朝南飞。江南的冬天，屋里和屋外一样冰冷。冬天，让河流和万物都放慢了脚步。

我们也放慢了脚步。

如今，轻暖的羽绒服代替了厚重的棉衣。

烧酒驱寒，羊肉汤取暖。朋友闲聚，唠嗑——冬日里温暖的情景。越来越不胜酒力，越来越不喜欢喧嚣的夜宴。一场酒后，寒意在道别时四起。我想，我要拒绝喝酒了。

围炉取暖。烤橘子，烤红薯，烤土豆。茶香温柔地飘荡在空中，我们的眼神迷离，灵魂从眼前的话题飘离。

——这一瞬间的温暖，我们却要转身面对孤单，还有严寒。

但我们总不能拒绝，这些穿透着凉薄世界的取暖。

毕竟能聚在一起说说话，喝点茶的人，也是不多了。

## 五

冬天的太阳患了慵懒综合征。每一次登台的表演，都要浪费观众的期待之情。

三九的冬天是阴阳两面的，恰似这凉薄而温暖的世界，冷热交加。

若有太阳，不惧严寒。没有太阳的日子，天阴沉着没有表情，或自顾自地下着小雨。没有那束如玫瑰花鲜艳的阳光啊，世界就像背阴似的冷，如同被黑暗所吞噬。

我们的心被巨大的黑暗包围。

风一更，雪一更。心房的玻璃却一片完好，寒风无孔而入。

"天，真冷！"蜷缩着的自我取暖，仿佛回到了某一时刻。手脚停了下来，身体一动不动，寒夜却将锁在脑海中所有的疲倦、懊悔、不安等释放出来，遥远地飘散到天际。

手脚都贴近心脏，蜷缩成一个个难眠的长夜，以及不愿意早起拉开窗帘的日子。

天，可真冷。

## 六

无论寒风递出锋利的刀子，还是太阳铺开温暖的毯子，人生就是这样，我们一步一步，与各种情绪纠缠着不断向前。

在寒冷的日子里，潮水退去，水落石出。在黄昏的忧伤中，发现那个最不堪的自己，生活的底部荒凉沧桑，与风车无数次交手，无数次落败。我们无数次被生活击败，依然要站起来，直面人生的欢喜与惨淡。

仅此而已。

大地静默。在这个星球上，孤独不等于寂寞，寒冷的雪水浇灌着来年春天的种子。

大爱无言。温暖，从不愿意过多表达自己，像深蓝深蓝的大海上，慢慢浮现出的真诚的岛屿；又像金子一样，在平凡的世界里闪着指引陪伴的光辉。

我们穿过薄情的人世间，寻找温暖。我相信，一句问候与深埋心底的关心，都值得好好珍惜。

## 那不善罢甘休的桂花树

江南的秋天,醉了。醉在绵绵不尽的秋雨中,醉在沁人心脾的桂花香里。

说不尽无穷好的,必须有那迷人的秋天呀!

清晨,被空气中一缕一缕的桂花香"惊醒"。第一感觉是小区的桂花真香啊,美丽的婺城,满城尽带桂花香。

猛然,我想到——她来了!

我放下手机,赤脚飞速跑到露台。

天哪,真的,露台上的桂花树开了!我张开双臂,想要拥抱这诱人的桂花,我深呼吸,一次一次地嗅这桂花,我静静地近距离看这桂花,我的心里早就手舞足蹈,不知怎么表达我的欢喜。

年年秋有信。人在中年,知交半零落,故人不依旧。已经十八年了,露台上的桂花,年年秋来报。

初住大黄山寒舍的时候，就喜欢上了这顶楼的露台，从现在保集蓝郡那里挖了两棵桂花树，背上了七楼，种在露台上。这十几年里，条件艰难，她们却顽强地生长着。有时我在外工作，几个月都没有回来照顾她们，露台上的其他花花草草，都相继香消玉殒，只有她们默默地帮我守护着一方天地。

站在高楼，等我回家。

春天，我的露台是整片整片的蔷薇花，一根根长长的花枝在空中飞舞；秋天，我的露台是满树小小的繁花——桂花！花朵小小的，密密麻麻地挤在一起，在阳光明媚下，是秋天金黄的颜色。旁边衬着她们的，是秋天重新焕发新枝的蔷薇，是一丛一丛开着紫色花儿的鸭跖草，还有紫色的三角梅……

这些熬过酷暑的卑微生命，在秋日微凉的白露中，重新绽放了勃勃生机。

珠颈斑鸠在这里筑了窝，一代一代的小斑鸠在这里孵化，飞翔。它们长大了，还依然眷恋地徘徊在桂花树边。

这么多年，露台上种过很多花儿，多得自己也数不清了。我是个爱花的懒人，几番物竞天择下来，只有桂花和蔷薇一直陪伴着我。

物随人，花亦随人。这相伴了十多年的桂花树，年年开得晚，开得随性。如我自己，慢热，晚熟，开得如此执着，如此笨拙。

201

春蔷薇，秋桂花。

花开的时候，雨落的时候，我总舍不得出门。
我对红尘挂念太多。

每年蔷薇花落，桂花花落的时候，我都会捡一些花儿，晒干了，放在罐子中，留作岁月的纪念。
收藏一罐秋，收藏一罐春，收藏一份温暖的记忆。
年年桂花飘香的时候，月儿正好，也拟邀几人疏狂图一醉。
最后发现，明月楼高，桂影婆娑，香气若有若无，最适合的还是对影成三人。
想必，桂花也是懂我的。
她们微笑着看着我，绽放着最好看的花儿，陪着我。

小楼秋凉，桂花香飘。
刚刚好。

# 如果你不来，我怎么知道自己寂寞

## 一

国庆又中秋。

"国庆遇中秋，打一城市名。"

这个城市应该是重庆。

最近的喜事应该很多，工作室隔壁的喜糖铺每天都在包装着各种喜糖。红红的喜糖包装盒摆满了整个仓库，源源不断地输送着幸福给各家各户。中秋国庆，他们正是忙的时候。

朋友艺江南的花店也是一样忙，忙着做婚车装饰，做各种花篮，开业的喜篮，等等。

从一定程度说，商家假期的忙碌程度，代表着老百姓的喜悦程度。

在我们闲着的时候，想想谁还在忙碌着。

## 二

每年的秋天,我都会回到家乡,站在家里的三棵柿子树下,发会呆。

这种柿子树,算是"土"生的。母亲从来没有照管过,它们每一年都长得茁壮。小时候,奶奶或是将摘下来的"土柿子"晒成柿子饼,留到冬天吃,有嚼劲,又爽口;或是将新摘下来的柿子,放在一个木桶里,用一层薄薄的新鲜稻草铺上,过不了几天,柿子就熟了,飘出诱人的香味……

现在,这种"土柿子"彻底"失宠"了。因为口味不是太佳,人们摘都觉得麻烦。至于晒柿子干,也是觉得太费劲了。

柿子树,我觉得挺美的。在秋日来临的时候,它们站在荒郊野岭,临风而立,有种孤绝空寂之美。

熟透的柿子,涨红了脸,羞答答地站在树梢。

我折了几枝柿子树枝,带回婺城,插在花瓶里。

每一年,它们都微笑着,陪我很久。

书房的空气中,都是大自然的清香,带着家乡土壤里独特的香味。

半夜,我没有饮酒,却常常沉醉。

## 三

　　桂花香飘的日子，舍不得睡，拿个小竹凳坐在露台。清凉的风吹来，月色朦胧，清光万里。

　　在一定的云层之上，世界很是安静。

　　香气就像一缕温暖的阳光，戳在我的心里，让我快乐得抽搐，激动得发抖。

　　半夜，我摇晃着酒杯，拨弄着空气中湿润的音符。

　　轻啜。

　　感觉，你就在那儿。

## 四

　　时光或慢，或紧，或长，或短。

　　和姐姐哥哥在老家聊了会儿天。哥哥泡了茶，我们喝着茶，吃着水果零食，聊着各种琐碎的话题。

　　姐姐说，坐一下，聊一会儿。

　　姐姐又说，再坐一会儿，再聊一下。

　　不觉间，夕阳西沉，染红了整片田野。

## 我将深夜的灯，仔细擦了一遍

### 一

一件微小的事情，也会给生活布局。

一定是这样的。

### 二

用心生活的人，都很积极。

我们不说那些筑就辉煌的事业的风云人物，就说我们普通人吧。

普通的人，简单的事。

——早起的时候，跑步、骑车、运动。

——有一点点休闲的时间，打扫卫生，看几页书。

——乐于做些取悦自己、帮助别人的事。

虽然生活平平淡淡，难免无聊，在闲散怠惰的时光中，习惯从陈旧的日常里，找到崭新的快乐。

## 三

灰尘像一群考验我们生活态度的物件,将我们围绕。

如果被它们掩盖,我们将无法看清生活真正的美好,无法将生活擦亮,让自己的人生变得明亮。

所以,时时勤拂拭。

彷徨的时候,我常将自己从松软的沙发上拉起来,打扫卫生,运动一会儿,看书,或是写点文字。

我拖着影子,将深夜的灯,仔细擦了一遍。

## 四

面对生活,做点什么。闹钟在身后响起,每一天生命都在重新生长。

早起的半小时,写篇限时的文章。

或者,做一件干净的事。

## 五

在生活的微光中,将简单的事坚持下去,是多么了不起。

证明给自己。

# 我不去问每朵花的芳名

我很懒,懒得去问每朵花的芳名。

## 一

喜欢随意写点文字,信马由缰,没有章法,毫无顾忌。思绪万千,文字如随意奔流的河水,一去三千里。

喜欢随意看点书。我是"杂食动物",文学历史,小说散文,古今中外,什么都看。

每天就是要写点什么,要看点什么,足以慰风尘。至于看什么,写什么,且由心罢!

是为畅意。

## 二

拍照片,我也是相当随意。基本上就是凭感觉,完全不是技术流。

如果有专家考我，我只好怯生生地说，我这是拍照，不是摄影，我只是凭感觉玩玩。

专家看着我露怯的样子，看了看我手中年代久远的破相机，鼻翼略微动了动，走远了。

相片中的随意，也是我生活中随意的样子。

我想要点小自由。

## 三

曾经立志要精读一些书，于是刻了一方章——"庖丁解牛"。

我拿着这枚印章，在灯光之下环顾我万册藏书，寻找着要盖的目标，细细地思索一番，只能无力地将它扔下。

拿起另一枚印章——"不求甚解"。

我想可以把所有的藏书都盖上这枚章。但这样未免太累。我把两枚印章都收入抽屉。

锁上。

## 四

那日，在花痴朋友——老张的园子里，喝茶，看落日。老张的园子，就是花多。花与杂草一起疯长。老张的房子里，就是花多，花和书一样摆满了屋子。

——老张,这是什么花?

——不知道啊。

——老张,这是什么花?

——叫啥我也忘记了。

——老张,这是什么花?

——你怎么这么烦,花好看就好了,非要知道每种花的名字吗?

爱花的老张,恼了。

我猜想,老张买花的时候,或许卖花的告诉过花名,只不过老张就是忘了。

我也是这样。我记不得 MBTI 职业性格测试中自己的性格,不想去了解每种花的名字,很多事情不想知道为什么,粗枝大条地生活着。

偶尔我们也想精致。细心地拿起一把花剪,剪去枯枝败叶。

我们也许记不得花名,但都认真地看过很多花盛开,莫名喜欢,莫名幸福,莫名感动。

我喜欢你,为什么要问你的芳名?

看看你,欣赏你,就已经足够。

## 五

我和老张一样,养的花儿除了基本的浇水,都由花儿任性恣意地生长，自由发挥。

我们养的花草，都有种"野味"和"匪气"。

经常养着养着，在泥土之中蛰伏很久的某种植物的种子就悄悄地探出了头，确认过主人随性的眼神之后，开始疯长。就这样，花盆里，花园中，主角和配角体现着大自然的物竞天择，和谐的表面之下，是根底野蛮恶劣的竞争。或许，也是根茎横生交错的和谐。

或许，在这些花草的面前，我们是宾，它们才是主人。

在大自然面前，如果花草有语言，它们是不是会认为人是无根的浮萍，用几十年的光阴在人间行走？而它们，生于斯长于斯，扎根于泥里，从来没有离开过这片土地，它们才是主人。

所有的归宿都一样。

世间有很多植物，它们经历风霜雨雪，有几百年上千年的历史，它们的确可以轻视我们人类。

## 六

就这样挺好！

很久没有拿相机，认真地去拍一张照片了，蝴蝶翩翩双飞，夕阳之下狗尾草冷峻孤立着……

拍好。至于修图？想想放弃了。——就这样本真的样子不是很好吗？

的确，差不多就好。

——嘘，其实我根本不会修图。

　　——干吗要学修图？嗯，差不多就挺好。

　　或许，这也是一种不抱怨世界的态度吧！不勉强为难自己，不为难身边的人。

　　生活最好的状态，就是该较真的时候较真，该随意的时候随意。

　　工作上，需要斤斤计较，需要专业的纵深，需要庖丁解牛的精神。但如果什么事都绷紧着这根弦，未免累了些。

　　生活已经这么累，很多事差不多就好。

　　千万别在该认真的时候差不多。

　　也千万别在差不多的时候认真。

## 七

　　我欣赏你，你好好地生长，快乐地开放，就好。

　　我不去问每朵花的芳名。

　　我喜欢你盎然的生命，带给我时时刻刻的欣喜。

## 那时候生活很慢，路上写满了故事

一

一次朋友小斟，微醺。

韩哥聊起了年轻的时候。韩哥现在也年轻，事业有成。那应是他更为年轻时候的故事。大学的一个暑假，他去浙南的一个小县城看他女朋友。他转了无数次车，在浙南崎岖的山路上转了无数弯，生平第一次晕了车，吐得一塌糊涂。晕晕乎乎的他，还是在浙南那个小小的县城找到了女朋友的家。

"那时可没有导航，没有地图，只有一个地址。就是靠问，靠走。"韩哥吸了一口雪茄，吐了口长长的气，颇为感叹地说。

"然后呢？"

"然后，我们在浙南的小县城度过了我一生最为快乐的暑假。"

"然后呢？"

"没有然后了!"

韩哥站起身,走到酒店十七楼的窗边,眺望着远方。我突然想起,刚刚不久前,到浙南那个小县城的高铁已经开通了。

韩哥在窗边,潮湿的口气,让窗户渐渐模糊。

"现在交通这么发达,科技如此先进。可是,有很多时候,我坐上车,启动,却茫然了,我不知要去何方。"

事业成功的韩哥,在半夜,被爱情的伤感击中。

## 二

从前没有导航。车很少,城市很小,人也简单很多。

现在,关掉导航,我们还认识路吗?我们会迷路吗?

对于某种物件、程序、科技产品的依赖,就在这样不知不觉间滋生。以前出门要带地图,要问路,智能化的时代,打开手机软件就好了。

有很多路,已经走了无数次,我却还是记不得。每一次出门,习惯性地打开软件,还是导航吧!

万一走错路呢?万一违章呢?万一堵车呢?一个人的行程,有个声音的陪伴也好啊!

智能化导航给我们带来的不仅是地图,还有路上的实时交通情况,有的软件还可以智能化地讲笑话。

可惜的是,我们现在的路越来越拥挤。车在路上有了导航,迷茫的是心,日渐彷徨。

## 三

以前出门去陌生的城市，总要先查地图，在地图上标出路口，用红线标出路线。到了该城市，地图不能标明那么细的情况下，有时还要问一下路。问路的时候，也会遇到形形色色的人，有当作听不见不理你的，有说方言你听不懂的，有故意指错路的……

毕业后初到广州工作，听不懂粤语，问路的时候常常很尴尬。广东的生活节奏太快了，说一口普通话，问了几个人也可能没有人理你。但也有温暖的时候。有一次大热天，去二沙岛的某个偏僻的地方，一直没有找到。路遇一位热心的老人家，一路陪着我找到目的地……

那时候生活很慢，路上却写满了故事，填满了记忆。

## 四

慢生活慢节奏，给我们带来的是快节奏生活所缺少的质感。儿时慢悠悠的生活，如木心的《从前慢》，却留下了一生绵长浓厚的记忆，回味一生。

导航诚然好，带给我们便捷，同时也是带给我们对地理、道路、交通的忽视，我们犹如蜻蜓点水地在路上一飘而过。

我们每天都在做一件同样的事情——只不过，你在这里，我在那里——玩手机。

智能化带给我们生活优质的体验和享受，但心迷失了，有导航吗？韩哥那远去的爱情，还可以用导航回到爱情的原点吗？

心的方向终究是要靠自己意念的导航。有人可以帮助你，是幸运。更多的时候，要靠自己。

在各种资讯的轰炸中，我们的心越来越拥挤。但有用的、值得我们品味的、能温暖我们的人和物，越发少了。

心就在各种杂质的包围中，跌跌撞撞，或原路打转，或一路前行。

## 五

有时候我会关掉手机，安静地待会。此时心情是平静的湖面，可以感觉到微风，听到鸟鸣，听到小草生长的声音……

今天出行，我关掉了导航，我想全身心地投入，感受陌生的路况带给我的感受。

关掉导航，感觉像是扔掉了拐杖。

我在路上感受，寻找，记录着生活的故事。

## 那些想要去做,却没有实现的梦想

还记得年少时的梦吗
像朵永远不凋零的花
陪我经过那风吹雨打
看世事无常　看沧桑变化……

一

有很多深埋于我们内心深处的梦想,想要去做却没有实现的梦想。

——它还在你心里蠢蠢欲动吗?是不是经常骚动你的心,时常让你眺望远方。

很多事情,再不去做,可能就晚了。

## 二

这几天一直在关注"千人走戈壁"活动,朋友周志勇、王玉英和谭旭亮等都参加了此次比赛,他们所在的"鲁班战队"还取得了第一名的成绩。

结果重要,但过程更令人铭记一生。

说下赛事规则:四天三夜徒步一百零八公里,十二人为一个战队,比赛成绩取前六位,后面六位不计。团队作战,如果有一个队员因为各种原因退赛,那整个团队的成绩就取消。

## 三

放下,坚持,超越,重生。

满面风沙的戈壁,悬崖峭壁的峡谷,露寒霜重的清晨,星辰璀璨的深夜,残阳如血的黄昏……徒步是一项身心体验,给每一个人带来的感觉都会不同。历经苦难去完成一个目标,完成内心的一个愿望,痛并快乐着完成一次人生的洗礼。

"穷荒绝漠鸟不飞,万碛千山梦犹懒""大漠孤烟直,长河落日圆"等诗词的意境,都无法形容山河的壮丽与辽阔。在大自然的面前,我们渺小的人类都惭于提"征服"两字。我们只是借大自然这片土地,挑战一次自己。

远方灯火闪亮着光

你一人低头在路上

这荒漠很大很让人心慌

多向往

多漫长

这一路经历太多伤

把最初笑容都淡忘

时光让我们变得脆弱且坚强

让我再来轻轻对你唱

我多想能多陪你一场

把这一路的风景对你讲

比赛结束后的勇哥，写下了这段改编的歌词。现实生活中，他玩机车，抽雪茄，很绅士很细腻，骨子里透着浓浓的诗情画意。

或许，这一刻，躺在松软的沙漠上，银河横贯，满天繁星……

斯复何言。

## 四

不要做这个世界的旁观者，在手机上周游世界总不如亲自去做点什么。

年少时候的梦想，曾经想去实现的愿望，好好列一下，在有生之年做点什么。

在这个阴雨天，我的脑海中闪过一个个想要去的地方，一件件想要去做的事情……

努力去做，人生很短，别留遗憾。人生就是要去经历，去感受。

或者，少留遗憾吧！

## 五

最好的人生状态就是
不管你多少岁
你依旧坚持和努力
活成你最喜欢的样子
神采飞扬　魅力四射

愿我们都是这样子——依然热情，对生活充满了希望，坚持努力，实现心中的梦想！

## 我是人间惆怅客

一

这个假期的阳光声势浩大,无处不在地构筑起金碧辉煌的世界。万物都笼罩在这柔美而温暖的阳光之中,寒冷世界的帷幕被重重拉下。阳光的灿烂,万物的明媚,美得让大家的心似乎是装上了滑轮的鞋子,滑到阳光的深处去。

朋友圈里的度假五花八门。各种形式的聚餐、跨年、旅行,世界很大,朋友好像很多,每个人的生活似乎丰富多彩。

假期很短,我们且撑一竿竹篙,到快乐的深处去吧!

很多事情停摆了。

时钟还是那么勤奋,不知疲倦地往前走。但很多事情,要等到正式上班再说了。烦恼也是,等假期后再说吧!

## 二

节日繁华。原本宽阔的街道突然间人潮拥挤，从四面八方赶来的人们，都汇聚到某个地点，心照不宣，约定成俗。如一条撞上了渔网的小鱼，左冲右突，心甘情愿地投入节日的怀抱。

假日中，每个人都主动或被动地选择一种属于自己的度假方式。即使你不做任何的选择，时光也会如手中那一缕阳光，消失在寒气凛然的黄昏里。

我在城市的边缘，悄无声息地绕开所有的热闹。

假日中的婺城，有几分安静，让人也平添了几分欢喜。五湖四海漂泊的人回了故乡，按捺不住寂寞的人去了远方……婺城的假日，似乎穿过漫漫时光，回归了千年古城的深沉。一直喧嚣着的城市，在假期之中，现出了本真。

当一个人习惯了孤独，他就成了孤独的一部分。

## 三

人群往东往西，向南向北，上天入地，和动物世界里拥挤不堪的迁徙有些类似。

要做点什么，才算度假。

——这个声音，在耳边一直喃喃。蹒跚学步的儿童，拎起母亲的包包，倔强地指向了门口。

夜半的停车场，空空荡荡。足音从我的脚下溅起，飘到空中，撞上墙壁，跌落在一缕一寸的灰尘里。这个世界回响着一种浩荡的惊喜，仿佛处在一个假期的真空之中，美梦不被打扰，小屋微弱的灯光也通亮显眼，轻轻哼下的曲子，可以流浪很久很远。

向着梦想，我已经奔跑了半生，梦想还很遥远。现在我仿佛已经改变了，我扬鞭催促着时间这群洁白的羊群，在万里无垠的草原上，自由自在地流浪。

## 四

寒风已经卸下最后一片秋叶，以阻绝我的挂念。

假期第一天，我像是一个手握财富的富人，优哉游哉地看书，听音乐，喝茶，写字，写作，看电影。假期第二天，我很早就起了床，打开电脑写稿子，看书，备课——似乎这样，心才会感觉到充实一些。

## 五

安静的时候，岁月就停住了脚步。

这几天手机很安静。信息大都是群发的"贺信"。我悄悄地删去了很多人，退了很多群。我不是定力超群的人，我需要集中精力做点什么，拒绝是件不合群的外衣。

手机离热闹愈走愈远。

每当它闪着亮光，高调浮华的腔调就无声地在空中盘旋。

每当它沉默，哲学的光辉让它深沉似深潭。

## 六

"残雪凝辉冷画屏，落梅横笛已三更。更无人处月胧明。"

"我是人间惆怅客，知君何事泪纵横。断肠声里忆平生。"

我是人间惆怅客啊！山一程，水一程，风一更，雪一更，就这么走过半生。

说什么好呢？"断肠声里忆平生"，已经道尽。

浊酒一杯，言语多余。

## 七

"我流泪，因为一切事物消逝、改变，

但又将重返，永远以另一种方式。"

行色匆匆的节日尽头，阳光褪下热情的外衣，稠密的雨声已在远方酝酿潮湿与寒意。

柔软的水从生活的每一天淌过。每个人的假日都会留下很多内容。在流行遗忘的时代，朋友圈里不记下，或许不久的明天我们就会豪迈地忘却与放下。

另一个假日又将重返,但是以另一种方式。

我们流泪,怅然。是因为即将迎接明天的早起,为五斗米折腰的生活,层出不穷的问题,无休止的痛苦与烦恼。当然,还有相伴相生的快乐。

时间太瘦,指缝太宽。时间就是从我们指缝之间,悄然消失。它轻轻地抬起腿,就消失在另一个世界里,没有留下一丁点脚印。

我们不过是微尘,轻飘飘地投在宇宙广阔的湖面。

时光一直波澜不惊,从容不迫。

## 在高楼，通往另一片天空

春有百花秋有月。

秋夜的月，孤零零挂在天上。不知风去了哪里，云在何方。四季都有月，古人却独惜秋夜月。

秋风清，秋月明如水。

在露台，在高处，去理解秋月。理解它的孤寒，它的冷俏，它的无尘。理解它在微凉之夜，不卑不亢，从从容容。

让人安静地遐想，心平气和地忧伤。

在楼顶的露台，在秋月夜，在一层层夜色之中，思索人生的诗意，赞美世间所有的美好。

露台，打开了一片天空，向天空伸出一架无形的梯子。我想起少时家里的露台，就是我眺望远方的风景台。梦想就在小小的露台上，伸向了无边的远方。

而今，坐在露台上，我禁不住想起那个年少的孩子，他在露台上许的愿望实现了吗？他苦苦思索的答案找到了吗？

我们越来越习惯低头，我们越来越习惯卑躬，我们越来越言不由衷……在高楼，通往另一片天空。我在这里，努力地抬头，用力地挺直腰杆，深深地呼吸新鲜的空气……

夜的微寒，想披一件毛茸茸的衣服取暖。

我想写善良的句子，从容地做梦。

# 失去村庄的异乡人

## 一

我们曾经那样渴望离开村庄，生我们养我们的村庄。

后来，我终于明白，我和家乡的断裂，是在我将户口迁出家乡那一刻，我已经永远失去了我的村庄。

从此，我是一个漂泊在外地的异乡人。

## 二

这些年去过很多地方。在广州、北京待的时候最为长久。我一直渴盼着能融入他乡。学他乡的语言，穿他乡流行的服饰，交他乡的朋友。我希望在他乡几十年的时间，能让我融入得彻彻底底。

但最终，血液里流淌的倔强，冥顽不化。

融入异乡,水天一色的美景,只是梦想。

这些年,走了这么多地方,我终究还是一个普通的异乡人。

## 三

离开村庄之后,我就成了一个彻底失去村庄的人。虽然老家一直在,父母一直在。我和老家的联系,只是父母亲。

至亲的兄弟还在村庄,我再登门,已经是客人。

人们笑意盈盈地看着我,我已经是这个村庄的陌生人。

## 四

我见证了村里老房子一点点的倒塌。我的爷爷奶奶居住的房子,正一点点地在我的记忆里消失。取而代之的,是陌生的崭新的房子。有人说:"有些人与故地,再也不能心心相印。"

每一次回老家,我都会到村庄里走走,或是去田野里逛逛,寻找记忆中的痕迹。一丝一缕潮湿的呓语,古老的咏叹,在荒芜的田野上,我熟悉的乡愁已经到了尾声,思念的色彩已经黯淡。

我悄无声息地回来,不声不响地离开。

我是这个村庄曾经的主人,而今,我一次一次地回来,只是为了告别。

## 五

姐姐常常回老家看父母亲,这里是她理所当然的娘家。哥哥一直还在,从来没有离开家乡。

而我,越来越少回去了。

有人说我无情。

我想,一个客人是不能过分热情的。

在这个村庄,土狗朝我狂吠,老人孩子用陌生的眼神看着我,我不再能掏出钥匙,打开熟悉的家门。

## 六

秋天,柿子成熟的时候,回了趟老家,剪了一大枝柿子带了回来,插在花瓶里。

冬天,蜡梅花开的时候,回了趟老家,剪了一大枝蜡梅带回来,插在花瓶里。

母亲说,土柿子不好吃,带回去干吗?

母亲说,今年的蜡梅不怎么香呢,你带回去,过两天就谢了。

我不语。

柿子成了干,蜡梅也成了干花。

去年的柿子干还在,蜡梅干花还在。

## 七

我用一篇篇文字，交代着我和村庄的情分。

文字一点点地从我的身体中流出，我发现，每写一字，我的心就疼一下。越写越多，我和家乡隔了一层又一层。岁月将乡愁凝固成一首首诗，一字一句都是带着线的缝针。我已经如母亲一样眼花，无法缝补千疮百孔的往事。

文字，是我还给家乡的情与债。

## 八

这些年，走过很多很多地方，走过很多很多村庄。

我始终还是一个异乡人。

一个失去村庄的异乡人。

## 这是一个流行告别的时代

这是一个流行告别的时代。

我们每时每刻都在告别,每天都在告别。

我们不断地告别,不断地遗忘。

### 一

每年临近清明的时候,总有一些奇怪的梦。

一些原来在生命中很重要的亲人,轻轻地飘进深夜的梦中,演绎一些灰蒙蒙却生动的情节。梦境很长很长,常被一些离奇的小事拦腰阻断。那些亲人,就永远地留在另一个世界了。

如果和母亲说起这些梦,母亲总会温柔地说:"是要去烧点纸钱了!"母亲的声音就像是清明要来临之前的雨。

母亲说,这是托梦。

春分之后的江南,阴晴不定。清明,总是多雨的。

随后的日子，母亲就会买来一些金银色的箔纸，折很多元宝，在清明前夕，拎着篮子去山上，烧给那些曾经托梦给我的人。在坟前，她还念念有词，说着有些我听得懂，有些我听不懂的话。她银灰交杂的头发，随着灰烬在风中乱舞。元宝化成一层层灰，所有的精气神，似乎都在火光中被另一个世界打开的通道收走了。周围好是安静，松树都在悄悄地偷听。

母亲等所有的火星都灭了，灰也冷了，拍拍衣服，对我说："我们回去吧。"

我的目光常常扫过那些多年没有后人来祭奠的坟墓。时间太久了，有些甚至连石碑都没有了踪迹。

说也奇怪，这些离奇的梦随着母亲烧的纸钱，一起消失了。我还是会做很多很多的梦，大部分都不记得了。

他们已经与这个世界告别，却也是害怕被遗忘吗？

还是我们心有牵挂，所以故人入梦来。

"想和你再去吹吹风，虽然已是不同时空。"张学友的《想和你去吹吹风》，其实不是首情歌，而是写给他离世的父亲。

"让我们像从前一样安安静静，什么都不必说你总是能懂。"

一切在风中。

## 二

"亲人只有一次的缘分，无论这辈子我和你会相处多久，也请好好珍惜共聚的时光，下辈子，无论爱与不爱，都不会再见。"

这是梁继璋写给他儿子的备忘录。

我们习惯了告别。

告别逝去的昨天，告别远去的朋友，告别昨天的光阴，也告别之前的自己。

未来是未知的。明天和意外，永远无法知道哪个先来。

最近，很多朋友都貌似看开了很多。前所未有的庚子春节，用自然界朴素的道理，告诉我们要珍惜，珍惜生命，珍惜爱人，珍惜亲人和朋友。

深刻的顿悟是短暂的，在春光明媚中，不消多久，我们便会好了伤疤就忘了痛。日子如流水般向前，机械一样的生活，依旧波澜不惊地过下去。

假装的麻木，阻止不了告别的脚步。

告别是像一双无形的大手，分秒之中，就让我们换了一个自己，换了一个世界。

只有真正经历过刻骨铭心的痛，才会明白告别的含义。

在生与死之间，别的事都只能算是擦伤。

"当你穿过了暴风雨，你就不再是原来那个人。"

我们也在告别我们自己。

我们和自己，和亲人，都只有今生的缘分。

很多事，很多人，错过了，就永远错过了。

## 三

每一次写完一篇文章，画上一个句号，都像是自己与自己的告别。

我也害怕被遗忘，所以用文字记录自己。

年轻的时候用过很多网络平台。最早的聊天室，之后的论坛，QQ，博客，现在的微博，微信，等等，一个又一个平台和工具，我们在上面都经历过相逢与告别。

都有开始，都有结束。很多时候，我们注册，最后又离开。日升日落，月末月初，年关年启，人聚人散，凡事都有始有终，如同我们短短的人生。

曾经有过这样的经历。

用了一段时间的平台，选择在一个时候离开。填用户名，登录，看着一篇篇文章，全选，删除。文章，评论，留言，通通删去，刹那之间，在网络虚无的世界灰飞烟灭。那些见过面、未见过面的朋友，那些通过电话、未通过电话的朋友，那些远在天边、近在眼前的朋友，那些有过误会若即若离的朋友，那些放在心里最深处的知心朋友，全都选择在一个转身后，放在心里。

都留在记忆中，或是珍藏在心灵的某一处。亲爱的朋友，最好的情谊，真的在心里。

没有遗忘。

## 四

有些事可以随着时间的推移，成为过去式，有人记得，有人不记得。有人选择告别，有人选择遗忘，有人选择记录。

生命中，不断有人进入，有人走出。很多朋友，是我不能忘却的。那些重要的朋友，曾相伴走过一个春夏秋冬的朋友，也许不是最重要的，却是我生命中不可或缺的，是我生命中的一部分，也是我文字中的一部分。

在这里，我们形成交集，和文字永远融为一体。

没有什么文字可以纪念那一段温馨的日子，一段难忘的往事，一个真诚的朋友，一份难以忘却的情谊，一个记忆里挥之不去的场景，也没有什么文字能够写出我们关于明天的所有等待和期盼。

不论是告别，还是铭记，文字都是最好的方式。写下，即是放下，是记录，也是告别与遗忘。

一本书，一篇文章，一个博客，一个微博，一段朋友圈小小的记录。这是一个个文字组合，这是一个人的心灵世界，交织着情感。

文字之中，有了心灵的撞击、灵魂的悸动，在寻找这冥冥世界中的另一个相知，另一个感应，另一个你。

——也许，生命的意义正在于此。

告别，就是告别；遗忘，就是遗忘。

我们都在告别，同时，我们都在经历。

## 五

告别，让我们惆怅，但更让我们懂得感恩、知足、珍惜。

人应该学会感恩，因为走过路过，我们未曾错过。

因为书，因为文字，我们穿过世俗的阻隔，寻找到了该寻找的，感悟了该感悟的。我们在文字的蒙太奇中，定格了故事中的所有细节。横看成岭侧成峰，不同的角度，有不一样的风景。

人应该学会知足。我们不能妄想所有事情都完美。

这是一个流行告别的时代。

凡事都有开始与结束。我有点后悔，好多人我都记不起名字了，总有些模糊的记忆还留在心中，却再难觅清晰的影子。我想，如果我多记录一些，那么我的遗憾就会少一些。

林清玄曾言："生命只是如是前行，不必说给别人听。只在心里最幽微的地方，时时点着一盏灯，灯上写两行字：今日踽踽独行，他日化蝶飞去。"

我要记住你，但不求你记住我。

即使最终一切幻灭，我也会时刻点一盏灯，生命如是前行。

# 半堤雨

## 山中无所有

桑洛／著

北方文艺出版社

### 图书在版编目(CIP)数据

半堤雨 / 桑洛著. -- 哈尔滨：北方文艺出版社，2022.6
 ISBN 978-7-5317-5491-6

Ⅰ.①半… Ⅱ.①桑… Ⅲ.①散文集-中国-当代 Ⅳ.①I267

中国版本图书馆 CIP 数据核字(2022)第 043535 号

半堤雨
BAN DI YU

作 者 / 桑 洛

责任编辑 / 李正刚　赵　芳　　　装帧设计 / 书香力扬

出版发行 / 北方文艺出版社　　　网　址 / www.bfwy.com
邮　编 / 150008　　　　　　　　经　销 / 新华书店
地　址 / 哈尔滨市南岗区宣庆小区 1 号楼
发行电话 / (0451) 86825533

印　刷 / 成都兴怡包装装潢有限公司　　开　本 / 880mm×1230mm　1/32
字　数 / 882 千　　　　　　　　　　　印　张 / 46.5
版　次 / 2022 年 6 月第 1 版　　　　　　印　次 / 2022 年 6 月第 1 次印刷

书　号 / ISBN 978-7-5317-5491-6　　　定　价 / 260.00 元（全五册）

# 目录

/

CONTENTS

| | |
|---|---|
| 溪上相遇蓝莲花开 | / 001 |
| 我有一帘花梦 | / 010 |
| 人生就是大闹一场,悄然离去 | / 015 |
| 想要去远行…… | / 020 |
| 为有青鸟殷勤问 | / 023 |
| 山,就在那里 | / 034 |
| 行与子归 | / 043 |
| 君问归期,未有期 | / 050 |
| 何曾分明,未曾远离 | / 059 |
| 淡若无痕,北上 | / 071 |
| 莫干山,从前慢 | / 076 |
| 生活在云端 | / 099 |

| | |
|---|---|
| 去龙游，走亲戚 | / 110 |
| 遇见岭下 | / 116 |
| 在游埠，我想做一个老茶客 | / 122 |
| 铜院春深且听雨 | / 127 |
| 一缄书札藏何事 | / 133 |
| 蓝莲花开，一起去非洲 | / 136 |
| 曾经，我们都有一个隐居的梦 | / 142 |
| 开间民宿，从此天涯不是客 | / 145 |
| 民宿的品位，在书吧 | / 151 |
| 此时，你在哪里？ | / 154 |
| 丽江无故事 | / 158 |
| 我喜欢大理的院子 | / 170 |
| 春上北山 | / 181 |
| 又上北山 | / 185 |
| 夜上北山 | / 188 |
| 在北山深处 | / 194 |
| 携一卷书，行十里路 | / 197 |
| 借古意 | / 201 |
| 灵秀梓誉 | / 206 |
| 那碗诱人的肠粉 | / 210 |
| 年光虚度 | / 213 |
| 几多消散处 | / 217 |
| 千差有路，大道无门 | / 224 |

| | |
|---|---|
| 时间会走，我们都不走——访胡凡个人画展 | / 227 |
| 我和这片云海失约了很久 | / 232 |
| 路人乙甲丁丙 | / 237 |
| 磐安，匆忙的脚步下时光缓慢 | / 241 |
| 听雨观云品酒茶 | / 244 |
| 山楂树下，蓝莲花开 | / 248 |
| 回看山楂树，千里暮云平 | / 267 |
| 在山楂树，晴耕雨读 | / 277 |
| 风来绿树春含笑 | / 286 |
| 我在虚度等船讯 | / 295 |
| 在桐棠，吟一曲你喜欢的词牌 | / 311 |
| 三十六院，十里花溪 | / 317 |

携一卷书，行十里路，
选一块清静地，看天，看地，看书。
累了，
在草绵绵处寻梦去。

## 溪上相遇蓝莲花开

### 一

叹尽湖光山色，笔墨稍逊，难描几分。

有一个城市，有一个地方，是这样一个所在：是你最喜欢的地方，是你找不到合适的词语去描写的地方——这个城市的一切，这个城市里的才子佳人，英雄美女，隐士高僧，你都喜欢；这个城市四季有四季的风情，风花雪月，莺歌桂雨，柳绿桃红，残雪断桥……

是的，这是杭州，多少文字都难以形容的杭州！

杭州之西，是西湖。西湖之西，是青芝坞。青芝坞之西，是"溪上"。"溪上"，一路向西，浑然天成。"溪上"，有你喜欢的人，有看得见风景的房间，有你不舍的风情。

## 二

我喜欢这个集自然风光与人文景观为一体的城市。在喜欢上行走后的日子里,我常会选择在一个安静的时间,独自一个人背包,走到"蓝莲花开"客栈,这是我短暂的终点。然后,我再从"溪上"出发。

这是我很长一段时间的生活方式。必须要做的一个说明是,"蓝莲花开·溪上"是青芝坞的一个客栈,在靠近植物园北门的一个角落里。从车站到浙大,要穿过几个街区,顺着满街都是高大梧桐笼罩的玉石路,一直走到青芝坞,再沿着这条小道走到尽头,"蓝莲花开·溪上"就显现在你的面前。

车流的喧嚣此时被远远地抛在了身后。你仰望小楼后面的一大片天然氧吧,呼吸着山间飘来的清新空气,聆听着林间不知名鸟儿的鸣叫。透过鳞次栉比的曲线屋檐,苍翠的灵峰山与玉泉山触手可及。你低下头,推开小花园的矮门,樟树参天遮盖出浓荫匝地,枫树还在尽情吐着新绿,小小的丛林中绿意盎然,郁郁葱葱。地面还有一些不知名的小花盛开,几丛傲人的芭蕉不声不响地迎接着你。摇椅和躺椅上或者空着,或者有人在看书,只轻轻抬眼看了你一眼。你再推开宽大木格子的家门——对,是家门!那个蓝衣白裙的笑盈盈的女子对你说:"你好啊,你回来啦!"

你踩着木质地板,随着那亲切的声音,你感到快乐,闻到了咖啡香,还有茶香,你深深地嗅了嗅。你看到一排高大整齐的书架旁，古朴沉重的原木桌上的咖啡升腾着香气，新春的龙井正在泉水中翻滚。

到了房间，放下行李，你背上轻便的包，出发。

回到蓝莲花开的地方，是回家，是终点。

回家，是为了休整，是为了再一次出发。

## 三

我一直认为飞机、汽车和自行车等交通工具到达不了很多地方，古道的遗迹隐在荒草丛林中，无限的风光藏在罕有人至处……这种地方，需要步行才能够到达。步行，是种虔诚的修行，可以无限贴近地拥抱自然，可以无限亲近地到达你想去的地方，领略到你想看到的风景。

杭州就是一个集自然和人文景观为一体的超大书院，你需要一边走一边读，这样方知其中的精妙；你需要对各种掌故耳熟能详，这样方能品尝出些许西湖味道。

走路可以设定路线，按计划的路线走，用手机软件记录踪迹；可以在纸质笔记本里，手写记录看到的历史以及种种感受……

也可以背个包，漫无目的，从太阳没有升起就开始走，一直走到月朗星稀。可以想环湖就环湖，想登山就登山，想看庙就看庙，想逛街就逛街。这些都是走路的乐趣。

客栈旁有条清澈的小溪，是从灵峰梅林深处流淌下来的，我想在残雪消融的时节再过来，汲一筒水，泡上一杯新春的明前

茶，该是何等快意。

顺着小溪走出青芝坞，可以进入植物园，这里是植物的大观园，是一部植物的百科全书；可以去车多人少的杨公堤，走人来人往的苏堤和白堤，绕着美丽的西湖走一圈，这条线路比较休闲。

还可以选择走茶舍与茶山相得益彰的龙井路。走走茶山，逛逛茶园。问路与问茶，也是种禅味的人生。

## 四

我走过很有挑战的一条线路，是从灵隐到九溪，再到龙井。清晨时过九里松，到不远的灵隐，在佛学院的门口，看一院的空灵。过灵隐而不入，一路可以看到一些不知名却有味道的寺庙，像法净禅寺、中印寺和法喜寺等。去庙里并不一定要烧香，对我而言，每座庙都是艺术的殿堂。可以在中印寺中欣赏佛教高僧的书法，小庙虽小却很有品位。沿着落满枯叶的台阶拾级而上，就到了法喜寺。在法喜寺还可以用斋饭，体会在轻声轻语中享用粗茶淡饭的安然。穿过雪峰梅灵隧道，去梅家坞问问茶，到云栖竹径看看竹海。到了之江路，再转到九溪路，看看重重叠叠山，曲曲环环路，叮叮咚咚泉，高高下下树的九溪烟树，经理安寺，过杨梅岭，出了山谷就是满觉陇路了。这条线路，颇挑战自己的体能，但风景也是最佳。我最喜欢的，就是杨梅岭村那条石板小路，微雨的日子中，瞻仰陈布雷和陈三立的墓地后，在烟雨轻洒的石板路上遥想当年行侠游客，浪子孤魂，油壁香车……在时空的畅想中，发出一声喟叹。

自然的美中，还有一种废墟之美。这是任何人造的景观都不能复制的，这也是需要时光来沉淀的。

介绍一条我最喜欢的线路。从溪上坐车也可，走路也可，登顶玉皇山，下山访天龙寺造像，逛八卦田遗址，再上荒草丛生的凤凰山上看南宋的遗迹，最后从万松书院那里下山。有体力的情况下，你还可以再登老杭州风味的吴山，从河坊街下山。这是最具古风的徒步游。玉皇山，凤凰山上南宋遗址，老杭州的吴山，组成了一个极佳的线路。曾经的富丽堂皇，都被雨打风吹去。在萋萋的荒草丛中，是否还能听到曾经的故事？

## 五

"赖有岳于双少保，人间始觉重西湖。"杭州是大杭州，"南高峰。北高峰。一片湖光烟霭中"，三面环山，山都不高。亭台楼阁，大小庙宇，随走随歇，处处风景。行走的线路，没有定数。由心，随性。可以随意在中途，由着心改变行走的线路，风景就会在脚下豁然而开。

你若行走，风景就在路上。

在湖上，堤上，山上，一不小心，你会越走越深，越走越远。

走得再远，溪上都在呼唤你的归来。

行走的人都是寂寞的。旅行是寻找一种未知，也是寻找一种熟悉，寻找一种似曾相识。寂寞的人和自己说话，和树交流，和花细语，和天空交换着默契。

我是这样孤独而寂寞的人，极少言语。如果有一天你突然发现我在夸夸其谈，那是因为我遇到了一个可以说话的人，可以倾诉的人。

就像子期遇到了伯牙，就像桑洛遇到了段王爷。

溪上在等你。你迟早都会来，都会回来，不用猜测你来的目的。

到溪上，不用问路，循着梦的方向，你就会找到蓝莲花开。

青芝坞很窄，在一个山坳的谷地，但有人会帮你打开思想的引擎，将思维的天地引向辽阔。

在这个书吧和客栈完美结合的地方，你会发现小到每一盆花、每一本书、每一套茶具、每一个摆件，都有一份独特在里面；大到整个房间的布局与设计，都可以从中感受到一种精神生活与现实生活的结合。

陌上花开迟迟归，三秋桂子十里荷花。相逢何必曾相识，未曾相识已相知。

有些人，无须相识，却能通过一段话、一篇好文章明白彼此的心情。

"茶凉了，我给你续上。"在百年的桂花树下，就这样将一壶一壶的茶续上，喝到时光渐老终不觉。旁边的小昭，在惊呼中感慨："段王爷，你果然是段王爷，是段正淳，不是段誉。"这是传说中的段王爷，不在风花雪月的大理，却在江南之地，在溪上，这位文质彬彬的小生，绵柔之中，胸藏万卷诗书。

第一眼，荀孟才华鹤氅衣，安安静静、干干净净，却如一袭长衫的白衣秀士，神清骨秀，超然尘世。问世间何为情种，何为情痴，独有段郎能释意。

那一刹，有一种感动的泪水，是在林间曾经收拾过前世的松风，从六弦琴上滑落的迷途的泪水。

有些人，你会感觉遇上了他，不管开心或是悲伤，都可以在心底与他温情相拥。这是个洒脱旷达的男人，儒雅之中，深蕴着博大的燕赵侠风。他的心胸如海洋，为你展示宽广的世界，时不时教给你生活哲理。他以低沉磁性的嗓音娓娓道来一个兰花故事，让你听了如醉如痴，走到故事的深处，醒来不知是在何朝何世。他如伯牙，你便是钟子期。

第一眼，这个矫健的身影在舞动的太极中，腾挪变化，行云流水，幻变成种种身形，迷乱你的眼神。

那一刹，春雨在浸润久旱的心灵，耀眼的天光在普度众生，清风吹净明镜台。

暗香浮动，溪上；时光寥廓，溪上。夕照的茶碗里映照着羽扇纶巾的段王爷，温润如玉的伯牙。

# 六

处士小隐，半隐在溪上。

这也是溪上的魅力。

我为名山留一席，为你，等你。这是溪上不可复制，不能言说，无法衡量的力量。

这股力量，在你背着行囊回到溪上的时候，包围着你疲惫的心灵，复苏你的激情。

溪上是一盏能够点亮精神的明灯，在你前行的路上，也在你回家的路上。

在溪上。夜色静默无边。

你关上了门，扭亮了灯。

拉上厚重的窗帘，拉上了一个世界，窗外的青山、西湖和旅行的人仿佛都消失了。我和我的灯在文字中相守，就好像是白天在湖畔和丛林中走路的自己，还在一片绿色中漫无目的地穿行，一直在行走；我和我的文字在说话，就好像是白天段王爷的声音还在激荡着我内心的某处神经，余音未尽。

桑？

在。

这是我们之间心灵的呼唤与应答。

我在黑夜中呼唤着自己。那个桑，没有防备和伪装；那个桑，可以绝望中带着黑色的悲伤；那个桑，可以脆弱不再坚强。

桑，在吗？

嗯，我在。

在溪上的晚上，我叫着桑，叫着自己。我只是喜欢享受夜深人静时候的空旷、寂静，享受待在自己房间里的时光。一次一次的来来去去，我在溪上九个不同的房间里旅行，每个房间都有不同的风格、不同的名字，像九位美丽的女子，我给她们各写了一首诗，我想诗句里的情意可以温暖房间里每一寸空气。

我喜欢在溪上的房间里，点亮灯，静静地看自己，静静地和自己交流，静静地和文字交流，静静地看这个世界。

每次来溪上，都能感觉到亲切。

每次离开，总有些不舍。

溪上，下次让我再靠近你一些。

当我如期而归的时候。

## 我有一帘花梦

### 一

如果你正路过我家楼下,你可以抽空抬头望望。看看我露台垂下的满枝蔷薇花。那被晨风吹动的粉色蔷薇花,如同五月耀眼的阳光,正漫过你的头顶。花儿在天上飞,一朵,两朵,三四朵,无数朵,花儿也和鸟儿一样飞得很高,如同撑着小伞的天使。一花一世界,结队修行,和云朵一起绘制着最美的图画。

它们在等待最佳的欣赏者。

### 二

我们可以要一抹蔷薇红。

露台上有一块空地。从很远的地方搬回来泥土。我没有想过在里面种小葱等蔬菜及其他。我只想保留这些土的本质，让土里的种子自由地生长。土里有蒲公英、毛毛草，以及很多不知名的植物的种子。我种了紫色的三角梅、八月的桂花，以及几株五月的蔷薇。

在泥土里有年少的梦想，在黑暗之中生长着一年一年的希望。

我更相信缘分，相信五月的风、四季的花朵。该遇到的和该告别的人，在人生的每个阶段如同花开花谢，如同一期一会的江南春景。

我们不能左右很多事情，比如生死，比如意外。

有些事情是注定可以的，可以到来，可以发生，可以成为以我们微小的力量能够改变的生命奇迹。

比如说，种花得花。尘世万千，我只想拥有属于自己的一帘花梦的世界，在城市一隅，一个老旧的小区。

几年前的春天，在露台种下几株蔷薇，希望有一年五月的时候，蔷薇花会如瀑布一样从露台垂下来，形成一道漂亮的花帘。

## 三

我有一帘花梦，慰我荒谬寂寥的一生。

一花即开，春意满堂。沏杯小茶，倚窗听花语，听着鸟儿的鸣唱，自在而舒坦。我在看花，花在看我。光阴似水，如流年，

我们在世间的一个角落，彼此记挂。我喜欢的花儿，开得如此纯粹，如此干净。那枝干上如琴弦一样颤动着美好的花朵，点亮了蜗居的天空。侧畔的桂花树上，有两只珠颈小斑鸠，蔷薇长出花苞的时候它们刚出生，等花儿开得旺的时候，它们笨拙地收起翅膀停在花上，悠悠荡荡。

有朋友问，你怎么不种点月季，月季每月都可以开放。蔷薇啊，我们一年只能等一回。我对朋友说，人生中，要用漫长去等待迎接的事物，不是会更珍惜吗？

蔷薇身上有种柔软，坚硬的柔软。当蔷薇花开的时候，她娇小的花一朵一朵地挤在一起，没有月季的艳丽富贵，却有一种说不出的小家碧玉，感觉她将春天所有的美都吸附在了身上，又将身上所有的欢乐都释放给了人间。她长长垂下的枝条有着柳枝般的柔软，吸引着群鸟从远处飞来，在枝条上面吵吵闹闹。轻风吹拂，蔷薇如同波动不已的春水，向远方流淌。月季的花瓣比较疏，还有些粗犷，一阵暴风雨过后，花瓣就随风凌乱。

蔷薇花则不同。

春夏之间，多暴雨狂风，她细嫩的茎，承受了狂风的摧残，面对狂风暴雨，勇敢的她经受住了考验，花和花瓣紧紧地相拥，花和枝儿紧紧地相依。她的美丽中蕴藏着坚韧。

宋人有诗云：唯有蔷薇水，衣襟四时熏。相传，柳宗元与韩愈素为好友，常有诗稿书信往来。韩愈每次收到柳宗元的信，都先以蔷薇露洗手，然后焚熏香后，才展卷而读。蔷薇露，是将蔷薇花瓣进行提纯制成的香水。古代文人雅士的仪式感如此，令今之附庸风雅者汗颜。

蔷薇,又叫"买笑花"。相传一日,汉武帝与宠妃丽娟于园中赏花,此时蔷薇楚楚含笑向人。武帝曰:"此花绝胜佳人笑也。"丽娟戏问:"笑可买乎?"

武帝曰:"可。"于是丽娟就取出黄金百两,作为买笑钱,与武帝尽一日之欢。因此,蔷薇就得了一个"买笑"之趣名。年年花开,笑能买否?欢乐能买否?

鲍勃·迪伦歌中唱道:"一个人要多少次回首,才能做到视而不见,我的朋友啊,答案在摇曳的风中。"

我不是一个免俗者。

## 四

风儿说,你有无数的烦恼,有难言之隐,需要花儿给你点亮一念的光明。

禅家对我说,你纵有万千心事,且看蔷薇。

我在五月的风中,看着花开,从一朵、两朵到无数朵,胸中蜷伏着的无数的幽怨之气,随着花香散发殆尽。

我明白禅家的意思——看开就好。人生这么短,生命如此谦卑弱小。人往往不如花儿,我们都知道花最终的结局,不过是枯萎花败,却不能如花一样努力盛开且有诗意。

且无畏。

一朵初夏的蔷薇

划过波浪的琴弦

向不可及的水平远航

乌云像癣一样

布满天空的颜面

鸥群

却为她铺开洁白的翅膀

——舒婷《向北方》

  花时总会过,我且一日看三回。如果你正路过我家楼下,你可以抬头望望我家露台盛开的蔷薇。在即将到来的漫长的夏日中,这是带着我春天的梦想,开在空中的一首抒情的歌。

  就像少年的时候,我们一起种下的春天的梦。

## 人生就是大闹一场，悄然离去

金庸说，人生就是大闹一场，悄然离去。

一

想到悄然离去的人，会先想到张爱玲。

她的一生，就是一个苍凉的叹息。为她文字的精彩，为她悲惨的童年，为她一生不得意的爱情，为她凄惨的晚年——叹息。她死得很寂寞，就像她花开一生，才倾世间，生前有多寂寞，死后就有多寂寞。

她死后一星期才被发现。

爱书如命的香港青文书屋老板罗志华在大角咀合桃街货仓整理书籍期间，疑遭二十多箱书倒塌压困，失救致死。十四天之后，方有人闻到恶臭报警，才发现罗志华死在书丛中。

"卖书者死于书堆中，是一种黑色幽默。""死得很有文学性"

或"死得很有文艺性",也许是很多文人艺术家的宿命。

走得那么突然和诡异,独留自己与世界告别。

是凄惨与悲凉吗?斯人已去,不复可知。

徒留我们唏嘘。

## 二

江南,清明前夕,这厢的绿叶,风一吹就长,那厢的花儿,风一吹就落,人世间的生与死也是一样,生命在同一时刻的更迭从来没有停止过。

每个人都哭着来到这个世界,人生能不能大闹一场谁也说不准。金庸用文字里的世界完成自己的"大闹一场",张爱玲也用她的文字构筑着她的另一个世界……而普通人,有时波澜都没起一滴,就在刹那光阴之中,悄无声息地走了。

"不管你是否恐惧,他都会最终降临,在那一时刻,你的身体轻了 21 克。"电影《21 克》里如是说。

"灵魂重量 21 克"的发表者邓肯·麦克道高医生说,灵魂是比空气轻的物质,所以人死后,灵魂是向上飘的。按照他的理论推断,人的灵魂必定会悬浮在大气层中密度和灵魂类似的地方。

大气层也是有重量的。对流层、平流层、高空对流层……这么轻的灵魂,是不是总是向上飘?它会飘向哪里?会化作无形?还是真的会有那么一个天国,有那么一个空间,能容纳灵魂?

21 克的灵魂,是不是真的存在我不知道,我也不知道当我们的身体在某一天终将不再属于我们自己，这属于我们的21克灵魂，该是如何与我们的身体进行分离。

或许会在那一瞬，灵魂脱壳而去，而曾属于我们的身体，在重力吸引下停留在地上。于是灵魂与肉体分开，灵魂到了另一个地方，肉体将腐败或被焚化。

慢慢地长大，身边不断有人走近，也有人离开，我们越来越接受离开这不可改变的事实。人对死亡的恐惧感少了，无奈的心理慢慢增加了。

## 三

想到悄然离去的人，有一些是我们写剧本的朋友，突然某一天就走了，那么年轻，在一个没有人知道的时刻就离开了。

偶尔，我也会想到我独苦终身的大伯。

大伯也是在一个谁也不知具体准确的时间，悄然离去的。正如他生前所不为人关注的一生一样。

也有人在猜测，这个独居的老人，或许是在这严寒的冬日的某一天冻死的，或是发病而死，或是……有很多的猜测，也有很多的感慨，但这一切也如这老人生前的不为人重视一样，不消多长时间，一切都会烟消云散。

父亲和二伯父在听到乡邻说有几日没见大伯的时候，去敲大伯的门，没有应答的声音，后从窗户进入。在那个村里最老最破的房子里，在一张普通的床上，大伯却已是僵了不知多久。

一切都从简。办完事，我可以想象二伯父和我父亲长叹一口气又长舒一口气的样子。

过了好长一段时间，父母亲才偶然和我提起：你大伯在前不久的时候去了，你知道吗？

如果不说，我怎么会知道？但知道了又能怎么样？

大伯终生未娶。这种男人在农村应该是不被大众所尊敬的。大凡不结婚，要么穷，要么身体有缺陷，要么太懒，要么……我长大的时候，大伯就已经老了，他年轻时候的风风雨雨我也无从知晓。身边的人都很忌讳说到大伯的事情。似乎二伯父、父亲和大伯之间也有恩怨情仇，他们从不说起这个兄弟，也从不去过问他的事。唯一一点值得说起的，那就是大伯年轻的时候做生产队长的经历。能做生产队长的人，那是干活、管理和威信等方面都很突出的人。那为什么大伯会娶不到媳妇呢？把家谱翻开，1936年出生，大伯的身后是空白。

父亲曾说过，大伯是太懒了。

大伯一直和奶奶住在一起，在那又老又旧的老房子里。在几个叔公和叔奶奶都去了后，那些老房子就显得格外阴森与恐怖。奶奶生前，我们也常去，送点吃的、用的。但似乎这些大人叫我们小孩送去的，与奶奶有关，与大伯从来无关。大伯会在门前一片小空地里，费尽心思地种些什么果瓜，每次我路过，他都会笑眯眯地对我说：来，自己想摘点什么就摘点什么。年少的我，经不起诱惑吃根黄瓜，回家就遭到父亲的训斥。

想到孔乙己，也会想到大伯。受父母之命去村里的供销社买点什么的时候,常会见到大伯。他穿着半旧的衣衫,靠在油渍斑斑的柜台,用一只青花瓷的碗,端着黄酒,一小口一小口抿着喝,头发灰白杂乱,脸上丘壑纵横。他看到我,满脸的笑让脸上的皱纹重重地挤压着。他放下酒,擦了擦,使劲掏下他的口袋,问:想买点什么吃的?

而我,拼命地摇摇头,转身就逃。

落日金色的霞光铺满乡间的小路,大伯常会在这样的黄昏,挑着簸箕,茕茕独行,从我家旁不远的小路上去田里干农活。我坐在家门口看书,总会假装低下头。说不清,每次看到大伯是什么样的感觉。

离开,也许对很多人来说是种解脱。

## 四

短短一生,大闹一场,是按照自己的活法,好好地做自己喜欢做的事情,喜也好,悲也好,狂也好,癫也好,静也好,率性地过自己的一生,无愧地过自己的一生,就是一种完美。

谁也无法决定自己以什么样的方式离开这个世界,那么听之任之,顺其自然吧!

我曾说,以后我就背着包,一路走,一路流浪天涯。哪天走不动了,就在那个地方悄然离去。

我试图走向一个遥远的地方,忘记世间恒久的悲伤。

我们都是过路的光影,留下短暂的故事。

## 想要去远行……

### 一

去旅行的念头一起的时候，总让我兴奋。

我喜欢去一些我从没有去过的地方，去见那些没有见过的风景。我喜欢在陌生的地方，走陌生的街道，穿陌生的小巷，看陌生的人，坐在陌生的桥上看风景。

哼着永远新奇的调儿，发现陌生的新奇——看似相同的物件，在我的眼中，都会流露出丝毫的不同之处。

同样的江南小镇，但是在不同的季节，不同的区域，观者不同的心情下，流淌起来就是不一样的风景。

喜欢赶火车，赶飞机，赶汽车。在急忙奔跑赶车中，或从容不迫候车中，体会不同的快乐。我的心，我的目光，游离在那些飘动的风景中。

如果手上拿着一本书，书只是一种道具。只看进了几句话，几个词,眼神随着窗外飘忽的风景,神游千万里。

## 二

如果是在机场。我只是安静地坐着,看着来来往往的陌生人,我猜测着他们的年纪,他们出行的目的。这些看似单调而无趣的事情,也能让我感觉到有趣。

生活就是一场旅行。生命也是一场行走。

生活像一条不断奔流的河水,不管你喜欢不喜欢,都推着你往前走。生命是一场动态的前行,你迈开双脚,行走就已经开始。即使有时坐着,你的思想也会跨过万水千山而神游。

我总无法让自己停下来。

如果一停下来,我的思想就会如脱缰的野马,不断地做梦和想象。会编成一个故事,让自己成为故事中拥有无上权力的英雄或是君王。梦想有时不知不觉就会跑得太远,我将其拉回现实的时候,就会产生很大的失落与惆怅。就像一次旅途归来,我就会感觉自己是从缤纷的梦境中醒来。醒来后,我必须要面对现实中的所有一切。

## 三

好吧,我宁愿自己运动起来,不停地运动。让自己在运动中不要思考,不要想太多的事情。

好吧，我宁愿让自己去远行。在陌生的环境中麻痹自己多愁善感的神经；让自己的肉体在疲惫的同时，灵魂不受拘束地在陌生的空间里飞翔。我的问题不在于欠缺行动力，或是欠缺耐力，而是思想的行动力总超过了身体。身体和灵魂以不同的速度在奔跑。

由此，我累并开心着。

由此，我常常需要走到远方的那座山，那条河，那个城市中去寻找一个真实的自己。

虽然，每一次的出行，我都会找到一个完全不一样的自己。

虽然，每一次回来，我都会发现自己还是焦虑不安，还是心神不宁。

有时，身体回来了，灵魂还在路上。

即使这样，我还是一直选择旅游，出发，永远在行走的路上。

## 为有青鸟殷勤问

一有机会，我就马上离开，让高山的风吹散俗世在脑中累积的灰尘……

### 一

山中无所有，却让诗人常魂牵梦绕。

唐开元十四年，公元 726 年，时年 26 岁的李白，首次来剡中。

剡中，即剡县，古属江南道越州，今为新昌县，其地风景多美，多名山。汉晋以来，高人逸士多游其中，多有名句。

这一年，李白游历扬州之后，循着谢公的足迹来到新昌。"借问剡中道，东南指越乡。舟从广陵去，水入会稽长。竹色溪下绿，荷花镜里香。辞君向天姥，拂石卧秋霜。"这诗写的就是当时李白行走的路径。李白的《西施》《王右军》等诗，写及吴

越山川风流，均为这时期所作。在李白留下的一千来首诗歌中，最出名之一《梦游天姥吟留别》，也与剡中相关。

天宝三年，公元744年，在朝中郁郁不得志的李白被"赐金放还"。离开长安后，他曾与杜甫、高适游梁、宋、齐、鲁，又在东鲁家中停留了一段时间。舒适的环境阻止不了他的脚步，无法使一个不安定的灵魂停歇，李白于是告别东鲁家园，又一次踏上漫游的人生旅途。这首诗就是他告别东鲁朋友时所作，所以又题作《梦游天姥山别东鲁诸公》。我想，也许是剡中的山水在梦中呼唤着他，所以李白在写下这首诗之后还是毅然南下。这次来剡中，他的主要目的是到山阴看望已于天宝三年告老还乡的忘年交贺知章，贺知章是他的知音之一，称他为"谪仙人"。拜访贺知章之后，李白再次入剡，直到天台而还。

七言歌行，本出楚骚乐府，到唐极盛。唐代是中国古代诗歌史上最繁荣最辉煌的时期。据《全唐诗》及其有关补遗所载，唐代现存诗有五万余首，作家两千多人。可以想象当年，数量之多，作者之众，内容之广，风格流派之繁，体裁样式之全，均堪称空前。犹以诗人太白，穷极笔力，优入圣域。昔人谓其"以气为主，以自然为宗，以俊逸高畅为贵，咏之使人飘扬欲仙"。李白诗作，首推其《天姥吟》《远别离》等篇。

新昌这片神奇的土地山水，据初步统计，从晋代至清代，无数的文人墨客流连至此，留下无数诗词名篇。"魏晋高风远，南朝圣迹南朝寺；盛唐翰墨香，一路风光一路诗。"新昌大佛寺门廊上的这副对联，是对新昌山水美景与人文风情的经典概括。

"寻仙天姥山,问道重阳宫。"在重阳宫这一带,六朝以来,有葛洪、顾欢、魏伯阳、褚伯玉、许迈、王羲之、谢灵运韬晦栖游;盛唐有司马承祯、吴筠、李白求仙隐逸,素为浙东之道教圣地。

亦有史记载,李白曾在重阳宫隐居数年。

重阳宫,就在下岩贝不远处的穿岩十九峰一带。

## 二

山中无所有,岭上多白云。

重阳宫一带,有著名的穿岩十九峰景区,倒挂靴景区,山川秀美,传说中李太白在此隐居多年。我们无意去考证历史的是是非非、真真假假,无可否认的是天姥山因李白而闻名,李白亦因天姥而发诗兴。

听说天姥山的命名,就是因为到了山上可以听到仙人天姥的歌声。有仙人的地方,祥云常伴左右。白云生处出仙人。

韩妃江在新昌县澄潭江上游,地处城南韩妃村和澄潭村、左于村之间。

这个地方,还有一个很有名的传说。隋末年间,隋炀帝全家被害,他的玄孙茶王杨白和妃子韩氏出逃福建,途经剡东(新昌)入山迷路。韩氏向山民问路,山民说"东面还有三十六渡,渡渡要脱裤",韩氏本已心力交瘁,实在难以举步,为免连累丈夫逃生,即在此投江自尽。后人悲其不幸,敬其舍生救夫,敬其气节与忠烈,遂筑庙祀之,即韩妃庙,后亦以其为村名。站在山中来信民宿外的露台上,我看到韩妃江在悬崖下面,硬生生地转了一个将近三百六十度的圆圈,然后才恋恋不舍流出这片峡谷。江水,也在几百年间,景仰其人,然后一直在这里恋恋不舍,是为尊敬。

村下是岩石,村居山背之上,"背"与"贝"同音,下岩贝之名由此而来。村下是茶筛湾峡谷,韩妃江(左于江)从山脚蜿蜒而过。不远处的穿岩十九峰隐于烟雾缭绕间,层层茶叶梯田绽放着无穷的生机。

此地的云海,也是因为岩下的这片江水,在独特的海拔环境下,在温差适度、水气适量的时候,就会形成独特的云雾景观。

这片云,以前引来了无数的文人墨客,现在一样吸引着全国无数的摄影爱好者前来。

只为这片云。

云海是上天对这片土地的恩赐。

我来的这几天,虽然没有整片的云海,但是晨间站在民宿的阳台上,依然可见丝丝缕缕的云雾,如飘带一样,在峡谷之上游来游去。那么晶亮透明,似乎是韩妃的一缕叹息。

我在楼下看得出神,楼上一个江西来的小伙子说:"这里真美啊,我站在这里看了几十分钟,看也看不够。"

路过的一对小情侣,羡慕地对我说:"你在这里上班啊,你真幸福,每天可以在这里看这么美的风景,看日升日落。"

我从唐诗之路中醒过神来,惊觉我真的很幸福。

## 三

山中无所有，片叶皆关情。

下岩贝，有我们神奇的东方树叶，因为云雾和独特的地理环境，茗香千里。

清晨，我在山中来信的房间里醒来，打开窗帘。

窗外朝霞满天，满茶园。

茶园是满眼的绿色，绿得让人怀疑此刻是不是江南的冬天。茶园沐浴着阳光，在音乐和清风中翩翩起舞。阳光温暖，如同一个久违的朋友，闪耀着金花。对的，是金花。在茶园中，你细心地看，可以看到一朵朵白色的茶花吐着花蕊，藏在片片绿色之中。我一直想，所有的植物都是会开花的吧，只是我们平时只关注那些香艳美丽的花儿，而普通的花儿，我们不一定注意得到。

大片的茶园，优质的茶叶，让此地有"云上茶乡、灵秀东茗"的美誉。"十九峰上出奇景，无限风光在东茗。"在下岩贝村，最有名的是千亩茶园，茶树品种主要有乌牛早、龙井43、白茶等，每年的3月至10月是采茶盛季，"伴着黎明绕蹊径，摘嫩新芽挥臂勤。白日家中无杂音，夜晚却灯火通明"，是现代茶农幸福生活的真实写照。

在东茗乡，更有"下岩贝看雾、白岩看星、后岱山看戏、后金山看花、东丰坑看桥、石下坑看水"的说法，可谓每个村都有其独特的风景。

在清晨的村里，我遇到一个杨姓大姐，她热情地和我说她家采茶的收获，带我看她家崭新的房子，跟我说她在镇海工作很有成就的孩子。

我在她家，喝了一杯纯正的下岩贝绿茶。茶叶在开水中翻滚绽放，如同一朵朵绿色的花儿在水间舞蹈，清香的气息轻轻地唤醒我很多记忆。

她家隔壁一个周姓汉子，正在制作扁担。他放下手中的活，热情地给我做了一碗青菜面，加了鸡蛋。高山的青菜，经过霜打，有种云雾的清甜。

我想起了我们老家，小时候也是家家户户都有茶园，家家户户自己采茶。年年外婆炒的绿茶，可以让我们喝上一年。那些粗茶淡饭的日子，已经是很久很久之前了吧。

晨间有白露，我在村间细数儿时的家常，感受到如同守着火炉般的温暖。

夜间有寒风，茶园边偶有保留的杂木，孤独地挺立着，骄傲地看着低矮的茶园，在风吹过的时候，它们会低沉地吟唱，诉说着昨日的时光。

但是白天，这里有大片大片没有保留的阳光。在山中来信民宿，阳光没有遮挡，没有保留，视线也没有遮挡，没有保留。

曲高都寂寞，因为和寡，因为知音少。

突然想起迟子建写过的一句话："这是冬天，也是春天。"

## 四

山中无所有，聊赠一枝春。

白天，我坐在山中来信的大厅里写字。我脚下的这片土地，是王羲之归隐之地，应临"二王"帖。在这三天的旅居中，我临了数次的《平安帖》《何如帖》《快雪时晴帖》《冠军帖》……临了一次又一次，心手双畅，物我两忘。

不觉间，近黄昏。

对着夕阳，视线从民宿无边的泳池延伸到天际，落日熔金，霞光万丈。已经是黄昏了，这是一天最动人心魄的时刻。夕阳西斜，浓重的暮云柔软，水面上的云霞轻盈安静，带着一种郑重离场的庄严。在半透明的暮色中，万物浮游于其中，不复白日的面具伪装。在这种飘忽莫测中，世界渐渐隐遁，迎接着黑夜的粉墨登场，也等待新的一天重新开始。月亮和星星在树梢，有些迫不及待地闪亮登场。这是一个神奇的时刻，我看到每一张脸上都涂抹着一层金色光亮，我相信这个时刻的我们，都想屏住呼吸，想留下眼下的这一刻。

快门、影像能记下一些，有时却又不如文字，文字能记下更多。

只缘身在此山中，这就是满满的幸福和快乐。

这个时候，想拿出笔记本，在岁末的时候，给自己写点什么，用以纪念这即将过去的一年，也是为了迎接即将到来的

一年。

如果用几个字形容自己目前的人生，无非是"半生落魄，一事无成"。在即将过去的一年中，为自己很多事情收了尾。这个过程，因为自己并非长袖善舞之人，未必体面，所以结局自然惨淡至落魄，也是自然。

我的人生，是活在一个时间褶皱里，因为自己内心不够强大，没有能够改变自己，从而改变现状。同时，也是因为自己内心足够的强大，一直在坚持着自己的梦想和理想，未改初衷。无论平时自己的心情是平和，或是凛冽，现在日子过得越来越孤单，甚至有些落寞。

岁月如斯，我们都是一天天在告别。能留下的是什么？是影像里的自己？是头上的白发？是文字？还有什么？

文字的记录，对自己来说，是种信心，是种自我安慰，是昨天的我和现在的我，在分层的世界里，相互凝望。

人生如戏，戏如人生。在这个时代，我是一个落伍的人，不因失败而放纵自己的谦恭与自守，穷也独善自身，一直没有改变。

我们的人生总有一天会落幕。短暂的是我们的人生，宇宙自静寂而不止，它是相对的永恒。

没有什么是圆满的。太过于美好的东西，也是不可靠的。生活是在残酷之下的现实。世态炎凉，往往显现于生活的细节之处，在你落魄的时候。

生活总是要记录点什么，不是靠随手一拍的图片，而是靠那可以挖掘到自己内心深处的文字。足够深度的剖析才能看到真实的自己。

一年即将离去,新的一年即将到来,此去经年,往复不止。

"即便困难重重,生病、穷困、丑陋,你依然能珍惜你的灵魂,就像用盘子端着一枚珍宝走过人生。"——艾丽丝·门罗

在山中来信,我写下这些,也将艾丽丝的这句话送给自己。

## 五

物外知何事,山中无所有。

这是黑夜,这是跨年的夜晚。

夜间,我们去东湄悦居做客。店主是一个叫小胖子的年轻人,几年前也曾在婺城做过生意,后来下定决心来下岩贝村做民宿,一晃几年。我在他的民宿,看到他用心经营的角角落落,极具情怀。吸引我注意的,有他民宿大门上面三辆具有年代感的自行车;有院子中,一面白墙上写的白居易的诗;还有他自己民宿大厅里一些云海的照片。有情怀的人才会做民宿,这个民宿让我有进门一坐、一聊的欲望。

从山中来信去东湄悦居的路上,路灯如萤火虫一般星星点点,一抬头——星河,璀璨夺目的星河啊!那些遗世而独立的星星,在遥远的天际,发出谜一样的神光。星空之下的人们,在寒风之中,头顶有了被关注的温暖,如同游子于异乡收到了父母关切的目光。

两个民宿之间距离不远，黑暗中，一晃也就到了。老远就听到了欢声笑语，夜色中的烟花流露着节日的味道。

小院子里，小胖子和一些客人在烤火，玩烟花……小胖子还热情地将一大把烟花分享给我们："嗨，拿回去跨年啊！"

分享，是普世的快乐。无论何时，何地，何年，都未曾改变。

黑暗对于每一个失眠者来说，都是珍贵而欢愉的。至黑的地方，就是至亮。黑暗之中，藏着光明。

我们都在日复一日的重复中，变得麻木。我们都想找到一种属于我们的快乐，于是我们喜欢出行，喜欢找个地方好好待着，看云看雨，随着那片乡土的生活节奏，过几天悠然的日子。而后，这个短暂的休憩，便成了实践美好生活的动力。

我们都需要认真过每一天，认真地刷牙，认真地吃每一餐饭，过每一天的日子，从简简单单中，触摸到生活中最真实的美感和诗意。这些，我们日常就能够做到。

我们企图用旅行填满，去挣脱，最终，回归日常。

青菜豆腐，才是最隽永的味道。

在山中来信民宿中，我找到了一种久违的踏实，在翻看完几本书之后，未等新年钟声到来的时候，我已经沉沉睡去。

在梦中，我看到孩子们在燃放烟花，在兴奋地奔跑，像是朵朵闪烁的花朵，在春天里，像黑夜的笑声，从一大片茶园的翠绿中欢快地跳出。

我以为是在梦里。

醒来，打开窗帘，一边是霞光洒满的茶园，白露为霜；另一边是无际的崇山峻岭，一个个星罗棋布的村子，在阳光中苏醒了。

昨日、今日，已经是去年、今年。

为有青鸟殷勤问，我在山中，给自己，给明天，给亲人，给朋友，寄了封信。

你看到，就收到了。

"我们总是没有遇见彼此，却在彼此的摇椅上午候休息。"

一切安好！

## 山，就在那里

缘分是人生恰到好处的伏笔。

每个人心中，都有一座山。

山就在那里，不动不移。这座山，就是我们的梦想或是远方，是我们心中的桃花源。我们穷其一生，我们日思夜想，我们日夜兼程，都是为了这个梦想。

山就在那里。

总有什么羁绊，缠绕了你的脚步。山啊，似乎是儿时在乡间劳作的时候，远处青翠相叠的影子，挂在天边，可望而不可即。

或许，终于成行。去了就去了，来了就来了。

山就在那里，我们在山中，我们在山顶，我们拥抱山，山拥抱我们，我们喜极而泣。

突然感觉，人间值得。

# 一

人生无常。

大年初三的清晨,四十一岁的科比突然离去的消息刷了屏,给这个春节再添了悲伤的色彩。这个世界,每天都有人到来,也有人离去,但有些人注定是不平凡的,注定要像一颗璀璨的星划过天际。

这位天才球星,有不可多得的天赋,更有常人不及的努力,他给人们带来了无数精彩的篮球记忆。人们的感伤,不仅是因为一位天才球员的离去,更是在感叹世事无常。

你见过凌晨四点的洛杉矶吗?

我见过凌晨四点的大山。

山就在那里。

我房间里的灯,在凌晨四点的时候还亮着,在竹海之中,如同一座闪亮的孤岛。四周一片漆黑,唯有溪流不停歇的奔腾之声,在夜间轰鸣。

黑暗的大山是背景,窗上映照出自己的影子,放大了我的心事,聚焦着我的沧桑。山间无聊斋,无人前来探访年近半百的书生。公鸡被闪亮的灯光照醒,不知所措地打鸣,完全忘记了它原来的生物钟。

天,在慢慢变亮,渐渐扯去黑暗的帷幕。我们渺小的身躯,在天亮时分,在大山面前如同一片叶子,春生,夏荣,秋枯,冬落。

夜半，雨停了。没有了雨敲打窗户，感觉少了点什么。静默的世界，在黑暗中沉思，天亮的时候给人一个什么样的惊喜。

山居，夜读《万物的签名》，这是我在山居日子里读的第九本书了。读到卑微的苔藓也有它的尊严，梦想值得毕生去追寻。

掩卷推门。我见青山多妩媚，不知青山见我，应如是？

## 二

我在山中，山就在那里。

推窗见山，开门见山。什么时候看山，都是好的。

清晨，看到山间迷雾飘摇，瞧着欢喜岭古道的台阶也干了。山顶是白茫茫的一片，一直以为是雾。后来猛地才发现，是雪！

下雪了！

群山一夜之间白了头。

一阵欣喜。

江南逢暖冬，没有雪的冬天总感觉有点残缺。美丽洁白的雪总是给人太多的想象。透亮的冰雕，银装素裹的滑雪场，莽苍的山林，总让我想起儿时的童话王国。

山就在那里，雪就在那里。

愚公移山不行，那么到山里去看雪如何？

走，探雪去！

我们从村里往山下走，沿着大岭古道，九曲十八弯，往江南天池方向前进。拿着一根竹杖，敲醒台阶，敲醒沉睡的大山。

一级一级的台阶，走向的是已知，也是未知。走到半路，有点失望，雪呢？雪还不可见。

风景就在峰回路转处。

在观音堂，我们遇到了雪。

## 三

路的两边，枯黄的树干、茅草都结了一层透亮的冰凌，像是一串串剔透的糖葫芦；常绿的阔叶林，远处看是盖了层薄雪，近看才知道，叶子像刷了层透亮的蜂蜜；半山腰的一排小灌木披了雪，雪化成冰，一片冰树冰草的奇景。

站在半山往外看，在雪和冰的映衬下，群山妖娆，白的，是雪，是冰，还是雨，分不清。而山脚下，还是一片青绿色。我们和山下隔着一层轻纱般的雾。

山间寂静。只可闻我们内心的欣喜与欢呼。听，有种声音，那是冰凌从树上滑落的声音；听，还有种声音，那是细细的雪粒在林间嬉戏的声音。

越往上走，雪越厚。雪花倾泻着几十年未有的冷漠与含蓄。洋洋洒洒，无边无际。或大或小，或碎或细，漫天漫地，打破墨守的陈规，突破界线，突破矜持，将我们身后的所有都层层覆盖。这个世界统统被雪遮住，像上帝手中一匹纯白色幕布。

经过千年的酝酿，雪从不知名的地方而来，旋转着晶莹的躯体，飘落，融化，累积，覆盖。它以洁白的晶莹，以殒身的无

惧，从来处来，到去处去。雪是调皮的神，厌烦了世间单调，突然变个装扮，给人们带来惊喜。

世事如果洞明，也许皆如雪。

没有雪的冬季，是残缺的。雪是冬季里的使者，是冬天的标志。

雪之不常来，雪之不常见，雪之不可控制，这才是缘分。一生之中，也许我们苦苦守候等待的，正如一场畅快淋漓的雪，我们不知它何时来，可以积累多少，什么时候融化，相拥着看雪景的又是何人，对雪悄然落泪又因何事。

缘分如雪，世事如雪。雪之不能长久，久则化之；雪之不能太多，多了则泛滥成灾。雪、冰、水，一样的物质，只是在不同的形态下，以不同的姿态现身。

雪，也是缘分的伏笔。

去年来山楂树的时候，我对段王爷说，这一年，我要写一本关于民宿的书。这本书从山楂树开始，到山楂树结束。在这一年，从安吉到乌镇，从杭州到新昌，从婺城到莫干山……十几篇稿子，终于完成。今年，也是在这里，我也将开始我自己新的篇章，重新启程。

段王爷说我是个有趣的人。见过在庙里许愿、还愿的，没有见过到一个民宿许愿、还愿的。

我以傻傻的、简单的虔诚，行走在人生路上。

去年这个时候，我在莫干山，遇到了一场不期而至的大雪。雪后，大雪封山，山中停电，那是人生中难忘的一段经历。

今年，在安吉山楂树，我们与雪又相遇，我们与大山久别重逢。

## 四

在山上，有如仙境。

回到山下，吸两口带甜味的空气，空气中有炊烟的味道。

一样觉得人间美好。

夜晚，越来越静，我们在山楂树大厅烤着火，火焰熊熊燃烧，传出天籁般的声音，在屋梁绕旋，那只叫皮皮的拉布拉多犬，像个毛绒玩具，半醒半睡地卧倒在身边……

美得醉人的景象。

雪，在窗外，如白色的繁花簌簌绽放，飘落。

我在雪地写下：桑，2020。

2020，朋友们都说，是爱你，爱你。

我们爱生活，爱自己，爱大山，爱世间美好的一切。

## 五

夜里，我想起一个关于旅行和梦想的故事。

几年前，清晨的航班，从杭州到广州。天灰灰的，人还没睡醒，办登机牌的时候，习惯性挑了个靠窗前排的座位。机上人多，登机后，左右两边各坐一位膀粗腰壮的兄弟，感觉到很安

全,却有呼吸的困难。趁上洗手间的机会,看着后面一排座位还空着,我就没回原位。

坐下来后,一位六十多岁的老人也在我右手边的空位上坐了下来。空姐拿了杯咖啡给他,老人一不小心,把咖啡洒了自己一身。我善意地向他笑了笑,递了纸巾过去。

"我是台湾人,你呢?"就这样,老人打开了话匣子。

老人是做布匹生意的,每年都要来柯桥三四次。每次都会顺便爬爬祖国的一些名山名岳。我刚开始没注意,但老人后面的话深深震撼到了我。老人说,五岳他都登过顶,他还登过天山、仙霞山和海拔八千多米的乔戈里峰等。

我看了看身旁的老人,六十多岁,穿着普通的户外服装,以那么年轻的心态,充满自豪地和我介绍着。更厉害的还在后头!老人说:"阿空加瓜山,你知道吗?"不是太清楚,有些地理知识随着年纪已经忘却。老人提示:"安第斯山脉。""哦,有印象了……"

老人娓娓道来一个个旅途故事,白雪皑皑的富士山,变幻莫测的火山,还有最让老人难忘的乞力马扎罗山……

老人说,他在台湾经常参加环岛自行车游、马拉松比赛、登山活动。未来,他还要去阿尔卑斯山,还要去……

我陷入了沉思。六十多岁的老人,精神矍铄,充满了梦想。

群山万重。山就在那里。

## 六

山就在那里。

这些年常听到一些故事。几个北京人卖掉了房子,买了房车,打着绝不回头的口号开始环球游;两个年轻人,将结婚的时间与费用,全部用来旅行;重走青春路的《北京青年》,激起了多少人心底的共鸣……

还有很多背着行囊的人,不声张,不显摆,只是默默行走在自己的路上。

人生的意义和目的有关。

如果拉萨和亚丁可以让人相信那里是灵魂的起点,也是灵魂的终点,离开了会中毒一样地思念;如果乌镇和同里是江南水乡的精粹,是你梦里的软枕,会念念不忘地回味;如果千户苗寨和青岩古镇,能让你找回原生态的山与水、人与物……

那么,为什么不出行呢?为什么不在人生的路上,给自己留点记忆呢?

让心灵去旅行。我们不是缺乏时间,也不是缺乏金钱,我们太多的人背着责任,背着义务,背着重重的壳儿在前行,时间和压力让我们失去了说走就走的勇气和力量。

我们都不自由,偶尔思想跑去远方,短暂地游离,也会被锅碗瓢盆一下子拉回到油盐酱醋的现实。

每个人的心中,都有一座山,山就在那里,就在自己的心里。

在梦想的路上，有很多人一生都没有成功，但一直在努力的路上。1924年6月8日，英国著名登山家乔治·马洛里在第二次冲顶珠峰时壮烈牺牲。

——为何想要攀登珠穆朗玛峰？

之前有记者问。

——因为山就在那里！

这是他一生的回答。

## 七

心中有山，到处是山。

生活像一条不停奔流的大河，不管你喜欢不喜欢，都推着你往前走。人生是一场动态的前行，你迈开双脚，行走就已经开始。即使有时坐着，你的思想也会跨过万水千山神游。

我常常需要走到远方的那座山、那条河、那个城市中去寻找一个真实的自己。

出发，在行走的路上。

旅行给我们的人生增加了厚度，拓展了宽度，平添了颜色。

需要有一次远行，致敬人生某个阶段；也需要一个不虚此行的人生，致敬自己。

缘分是人生恰到好处的伏笔，山就在那里。

在远方等你。

## 行与子归

桃之夭夭。

之子于归。

### 一

"十亩之间兮,桑者闲闲兮,行与子还兮。"生活其实没有诗和远方。时间和大自然赋予的一切都是公平的。这么漫长的假期,在老家的你是不是已经过上了李子柒的生活呢?还是一样躲在被窝里刷刷朋友圈、抖音,或是肥皂剧?

这个庚子年春节,苏州姑娘方然的生活丰富多彩,做各种各样的美食,造盆景,喝茶,带娃,做瑜伽,人生中第一次做豆腐、豆浆、豆腐花……

身上套着围裙的她,一身村姑的打扮。有很多次,她在厨房干着活,揉着面,神思不由跑得很远。她看着窗外,窗外有绿油

油的菜地，有肆无忌惮奔跑的母鸡，有懒洋洋的小狗，有孩子们在嬉戏。她不由自主地垂下头，从心里叹了口气——真想爸妈。

现在自己所干的活，都是儿时记忆中妈妈干活的样子。种菜，做饭，甚至小到喂鸡食的动作……现在自己的动作，和记忆胶片中母亲的样子无限重合，举手投足都是母亲年轻时候的样子。家族成员之间的传承，时代与时代的传承，有时只在微小的细节之中。

大概，长大就是学着大人的样子去生活。曾经，我们想挣脱家乡和父母，到遥远的异地他乡去打拼，过自己想过的生活。但到了最后，最想回去的，还是孩童的时候。历经沧桑之后，不过是想在儿时快乐的土壤里，根植进自己的梦想。

方然有一个民宿，叫于归。

有菜地，有鸡鸭小狗，还有满是阳光的瑜伽室，有自己喜欢的小物件，有自己喜欢的开阔柔软的气息。

## 二

停云。

霭霭停云，蒙蒙时雨，苏州自古为江南福地。

日月推迁，念将老也。生命已经在我们整个人生里走过了大半程。人生经历过太多的起起伏伏，很多转折点，甚至生死攸关的时刻。现在回忆起来，心平气和，云淡风轻。

我们是什么样的人？我们还在往前走，还在寻找答案。岂无一时好，不久当如何？蓦然回首，是放下，是找寻自我，是给自己找一处可以歇息的地方。我们也许都未曾找到一个真正的自我。关于爱情，关于人生，关于自由。人生却又值得。没有哪一步路是白走的，每一步都算数。关于成长，关于人生的丰盈。身似浮萍，脚底无根，心不安，神不定。在于归，定根。

在苏州锦溪古镇不远处，有一个地方叫"蜻蜓港"。在名字这么美的地方，之子于归，方然将"于归"迎娶上门。她将人生的小船停在蜻蜓港。

在于归，她筚路蓝缕，和工匠们一起动手劳作。一点一点的手工活，如春燕衔泥筑爱巢。

师傅们不理解。她擦了把汗，笑得与母亲在田里干活一样放松，一样阳光。干体力活是最缓解压力的，沉浸其中，挥洒汗水和疲惫，是另一种自我解压。

她想到了小时候农村盖房子，没有现在的机械化与工程队，都是一家人，或是乡里乡亲一起帮忙。抬重物的时候，还一起喊着号子。

那时候的日子，单纯而快乐。最快乐的，是劳作之后，坐在院里的竹椅子上，沏一壶茶。眼前时光纷去，地里的蔬菜腾地长高了。季节的变化就在一瞬间。

花药分列，林竹翳如。

清琴横床，浊酒半壶。

有酒有友，闲饮东窗。

于归，如此得心所愿。

## 三

于归,有了根,守住了心。于归有几个房间,分别以"守"字开头命名。

一曰,守信。人而无信,不知其可也。

一曰,守正。人间正道是沧桑。

一曰,守时。君子藏器于身,待时而动。

一曰,守愚。良贾深藏若虚,君子盛德,容貌若愚。

一曰,守静。说静而后能安,安而后能虑,虑而后能得。

一曰,守候。万家灯火,总有一盏灯,等你回家。

人生,行之易,守之难。

一个朋友曾和我讲过一个故事。他说,成家之后,家对他的意义有时就是深夜里亮着的一盏灯。虽然婚后几年,两人越走越远,亲如熟悉的陌生人,但只要是他晚归,他的太太总会在家里给他留一盏灯。这盏灯,亮在高楼林立之中,丝毫不起眼,他却总能在车停下来的时候,一眼就看到——这是家,犹如丛林里属于自己最安全的一个小窝。他干了满满的一杯酒,对我说,其实他很胆小,也怕孤独。这个朋友,有着旁人眼中的睿智与成功。深夜,朋友打开心扉,他需要的是一盏灯光的温暖。"守"有寸步不离家之意;在于归,"守"有"不离初心,不离方寸"之意。

在这样一个意识、情感都泛滥且变幻莫测的年代里,"守"是一种拙,更是一种真。

返璞归真。

## 四

人生若寄。

于归,归去来兮。

用心发现,用心感受,有点滴的美好堆砌在我们生命的每一天。在于归,每天都会有一些朴实的感动。孩子每天去鸡窝里看刚产出的鸡蛋,小手里的温暖让她有手足无措的感觉;菜地里每天都有新鲜的蔬菜,生机盎然;厨房的土灶里,熊熊的灶火总能温暖游子的心。一切都充满爱,其乐融融。

生活就是普通的茶米油盐,是平凡的烟火味,是相伴在一起那些温柔的时光。

## 五

有风自南。突然被春天的味道惊醒。在田野里寻找春天。景物斯和,偶景独游。

在江南的天地里,每个季节都有万千诗篇四处发芽。你随意地吟咏,灵感就能在空气之中,找到共振的电波。

可能是李杜,几百年前他们衣袂飘飘,诗意还在于归徘徊。

## 六

在于归，起舞。

阳光洒进瑜伽房。让身体柔软，全身心地接近地面，听见自己和自然的轻语。也可以，不言不语，安静成窗外一棵树的模样。有风吹过飘扬的长发，与树叶在微风中跳一曲华尔兹。这是自由的舞步。从日出到日暮。

喜欢真实的孤独，不喜欢虚伪的温暖。穿过城市的喧嚣，走过大风大浪的年纪。孤独是多么珍贵的清静。

或是清净。没有忧伤。

## 七

于归的夜景，是治愈系的。

月牙和星星就在头顶，天空很干净，还有一丝丝红霞。于归的清晨，有迷雾，有清露，有鸟鸣，有狗吠，还有一个朦胧的身影在水一方。于归，有两个篱笆小院，静谧悠远。

在这里，天黑得很慢，时光很长，可以吟诵诗词。

原来慢下来，我们都可以是田园诗人。

## 八

你来了真好,要不然我总担心会错过你。

之子之远,今也遇之。放欢一遇,既醉还休。

所有美好的背后,有无数披星戴月,有无数星夜兼程,有无数悲伤彷徨,有无数痛不欲生。此刻,什么都不消多说。时光正好,茶正香,酒正醇。

我们只愿意和懂的人多说!

这样,相互欢喜。没有人真的喜欢孤独,所以我们注定会相遇……

在于归。

## 君问归期，未有期

日子，就是在平平常常中，咀嚼出不一样的味道。

一

一直没有来看你
我是在　看天气

想挑个有雨的时候来
坐在窗边趴在窗台
看树儿溅泪看花儿溅泪
有很多书的文字
在窗前　我们挤在一起

想挑个有雨的时候来

雨挡住了台阶下的脚步

雨帘隔出一片清静的天空

雨天里的文字和心

亲近得要命

那么亲近没有距离

想挑个有雨的时候来

在必须要离开的时候

假装被困住流浪的脚步

我是在看天气

哪天下雨的时候

你不用问

我和雨儿一起来看你

## 二

山中连日雨,从己亥绵延到庚子。

这个冬雨下得悠长,日夜不停,淅淅沥沥,似乎是这个不一样春节的悲伤。山间飘忽不定的云,自丛林向天空弥漫,更似沐雨竹林的叹息。它们在私语,雾气轻摇;偶尔会有激烈的共鸣,这时群山摇动,雾气弥漫到山间的所有角落。

雨一直下,风很少来。

我喜欢选择在雨天的时候来。

因为不想走的时候，可以假装是被雨困住了脚步。

山中，雨。

宅得理所当然。

推窗见欢喜岭古道，见莽莽群山。

喜。

我在安吉，山楂树民宿。我在房间里，在充满书香味的大厅里，敲打着我自己的文字。

我喜雨，喜欢在雨天写字看书，喜欢雨天的清静。

山居的日子，我们一房一床，随身的行李也非常少。我们的生活其实根本不需要那么多的东西，那么大的房子。有最基本的房间，最基础的物品，生活就已经足够。简简单单，反而能够让你集中精力去做一些事情。

人生有时悲，是贪，是求不得。

想要的东西太多，是贪，贪而求不得，故嗔，故悲，故怒。

悲，伤身。怒，伤心。

生活不缺乏道理，都懂得太多，而做到太少。

想要买很多书，而财力有限，故悲。想做很多很多的事情，而精力和时间不足，亦悲。人生不能随心所欲。

没有悲，哪来的喜。

真正的喜，是平凡生活的简简单单，是将平凡生活咀嚼出不一样的味道。

山居的日子，有茶，有书，有无边的美景。

相看两不厌，有静山绿水，还有山楂树里的小花。

大年初二的时候，书吧里的水仙花悄然绽放。先是一朵，再是两朵，明天就是满盆闹盈盈的喜气了吧！

欢喜，总是有的。如窗外的小雨滴，滴答滴答，积累着那么多的小欢喜，明天我们的心，也会是欢乐的海洋吧！

## 三

相看两不厌的，还有文字。

此次出门，除了笔墨纸砚，居然带了酒。

酒是婺城房东送的土烧酒，已经几年了，很醇厚。

在婺城的家里，我也备了几坛酒，还有茶，有书，有花花草草，在自己的世界里，我自称为"王"。这个春节，我在段王爷"送"的山头过年，好像也是"占山为王"了。人始终不是自然的王者，我们都不过在谋求万物和谐的一种生存方式。

有朋友说，那些酒，久不拆封，也不喝，是不是酸了？

我说，我是酸人，写酸诗，写酸文。酒要等合适的人来喝。如果经久不醇，变酸了，那也是天意。

几年前写过一篇文章——《给我一支烟》。

写的就是不吸烟的自己，突然很想抽烟的感觉。

山居的晚上，一个人想喝瓶酒的时候，想写一篇《给我一杯酒》。

想喝酒了，我就冲下楼，拿起土烧酒，兴冲冲地回房间。一

053

边喝，一边写文字。

我抽着烟，喝着酒，写着文字。

不知道抽烟的桑，文字是不是会写得更好一些，更有灵感，更有烟火味一些。

如果可以，那么再写一篇《给我一杯茶》。

烟酒不常有，而茶常有。

文字无非写的就是自己的生活而已。

## 四

有人说，感觉你很温和，桑。

也有人说，桑，实在想不出来你发脾气的样子。

时光在改变着一切。如石头的外表逐渐被风化。但石头的心不变，石头的本质不变。

曾经意气风发的少年，不经意就到了中年。曾经浑身是刺，形同刺猬的少年，也跌跌撞撞走进了中年。

华发渐生。时光不费吹灰之力就改变了我的样子。

人成熟的标志之一，是不再轻易动怒，不再轻易动心，也不再轻易敞开自己。

真正难以改变的，还是自己的性格。所谓的江山易改，本性难移。

我不知道如何形容自己的性格。太多的不可思议，太多的不堪回首，太多的错误与失误。

人生悲剧的成分远大于喜剧。

懊悔是没有用的。何必去懊悔。

接受自己经历的一切,告诉自己每天要更努力。要成为一个更好的自己,才能洗去昨日经历带给我们的伤痛。

不管岁月几何,很多事还是改变不了自己。

如常常那么孩子气。

如掩饰不了自己,依旧爱憎分明。

很难掩饰自己,于是更多时候就安静地宅着。

不过,爱是爱,感恩而欣喜,却不再恨。仇恨带给自己痛苦,选择退避三舍。如果讨厌一个人,那么,忽略他,远离他。

这是我表达仇恨的方式。

人生很短,何苦为了一个不喜欢的人强颜欢笑?

人的记忆容量很小,用仇恨占满又是何必?

与全世界和解,与自己和解。

在山山水水之间,一笑。

## 五

在异地他乡,孤单的时候,是写作的最好时刻。

人常常需要给自己这样的时刻。

一次次孤单的旅行,是给自己最好的假期礼物,给自己的人生路上留下很多美好的记忆。

记得有一次去鼓浪屿,绕过七拐八弯的小街小巷到达小旅馆。

小二很诧异地问，你这么厉害，怎么找得到这里？

小二说，一般的人订房间，肯定会打电话问地址，问攻略。

是的，我不用问，凭着记忆，或多走一点弯路就到了这里。

小二又诧异地问，你一个人吗？你怎么一个人？

我拍拍我的背包说，是啊，我就一个人，的确就是我一个人。

到了房间，整理好东西。已经是傍晚时分，我马上换上跑鞋，出门去走路加跑步。

这次是店老板好奇地问了，你来是做什么的啊？

我愉快地笑了笑，我是来跑步的。

我戴上帽子，在人少的路边跑步。路人投来陌生的目光。我感觉很安全。

晚上，在音乐厅，听了南音的音乐会。

回到旅馆。老板一个人在喝酒，邀我一起。喝了几杯啤酒，听老板讲鼓浪屿很老的故事。夜风很凉，外面很闹。

老板说，你写书的啊。以后会把我写进书里吗？

我拍拍老板的肩膀说，会啊！

我拎了一瓶啤酒回房间。

旅馆顶楼只有这一个房间。可以看见亮光的日光岩，可以看见高楼林立的厦门岛，可以看见每个文字落到屏幕的闪烁。

累了，我赤着双脚，把脚搁在几案上，头枕着椅子的靠背。

喝上一口酒，突然想抽一支烟。

此刻，我在安吉，在山楂树，在雨雾朦胧中，我喝上一口酒，写点文字。我想拨开云雾，想把我现在的心情告诉你。

有朋友说，跟着我的文字，来过三次山楂树。也有朋友说，总会有一天，循着我的脚步，来一次。

来的时候，这里的角角落落，想象老桑在这里的身影吧！

## 六

似乎睡得很好。

醒来站在房间几十平方米的露台，看窗外的风景。

满眼的绿。

绿得灿烂，绿得耀眼，绿得肆无忌惮。

在清晨的时光，我大口大口地，贪婪地呼吸，静静地拉伸着自己。

每天早上八点，我到楼下的大厅里，临孙过庭的《书谱》。一天临一页，对我自己来说，这是一个恰到好处的量，让自己不至于心生厌倦。听从于内心，自然而然，就挺好。

在我写字的时候，山楂树里叫皮皮的拉布拉多犬，总是用它忧郁的小眼神看着我。它很乖，毛皮发亮，体格健壮，总是迈着稳健的步子，在大厅里绅士一样踱来踱去。在深山之中，它如同大山一样沉稳安静，不远处中华田园犬的吠声，丝毫不能引起它的共鸣。

它在看我写字，似乎是在看一个奇怪的人做奇怪事情。

或许，它也是在欣赏吧！

白天的时候，我在房间，看我的书，写我的文字。

喝着茶。

我写我的文字，写我的心情。

坐无坐相，站无站相。怎么舒服，怎么写。

突然想到可以分享文字，偶尔有人会喜欢，顿觉开心。

突然想到很久很久以后，自己还可以回头看这段文字，回忆这段山居的经历，顿觉欢喜。

白日放歌，我在文字里放纵自己。

若不写点什么，日子在平平常常中，如水一般流走。

事后，你都记不得那时做了什么，想了什么，看到了什么。

## 七

古人常说，君子慎独。

日子是给自己过的，生活是给自己看的。

山间，雾常袭来，锁住了回去的路；山间，雨一直未停，山中自成一世界。

君问归期，未有期。

在山楂树，在山中，我假装，被雨困住了脚步。

## 何曾分明,未曾远离

世界一直很精彩,有很多地方值得我们去了再去。

去过好几次鼓浪屿,去过好几次绍兴,去过好几次千户苗寨,去过好几次乌镇。

有时候是春天,有时候是夏天,也有时候是秋天和冬天,随着自己的心情,想去了就一次次地去。但在这些地方成为一个热门旅游景区之后,我反而去得少了。每次想到那拥挤的人群,就没有了再去的欲望。

有朋友问,一个地方为什么值得你去这么多次?

我说,我喜欢陌生的地方,未知的环境,以及新鲜的风景带来的不一样的感觉。但有时,我也喜欢去熟悉的城市,走熟悉的街道,看熟悉的风景,体会一种似曾归来的感觉。

每一个人都会有很多魂牵梦绕的人和地点。

比如乌镇,你去了一次,便会再去一次。

# 一

"你这样吹过,清凉,柔和,再吹过来的,我知道不是你了。"人不可能两次踏进同一条河里。我每一次再来乌镇的时候,虽然面对着一种似曾相识,但我也知道,这个乌镇已经不是上次来的乌镇了。

这一日,江南梅雨乍来,雨丝粘连着微浓的热意,偶尔倾泻,偶尔点滴成行,撒泼而任性。突然,我想放缓自己的生活节奏,于是背上一只行囊,冒雨驱车前往乌镇。

乌镇离婺城也就是两个多小时的车程,不远不近。黄昏华灯初上的时候,雨停了,我也到了乌镇。我将车停在东苑菜场附近,穿过一些错落有致的江南民居,出现在"竹二禅隐"民宿的门口。这是一间以竹为主题装修设计的民宿,一身清秀的阿巧,亦如同翠绿修长的竹子。她很诧异,在门口热情地问我:"嗨,你怎么找到这里的啊?"

我看了看铺满白色细石的院子,呼吸着雨后新鲜的空气,快乐地说:"这里的一切我都很熟悉啊!"

竹二禅隐民宿,在东栅。结木为栅,栅在乌镇,其实有村庄之间界限的意思。有东栅,就有西栅;有南栅,就有北栅。西栅和东栅毗邻,在改建原有村庄后,形成了现在的旅游区。南栅和北栅,依然保留着一些原生态的居民生活。整个乌镇,依然是粉墙黛瓦、小桥流水、枕河人家。

在西栅成为旅游区之后，有规划的修复，让景区美轮美奂，但一个景区，缺少了本地人生活，景区和房子都似乎缺少了点灵魂。那时候，很多人说，要看原生态的乌镇，就要去东栅。过几年，东栅或许也会成为和西栅一样的景区。乌镇原生态的居民区已经渐渐退守。这种生存状态，如同很多城市的老城区一样，面临着房子老化、居民老龄化等各种难题。

将行李放在房间后，我坐在民宿的大堂里，喝上阿巧泡的安化黑茶，身心顿时轻松下来。一种城市难以一见的宁静在茶间蔓延开来。

阿巧问："你说对乌镇很熟，您是来过乌镇几次啊？"

我端起茶盏，闻到茶间有淡淡的桂圆的味道。我像是在对阿巧说，又像是在喃喃自语："我来过很多次乌镇。"

是的，每一次来，好像是在找一种似曾相识，又像是在拜访一个个朋友。

## 二

年轻的时候来，为似水流年，为我们经历过的青春与爱情。

黄磊和刘若英的《似水年华》，是乌镇最好的形象宣传片。爱情童话般的《似水年华》，演绎了世界上最遥远的距离，也许不是台北和乌镇，也许不是传统与现代，却是错的时间遇上了对的人。

爱情就像乌镇历史一样深邃而梦幻，他们的爱情，是乌托邦式的理想主义,没有结果。但那种痛彻心扉的感觉,或许只有爱过和被爱的人才能体会。在爱情里,乌镇是"乌托邦"的乌镇,有理想,有想象。"有些事,你把它藏在心里也许更好,等时间长了,回过头去看它,也就变成了故事。"但谁没有年轻过呢?谁没有拥有过爱情呢?

乌镇,似水流年,有多少"此情待可成追忆"?

那一年,我怀着一种新鲜感在乌镇西栅里住了几天,贪婪而新鲜地看着西栅的一切。我在电视剧里看乌镇的样子,也在现实中寻找电视剧里的影子。也常常就这样在剧中剧外,忘记了自己究竟是在电视剧的梦中,还是清醒地活在这个尘世之中。

那一次去乌镇,我以为自己"出尘"。回来后,我以为自己"入世",写了一篇《枕水江南》的文章。那些文字,现在回头去看,如同繁花一般,盛开在春天里,也如同流水一般消逝,悄无声息。

也如同那些飘过的雨,那是青春所特有的记忆。

记忆以新瓶换老酒的方式,保证着我们有限的储存容量。我们都不曾健忘,我们都记得我们曾经走过的路,却假装已经忘记我们在一起的样子。

## 三

再来一次,我们该为文学的朝圣而来,为文学史上熠熠生辉的《林家铺子》《子夜》和《春蚕》而来。

茅盾在中国文学史上的地位不言而喻，茅盾文学奖是中国文学最著名的奖项之一。茅盾就是土生土长的乌镇人。东栅观前街17号，那里也是茅盾先生的故居所在地，保存完好的老房子四开间两进，是一幢层木结构楼房，坐北朝南，分东西两个单元。故居中的三间书斋，原先是平房，后来茅盾用他的稿费翻建。茅盾在这里写作，《多角关系》据说就是在这里写成的。我们可以从茅盾的文学作品之中，感受到一方水土浸染在作家骨子和灵魂的印迹。

在江南，"乌"，通常是指一种接近于黑的颜色，乌镇的来历众说纷纭，由于乌镇地处河网密布的冲积平原，淤积的泥土呈褐色且肥沃，这个颜色的"乌"，也是乌镇的起源之一。

我拿着茅盾的书，行走在乌镇的世界里。我在他的书里，找乌镇的影子，我也在乌镇寻找着书里的故事细节。

每个作家都有自己创作的资源库，乌镇是茅盾文学创作的家乡，灵感的黑色沃土。

我们对家乡爱得深沉，文字之中，才有流传的力量。

## 四

"少年听雨歌楼上。红烛昏罗帐。壮年听雨客舟中。江阔云低、断雁叫西风。而今听雨僧庐下。鬓已星星也。悲欢离合总无情。一任阶前、点滴到天明。"南宋蒋捷的这首《虞美人》，描述了在不同年龄、不同地点听雨时的不同心境。

再来一次，或许要在人生散淡的时候来，为看懂木心、读懂木心而专门来一次乌镇，来感叹一次"风啊，水啊，一顶桥"。

人的一生，很是短暂，如风飘过，如水流走，我们都是天地之间的一个过客，最后留下的还是一座座桥啊。而今在桥上看风景的又是谁？我们又可曾记住过谁？

他曾说，岁月不饶人，我亦未曾饶过岁月。

来过几次乌镇，我可以理解先生为什么那一年回来又走了，他痛心疾首地说，我再也不回来了！我也可以理解他最终在2006年回来，在这里度过了他最后的五年时光。木心曾经是属于这里的，但他又不属于这里，最终只是回到了这里。

木心，本名孙璞，字仰中，号牧心，木心是他的笔名。木心生在乌镇，六岁就读于乌镇东栅的集贤小学，后转入私立敦本小学（后该校并入乌镇植材小学）。后来木心去上海等地求学，再到国外。七十九岁的木心最后回到乌镇，定居于晚晴小筑。他在孙家花园度过了生命中最后的五年时光。在他去世之后，他的文学光芒才闪耀了天空。

虽然，很多人只记得他的一些精练的句子，没有真正读过他的诗集。很多人只是读懂了先生的几个句子，就以为读懂了他和他的诗集。

他的思想，如同他的诗句，横跨古今千年中西方的世界；他的人生，如同他走过的路；他的坎坷，也如同他一生的孤独。

他曾说，生活最好的状态，就是冷冷清清的风风火火。

## 五

入夜的时候，我闲坐在竹二的花园里，看着花园之中的绣球花、迟开的金银花，以及整片爬墙的蔷薇，和花一起发呆。

"宁可食无肉，不可居无竹"，文人对竹总是偏爱的。竹二民宿的世界里，基本都是竹制品，如灯、桌椅等都采用了环保的竹制品，都可以看出民宿主人对竹之偏爱。我想这是竹二之"竹"的由来，但是"二"呢？想到"一实之理，如如平等，而无彼此之别，谓之不二"的佛理，突然也没有了问的念头。民宿的世界里，人来人往，无彼此之别，也是"不二"之意；来乌镇，直奔竹二，不二选择，也是"竹二"之意。

留给人无限的想象，也有意思。

这时，民宿老板阿巧端了一碗茶，好奇地问我："你为什么会选择我们竹二这个民宿呢？"

我没有说话，拿出手机翻出一张照片。照片是一个爱好摄影的朋友航拍的乌镇，在整张清晰的图片之中，黛瓦如鳞，棕色的石板路和凝练一般的河汊如同厚重的血脉，在整张图片之中，竹二禅隐的院子，如同白色的玉石一样，清晰分明。

黑与白，白与黑。在中国的传统文化之中，黑与白是两极，代表着万物的两端。太极图案里的黑与白，围棋世界里的黑与白，水墨世界里的黑与白，江南建筑里的黑与白，简洁而分明。

江南是充满柔情的。这片土地上的土,是黑色的,孕育着万物;而水是白色的,环绕着村庄田野,河道四通八达,最终都与京杭大运河相通,走向世界。

黑与白,有时也是不分明的,以一个中间色——灰色,过渡着。在烟雨的江南,这个体会就分外明显。灰蒙蒙的天,是白与黑的融合,雨丝就是连接黑与白与灰的边界线。

这也如同世事,对与错,有时分明,有明确的标准,而有时又何曾分明呢?

以前我来乌镇,都住在西栅里,感觉这样清静,可以更多地领略乌镇的美好。但其实不是,那是一种"圈养"的幸福感,我们在人为设定好的环境里,以为自己是"出尘",却远离了真正的生活。

我听到民宿外的吴侬软语,闻到农家的菜香飘来。

我想,我还是更偏爱这人间的烟火。

## 六

有人说,真正的平静,不是避开车马喧嚣,而是在心中修篱种菊。

艺术家的创作灵感,来自生活。我们都需要活在凡尘之中。我们需要的是在这个世界里,真诚地生活着,开心地笑,痛快地哭,畅快地爱自己。

民宿所在的位置,离东栅景区几步之遥。不远不近,刚好。

民宿处在市井之中，闭门即是深山，随处净土。而一墙之隔，就是一幅鲜活的市井生活图景。

不远不近，真好。

夜晚的乌镇，是一个不一样的世界。黑与白，现实与梦想，在夜色之中，可以融合，不带感伤。

深夜，舍不得睡的我，从染店弄的小巷，走到东栅的街道上。

小镇沉寂下来。没有喧哗，没有人声，河水静静流淌。这时的小镇，仿佛褪去了白日里繁重的表象，洗尽铅华，它不再张罗着迎接各方来客，它不再故作欢笑，在夜色的苍茫里，静静的小镇，回归本真。

深夜，走在粗磨不平的石板路上，穿过一条条小巷，走过一座座小桥。街道微湿。空中飘着细雨，漆黑的夜没有星光，路灯和房灯交相在乌镇的小河中闪烁，摇着橹的小船，不时从门前的小河里穿过。粼粼的波光，静静的夜空，沿街的窗户里有窃窃的私房话。有柔柔的灯光，打在路人的身上，折射到面前的那条河中。

我坐在一座小桥上，内心有些波动，细想却空空如也，空无一物。

夜静如水，微寒湿衣，不知是雨，还是露。

## 七

清晨的世界，是一个不一样的世界。

欣欣然，一切都是新的。

清晨，房间外的鸟鸣叫醒了我，我拿上相机出门。天青色，阳光未至，街上店铺未开。

　　我信步从东栅走到北栅，走到了南栅的尽头。在青砖白墙、黛瓦雕窗的寻常小巷，看着站在小巷边刷着牙满嘴泡沫的叔叔，拎着刚刷过的马桶回家的阿姨，那个扎着长辫子的姑娘正大声地和路边的店主打招呼："老马，这么早开门啦！"

　　未等老马回话，她又快跑赶上街道旁边的一个婶婶，续上了另一个家常话题。

　　我身后，有丁零零的声音，一个大叔骑着一辆二八自行车，在石板路上颠簸而来。

　　小巷上有很多铺面，一些老宅子就隐藏在铺面的后面。我走到南栅的尽头，一个老人家正用柴火烧茶。他和我介绍说，南栅的外头就是京杭大运河，在以前水运发达的时候，这里是乌镇最热闹的地方，来来往往的船只都停在这里。他还用手指了指周边的一些店铺，这些地方曾经也是很热闹的地方，都是一些供销社的铺面，但当公路发达之后，水路走向衰败，这里就冷清了。

　　冷清的街面，冷清的水面，如同老人家烧水的小柴火灶，在荒地上，腾起缈缈青烟，飘入安静的空气之中。

　　当我往回走的时候，一间一间店面撤去了门板，摆出琳琅满目的商品，街路上的游人从四面八方汇集，如同修真观前的那个戏台，两三声鼓响锣敲——桐乡的花鼓戏开场了。

　　没有经历过一个城市的夜深人静，没有体验过一个城市的清晨，不足以真正了解这个城市。

没有去过一个城市最热闹的菜场买过菜,没有尝过一个城市最地道的菜肴,不足以说真的对这片土地熟悉。

回到竹二,我和巧姐的舅妈一起去东苑菜场买了几样小菜。

## 八

如果想再来一次乌镇,那是什么原因呢?

或者,留一次说走就走的旅行。人的一生总要留点时间给自己,不是吗?不问前程,不问目的,再去一次,又一次。我们在一次旅行之中,或者也是为了寻找一个开始与一个结束。借助一次旅行,给自己一个缓冲,让我们在一个陌生的环境里深思决策。

答案其实都在我们的心里,我们需要的只是一个落槌的仪式。

站在乌镇黑与白的世界里,我也在想,我专注地来一次看一次的乌镇,我的目的又何曾那样分明?

就如同这次来的乌镇东栅,我原本只是轻松随意地来,但在竹二附近的巷子口,我的脑海里还是会闪现出《似水年华》里的那些镜头:刘若英拉着行李箱站在弄堂口,她哀怨文静的眼神……

在竹二,一盏灯,一壶茶,一碗酒,一本书,深夜独坐,我想到了这些想把所有美好整合进民宿的主人,她们用一种宽容的爱意,营造了一个有情有义的心灵驿站,我们在这里靠一靠,歇一歇,悟一悟;我也会想起年轻时不堪回首的岁月,都落在岁月

蹉跎、似水年华的叹息中；我也会想到一个理想主义的自己，常常找个借口，在一个安静的角落里，呼吸着陌生的空气，与现实中那个无奈的自己，相望。

我们都未曾停下过思索，停下过前进的脚步。关于情怀，关于信仰，我们曾经迷离，却也一直坚守，何曾远离？

何曾分明？不须分明。来与往，驻与停，想的什么，念的什么，原本不需要分明。

旅行，在拉远我们与现实的距离，也在拉近我们与自己内心的距离。我们回头审视我们与现实的距离，我们也在深夜凝视着自己。不远不近，也如同竹二民宿的位置，理想与现实之间一墙之隔，我们的梦想在市井的世界里，如同一朵出淤泥的莲花，自顾自地绽放，等懂得欣赏的朋友前来。

我们不追求一种分明的世界，也未曾远离现实。我们找一个心灵的驿站，暂时停歇，放下负载，然后收拾勇气，重新启程。

何曾分明，未曾远离，旅行是我们一生的朋友。

## 淡若无痕，北上

生活，只有自己知道经历了什么，别人无从真切地体会。

有些城市，对我们的意义非同寻常，是不一样的存在。有人说，是第二故乡。有人说，这是属于她/他的城市。

我的人生经历，基本可以归为北上、南下。年轻的时候南下广州工作，后来到北京，最后回归浙江。在这个过程中的几个城市，北京、广州，还有无锡、杭州等地，因为工作和生活过，被我赋予了不一样的情感意义。

这些城市在我生命中的意义是不一样的。

我们都曾经去过很多地方，有些地方，只是去的次数多少而已。而能用"回""回去"这个概念的城市，少之甚少。

每次去这几个城市，都特别亲切，感觉像是回家。

## 北　上

　　虽然从北京回浙江已经很多年，但我现在很多联系方式上显示的资料还是在北京。不是我不想去改它，只是想在心里给自己留个念想。

　　北京，对于这个城市来说，我只是一个匆匆的过客。在这个城市，我在朝外大街 SOHO 的十五楼工作过，我在珠江绿洲生活过，我在北二外打过球，我在这个城市留下太多太多的印记。

　　只是过了很多年，时光有点淡然，记忆慢慢变淡。

　　对一个城市的感觉，如朋友，也如亲人，这个城市的公交车、地铁，这个城市里的很多建筑物，都曾和你息息相关，都曾留下你的足迹，这个城市已经和你血浓于水，牢牢占据了你生命的一部分。

　　这么多年，走过多少地方，走过多少城市。从一个个城市的边缘走过，留下一张张票根，一段段残缺不全的记忆。更多的城市，就像是清水流过，稍微湿润，一阵风吹来，都蒸发了。最终，记忆里只是感觉来过。再过很久，很多的地名，很多的地方，想不起来，也没有什么记忆了。

　　而北京，这个城市，我曾经上班的朝外大街，曾居住过的珠江绿洲，曾经的你，一切的一切，都在人生的历程里留下那么浓重的记忆，刻在了生命里。

　　很想念北京，它是我另一个梦的寄托。想到北京，我会想到这个城市给我留下的珍贵记忆，我在这个城市读过的书，写过的文字，走过的路，遇到的人。我也很想念广州，一想到广州，我的身体就轻了起来，像是回到二十来岁的年纪，自带耀眼光芒的二十来岁。

## 南锣鼓巷

每个城市，都有一条文艺的街道。文艺青年必去打卡。即使不能去，也心向往之。

那一年，我常在春天明丽的阳光中逛南锣鼓巷。

生命的历程就像是一个个 pass by（路过）的过程，起起落落，浮浮沉沉。在这样一个休闲的午后，斑驳的阳光从古老的天窗上漏下，四周弥漫着咖啡和酒的味道，光与影，时空的现实与虚幻，历史的沧桑与岁月的质感，在你的脑海中，幻变成一帧帧的胶片……

这是小资加市侩的巷道。

曾经的东富西贵，破旧不堪仍可看出过往的奢华，残留着丝丝豪华，让你产生一种历史的顿感。一间间舒适的酒吧，"共度""西菊町""过客""这里""秀吧"……在夏日的午后，各式的灯笼，低垂的帷幔，聊天的人们，看书喝咖啡的人们，盯着笔记本的人们……繁华的城市，闹中取静。

小小精致的胡同，亮堂堂的"锣鼓洞天"，充满西域风情的清真菜馆"回味斋"，地道老北京风味的"文宇奶酪店"，不失时

机从某个角落挤了进来,门口是排着队买小吃的人群,让你看着就体会到一种舌尖的诱惑……

几百年间的民族融合,元明清的历史沉淀,那充满各国特色的小饰品,总让你忙不迭地从远古到现在,从东方到西方,从大红大绿到素色清纯,从历史锈迹到残缺点滴……一切令人目不暇接。

这个南锣鼓巷,简单,平静,琐碎却不喧嚣。

偷得浮生半日闲。我喜欢这样一种简单和平静中透出的温馨。一条巷道,你仿佛从前来过。你走在这里,感觉是自己人生胶片里的某个过客,你站在路的中间发呆,阳光从树梢间落下,印着你的影子……

另一个你,被岁月镀上了灰白的沧桑,坐在酒吧的某个角落,回头看着你……

## 国子监　孔庙

其实,我一直想把那个孔庙的午后定格,把人和思想都定格在某个遐思的片段里。

那样一个初夏的午后,六月的京城,天空明媚,蓝蓝的天上可以看到白云飘。从叙香斋出来,斜对面就是孔庙。左庙右学。孔庙的旁边,现在已经连成一体的,就是国子监。

南派的孔庙在衢州,怀着虔诚朝圣的心,还是在学生时代去过。庙似乎也不大,殿堂也很普通,十多年后已经没有什么印象了。北京孔庙是全国第二大的孔庙，是中国古代的最高学府国子监，是放置读书人精神和理想的地方，是体现人生价值和人生进阶的地方。

雕栏玉砌还在，树木记载了各种沧桑，碑文在历史的风沙中湮灭。路上的石板，残缺着某种光滑。一箭之遥的雍和宫，香火的梵音中川流着不息的人群。这里是属于清静的。

行人很少。很多人在匆忙拍摄了几张与孔子像的合影后，从一个殿穿过一个殿，一个堂走过一个堂。匆匆地进，匆匆地出。转了一个圈，留了几个影。

我想，除了辟雍之时、公祭之时的喧嚣外，这里是属于书声，属于沉思的。而今，书香之气已不复存在，朗朗之声更是遥远，孔子含笑睿智的眼神，透过天空，望见了什么？他在思考什么？

我站在古柏的阴影下。遒劲的枝丫，徒然地伸向天空；朱红的庙檐，寂寥着某种无奈。不知名的小鸟叫着，轻飘着飞过。眼前，路上那纶巾华服，持书而行，子曰子曰，之乎者也，各种声音、形象，在我的世界里慢慢生动起来……

这里不需要你去考证和探究。

坐着吧。你需要心灵的感受。

## 莫干山,从前慢

一

有时,人生真不如一句陶渊明。

——木心

1936年,二战初歇,十九岁青葱年华的木心,刚刚考取了上海美术学校,他久慕的流浪就要开始了。这个已经厌命而贪生的青年,离开都市之中爱听的日夜不息的市声,从杭州辗转到莫干山,去看炊烟,闻水的腥味和野烧的草香。

八月的烈日之下,挑夫挑着两大箱子的书,木心拎着小件的行李悄悄地上山了。莫干山剑池边上,有木心父亲早年买下的别墅。在山上,木心日日读他的福楼拜和尼采,沉浸在他的文学世界里。一日三餐,在看房的山民家中吃饭。他在山上读书写作,思考人生,看竹听竹,体验不一样的山居生活,半年的时间寂寞而丰满。

莫干山在历史上的地位很是重要,那些所谓的政治风云,其实大煞风景,敌不过的是终将徐徐落下的黄昏。在莫干山的记忆中,唯有文学的光芒,始终熠熠生辉。

时光过去,先生还在。

竹深悠悠,白云深处。那些年,文学巨匠巴金和郁达夫等人,都曾经和莫干山有莫大的缘分。

己亥春节,我循着木心先生的足迹,拎着一篮子书和纸墨上莫干山。

在山上,我将度过属于自己的一个春节。

万籁静默,容我小憩。

在山上,在民宿"府邸"的房间里,我穿着自己喜欢的毛衫,光着脚在地板上走来走去。内心很安静,我对着自己微笑。

我坐在阁楼的地板上。楼顶是原木的苍穹,聚集成金字塔的形状,低处伸手可以触及木质的纹理,心可以循着这些木质的线条交汇,又可以无限地延伸出去。

可以清楚地听到雨雪落到屋顶的声音,汇成水滴,从屋顶滑落下去。雨,滴在叶子上或是地上,组成了不同的音符,在深夜里奏起交响曲。

我们现代人很恐惧一个人待着,在一个人的世界里,会时刻不安。我们怕被人群遗忘,怕被流行抛弃,我们时刻需要存在感,所以我们要时不时地打开手机,不停地刷朋友圈。

我想起傍晚的时候,坐景观车下山,将自己的车开上山来的时候,遇到的那团雾。那伸手不见五指的迷雾,让我迷失在

莫干山中。

　　人生很多时候，如同上山时遇到的那团迷雾，那么厚重，那么沉，那么深，迷离得看不清眼前的方向，唯有循着路上的白线，才能够看得清楚路的方向，缓慢地移动。

　　我们不能往回走，无路可退，只能往前走。

　　这个时候，远光灯也是无效的，有效的是近光灯。我们仅仅需要的是看清离自己最近的距离。最后安全地到达目的地。

　　我们不能走弯路，也不需要走急路。认准目标，用正确的方法，坚持就好。

　　冲破这团迷雾后，长吁了一口气。当我在民宿边上停车的时候，后背都是汗。我回到房间，拿出一本书，随便翻阅，翻着翻着，就看到了很多往事和不堪回首的自己。

　　"有趣"，我努力想追求一种正确的生活，实际上却过得很失败，一团乱麻。我缺乏一种决绝的力量，追逐着一种别人所不理解的生活方式，追逐着所谓的理想，所谓的梦想。常常碰壁。也常常躲在一个人的角落，自我疗伤。我一生中做得最多的只是蠢事，平庸而乏味，缺少美感。我执拗的性格，让我在所谓的自我准则中，愈行愈远。

　　我的心思凝滞住了。我听到自己的青春慌里慌张地急奔而走，留下花白头发的自己，惨不忍睹。

　　西窗已觉风雪至，依旧独步窗前吟。

　　我在这个晚上写下了很多文字，其实是一封封信。

　　无处可寄的信件。

读书有时，亦须有地。在满是冰雪的莫干山上，得此余暇，了无尘念，宜展卷读陶渊明诗。

## 二

能做的事就只是长途跋涉的归真返璞。

——木心

莫干山上，民国一梦。

我偏爱这人间的一个角落，曾经的民国年代，曾经的民国芳华。

莫干山上，遗落了些时间的痕迹，凝聚起来，成了历史。有长袍的传教士，有叱咤风云的上海滩大佬，有政坛的风云人物，等等。

在我看来，在这个清凉的世界里，莫干山以其包容和博爱，"冷敷"着一个个浮躁的心灵。

无论是谁，在自然的伟大面前，都要放下自己的身段，以一种谦卑的心态，沿着盘山的公路拾级而上。

到这里，我们都希望心平气和。心平气和地和自己说说话，心平气和地与自然、与朋友说说话。

每座山，都有自己的性格。不同的山，有不同的风格、不同的属性，大自然赋予其不同的灵气。不同的文人墨客，用他们的诗文，以及经历，打造出不一样的山川特色。

来到莫干山，感觉就像来到了庐山，因为这两个地方具有相同的地理及人文属性——避暑，民国的别墅，以及近现代的政治人文。相比较庐山，基本处于相同纬度的莫干山，则要迷你很多。莫干山的最高海拔只有七百多米，而庐山的海拔有一千四百多米，从山峰的体量来说，莫干山也是小很多。我感到奇怪，在浙江海拔七百多米的山峰随处可见，但历史和地理最终成就了莫干山，让它成为我们眼中集清凉世界和诸多人文于一体的莫干山。

莫干山的闻名，是悠久的故事。剑池和干将莫邪的故事，在中华历史上早已经广为流传。近现代西方的探险者，不过只是为了寻找上海周边一个绝佳的避暑之地罢了。

不知道是莫干山的幸还是不幸。

莫干山真正被开发是在十九世纪末。最先是在上海的西方传教士发现了莫干山，开发了莫干山，慢慢地，政界和商界人士也蜂拥而至，莫干山逐渐成为富人的天堂，政治家聚会的地方。

在人群中我走得很快，但在莫干山的时候，我走得很慢。我对这两百多座各个时期的名人别墅，没有多大的兴趣，对我来说，房子只是房子而已。

建筑是木石的前缘，属性决定了事物的本质。莫干山上原本没有什么房子，即使有，也只是猎户和农户简陋的茅草房。我们传统中式的房子，更多是木头和泥土的混合，这种建筑带有中式的婉约，江南的秀外慧中。木，外似硬，内在柔，可塑性强。土，细碎时如水，凝聚以后却是石头般的坚硬。这也是我们传统中式建筑的美学和魅力。

西式的建筑，强调坚硬和简单，更多的是石头的组合。西方的传教士进入莫干山，也将西式的风格带入莫干山的丛林深处。一块块不规则的石头，加上钢筋混凝土，为莫干山柔性的丛林增加了刚性的异域风情。

以前的房子有价值，是因为它的主人。现在的房子有价值，还是因为它的主人，以及房子里曾经发生过的故事。我从一座座老房子走过的时候，没有进去探究的欲望。我的脑海中，如蒙太奇一样浮现的只是这些房子里曾经发生的故事，人来人往的情节。

我想象中的故事，远比真实更有小说的味道。现实生活中，名人在山上的故事，也无非一日三餐而已，是我们的臆想增加了历史的色彩。

更多的时候，我坐在"府邸"，想象这座山上的历史。

这个房子，曾经的主人是黄郛，这是他所有房子中的一个"偏房"。坐在这里，我似乎坐在历史的偏殿里看以前的时光。时光斑驳，我看到的是一个在莫干山上的黄郛，府邸没有门槛，没有威严。他与民同乐，定下规矩说凡穿草鞋有事者不需要禀报，穿皮鞋者需要禀报。他在莫干山，为了教化民众，不遗余力兴办教育。这个黄郛，当年，和陈其美、蒋介石三人义结金兰，叱咤风云。

莫干山春秋，消磨多少豪杰，数风流人物，俱往矣。几十年上百年过去了，莫干山上草木更加葱茏，遮天蔽日地生长着。从前山上的视线应比今日更空阔。站在府邸的露台，我们定然能看见昔日武康城的繁华，江山如画。

这座房子，如果不是段王爷的慧眼识珠，或许将会在黑暗潮湿中，磨损完它的岁月。段王爷的府邸，有一种"变态"的奢侈。公共的空间，如露台、酒吧、大厅都很大，而房间很少。在改造房子的时候，段王爷最大限度地保留了原来的风格和建筑艺术，加以现代的玻璃增加光亮。

底邸，有着中西结合的范，透着百年山水人文浸淫的灵气。

淋漓本色。

## 三

你再不来，我要下雪了。

——木心

我在一个黎明，突然被一个梦惊醒。

醒来，我对自己说，我不等了，我不纠结了，我要出发了。

莫干山在等我！

有时候，日有所思，夜有所梦。梦，唤醒我们内心深处很迫切的一个渴望。这个渴望，已经埋藏在心里很深，很久，这个渴望并没有随着时间的推移而被淡忘，相反，它在我们心里堆积，在我们脑海中发酵，一天一天地膨胀着。

终于有一天，它推动着你赴约的脚步。

人生有种最远的距离，叫"下一次"，叫"后来"，叫"以后"。

是说了一年又一年，是遥遥无期。

人生有种最近的距离，是说来就来，说走就走。

莫干山，我和你约定很久了。

现在，我说来看你，不是等明天，不是等下次，不是等有空。

而是，我说来看你，现在就来。

很早以前，就和好友段王爷说过很多次，等下雪的时候，我要来莫干山看雪，坐在"从前慢"宽阔的玻璃房里，看雪花一片一片飘落，看雪铺满漫山遍野，看雪掩盖住来路与归途，体验雪地的弥漫与苍茫。

我在"从前慢"的小屋里烤火，看雪，已经有很多次了——但这只是在我的想象和梦境里。

段王爷的这个"从前慢"民宿，在莫干山的白云深处，已经开了很多年。

雪落于莫干山一次又一次，每落一次就呼唤我一次。

梦唤醒我的渴望。在这个黎明的早上，我一个人开车，往莫干山而去。

在出发之前，我还很遗憾，我想我还是和从前慢失约了。我和她约好的，雪天我就来，我来"从前慢"看莫干山的雪。但我出发的这个季节，冬天还在江南惶惶地转圈，余威已弱，春天尚未真正来临，世界乍暖还寒时候，我来了。

到莫干山山脚换乘中心的时候，看到山上下来的一辆辆车，车顶都带着冰雪，我心一阵欢呼：雪！雪！雪！山上有雪！

莫干山的雪，我终于没有失约。

我和"从前慢"的约会，终于没有失约。

雪没有辜负我，我也没有辜负段王爷。

"你再不来，我要下雪了。"你来，我还是用你喜欢的雪来欢迎你。

我来之前的大年初三晚，莫干山上大雪纷飞，从小雪下到暴雪，整整下了两个多小时。随着盘山公路一直往山上走，雪意越来越厚重，直至成为一个冰雪王国。

我在荫山街下了车，路上有冰，有雪，很滑。

路边还有成片成片的雪。我忍不住，在雪上面写下自己爱的人的名字，在雪上对她说，我爱你，很爱，很想你。

## 四

如欲相见，我在各种悲喜交集处。

——木心

坐在"府邸"的大厅里。

白云深处，蓝莲花开，莫干山府邸。

喝上管家媛媛递过来的一杯热气腾腾的姜茶，心温暖起来。

有到家的感觉。

屋檐上有冰凌，一根一根，长长短短地垂下来，让我仿佛回到童年。童年时候江浙的大雪，可以没膝，冰厚到儿童可以站在池塘上玩耍，屋檐上常常挂着冰凌。

不断地有游客从门前走过，拍照。

"府邸"的管家媛媛，热心地接待一拨又一拨的客人，同时也不断地送走一批又一批的客人。

媛媛很热心地叮嘱："路上慢点啊，小心开车，下次再来。"

我没有抬头看这个寻常的离别场景。我们一生之中，都要经历无数的离别，谁都不能例外。

在我们要离开一个自己喜欢的人，或是自己喜欢的地方时，总是有太多的不舍。

说是有下一次，但是下一次又是什么时候呢？

世事无常，我们都不知道答案。有很多的再会，是再会无期。

窗外雾气不断弥漫。只能看到最近的几棵树，是法国梧桐，是柳杉，远处的风景都迷失在大雾中了。

我突然遗憾自己没有带相机来。随着在后面几天里所遇到的美景越来越多，这个遗憾越来越大。

不过，还好，我有文字。

民宿的大厅，是个旅行的论坛，我们都因为生活在别处，所以才相遇。

民宿的前台羊羊说，酒店里住有一个吹尺八的客人，吹得很好听。

这个男人，我在大厅里见到了。我看着他背着尺八离开，我没有听到他在"府邸"露台的吹奏。

这个下午，还有两个客人，他们和我一样在民宿的大厅里坐了一个下午。我没有听到他们说了什么话，他们和我一样沉默。一对情侣就在大厅坐着，喝着茶，吃着零食，刷着手机。

我听到他们唯一的话语就是向管家媛媛下单，以及买单。

或许，这个在莫干山上的下午，他们也是极其享受的。我们无法知道别人的心情，也无从去干涉别人的行为思维模式。

我们在相熟的世界里，厌倦了交流，宁愿把大把的时间交给微信，交给手机以及毫无意义的事情。

我们在陌生的世界里，保持着警惕，紧锁着房门。

在心里，我们都是孤独的人。

我们心中的悲伤，有些可以诉说，有些无法诉说。

可以说出来的悲伤，倒是幸福的。那些说不出来的悲伤，才是痛苦的。

有一次我们朋友小聚会的时候，一个朋友说起了他成为植物人十多年的岳父，说到他这些年经历的磨难，很多的惊心动魄，这些在历经沧桑的他嘴里道出，化为轻描淡写的坦然。在回家的路上，另一个朋友对我说，有些悲伤和苦难，说得出来，可以对人说，那还是好的，更可悲的苦处，是不能说，无处说。

那才是我们心里最深的悲伤。

一个独来独往的游客，会有，但总是少数。在旅行的路上，人们还是害怕孤单。人们对孤身出行的旅人，总抱着一点点的诧异。记得我有很多次出行,在鼓浪屿,在千户苗寨,在大理,总有民宿管家会问:"你怎么是一个人啊!"

在我住的"府邸"的隔壁白云山庄,住着我所不知道的另一个旅人,他从大年三十上山,已经住了好多天。

旅行,让我们带着一种天真无邪的浪漫投身在路上,我们如饥似渴地需要发现点什么,但最终大部分的人,他们的印象只是民宿的一个房间,以及在景区拍照,在微信打卡而已。

他们没有旅行的见闻,没有遇到有趣的人。

首先,还是自己要成为一个有趣的人吧!

## 五

**生活的最佳状态是冷冷清清的风风火火。**

——木心

天色未明,晨光苍苍,四周岑寂。

去每个陌生的地方,我都喜欢早上起来跑步,喜欢晚上漫无目的地走路。

我一直认为,只有用脚步去丈量,你才能抵达这个城市的深处。我在全世界的很多城市跑过步,走过路。

所以,平时穿着运动鞋,背着双肩包,就是我最好的选择。

住在莫干山的每个日子,早晨我都起来跑步。

清晨的莫干山,道路空旷,空无一人。我想我那时就是一个快乐奔跑的孩子,我没有大声呼喊,但我可以听到自己的欢呼。

山上靠北的路段,有冰,有雪,路上有很多被冰雪压断的枝条。我在路上,或走或跑。山间笼罩着薄薄的雾,这时候的莫干山还没有睡醒,我就是山间的舞者。

在山上,在晨间,远近看莫干山。在大道上奔跑,小心翼翼走冰封的小路,山间起起伏伏,爬山过岭,一路走去,萧疏的冬季景象,不负佳期。

哪里有株梅花,哪里有座房子,哪里有棵柳杉,渐渐熟稔,我们成了好朋友。

我每天都和它们打招呼,嗨,你们好啊!

我觉得自己也成了这座山的一分子。

当白天如期而至,景区开放,游人渐渐增多。我坐在"府邸"的大厅里临我的书谱,写我的文字,看我的书,旁若无人。

偶尔我抬起头,能看到很多人如游鲤一样从我的面前走过。

他们也会在民宿前驻足,停下来拍那株千娇百媚的冰封花儿。

## 六

木心说,他自己身上应该同时存在三个人,一个是音乐家,一个是作家,还有一个是画家。后来,画家和作家合谋把这个音乐家谋杀了,所以,他便成了一个会吟诗的画家。

我们都要做一个浪漫的人,不管我们用什么样的语言、音乐去描述，我们都要学会，风花是浪漫，雪月是浪漫，平淡是浪漫，荣华是浪漫，清贫是浪漫。

"府邸"民宿前的那株花儿，是海棠。

这海棠，俊俏地在寒冬怒放，是冰天雪地里的一抹惊艳。红肥绿瘦，骨感的美丽吸引了很多人的注意，行人纷纷驻足拍摄。

一不小心，她成了"网红"海棠。

但他们的朋友圈里，这个海棠可能不小心成了梅花。

一个上海的叔叔还和我在争论。

他说，这明明是梅花嘛！这么大朵的梅花。

我说，这是海棠，贴梗海棠。

他摇摇头，不相信。拍了张照片，带着他的"梅花"走下山去。

我回来，坐在"府邸"的大厅里，仿佛看到海棠对我苦笑，无奈地摇头。

媛媛给我找了一块小木牌子。

我用毛笔在木牌的正面写下：知否，知否。

背面写下：海棠依旧。

我将小木牌慎重地挂了上去。小木牌挂上去，在风中旋转飘舞，不一会儿，它就被冰雪给冻住了，细绳上也长出了雪绒花。

我没有看过电视剧《知否知否》，我只记得易安居士。我想到了那个在雨疏风骤之夜，喝得酩酊大醉的易安居士，浓睡不消残酒，慵懒地躺在床上，还想着窗外的花儿，试问卷帘人，却道海棠依旧的时候，她心中是不是在感叹世事无常，感叹花儿的坚强呢？

美丽的事物会给人带来美好的力量。

而生活中的美，的确是需要自己去发现的。

生活中处处存在美。心中有丘壑，笔墨自无边。

要做个有趣的人，做有趣的事情，过有趣的人生。

## 七

我是一个在黑暗中大雪纷飞的人哪。

——木心

如果世上没有电，那会怎么样？

如果生活中没有水，那会怎么样？

世间原本也没有电，但我们已经习惯了有电的生活。在莫干山上最后几天的生活，是在断电缺热水中度过的。

第一个晚上，山上突然停电了，屋里漆黑一片。住店的人中，没有一个抽烟的，一下子还找不到打火机点蜡烛。

一片黑暗之中，只有应急灯惨淡地笑着。众人却都大喜，大乐。习惯了灯火辉煌的生活，我们也会偶尔喜欢烛光映照的世界。

朋友们都说，关掉应急灯，点起蜡烛，红酒举起来，多浪漫的事情！

想象很美，现实生活却很惨淡。生活的真实总是惨不忍睹，而又出乎我们的意料。这个晚上，我们找不到火柴，找不到打火机。

不过，没有关系，我们有酒。我们坐在黑暗中，有手机微弱的灯光。

媛媛打开私藏的好酒，摆上酒杯。

这个时候，我改了一下海子的诗，表达自己的心情：

这个时候

我们有梦想

有远方

有友情

杯子碰在一起

都是喜悦的声音……

美人立梅下，高士卧松林。苍茫失昏晓，万里一杯酒。

冰雪天气，莫干山封山了。山间越发安静。偶有突然的轰鸣声传来，那是树枝被冰雪压断，或是屋顶的雪滑下来，砸向地面的声音。

电停得久了，没有热水，没有空调，我们身上的热度与热情也一点点地被蚕食。人生是一场体验，体验着不同的情景，体会着不同情景下不同的心情。

对我而言，这是一场难得的体验之旅。

我们每个人都是一座孤岛。在停电的莫干山上，这种感觉特别明显。整个山在全世界中,黑漆漆的,就是座孤岛,每一个民宿又是孤岛中的孤岛。每一个房间是一座孤岛,每一个人又是一座孤岛。我们每个人漂浮在波涛汹涌的大海上,很多时候随波逐流,无能为力。

在岛上,我们都是自己的君王,但在岛之外的世界里,我们同样卑微如同草芥。

只有走出来,人与人才会相逢。只有打开心门,人心与人心才会交融。

这天早上起来跑步的时候,道路上冰雪冻得厉害,我没有走多远的路,就回来了,拿起一把铲子,铲台阶上的冰雪。我将通往府邸、通往白云山庄的路一点一点地打通,我在打通孤岛之间的交通要道,在这座寒冷的山上,我们需要手牵手的温暖。

把房子和房子连接起来,我感觉到了血脉相连的温度。

## 八

*我习于冷,志在成冰。*

*——木心*

莫干山的雪。

因为雪,想来莫干山。也因为雪,我们才感受到了不一样的莫干山,感受到了不一样的莫干山的雪。

这是一场怎样的雪啊!雪一层一层地积压,雨水被冰冻,整个莫干山，从远处望，从山脚的绿意，到山顶的银装。有水的地方，厚厚的冰冻结着，成了一面面大圆镜。树林和草丛，玉洗一般，玲珑剔透，如同琼岛。想到张岱的《湖心亭看雪》："大雪三日，湖中人鸟声俱绝。""雾凇沆砀，天与云与山与水，上下一白。"

瑶葩洒雪，玉树迷烟，当如是也！

对于生命本身，很多时候我们无能为力。这几天大雪封山，我们有一种无力感，但又从停电停水的凄凉里开出一朵喜悦之花来。

我们从府邸出发，往大坑景区方向走，前往"从前慢"民宿。这大过年的，去"从前慢"，有一种走亲戚的感觉。

我们从中华山上山，走小路先前往大坑景区。一路上，管家媛媛和我们说"从前慢"的大伯，说"从前慢"的管家不二，说"从前慢"的咖啡，说"从前慢"的夕阳……这让我们相当神往。

冰，雪，冰雪的世界。我们在雪地里走得很慢很慢。风在摇晶莹剔透的枝条，草在冰雪的世界里屏住呼吸，我们站着不说话，就很美好。

在大自然的美景面前，我们发现，人生何其美好，世界何其美好，我们徒步跋涉的艰辛，都是值得的。

希望是冰雪地上长出的冰凌。冰雪给路边的枯草柔软的身子穿上了坚硬的外衣，地上成了一片冰凌的丛林。一根根晶莹剔透的冰凌从地上竖起，或长或短，通透而圆润。当我们踩上去的时候，它们发出快乐的声音，让人情不自禁地想在上面蹦跳起来。

在我们到大坑景区及"从前慢"的路上，有一只黄色的中华田园犬不紧不慢地陪着我们，有时它跑到前面等我们，有时它在我们身旁打转，有时它落在我们后面嗅着什么。

冰雪很坚硬。我们没有在它们上面留下什么痕迹。

我们滑向了"从前慢"。

## 九

从前的人，多认真，认真勾引，认真失身，峰回路转地颓废。

——木心

我看到了我心里念叨多少次多少年的"从前慢"。我看着段王爷，因一次偶然经过的缘分，在莫干山上造了一条路，开了个民宿。

这个民宿就是"从前慢"。

这是和"府邸"两种性格的民宿。"府邸"带有历史的沉淀，坐落在丛林之中，地理位置居莫干山之中，到哪个景点都方便。而"从前慢"，在莫干山的边缘，周边是开阔的茶园。

段王爷在回望开办这个民宿的经历后，欣慰而自豪地对我说："这个民宿，路最难开，投入最少，名气最大。"想必，段王爷对他当时从见面到签订合同只花了三小时的决策，是满意的。

"从前慢"，向阳。即使是雪天，我们也能感受到面前开阔的天地带来的气象。

心若向阳，无惧忧伤。

在这个冰封的雪地里，我看到的只是莽莽苍苍的一切，世界被孤立开来，我想"从前慢"就是我们很多人眼中的世外桃源，是荒山野岭中的一处圣地，搁放我们的理想，我们的眺望，我们的远方。

我念了多年的"从前慢"，却阴差阳错住在了"府邸"。突然想到人生没有对与错，不觉莞尔，摇头。

在一个亭子一样的房间里，朝阳方向是落地的窗户，雪光冰光映射进屋内，柔和悦目。屋内有柴火炉子取暖，火上放了一把茶壶，冒着热气，壶盖丁零零地响。看不到熊熊火焰，却没有一点寒气，我们脱下臃肿的外衣，身子首先轻松了。喝上一杯热茶，吃点桌上的水果、坚果，心暖和起来了，天南海北闲聊，如畅游在春日世界。

遇到"从前慢"的房东大伯，他默默点燃一支烟，悠悠吐出烟圈，抬头看了看外面的冰雪，淡淡地说："都两天没有出门了，也该走出去看看了。"

说完就立即行动了。他拿出防滑链，千斤顶，就开始行动了。给他四驱车的两个前轮装上了防滑链，再拿上手持的油锯、长短砍刀装到后备厢，步伐沉稳地上车，开着轰鸣的四轮驱动车在冰雪的道路上前进了。这位精神矍铄的老人家，和老伴两人退休后就住在山上，方圆十里没有别的人家，他的精神和身体状态，丝毫看不出来有七十多岁的样子。

他和"从前慢"的管家不二，两个人一路走，一路停下来清理堵在路上的树枝。他敏捷的身影，让我不光想到他曾经作为炮兵的服役经历，更想到了一路披荆斩棘拓荒的男人，还有那些背着猎枪，在丛林之中猎豹一样生活的人。

他们耐得住深山的寂寞，享受得起松涛的陪伴。

他们才是深山真正的隐者。

我们只是过客，在山上找一处地方，峰回路转地颓废。

十

我好久没有以小步紧跑去迎接一个人的那种快乐了。

——木心

我们在旅行之中，风景的美丽始终敌不过路上相遇的人的温度。遇到一个有趣的人，遇到一个想念的人，真有一种小步紧跑迎接的快乐。

在莫干山上，遇到开车的张师傅。他的父亲是山东人，是当年南下的干部。他和我说起二十世纪八十年代就开始在山上开手扶拖拉机，讲七十年代至今在山上的经历。

府邸的杨姐春节没有回宣城，这天她和羊羊都回老家了，来了一位临时工作的阿姨。她和我说起，她奶奶在民国时就是在山上给某个资本家做家佣的。说那时候的东家对她奶奶真好。她奶奶说得最多的一个故事，就是东家有一个少爷，长得可真是英俊，又出过国，回国后，娶了订娃娃亲的女孩子。那个女孩子可真是不好看。阿姨的奶奶说，那个少爷一直对那个女孩子很好，那可真是好，那个少爷真有良心。

故事没有说明什么问题。我的脑海中却闪过了一个个画面。关于那时候的民国，那时候的莫干山，那时候的岁月。

我最喜欢的民国。

这个晚上，窗外下着雨雪。我们坐在大堂里，品一种日本的酒，叫"无垢"。

我们和管家媛媛，还有宁波的一对夫妇随意地喝着酒聊着天，谈各种话题。话题聊完即焚。曾经聊过天的人，我们可能都忘记了问他的名字，这辈子有可能再也不相见。

我们却会记得那个夜晚，某年某月某天，我们曾聚在一起。

在一个叫"从前慢"的民宿，我们暂时忘记生活和工作的艰辛。我们丝丝入扣地爱着这缓慢却又稍纵即逝的时光——比什么都爱。

在这里，连生活都要成为艺术，这是木心说的。

## 十一

*我曾见的生命，都只是行过，无所谓完成。*

*——木心*

生命的河川流不息，我们终需回归。

山上朝北的路面，冰雪覆盖了一层又一层。我开着车，缓慢艰难地爬上冰冻的陡坡，从冰封的世界驶下山。我和莫干山告别,和"府邸""从前慢"告别,我将回到我平常的生活与工作中,回到正常的节奏。

突然理解了,我们所有曾见过的旅行,都是行走,无所谓完成。

我们在一次次的结束之后,都在期待着下一次的成行。

路在脚下,我们都爱诗和远方,我们爱生活。

## 生活在云端

婺城的生活，自在舒适。

蜿蜒西逝的婺江水，千百年来冲积出一片富沃的平原，层峦叠嶂的千里岗、仙霞岭、金华山和大盘山几大山脉温柔地将这块平原环绕，形成了浙江省内最大的盆地。

高楼如山，俯身生活，城市低处也如一个个小盆地，有种逼仄和熟悉的陈旧感，待久了，总想站起来，爬到尖峰山顶，爬到周围的南山和北山上，呼吸新鲜的空气，眺望远方。

### 一

花半小时的辰光，驱车前往婺城不远处的北郊山上，是个不错的选择。

跳出盆地，跳出城市，到了山上，一切都明亮起来。

空气是明亮的，心情也是明亮的。

己亥初春的一个傍晚，我背着一袋书，到横腊村的山海民宿，准备在山上度过一段属于自己的生活。

在山上，有最美的山景。

这是一个初春雨后的傍晚。我站在山海民宿宽阔的露台，低头看民宿内无边碧蓝的泳池，有点遗憾的是，天气太冷，还没有人游泳。抬头朝远处望，远山近山，如无边无际的海洋，有云雾缭绕其间，群山如海，沧海桑田的亿万年前，这里也曾经是无边无际的海洋。山上，茂密的植被紧紧地封锁在有限的三维空间，曾经的历史痕迹，已经被掩盖在绿叶之中。亚热带常绿阔叶林是很有生机和活力的，整片都是怡目的绿色，却也让人很难区分是什么植物，它们都挤在一起凑着热闹，不知聊着什么八卦。近看，横腊村浪漫山上有一片芝樱花海，朝阳的芝樱花已经星星点点绽放开来。再过些时日，这片花将开得更盛。周边的山，都在眼底，远远近近，隐隐迢迢，如同一幅水墨画，打在我们心的底板上。突然就想起了秦少游的一首词："春露雨添花，花动一山春色。行到小溪深处，有黄鹂千百。"

这首《好事近·梦中作》是秦观在被贬处州（今浙江丽水）时候写的，描写了作者的一次梦中之游。"少豪隽，慷慨溢于文词"的天才少年秦观，字少游，号淮海居士，是"苏门四学士"之一。在绍圣元年（1094）哲宗亲政之后，苏轼门下皆受贬的情况下，秦观也不能幸免，一路被贬到杭州、处州、郴州等地。面对贬谪，苏轼和黄庭坚等人都是乐观地面对，秦观却因为性格使然，一路吟诗一路雨，但在这首《好事近》中，也体现了秦观难得的乐观。

花动一山春色。花一开，整个横腊村就鲜活起来了。横腊一美，整个北山就明媚了。

花动一山春色，有人说横腊的韵味在果香，我却觉得在花香。正是有花，才有果，也正是有了花果，横腊这片土地才有了独特的味道。

我又想起了冬子在《借山而居》里写的一句话："终南山的云彩，不但可以盖宫殿，还可以揪一块嚼着吃。"

在横腊的山海民宿，你也可以有这样的感觉。

在这样一个气象蔼然的山上，鸟声清绝，有一种明亮的邈远。

至清至净，这是山上的天气。

## 二

和我一样住在山海民宿而享受其中的，还有一个闭门四天苦读的年轻人。

他也和我一样，悄悄地背着一袋书来到山海民宿，镜片厚厚的，每天除了吃饭，就在房间里安静地看书。

我见过他的背影，却不知道他的背景。我相信他除了看书，也肯定会有时间抬起头看看窗外的风景、窗外的世界，呼吸新鲜的空气，想些什么，感悟点什么。

他是一个和我一样的书虫吗？还是为了某个考试而来备考苦读的人？

在民宿的世界里，来来往往，皆是一些谜一样的人。

我们都是一群需要短暂出尘，却最终需要如期入世的人。我们身上肩负了太多的责任，我们只适合在某个他处短暂停留，喘口气，给自己一个调整的时间，然后回来，继续前行。

这个下午，我在民宿内一个小菜园里，看着管家挥着锄头在劳作，他在翻耕黑色的土地，准备再种点小菜。小小的园子里，已经种了一些蒜和青菜，一片勃勃生机。管家累得大汗淋漓，一屁股坐在石头的栏杆上，悠悠地点燃一支烟，吐着烟圈，他手臂上有漂亮的文身，头上打着一个发辫，很是潇洒。

劳动者认真的样子、专注的神情，如我父辈在田里劳动一样，简单而惬意。

年轻的时候志在天下，解甲归田后我们希望种豆南山下。年少的时候，我们想走出大山，走出农村，我们在城市里拼搏奋斗，穷其一生，回头追求着我们自己想要的一亩三分地，追求那自得舒适的田园生活。

人生就在这样的迂回曲折之中，我们不是乐此不疲，很多时候是无能为力。

园子的旁边有一棵柿子树，这棵树有着比我父辈还要沧桑的年纪，现在已经凋落了叶子，光秃秃的，新的枝芽还没有吐露。我和朋友，坐在园子边上，喝着可口清香的佛手茶，聊着漫无边际的话题。猛地回头，看到园子的另一边，一只可爱的棕色羊驼，正调皮地晃着脑袋，瞪着它可爱的眼睛，看着我们。

它在等我们喂它最喜欢吃的胡萝卜。

## 三

草木有本心，金石有奇缘。物件的灵性，是它们带着远比我们年龄老得多的历史记忆，时光在它们的身上盘出永远不能复制的痕迹。

物件与人也有不同寻常的缘分，更像是一种机缘巧合的因果。

我们对海啸最深刻的记忆应该是发生在2004年的印尼海啸。

2004年12月26日，苏门答腊以北的印度洋海底发生9级以上超级强震，随后超强地震引发了大海啸，造成东南亚及南亚地区的13个国家超过22.6万人的死亡。

我们从无数的视频中看到在海洋中漂流着的各种物件，有建筑的杂物，有电器，有家用物资，等等。其中，海上还漂流着很多原始森林的木材，这些原木在森林中已经默默生长了数百年，因海啸它们离开了家园，漂流在海上少则几天多则几月，后来这些原木随着潮汐冲上了各个海滩，当地政府有关部门将这些木材收集起来，堆放在仓库里，这些木材被称作"漂流木"。

仓库不是漂流木的终点。你知道这些漂流木，有一部分去了哪里？

那一天，前往金华北山，住在山海民宿，看了布置在民宿之中的一些元素，我找到了部分答案。

我一直喜欢有点年代感沧桑感的东西。这些曾经生长在原始森林中的木精灵，经过海啸的肆虐，海水的浸泡，再漂洋过海到了中国，经过巧手加工和设计，成为独特的桌子、个性的椅子，或是一件件不凡的工艺品和辅件。漂流木和一些传统的老船木相比，同样具有岁月的痕迹，但更多了一些原始古朴干净的气息。

整个民宿，有很多这样的元素。有中国的老木雕老石件，有东南亚等异域风情的工艺品等，完美地组合在一起，没有违和感。这些不同区域的物件，被设计者以天衣无缝的设计组合在了一起，形成了自己独特的风格，也形成了自己独特的格调。格调往往与钱无关，与审美有关，与情趣情调有关。

民宿的咖啡厅，也是一幢清朝建筑，是将武义一个老宅子整体搬迁过来的。这个老宅子难得的是当时的木雕工艺，采用的都是上好的香樟木。身处这样的环境之中，古物件营造出一个独特的气场，让你能静静地喝着一杯茶，无尽地遐想。

山海民宿，更像是一个各种老物件的博物馆，中西合璧，完美融合，组成了民宿"质"的元素，让人身在其中，享受其中。

在这里，物与物组成云端的世界，多一分则太多，少一分则太少。物件移动一点点的位置，就会感觉到偏差。我们赞叹，我们流连，我们想象，我们享受在山海民宿的时光。

一切刚刚好。

## 四

近水远山皆有情。横腊以前也算是深山了，古人择深山而居，多有难言之隐，到最后渐成村落，习礼学文，教化子孙，文脉始成。

金华山，俗称北山，古称常山、长山，属龙门山脉的支脉。南朝郑缉之的《东阳记》中，曾经记录了另一座"金华山"。《东阳记》是现存最早描绘金华地貌与风土的古籍，实际是金华最早的地方志。原文："仙都山孤石撑云，高六百余丈，世传轩辕游此飞升，辙迹尚存。石顶有湖生莲花，尝有一瓣飘落至东阳境，于是山名金华。""花"与"华"古时同训。它说在缙云的仙都山上有个湖，湖里长满了莲花，其中一朵莲花的一片花瓣被风吹落以后，飘飘悠悠被吹到了金华境内，然后，不知是指花开之地的山，还是花落之地的山，被命名为"金华"。从范围看，作为一条山脉而言，金华山西南起兰溪，绵延婺城区和金东区北部与东北部的罗店、赤松、曹宅、源东等乡镇。金华的北山有双龙洞，有黄大仙祖宫，有智者寺等，有徐霞客、叶圣陶等的游记踪迹，蒲松龄写的《聂小倩》故事也发生在金华北山。但这些，与横腊村有什么关系呢？这些和横腊村都没有关系，或说有点关系，不过是北山一脉相承的碳酸钙的石头。碳酸钙的地理结构，造成了北山双龙洞独特的溶洞，也给当地贫瘠的生活带来希望。

虽然这个希望，在当时还是个卑微辛苦的讨生活方式。明朝于谦曾亲见过烧石灰的辛苦，写下了《石灰吟》："千锤万凿出深山，烈火焚烧若等闲。粉骨碎身浑不怕，要留清白在人间。"这首诗描写的就是深山烧石灰的老百姓生活之艰辛。

上帝在给人关掉一扇门的同时，会给人打开一扇窗。最早的时候，连接村里与外部世界的，只是山间的羊肠小道，横腊人靠山吃山。在生产承包落户之前，很多横腊人以砍木柴和烧石灰为

生，生活过得艰难。在改革开放之后，横腊人迎来了好日子，横腊村也找到了最合适的位置。

横腊的水好，土质好，最适合的是种各种水果。横腊的海拔四百余米，昼夜温差大，土壤含砂或砾石多且很疏松，适合水果等生长。最初，村民在山上开荒，满山遍野地开始种橘子，在橘子取得了丰收之后，陆续种了枇杷、葡萄等经济作物。短短的二三十年，横腊的水果和农家乐征服了各路食客。现在横腊白枇杷等水果远近闻名，畅销四方。

果香如酒，游人半醺。这让我想起半生不得意却不失豪迈心志的苏东坡，他在写"罗浮山下四时春，卢橘杨梅次第新。日啖荔枝三百颗，不辞长作岭南人"的时候，如果是先吃了横腊的枇杷，会不会写下"日啖枇杷三百颗，不辞长作横腊人"呢？

## 五

虽然说手中拿着枇杷吃得津津有味的时候，的确没有必要去想象这枇杷长在哪里，环境如何，但我说，如果你没有来过横腊，没有看过横腊的花海，那会是有点遗憾的。不是你遗憾，而是我替你遗憾，替横腊的花海遗憾。

一直觉得，所有的树都会开花。一直觉得，所有的花都会结果。

我曾经去过两次横腊村，两次都是花半开的时候。

花美半开。

初春的时候，花浅浅的，只半开。花半开的时候最美，犹如含蓄的中国诗词，给人以无穷的想象意境。不似那一下子绽放的玉兰花，这个江南春色中最惊艳最夺目的花，花开的时候一树浓烈，让人感觉到春的奔放如火。然而，花盛之时，也是凋落之始。

不同的季节，不同的地域，不同的植物生长，成就了一年四时十二月不同的美。植物以其日常，悄悄告诉我们节令的变化。它们也会择地而栖，呈现最美的状态。

我喜欢的花，浅浅的，淡淡的，开在绿叶丛中，不留神，都可能不会注意到。那些果树的花，一树一树的，就是这样。人们关注着它们的果实，却很少会注意到它们那不同寻常的花季。

植物也经历着被人类驯化的一个过程。人类追求着一种极度的精致，将自己喜欢的花和树木，从原始森林中移迁到自己的世界里，进行一代一代的"驯化"。这些被观赏的树木，日渐小微，精致化，可以让人把玩。

横腊村有一大片的芝樱花。芝樱并非樱花，而是花荵科的一种草本花卉，也称丛生福禄考。在日本，花朵盛开时形状如同樱花，都会冠以"樱"字。这花，茎如矮草（日文"芝"）般匍匐于地，故称为芝樱。芝樱的花语是"希望"，也有"若合你意我深感幸福"的意思。

在日本流传着一个美丽的芝樱花故事。一位八十九岁的老人为了给失明的妻子活下去的希望，他决定种芝樱。"如果有人来与妻子说话，她或许会心态平和一点。"他停止经营畜牧业，专心营造庭院，砍掉几百棵杉树，还推倒山丘，使之成为平缓的斜坡。如今这座庭院里开满了芝樱花，游人络绎不绝。种芝樱的黑

木先生是痴情的，被花香萦绕的妻子靖子是幸福的。与这个爱情故事有关的芝樱花，更平添了神圣的色彩。

在横腊，2016年开始种植三十多亩的芝樱花，现在这些种植芝樱花的山，亦被称作浪漫山。每年的四五月，芝樱花开，各种颜色的花儿如锦缎一样铺在山坡上，来看花的人挤满了沿山的公路。

人人皆是看花来。

山海云宿，根植于横腊村这片土地，是这片土地上开出的另一种花儿，开在云端，四季常开不谢。

陌上花开缓缓归，人人皆是赏花回。

# 六

横腊村，原为横麓，因在横山山麓而名，后因"麓"和"腊"混淆，渐渐被叫成了"横腊村"，遂用此村名。

初看横腊村，整个村依山而建，房子起起伏伏高高低低，不是太讲究。细看，整个村很有规划。横腊村北面有高山，土名叫火烧坑，西边有巨山叫武巨人，东边有矮山叫小山岗，整个地势北面山高，东西山低，形成一个"金交椅"的独特风水地形。村中有口门前塘，有聚宝盆之意，村民皆饮用不远处高山武坪殿的山泉水。门前塘之旁，有古建筑赫厢，"赫"者，巨大之意也，这也是村中邵氏太公兄弟几个人一起盖的大房子，是村子现存的最古老的建筑，大门的石雕砖雕等都还保存良好，主建筑还依稀可见雕饰精美的楼阁。

村中有邵、金、蔡、曹等姓氏,约四百八十余人口,已建村几百年。村中的本保殿,供奉的是永康的胡公。

村中还有一条山谷,叫樟树谷(也叫情人谷),有五百多年树龄的樟树十来株。古道通幽,是徒步的好路径。

这是一片安详宁静的土地。自古到今,山中生活艰苦,村民勤劳致富,村中没有大富大贵的人。据说,土改的时候划分成分,横腊村里都找不出来地主和中农。也正是因为村历史没有大起伏的切断,村中几个姓氏,一直和睦团结,一脉传承。山海民宿也如一颗靓丽的明珠,点亮了古村落。任世事喧哗,横腊始终保持着初心。这个小村子,青山环绕,环境幽静,屋前屋后,果树飘香,横腊让我们心神安定。此心安处是吾乡。我们每个人的心中,都有自己的桃花源。"山静似太古,日长如小年。"有花,有果,横腊是金华的花果山,地处幽静,生态淳朴,横腊更像是我们身边最近的世外桃源。

"人为物累,心为形役。"我们总不能免俗。在尘世之中,我们俯地卑微地修行生活,而我们的理想,总会时不时跳出我们的身体,跳到城市的上空,在纯洁的云端漫步,与世无争。云端仙语听不尽,却向世外插翅飞。在世外桃源的横腊,在云海缭绕的山海民宿,生活在云端,我们的触觉、听觉是如此灵敏,世界安静,鸟儿在鸣唱,花在绽放,我们能听到很多平时听不到的声音,闻到大自然的气息,在这样的场景里,我们舒展着身体,舒展着心灵……

不需要掩饰,我们做自己。

## 去龙游，走亲戚

去了一趟龙游，感觉是走了一趟亲戚。

### 一

金衢盆地，是浙江中西部一颗璀璨的明珠。金衢两地，山壑纵横，水系相连，同在一个地形体系，却是两个菜系的分界线。从婺城往西，经衢州到江西，到湖南、贵州，一直到云南，基本都是辣菜体系；婺城则是江南菜系的一个余音，是不咸不淡不甜的家常菜。

红红的辣椒，区分了两地人的胃，形成了鲜明的不同的人物性格。

龙游与婺城相隔不远，与金西和兰溪紧邻，跑一趟龙游，对婺城人来说，不是出了趟远门，而是跑了趟亲戚。

友在龙游，临时起意，驱车直行。

辣香入味，辣味下饭。"鸭头、兔头、鱼头、鸭掌"是著名的龙游"三头一掌"，这些与婺城是完全不同的。其他的小吃，如米糊、豆腐丸、葱饼、粉干、芋头粽、发糕等，和婺城的小吃极为相似，都是用平常的食材做出了不同寻常的味道。

辣味，把所有的菜染了一遍又一遍，坐等客人来。

细雨洒龙游，步履无声。

众人皆笑，欢喜在一杯杯老酒里暴露了情意。放了二十多年的酒，且酿了当年三月的春风得意，喝下去，胸怀中，春意点点怒放。

友情和辣味一样，特醇，特厚，在这个叫龙游的地方。

入味了。

## 二

只要浇灌大地，便可得享丰盛人生。

每一滴水都记得自己的籍贯。不断地循环过程，升华着自己的生命。

水善万物而不争。在农耕文明的社会里，控制了水，就是控制了风调雨顺，得了鱼米之乡。

我们听说过都江堰，听说过灵渠，但基本上都没有听说过姜席堰，那是我们孤陋寡闻了。

在2018年第五批世界灌溉工程遗产名录中，我国的四川都江堰、广西灵渠、浙江龙游姜席堰和湖北长渠四个水利工程被确认

为世界灌溉工程遗产。

姜席堰就在龙游的灵山江上，始建于元朝至顺年间（1330—1333），为时任龙游达鲁花赤（官职名，督官）的察儿可马主持修建，在那之后的近七百年间，一直发挥着重要的灌溉作用，其枢纽布置和工程形式至今基本保持着初建时的形制，是灵山港堰坝体系中保留最完整、最具有代表性的一处，是我国古代山区河流引水工程的典范。

那天，友人带我们看姜席堰。

流了几百年的水，还在七嘴八舌、叽叽喳喳地向东流去。在一片错综复杂的水利工程之中，我被深深感动，我的眼睛里满是灰蒙蒙的雾，每一块石头都是从历史深处走来，拥有着非凡的经历。

这个下午，姜席堰从一个巨大的梦中醒来，端出了所有的热情，为我注释。我沉静下来，书上的字一个个生动起来，和我拉起了家常。我的眼睛终于从雾中突围，慢慢亮了起来。

这个下午，在姜席堰，是我少有感动的日子。

尽管姜席堰还是姜席堰，我还是我，但我好像看穿了眼前的迷雾。我走向了远山，阳光照了进来。

那段时间，我把自己宅得太久了，不想出门，不想说话，不想面对自己。

在这个上午，我的头终于抬了起来。

我有了扬帆出海的欲望。我想和一条河流一起，淡定地追逐远方。

## 三

在龙游石窟，其实，我一句话都没有说。

我想到了我们江南无数地方都有的采石场，一年一年，一代一代的石匠就在这里，为了生计，开采石头。

嘘，请不要喧哗，不要吵闹。

我要低下头来，抬起头来，数一数从这里出去的每一块石条，石板，石砖。

采石的叮叮当当的声音，还响在耳边。

我始终确信，所有的石头都在外面的世界里找到了古朴和厚重的归宿。

在这里留下一片虚空，留给所有人想象。

鬼斧神工。

去龙游石窟的时候，我想去填满什么。

真的，下山时，我像是带出了一大团历史的空气，脸上也挂满了微笑。

## 四

龙游打开一本书，把客人浸泡在长长历史的书中。

风在窗外走来走去，这个城市的这本书，在这个角落，那个角落，悄悄地向我翻开书页。

在这个城市中，被冠上龙游标签的，不只有"龙游发糕""龙游的三头一掌"等，还有曾经是中国十大商帮之一的——"龙游商帮"。龙游商帮以经营珠宝业、垦拓业、纸业及印刷业等商业闻名于全国，始于南宋，活跃于明，清初鼎盛。

在南宋之后，儒学南迁，衢州成为南宗儒学的中心，龙游商帮"贾而好儒"，是那个年代的儒商代表。一代名士归有光和王世贞等，都与龙游商人童佩、胡贸等交游甚好，与唐伯虎和文徵明齐名的李维桢，还曾专为龙游的商人李汝衡立传。

我很感兴趣的是山桠皮制作的龙游皮纸。在《新唐书》记载中，龙游有"浙西纸乡"之称。在唐朝，龙游的皮纸是贡品，这些纸张是当时写经的上好材料。

龙游人制纸，刻书，还贩书。

在清代的武侠公案小说《郭公案》中，就有一个奇案，叫作《累骗书客伤命》，里面也写到了龙游的两个贩书商，分别叫龚十三和童八十。写的是两人在建宁府大中寺卖书，亏了本钱，从滕某处借了钱，本息归还后，遭滕某陷害被逼还钱的故事。

龙游商帮贩书出名，在明嘉靖年间，出了一个叫童佩的藏书家。他与归有光、王世贞等为知交，还与兰溪人胡应麟、当时的衢州知府韩邦宪为好友。吴晗《两浙藏书史略》之中，对童佩也有记载，说他在藏书和刻书，以及在浙江的藏书史和出版史上都一定的地位。

世界伸出了善意的手掌，龙游人曾立在潮流之巅，却无奈地与后来的几次经济发展失之交臂。

历史和经历，成就了现在的龙游。

所以，它还保留着原汁原味的儒学南宗的气质。

浙江中西部的小城，温柔敦厚，安宁静谧。

这个小城，因为书香，纸香，温柔满地。

温柔的风都是过客。

每次来龙游，感觉都是走亲戚。我还期待着与姜席堰的再次交谈，我还期待着下次再来龙游，再走走这里的大街小巷，再翻翻龙游这本厚重的历史巨著。

江水从容。龙游，在我眼中，始终是着一袭青衣的书生。温文尔雅，满腹经纶，迈着不疾不徐的步子，一路向前。

## 遇见岭下

年少时候,我们要用半天、一天才能走完的小巷,现在却是一眼就望到头,抬抬脚的工夫,就走到底了。

一

岭下坡阳古街,她一直静静地站在那里,站了几百年。

曾几何时,这里商贾云集,是金州、台州、严州、处州等地往来的交通要地,五百余米的街道上,商铺客栈鳞次栉比,游人商贾川流不息,著名商号有同泰、同和、豫康、保元堂、叶乾元等,它们都见证过当年的辉煌与繁华。

我们都来自这里,我们从什么时候离开了她——那个生我们养我们的村子,开始了我们人生新的征程?

那时候,我们在这样的小街上玩耍,捉迷藏,用自制的玩具做游戏,我们在一家家小小店铺前流连停留,我们的身影、我们的气息，悄无声息地融进巷子的石板上、土墙上，和原来很多很多的影子、气息交融，成为这片乡土的一部分。

村子有段时间，很安静，悄无声息，我们离开的时候，她似乎在瞌睡，她把所有的触须都收到心房里，眯着眼睛，打着盹。

我知道，她不是在沉睡，她是在思考，她是在屏气凝息，耳朵从地底下探伸出去，倾听着什么，也似乎在呼唤着什么。天空变得重了起来，小巷里几百年的雕栏画栋都在加速衰老。

很多人以为她已经老了，在她们的世界里，其实她还年轻，她还是一个步履轻盈，穿着古典的女子，她只是在等待。

空气微微波动了一下，遥远的蝴蝶的翅膀，扇动起来的风，轻轻地刮到这里。徐徐的风，极轻微地在村口元宝塘吹了一口气，很快，老街上的天空变轻了，明清的楼板、民国的房顶、近代的灯都苏醒过来了。

北边巍峨的积道山，南边风景秀丽的慧明岩、牧羊岗，如同天然的屏障，在小盆地里，自成一个风调雨顺的小系统，人们朴实忠厚，耿直热情，金衢盆地如慈祥的袋鼠母亲，保护着岭下这个小儿子。当年，我们望穿天际，随时做好了离开的准备，几代人的努力就是想离开，匆忙得不想和苍老的父母亲告别，挥挥衣袖，想掸净身上的尘土，甚至不想和这里的空气有丝毫的关联。

而现在，一种叫乡愁的东西，那么快乐又那么悲伤，纠结地牵引着我们，回到这里。

## 二

　　人来人往，我们的目光坚定而迷离，我们和身边的风景无数次擦肩，或是面对面不相识，或是没有选择地忽略——这些都不是遇见。

　　最美的遇见，是你发现了她真正的美好，了解了一个真正的她，那才叫遇见。

　　车来车往。古街之外，渐渐有了国道、高速公路和铁路，坡阳古街的大王殿、观音阁、大井、关公庙等渐渐隐藏在喧哗之外，这也是一种非常好的选择。那边的闹，是发展，正衬托了这边的静，是几百年文化的冷静与沉着。

　　最美的遇见，还有几百年前的知音相见。明代中期文人画"吴派"的开创者，与文徵明、唐寅、仇英并称"明四家"的沈周，在《谷旦喜朱性甫至》中写道：

　　"城里高官尽有衙，迁舟却到野人家。偶谈山水悲筋力，因怪儿童忽岁华。白发知春不如草，青灯随眼漫生花。遣怀慰客非无酒，罍耻还当一载赊。"

　　岭下朱性甫的到来，让沈周开心。如果你细心去看，朱性甫的画里，还留有着这里的乡土气息，山水性灵，坡阳古街的美，如画，需要细细品味。

## 三

刘秀在江南的传说有很多。浙江一带,很多村子都留有各种各样的传说,口口相传,为后人津津乐道。

坡阳古街的大王庙,有一段关于刘秀和岭下朱的传说。相传刘秀被追兵追至岭下,追不得已,躲进当地一个庙宇,也就是当地的本保殿,惊恐不安的刘秀,面对着本保庙的神像(岭下朱姓的一个本保老爷朱驮及其夫人),举手作揖:"如果你保我平安,逃过此难,待我称帝后,保塑你金身。"话音刚落,本保庙的大门就爬来无数的蜘蛛,不一会,就密密麻麻地织满了蜘蛛网,追兵至此,看到此状,心想如果刘秀进去,蜘蛛网肯定不会如此完整,于是就走开了。后来,刘秀真的躲过了追兵,做了皇帝后不忘承诺,给本保殿塑了金身,本保殿后就改为"大王庙"。

当地的村民说起刘秀,头头是道。他们说,刘秀在当地还有另一个传说。相传刘秀被追兵追到一片麦田,这里地势平坦,无处可躲,他看到一个老农在劳作,恳请老农借衣与他,扮成农民模样。老农不同意。刘秀说:"如果你依我,这片地里以后长出的麦穗,都是双头的。"老农将信将疑,将衣服等与刘秀换了。刘秀乔装打扮后,躲过追兵。这片麦地上后来真的长出了双头麦穗。当问及现在是不是这样的时候,村民回答,现在麦子种得少了,如果那片地种麦子,还是能发现双头麦穗的。

更有传说，坡阳古街的商业繁荣，让下江南的乾隆皇帝都有了兴趣，专门改道前来微服私访。村中还有关于观音阁的种种传说，后来形成了观音庙会。

传说总是美好的，彰显了坡下的人杰地灵，也给我们以无限的想象。

村中最老的建筑，是养志堂，取修身养性之意，部分建筑还保留有明时的痕迹。乾隆皇帝有没有来过这里，我们不知，但乾隆二十三年（1758），岭下朱名为朱秋奎的书生考取了状元倒是事实。村中有文昌阁，内设孔子神像，也充分说明村民的崇文重教之风。

## 四

遇见岭下，如果问我遇到了什么，我说，那就是遇见了活力，遇见了生机。

遇见岭下，是爱上岭下的开始。

遇见岭下，让我感觉到兴奋的是这条古街现在在各级政府的努力之下，展现出来的原生态的面貌。古街古巷的保护和发展相得益彰，在保护一些有历史遗迹的老建筑的同时，也吸引了一些文玩文创非遗相关的商家进驻。现在坡阳古街在一年两次庙会的基础上，利用端午等一些节日，也在开展传统文化的宣传与推广。"浙中第一古街"，这是自信，也是一种文化的霸气和底蕴。

又是一年端午，家家户户插艾草，大街小巷传来粽子和香包的味道。我走在坡阳古街，看到四村八巷的人们都涌到这里，街路上有包粽子的，有卖香包的，有跳钟馗的驱邪除害表演、汉舞表演、祭祖表演，等等，尽显中华传统文化之特色。

恍然间，有穿越之感。

# 在游埠,我想做一个老茶客

## 一

客歇,茶香。

兰江是婉约江南一曲豪迈的词。在春风斜照的太平溪上,长龙卧波的永济、永福、永安等五座桥,又如矫健的五马归槽,高高地挺起江南水乡的脊梁,在江水一波三叹、大江东去之中,绵延着最宏伟的水乡传奇。

逝者如斯夫。

缠绵悲凉的大江东去的轰鸣声,在耳畔蓦然响起。千帆远影,已经成了过去与历史。

水通南国三千里。

万水千山得得来。

漫步在游埠的老街,突然想起贯休高僧的诗——"常思红石子,独自住山椒。窗外猩猩语,炉中姹姹娇。"

贯休在写这首诗的时候，看到室内炉火熊熊燃烧，茶水沸腾的情景，肯定是在思念家乡兰溪游埠的早茶吧！

在江南水乡，至今还有古风的早茶，让人念念不忘。

《全唐诗》中记载贯休存诗十二卷，共计七百三十五首，数量之多仅次于齐己，是有名的"诗僧"。同时他也是一位草书的书法高手，画罗汉传奇的人物。他的祖地在兰溪游埠。在这里，他七岁入寺修佛，十六岁开始云游神州，一生之中，写下很多关于兰溪的诗。成名之后，他不忘家乡，数度回归兰溪故里。

"柳岸花堤夕照红，风清襟袖辔璁珑。行人莫讶频回首，家在凝岚一点中。"让高僧频频回首的，有家乡，还有家乡的茶香。

繁荣与衰落的故事一直在上演，不变的是这里的早茶。在这青砖黛瓦的江南小镇，在江南春雨的滋润下，茶香在一首首古诗词的禅境中，迎风诵吟江南水乡的婉约与辽阔。

数千繁华。

## 二

一条河，静水流深。记载着久远的历史，清澈流畅的血脉，濯洗岁月的流沙，充满生命的欢愉和人间的烟火。

有了河，就有了船，就有了埠头，有了这里的茶市。

傅家爷爷，每天早上四点多，将白色的腰巾在腰上绕两圈，就步行去游埠喝早茶，这个习惯从他正式承担家里的主劳动力时就开始了。兰溪的茶市，与别的地方有点不同。早茶真正是早，

每天四五点钟就开始了,茶基本是当地的绿茶,茶客是附近的村民,以及南来北往的船客。

天才蒙蒙亮,傅家爷爷到了茶室,好多老朋友已经喝上了。他端起店家泡的新茶,和几个朋友聊聊最近的航运、时事,以及农家闲事。

每一天,这些走南闯北的朋友,在这个茶市里,沟通交流着各种信息。喝茶的都是大老爷们,都是家中主事的人。

这天,他听到常跑上海的姜哥和他聊了一些沪上的见闻,想想也应该让自己的儿子跟船跑跑外面的世界了。他从口袋中,掏出一只酥饼,一层层地剥下来,一小块一小块往嘴里送。明前的春茶,沁着山野的清香,让他想起了自己曾经走南闯北的年纪。

那时候,兰溪的河运,比现在可是繁华很多很多啊,江上的船啊,挤都挤不下!老人家心里叹道。

天慢慢透亮了。茶室的人陆续起身,准备工作。有人去街外的市场买菜回家,有人直接在埠头上船劳动,有人在老街上打开一片片店门开始做生意。

傅家爷爷解开层层手帕,取出六分钱放在桌上,站起来往外走。他站在街口,想了想,又掏出几分钱,买了点花生和瓜子。他解下白腰巾,将两头绑实,花生和瓜子就放在了毛巾里。他想到将花生和瓜子抓起来分给孙子孙女,这群孩子高兴的情景,整张脸就绽开了花。

他用手抓一点点,放到孩子的手上。小手就满满的,小脸就满满的。

满满的快乐。

带着茶香的快乐。

## 三

阳光打落岁月斑驳，古街飘起柳絮的韵脚，起承转合成茶市烟火的嘹亮。

我把自己藏在一群早茶客之中，看茶香葳蕤着生命，看着一腔热情的一口口大锅，燃烧着小吃的清香，在古镇的天空丝丝绕绕，飘飘摇摇。

领悟曾经这条雄奇的河道，有着怎样神奇的历史痕迹。如今，茶市的喧哗熨帖着峥嵘岁月，这个小镇最精髓的一切，都在忠诚地延续。

在晨风中，人流如潮水一般，从四处前来，又散去。伫立，凝眸。阳光和食物的温热中飘动着心绪。比忧愁还长的，是我的惊叹——江南一隅水乡中，早上四五点钟的茶市，以另一种方式传承着水乡精神。

曾经在广州工作生活很多年。广州给我印象最深的是早茶和夜茶。我喜欢广州早茶和夜茶那闲适的氛围与美食。相比较广州的茶市，江南的茶市来得更务实，更简单。本地人都是四五点钟就起来喝茶，喝茶是为了信息的沟通交流，等到天亮的时候，辛勤的兰溪人就已经回到了工作岗位。早些年的时候，兰溪的茶市，没有茶点，后面随着生活条件的改善才增加了兰溪本地的小

吃，鸡子馃、油条大饼、豆腐汤圆等。

岭南的茶市，是色香味的盛宴，是慢悠悠的舞曲。兰溪的茶市，是江南清香的龙井，是农家的闲情偶记。

在拥挤的小巷里，捧一杯茶香，阳光柔柔地把世界照亮。

我在人群中，用心听一种声音，听到远处有船桨划破水面，轻轻地在埠头靠岸，鹧鸪划过天空的翠鸣，漫山花香盛开的絮语，米酒咂嘴的清香，天真烂漫的茶叶在茶杯里翻滚。

美食挑动的欲望，一阵高过一阵。在这个小街小巷收藏的记忆此起彼伏，那些岁月包浆的物件，在沿街的店面，琳琅满目地挂满了记忆。

晾晒。

在游埠，我想做如傅家爷爷一样的老茶客，在清晨四五点钟的辰光，和很多乡亲一起喝点茶，聊聊家常。

## 铜院春深且听雨

没有雨,江南是一首没有魂魄的诗。

### 一

江南的味道,就在烟雨蒙蒙的一处小院中,听阶前落雨。

午后,在历山脚下的大陈村,坐在铜院里,看雨听雨。黛瓦汇集雨水,顺着两对铜质莲花状的雨接,淋漓四溅往下滴。雨接旁,有张若隐若现的蜘蛛网,一只收起触角的蜘蛛,蜷缩着隐身在网中央,等着各种飞虫自投罗网。

江南春的细雨,江南夏的梅雨,多少楼台烟雨中。我喜欢的江南的雨,就是这样子的。雨天让人心安理得,可以不出门,锁起一个世界。

雨天,充分地满足了自己。

铜院里咖啡厅,是品茶听雨最好的地方。露台上听雨,也是不错的选择。堂前有双飞紫燕，在院中叽叽喳喳飞舞，檐下的燕子窝，已经有数十年了。

这些二十世纪的泥土房，我总觉得它们是可以呼吸的，冬暖夏凉。它们来自这片土地的深处，夯垒成土墙，给人遮风挡雨。我也总觉得它们是站立着的土壤，坚硬地与大地垂直相连，依然在生长着希望与尊严。

民宿赋予了它们新的生命。铜院里，以丽州本土的五金之首——铜为主要元素，打造了一个有关铜文化的主题民宿。铜椅、铜雕、铜工艺品与一些木雕件恰到好处地点缀在这个古老的房子中，给这个土木结构的房子增添了金属的阳刚之气。铜作为人类最早掌握的冶炼金属，一直在"国之大事，在祀与戎"中发挥着最为重要的作用，至今钟鼎上的文字，依然泛着青铜岁月的光辉，如此光彩耀人，不可磨灭。

铜院里除了咖啡厅还有茶室，这原来就是"猪栏"和"牛栏"的房子，现在成了静雅的咖啡厅和茶室，中西方的文化在这里巧妙地结合，旧有元素不着痕迹地淡出历史，以新的姿态留给人们描述与想象。

我们可以听雨，品茗，或是喝咖啡，或是看书，发呆。

都行。

如果太阳出来，江南毫不迟疑滑向夏天。若夏雨绵绵，则将铜院里的时光锁在了深深的春天。

有一群一群的小麻雀、斑鸠、喜鹊，在老房子中乱飞。那不知什么时候盛开的木槿花、绣球花等，粉红花瓣在江南的雨中，叠叠起伏，悄然不语。

门前石板的舜耕路泛起湿润的声响，走过一阵又一阵南腔北调的脚步声。

一个荷花般的女孩子，正撑着油纸伞，走过窗外。

新时代的大陈村，已经形成自己独特的腔调，吸引了五湖四海的人们前来观光旅游。

我们都踩住了急行军生活的刹车，在大陈村，在铜院里，毫不费劲地找到回家的道路。

## 二

家园日近，又愈远。铜院里的院子，像极了我小时候住的房子。

铜院里的雨天，像春天，又有点像秋天。

小时候感觉夏天结束了，天气就慢慢变得凉快了。当田里第二季的晚稻苗日益茁壮，从嫩黄的绿色变成了青翠色，满地都是绿色的时候，早晚温差就很大了。小时候，夏秋总有明显的一个分界线，秋天的露水特别浓，会有些薄雾。

铜院里的房子很像那时家里的小院子，有青色的苔藓。正门面对的是田野，东门面对的是宽大的晒谷场，西门面对的也是田野，可以望到远处高高低低的山岗。

书桌上，柔柔的灯光照着书页，也照在自己的心上——这是我小时候最快乐的时光。

看书疲了的时候，就走出房门，静静地坐在家里小院二楼的平台上。看着星星，看着苍茫的夜空，看着夜色下的田野，看着远处星星点点的灯光。夜色中，近处有不知名的昆虫交响乐，你仔细地聆听，会听到风走过身边的声音。

最爱的是雨后的夜晚。那种清新，以及清新中透着的那种宁静，让人可以静静地看书，或是大声地诵读，可以挥毫写字，可以一个人在黑白的世界里与自己下棋。那时候的雨打芭蕉，滴答着伴奏的那幕声场，与现在也是如此接近。

在铜院里，我住在二楼叫"月光"的房间，这也让我想到了夏收后的阁楼，谷柜中新收割的稻谷还有着浓郁的香味，码得高高的稻梗软软的，中间有绚烂阳光的味道，瓦缝中会透下星星点点的光亮。我喜欢躺在稻梗中看书。总要等到天渐渐地暗了下来，母亲的声音从厨房里传出来的时候，一个脑袋里充满着七色幻想的少年，才从阁楼下来。

身上还有些稻草的点缀，还有些稻草的味道。

年华如流水，逝而无声。

这明明就是小时候家里的小院子，江南典型的农家小院，最美的庭院。

我在铜院里，温习了我曾经年少的岁月。

仿佛，将生命重新过了一次。

## 三

**晨曦微露，暮光初显。雨歇，适合出去走走。**

雨后的晚霞很清丽，风很轻，夕阳下的景色很美，有种让人释然的清亮。万物葱茏掩盖了沧桑，绿色是大自然最深沉的色彩，无言地看着来来往往的人们。

暴雨打开了美丽之门，每一次暴雨之后的世界都独一无二。不远处的历山，云雾缭绕，给传说中的"舜耕历山"增添了些许神秘。村民在洗衣做饭，在河上的廊桥、街边的小板凳上聊着各种闲话。他们对各种惊叹与摆拍，已经见怪不怪。

乡村的雨后有种通透的颜色，柔柔的，让人一触即融，融进那耕者夜归、稚儿读返、乡邻睦亲的文化之中。

这里很慢。

从村头走到村尾，从村里走到村外。暴雨之后的溪流，涤荡了我们身上的包袱与污垢，它们跑得如此欢快，又如此无情。在世间，漂泊的是我们的心，累的是我们的心，沧桑的是我们的心。心总比身体更敏锐地体会了世界的答案。

在这里，很慢，很静。

我感觉夜风中，我们所有的惆怅、所有的悲伤，都无足轻重。我们该学会的永远是接受与告别、努力与妥协、遗忘与深刻。

在这里，很慢，很净。

铜院里独特的雨夜，有属于我们内心真正的安静。

我在夜半的铜院里，听雨，迷迷糊糊进入二十四桥明月夜。回想起两年前"重走郁达夫之路"的时候，这里高朋满座，讨论着海子，讨论着郁达夫，讨论着加缪，回音还环绕在四壁……这里的春常在，不管外面是喧嚣尘天，还是热闹非凡，铜院里的春一直在，如同那个我年少时候青春的梦一样，四季如春。

铜院春深，锁住了最美的梦。

梅雨过后，屋前的爬藤和窗边的水竹又长高了一大截。

干净的黎明，给我们预留了盛开的位置。

## 一缄书札藏何事

看书需要心情。雨夜，是最好的读书时间。

躲进小屋成一统，我的书房，我的世界。

站在书房里，左看右看，上看下看。看着一本本的书，想着书本里的内容，想着这本书是在哪里买的，什么情景下买的，看时的心情如何，等等。很多书，都是在行走的路上买的。而有些珍贵的书，则是从年少的时候，一分钱一分钱省下来买的。

书上会有些痕迹，一个签名，一个时期的藏书章，一句心得，一句励志的话，或是书购于某地，书的后面或许还有个书店的印鉴。书中，有各种各样的书签，有些书签是自制的，最珍贵的是当年用红色的枫叶或是植物标本粘在白纸上，再写了句名人名言，塑封起来，上面钻了一个小孔，挂了根绒线。有些书中，随手画了些记号，写了些感悟。

小时候，和哥哥会去田里和山间，采几种草药，晒干后卖到供销社，然后拿着几毛钱去买几本连环画。我去亲戚朋友家，也

会收集一些他们丢弃不看的书，或者扔在角落里的书。上中学以后，则会将零花钱一点一点地积攒起来，买一本算一本。

也许是小时候没钱买书的影响，工作以后，每到一地，都会去当地的书店，去看书、买书。经常是出去的时候，行李一个包包就够了，而回来的时候，一个包包已经放不下了，需要再用一个包把书给提回来。

有些书，是在当时解放街的一些旧书房里淘的。这些书，有些是缺了章节，少了页码。但你看到那比你出生年月还要久远的出版日期，会油然产生一种对岁月的敬佩。

有些书，是朋友送的。很质朴的封面，写着朋友的祝福。笔墨虽经年华，在泛黄的书页上，字迹也是斑斑，但那份书香传递的情谊不变。

在广州工作的时候，周末就去广州天河的购书中心，还有广州的图书批发市场。每次都能待上一整天，看书，买书，是那时周末最快乐的事。

现在买书，基本上都是网购了。轻松地在网上下单，几天就直接送到了你的家里，很是方便，费用也不高。

书，就这样一本一本增多。而且，还在一本一本地增加。三面都是书柜的书房也是书满为患。有些书要叠得很高，顶到屋顶了，于是在书房中加了架木梯，爬上去，看整个书房的书，或坐在木梯上看一本书——这就是一种享受。

书多了，书房就有了书香的味道。偶尔写写字，磨磨笔墨，书房又添了笔墨之香。书房中，放了几块石头，是历尽千年的松化石，这也是一部书，历史地理的书，无声地陪伴着你。

有人喜欢在花丛中，而有人喜欢在书丛中，两种境界都是美的。书，能够与人交流，我们与书中的人物交流，与大家名作交流。读书中正华之气，去污浊之风，腹有诗书气自华。

书房像个心房，来我的书房的朋友不多。有些朋友会问，这么多书，你都看过吗？我总微笑着点点头，是的，我有空的时候，就是喜欢看看书，这些书，我可是看得差不多了。有些书略略看过，蜻蜓点水，我在书上盖一个章——不求甚解；有些书读了再读，阅了再阅，我在书上盖一个章——庖丁解牛；有些书，的确只是工具，偶尔查阅；有些书，现在这个年纪只是珍藏，留在以后合适的年纪再慢慢看。

买书如山倒，读书如抽丝。买书买书，买不完的书；读书读书，读不完的书。读书藏书都是一项终生的事业，活到老读到老，活到老藏到老。

书房里，除了书，还有多年的书信，多年出差旅游的票据及照片，还有一些自己认为值得纪念的物件，都被我像宝贝一样供奉着——它们都是我的宝贝。

随意地翻了一本书，看到朋友的签名，从异国的书签上，看到千里之外的另一种情绪。

点了檀香，沏了茶水，随意地取出几本书，放在躺椅旁，扭亮了台灯。"一缄书札藏何事？会被东风暗拆看。"

未展芭蕉。心事犹卷怯何意。

## 蓝莲花开，一起去非洲

把梦想和远方

装进背包

在蓝莲花开的大厅里

短暂

深呼吸

片刻

一

江南七月，日光白得晃眼，烈日融化着我们的伪装，我们在绿荫和空调房中奄奄一息。续命的是轰轰作响的空调、刷到跳不出新信息的朋友圈，还有停不下来的抖音与虚幻世界里的游戏。

我们脸上总若无其事，心里却装着一把无曲可弹的琴，常在深夜时分，左冲右突的情绪拉扯着失控的细弦，有不顾一切的冲动，想脱离眼前的一切，挣脱所有的束缚，远离现在的生活、现在的空间、现在的人群。

心，被压抑得很沉很深，压得喘不过气来。一块块沉甸甸的石头，几百斤、几千斤压在心里，没有人可以搬得开，没有人可以帮你移开。

有一种深深的孤独感。一个人走在路上、阳光下，拖着自己的影子，踩着自己的影子，茕茕独行。一个人在人来人往的大街上，在熙熙攘攘的人群中，在觥筹交错的世界里，灵魂蓦然脱离你的躯体，浮在半空，凛凛地看着眼前的喧嚣，凛凛地看着眼前的一切，如此陌生。

我们却要装出没有事情的样子。

现实的生活不是你所想要的。有时，你也说不出来，自己到底想要什么样的生活。只是，心还没有老，心有许多的不甘，人还有很多的不情愿。所以，你长吐了一口气，总问自己：为什么？

有时，不一定有方向。只是想逃离什么，只是想躲避点什么。有时，不一定有目标，只是朝着心里向往的地方，去走一步，再走一步。有些目标，有些人，行走一生都到达不了。我们只是朝着那个目标不断前行，心贴在前行的路上，走一步，就是膜拜一步。

纵是深山更深处，纵是天高更高处。哪里？你可以逃到哪里呢？

这个夏天，宅了很久。我终于走出宅着的书房，背着包到青芝坞，到蓝莲花开的民宿——一起去非洲。

## 二

　　陌生的世界总带给我们新奇的感觉。

　　所以，我们总热衷于旅行，到陌生的世界，看陌生的风景，接触陌生的人。

　　来到青芝坞，坐在一起去非洲的大厅里，突然想到两个词：挣脱与回归。

　　"一起去非洲"——蓝莲花开新店的名字，颠覆了青芝坞之前所有的民宿风格。蓝莲花开的新店，并不是新闻。这几年，我跟着蓝莲花开的步伐，体会着中国民宿的发展，也在一座座险、奇、绝的山头，看云卷云舒，雪落花开。蓝莲花开的老店——"溪上""依云""游侠客""秘境""从前慢"等，总归都是为小资小众的情怀做注脚，一点一画都可以引出蓝莲花开的段王爷他们一群人的文艺情怀。

　　而非洲，给我们的印象是神秘、粗犷、原始，在不为人所知的世界，有金字塔、非洲草原、撒哈拉沙漠、迷人的海岸、迁徙动物的壮观。

　　字为心声，一个名字代表了很多的情绪。我没有问段王爷为什么。或许他正走在人生的一个紧要关口，准备突破什么，正找寻什么；或许，只是遇到一个对的人，做了一件对的事情；或许，什么理由都没有，对蓝莲花开民宿来说，好玩而已，这不也是很好吗？

就这么任性。事情原本没有这么复杂。

生活是个轮回。一方面，人们纷纷地想挣脱，想改变现状，想离开；另一方面，远离的人们想回来，带着一种对原始生活的依恋回归。段王爷和我说，这个民宿另一个重要的创始者，是一个在非洲生活了很多年的女孩，她有想开一个民宿的想法，双方理念碰撞出火花，他们一拍即合。

"一起去非洲"这个民宿，从此在青芝坞扎根生长。

我远远看过这个女孩，削肩雅淡，瘦不露骨，眉清目秀，通体素淡，笑意盈盈。在满地鲜衣的世界，她身上有种超然脱俗的清凉。

我没有问她一个究竟。我在自己的世界里遐想。在这个世界中，没有那么多的矛盾，只有一种融洽的存在，无违和感的真实与天然。

于段王爷，行将走出，求一身归去于世外矣。

于那个女孩，乡音殊杳，飘然出世，于心安乎归隐也。

于我，不问，于扰扰攘攘中，虽自笨拙亦可自得其乐。

于蓝莲花开，是在民宿的丛林之中，我行我素地朝着自己的方向走着自己的路。

## 三

一起去非洲的院子中，有一株苹果树，亭亭玉立，硕果累累。温带作物的果树，种在亚热带的杭州，有种说不出的不合时宜，却又有种和谐。这让我想起苏东坡。

北宋熙宁四年（1071），苏轼因反对王安石变法而被贬到杭州任通判。某日，他与友游西湖摆宴玩乐。闻藏春楼有名伎王朝云，才色俱佳，请来侍酒。朝云姿色出众，舞技高超，又如空谷幽兰，淡雅清丽，苏轼一见倾心，湖光山色与靓丽佳人共同激起了苏轼的灵感，他挥笔写下了："水光潋滟晴方好，山色空蒙雨亦奇。欲把西湖比西子，淡妆浓抹总相宜"。从此佳人常伴苏轼左右，任君浮浮沉沉，不离不弃。

有一次，苏轼退朝回家，在院中踱步，拍拍自己肥大的腹部问身边的侍妾："谁知道我这里面是什么？"有的侍女说是文章，有的说是见识，苏东坡摇摇头不以为然。问及朝云时，她笑道："学士一肚皮的不合时宜。"苏东坡捧腹大笑，赞："知我者，朝云也。"

这株种在院子里的苹果树，让我想起了千古风流的苏轼。在民宿的世界里，一群坚持着自己梦想的人，他们的思想或是拘古的，他们不是墨守成规，而是忠于历史的传统；同时他们又是超越着时代的，他们不愿意随波逐流，所以在很多人的眼中，也是"一肚皮不合时宜"。

穿越漫长的历史，曾经照过苏轼和朝云赋词的月亮弯弯地挂在树梢，我想他们在杭州的时候，肯定曾经携手经过这里。因为心灵的感应，蓝莲花开种了一棵苹果树，遥遥相印。

弯月曾经照苏轼，如今亦照我等俗人。

乞巧节的月光下，一个个饱满的苹果在我的注视之下涨红了脸。

## 四

中国第一历史档案馆中珍藏着我国目前已知尺寸最大、年代最久远、保存最完好的古代世界地图———《大明混一图》。在地图上，欧洲和非洲地区描绘得都很详细，非洲大陆位于这幅地图的左下方。非洲大陆的地形地貌、山川河湖、岛屿礁石详尽清晰，南部非洲的好望角，海陆线条精美，形制一目了然。该图上绘制的非洲地域图要比欧洲人当年绘制的非洲地图早，这就意味着中国人比欧洲人更早发现非洲。

据考证，地图绘制时间为明洪武二十二年（1389）。

对我们来说，非洲意味着兄弟，意味着未知和希望，对蓝莲花开来说，"一起去非洲"意味着友谊，意味着一起向前，一起拓展。

段王爷和那个女孩，在曲径通幽的青芝坞深处，扬起了一片远航的帆。

"没有什么能够阻挡，你对自由的向往，天马行空的生涯，你的心了无牵挂。"跟着蓝莲花开民宿的步伐一起旅行，已经有很多年了。我也在一年一年的旅行之中，思索着自我，找寻着自我。我也在穿过一个个幽暗的岁月之后，才发现"心中那自由的世界，如此的清澈高远"。

是夜，在蓝莲花开一起去非洲的民宿中，一夜好眠。

梦中，我感觉自己像是在一艘远洋的船上，奔向遥远的远方，听一夜风吹浪打，看舱内一灯如豆，温一壶酒，吃两只蟹，再和好友有一搭无一搭地说几句闲话。

## 曾经，我们都有一个隐居的梦

曾经，我们都有一个隐居的梦。

我也是，曾经在自己心里画过一个空中楼阁。

去租块小山，盖个房子，或是租个房子也好。

房子不需要很大，但是，必须要有自己的风格。茅草屋也好，泥土房也无妨，能遮风挡雨就好。有自己私人的图书馆，藏书不必很多，有很多自己喜欢的书，经史子集，小说散文都好。

陋室之中，要有一张供阅读写字的书桌，四面都是落地的窗，最好。窗上不必有什么，四边的风景就是最好的"画中景"。读书的地方，要很温暖，有小小的沙发，随手可以拿起一本喜欢的书，或坐或躺。

我喜欢的狗狗，静静地卧在我的脚旁。

你可以携书一卷，在林间大声朗读，低声吟咏，或是驻足而思。很多时候，人并不需要多少的沟通与理解。林间的苍松风声虽无言，但能告诉你更多。

最好，有自己的健身房。器材不用太多。有自己的球馆，可以锻炼，可以和朋友一起打球，可以出汗。也可以沿着山里的小径，一路奔跑。

山上可以种很多东西。可以种春兰秋菊，更可以种四时佳果。一年四季，要果香不断，要花香绵绵。

可以自己荷锄，可以自己浇水，可以自己播种。

苍莽的青山就是你写字的白纸，你可以用你的抒情写喜爱的篇章。花是含笑的语言，草是碧绿的行句，树木是豪华的乐章。偶尔，小松鼠会从林中跳出，野兔会不经意地拨响另一种弦乐。

可以有更多的动物，羊儿跳，狗儿跑，悠闲的小鸭们在潭里游荡。

山间，和谐而安乐。

水是秀气的灵魂。它从山间林中滑落，踏着轻快的脚步，跳进拥抱它的小潭。凭水临风，你看到山间空灵的风儿飘过，也听到鱼虾的细语。

四季的变化是山的语言。春暖花开，夏日凉荷，秋日硕果，冬日雪苍。在不同的季节变化中，快乐着自己的快乐，开心着自己的开心。

在春雨潇潇的日子，你研磨着，书写另一种记忆；在夏日的烈焰中，你可以摇着蒲扇，透过葡萄藤的疏光，看阳光变幻的影子；在秋风扫落叶的时候，你踩着一地的落叶，同时将自己的孤单愁苦一并踩去；在冬雪的清晨，雪上偶然留指爪，管它鸿飞或是走兽。

"书屋前，列曲槛栽花，凿方池浸月，引活水养鱼；小窗下，焚清香读书，设净几鼓琴，卷疏帘看鹤，登高楼饮酒。"

"青山在门，白云当户，明月到窗，凉风拂座。"

"他年当与君卜筑于此，买绕屋菜园十亩，课仆妪，植瓜蔬，以供薪水。君画我绣，以为持酒之需。布衣菜饭，可乐终身，不必作远游计也。"

世间隐者很多，留名者太多，我独不羡终南山。

只羡沈复与继儒。

"我真诚地相信，一个谦卑渺小的生命能快乐地过一辈子，是宇宙间之至美。"寓一身于山水，寄情于心里的世外桃源、我的空中楼阁。这个梦，做得频次太多，仿若已经是真的。

你呢，有过这样的梦吗？

你的隐居梦又是什么呢？

## 开间民宿,从此天涯不是客

这里离喧嚣很远,离心很近。

### 一

人生不是由哪一步促成现状的,是不同阶段一步一步的"因",在某一天成了现在的"果"。

我们先说梦想吧!

——梦想?你说梦想,很多人扑哧笑了,心里感觉到你的幼稚,却怜悯地看你一眼。现实很浮躁,梦想很奢侈。谈梦想?太虚无缥缈了吧!还不如刷个抖音视频实在,刷一刷还可以笑一笑呢!

心怀梦想的人是有点孤单的,这个梦想始终在你心里左冲右撞,长成庞大无比的巨兽,常在夜深人静的时候唤醒你。很多女孩子都会有开个小小花店、咖啡厅、书吧或是民宿的梦想,这个

梦想会随着现实的无奈而消磨殆尽，也会随着年纪增长而越来越强烈。

一步一步，梦想的巨兽有一天会冲破所有的樊篱，告诉自己，只有一个选择——实现！

是啊，人生短短的几十年，为什么不去实现一下自己的梦想？不管是苦是累，是无知是无聊，人生撞几次南墙不也挺好吗？起码，人生无悔。

在非洲尼日利亚漂泊了十几年的芳，在杭州青芝坞开了一间叫"一起去非洲"的民宿之后，突然感觉生活安定下来了，找到了一种家的感觉。

我们很多人一生都是在漂泊，在流浪。身体一直在路上，我们渴盼着给心找一个家，找一个安定的地方。

芳在青芝坞，每天看鱼看花逗狗，喜欢热闹的时候就坐在民宿的大厅里和来来往往的客人聊天，喜欢安静的时候就自己一个人躲在房间里追追剧。她常会想起幼年的时候，跟着做石匠手艺的父亲居无定所的日子，大学毕业后在杭州等地工作也一直处于漂泊的状态，后来去了非洲尼日利亚创业，又是漂泊，一漂泊十几年。家的概念对她来说是移动的，父母在哪，家就在哪。

温州人特有的创业天性，让一家人一直在四处闯荡之中，一直没有找到家的感觉。

她和弟弟在非洲创业漂泊的十几年，经历过多少生与死，人生一层一层地在蜕变。人生就是应该这样，痛苦的经历，更能让自己蜕变成长，更能让自己清醒透彻。

所有的经历都很美好。人要让磨难"剥掉"几层皮，才能真正成长。但成长之后，我们仍需要回归，回到少年时候渴盼的梦想。

没有拥有的，才是珍贵的。原生家庭会给孩子一个很深的烙印。一个留守儿童，一个随着父母亲漂泊的孩子，她对家庭、对安全感的需求其实更高，更迫切。

所以芳和段王爷、之晴等人一起开了这间民宿。她很想在国内有一个属于自己的家，这个家不只是一个普通的房子。这个家要在自己喜欢的地方，如西湖边上；这个家要有自己喜欢的风格，如结合了非洲风格和江南园林的元素；这个家还要有家人，民宿的特性让所有成员、客人和她自己，相处得都很融洽，都有家人的感觉。

芳的理解很简单，她说，心安定下来了，我心安处即是家，这个民宿就像我的家一样。

她的民宿在青芝坞深处，近植物园。茂林荫浓，仰不见天。门前有池，藕花绕左右。侧有果树，下设方石，可弈可饮。厅内有书室一间，坐可听流水声，举目皆翠，绿荫四合，夏无暑气，幽雅清旷。

这里离心很近，离尘世很远，离流浪很远。

可以简单，可以随心，可以随自己。

芳开民宿，也是与自己和解，与世界和解，和过去告别，迎接一种新的生活方式。

每一个实现自己梦想的女孩子，都是快乐的，她每天面对的

都是那个有梦想的自己。人间之乐，莫过如此。

## 二

凡是要发生的事情，你必须让它发生。

只有正确的行动，才能让一切生命和事物显得真实而有意义。

走吧，去开间小民宿。

我一直很佩服在世界各地开个小店，给当地、给游客带来美感体验的人。正是他们用美的情怀，营造出一个个美轮美奂的小店，让我们有了更多的享受和向往。

"民宿是什么，是情怀？是生意？是生活？是诗和远方？这些都是，但也不全是。"但我们知道，民宿肯定是美的，肯定是快乐的，是给我们带来衷心愉悦的。

"让鲜花盛开的地方，开满小民宿！"这是我朋友段王爷和之晴的美好愿望。今天，他们青芝坞主题店已经开业六周年了，他们的蓝莲花也从杭州开到安吉、莫干山、泰山、上海、赣州等地。现在他们又推出了民宿学院，想帮助更多有民宿梦想的年轻人实现梦想。他们民宿的初心是遇见，遇见一些有趣的人，有趣的事情，把一部分的时间留给陌生人，与之分享快乐。

在这次的民宿课程中，我遇到了来自苏州的月牙儿、广东顺德的艺等人，再一次感受到了一种满满的民宿正能量。在这个民宿学院十四天的学习里，他们将系统地学习如何选址，如何设计，以及日常的管理，还有咖啡、茶艺和综合的美学等课程。

民宿学院将播下美丽的种子，在一个个鲜花盛开的地方，开满小民宿。

同时，也是将一个个美丽的民宿带到世界的各地，将鲜花和美丽带给越来越多的人。

我常对蓝莲花开资深运营蓝花楹说："每一次来蓝莲花开，我都想住上一个月，甚至更久。"

## 三

一个梦想，我们说了很多年很多年，有一天，它会实现的。

昆明朋友玉英，她和几个闺密在大理买下几幢房子，装修成民宿，并准备将这里作为几个姐妹养老的地方，这种新的养老休闲方式正得到越来越多人的认可。好友林子，在一个山野的地方开了一间叫"虚度"的民宿，给无数的客人营造了一个世外桃源。老友小兵，在一个田园风光分外美丽的地方经营着一间叫"田庐"的民宿，自在逍遥……

我们一直在给我们的身体找个家，等房子这些物质的空壳有了之后，我们却找不到那种家的感觉。都市的钢筋水泥，耸立起了一个新的丛林，这个丛林之中，没有温度，没有质感，只有精密严实的包裹与伪装。

我们常常感觉——我心无归处。我们面对着现实的种种无奈，面对着各种焦虑，面对着回不去的故乡和过去。常有好友喜欢回家前,一个人坐在车里,安静地待上片刻。狭小的空间给人一种安全感,给人暂时的放松,也给人想驾车不顾一切远行的冲动。

人生苦营营,我们最缺的是给我们的心找一个家,一种安定、从容、稳定,让自己彻底能绽放的家。这个家,不需要多大的面积,多优越的位置,但它是一个让人安静的地方,让心舒坦的地方,有爱,温馨。

那几日,坐在一起去非洲的大堂里,看着芳那么恬静安然,不倦不疲,修真养静,我想这个民宿真的让她找到了一种家的感觉,也让很多漂泊的客人找到了远洋回港的感觉。

这就是开一间民宿的意义吧!

开间民宿,寄一颗心在民宿,给梦想安个家,找到自己的家。

从此天涯不是客。

## 民宿的品位，在书吧

民宿，改变了我们的旅行方式。

现如今旅行，越来越多地会将民宿作为自己居住的首选，我们甚至会为了某个心仪的民宿而去当地旅行。民宿以其独特的地缘选择，个性化的房间及店堂设计，充满魅力的管家及小二文化，与星级酒店区别开，让住客除了住宿之外，可以享受和体验到不同的旅行乐趣。

确定好去一个地方，选择民宿真是一个享受的过程。我们在看各个民宿展示着琳琅满目的图片和视频，用各种方式吸引着我们的过程中，也会从各种角度选择自己喜欢的民宿。但我选择民宿的时候，更喜欢观察民宿的一个角落——书吧。我喜欢看看这个民宿设计者，他留了多少位置给书吧，他挑选了什么样的书填充书架，他给他的书吧设计了什么样的风格。

如果说，民宿里的书吧如同一个民宿的良知，代表了民宿主人的品位、对文化的尊重。

那么，文化就是民宿的灵魂。

常有人说，要看一个人的品位，看他交的朋友就行了。物以类聚嘛，什么样的人，会交到什么样的朋友。也有人说，看一个人的品位，看他阅读的书就好了。书也是一个人的良师益友，在电子产品盛行的年代里，阅读代表了一个人的坚守，一个人的追求，一个人独有的品位。

我觉得这两种说法都是对的。书如朋友，朋友亦如书，从好的朋友身上我们可以学到很多东西，从好的书中我们也可以增长很多的见识，二者都是我们人生路上不可缺少。

一个民宿书吧架上的书，代表的就是一个民宿的品位。

有很多人会说，现在买书不是很容易吗？有钱就行了，想买什么书就买什么书啊！

我摇了摇头。你有钱，可以顺着某某网的畅销书单，将书买下来，甚至可以雇一个人帮你买，但那种感觉会完全不同。

我住过最多的民宿，就是蓝莲花开旗下的民宿。我住过安吉的山楂树、莫干山的府邸和从前慢、杭州青芝坞的溪上和游侠客等。在电子书便捷的时代里，我还是喜欢背着一大袋喜欢的书出门。自从住过几次蓝莲花开以后，我发现自己可以不必带书出行了。

蓝莲花开民宿的书吧，就像是我自己的书房。

我在蓝莲花开一个个民宿大厅的大书柜前看书，就像看着自己家中书架上的书。这里的书与我的书重复率很高——都是侧重于人文艺术方面的书籍，也有很多很多杂书。我甚至在他们的书架里，翻到民宿主人——午候先生早些年看过的书以及他在书上手写的读书小记。这让我感受到民宿的主人恨不得把自己所有喜欢的书都塞进书吧里，和每一个来的人分享的心情。

喜欢的书相同，也如同朋友之间的相知，我油然对这个民宿生出好感。

但书吧的设计者，也不是清高的，他还兼顾到了一些不同年龄段的小朋友或是读者的需要，住客可以很轻松就找到自己想要阅读的书籍。所以，在民宿的书吧里，常常看到不同年纪的读者，在民宿舒适的环境里，入神地看书。

我们去住民宿，有时真不是为了旅行，也许就只是一次没有目的的出行而已。为了简单地坐在阳台发发呆，坐在大厅里品尝管家手磨的咖啡，和陌生人聊聊旅行的见闻，走走民宿旁边的小路看看风景，在夜深人静的时候仰望星空，等等。对我来说，以上都是我想要的，但无论什么时候都需要读书啊！每次住蓝莲花开，我感觉自己就像带着书房旅行，而民宿的书吧环境比家里更胜一筹。在舒适的环境里，闲闲地翻看着一本本书，真是一种享受。

没有比这更棒的事情了。

马尔克斯曾说："如果每个人都能在背包里放一本书，我相信，所有人的生活将会更美好。"在我们的旅行中，我们在民宿的书吧上欣喜地发现一本本自己喜欢的书籍，喜不自禁地打开阅读，背景音乐轻轻地响起，咖啡的清香飘在空气中，人人手捧一本喜欢的书，那该是多么美好的一个景象。

## 此时，你在哪里？

此时，你在哪里？身在何处，心在何方？

看人生，读人，都比读一本书要精彩。

精彩有什么用？让人太累的精彩，不如简单，不如看云。今天的主角，是云。看云，云卷云舒。雨后的天空，伤心的云都已经成雨，洁白的云，才能自在。

自在才能显露真正的自我。

如果生活的重担压得我们喘不过气来，那么，偶尔我们还是可以抬头看看天上的云，静听阶前落雨。

我们常常在梦中，在书中，在现实之间不停地切换。

常常，不知身在何地。

此时，你在何地？

曾经我们都是很有个性和脾气的人，只是生活和世界无情地改变了我们。

年轻的时候，我就是个"刺猬"。过了不惑之年，依然故我。在我的圈子中，我是一个任性、乖僻的老男孩，和不喜欢的人不接触，不喜欢应酬，不去做自己不喜欢的事情。

生活中，不是有所为才有所不为，而是有所不为，方有所为。

朋友圈也是一样。貌似有很多朋友，真正的朋友寥寥无几。很多人会用专门的软件来发现那些屏蔽自己或是删除自己的人，然后以彼之道还彼之身，删除之、屏蔽之。

还是个孩童的时候，我们和某人有不愉快，还可以说："我不和你好了！"成年人的绝交，悲哀到只能删除微信来割席断袍。

着实悲摧。

朋友圈就是一个虚拟而真实的世界。有些人活在朋友圈里，抖音里，虚拟的网络世界里。

不知自己身在何处。

我们都心细如针。我们内心深处的孤独亦如针，细细地，要刺穿我们的一生。

我从来不使用这些好友删除软件。但偶尔我找某个朋友的时候，也会发现，他/她已经将我删除了。从此放下，这个人从此和我再无交集。

我们的生命都很有限，真的没有时间在没有必要的人和事上去浪费。你交的朋友，其实从某种角度看，都是你自己的一种折射和反应。

你的朋友在哪里，你也在哪里。

前几日，几个朋友来我工作室喝茶。送别的时候，我们都在客气地说"下次再来"和"再见"云云。

但是我知道，很多话不投机，或是价值观不一样的朋友，是不会再见了。

你可能不想见他，他也不一定想再见你了。

我们忽略别人，别人也同样忽略我们，我们以为不喜欢他，他们其实也未必喜欢我们。

如我，一个修行者一样的人，一个没有情趣的人，一个性格怪异的人，几点一线……要趣味没有趣味，人们要喜欢你的啥？

我们都生而孤独，而且会越来越孤独，最后都将一个人离去。

我们生在孤独，身在孤独。

此时，你在哪里？我也常问自己。

我常宅在自己的世界里，躲进小楼成一统。孤独让我一个人独自起舞，也让我孤芳自赏。我自己可以感知，我在这独处的时间里，一天天地蓄满力量。

一天一天成为我所想要的模样。

我们每天都和一些人说告别。

那些于你生活和人生无意义的人，终将被你忽略。

我们这样才有时间，拥抱与我们志同道合的朋友，开怀畅饮也好，一杯淡茶也好，都好！

我孤独故我在。因为孤独，我们才有时间，做那个最好的自己，最想成为的自己。

此刻，不辩，不思，不惑，我在。

## 丽江无故事

总觉得

一场旅行

不是逃避　不是私奔　不是发呆

也不是艳遇

只是单纯的行走　单纯的发现

单纯的快乐

简单得让自己如雪山的溪流

那么清澈　无瑕　没有想法

浮躁中冷静

不是某某指南中的人云亦云

人生总要行一场自己希望的旅行

且行　且看　且叹　且笑

且珍惜

——桑洛

一

旅行前有期望，却往往一路平平淡淡走过来，无故事。

旅行最大的失落，并不是你想去却不能去你梦寐以求的地方，而是你去了你心中想去的地方，风景优美，让你流连忘返，然而时光悄然流逝，总有那一刻，你要收拾行囊，你要挥手作别，你要离开。

念念不忘，常常回想。心常念叨这个地方，原本热门城市不是我追逐的方向，除了丽江。丽江的热度中透着神秘。这里是一个绕不过去的热点，绕不过去的心结。那就行动吧！没有攻略，我背着包就来了。

三月丽江，乍雨乍晴。这个美丽的地方已无淡旺季之分，游人如鲤，走在东大街、新华街，以及普普通通的小巷，都是接踵连肩，人山人海。

满街都是东巴的饰物，摩梭人的披肩，与全国各地旅游景点大同小异的纪念品，一间间风格迥异的客栈，作为各种目的集结地的酒吧——这就是千人千面的丽江。最初踏上这片土地的时候，在街上的人潮汹涌中，在大街两旁商业化的店铺里，我亦难掩内心深处的失望：这就是我向往的丽江？

这是一位寻常的女子，一直藏在深闺，不小心给人揭了头盖，从此走出深山，出现在众人面前。最先来的人，感叹她的淳朴、自然、与世隔绝，慢慢地，她声名在外，来的人就越来越多。慢慢地，她的名字后面，被人冠了很多的内容：浪漫，艳遇，发呆，等等。不似自古繁华的杭州，也不似精致卓秀的乌镇，那些城市有众口一说的美丽。丽江，却是要细细品了之后，你才会知道，她到底美在哪里，好在哪里，要从哪个角度去欣赏她。否则，你拍几张照片，逛几条街道，你只会感觉此景此城，在中国的很多古城见过，从此你就会给她打上太过商业化的烙印。

慢节奏的丽江，需要你细细品味，你要住下来，品味她的清晨，喧闹的酒吧，静寂的半夜时刻，等等。

你要读在这里发生过的故事，东巴国的历史，活的象形文字，木府王朝的兴衰，纳西古乐的活文物，以及泛周边的雪山，还有泸沽湖美丽的风景，都在等着你。这里有着完美的结合，传统与现代，各民族风情的交融。

这片传奇的土地上，一砖一土，都留存着几百年来的痕迹。非洲手鼓在大街小巷打着节奏，和着小倩动人的歌声。

这地方，适合你走走停停，或是忽远忽近地去观赏。在丽江的一周时间里，丽江很多时候是我旅行中转的地方。白天，我们去玉龙雪山，去香格里拉，去拉市海，去束河古镇；晚上，我们都回到了丽江。来来回回，来去了几天后，突然习惯了这里的空气，这里的客栈，这里的人群，到最后要分别的时候，感觉到了诸多不舍：丽江，我们舍不得离开！

伤感在离别的前一天就袭来。舍不得离开的，还有在旅途中结识的朋友们。这一晚，我和在旅途中结识的陈哥、贺姐、印哥、小璐一起在花马街的沱江鱼府吃了晚饭。都来自浙江，本素不相识的我们通过三天的共同旅程，留下了很多欢喜的故事。漫长的旅程中，我们相处得融洽无比。

打电话，约定时间地点，大家一起赶到酒店吃饭。这样的时候，也让人有了家的感觉。客栈就是家，你感觉自己仿佛就是生活在这里的人，这个城市有你的朋友，他们住在不同的地方。夜晚来临的时候，呼朋唤友，把酒言欢。

出门皆是旅行人。淡水的三文鱼刺身美味无比，松茸中有高海拔原始森林的气息，名叫"水性杨花"的野菜是大山的恩赐，鸳鸯火锅沸腾着火热的气息。不是相熟无间，旅行中的朋友，挑着快乐的话题，小心翼翼地绕过陌生，这是快乐和简单的规矩。

满上，饮罢一杯酒，话家常，明日各奔东西。陈哥和贺姐要去西双版纳，印哥和小璐要去玉龙雪山，我踏上回家的行程。

这顿晚餐，缺席的有两位朋友。一位是豪爽的"胖金妹"领队高高，这个九〇后小姑娘，细心周到地帮助我们完成三天完美的旅程，展现了纳西妹子真诚淳朴的一面。她言语不多，几年的工作经历没能把她打磨圆滑，高原红的脸蛋，俊秀挺拔的身材，乐观的脸庞丝毫看不出工作的压力，商业化的社会和导游的职业没有改变她的淳朴。她的安排，让我们很踏实。她的微笑，让我们很快乐。这三天，是我们六人丽江之行中最为难忘的一段时光。带着浓重温州口音的陈哥也一直说，这样的旅行才有意思，才是旅行。还有开车的杨师傅，这个纳西族的小伙子，家住束河，让我想到了自小学习琴棋书画的纳西男子，他彬彬有礼，总

是将车子拾掇得井井有条,一尘不染。

一场旅行的收获,可以是一幕幕美丽的风景,可以是那令人难忘的小吃,可以是难忘的问候,也可以是旅途中的种种不适。但如果收获了几个知心的朋友,那才是最美的邂逅与艳遇。

都说丽江是艳遇之都,谁说艳遇肯定是一夜之间的男女之情呢?一场风景,一个个朋友,都会是令人难忘的邂逅,是最美的艳遇。

缺席总是一种遗憾。就像我们几个人的丽江行,来自金华的我,来自温州的陈哥和贺姐,来自杭州的印哥和小璐,都遗憾没有去风花雪月的大理、风景迷人的女儿国泸沽湖。也许,缺席的本身,就是为了给再一次的到来找个理由。当我们想念这片土地、这片风景的时候,我们说来就来。

## 二

说来就来。三月,高原之上还是冬天季节,我们说来就来。此刻的风景和旺季的风景不同。没有繁花似锦,没有花团锦簇,玉龙雪山上面的冰线在日益萎缩。观赏车从普达措入口进入后,玉树琼花,冰河潺潺,高山的草甸上,牦牛、矮脚马星罗棋布地点缀在黄色的草地上。车停后,沿着木制栈道前行,栈道上有皑皑白雪,在这严寒的地方,让你分不清是霜太厚了,还是前年的雪没有化。随着行进至深处,挺拔的冷杉和云杉,经百年甚至数千年的孤独,寂寞成林,耸立入云霄。高山的湖泊,是森林的眼睛，粼粼的波光，一片宁静。它们同时是一个天然的净涤器，它们存在了数百年，数千年，静默地告诉你什么叫美丽，什么叫放下，什么是人生的道理。

往前走，阳光驱走了严寒，雪慢慢化去。森林脱去冬天的雪白，在我们的面前展现出秋天的景色。高山的草甸让你有策马奔腾的欲望，莽莽的群山让你有了归隐的念头。

一山四季，景随步移。

说来就来。《高海拔之恋》在这个地方演绎过纯美的爱情童话，谢娜和张杰在这里举行了轰动一时的婚礼，美丽的地方值得炫耀爱情，炫耀幸福——这些都让普通男女神往而艳羡。

真正的美景，不可独享，需要分享给懂的人。在这个秋冬景色格外美丽的普达措前，你会想象无数花儿的种子，此刻正在静静地蓄积着能量，等待合适的时候，一夜之间，冒出来，一朵一朵，组成花的海洋，组成神奇的世界。在冰雪的严寒中，在暖暖的阳光下，美丽蠢蠢欲动，想想就好美！

美丽的风景，不需要专业的摄影装备，不需要讲究构图、光影等技术，每个人都是摄影师。瞧，你随便拍了张图，发了微博，引来无数粉丝在办公桌的后头叹气：我也想去！看，贺姐拍了图发了朋友圈，有朋友说：你从网上找的图吧，自己拍哪有这样美！

说来就来，在我们想念这片美景的时候，我们背上行囊，拿着单反，怀着那颗远行的心，不用相约，来到这片美丽的土地。

不需要预约。

就像高高所说的：想我了，想这片土地了，那就来吧，我二十四小时为你们开机。

## 三

你要走了，有人刚来，有人或者还在路上。你在酒店的大堂，整理着行囊要出发，而有人风尘仆仆，提着行李，满怀欣喜。

打个招呼。

——你们从哪里来啊？

——你们什么时候来的？

——你们去了哪些地方？

——那些景点感觉如何？

——你们下一站去哪里？

几句寒暄，一起喝杯茶，遥遥敬杯酒，递根烟，说说旅途的见闻。这是我喜欢的。说完分开，也许再也不会相见，却收获了一段好心情。

在我要走的那一天，我真想是刚到丽江，我和这一天刚来的人们一样，接下来，我还有好几天的行程，充满神往与期待。那就怀着痴心的梦想，把每一天都当作第一天吧。我和丽江的相守可以永远持续下去。

## 四

丽江和束河，一动一静。

班布书吧和班布酒吧，也是一动一静。

也许更喜欢束河，是因为那清静的镇子和一个个有大大院子、各具特色的宅子。骑着马，溜达在古城的青石板上，颠簸的马背抬高你的目光，远望着隐藏在山间的茶马古道，远方雪山绵延，耳畔隐约传来马帮的铃声和吆喝的号子。

也许，喜欢书吧，是因为那一个下午自己闲散得无所事事，只是听了听那流浪歌手的歌声，只是看了看那几册翻得很乱的书籍，在空白的纸上涂鸦似的画着些什么。也许，偶尔去一次班布酒吧，也是一件尽兴的事情。晚上无论几点钟，歌手都抱着吉他，对着话筒，和这个城市，和我们说：你好！在光怪陆离的光影中，形形色色的男男女女，来自天南海北，看不清真实的表情，寻着各种各样的梦。

梦的结局，每人都不同。

书架上居然发现有桑洛的书，不知有没有人翻过。

酒吧，书吧，它们只是让你暂时停下来。在这个城市，你奔跑着前进，是与这个城市格格不入的。行色匆匆不属于这个城市，静下来，慢下来，这个城市会将你心中深处的悠闲释放。你会发现，这里与他处不同。也许，我们的身体跑得太快了，在这里，我们停下来，让我们的身体等等我们的灵魂。

这个世界，喧嚣和安静只有一步之遥，只有一墙之隔。班布的书吧、和志刚的书法展、纳西的古乐表演场都只有数步之隔。那个晚上，我慕名去听纳西古乐，是怀着一种朝圣的心情而去的。几年前，听清华大学一个老师介绍宣科的时候，我便对纳西古乐心驰神往。我没有见过宣科，却从营销学的角度写了关于宣科和纳西古乐的文章，一气呵成。

现在我在丽江，下午时分，在空荡荡的古乐表演现场，早早买了票，坐在前排椅子上，看着台上表演的椅子，空荡荡的剧场，莫名的伤感。

我正襟危坐，听着这一群古稀老人演奏的唐、宋、五代和元的曲目，音符穿越着时空，绕梁不绝。当演奏停下来的时候，不远之处新华街上的酒吧中震耳欲聋的摇滚乐声，推江倒海而来，你会叹息：在这个世界上，坚守着精神的这份努力，保持得如此艰难。宣科先生迟迟而来，八十四岁高龄的他，虽然中英文的表达流畅而幽默，但是，岁月不饶人，纳西古乐老了，宣科也老了。散场的时候，我拿了本宣科口述的《公民宣科》中英文版找他签字，并与他合了影。老人在书上写我的名字，他已经有些耳背了，我向他说了好几次名字怎么写，他才知道。我在心中默默流泪，为这个男人坎坷的一生。英雄虽已迟暮，却有颗幽默与坚强的心，为了目标与理想，坚持不懈地努力。

都说，世间的相遇都是久别重逢。在丽江，各种机会和巧合下，和陈哥、贺姐、印哥、小璐在高高领队的带领下，我们去了香格里拉，迷醉在美丽的普达措世界里。我们还骑着马，沿着从前马帮的路线，重走茶马古道。在马铃的丁零声中，和风温柔地吹着，茶马古道蜿蜒，纳西小伙即兴的山歌在山间回荡。我们在拉市海泛舟而游，在农家小院尝可口的马帮菜，行走是如此美好！

美好得让你无法用言语来形容，用语言来表达。

这让你想起了什么？让时间过得慢点，再慢点，让美丽与幸福都定格。

这还让你想起了什么？有时，孤身一人的旅行很美，可以说走就走，可以想些心事，可以安静地去体会；和爱人相携的旅行也很美，让幸福在爱的路上延展。但这样一次他乡遇故知的旅行，无论何时，你回忆起来，都是畅快的回忆，你觉得呢？

你会感觉恰到好处的美。那杯风花雪月的啤酒，酒不醉人，却让人醉在梦里。是那相遇一笑，却又匆匆而别的故事，故事有情节，在别后的日子里，每每想起，回味无穷。

终究，离别是注定的结局。终究，我们都要与美丽的风景挥手作别。在最后一天我们逛了木王府，在重修的王府前感叹：花开花落，纵木府重修如旧时，但当年的风情，又与何人说。

从木王府而出，天色渐渐阴暗，雨似落未落，寒风袭人心，满大街小倩的单曲循环：就在这一瞬间，才发现……

沿着酒吧一条街，去吉祥客栈的静水楼台吃午餐。跨进院门，抬头看了下二〇八房间，窗户开着，人去房空，前两天住在这里的陈哥和贺姐已经去了西双版纳。点了几道菜，是那天晚上和陈哥贺姐在这里吃的：纳西烤鱼，清炒松茸，豆腐青菜汤。餐

桌的玻璃下，压着一张张写满心愿与心情的纸条。

## 五

要走了，在少府酒店松软的沙发上记录了这些。窗外是灰色的天空，天欲语雨不语，灰墙和黛瓦挡住了视线。想起了贺姐和高高曾说，前几天我们去香格里拉，去拉市海，天气那么好，那是因为我们一行人的到来，好天气跟着我们在走呢！

想到和这些朋友匆忙的"散伙饭"之后，丽江的雨没有征兆，和着寒风而来，我们几个在雨中，狼狈地往客栈走，匆忙地相互道别。

脑海中，花样年华客栈那么热情的人和漂亮的大院，情人结客栈设计不俗的院子和书房一样的厅子让我好生留恋；少府酒店，闹中取静，随意喝茶聊天，滇红的味道和平日喝起来如此不同……一幕幕，丝丝入画，点滴入梦。

世间有很多的相逢。火车上相遇的人，行走的路上擦肩的人。我们可能一起笑过，一起聊过，一起开心过。但你无法知道他们的名字，事后很久，这些人和事也会慢慢挤出你的脑海，只有最珍贵的人和事，才能永恒地留在你的记忆中。

人和事，景和物，历史的过去与现在，组成了我们对某个城市的印象。没有围城的丽江，它真的不应该算是一座城，它流淌的是纳西雪山神灵数千年的诉说，它是木府风云的一个记忆之城，是茶马古道上人们歇息与交易的四方街，它也可能只是一座你来了就不想走的客栈，只是一夜狂欢的酒吧，也许只是发呆的一个影子。它是张艺谋实景剧场的《印象丽江》，我们都是农民，在历史的舞台上，我们却都是演员；它也是《金沙丽江》还你千年一梦的舞台，人来了又走，走了又来，没有人永远留在舞台上。

要走了。拿着行李，走在光滑的石板路上。不忍回头，只是在心里安慰着自己，深深呼吸，恶狠狠地学着灰太狼，跺了下脚：

丽江，我们一定还会回来的！

## 六

我们都是健忘的，有选择性地遗忘某些人和事。

文字是一种记录。有时不记录下来，过了很久，会忘记了那些路过的风景，遇到过的人，住过的客栈，当时的心情。

唯有文字记录，似乎让时光停在了原处。

因为有了记录，文字丰富了图片的情感，在记忆的殿堂里熠熠生辉。

# 我喜欢大理的院子

旅行其实是一段与自己的独处时光。

没有故事。

## 一

三月,大理樱花正旺,风花雪月正是好时光。

生命中,总有几个地方,冥冥中指引你必须要去。如果没有去过,今生总感觉到缺憾。

我喜欢大理,找一处喜欢的院子,看着书,喝着茶,闲闲地晒晒太阳。

去过丽江,没有去过大理,人生会有一种缺失。

大理是神圣的,是人生必去的地方之一,值得我们专程去一回。

当我在大理的院子里,真正喝着茶,晒着太阳,在键盘上敲打着文字的时候,我想以后在飞速前行的时光中,我再次回忆这趟旅程,就像寻找着黑暗之中的吉光片羽,那么畅快,那么甜蜜,值得我慢慢咀嚼。院子里的阳光是轻浮的羽毛,将我柔柔地托在这个世界的半空,体会着时光喧嚣的隔世之感。

有些不真实,要用文字记录下灵魂出窍的时刻。

我在大理的一处院子,呼吸灿烂的阳光。

小时候,老家也有这样的院子。有两个很大的露台,院子里有两棵李子树。每一年的夏天,都会结很多很多的红心李子。

我小时候,就喜欢在李子树下面读古诗。

## 二

丽江没有故事。

终于到了大理。

洱海。苍山。

很不错。天是不切合实际的蓝,万籁俱寂。

住的房子就在洱海边。是我喜欢的小院子,干净清爽,却匠心独具。没有繁复,不过是用蔷薇花枝密密匝匝地组成了一个篱笆,还有各种各样的花儿迎风怒放,生机盎然。小院外,就是一望无际的洱海,波光水线一直延伸到天际。

放下行李,我直奔大理古城。熙熙攘攘的人群,川流不息,尘世声色,隐藏着多少欲望,真实或虚幻。这个古城,经历过上千年的悲欢离合，埋藏了多少缤纷的快乐与忧伤。大理古城，是人类精神向往的某种象征，一直以为，她的美丽，已经勾兑成一杯琥珀色的美酒，等待南北游客浅酌。

我坐在城门旁边的一块石板上。几千年的风，各朝各代历史人物的身影闪现，风中传来马蹄的声响。

古城，这位绝世美女，不用顾盼，却流波横溢，摄人魂魄。

从古城离开，花了很多时间在崇圣寺三塔。

春风望野阔。这里让人安静，有我喜欢的味道。我绕着三塔，走了一圈又一圈。像是奶奶小时候纺纱锤，一圈一圈地将我的烦丝愁绪从身体里面剥离开来，编织成一件羽衣。我越来越轻，飘飘然欲随风而去。三座古塔组成了一个神奇的平面，我想挣脱，她们却微笑着拉住了我。塔尖指向了遥远宇宙的某个星球，她们谈着属于自己的风花雪月。

山势坡形，眺望洱海，突然想到了"小舟从此逝，江海寄余生"。多少人到了这里，从此不想离去。崇山峻岭，路途远险，构筑了这里小国寡民的世界，一切刚刚好。

崇圣寺三塔，最美的是倒影。有夕阳，有霞光。饱经沧桑的古塔，温柔的身影在水波中荡漾。

值得留恋，满心喜欢。

## 三

大清早起来，高原艳丽的阳光普照。

我步行，走走看看，停停拍拍。

景色很美。走了十公里，感觉才走了一点点的路。后来，租了辆电动车，开始追风，环湖。

我们每去一个景区，迎接我们的有惊喜，也有失望。我们在旅行中找到一点点幸福与慰藉，找到我们旅行的意义。

双廊是个精致的小镇。街头摆了很多商品，有些养眼的成了艺术品。我看中了一个石头的砚台，有点古朴，看着喜欢就买了。

一阵风似的，绕湖一圈。在司机赶时间的仓促之中回到大理。

在古城的下午，无目的地漫步。遇到一个"书呆子"书店。看到了很多外文原版书，店不大，但是有味道。感觉这个店像是我开的，我没有时间打理，有人帮我开了。

我看着店老板写的小楷，待了很久。

没有交流。

回到民宿的院子里，是傍晚时分。

背后是苍山，对面是洱海。

金色阳光温柔，万物悦目。

在这个喧嚣的时代，最重要的是让自己的心静下来。

## 四

古城都是属于晚上的，大理似乎也不例外。高原白天阳光的

表白过于赤裸裸，皮肤对这样的爱意很难接受。对古城的爱，适合晚上。

夜间，人潮涌立。在四周景点游玩的人们，都在夜间回到古城狂欢。

我在古城的一个小酒店里，吃着各种花做的菜，有玫瑰花、石榴花、茉莉花等，喝着风花雪月的啤酒。

微醺。我回到洱海边，想看洱海月。

但月亮害羞，不见影。

拿出纸笔，面对洱海，写字看书。

用在丽江买的东巴纸，耐心地写了封信，寄给自己。

写完字，在湖边的一个小排档，依旧两瓶啤酒，几个小菜。

白天的苍山上白云缭绕，晚上的洱海依旧不见月光。点点星光和尘世的灯火相映照。

酒入佳境。回房睡觉，一个晚上的金庸武侠梦。

很多人都去过大理，都寻过梦，各种各样的梦。梦是我们另一个世界的理想，是深埋于我们内心的渴望。

金庸的武侠世界里，大理是个神秘的地方。《天龙八部》《射雕英雄传》和《神雕侠侣》写到的大理国，写到的南帝段智兴，还有大理国丞相朱子柳，曾经的皇妃瑛姑，等等。

围绕着这些人物情节展开的，是大理的自然景色。这些景色，是秀美而又雄奇，带着神秘色彩的。一泻千里的飞瀑，神异静谧的无量玉璧，奔腾咆哮的澜沧江水，气势非凡的"善人渡"——真不知金大侠是怎么想象出来的！

这个晚上，梦回大理国。我随着段誉一起从山崖坠入谷底，看见山崖上一条大瀑布如玉龙悬空，滚滚而下，倾入一片清澈异常的大湖之中……

醒来，洱海烟波平静。

## 五

早晨，雨来了。听说婺城昨晚也是暴雨。

不出院门，看眼前的书，听洱海的雨。书看得很闲，翻了几米的漫画，看了庐隐的书，看了阿城的书。

有些事情真怪，读书也一样，流行让很多人没有了独立的思维。有些人，为了看书而看书，我们一个朋友，说是要买齐诺贝尔文学奖全部的作品，并阅读完。我佩服她的恒心和毅力。

我看我的书，看我喜欢的书，不一定是名著，很多名著我根本看不下去，何必去装？很多畅销书，也没有什么营养，何必去跟？

世间总有些无奈，也有很多是自己的选择。

如同有些人，为了写文字而写文字，为了生活而生活。

我在大理的剩余时光，都交给小院吧！

## 六

想来大理。来了大理。

大部分的时间,只待在大理的院子里。我都不好意思,将这"无聊"的事情,发个朋友圈。

仿佛,这是件"可耻"的事情。

我却有很多很多的欣喜,需要在清晨和傍晚的时候,独自骑着租来的电动摩托车,沿着洱海骑行很久,来慢慢消化心中的某种喜悦。

我一天骑一趟电动摩托车,去一趟古城,像是大理国时的居民。

半夜在小城里穿梭。

看各种小物件。

人很多,夜色中每个古城都是差不多的样子。

找到了一个酒吧。点了三瓶酒,不足买醉。

有驻唱的歌手。

有好事的人过来问:"一个人吗?是不是找艳遇?"

我笑了笑,没有理会。

夜越深,人越多。男女都很兴奋,气氛很好。

我在这里,形同空气。

遇到一个女孩子,居然是乘同一个航班过来的。贵州人,上海读书,上海工作,学音乐,做金融。长得端庄秀丽,喝酒却很猛,一杯接一杯。

身上暗红的衣服,红黑相间,藏着深沉的心事。

我不胜酒力。

歌声很美,沧桑地透进我的心里。

只是感觉倦了。我走出酒吧的门口。

刚刚台上的那个歌手，脖子上搭着一条白色毛巾，抽着一根烟走出酒吧，脚步灌进了风，刚才在舞台上弹着吉他唱着歌的男孩，转眼淹没在人流里，像他吐的那个烟圈，消失在梦幻的蓝色古城，消失在人潮里。

他的背影有着他歌声里的气息，他的歌声已经融进他的身体里。

我随着他的脚步，钻进人流里。

我身后的那个贵州女孩，手上拎着买的各种小玩意，莲步轻移，走向另一个方向。

我们各奔东西。

突然想到了年轻时候写的诗：

"我们脚下是划满道路的星球，

但是道路与道路之间，

却不会重逢。"

再见！

## 七

突然不想走，不想出门。

只是想在这个小院里听雨，看书。

阳光出来的时候，晒晒太阳。

多年之前，曾经有个梦想，到大理租个院子，把我的书房搬到这里……那时候，还没有来过大理，只是有着对这座古城的向往。

但最终，没有成行。大理没有桑洛的小院子。

世上，总有些你想做的事，有人帮你做了。我们没有勇气去做的事情，有人将其变成了现实。

我佩服这样的人！

昆明的朋友王玉英，种花喝茶，坚持健身长跑，仿佛是另一个版本的老桑。在这个世界上，我们每个人都是独特的，但也有无数相似的人，坚持着相同的梦想，做着相同的事情。

我想，我和玉英也是一样的。在追逐理想的路上，我们是孤单的。人生很多的道路需要一个人走。在整个宇宙中，我们也是孤独的，我们生而孤单。但在无形的路上，我们却不孤独。美好，都是相同的，我们都是在追求美好的路上，我们追求着身材的美好，追求着灵魂的美好。

玉英和她的六个闺密，在大理买了个院子，做民宿。不过，她们终极目标是退休之后，把这里当作养老的乐园——这是很多人的养老"乌托邦"，她们实现了。

这个院子，叫"柒栖居"。同道相合，诗意栖居。

我们不缺梦想，缺的是实现的决心和勇气。

我们想要挽留住的理想正在渐渐退场，遥远而虚幻，面容模糊，不可辨识。有人却一砖一瓦地实现着梦想。

我终于不再偏执于在大理拥有自己的院子，而是心安理得地在一个个院子里晒着太阳。我知道我自己的人生，适合一直行走,飘萍一样走向远方。

## 八

丽江没有故事。

大理没有风花雪月。

这不影响旅行的丰满。

旅行是一段独处的时光,在路上。

整理行李总是有点伤感。站在露台的观景台,苍山洱海,静谧深沉。

想抽一支烟。

回到房间,翻看《人间词话》。薄薄的一本,却可以翻看很多年。"言气质,言神韵,不如言境界。有境界,本也。气质,神韵,末也。有境界而二者随之矣。"

临走之前,和这座城市告个别。我骑上电动摩托车,不疾不慢地从城中走过。

从承恩门到安远门。

从苍山门到通海门。

九街十八巷。

我对这座古城不够熟悉,不想写很多人都已经写过的文字。如同我自己写过的《叶公好书》,在旅行方面,我们都缺点时间和耐心,也缺乏深厚的审美沉淀,我们常常走马观花,吃点美食,拍点到此一游的美颜照片与视频,如叶公好龙一般喜欢旅

行，却没有真正理解和实践着旅行的意义。

我喜欢大理的院子。几年前没有实现的梦想，如洱海泛起的小小波澜，常常撒娇般摩擦着我的心田。但现在，在大理的院子里，晒了几天充足的阳光，身体里像是补充进了丰足的营养，足以支撑我下一次到来。

我们太渺小了，如尘埃一般，风一吹，就再也看不见。

所以，很多人说，趁着好时光，去一个想去的地方，爱一个想爱的人。

人生总要少点遗憾才行。

要离开了。我会假装，不记得我来过大理，这样，下次我再来的时候，理由可以充分一些。

## 春上北山

春上北山。

我们来得晚了。

春天捷足先登,早已上了北山,在山上撒绿披红,提前布局。

春天,在北山等我们。

山路十八弯,上北山,一道弯,又一道弯,一道道一层层的欢喜。

我们心里哼着歌,上北山。

在南方,北山是个奇怪的道场。它的心脏,是无数千年的喀斯特溶洞,在群山之中不规则地分布着,这江南太湖石仙风道骨的体格,不知藏着多少神秘。《聊斋》小倩的传说,徐霞客的足迹,黄大仙的神奇,智者禅寺的雄伟,北山写不完的故事,落在多少文人墨客的纸上,一咏三叹,成为绝唱。

春上北山，茂盛的枝叶是多余的，北山的百宝箱打开的是繁花的世界。花是此刻的主角。樱花，杏花，李花，在北山的角落展现笑靥。北山略施粉黛，风姿绰约，千娇百媚。

春天鲜明的生动，是枝头的嫩绿，是那任何画家都调不出来的颜色，是漫山遍野的生机与活力。

轻柔的风，吹起片片花瓣雨，幻化成绕指柔，溅起诗词绝句，随春风，绵延十里。我在山上找三十三朵桃花，探究着桃花的三生三世。

天空有鸟飞过。我在树冠漏下的声响中，分辨空中的鸟儿，是喜鹊，是斑鸠，是麻雀，还是其他的候鸟。声音似曾相识，或许我们曾经在某个地方相遇。

鹿湖一池春水，倒映着我们的生长。芳华与沧桑同镜，阳光在微波上流淌。一泓清流透明，水天一色间。

这眼前的深沉，无言，像掩饰着什么。

这时候的春风很软，我没有力气拿笔。杨柳依依，我坐在湖边的老柳下。鹿湖是北山的眼，是北山的心，在这里，思想脱缰，马蹄阵阵。

我的眼睛是个画框，能留得住这世间最清澈的春光。

春天无限量地提供我们渴望的想象。

北山是我书房的背景。

每次软弱的时候，不经意地抬头，都能看见横亘天地之间的你。

坚强，雄壮，包容。

我在一次一次北山慰藉之行中，埋下了很多很多的心事。多少次夜上北山，我将昨天的自己在这里埋葬。燃烧的灰烬，墨线般飞舞。

此刻，群山，请原谅，我还是无法交出一个最真实的自己。我依然心有挂碍，无法如一芽一叶的举岩明前茶，在沸水的冲泡中，盛放，轻舞，清香。

我的羞愧，是我所谓的坚强勇敢，不如自然界的不动声色。在美的自然面前，欲哭无泪，羞愧难当。

春雷未炸响。

在北山，我被一只咕咕叫的斑鸠惊醒，惊醒我冬眠的梦。

——你再不来，春天就要萎谢了！

好在，我们春上北山，如期而至。春阳下的微微薄汗，让冬装今日开始退下舞台，我们轻装上阵。

春分，今天日夜等长。在这一天之后，我们做梦的时间更短，白天会更长。

春天伸展着辽阔，在希望的田野上。

我们的北山不是很北，一条山脉横亘东西。在浙中，隔出丘陵与盆地，山上多蓝天白云，秀美雄奇，四季分明。

北山，是别人的南山，是别人的南方。

风声穿过北山，我在空中写几个句子，捎点春天的气息。

它们疾驰，快马加鞭，向你奔去。

告诉你，别忙，春天来了！

嫩绿是春，是软，是轻，是莫名的碎。当嫩绿堆砌成墨绿，夏天已经打着响指奔跑前来了。

世间美好的事物，总是短暂的。

别忙，春天都快过去了！

我想，你不管再忙，你总有时间看一眼身边的春光吧！

春风很慢，在等我追上她。

春风很快，我抓不住她。

回眸，山峦颔首，渐成屏障。路有一人，携一束山中的花儿，自在地下山，有歌声传来。

似是踏青归来。

心中有美好，不必吟诗。大自然不能用语言形容的美，就是最好的诗句。

# 又上北山

婺城北山之美,古来共谈。

昔吕祖谦、王柏、方凤、吴师道、徐霞客、郁达夫、叶圣陶等登临此地,吟诗留文,遍赞此地山峰秀美,清流见底,奇洞深藏;又有黄大仙之祖宫,为此地平添仙意。

北山之美,天下独绝。

吾寓居婺城近三十载,登北山多矣,拟文也多矣,写北山之春,北山之夜,北山之雪,曾自以为知北山多,将不复文之也。

暮春之初,友老张引余往北山。自尖峰山侧入,峰回路转,婺城之景全然在目。车停山桥村,从一小巷入山。小巷幽深,山水纡曲,古道少人,两侧高山重嶂,林木高茂,常绿不凋,径旁泉水击石,曰通玄溪,有泉声鸟声风声传来,泠泠不绝。

台阶尽头,有一开阔地,建有北山第一庙,供奉婺城司雨徐公。晋人徐公者,黄大仙之长徒也,每至天旱,八婺之民皆往此庙求雨。庙前葱绿八角莲,有石碑《题晋徐公》:"徐公长山饮清

泉，宿莽萦身醉成仙。神威频化三春雨，广渡善良入桃溪。"侧有西王母庙及另一庙舍，有一方姓道士居此三载，问及庙中故事，言徐公为老子牵牛童子，自函谷关后与老子一道升仙，后打翻炼炉，贬入人间，投胎为徐公。

清光绪《金华县志》卷十一《人物·方外》载："晋·徐公：亡其名。曾登长山顶，见有积水湛然，二人奕其旁，自称赤松子、安期生，酌水与饮，曰：'与公一杯酒，饮讫醉卧。及醒，二人不见，而宿莽萦身。急归，则家人已服丧三年矣。复入故处，遂亦得仙。人因名其积水为徐公湖。"

此为金华烂柯山之传奇也！

余观其史，徐公慨为此地药农，救死扶伤，乐为好助，死后尊神，清朝时人求雨，徐公应验，当时知府翼良题此庙为"北山第一庙"也，年年固定庙会，成一时香火之旺。

婺城宝地，后世建库蓄水，风调雨顺，国泰民安，徐公掌雨，当年求雨之盛，渐难观矣。

噫！枯荣有季，盛衰有时，万物皆然。

庙前有银杏两株，绿叶飘摇，荫下有石桌石椅，方道士奉上今春早茶，香腾于空，暖风相袭，游目骋怀，不亦快哉！

自庙往下台阶数十许，有古道，往半鸡岩及棋盘石等。清光绪《金华县志·山川》载："石棋盘，县北三十里……左右险峻，坳间涌一石峰，如鸭卵中劈为二，一平卧者为棋盘，竖者为棋盖。峭壁苍翠，壁下有石窦，不测其深，贮水一泓，曰龙潭。潭中不时翻涌，水高数尺，飞花滚雪如潮汐，石皆翻动，真仙幻也。"棋盘石下有一小屋小庙，此庙即为徐公之主庙也。

此地草木萧森，离离蔚蔚，熏熏欣欣，至则心安。遥想当年霞客至此，喜不自胜，从眼前此路往北山各地风景，著书留文，经典传唱。余来北山多矣，夜郎自大，以为知北山多矣，不亦谬哉。自古学问之道，概相似，窥一斑以为知，扬扬而自得，是谓桑某人也。

同游者老张，习文弄墨，犹喜花草，与花为友，与云山为友，与松竹为友，与书酒为友，有魏晋君子之风。闲时喜往北山游，遍游北山，亦在北山租一民居，素食锦年，自得其乐，今之北山隐士也。

云从树生，清水见石，溪中偶见残碑奇石。溪水之洁澈，柔滑坐而玩之，有沧浪之水之意，可以濯我足，可以濯我心之意油然而生。世之肌肤之垢，清洗易，而眼耳心舌之尘垢，盥涤之难矣。山水自然之清，涤我辈俗人之无形，清净六尘，明心之本也。

空山午后，风起微泉，春禽一两声，呆然枯坐，欲辨忘言。

忽闻老张语，此时此地此景，应有酒。

群山摇枝，皆笑，心腹其颠，有谪仙季真之范也！

车从北山另一侧，归。

已是夕春。

# 夜上北山

我喜欢夜里上北山,不为吟诗,不为作赋,只是想在我这一生注定庸俗的岁月时光中,多看几眼世间的繁华。

## 一

走,上北山!

上北山,常是忽然而来的一个情绪。

比如,一个晚上,夜深了,漆黑的夜色中突然就想开着车一路狂奔。汽车冲出城市,人与车都扎进婺城北部的北山之中,灯光如尖刀一样刺进黑色的森林里,被厚重的世界给吸了进去,消失在无边的沉默中,光束里闪现出粒粒微尘,似乎是这空气之中悬浮的玄机。光代表了心情,奔赴远方的不归旅程。想就此小隐于山林,一去永不再回。

夜深,出城,上北山!

北山离婺城很近，是婺城一道天然的屏障。我们是不小心被尘世呵斥的孩子，在夜深的时候跑去北山的怀抱中，疯一回，静一回，笑一回，哭一回。

灯光在盘旋而上的公路上甩来甩去，如同在写着随意而潦草的字。护栏警示着路的凶险，沿途有村庄，有湖，有寺。

夜深了，犬吠渐息。

山下没有雨，山间却滴了泪。

放一首熟悉的音乐，把车窗彻底打开，让风吹进来，闻树叶的芬芳，闻空气中的清冽。弯道上车行的速度是心情的投射，或快或慢，轮胎摩擦着地面，撕裂刺激着我们的神经。弯路，一个又一个弯道，如同一道道的轮回，每转一个弯，心就一层一层地清朗起来了。

到了山上，我们如同一朵花。

微笑绽放。

## 二

山上，如同天上。

我们奔赴的是另一个世界。

海拔每升高一百米，气温下降 0.6 摄氏度，海拔隔离出不同的世界。修仙修禅，都适合在高处。低处是尘世，是人间低到尘埃里的一切。宽大叶面的亚热带及热带雨林的叶子，粗大而饱满，生长极快却缺乏细腻。越往高处走，在蜿蜒曲折的山路上，我们从亚热带走到了温带。叶子变细了，树木在清寒中俏拔挺立，在物竞天择中，一片片宽大的叶子变成无数的针叶，这是一种自我保护。如果是冬天，针叶上包裹了冰凌，那是极美的景色。有时，山下没有雪，山上却是白雪皑皑，一派北国风光。

我也喜欢上北山看雪，看秋，看北山的四季。白天终究人多，夜深人静，可以夜观天象，仰观宇宙之大，俯察品类之盛，有不同况味，所以，我喜欢夜深的时候偶尔放纵自己，上北山。

朋友老张说，上北山会上瘾，会练就好车艺。她常上北山，我也是。不过，我们没有在山上遇见过。尘世很大，北山也很广，世间的缘分却是极珍贵。

上山，在夜深人静的时候，只为遇见一个真正的自己，我们终日平静的身躯下面，灵魂翻腾着，迷乱魂魄里的一个真正自我，在北山，可以跳出来。

说点什么，可以。不说，也可以。

近山远水，在黑暗中可以成为无限的想象，是看不到尽头的荒漠和戈壁，是莽莽苍苍的森林，是深不见底的海洋。如同一个长途跋涉的疲惫旅人，登高之后回望着自己的身前身后，离徒劳如此之近，离一事无成如此之近，离未知的未来如此之近，总会让人产生逝者如斯夫的悲怆。

想饮酒。

对诗人来说，登高有登高的诗意。众生皆苦，人生不过是刺棘和鲜花相伴的旅程，去顺应和接受，去抵挡和打破，方能算是有血有肉的生命。起起伏伏的人生，方是可以回顾的人生。

此时孤独，永远孤独，不好吗？

深夜里的清醒，是种罪，不好吗？

月亮隐身于乌云之后，不由分说的黑色墨定，将群山和城市都隔离在外。置身其中，只看见浩瀚和诡谲，头脑在高处只剩下空白和蒙昧，那个傻傻的自己在这个世界里痴呆，癫狂。

在等一声棒喝，等待乌云散开清光普照的清醒。

## 三

秋风吹过，四野少人。黑色的森林里，有另外的一个世界，悄无声息里埋伏着金戈铁马。

时间似乎停止了。满世界仅剩一丝生机。微风轻轻吹过，拨动着小草树枝，如同山间轻缓的河流，风中传来整个世界的讯息：有可亲的笑容，有狰狞的脸庞，有记不清名字的人脸……还有自己欣喜而急促的呼吸，夹杂着山间温热的湿气。

月亮跳出乌云。在我们头顶，是铺天盖地的灰与白，皎洁的月光洒在山间，一路铺展，映照世间，也温柔地抚摸着我们身体的每一寸肌肤。

欲语还休。

想长啸。

风沙沙走过。月亮笑而不语。

我们可以安之若素，也可以开车狂奔，一切取决于我们的选择。我想到了为爱夜奔的红拂，定是洛阳城深夜里那绚烂美丽的烟花，无与伦比，刹那芳华，抵得上凡尘碌碌一生，可映照数百年的夜空；我也想到那夜奔的林冲，英雄末路，在白雪苍茫中，慨然慷然兮走远方。深夜，还有很多需要为生计营营的人，躲在阳光的背后，为生存为梦想在努力。大部分人，在这个时候，已经安然入睡，他们的世界里，衣食无忧，幸福美满。

山下万间灯火，万物静默如谜。

"我的眼泪会涌出来，使我说不出话。"因为欣喜，也因为悲伤。

悲欣交集。眼泪在奔涌，喜悦牵动着脸部的神经，刹那之间的难言，却终是平静如水。

太阳底下无新鲜事，爱恨离愁，生离死别，只是在演绎旧篇章。夜深人静的时候，有无数的精灵在空中飞行。失眠的神经，在夜空中，成为《聊斋志异》的故事。

所以北山有《聊斋》有小倩。宁采臣适赴金华，至北郭，解装兰若，在北山成就一个千古流传的故事。北山，还有双龙洞，有叶圣陶的故事，有北山四先生的故事。

我们，也都是故事里的故事。

## 四

上山，只为多看几眼世间的繁华。盆地里，横平竖直的灯火璀璨，这是人间最为洁净的时刻，没有喧嚣。眼前所见，端正，朴素，宁静，一览无余。一切都隐居在夜色之中，一切都在清静与沉默之中，不用去探究掩藏起来的丑陋与真理。

夜色之中的灯火，多么像我们的一生。我们身处其中，如同城市里的蝼蚁，我们在远处观望的时候，也依然看不清自己的样子。夜光里的城市，如同一幅画，一面镜子，如同我们回不去的过去。

有很多的想法，有很多表达的欲望，我们念念有词地想着一些诗句，却没有准确的词可以形容我们自己。

我想在另一个世界里回望真实世界里的自己，却在山间的迷雾里无法自拔。迷雾被一阵阵风吹过，忽地消失不见，那个梦想里的我变成了一个个念想，变成我心中最磨人的忧伤。上北山，是一剂我的药，药到愁消。

走吧，下山！

走过万水千山，我们终需回头，回到我们自己的人间，属于我们自己的人间。

回去！

在人间里赶路，在人间里大笑！

# 在北山深处

谷雨一晴,婺城就入夏了。

婺城的北山,还是春天。

傍晚时分,夕阳从门前两百多年的枫树后慢慢落下,暗暗的风在空中,有轻舔肌肤的清凉。寓居北山三年的郑师傅端起一大脸盆的鸡食,嘴里发出"咕咕"的叫声,成群结队的鸡迈着细碎的步子,挤挤攘攘地簇拥着他朝鸡舍走去……丛林间响来鸟的鸣叫,山林间一片静寂。没有风,树叶都是静止的。

夜幕下的白望山村,蝉鸣还没有响起,一切安静。

月光下的庭院,微风摇曳着婆娑的影子,爬墙的紫藤花、凌霄花、蔷薇,在墙头向远处的世界张望。

万物静默如谜。可见与不可见的,都在暗示。

正确生活的依据。

这里是朋友老张的终南山。

要有这样的宁静，才能盛得下半生的沧桑。

在这里，老张住在二楼。工作之余，过的是六十岁的退休生活。每天老张打开窗户，面对着碧绿的森林，在森林上面，是白色的浮云。时光在这里停止，似乎从来没有过时间，没有开始过，也没有停息过。

将所有的经历，都挡在了入山开始的那一刻。进入北山，仿佛打了下课铃，在山路十八弯中，曲折摇摆地进入大山深处。

夹道欢迎的，是两侧高大的乔木，还有沿路数不清的小花小草。心的铜铃，在新鲜的空气之中，发出渺远的共振。

这些小花小草，我都见过，在我的梦中，总让我惊喜、战栗，给我生命的慰藉。

绿色伸长的树墙，挡住了尘世的流光。

婺江东流，所有的往事随之流淌。

在北山之巅，群星和月亮在闪烁。

郑师傅是在浙江水泥制品厂退了休，不习惯过打牌绕广场的退休生活，干脆就到山上租了个房子，种种花草，弄弄院子，养点鸡鸭，侍弄点蔬菜，日子过得有滋有味。

老张则是山上归隐，山下工作。在时光的摆渡之中，过一种属于自己的生活。

这里的古树，这里的花香，这里的院子，这山居的日子，有一种我们能够理解的生活。

在平淡无奇的世界里，可以化解半生的沧桑与悲凉。

在不远处的一个地方，还有一个民舍改造的"空中花园"。墙壁上爬满了花，院里堆满了自己周末放飞的理想。

眺望回眸，无数火柴盒里装着卑微的曾经。而在山上，灵魂保持着清醒的宽慰。

在这里，时间被囚禁在山外。

大部分的时间里，房子和人们都在安静地发呆。

所有的动植物，都不喜形于色，不渴望被理解。

我们都保持着自己，不加掩饰。

听不到马路上的声音，世界朝露般安静。

小花自顾自激昂地绽放。

晚风围着枫香、樟香、花香、书香和茶香厮磨。

不断倒塌的世界旁边，我们费尽心思，重新构筑我们新的生活。

我们都想有一个后院的桃花源，有个梦中的终南山。

## 携一卷书，行十里路

一

携一卷书，行十里路，选一块清静地，看天，看地，看书。累了时，和身在草绵绵处寻梦去。

——这就是我们小时候的田园读书。姑且，算是乡下孩子的"游学"吧！

中学的时候，喜欢带本书，吃完晚饭后，和好朋友应振强、陈子好走出学校，在芝英的大街小巷里逛逛，一边走一边背历史背英文，芝英大祠堂多，我们就是在那个时候，差不多走遍了芝英。

那时，还喜欢拿着书本跑步到应南溪边，溪边的风景相当漂亮，清流激湍，两岸绿树如茵，我们就坐在溪边大声背诗词。以至后来在城里读高复班的时候，我们三人，还经常去西津桥，坐在桥上看书复习，一坐就是半天。

那时候的教室人多狭小,宿舍是一排的通铺,学校内也基本没有什么好的公共空间。学生们都充分利用傍晚的时候,出门走走,半是散步,半是散心,也是几个好朋友相处最好的时光。那时候不管是哪个学校,出门走几步,都可以看到大片的田野,一派乡村风光。

有几次,我和应振强还背着书包,带着干粮爬上公婆岩,在岩洞里读书,读累了就找一些野果就着干粮和山泉吃。岩洞里有粗陋的佛像,露出铁丝和泥土。我们听着鸟鸣看书,在山上憧憬以后远走高飞的生活。

周末的时候,携一卷书,骑着自行车,选一块清静的地方看书。这样一看便是一天,更是常态了。

这是我们穷孩子短途的"旅行",短途的"游学"。

## 二

读大学的时候,去同学所在的城市,和他们一起观历史文化古迹,一边旅游一边交流。用省下来的生活费,去附近的黄山、三清山等地旅行。背着一个很大很大的牛仔包,出发的时候,包里只有两三本书,等回来的时候,包里满满的都是书。

毕业后在广州工作的时候,我也常在周末背上几本喜欢的书,选一个陌生的城市,随意地走走,看看。那时候,一个人去过湛江、清远、梅州、肇庆等地,在陌生城市的街头,白天行走看风景,晚上就宅在宾馆的房间里看书。

行万里路，读万卷书。不是说行万里路胜过读万卷书，也不是说读万卷书胜过读万里路。而是，行万里路，读万卷书，同样重要。

我们的游学是山野派，属于农村孩子的小清新。

我想到了古代的进京赶考，在交通不便的情况下，从全国各地到京城，一般要走几十天，几个月，甚至一年以上。这一段行程，或走路或骑马，对于一个年轻人来说，都是一种游历。全面接触风土人情、历史名川，拜访当地风雅人士，路途上结交志趣相同的朋友，这也是让人最快成长的一种经历。

自古以来的书生，闭门读书几年，甚至数十年，加上以前信息和交通都不是太方便，所以，出一趟远门也是极为不易的一件事。古人的游学，除了赶考，还可以是访名山，访友，可以煮酒论英雄，亦可谈经论道。

比起我们骑个自行车，走一段路就算"游学"，那真是美得多了。我至今还清晰地记得一幕：中学的时候，我同学晓昂坐在象珠市基的一块石头上，和一个老人家聊民俗，聊传说，聊得酣畅淋漓。

那个年代的游学，可能就这么简单。乡下的孩子走不远，书籍延伸了我们的脚步，我们在自然的环境里读书，就是很大的享受了。

一段路，一个人，一席话。

影响一辈子。

## 三

嘘！我把"携一卷书，行十里路"当作"游学"，估计会让很多人笑掉大牙。

现在游学很时髦，很高大上。国人现在正走向全世界，所以寒暑假就有社团组织各种各样的游学团，到美国、欧洲等地。所到的学校，都是全球顶尖的。

铺天盖地的游学广告掩盖着巨大的利益，也掩盖着各种各样的目的。有需求就有市场，存在就是硬道理。正因为有游学的需要，所以才有了这么多的游学中介。

熙熙攘攘的游学队伍奔向世界各地。在这些游学的队伍身影中，我却常常想到我们小时候土得掉渣的"游学"。那时候，书籍匮乏，但我们喜欢读书。那时候，我们没有去过远方，我们有书读就很快乐。那时候，我们的身旁到处都是绿水青山。

# 借古意

## 游大盘山记

丁酉夏，余与诸文友登磐安大盘山。磐安居浙中腹地，山处城之南数里许。

风清日佳，余一行扶杖望山而登。缘溪而上，激石穿林，泠泠作响，飞泉忽洒，曲涧澄澈，涓涓者流，积微汇聚，诸水之源。间有奇石兀起，茂树苍苔，相映成趣，怪山嶙峋，玲珑其间，溪花种种，秀润可爱，居然宋家笔意。

山外酷日炎炎，山中风柔日丽，毫无暑气。寂历空山，水声松声鸟声参错和鸣。红英细草，客皆不识，有碧烟君曰："白术、元胡、白芍、玄参和贝母，此乃磐五味也。"山中产药，山中人以药为业，灵芝、黄连、石斛等珍宝遍布群山，为江南药谷也。

转入山林，针叶铺地，浓翠欲滴。路宛转林间，塞者凿之，断者架木通之，时有好客枝叶牵人衣袖。下瞰峭壁幽深，林间偶

漏日光，疏疏如红玉，恍然间不知身在何处也。

既登峰顶，一亭鹤然，为瞭望台。登台极望，万峰无不下伏，云气往来缥缈，群山旖旎无际，诸峰秀色，伸手可揽。一峰屹然，四山云合，犹如八方数百里来贺，群山之祖，瑰奇如画。远眺县城，渺若一粟。下有火山湖为镜，有如天池，众生倒影，流光回照，辄想太白探幽，昔人已去，风流未远。

午在瞭望哨所炊饭，返璞归真，把盏言欢，纵情奔悦。午后清风，送君归步，轻若浮云。

嗟乎，大盘山之广大，大盘山之形胜，余一行以一日之短，仅窥大盘山一斑，只识大盘山一角也。

林间有风，可以荡人尘土；溪间有水，可以清人肺腑。行在山中，濯濯如新出浴，不亦快哉。传曰："仁者乐山，智者乐水。"江南以山水形胜，大盘山秀气磅礴，天成图画，山水自然，当浙中之最也。大盘山之山之水，不唯奇不唯怪，天然去雕琢，唯其自然。夫以自然朴素，坚守本性，绝无阿附意，山水犹然，何况人乎。

胸豁然开，清爽甚惬，陶然已醉，欣欣然不知世间忧为何物，唯心与身俱在此山间矣。

## 白溪诗意

白溪者，先有白溪，其溪似白练，故名也。乡人邻溪而居，有白溪村。后有治水建库，继有白溪水库，水库蜿蜒之处，有秀山有民宿美然，曰白溪湾。

冬日出婺城往西，金义线行至二十公里余处，有寺居道之左，名回龙。入寺探访，友李英云此地原为"回龙庵"，后改迁为"回龙寺"，僧尼变化，寺庵轮转，个中曲折难以细表。幸有嘉靖年间老寺完好，古风犹存。寺内有半截碑，字皆可读，盖白溪当年三姓为建寺助田云云。

立之寺之中，环顾左右，空地凄清，寺内建筑凌乱不堪。值心有戚戚间，有友陈国友拉余等从寺之侧门而出，心神顿时豁然开朗。

见一长亭十余米，经岁月沉淀，自然有静穆之气。亭乃无名，石之古朴，道之沧桑，目之所见，历历可现。昔为义乌往婺城之大道也。白溪江时远时近，岸畔水木清华。溪畔有巨樟，森然已数百年。国友兄情不自已，吟唱"长亭外，古道边……"众皆和之，一时以为身在民国，白溪浩荡，舟船如织，千帆若舞，长亭内外，商贾脚夫，一时繁华。噫乎哉，思之詹都府，白溪县，今何在？

出寺门，过金义线，车水马龙，恍若穿越之感。白溪村，如桃花源，新舍俨然。村中有古戏台，盖民国所建，距今已一百余年。石柱结构，木雕增趣，俗称"万年台"也。

是日也，乃李英振臂一呼，群贤毕至，于白溪村之白溪湾艺社，立李英作家书屋也。捐书助学，教化乡人。此之壮举，贤之大者，一时佳话，传唱千古。捐书者有京城名家丁晓禾，有婺城名家张华飞等书画大家若干，响应者云集。

午后尚得闲，国友兄引余等过白溪水库，登凤凰山。斜阳半探，湖水如镜，波纹如绫，温风如春，心飞湖上，身在天地之间，身畅神醉。山中有飞来塘、观音池、铜锣井、铜锣山、狮子山、蜈蚣山、狮子潭、七层塔等，松针铺路，古道犹存，冬凉层袭，草草领略，未及细赏。登山者有余及国友、徐丹、范等四人。

几日婺城皆雨，今日出城顷之霁，心情佳，至暮酒酣趣归。

## 璟园志

熟水之南十里余，有温泉小镇，环道多美山，无名多俊，壮耸环立。中有明清古建筑群八十余幢，依山负势，参差而立，巍巍可观。有徽派之典范，有浙派之碧玉，更有婺州本土之建筑瑰宝。此乃璟园也。

璟，美玉之光也；璟园者，集美玉大成，集江南古建筑之大成者也。

草木春秋，古建零落，盛衰之理，虽曰天命，亦有人事，自然之理也。如美玉之蒙尘，失之光华。今有丽州芝英应氏，少年才俊，廓然有大志，居武川治商多年，自幼受国学之浸习，目染乡土建筑之瑰丽，感伤古建之凋落，慕乡贤之遗风，其志不为汲后世之名，乃集巨资，反哺社会。纯粹志古，取利远，远故大。凡历时十载，遍踏江南诸省，访残楼败房，收之修之，复古如古。武川党政，亦倾全力支持，使此古建筑群，落地武川。有此契机整合，使此古建筑如美女洗尘，美玉展颜，凤凰涅槃，生机重现。四方之所聚，俨然穿越，古都重现。

行璟园，建筑鳞次栉比，屋宇雕梁画栋，牌坊门楼各有千秋，风格各异。有回廊之美，轩亭之丽，修竹柔柳，一泓清泉自山间而来，曲折蜿蜒，水声潺潺。读书之声声声悦耳，古琴之韵韵韵绕梁，墨香阵阵，花香怡人。间有全球顶级摄影展、木雕展、非遗展，昭文化之兴。武川名人汤汤之书屋、国学馆……散落其间，如颗颗珍珠，使璟园熠熠生辉，耀目神州。拾级而上，有文昌阁傲然挺立，仰而望山，俯而观园，山高水清，江湖千里，风霜冰雪，云烟杏霭，清秀刻露，旷野无穷，莫不可爱。

初心不忘，璟园无憾。极游之娱，或寄乡愁，或取幽思，或存感叹……璟园之美，非一寓目而尽得之，目新所睹，耳新所闻，心新所省，久而忘归，实属壮哉！

嗟乎，璟园能成，赖盛世之时，实乃建筑之幸，民众之幸也。举目璟园，实乃武川人之璟园，乃婺州人之璟园，神州之璟园，全球之璟园也。

丙申年秋，历十余载，璟园峻成，是以志之。

# 灵秀梓誉

有人喜欢去国外旅游，有人喜欢去全国各地旅游，而我喜欢浙江省内的小村庄游。

和所有热爱旅行的朋友一样，我也喜欢全世界各地走，但最让我流连忘返的，还是我们江浙一带散落在各地的小村子，它们是我们平凡土地上的珍珠。

这些小村子，都有独特的名字，有悠长的历史，有经历过的漫长往事，如同我们老家酿造的一坛坛黄酒，愈远愈久，香愈醇。

它们根本无意于外界的关注，它们只是安静地在自己的世界里，绵长成我们回望的乡愁。

梓誉村，朴实无华，却极尽江南味道。

这是小桥流水的江南，也是世外桃源的江南。

我们金华文联一行到磐安梓誉村的时候，江南的雨，淅淅沥沥地下着，给这个青砖黛瓦的小村子，涂上了清漆一样的亮色，小村子在雨中亮丽起来了,似乎是在迎接四方贵宾,喜极而泣。

我们下车的地方,就是该村代表性的建筑——蔡氏宗祠。宗祠始建于1420年前,1529年遭寇焚,明嘉靖三十一年(1552)才再次落成。蔡氏宗祠具有明代古朴简约的风格,由牌坊式门楼、前厅、穿堂、后厅等建筑组成。作为梓誉村的历史文脉和文化根基,朱熹题写的"理学名宗"牌匾被高悬于祠堂中央。这块牌匾据说是存世在今的东阳木雕作品的始祖之一,相当珍贵。

珍贵的还有朱熹与蔡氏的渊源。史载有佳话,蔡氏先人蔡元定,建阳人,学者称西山先生。南宋乾道年间(1165—1173),朱熹在寒泉建精舍,蔡元定在西山筑精舍,同在建阳崇奉里,往来论讲甚为方便。据记载,寒泉精舍与西山精舍遥遥相对,两人分别在精舍建灯台,晚上悬灯相望,灯明则无事,灯暗则有疑,约次日相聚研讨。蔡朱两人经常对榻讲论诸经奥义,每至夜半。朱熹十分赞赏蔡元定的人品和学识,称其"处家,以孝悌忠信仪刑子孙。而其教人也,以性与天道为先。自本而末,自源而流,闻者莫不兴起"。蔡元定之子蔡渊、蔡沅、蔡沈,皆师事朱熹。

梓誉村坐落于磐安西南与东阳交界处。南宋庆元三年(1197),蔡渊为避祸带着儿子蔡浩居住在梓誉溪口,才有了现在的梓誉村。梓誉村原名"安仁里",蔡氏入住后,改为梓誉——桑梓誉重。

作为理学名宗的村子,这里自古以来还有一个优秀的传统。以前的村里,几乎每家每户的门廊上,都挂着一个竹篮子。从孩童启蒙第一次握笔,写出的第一个字开始,都不能随便扔掉,要妥帖地放在竹篮子里，累积到一定程度，再拿到特定的炉里烧掉。这也说明了村民对教育的重视及对文化的尊敬。

省级文物保护单位钟英堂就在蔡氏宗祠旁边，由清进士蔡享洪建于清乾隆二十三年（1758）。这座三合院式的住宅建筑，分为三个开间，堂内园雕、浮雕、镶贴交相生辉，体现了古代木雕、砖雕、石雕"三雕"的精湛技艺。

该村古建筑遗存丰富，大多为明清时期建筑。有代表性的还有翔和堂，该建筑建成于清乾隆五十一年（1786），由江南名士叶蓁题写"翔和堂"匾。永言桥为明代石拱桥，对于研究明代桥梁建筑有一定的价值。

这天，雨一直下。江南的雨，春天下得绵长，秋天也下得有诗意。沿溪的石板路闪着青色的光芒，石头上雕刻着时光流逝的痕迹，它们整齐有序地排列着，向远方延展。

小村沿山谷而建，溪水环绕，小桥流水把错落有致的村子环抱在一起。西边是白鹤山，是村子在西边的屏障。村东有泉从岩涧中流出，山上有古刹。清代文人古月筠有《游梓誉》诗，描写磐安县双溪乡梓誉村的风光："万山深处见平畴，始信桃源不外求。东转琴山迎我笑，画来襟水抱村流。"

在梓誉村漫步，你的心会不由自主地慢下来，淡下来。那些坐在门槛上、坐在屋檐下的眼神干净的老人，这安静的村落，让你感觉像是回到了小时候。

同行的有摄影师、画家、诗人，他们在村中流连忘返，不禁问路边的村民："村里有民宿吗？我们想再来住几晚！"

回答是:"暂时没有,但你们可以住我家里啊!"

她们用手指着不远的新房:"我家就是那幢新房子,你来了,给你一层房子免费住!"

她们的表情是那么淳朴,声音是那么热情。

如同我们要离开的时候,那雨过天晴的清透,还有朵朵洁白的云儿飘在半山腰。

## 那碗诱人的肠粉

我爱吃肠粉,这是以前在广东工作多年留下的"病根"。

出差去两广的时候,常会去当地的肠粉店,大快朵颐就是医治病根的最好药方之一。

去广州的早茶店,肠粉是必点的。即使去另一些城市的时候,看到肠粉,也总有忍不住点一份的欲望。

印象最深的一个小肠粉店,是有一次去梧州时候遇到的。

太公肠粉,在一个菜场旁边的小巷里。很寻常的小店,藏在很寻常的巷子里。

如果你对当地不熟,你肯定不会留意到这样的小店;如果你的脚步匆匆,你也肯定不会停留在这样的小店;如果你天天锦衣玉食,你也肯定不会注意这样的小店。

它实在太普通。

一个老爷爷,满头银发,系着雪白的围裙;一个老奶奶,同样系着雪白的围裙,头上的黑发尚乌青——这就是店里的老板和伙计了。

店里的陈设也很简单。几张桌子，纤尘不染。一边是开放性的灶台，主要做的就是肠粉，灶台上也擦得锃亮，上面摆了做肠粉的一些佐料。

一面墙上写着太公教诲：用老母鸡、猪脊骨加入甘草、老姜，慢火熬一晚，制成高汤，再添冬菇、虾米、火腿、瘦肉末，并选用李锦记上等生抽精制而成，口感醇厚，饱满不腻。各种食材鲜美融合，做到滋补而不燥，芳香而不浊。

这个教诲，居然明明白白地直接把整个做肠粉的流程与秘方都公示在墙上，既是对自己的监督，也是对客户的尊重。

另一面墙上，写了一段太公肠粉的来历。说是民国初期，太公为避战乱，从广西梧州来到广东佛山，在佛山的汾江路创立传统的小吃店。他积毕生的经验，采用当年的晚稻米，经多次石磨的米浆为原料，悉心研磨，配以靓料，这样做出的肠粉，爽滑、味鲜、口感独特。

你随意点一份肠粉，在半开放式的厨房中，你可以看到上浆、蒸熟、上碟、配料的全过程。肠粉上到你的桌前，你加些酸豆角、酸木瓜或是萝卜丝，当你持筷去品尝的时候，你发现当年众街坊对肠粉的称赞"白如玉，晶如玻，滑而韧，味道一流"，真是所言不虚。

这样的太公肠粉店，听说在广东的佛山、广西的梧州和贺州等地都有很多加盟连锁店，基本上店面都不是很大，都秉承了日出而作，日落而息的风俗。如果有时晚上晚点去店里，那对不

起，可能吃不上这美味可口正宗的太公肠粉了。

在两广等地，做肠粉的多之又多，如同做美食的店也是多之又多。这样的美食店，让我想到一些百年老店，它们"小而美"，规模不是很大，却一直坚持着自己独特的食材，独特的秘方，不偷工减料，不欺骗消费者。生意做得再大，也不贪婪，不扩张，只走自己的路。

这么多年，很多传统小吃都在进化，渐渐变了模样，但也有人在默默坚守传统。

太公训言：一定要选正料，落足料，熬够时辰，兑好味。这句训言，也让我想起江南药王胡庆余堂前的"戒欺"二字。世界上的生意可以有很多的管理攻略，有很多的成功秘方，但是我想，最基本的都是一样的，那就是：不偷工减料，把握好产品的质量，尊重消费者，坚持自己的路。

吃完肠粉后，我听到屋角传来一阵鸟叫的声音，"吱吱吱……""叽叽叽……"两只笼子里传来鹦鹉的叫声，老爷爷和老奶奶一边打烊，一边用粤语交流着不久后春节的一些事宜。

街边的路灯刚亮不久，这是一个祥和的晚上。

我在这样的小城市，小店里，吃到了一生难忘的味道。

## 年光虚度

只有信徒和诗人才会相信，沥青马路上可以盛开鲜艳的花儿。

——题记

我们一生会有很多的梦想，不同时期有不同的梦想，但太多的梦想只是停留在表面，停留在想象。太多的梦想，如同阳光下的肥皂泡，想着，走着，就破碎在风中了。但有些人，敢于想，勇于行动，说做就做，一步一步实现梦想，让梦想照进现实。

比如，我们很多人都有过开间小资咖啡厅、个性书吧、民宿的梦想。当我们很多人还在做这样一个梦的时候，我一个叫林子的朋友，她已经完美地实现了她的梦想。她开了一间叫虚度的民宿，紧邻温泉小镇。

多年之前，我也曾经有过开民宿的梦想。梦想自己在云南大理，苍山洱海畔，租一个院子，开一个小小的民宿，每天呼吸着新鲜的空气，和不同的住客交流。这个梦想一直没有实现。有一天我突然醒悟了——如果我有一间好的民宿，我可能会被限制在那个围城里。有空我就想去那里，待在那里。如果我没有这样的场地，我就可以云游四方，多去我想去的地方，做我想做的事情。

我是风，我就是要流浪。

我一直很幸运，我身边有几个做民宿的朋友。如段王爷和他的蓝莲花开民宿，如小兵和他的田庐民宿，如汤美芝和她的那山那水那年酒吧民宿，等等，无论什么时候去这些民宿，我都有一种回家的感觉。

他们，都是诗人和信徒。有文人的情怀，有诗人的浪漫，对自然和建筑的美，有着信徒般的虔诚。他们也是一群帮别人圆梦的人，帮我们实现着我们所不能实现的梦想。

林子的虚度民宿，对我来说，是一个不一样的存在。我看着她将一个荒村小屋，变成我们眼中的桃花源。民宿在我的概念中，最重要的是主人的情怀，其次才是环境和软硬件。林子自己是个作家，也是一个很有情怀的人。最重要的是，她的行动力很强，她认准了，就会坚定地去做。

秋意刚起的时候，我和林子夫妇一起去看民宿选址。车拐进清水湾温泉小镇旁的一条小路时，我就感觉来到了一个桃花源。随处美景，林密竹幽，山清水秀，车流很少，一个个小村落犹如古朴的明珠藏在群山深处。在这些地方，人可以顿时安静下来，可以忘记尘世的烦恼。我心旷神怡，流连忘返，一下子喜欢上了这地方。而林子夫妇"妻唱夫随"，开始了庞大的虚度民宿工程。

我们看不到人后的艰辛汗水，只看到了人前的云淡风轻。

戊戌岁末，我们左岸新语的一批文友到来虚度雅集。这是我第一次见到装修好的虚度。

我被惊艳了！

泉水是整个虚度民宿的点睛之笔，是这个民宿的灵魂。林子自己设计的二阶瀑布处，泉水从山上喷泻而下，山泉直通餐厅和厨房，可以用来煮茶……

背后连绵不断的青山如同稳固的后盾，可以让你想象，也可以让你去探险。春冬两季，到山上挖笋，在柴火土灶里吃新鲜的"下山笋"，更是不错的选择。

房子尽可能地保持了二十世纪七十年代的原生态特色，在原有特色的基础上加入一些现代元素。屋前有宽大的露台，可以看透亮的星空；屋旁有广阔的草坪，可以滑草……我最喜欢虚度民宿的是那熊熊燃烧的土灶炉火；是那从餐厅原生态的墙壁一个陶坛里导出来的清澈山泉；是那露台可以自然望见的万家灯火；是门前那条蜿蜒曲折的道路，可以通向幽深的无限；是在茶厅，可以和三五知己，自在逍遥，煮茶为乐；是在这个虚度的空间里，"得半日虚度，抵十年尘云"。

在这里，不为做什么，只为虚度一段属于自己和朋友的时光。

一个普通的山间房子，经过妙手的改造，成了人间仙境、世外桃源。

215

这次左岸文友的聚会，我们一起做饭，一起饮酒。柴火暖起的蛋花酒中的酒不多，我们却都有了薄薄的醉意。

小卧山岗，云淡风轻，山中酒里，笑语喧哗。莫恨归迟，得见新词不自持。

不久之后的虚度，即将挂上"左岸新语作家联盟创作基地"的牌子，我们也相约在己亥年的夏天，再邀一群文友，来这里饮茶喝酒，一起讨论文学，一起写写稿子。

虚度，是有文化有温度的虚度，是有质量的虚度，是不一样的虚度。

你看这样好不好

在温泉小镇旁

大门朝阳

不紧不慢

悠然自得

我们一起花时间

虚度我们自己的时光

荏苒时光虚度。有一群志同道合的朋友，在武义金村的这个虚度民宿，自乐一段时光，定当让你难忘。

# 几多消散处

*我们的眼光*

*总是充满深情 在远方*

*渴盼有一段属于自己的*

*虚度时光*

一

过去的诗歌已经泛黄，然而至关重要的主人公没有到场，如同那望眼欲穿的一个个山崖，人在大自然的世界里仿佛是一粒极小极小的尘埃，仅一下就会被无穷无尽的时间吹散在空气之中，消失了身影，消失了温度。

我一到金村的虚度，就想关掉手机，收起所有的电子产品。想在那庞大的土灶里，抓一把脆硬的松针引火，将一根根有岁月肌理的木头扔进灶膛，让熊熊燃烧的灶火将沉睡已久的大铁锅烤

热，油和水在粗糙的铁锅表面滋滋地跳舞，一股青烟从九曲烟道之中，钻出房屋，腾云到一片青翠的竹林之上，荡开沉静的乡村涟漪，轻轻地抚摸着小草和鲜花，如一甩衣袖，沉重的往事飘然挥散而去。

我目送着它的离开，感觉它代表我进行了一次远征，在金村这条悠长的峡谷中，意味深长地叹息，复又微笑，然后永远地消失。

小寒之后的乡村，寒深露重，青草滴着露珠，似乎在为这美好的风景感伤，流了一脸冰凉的泪。在离地表不远的深处，这片土地一直沸腾着一种温暖的力量，在后世被人们叫作温泉，有一部分被人们源源不断地抽到度假山庄，更多的隐藏在这片土地的深处，像土地缓缓流动的血管一样，远远地传递着温暖和力量。

山中多竹，一年四季常绿。

屋间的炊烟，在清晨与傍晚，与山间的薄雾相遇，细语，相舞，交融。它们透明的芬芳丝丝缕缕，如同唐女轻舞的裙裾。

我深深地吸了几口，把烟，把雾，把这里的一切吸进我的肺里。

鸡犬之声相闻，一切安静，井然又有序。

无眼耳鼻舌身意，无色声香味触法。

山间已久无大事。

## 二

山间喝茶看书,就是大事。

我煮了壶老白茶,搬个凳子,坐在露台边看书。青苔在栏杆上疯长,形成绒绒的台面。墙角一枝梅,从公路边伸展修长的身躯,送来一阵一阵清香。紧挨着蜡梅的是株野枇杷,当年或许是哪个人无意之中吐下的一个核,落在这片土地之中,它顽强地生长,终于攀上露台,探望我。

沿墙还有数枝茶花,沿着虚度民宿的围墙,自由自在地生长着。它们是幸福的,它们自由而狂放地生长,它们的花期在这个冬天里这么漫长,树枝上,凋谢的花儿、含苞的花蕾、盛放的花朵,一样栖息。而离它们不远的一条公路之隔,它们的同类,被修剪得整整齐齐,站立得规规矩矩。

在虚度,植物是自由的,人也是自由的。

山静云闲,鸟鸣花放。

风在摇树的叶子,花在开花的样子。我看书的时候,书无言,我无声,我们相互不说话,也挺美好。当我停下来,将书放在苔藓上,没有目的地看着远处的山岗,有偶尔从前面公路行驶而过的车辆,有在洗衣服的邻家大嫂,有几只百无聊赖的黄狗趴在马路上……

有时脑海中一片空白,只是感觉挺美好。

倘若有人问你此刻在想什么,这时你指给他看一株野生的山

茶花就够了。

在这株山茶花上，有花谢了，有花开着，有花儿即将开放。

## 三

绿草萋萋，白雾迷离，有位佳人，靠水而居。

我愿逆流而上。

从金村，我们沿着小河逆流而上，途经吴杨、塘里、管村，最终行至施坞村。

沿途有几百年的红豆杉、枫香、苦槠等老树。遒劲的树枝指向苍茫的天空，和它们相倚的泥土砖房，多已是摇摇欲坠，少有人居痕迹。我们从树下的道路走过，踩着红豆杉的果子。

遇匠人，靠山吃山，山中多产竹。有匠人在编织着竹筐，竹子在他们的手中，由圆变成条，又相互缠绕，疏密有致中最终成为精致的器物；有匠人用铁锅搭灶，用土法做竹扫帚……

在施坞，道路尽头再无村落。我们在一个施姓老人家中做客，他热情地拿出自己炒的茶叶为我们泡茶。在这个房子里，我们的目光穿梭进时空，看见孩提的自己奔跑进了外婆家中……

依稀相识，却已是过去，瓦间漏下一缕微光。

没有佳人在水一方。

我们见到了无数苍翠的菖蒲，在溪间生长，溪间有石斑鱼，穿梭嬉戏。

石上生菖蒲，一寸十二节。

菖蒲性喜高洁。

可食,可观,可触,可嗅。

山径渐高,黄昏渐冷。

一抬头,一半的山峦在阳光之中,月亮却已挂在云端。

## 四

小寒,小溪,寂静。

满目青山,载明月归。

回到虚度民宿,夜阑人静。星辰清霜,山中冷艳,村中不复闻人声,山间只有轻风走过树梢的声音。

海子说:"和所有以梦为马的诗人一样,我借此火得度一生的茫茫黑夜。"

在虚度的夜晚,我在黑夜里对自己微笑。在微笑中,我化身为一个梦的精灵,在夜的寂寞之中,半梦半醒,如痴如狂。

在篝火熊燃的屋后,竹林之下,有友若干,肆意欢宴。有人弹琴,有人吹箫,有人吟诗。众人欢,众人游,众人会,众人兴,众人狂,众人皆笑傲,众人皆醉。

酒意酣时,却有人对我棒喝!

醒来,记得两个梦,七个人。

梦中,我与他们共饮数十杯,向他们拜了四拜而去。

这个世界,有做梦,有说梦,有解梦,还有造梦的。

梦境里的事情,大多记不住。我真羡慕那些可以一躺下就睡

着，一夜无梦，醒来满满激情的人。

梦里的事情，还是牵涉精力的。我们发现很多梦里的场景，如同真实发生过一样。长时间地被追、奔跑，醒来的时候一身的汗……如同真实的事情，再发生了一遍。我们的神经，我们的细胞，都真实地随着梦境演绎了一回真实的人生。

人生如梦。醒来后，你真的记不住什么。

除非这个梦实在是太深刻。

有大师会解梦，梦见什么，有什么样的寓意。

不过，基本上也还是日有所思，夜有所梦吧。

天上人间俱怅惘，彼梦会醒。在虚度，醒来我记得有梦。

记得有首《广陵散》的曲子，飘扬在清晨公鸡嘹亮的打鸣声里。

天已经放亮。

## 五

突然间，山间清晨就变得非常明亮。

因为有阳光。

放尔千山万水，惜时光苦短，去日无多。

我来过几次虚度。车过武川，越往山林深处，心就觉得越来越明亮。心的明亮是种内心安定的感觉，让你生出欢喜。

来时来，去时去。

最近这些年，我们好像已经很少认真地去迎接与告别。信息如此发达的现在，交通工具如此迅捷的时代，离别的站台已经写不出缓慢忧伤的曲子。也许我们都清楚，人生只不过是短暂的平安喜乐。

我们也慢慢忘记了认真的滋味。认真去看一朵花，认真去吃每一顿饭，认真去做一件简单的事情。

我们每分钟都在拥有，也都在告别。伸出手，我们很难握住些什么；拿出笔，我们却很难记下点什么。

我只记得在虚度民宿，我认真地看一本书，认真地看天上的云，认真地走脚下的路，可以听得见自己呼吸的声音，可以知道自己想要的是什么。

在此刻，我知道，我可以感觉得到，生命在欢歌，灵魂在闪闪发亮。

# 千差有路,大道无门

一枝一叶总关情,诗、书、画代表了中国文人艺术表达的最佳方式。

千差有路。有人用心将生活中的美景定格成一幅幅画,心中之逸气、人世之美好,万象注于毫端,让书画找到了灵魂。

有很多书画,适合用心去看,用心去聆听,那对我们来说是一场视听盛宴。

是日,在婺州古子城未名画廊观傅亚苏书画小品展。

亚苏的小品画,皆有宋画笔意,拟古而作,无论是花鸟,还是景物,皆信手点染,不拘一格,清新可爱。

有种美,悠然自得,宁静平和,舒畅自如。

这天,在亚苏的书画之中,我找到了这种感觉。

亚苏的山水景物设色淡雅,饶有古意。用笔挥洒自如,颇具匠心,淡浓相间,动静成趣,虚实相间,意境平和。

静望,步入,游历,倾听,与住。

私语不宜听。通过笔下的层层花叶看它们在大自然里的神态,听它们的窃窃私语,读懂它们的语言,用书画这种形式带给人们美好。

我想,这便是亚苏想要追求的境界。

亚苏跟随徐强老师习字以来,临习的范围十分广,汉代隶书,二王书法,六朝墓志,唐代楷书及草书,宋人行书,清人隶书,敦煌写经,日本书法等都有不同程度的涉及与精临。

几年间,亚苏落笔渐有徐强老师的章草笔意,古意苍茫,瘦劲清峻,法度之外,又可见属于自己的生动活泼。

有如易安居士的倚门回首,却把青梅嗅。

字画如人,亚苏的字画,古色今香。

亚苏的字,多以古帖为基干,结字方正,笔画圆劲存实,转折见棱见角,横捺之间带有隶意,多有变体,字中多有活泼之气。

各种元素的灵活揉入,全凭的是平时临帖的功夫,自然而然,运笔流畅,挥洒自如,一气呵成,浑然一体。

以书入画,以画入书,书画相结合,也是亚苏书画的一个特色。亚苏的书画疏朗空灵,娴雅之中透出几分俏皮,拘于法度,又收放自如。

画中有诗,字中有画。

"酒阑琴罢漫思家,小坐蒲团听落花。一曲潇湘云水过,见龙新水宝红茶。"

现在对亚苏来说,有一个园子,每天侍弄些果蔬,临习书画,如此便好。有如《浮生六记》之中,芸娘向往的生活意境。

——"他年当与君卜筑于此,买绕屋菜园十亩,课仆妪,植瓜蔬,以供薪水。君画我绣,以为持酒之需。布衣菜饭,可乐终身,不必作远游计也。"

——"夏月荷花初开时,晚含而晓放。芸用小纱囊撮茶叶少许,置花心。明早取出,烹天泉水泡之,香韵尤绝。"

生活是她每天的功课,而临帖临画写生也是她的日课,琴棋书画茶亦早已经成为她生活不可或缺的一部分。

千差有路,闲情偶记。人都是为了更好的自己才去画画,也是想将更多的美好带给世界才去画画。

孤踪独响,悠然自得。

将日子过成诗,将诗入画,把最美丽的事物用书画记录下来,笔画之间的一些细节,渐成隽永。

在笔墨和色彩之间,充满了偶然,又有着必然。那些在生活之中的烟火与梦想,在线条与墨色之中,有一种不期而至的快感。

亚苏的艺术之路,无须借助,无须刻意,书画之间,一切都这样有声有色,自然水到渠成。

千差有路,大路无门。生活到了一定的时候,知道自己想要的是什么,坚持着去实现。透得此关,乾坤独步。

亚苏的字画,亚苏的艺术之路,修心静意,千差有路,道乃自得。

# 时间会走,我们都不走
## ——访胡凡个人画展

艺术的任务恐怕还是表现出心灵的内容吧!

——苏格拉底

宇宙无垠,世界静默如谜。时间可以拆成一个个刻度,它只是一个一个点的存在,定格成一个个静像。而当我们的手一挥,一动,时间又如水潺潺流动起来。

绘画是把瞬间变成了永恒。

世界在变,事物的景象在不停地变化,我们的心态也在不断地变化,在画家的巧手中,在一定的瞬间,它们完美相遇,定格成了一幅幅画。

以"时间走,我不走"为主题的胡凡个人画展,静得生凉,暖得发热。

一幅好的画，能让你不由自主地安静下来。平铺，展开，从容不迫地推进，画中那清新的、独特的感觉，让人眼前一亮；在繁复之中，疏朗自如，灵活生动；既有书画之中的娴静气息，又有小资生活的精致雅气。这不是一种标新立异，却朴素得让人着迷，给人广泛的联想。

这一点，那一线，无不带着一个画家本身的个性、气质、追求，以及绘画时的情绪与生命的状态。这是一种心境的呈现。这个女子热爱生活，爱着世间美丽的一切，她多感却不多愁，善良而又无畏。一百幅画，黑白线条，明暗色块，虚实景象，简单的方寸之间，描绘出一个女人生活的种种情态。

有人间烟火，却也有脱俗的美。

有种似乎相识了很久的感觉。

这感觉如同你和她的第一次遇见。你感觉你是在窥探眼前一个千姿百态的世界，画中的每一个人、每一只动物，在你眼中鲜活起来，轻手轻脚走动起来，向你扑闪着眼睛，隔着画面，你仿佛听到他们的呼吸声……画布中展开一个个世界，云烟渐起，走来一个个鲜活的生命。只要用心，就能够感觉得到。

你感觉得到的，又像只是自己的感觉而已。也许，世界不是这样的。也许，他们也不是我们想象的。人群和世界，仿佛是一个镜像，照的是我们自己。

空谷之中，听到回音，震荡到自己的心里。

在那样一个场景中，那个场景中的人物，或许不是胡凡，是你,是她。

"她们,在现实和梦想间游走,被爱情和友情滋养,在独处和自然中自省;她们与自己、与周遭的世界达成和解,终于可以在现实和梦想中自由穿梭;她们由此从容绽放,自由欢乐……"

境由心造,画由心生。"人是为了看见自己的内心才画画",艺术家借助着这些物象和景象,借助画画和文字等,来表达自己。每个人的内心是个世界。画中的境界,都是真实的世界和自己心灵的乌托邦的结合与重新创造。胡凡的画中有胡凡的向往,她的追求,她的爱与梦,她的隐私,万般心绪,各种情感与感受。

或许,从本质上来说,胡凡不是一个画家。她只是单纯地画,为了眼前的心境而画,为了自己而画,为美丽的世界而画。她的画中,没有媚俗的气息。她有一种为自己心灵而画的精神,带着文学的气质与诗歌的韵味,又带着江南小女子的性情。

这在商业大潮中,在纯文学和纯艺术大撤离的世界里,难能可贵。

我说她不是画家,更像是一个生活家。她喜欢浪费时间,在她喜欢的人和喜欢的事物上。她看书,泡咖啡,旅行,做着她自己喜欢的事情。她一个人想,想一个人,想得那样纯粹;她一个人,边走边遗忘,对无关的人和无关的事物不投入关注和多余的情感。

所以,她和她的画才那样纯粹,拥有诗意,柔润美丽。

冯骥才说："文学是连绵不断的画面，绘画是片段静止的文学。文学是用文字作画，所有的文字都是色彩；绘画是用笔墨写作，画中的一点一线，一块色调，一片水墨，都是语言。"胡凡的画，也是一种写作。她在呈现一个真实的情景，却又给人一个广泛的想象空间。

"时间走，我不走！"这更像是一句任性的自白，又有一种柔弱女子的不折不让，赤子情怀。纵然世界怎么变化，纵然这个社会怎么复杂，她单纯着自己的单纯，天真着自己的天真，坚守着自己的初心。

而她的爱人们，她的亲人们，她的同事和朋友们，以理解和宽容，呵护出一片允许着她的任性，放纵着她的喜欢和不喜欢的别样天空。

所以说，一个善良美丽的女子，她周围的世界也是善良美丽的。

"世界仍然是一个，在温柔地等待着我成熟的果园。"在胡凡的艺术世界里，她是一个永远长不大的孩子。

一幅幅画，就是一本本书。这个喜欢穿着绚烂花朵大裙子的女子，她本身就像是一本书。在她安静的书中，翻开是无边的草原、宽阔的大海、苍茫的山岗。她是那朵开得绚丽的美丽的花，寂寞而凄凉。凄凉，也许只是别人的感觉。就像安妮宝贝说的，人都是生而孤单的，我们一直孤单，一直寂寞。就像是生活在满满的快乐之中，我们的灵魂依然会偶尔孤单快乐地出行，寻找心里那个莫名的东西，在路上。

斗转星移，胡凡的画，和诗句一样，排列成行，润饰着她的尘缘。

而她，在自己的世界里，心手一体，境我两忘。

时间会走，我们都不走，我们陪你。来这里，读懂时光，读懂自我，读懂我们珍爱的人和世界。

# 我和这片云海失约了很久

你我暮年，闲坐庭院，

云卷云舒听雨声，

星密星稀赏月影，

花开花落忆江南，

你话往时，我画往事。

"愿有岁月可回首，且以深情共白头！"

## 一

我已经和这片云海失约很久了。

梧桐更兼细雨。江南的秋雨，来得缠绵，一连数日。

秋风吹落一地的花雨，一地的落花在桂花树下闪着淡黄淡白的光晕，耀眼地晒着秋天的色彩，空气中尽是让人想闭上眼深呼吸的气息。

在我第三次来山中来信的清晨,我在宽广的露台上看到了飘忽的云海。一时之间,悲喜交加。

莫非,这片云是唐诗叹出的气。

它已经和我失约了千年。

## 二

远处的云雾缭绕,如同内心缥缈的心事。浓浓淡淡,不由自主地随风而去。山峰,在薄浓的云雾之中,若隐若现。

微雨中,近处一个观景的露台上有两顶帐篷。一个如风一样的男子,一人一狗,在夜间从杭州过来,在露台上寂寞地睡了一晚。天亮的时候,收拾起行囊又如风一般飘走。

他是安静的。陪他的狗狗也是安静的。

一人一狗。没有留下半点痕迹。

仿佛他们从来没有来过。

但他们的潇洒让很多人很多人艳羡。

## 三

我也似乎一样。

人生如云里雾里,生活空空如也。一切都似这眼前的雾,眼前的云,眼前迷离的一切。

我来过,抑或没有来过,对这个世界都是一样。

有朋友发来微信说，今天刚去看了一个阿姨，这个阿姨不久前突然高血压中风，手脚都不能动，大小便失禁……治疗了一段时间，总算好多了……

有朋友说，内心空空如也，也是好的。起码不用担心再失去什么……

我对着满山的云雾，感觉云深不知处。

想去重阳宫，问问松下的童子。

## 四

山中来信旁边，很多柿子树挂满了果，挂满了红色的秋思。

柿子的颜色红得多一层，乡愁便近了一层。

老家雅庄的柿子树也一样，结满了回家的诱惑，母亲的守候。

## 五

去雅庄村。

这个村子，因为始祖姓张，原名雅张村，后来不知怎么成了雅庄。

我没有问。我在村子里转了几圈。如一个石子掉进深井，一圈一圈荡出来的波纹。

我们有些与生俱来的亲近。

却找不到共振。

村里有很多特色民宿。我坐在原来小学改的隐峯麓栈民宿里喝茶，似乎还能听到以前朗朗的读书声。

另一个开民宿的阿姨，见我喜欢她做的小米糕，很热心地介绍了做法。

## 六

穿岩十九峰。丹霞地貌，奇峰连绵，风景无双，让人惊叹。

我在林间小憩。

一群山民坐在我周边，他们说着我听不懂的本地话。每人分香烟的时候，没有迟疑，都递烟给我这个陌生人。

我不好意思地接过，被无私的热情，呛出了声。

烟雾之中，我只看到眼前的树影。

只缘身在十九峰中，我看不清十九峰。

## 七

久雨。初来山中来信，看了一下午的雨，听了一夜的雨。

初晴。早有薄雾，暮有落日。

我常，静静地看雨，听雨。

我常，静静地看落日。

窗外还有秋虫低鸣，弯月无声朗照窗前。想在夜半时分敲打

几个喜爱的文字。

今日新来的朋友，在夜里耐不住，打着手电到峡谷之中寻云觅雾去了。此时，云雾正在峡谷之中滋生，在月光之下如丝带一样飘荡，惹得惊喜声一片。

我暗笑。和我失约千年的云雾，它自会来。

在山中来信，我想睡了，明早云雾的相思，却柔柔地挠进我心里。

睡意全无。

## 八

只怪，我和这片云海失约太久。

深夜，我给自己倒了杯咖啡。

——在与它相遇相守的时候，我要精神百倍。

云儿，雾儿，明天见。

# 路人乙甲丁丙

## 路人乙

我抚摸着自己孤单的影子，让自己如一滴水，坠在石板路上。

影子也嫌弃我的孤单，很多时候，远离我。

微信如漫天的星辰，似乎有很多朋友，却隔得很远，最亲近的是每天广告和鸡汤的问候。现实生活中，真正的朋友，屈指可数。

五月蔷薇花落的时候，芬芳也滑向一个未知的去处。当断不断的疏远，是若有若无的距离。

大多数人我们一直陌生，永远陌生。

少数人，我们曾经熟悉过，却悄悄地熟悉成路人。

世界很大，却再也不见。

## 路人甲

他拿着一把折叠得很乱的雨伞,路过我的门口。

抬头。左看,右看。有点犹豫,还是抬脚进来。讪讪地说,我进来看看。

嗯。我点头。注视着他,眼神只是礼貌的尊重,并没有认真看他。

他看了看。拉了个椅子,坐了下来。如没关严的水龙头,久久,滴了两句,久久,又滴了两句。

我放下手中的纸和笔。微笑着,点头,点头。

再后来,他的话语如同春水般流淌,从蹒跚的学步车,换成了自行车,后急驰成了呼啸的哈雷机车。

久久刹不住脚步。

我微笑的礼貌,他没有听懂。

话题从他住的房子,他经营的生意,跨越到微观和宏观的世界政局。雨后的清风从堂间走过,把他吹得一下子胖了,一下子又瘦了。把很多的记忆,也同时在我的心中唤醒,吹开我心中的一扇扇窗。

我没有向他说,你住的小区同时住着我的姐姐;我没有向他说,你的家乡和我是同一个地方;我没有说,你讲的故事里很多人,或许我都认识。

我没有加他微信。正是因为不认识,他才能如此自由地释放。

我只是纳闷,有一种什么样的孤独,让我们如此容易对陌生人敞开心扉。闷了多久的心,需要这样的畅谈释放。

终于他走了,我再也记不得他的样子,他说过的话。

## 路人丁

路人丁,是个留白。

人与人之间的错过,三分之一的原因给了自尊,三分之一的原因给了误会,三分之一的原因给了无常。

一个人东走西转,在川流不息的人流中,能遇到,是缘分,没有遇到,也是缘分。

我们就在自尊、误会和无常中跌跌撞撞。

将心事留在风中,将寂寞留在时间里。

我想旅行的时候,就会想起住青年旅社遇到的那些路人。他们在深夜里,和我讲各种旅途的故事和见闻。

第二天,我们就各奔东西。

或许,再也不见。

## 路人丙

夜晚,唯一不煞风景的,是一小杯威士忌酒,小半支雪茄,

无人打扰的手机。

微啜,以及吞咽下喉的灼心。

深吸,以及长叹的一口烟气。

似乎,火柴爆出的火花,燃进了烟里,掉进了酒里。

一个人相处的时候,我丢失了世间的语言。

每个人都会有发呆的时候。我只是发呆太久了。我在深井里看外面的世界,看那个路人丙的自己。

在滴答的声音中,我摸一摸自己的心跳。想到那些,爱我如生命的、默默关心我的人。他们关心我如何挣扎,如何遗忘疼痛。在暗不见底的黑夜,他们为我提灯。

云水苍茫。我们都为了这世间短暂的相逢而来。

想安静,不妨做个坐井观天的小青蛙。

想热闹,不妨击鼓而唱。

## 磐安，匆忙的脚步下时光缓慢

每次到磐安，山峰静寂，和风轻柔，时光变得如此缓慢。

诗意的群山把小城涂写成了黄宾虹、傅抱石、吴湖帆笔下的水墨画，小城深处藏着一些缠绵悱恻的眷恋。白鹭牵引着目光，飞过高山，盘旋在蓝天白云之上。

在这里，停下来，静下来，你能听见自己的心和自己说话的声音。满目苍翠中掩映的丝丝点点的记忆，每揭开一个小小细节，就可以让你浮想联翩。

磐安，每一次听到这个名字，脑海中就会勾勒出无数的安宁静美，无数的古典和浪漫。

绿荫里那些历史遗迹，如摇曳在江南水乡里的花朵。在磐安，在每一棵几百年的红豆杉下，在每一株几百年的香果树下，你都可以聆听岁月最美的回声。

"山重水复疑无路，柳暗花明又一村。"在这里，陆放翁留下了很多足迹以及传诵千古的诗句；中国现存最早的一部诗歌总集

《文选》，编者萧统就曾在此大盘山隐居，潜心编撰；这里文风浩荡，是江南孔氏后裔最大的聚居地，南宋年间建有榉溪孔氏家庙；这里还有自然风光卓绝的大盘山、花溪等。

我喜欢的，是磐安的自然风光，是小城磐安。

年轻的时候，常来磐安中学看老朋友杨志刚，我们在学校里论诗论词论天下。黄昏的时候，拖着很长很长的影子，在夜晚的风情中，迈着零碎的脚步，穿过一条条窄窄的小巷子，在江边浅斟慢饮。后来，我喜欢带着孩子或是朋友来磐安，喜欢带着他们体验我的乐趣，在这个"江南的药谷""江南的氧吧"里，拥抱自然，放飞梦想。

磐安，把我们对于某种失去，或者难得的感慨隐藏在风景的深处，我们每个人在此都用脚步来阅读，用心来体会。相同的是，匆忙的脚步在此，慢了下来，时光美丽地凝结。

我们曾经一去不复返的光阴啊，是如此美丽，都还藏在磐安的角落里。

它是独一无二的，把所有的喧嚣断然地隔绝在身后，不悲不喜地将表情藏在群山中，藏在每堵墙里，藏在每一扇窗上。

在磐安，现实的世界里找到了"快"与"慢"最完美的平衡点。

江南老旧房子上黑瓦片的纹路，是清晰的历史脚步。轻轻敲一敲小城随处的一块阶石，能听见岁月的回响，带着风尘漂泊的艰辛，回荡在这个小小的县城。在这里，苍翠的柔软与石质的苍凉融合成一道道古典的风景，一抬眼，看到的是无垠的绿色柔软,一伸手,又能触摸到历史坚硬的骨骼。

磐安,又似一个着素色旗袍,撑一柄油纸伞的女子,在江南的雨中,背影静默成诗。

这是首婉约的诗,有一抹磐安特有的情致,浪漫了我们的时空。在时光的碎影里,在氤氲的怀旧里,喜悦的美好穿尘而来,最美的意境清晰成生命里的故事,时光缓慢,从春到夏,从秋到冬,走过四季。

这个世界节奏太快,有些事还来不及发生就已经过去。我喜欢在磐安,把那些在这个小城里曾经停留的脚步,凝结成长短不一的句子。多少年了,每一次前来,我依旧能听见我内心对这个城市由衷的赞美。

## 听雨观云品酒茶

被一场寒风逆转,江南的春天回到的冬的意韵——几分离索,几分瑟寒,几分不舍……嫩寒锁梦,花团锦簇的春花,在寒风中瑟瑟发抖。

人们翻出已经放进衣柜的冬衣,把自己裹了起来。

一场寒风,使江南重归冬的模式。

婺城北山有雪。

已经过了春分,都快清明了,江南的雪算是第一场,还是最后一场呢?任性的季节,踩错了节奏,让人啼笑皆非,却又喜笑颜开。

寂寞的风景,吸引了众多欢天喜地的人。朋友老张大清早就上北山了,冒着被冻成"猪头"的危险,看冻雨,看冰凌,在云雾之中喝云雾茶。

对于婺城人来说，几乎人人都喜欢北山的厚重与包容。喜欢这里一年四季分明的景色，夏日避暑的清凉，冬日的冻雨冰凌，秋天的霜叶，春天的百花。

如果有心情，我们尽可以往北山走一走。喜悦可以上山，悲伤可以上山，无聊也可以上山。

金华的北山，就这样包容了所有的情绪。

山上可以露营，山上有美食，山上别有人间。

写过《夜上北山》《春上北山》，写过《北山有雪》。有朋友戏言："桑洛，你可以写个北山的四季了。"

我说，为什么不呢？

一次一次来，沿着熟悉的路，朝着大自然展现给我们未知的惊喜奔赴。每一次来，美景都不同，我们的心情也不同。

每一次来的我们，也都是不一样的。

生活着实有些让人沉重的地方。唯美景、美食等世间美好的事物可以疗伤，让我们的身心有了自愈的能力。

不消多言，便胜人间无数。

一切喜悦的心情，从车轮往北山进发开始吧！

我在山海云宿。

去年第一次来这里也是这个时候。玉兰花已经败了，桃花也谢得差不多了，外面的芝樱花和去年一样，开了一部分。枇杷已经结了果，成熟的季节也快到了，山外是一层一层的新绿……触

景生情，去年今年，时间真快，仿佛只是昨日今天。

雨中，听雨。听雨声在每个角落妙语连珠，打消闷闷不乐，平息暴躁不安。

心事清凉。

草在长，果实在长，春雨中，一切都在生长。

空气是清爽的，山海云宿无边的泳池泛着美丽的倒影，有辽阔的纯净，如雾弥漫的江南水墨。

山间飘来飘去的云雾，遇横腊，云雾聚集，笼罩群山。

最喜欢的还是山间的雾，轻轻柔柔，一丝一缕。似是，群山平静的叹息。

雨后的青山，如此清秀。

删繁就简。江南那么清洁，端庄，秀丽。细细的清风吹过葱茏的草木，春寒料峭中，水墨在生宣纸上游走，素淡雅清，氤氲着灵气的江南。

在这个城市，一个人孤独太久。

往事离去的时候，春天总有场突如其来的大雨，浇透全身。

忘了关的窗户，泻进世纪的忧愁。

在这个乍暖还寒的时候，我坐在山海云宿，看落雨，喝蜂蜜佛手茶，品明前龙井。

美景在前，心跑了太远，世界渐渐虚幻。

感谢一场如期而至的春雨。如同一个如期而至的故人，约我山中喝茶。

听雨观云。

明前龙井的茶叶，淡然地在玻璃杯中沉浮起落。绿茶之美，在于它的保鲜——在我们杯中的样子，就像是它在枝头的时候，带着清香独舞。

花面人面，花影人影，千年时光浓聚群山头。

虽然没有酒，酒在胸中，风景醉人。

偷得浮生半日闲。偶尔有半日的时光，交给无所事事，交给发呆，交给美景，交给清茶。

听雨，观云，品酒茶，在山海云宿。

陌上花开花落，待到天晴，半夏生，木槿荣，横腊山上的枇杷香透，芝樱花开满山间，那时，我们上山赏花吧！

## 山楂树下,蓝莲花开

行到水穷处,坐看云起时。

很多时候,我们会有一种冲动,想在夜深人静的时候,给车加满油,然后顺着一条大路一直开,开到没有路为止;或是,乘一叶扁舟,溯河而上,一直到河的尽头。

这样的自己,有种风萧萧兮侠士出行的感觉,也有类似红拂夜奔的毅然决然和兴奋感。

当我想到安吉深山处的时候,我脑海中有三个关键词纠缠着:蓝莲花开、秘境和山楂树。

段王爷对我说:很荒,很野,有故事。

于是,我就来了。

一

水,是世间最有灵性的,是这个世界最早的探路者。

最先来到这里的,不是你,不是我。

放下包,我开始从蓝莲花开·山楂树民宿旁的欢喜古道往上走。我对这条古道一无所知,只知道这个以前叫石塔下,现在叫龙王的村子,有三条古道,分别是大岭古道、欢喜岭古道和迥峰古道,无一例外地通向临安。

这是浙北大山深处的一个小村子,几亿年前的山体运动和河流的冲刷,使这里形成了一个小小的峡谷,让这里有了一定的居住条件。山野荒寂了几千年之后,一些王姓居民,从临安迁了过来,一些邱姓居民,从遥远的福建迁了过来。

说"迁"过来,似乎说得太从容了些。一百多年前,他们的先人,肯定没有这样的从容。或是因为家乡有自然灾害,或是战争,或是家庭纷争,百般无奈之下,才远走他乡。

他们以难民的身份走到这个人烟罕至的地方,筚路蓝缕,以启山林,以主人公的身份,卑微地开始经营自己新的天地,不过才一百多年。

这个世界,至今也没有完全地属于过我们人类。他们在这个世界的一个角落里,最先搭起茅草房,开垦荒地,刨土生存,繁衍生息。

于是这里就升起了炊烟。

因为不同姓氏之间的陌生,刚开始的时候,他们并不相互信任。于是远远地,每家都占据着一个小小的山头,远远地相望。

过了很多年很多年,他们才在山脚下的这个地方,聚集成为一个村落,人们在村中和谐相处。

在这里，可以找到一种简单与平和，没有村落深厚的历史和都市沉重的压力。村中有百年以上历史的房子都已经在半山腰倒塌，这些用以记录五六代人居住生活过的处所，已经成为过去式，不复存在。

如同他们想提却提不起说不出的村庄文化，以及他们在这里日复一日，年复一年重复着的生活，没有精彩，没有波澜，简单平淡得不用史书去记录、不用结绳去记载的岁月。

这是一个青涩、天真的世界。一百多年，在人类活动的历史中，太过于短暂。当我们去一些古村落或古镇的时候，我们景仰着被村民宣扬成近乎"神人"的先贤们，我们听着村民自己都不相信的历史，在江南的雨天，寒气阵阵，钻进你的衣服里，让你感觉到一种不自在。

我走在欢喜岭这条古道的半山腰，遇到山岭中一处还有人居住的老房子，老爷爷说，他们先人居住一百多年的房子早已经倒塌，现在他们居住的房子，只不过是当时的一个偏房。

这座偏房，只不过有七八十年的历史。泥土夯成的土房，如同古道粗粝的石头，缺少岁月的磨痕、脚印的踩踏。

## 二

水，是最先的探路者。

所有古道，其实最开始都是水道。水，任意顽皮地从山上汇聚而下，它们循地势，左冲右突，一次一次地冲刷，有时又任意地改变轨道。多少年过去了，有些地方逐渐形成了河道、溪涧，而有些地方它们走过之后再没回来，这些地方就铺成了古道。大部分的古道，也是依着这些顽童走过的痕迹，依溪而建，过溪搭桥。

古道？古树？古吗？老吗？

当我一个人走在欢喜岭古道上的时候，我在问山神，我在问竹林，我在问老树。

没有人回答我。

## 老　树

每棵老树都是精灵

在尘世中

看得多　看得远

它的根就扎得多深


年轮　一年一年在转圈

是自娱自乐的玩笑

芽发叶绿叶落

是在不同的时节说说自己的心情


默默无语地

和风交流　也把天空探究

默默无语地

把力量伸进土地

站成一棵叫作树的路标

在它面前　你很平静

犹如

游子归家的心

这时，我突然想到了几年前自己写给老树的一首诗，想起了"每棵老树都是精灵"这句话。它们在这里生活了几百年，它们才是这个世界真正的主人。而我们人类，一代一代，也不过是世界的过客而已。

欢喜岭的古道，台阶是乱石铺砌的，没有规律，有些根本不成台阶，但也很坚实。我在古道之上，以古村为路标，一路前行。我不知道自己此行的方向，但我知道自己肯定不会走到这条古道的终点。我不过是且行且走且看，累了，就往回走吧！

佛说，生欢喜心。

站在蓝莲花开·山楂树宽阔的露台上，竹海无边无际，这是一个竹子的世界，它们等待着你的赞美。

鸟鸣，泉水清流，竹风阵阵，但我行走在古道上的时候，我突然想到这个丛林世界里曾经发生过的战争。

邱也罢，王也罢，这些姓氏，终究不是这片土地的原住民。

树木才是这片土地的原住民。

我一路上山，看到的银杏、枫杨、柳杉、金钱松等古树，不过只有一百二十到一百六十年左右的历史。这些我们所谓的古树，在它们的丛林王国中，只不过是婴儿。或者说，是失去了父母和兄弟姐妹的孤儿。

现在只留下它们孤苦伶仃地在这个世界上。

它们既幸运，又悲伤。

我坐在古树下面感受它们的悲伤。

但我知道我读不懂它们。

我不能给它们带来什么。欢喜吗？

我不知道。我欢喜地来到这里，欢喜地看一棵一棵古树，我只希望它们也是欢喜的，欢喜地呼吸着大自然的雨露，欢喜地在风中摇曳。现在的自然环境越来越好，人类越来越重视保护树木。

曾经这里肯定是茂密的森林，一百多年前的这里，究竟发生了什么？是什么破坏了这里的原始森林，让这几棵树幸存？还是在未知的日子里，它们的父母和兄弟姐妹们，不断地离去，最终只剩下它们几个？

我绞尽脑汁，也想不到答案。

树的婴儿没有回答我，山神懒得理我。

但我心里自有答案，不须回答。

竹子最具威力和恐怖的是它们蛰伏地底下多年的竹根。它们为了占领土地，一直在地底下密谋，伸展。地面以上，它们忍受人们随意的砍伐，在人们砍完后，有序地伸出积蓄四年力量的鲜嫩的新枝，展示它们对这个世界的占领权，以整齐划一的排列和身姿，展示着团队力量。而它们的根须，更以一种让人恐怖的力

253

量在黑暗的地底下，自由地扩张并积蓄着力量。

可爱的是精灵，而恐怖的则是魔鬼。我仿佛看到地下世界里，竹须们一点一点向老树们推进，老树们则寸土必争。

我突然心疼这些老树，不知道它们在地底的时候，在和竹根的较量中，是不是很疲惫。

"虚心竹有低头叶，傲骨梅无仰面枝。"在丛林的世界里，我从未对竹子心生欢喜心。漫山遍野的竹林，让我想到青色的竹子在人为的力量之下，如蝗虫过境，使周边寸草不生。

这是有违自然规律的。存在的，却是合理的。

老桑走在路上，不过是吃饱了，杞人忧天。

我承认。

## 三

佛说，生欢喜心。

我说，我是一个喜欢文字的文学中年，我写文字的出发点，就是喜欢世间美好的一切，喜欢用文字去记录身边美好的事物和人。

看到了欢喜岭，心生欢喜。

看到了蓝莲花开·山楂树，心里有了欢喜。

走在欢喜岭上，心里满心欢喜。

心这么小，装得下几个人？装得下几许心事？悲伤的事，由他！难过的事，由他！不喜欢的人，由他！

我不知道为什么会选择这个时候出行。在戊戌年的最后三天里，心情在一种极度的不安之中。工作暂时都歇下了，但也没有全部歇下，没有处理完的事情，蛛丝藕连地纠缠着心。

我对自己说，走，找一个地方，放放假。

一个外表看起来很是豪迈和坚强的老桑，这天对段王爷坦白了心事：感觉这一年走过来真的好难！这几年真的好难！

给心放个假吧！

段王爷也在手机那头说了最近几年发生在他身上的事情。的确，在成年人的世界里，其实哪有容易二字？我们一直在尽心尽力做的，不过是努力二字。

在欢喜岭几株挺拔的柳杉面前，我坐着坐着，突然明白了自己此行来的目的。我此次来，不过是来做一个告别。

告别戊戌年，告别之前发生的种种，告别发生的人和事。也想告别自己已经咳了一个多月的疾病，希望己亥年诸事顺利。

我们很多人都不例外，在寻找一个新的地方的时候，都是为了放空，放下。

放空与放下，就是告别。

告别，需要点仪式。

风，淡淡地吹过。人在天地之中分外渺小，明白自己此行的意义，这个收获让我真的想哭。想在这大自然之中痛快地哭，想让自己哭得筋疲力尽，想让自己哭光所有的眼泪。

想哭，我却哭不出来。

我望着天，发呆。

发呆是心灵处于空灵状态的一个境界。发呆的时候，我们的心和脑海只是什么都不想，让心灵的所有的神经都停下来，停止思考。

这是佛家的禅定，而我们俗人就用发呆两字就好。

在欢喜岭，我没有爬到最高峰，也没有走到这条古道的尽头。在下山之后，遇到一个王姓的村民，我问他欢喜岭的名字是怎么来的。

他告诉我："这个欢喜，是空欢喜啊！你看你走上山，看到前面的一个坡一个岭，你满心欢喜地走啊，走到了，发现你还是没有到山顶，这不就是一场空欢喜。你继续爬，也是这样。这就是空欢喜。"

大山深处的居民，只有他们自己知道，面对着深山，一步一步走出深山，一年一年一日一日所面对的辛苦。也只有他们自己知道，背负着生活的压力在行走的时候，登上一个山峰，还有一个山峰在前头的空欢喜。

那已是陈年往事了。空欢喜的古道，现在留给我们的，真的是欢喜。

重重欢喜，是真欢喜。

## 四

有蓝莲花开，有秘境。

有理想，有梦想，有秘境通幽。

住在蓝莲花开·山楂树的第二天早上，我听到了雄鸡报晓。我很早起来，想从大岭古道走到天池景点。天刚蒙蒙亮，我就出发了。

山里下起了雨。

路上，我遇到了两个人，问了一下路怎么走。但很不幸的是，我还是走错了。

我从村中的一条古道向上走。走着走着，台阶就没有了。我心有不甘，继续往前走，路越走越荒，逐渐没有了路。

这时候，山林之中雾气开始弥漫，本来没有路，更加看不清前方。

还好，手机有信号。

我打开手机，找到距离最近的那条公路，朝那个方向行进。

我看到手机上的直线距离，只有几百米。这条几百米的路，只有树木，只有密林。我在山间团团转转，经历着恐惧、悲伤、无助等情绪。

只有天知道我在这个时候经历了什么。

这个世界，很多事情，没有感同身受，只有自己知道经历了什么。

当我从一个丛林之中钻出来的时候，在大雾之中散步的几个老人被我吓了一跳："你怎么从这里钻出来了？"

我笑笑解释自己走错了路，他们连说太危险了，太危险了。

我抬头看看大雾之中天池的方向，也感觉到自己九死一生，重见天日的幸福。

我相信通过这条路到天池，或许很多年没有人走过了。

这是一条神奇的路。

这是村里的人通往墓地的路。这里埋葬了很多先人的神灵。山间还有旧茶园的遗址。某处山林里，原始森林和竹林还在进行着旷日持久的战争，但我看到原来的树林，渐渐在风华正茂的竹林里，成了一片低矮的杂木。

下山回民宿的时候，走大岭古道。这条古道相对很完整、成熟。古道依着水势而建，有着沧桑古树的气息。但也是后来重新修建的，缺少了点历史的沉淀。

有几棵老树值得我拍下照片，其他的对一个又累又饿全身湿透狼狈的男人来说，乏善可陈。

这个时候，我最想坐在蓝莲花开民宿温暖的大厅里，喝杯院子里山楂果泡的热茶。

当我回到民宿的大堂，脱掉湿漉漉的外套，看看逃离丛林的自己，以及回望远方丛林的世界，恍惚间一切成梦。

我和民宿管家小黄说，刚才就是走错路了。

讲得云淡风轻。窗外的雨却是下得大了。

眼前的一碗青菜面，我吃得格外香甜。

五

段王爷说，这里很荒，很野，有故事。

我想我把我走错路、上天池的故事，告诉段王爷，不知道这会不会成为一段新的民宿故事。段王爷是讲故事的高手。

在我来之前，一个女孩子在这里住了十五天，悄无声息地走了。我有点好奇，想问管家小黄，想问段王爷，这个女孩子从何处来？往何处去？在这里的十五天都做了什么？悟到了什么？

当我来到蓝莲花开的时候，我没有找到关于这个女孩子的任何气息和存在过的痕迹。

浮生来往皆浮影。

我却看到了段王爷和我说的寂先生的身影。

这个人到中年，不想社交，不想喝酒，不想倾诉，不想回忆，不想回家的男人，一天到晚开着一辆房车四处走，累了就睡在车上。

他就经常从我身旁这条古道往上走，前往天荒坪。似乎定期，也不定期。段王爷也不知道他是谁，我也不知道。

段王爷讲的故事，很有画面感，就像一个电影，一帧一帧播放着寂先生行走在古道之中的情节，让我感觉一切在目。我和他走过一些相同的路，走过前往天荒坪的古道，都曾经在半山腰的老爷爷那里聊过天，都曾经坐在蓝莲花开的山楂树下喝咖啡看风景。

我不知道寂先生长什么样。但当我看到一棵棵古树的时候，我会想，他也留意到这棵古树了吗？段王爷也曾经看过这棵古树了吗？他们看到古树的时候会想些什么？

世间有很多人和你有相同的气息，过了很多年，你都可以感觉得到。

在蓝莲花开民宿的几天里，我走古道，除了遇到老爷爷老奶奶，没有遇到过别人。但我感觉到我不是一个人在爬山，走在路上的时候，我感觉寂先生和段王爷，他们是与我同行的。

我可以感觉得到很多人的气息。

奇怪，那个住了十五天的女孩子，我为什么没有感觉到？

在走欢喜岭古道的时候，上山的时候我遇到了一个老奶奶，她的肩上背着一袋东西，手上拿着一束红色的天竹果子。她的笑容和阳光一样灿烂。

在半山腰，我到了这个老奶奶的家，和老爷爷一起聊天，看他儿子写的书法，喝着粗搪瓷杯泡的山泉茶，我在他们的身上，看到历经岁月却淡然的生活方式。

世间朴素的生活，是相濡以沫，相忘江湖。

在这一天，一个和我相识十多年的朋友，写了一篇关于我的文章。她在成都，我在金华，我们通过健身认识，我们健身，跑步，还练习书法，我们相隔千里，遥遥相望，一年难得聊上一回，我们却没有其他的交集，又好似走着一样的人生轨迹，平行，遥望。

她说："神奇的是，我们有这么多的交叉点，竟没有碰撞出一丝爱的火花，这样的友谊更像山中涓涓溪流，细而工，且清淡如水。"

看到她写的文章，以及文章里我们的友情，我停下在临习《书谱》的毛笔，忍不住开怀。

男人和女人之间的友情可以清淡如水。

而我和段王爷之间的友情，则好像云淡风轻。

## 六

来民宿的人，为的只是一个想象。

想象这个民宿的好，周边的风景，以及民宿主人的情怀，管家的热情。不同的人，来这里有不同的目的，在这里有不同的收获。

我在深夜的民宿大堂，看到不想回房间休息的人们。

深夜，丛林已经关起黑色的大门，给外界发出危险的信号，它们在自己的世界里狂欢。人类则点起一个叫电的灯光，缩回到一个叫房子的保存着温暖和安全感的世界里，开始自己的娱乐。

人，总是害怕寂寞的。是怕回到一个只属于自己的世界。于是，在民宿的大堂里，一起看个无聊的电影，喝个小酒，吃着大堆的零食，刷手机打游戏。

我们都需要一个热闹的表象，把所有的热点的光线，都集聚到一个焦点，告诉自己在世界的中心点，没被遗忘，没被抛弃。

我们也需要一个美的视角和取景，告诉全世界我们曾经来过，告诉别人，这里很好，我们现在的心情很美丽。

段王爷无疑是讲故事的高手，也是煽情的高手。和很多商人不同的是，他是一个有情怀的人，他有他的清高，他的风骨，他的坚守。

这一切，形成了他的民宿的格调与品位。

我从没有想过和他的碰面。就如同这次我来了,他走了。如同我们相识多年,竟然只见了一次面。

我一直想循着他在全国的民宿地图,一站一站走过去,读懂他的民宿情结,听很多很多民宿的故事。

我在民宿大厅看着段王爷选的书,就像看自己书架上的书。我们都偏爱人文方面的书籍,书与书的相同,也如同人与人之间的相知。

这个人,对某些细节,有无法容忍的注意。

这个人,对某些细节,有点深入骨子里的敏感和洞知。

我想到他在莫干山从前慢的民宿,带着一位陈姓的先生,在酒后看雪天夜空中的圆月,带他去抱一棵几百年的老树;我想到他和寂先生,坐在两百年左右的山楂树下,喝完咖啡,带着寂先生去屋后的竹林里,听竹子生长的声音,听生命生长的声音。

我喜欢这个一生怀揣民宿情怀的朋友,他把一部分时间留给了陌生人,用他云淡风轻的声调和行事方式,在普度着一个又一个心灵。

我不知道,那晚听完竹子生长之后的寂先生,现在他想喝酒了吗?他想聊天了吗?他想回家了吗?

我是一个很木讷也不想聊天的人,但当我遇上了好朋友,我也想喝上千杯,聊到天明。

我是一个鬓发渐白的中年人,但我如果遇到一个值得爱的女人,我也会用尽全身的热情,与她共浴爱河。

那天,坐在通往天荒坪的半路上,我明白了我选择这条路的初衷以及停下来的想法。

如果要去这里，我在等一个人，等着和她去天荒坪。

如果要去那里，需要一种仪式见证。

## 七

遇见。

记得青芝坞的蓝莲花开·溪上，有个房间叫遇见。记得自己那年住在溪上，给每个房间的名都写了一首诗。

### 遇 见

缘分是恰巧的遇见

是踏遍青山

花开花落　春常在的日子

在弯弯曲曲的青芝坞深处

遇见

你明媚的笑脸

在绿绒蒿向阳的高地

有无限的生长

相遇一种似曾相识

相逢一曲相遇不晚

人生的遇见

是刚刚好

你在等我

而我也在等你

这次在蓝莲花开·山楂树,那棵两百年的山楂树是主角。段王爷对我说:"我有一棵山楂树,恋不恋爱随便你。"

有一棵山楂树,拿出来显摆的任性,让我好生羡慕。

山楂树,我没有遇到她最美的时候。我想她最美的时候,是白色繁花朵朵的时候,是红色果实累累的时候,是月华如水,坐在小桌边独酌,果子不小心掉下来,砸中你脑袋的时候。

冬季里的山楂树,枝上没有叶子,她在蓝莲花开的院子中心,五棵主要的树干相互交错着,以一个开放式的姿态向空中伸展,发射着它的信号。

人类在几千年的历史中,一直在和大自然做着斗争。我们在与天斗的过程中,驯服着大自然,又被大自然所驯服。我们违背着大自然的规律,又无奈地顺应着大自然的规律。几千年里,人类同时坚持不懈地做着驯服动物与植物的行为。

在这个村子里,处处可以看到驯服大自然的痕迹。

村子中心,有个叫"碧水潭"的房子,处于村中三溪交会的极佳位置。院子布置玲珑错落,井然有致。院子里有青枫,有青梅,有黄杨木,有兰花等,这些树木原来就是生活在大山深处最少上百年的,村民将其从山中挖回,种在院子里,经过整枝修理，驯化成家养的树。

坐在山楂树下，我突然想到了电影《爱有来生》。想到了电影之中，院子中的那棵银杏树。桂花枝下那句轻轻的低语："茶凉了，我再去给你续上吧。"有没有打动你的心？俞飞鸿策划了十年的《爱有来生》，我看了三回，不说剧情多感人，只是拍片的那份心思就感动了我。看的是那份"人鬼情未了"，我想，若爱的世界里有轮回，今生的默契，今生的天造地设，兴许都是上辈子的缘分。

我还想到了另一部电影《山楂树之恋》，女主人公静秋情不自禁对老三说："认识你，真好。"这个电影，演绎了一个那么真、那么纯、那么深的爱情故事，却那么凄美。

这株两百多年的山楂树，原来是生长在荒山野岭，最终因为机缘巧合来到了这里。她庞大的树枝过于巨大，以至于人们在搬走她的时候，将她分割成五棵树，到了院子，再将她复原。

悲欢离合，是人生的常态。

我不知道是这棵树的幸，还是不幸。

却是我们凡人的幸运，我们起码有了近距离接触她的机会，我们可以远远看她，可以坐在树下感受她，可以喝她的果子泡的酒、泡的茶。

管家小黄，原来是江西吉安的一个美术老师，他说去年山楂树结果的时候，足足有四百多斤呢！

我想，这是这棵老树的欢喜心吧！植物也如人一样，有她的语言，如果她不开心，她不会开花，如果她不喜欢，她不会结果。

硕果累累，是她和我们一起欢喜的语言。

在密林深处，山路尽头，段王爷用他专业的民宿，营造起了这个浪漫的意境，在意境的中心，是这棵山楂树，她是灵魂，她的枝枝丫丫，分离出很多很多的秘境，通往远方。

通往你想到的地方。

## 八

我在我最想来的时候，到来。

我想，这就是幸福的。

我在该离开的时候，离开。

我想，这也不是悲伤。

如果意犹未尽，那是给自己留一个下次再来的理由。

我会想，在哪一年的九月，山楂树果实累累的时候，我会再过来在山楂树下坐坐；坐在树底下，听一听段王爷和管家小黄讲一讲曾经在这里发生的故事。

很荒，很野，在荒凉的尘世边缘，有野蛮生长的力量。有温暖的人走过，留下悠远的尘香。

肯定会很有意思。

人生某些时间，留给陌生的世界，陌生的人，挺好。

人生某些时间，用来虚度一段光阴。听某个哲人说，这是人生的最高境界。

## 回看山楂树，千里暮云平

一

似是归来。

我在己亥岁末的一个清晨回到了安吉山楂树民宿。民宿离婺城两百多公里，我早上五点多出发，八点左右就坐在山楂树宽敞的大厅里吃早餐了。一路上，车子在 G25 高速上穿透黑暗，穿透黎明，穿透雨雾，奔向山楂树。

一路前行，似是解开镣铐的我夺路而奔，我也似当年不为五斗米折腰的陶潜一样，挂印归乡。而我们，终不能如五柳先生般洒脱，我们要中规中矩地上班，努力工作。偶尔有这样的时间，可以奔向一座山，可以享受一小段属于自己的时光，就心满意足。

奔向山楂树，就是奔向了快乐。

此刻，山中骤雨初停，云雾如洁白的飘带一样在山间的竹海

里飘荡。一不留神，它就调皮地变成了唐仕女轻逸的裙纱；一阵清风吹过，它又突然变成满屏的迷雾，将你笼得严严实实；又有不知所向的风温柔地对她表白，它又瞬间娇羞得化成了淅淅沥沥的雨。

空气中甜甜的，干干净净的，没有一丝粉尘和杂质，干净得发甜，甜得发醇，努力地深深一吸，细细一品，还有一点点炊烟的香味。

山林思君，胡不归？不是他们思念我，而是我在思念他们。

君思山林，故归矣。我想念这片山林，想念了整整一年。

下高速后，就是山间稍纵即逝的云雾在牵引我，指引着我往前走，往山里走。我留意着那些路边风景，有些熟悉的，有些陌生的。马上就过年了，路上的行人不多，零零星星的店铺还开着，卖着年货，都是红红火火的颜色。

路上自由自在奔跑着的小狗，撒着欢儿。白墙黛瓦，屋舍俨然，满目青翠，一片乡间清秀的风光。

人生贵在适意尔，管他东南西北风。

我承认，此刻我放下了半生的尘云和起伏，坐在山楂树的大厅里，看云卷云舒，花开花落。

回看山楂树，千里暮云平。

窗外有那株百年山楂树，树枝的末梢，都挂着晶莹的雨滴。

去年这个时候，我曾经想在它开花结果的时候来，但我失信了，终是错过了。

## 二

我们总是失约。世界上太多的人都不辞而别,从此人各一方,杳无音信。论坛,空间,博客,微博,微信里的很多名字,成了一些想不起来的记忆,删掉了,记忆的空间却再也腾不出来了。

冬日的时候,我在等雪,我与灵峰梅花相约了千年,常期待一场大雪的时候,顶着一把木骨伞,踏雪寻梅,如同寻一个老朋友。

雪不至,我就与梅,灵峰的梅,失之交臂。

而今年山楂树花开正旺,果落无声的时候,我在婺城,遥遥望她,没有来。

去年这个时候来欢喜岭古道,我坐在古道上抱着自己的膝盖,仰望天上的浮云,明白自己不过是想来这里,与自己一年的欢喜悲伤告别;明白自己不过是想在这样一片山林里,抬眼望向未来,收拾起心情,重新归来。

归去,来兮。

上次来,是许愿;这次来,是还愿。

世间有无数的轮回,都是在这样归与来,许与还之中吧!

归去,来兮,我都钟情于这样荒山野岭的一片山山水水,这里的竹林,这里的古道,这里的朋友们。

## 三

拥有很多"山头"的段王爷很豪迈地对我说：今年过年，送你一个山头。

山头任我挑。

我想了想，去年我写民宿的文章从山楂树开始，今年一年以民宿为主题写了十多篇的文章，还是以山楂树来收尾吧！

从这里开始，在这里结束。

于是，和去年同样的时间，我来到了山楂树。

## 四

但思故人远，寻云入竹林。

我来到山中，是来求访朋友的。山楂树、路边的老树、古道，它们都是我的老朋友，段王爷和山上的老爷爷老奶奶也是我的老朋友。

放下背包，我就从山楂树旁边的欢喜岭古道往山上走，准备到山上看老爷爷老奶奶。

雨后的清晨，欢喜岭古道很滑，台阶上积了水，落了苔藓。积了一地的竹叶，湿漉漉的，人踩上去一不小心，便有如踩了灵活的滑板车，不知会滑向山里的何处了。

我小心翼翼地往上走。

竹林给人的感觉是轻松的，宁静的，活泼的，如一个年轻可爱的孩子。而一路上的老树，银杏、枫杨、柳杉、金钱松、香榧等，它们带给人的感觉却是厚重的，包容的，如一位位长者。山间还有我们平时留意不到的生物，它们不以我们的意志为转移，坚强而努力地在丛林世界里生活着。

我抬头看一株一百六十年树龄的银杏树，它挺拔的树干直入云霄，遒劲苍茫，天空中灰沉沉的，不时有挂在树梢的雨滴落下来。一只飞鸟鸣叫一声，腾空而起，有一粒银杏的白果落在我眼前的落叶堆上。我看到地面上，重重叠叠的枯叶在积累着岁月，我看到满地的银杏果无声地诉说着一个季节的故事。

有声音传来，是犬吠。一只狗狗的叫声，叫醒了大山沉睡的所有生物。它在考验我脚步的坚定。它坚持了一会儿，在我无畏脚步的推进中，它节节后退，最后夹着尾巴，钻进柴门之中，依偎在主人的身旁。

屋中，近九十高龄的老爷爷老奶奶正坐着准备一些年货。看到我进来，眼神犹豫了一下，片刻，笑容绽放在他们写满岁月故事的脸上。

——是你啊，来来来，坐下喝茶。

老爷爷拎了一条竹椅子给我，老奶奶泡了茶。

我们用相互都不太懂的语言交流着。说到去年我曾经来过，说到他家的女儿、女婿、儿子。

去年的事情，现在聊起来像是家常，已经是往事了。

有圣人云，礼失，求诸野。礼数和归隐，从来都不是大张旗

271

鼓，极尽噱头的。如果说现在江湖之中还有真正的隐者，这对老夫妻才称得上。他们在山间相濡以沫地守了八十多年。兄弟姐妹们、儿女们都下山了，都去远方了，他们还在这里坚守着岁月。曾经的屋舍和祖屋，也只剩下他们居住的两三间房，旁边还清晰可见地基残址。在房子的前面，就是几株上百年的老树，一群鸡鸭随意在竹林里觅食，刚才叫得欢的狗狗现在很亲昵地靠近我，闻我身上的气息……

去年来的时候，老爷爷老奶奶的女婿和我说，欢喜岭为什么叫欢喜岭，是因为这条道是从贫穷的山村走出去的希望，要翻越一道一道的山峰，一道一道的岗才能到达山外。常常是走了很远，翻过一道山，以为到了，没想到前面还有一道山，这是空欢喜啊！

欢喜，见心。

真欢喜还是空欢喜，见心。

原来的空欢喜古道，这么质朴天然，却也留给后人无数的真欢喜。

段王爷就是喜欢上了这条古道，便在古道边开了山楂树民宿。这个民宿，如同以前古道的驿站，给古道新的希望，给行人休憩的温暖。

喝完茶，我下山。老人家在门口频频向我挥手。那只叫灰灰的狗狗代表主人送我很远很远。

出来的时候，我在屋前的几株古树前行注目礼，又站了许久许久。

余秀华说："所以在某一个秋天里，我一定能站出深于一棵树的宁静。"在这个冬天，我想，在这样的环境里，我们静下来，可以听到竹子生长的声音，可以听到万物有灵的声音。

## 五

这些老树当年能留下来，肯定是源于当年的某种敬畏。

而它们长着长着，成了这片竹林里的神奇，也长成了我们对自然界的敬畏。因为敬畏，围绕着老房子和老树的一带，成为这片大山密林之中最为开阔的地方，宛如绿色海洋中的一座小岛。

人总是要有点敬畏之心的。

"时间仅仅是一条极薄的绷带，只能勉强包扎我们的伤口。"所以，我们不该选择遗忘，而是要选择敬畏。

如同这片物竞天择的山林，自然，和谐，平静，安详。

## 六

"玻璃窗被敲了一下，仿佛有什么东西撞到了上面，接着是一大片东西轻轻落下，犹如楼上窗子里撒出的一把沙子，然后，这下落的东西扩散开来，调节好了，有了节奏，变成了流动的，响亮的，音乐般的，到处都有的无数声音：下雨了。"

在山楂树，我敞开落地的玻璃门和玻璃窗，在无边无际的竹海中，在无数的雨滴声中，午睡。

人到中年之后，渐渐喜欢上了午睡。其实，也是身体没有办法，体能跟不上了，所以需要午睡。

以往，午睡之后，总有一种深深的疲惫之感。身体似乎无法从短短的睡眠之中醒来。睡眠是短暂的，却是沉的。似乎就在一刹那，沉了下去。

会有很多离奇的梦，千奇百怪的梦。

醒来，感觉甚是疲倦，在这个人世间，不想做什么事情。

只想傻傻地发会儿呆。

却也不想再睡得昏天地暗，也怕自己在昏天地暗之中，沉沉地睡到地老天荒。

试想，从白天睡到了晚上。很多规律是不能颠倒的。我们习惯在黑暗之中睡眠，在天亮的时候醒来。如果在白天闪亮亮的阳光里睡去，在晚上黑漆漆的夜色里醒来，黑夜更让我们感到有点绝望。

在山楂树，午睡之后醒来，雨丝还在辛勤地编着巨网，竹林被雨洗得愈发青翠。

这一刻，恍然不知自己身在何地。

记起，有一个叮叮当当的梦，是雨点打的节拍，配的音乐。

世界坦荡，山间平静。

溪间有奔涌的清流，正激情满怀地奔向远方。

在溪旁，有一株清瘦的白梅花。

我读懂了她眉目间的深情。

# 七

回看山楂树，千里暮云平。

身体在短暂的休息之后，积蓄了力量。

我们可以寂寞，却难以忍受孤独。

我们喜欢熟悉给我们带来的安全感。

我们喜欢一个合适的距离带给我们的安全感。

旅行带给我们合适的距离。如刺猬般敏感的人，偶尔喜欢在陌生的地方过几天自在的日子。在一个陌生的地方，生活可以简单地聚焦。

我聚焦在一个无形的镜子前看自己，审视自己的内心和灵魂；我聚焦在某一本书，我已经很久没有将书里的故事心平气和地从开篇阅读到结尾；我聚焦于某株植物，聚集于它的开花、落叶和悄无声息……

我们是来自一个陌生世界的异乡人。隔着距离，我们颔首而笑。

遇见了只是遇见了，如一阵风遇到了另一阵风而已。

隔着一定的距离，世界变得美了。

我们很多人最喜欢的方式，是一个人在陌生的地方孤独地存在，自觉而清醒地存在，自顾自地嚣张，惨不忍睹地脆弱，血淋淋地坚强。

人是孤独的。民宿书吧里的很多书也是。

这个深夜,我在民宿的大厅,给很多未拆包的书,解去塑封。

就让这些文字探寻世界,等待知音吧。

知识不怕偷窥,我们也不怕偷窥。我们怕的是被别人看到了自己所不愿意展示的。我们藏起秘密的一部分,分享出去一部分。我们在交换,也在分享。

说到底,我们都害怕孤独。

所以,我们愿意分享,晒朋友圈,发抖音。

这个夜晚,我带着婺城房东吴师傅送我的一瓶五年陈酿,敬这片山林,敬刚刚从我窗户外飞过去的小鸟,敬自己。

入夜,我做了一个很神奇的梦,说不出的舒服,梦中有种音律一直带领着自己随梦前行。有个天使,用羽毛轻轻地安抚着我。醒来,我发现自己的眼角有泪,一滴接着一滴涌出。

雨,滴滴答答,剔透清脆。时间在山中,悄然消逝。梦,悄然生,也悄然离去。

过去的,就已经过去了。那些过去的,不曾消失的,它们的点点滴滴被记在生命的大书里。

我在山中过大年。

"门前迟行迹,一一生绿苔",等我从山楂树回去,门前的台阶又会长满了青苔。

你们还认得我吧!

## 在山楂树，晴耕雨读

一

在山中，一夜雨。

入睡之前，我想将雨听得分明，关掉了空调，关掉了电视，关掉了手机。泡了一壶茶，坐在房间的木地板上，听风吟唱，听雨敲窗，听溪水奔流。

在万籁俱静之中，水是夜间的王者。先是雨，从无边无际的天上洒落，再是万涓汇成小流，小流汇成小溪……溪水在山间欢快地左冲右突，它们和巨石嬉戏，它们从高山叠叠成瀑，毫不留恋地走向了远方。

听了一夜的雨。

做了一夜的美梦。

梦回宋朝。

无比精致的宋朝。

梦中大美的春天已经来到汴京，桃花盛开，海棠娇艳，桑公子"踏花归去马蹄香"后，回到家中"六经勤向窗前读"，读到司马光《涑水记闻》，里面描写范仲淹少年就读于长白山醴泉寺僧舍，勤奋刻苦，用功不怠，而生活条件极其艰苦。范仲淹每天以雕粟米二升，作粥一器。经宿遂凝，乃画为四块，早晚取二块，断齑十数茎，酿汁半盂，入少盐，暖而啖之，如此者三年。

如此者三年！

惊而梦醒。桑公子推被而起，山中雨声依旧，溪中涛声如怒。取床头一书再读，读书的桑公子从汴京走出，已是鬓白眼花。

"吾生本寒儒，老尚把书卷。眼力虽已疲，心意殊未倦。正经首唐虞，伪说起秦汉。篇章异句读，解诂及笺传。是非自相攻，去取在勇断。初如两军交，乘胜方酣战。当其旗鼓催，不觉人马汗。至哉天下乐，终日在几案……"

眼力虽已疲，老尚把书卷。

我们觉得自己很用功，和古人相比，亦不过九牛一毛。我们每天都有那么多的时间，消耗在无用的软件上面，却忘了最该做的是潜心读书。

读书，是一辈子的事情。

## 二

推门即是深山，闭门可读圣贤书。

山楂树下有书吧。

每个蓝莲花开的民宿，都有一个大书吧。书吧中的书，都是由民宿的创始人段王爷自己挑选，有经史子集，有外国文学，以及各类童书，与桑洛藏书的相似度极高。

对于嗜书如命的我来说，每次出门，都会带纸墨笔书。但每次入住蓝莲花开的民宿，我只携两本字帖，轻松出行。

段王爷的民宿，有书吧，有我爱的书。

人生短短，人生的路上谁没有点坎坷，谁又没有点难以言说的苦，难以诉说的痛。

可得解脱处，唯读书与山水间。

我曾经写过一篇文章，《民宿的品位，在书吧》，民宿里的书吧如同一个民宿的良知，代表了民宿主人的品位及其对文化的尊重。而文化和品位就是民宿的灵魂。

我们去住民宿，有时真不是为了旅行，也许就是一次没有目的的出行。为了简单地坐在阳台发发呆，坐在大厅里品尝管家手磨的咖啡，和陌生人聊聊旅行的见闻，走走民宿旁边的小路看看风景，在夜深人静的时候仰望星空，等等。对我来说，以上都是我想要的，但无论什么时候都需要读书啊！每次住蓝莲花开，我感觉自己就像带着书房旅行，而民宿的书吧环境比家里更胜一筹。在舒适的环境里，闲闲地翻看一本本书，真是一种享受。

没有比这更棒的事情了。

马尔克斯曾说："如果每个人都能在背包里放一本书，我相信，所有人的生活将会更美好。"

在我们的旅行中，我们在民宿的书吧上欣喜地发现一本本自

己喜欢的书籍，喜不自禁地打开阅读，背景音乐轻轻地响起，咖啡的清香飘在空气中，人人手捧一本喜欢的书，那该是多么美好的一个景象。

这是老桑在蓝莲花开旗下的民宿——安吉的山楂树、莫干山的府邸和从前慢、杭州青芝坞的溪上等住过之后，有感而发写下的。

蓝莲花开的一间间民宿，就是民宿主人的"理想国"，他们在世之奇伟瑰丽的地方，修筑了蓝莲花开民宿，将一个个的书吧放进开满鲜花的民宿之中，让更多的人享受一份精致的快乐。

我们都感到幸福。

## 三

幸福有时就是一场毛毛雨。

下雨了，雨打梅花轻闭门。于是，有了一个不用出门的理由。那就宅着，写字、看书、写文章吧！

我们烤着火，茶壶在火堆上冒着滋滋的热气，音乐在缓缓响起。在书吧的温暖大厅里，你看你的托尔斯泰，我看我的格罗斯曼。

也可以什么都不做，只是让自己的心休息一会儿，看着窗外山色空蒙，雨奇雾奇的世界，在平平淡淡的时光流逝中，听到自己的心和自己交流的声音。定睛于某处，似在沉思，却是什么都没有想。

给自己点时间，物我两忘。

真的累了，和身在软绵绵的沙发上入梦，也无妨。书吧旁有狗鸣鸡叫，唤醒你记忆的催眠。

这样下雨的时光，也让我很怀念小时候的雨天。下雨天，天天劳作的父母终于可以在家休息一会儿。但父母亲在家，也是闲不住，他们还是会利用这点时间修修补补家里的工具物什，而我可以搬个小凳子，看看书，陪着他们忙。其乐融融，这就是一家人相聚在一起最快乐的时光。

农村长大的孩子读书有两难：一是没有时间读，二是没有好书读。这让我长大后去外地求学，对图书馆阅览室非常着迷，对购书异常疯狂。

现在书多，但真正阅读的人少了。而古人读书真的困难很多。没有光，他们囊萤而读，凿壁借光；没有时间，他们"三余"而读。

三国时董遇好读书且学有所成，常有人向他请教。有人感叹地说，您说的多读才能理解透彻，才能学有所思的确有道理，只是我们都苦于没有时间读书啊。董遇说："吾亦非闲，善用三余尔。"此三余就是后人说的"读书三余"——"冬闲之余，夜闲之余，雨闲之余"。冬天，没有过多的农活，这是一年里的空闲时间；夜间，不便下地劳动，这是一天里的空闲时间；雨天，不好出门干活，也是一种空闲时间。

我们也有三余时光，只是，现代人面对的诱惑太多了，把这三余时光都用来读书实在是很奢侈的事情。我们刷着朋友圈、抖

音，看着肥皂剧，就把"三余"挥霍殆尽。

我们还觉得时间不够用。

我们总要有点时间，完全交给自己，让自己安静一会儿，读会儿书，思考一下，整理一下。这个冬夜的雨天，在安吉的山楂树，占齐"三余"，适合读书。

此刻，让我想到自己微博十来年没有变更的签名："携一卷书，行十里路，选一块清静地，看天，看书，累了时，和身在草绵绵处寻梦去。"

在这个春节，我携一卷书，行二百多公里路，来到安吉的山楂树，在这里，看天，看竹子，看书。

累了，和身在竹林的深处寻梦去。

## 四

下雨的日子，读书。

捧着书，相看两不厌。

我觉得人生来是混沌的，是知识让一切变得明晰。它让你明事理，让你知道世界万物，让你知道你更精彩的世界。它启发着你，指引着你，点化着你，充实着你。它给你力量，给你精神的食粮。它让你在里面找到颜如玉，也让你找到伯牙。

读书也是一个孤独者最好的伴侣。自小，我就不太爱交流，也不太爱出门。母亲叫我去邻居家借个什么，我都是千不肯万不肯的。父亲也常说，一个儿子，却似乎是闺女一样在家养着。在家安静的我，在自己的房间里，或背唐诗，或背宋词，或是看小说，或是练书画。我就那样享受着自己的世界。

　　君子敏而好学。好学，好读书，读好书。人生是一个不断学习的过程，而书正是我们人生路上最好的老师和伴侣。

　　听一席话可能胜读十年书。那话，是人生的哲理，是画龙点睛。但是，人生的底蕴，却需要我们不断积累，不断沉积。有了这个基础，你才有被点石成金的实力。

　　读书是人生的一个好习惯。

　　下雨的时候，读书。

　　等明天天晴了，找一把锄头，与朋友相约，去山上做点实在的事。

　　比如，整天在竹林里挖笋、找野菜、采茶叶、爬古道……

　　在这里的山中晴耕雨读。

## 五

我们的生活像一部冷门书刊堆叠史

书籍叠高　装箱搬运　又苦于整理

认出失去字词仍在手边

然而时代……

时代没有什么　是我们甘于被自己离弃

　　年轻的时候，曾经有很长的一段时间，想开个小小的书屋，

在书的世界里，过着自己清淡的生活，这是我的理想。我没有什么宏伟大志，只是想有那样的小屋，可能穷困潦倒，却能在书中的世界过自己理想的生活。中学快毕业的时候，还做了最坏的打算——如果考不上大学，那就在自家的橘园里开个图书馆，以大自然为怀抱，青山绿水，书香漫山……

后来总算明白，在那个年代，如果一个小小的农家子弟，没"跳"出农门，没有固定的收入，仅仅是在"三余"之暇读书，那田园梦想，是那样不切实际。

人生也往往是这样，随着自己一路走过来，书籍越来越多，叠得越来越高，却犹如叶公好龙般，想着书，却是没有那么多时间读书。没空读书，书渐黄，人渐老，感叹时光。

匆匆那年，浮躁的是自己的内心。

时光逝去无声，白了少年头。

心寂无痕。

时代没有什么过错，是我们甘于被自己离弃。

——可再怎么忙，也要留点时间给自己吧！

这个春节，终于可以有几天的时间，完完全全属于自己。这是我的"寒假"，在山中。

在山中，我可以每天看书，写字，写文章。我给自己订的计划：每天看书写字锻炼，寒假至少要看五本书，写五篇文章，走五个地方，备五节课——这是我的"寒假二十计划"。

时光静好。这是雨天最应景的事情。

在白天，我读书，写字，听溪水，看窗外无垠的竹海。

在晚上,"孤村到晓犹灯火,知有人家夜读书",我读书,写字,听溪水,听窗外竹林的涛声。

在这里,白天和黑夜,闲来唯有读书事。

闲来读书几卷,若有所得,足矣。

# 风来绿树春含笑

## 一

"若到江南赶上春,千万和春住。"

春天,花开花落转眼即逝,一不留神,留给你的就是惋惜了。就如我们手中握住的幸福,曾经那么珍贵,可是如果我们不珍惜,幸福会不知不觉从我们的指缝间溜走。

亲爱的,现在还是春天,你认真地停下来,看过一朵花开,望过一片花落,嗅过一阵可人的春风了吗?

一转眼,你将错过今年的春天了。

三月春风,我在新昌里家溪。

新昌,以大佛寺名,以山水诗、山水画名,以浙东唐诗之路名,以李白梦游的天姥山名,这里有通往天台县界的古驿道,有令人向往且又神秘的丹霞古道，还有一条隐藏在山林中与宁海接壤的盐帮古道。

吸引我来的，是这条水陆的盐帮古道，还有一个名叫大地的人在这里开的一家含笑花开民宿。

我想来这里，住在含笑花开，走盐帮古道，认真地看看春天的景，闻闻春天的风，想想春天的事。

迎面而来的却是那一汪绿得让人流泪的春水。

水是那么清澈，在山间欢快奔流，汇聚到一起却成了那一汪碧水，纯净得融进了春天所有的绿色。

在盐帮古道十八渡中，有桃花、杏花、梨花、野樱花等。山间的花，带了隐世的情缘，开得慢了一拍。我到山间，时光穿梭回了早春的时刻。

这时，有些花含苞欲放，有些花正微开，有些花正怒放，一切刚刚好。

这一片山谷，空旷不见人，天地之间只有我在行走。

山花既含笑，挺好。

独影又含笑，或啸或哭，或独坐，都好。

我在一块石头上独坐。阳光从乌云背后，探出来拍了拍我的肩膀，小鸟在我眼前的水面上扑棱扑棱，忽然就振翅飞走了。

微风吹起，几树樱花飘落花瓣，纷纷扬扬地洒落在我的身上，四周的地上。

我不知道自己想了什么。来来回回走过十八渡，似乎想明白了很多事情，想清楚了很多事情。

在美得让人想哭的地方，想想人间的美好，想想人间值得。

我在这里收集美丽的春光，只为收集美好奔向你。

## 二

安史之乱是李唐王朝从盛到衰的转折点。朝廷财政困难，唯一能够大量迅速增加的收入只有盐利，平原郡太守颜真卿根据形势，率先在其辖区内推行盐的专卖政策，扭转了地方财政，后来朝廷将其作为榜样，广为推行。

这是盐业专卖的开始。

这也是盐帮古道的开始。

因为专卖，盐价变高，盐业私运应运而生。盐帮古水道是古代私盐贩子走的水路。新昌与产盐的宁海接壤，私盐贩子从宁海贩运私盐，选择深山冷岙中的小道，这条小道不容易被官兵拦截，慢慢地，走这条路的私盐贩子就越来越多了。

走的人多了，便成了路。时间久了，便有人出钱出力，还建起歇脚的亭子，这条小道也就成了名副其实的盐帮私运的主要通道。

曾经最盛的时候，里家溪附近的村，有五百多杆扁担挑私盐，可见当年私盐之盛，也可见当年此路之通达。这条路，在后面盐业政策改变之后，日渐荒废，仅成村民挑柴换粮的进出路。

现在古道犹存。当年挑夫挑的盐，淌的汗，浇灌了这条古道，足音与号子永远留在了山谷间。

夜晚的时候，我在含笑花开民宿，提起一支江西文港的狼毫，在泾县的宣纸上写下几个颜体大字，我哑然失笑——颜鲁公泉下若知此古道的产生与发展，竟与他有关系，是不是也会发笑？

世事皆有因果。盐业傍溪跨山，蜿蜒曲折，如同颜体厚重沧桑正气的墨线，数百年在山水之间生生不息，在如今的新农村改造，振兴农村旅游中，重新焕发了生机。

盐帮古水道起点就是里家溪村，全程十二公里。一路上沿结溪江而行，大大小小的溪流纵横交错，有渡口一十八个。

所以有一个名称——十八飞渡。溪流有十八处渡口，鲤鱼渡、菩提渡、莒龙渡、红岩渡、桃花渡、牛坪渡、飞石渡等。"峭壁飞流泉，游人石上眠。四时风回作，云崖秀态连。"从第一渡出发，沿溪而下，山谷幽幽，流水潺潺，林深叶密，苔藓遍布，我一直走到了十三渡，见天色不好，原路返回。

据当地人讲，每一渡都有一个优美的名字和故事，但大部分的渡却是因旁边的山而名，即用山名做渡名。

这些古道,即是贩私盐的道路,同时也是这里山民进出的主要通道,无数的山民,通过这里,到外面的世界读书、闯事业,做出一番成绩。

当年,年少的他们,背着简单的行李,胸中揣着远大的理想,沿着古道,从溪的左岸到右岸,又从右岸到左岸,盘旋前进,走出了大山。

渡,自渡,他渡。

## 三

黛瓦青砖,白墙马头墙,寻常的江南小村。

"长溪流水碧潺潺,古木苍藤暗雨山",有盐帮古道,四面环山,清溪长流,里家溪可谓"江南九寨沟"。村里现有二百多户人家,六百多口人,以王姓为主,现常年居住于此的有一百余人,多是超过六十岁的老人。

一个村子,有古建筑、古树、古桥、古井等,它们身上浓缩了这片土地所有光阴的记忆。这片土地上发生过的一切,都以某种介质,储存在某个地方,以某种形式存在着。岁月的沧桑,在它们身上留下印记,也让它们无可奈何地老去。

建筑是历史的表情。

大部分房子的底基部分,都是用了溪里的石头相互契合垒成,待到墙头稍高,再用青砖横叠,依山傍水而建。一幢幢房子,错落有致,形成了当地的特色。

里家溪因溪分成两个村,分别为大村和小村。

我在大村村口停车。村口是一群村民,打牌的打牌,聊天的聊天,从这个情景,依稀可以想见当年盐帮盛况,饭店、酒肆、茶馆兴旺发达,人员来来往往的情形。
只可惜,都只能留在记忆或是想象中了。

我从大村村口出发,沿着盐帮古道走到十三渡,看到天色渐晚,天空阴晴难测,于是原路返回。
回到大村口,看到打牌的阿姨们还在打牌,聊天的叔叔们还在聊天,仿佛时间一直没有往前行进过。

在宁静的小山村,岁月静好,时光仿佛静止了。

夜晚时分,天光微亮。在含笑花开民宿吃完晚饭,我沿着结溪江散步,在里家溪大村的路口,村民在路灯下面兴高采烈地讨论着什么,空气中洋溢着温暖的味道,在静谧的山村中,这些声音似乎穿透了寒气,在夜色中开出了春天的花朵。
我迎着灯光慢慢走近,他们敏锐地感觉到了陌生的气息,话

音被我的脚步声打断了。

附近的大狗小狗则大惊小怪地嚷了起来。

道路的前方，一位老人家搀扶着老伴，相伴相偎，慢慢地往前走，边走边在说些什么。蓦地，我想起了我的小花姐，最近的春节她和她的先生在寺平古村度过，在乡下的日子，她除了日常的读书写字，就是和先生一起在村里看戏、做清明果、聊家常，日子过得不亦乐乎。

或者，幸福的另一种定义，是你我于暮年，择一小村，闲坐庭院，云卷云舒听雨声，星稀赏月影，花开花落忆江南，你话往时，我画往事。

"愿有岁月可回首，且以深情共白头。"

## 四

是夜，住在含笑花开民宿。

打开民宿的大门，见到的是一片纯白，真是惊喜到我了。在四面环山，山青水蓝的里家溪村，纯白色无疑是这片土地上的一道亮色，设计师大胆地采用了白色作为院子和露台的主色调，和原来老房子木质纹理有机结合，又形成了鲜明的对比，让人感叹。

房间内的设计也简洁而不简单，硬件设备都很先进。

最吸引我的，是院中那棵高大的含笑树。

"深情厚意知多少，尽在嫣然一笑中。"

这个时节，含笑树已经过了花期，结满了丰硕的果实。含笑花，花开而不放，似笑而不语，它的花语有矜持、含蓄、美丽、纯洁、端庄的意思。在民间，含笑花寓意着含蓄、暗示，也代表着美丽纯洁的女子，常用来赞美女性的温柔美丽、纯洁端庄。

含笑花开，这个民宿在里家溪，真如一株掩藏在民居之中的含笑花，美丽而不张扬，让你有推门而进的惊喜，静居隐世的感觉。

问主人花龄。主人答，五十来年了。

房子有两个露台，可以坐着发呆、看书、喝咖啡，或是打开电脑写点东西。只有电脑和手机，联结着外面的世界，在这里，春风都懒得动，世界都静止了。

我看着夕阳照在对面的山峰，明媚灿烂，然后，一寸一寸地向后撤退，炊烟在四周升起，传来乡恋的气息，夜色降临了。

——吃饭啦！

民宿老板大地的父母亲，热情地招呼我。

我恍惚间，仿佛回到小时候，我躲在二楼的稻草堆里看书，看到天黑，母亲也是这般在楼下喊我。

楼下饭桌的菜真香。

若到里家溪,遇到含笑花开,可走走盐帮古道,看看春暖花开,发会儿呆,做做隐居的梦。

嗯,亲爱的,来含笑花开,可以缓缓归矣。

# 我在虚度等船讯

## 一

*他得到的是他假装拥有的。*

——安妮·普鲁

这是辛丑年正月，一个宁静的下午。

清风不徐不疾，空气中弥漫着春天沁人的芬芳，澄蓝的天空上白云朵朵，月亮很早就嵌在了蓝天中，洁白的下弦月毫无违和地和白云们挤成一堆，仿佛它只是一块规则的云朵，在白昼之中隐藏了深沉。

一只老鹰在对面的山上盘旋，展开滑翔机一般的翅膀，一圈一圈盘旋着，越飞越高，越飞越远。

这一刻，我想告诉你："天上那只老鹰飞翔的姿态真的很美。"
那是自由的姿态。
那是只有灵魂的老鹰啊！

目光收回。我坐在虚度民宿宽阔的花园里，试着将这个春节，做一个总结。

会有一个什么样的答案？

做了哪些事情？读过几本书？写了多少文字？去过哪些地方？

曾经我们手里都有一幅十几天完美假期的纸牌，我们将这幅好牌打成了什么样子？

春节开始的时候，我们都那么坚定地希望，试着将一束饱满的阳光，种进假期的土里，开出春天金灿灿的花来。

事与愿违。你是否和我一样，在春节假期开始前制定了很多很多的计划，到最终却是为增长脂肪、虚度光阴而惆怅。

假期是我们虚拟的时光，现在，我无法与逝去的时光定睛对视，因为碌碌无为的自己很羞愧。我们的时光差不多都在无为无效之中度过，在假期之中，有无数的理由可以让自己颓废。在这之后，我们只能打捞着自己的懒散、遗憾、空白，在灵魂的经历之中填充上无关紧要的琐事，年复一年，直至老去。

## 二

一枚旋转的硬币，暂时还竖着保持平衡，它可能倒向任何一方。

——安妮·普鲁

米兰·昆德拉曾经说过："慢，是一种正在失传的乐趣。"

这个春节，主题——宅，每天阅读，每天写字，不过很多书读过就忘了。最重要的一件事情，是读了《船讯》。

春节的阅读从安妮·普鲁的《船讯》开始，假期结束也以读《船讯》为告终。很多人知道李安导演的电影《断背山》，但是对原著作者安妮·普鲁有些陌生。

"以下是奎尔一生中几年的经历，奎尔出生在布鲁克林，在一堆阴郁的州北城镇中长大。

"一身荨麻疹，三天两头闹肚子，他挣扎过了童年；在州立大学，他一只手捂着下巴，用微笑和沉默掩饰痛苦。他跌跌绊绊地活到三十多岁，学会了把感情同自己的生活分开，不指望任何事情。他食量大得惊人，喜欢熏猪蹄和黄油马铃薯。

"他的工作：自动售货机的发糖员，一家便利商店的通宵服务员，三流新闻记者。三十六岁，满怀失去亲人的悲痛和爱情受挫折的失意，奎尔离开美国去了纽芬兰，他祖辈生活的那块礁石。他以前从未去过那里，也从未想过要去。"

这本书的开头，如此直接。仿佛只是将我的名字换成了奎尔。

《船讯》获普利策小说奖，讲述的是一个失败的中年男人重获新生的故事。故事男主人公奎尔身上，有太多我的影子，让我心动又让我心伤。通常我们的阅读，是寻找着共鸣与认同，在文字的蛛丝马迹中找到自己想要的东西。

获取力量，或是疗伤慰藉。

这个纽约三流记者奎尔，卑微地苟活到三十多岁还从未得到过这个世界一次的肯定，一事无成。在生活和婚姻全线崩溃、父母亲自杀后，他带着两个幼小的女儿，和年迈的姑妈一道，回到祖居的加拿大纽芬兰岛、四十余年无人居住的海边老屋工作与生活。在内心同样伤痕累累的当地众多小人物的帮助下，他终于摆脱了因丑陋相貌和失败人生所造成的心理阴影，找到了自己微小的人生位置，以及相应的事业和不再迟疑的爱情。在这生存环境严酷到了极点的不毛之地，面对吞噬生命的大海、巨浪、冰雪、疾风，这一群边缘小人物互伸援手，各自获得了生命的救赎和重生的欢悦。

"粗粝平淡的风格,压抑的深情如同潜流暗涌,全书仿佛是对那些被这世界唾弃却不自弃的边缘人、失意者内心褶皱和创伤的一次抚平与修复。"

很是治愈。

在虚度,停停,读读。

就着炉光,我继续读《船讯》。

土灶旁里的柴火烧得正旺。柴火在锅孔之中燃烧,噼里啪啦,间或一两声爆竹一样的声响。我并不是想要在这样的时候假装"用功",但靠着温暖的柴火阅读,让我想到了小时候:自己烧着柴火,看着书,母亲在灶前切菜、炒菜,忙碌着,待到菜熟的时候,母亲总会夹起一小块:"你先尝尝……"

这么多年,于人世间漂泊,感世事炎凉,回忆的烛光,总是一记温暖,照亮我荒凉的心。

轻舟曾对我说,她的眼睛就是小时候这样看书,看坏了。

远在郑州的同学子由,今年响应国家"就地过年"的政策,每天操琴、练字、看书,过了一个不一样的异地春节。

书永远读不完，最后他回归到经典。我认真地看他抄写的读书笔记，字迹秀美处见静心。

我依稀想到了我们还是十几岁的时候，在荷园中学的时光。我们孜孜以求，可喜的是我们现在依然赤子模样。

"我父亲教他所有的孩子读书写字。冬天，渔季结束了，风暴包围着瞭望岛，父亲就在那老房子的厨房里办学校。是的，这岛上的每个孩子都学会了流利地阅读，写一手好字。如果他有了点钱，就为我们订购一些图书。"

我看到《船讯》里，比利对奎尔说。

曾看过这么一首小诗，虚度的时光，是这个世上最美的浪费。

> 我想和你虚度时光
> 
> 比如低头看鱼
> 
> 比如把茶杯留在桌子上离开
> 
> 浪费它们好看的阴影
> 
> 我还想连落日一起浪费
> 
> 比如散步
> 
> 一直消磨到星光满天
> 
> 我还要浪费风起的时候
> 
> 坐在走廊发呆，直到你眼中乌云
> 
> 全部被吹到窗外

很多人从这首小诗中，误解了虚度的意义。

我想到了海子，想到他的"面朝大海，春暖花开"，想到他的"今夜我不关心人类，我只想你"。

真正理解虚度的人，肯定不会是只发呆和刷手机的人，一定是那个以梦为马，执意坚持自己梦想的人。

我们愿意在自己喜欢的、有意义的事情上面虚度时光，虚度一生。

## 三

他为许多小事而欣喜若狂，比如毛衣上的一根蓝线，像鼓点一样落在水洼里的黄褐色雨点，一块麻花状的小甜饼。一切明亮的东西。

——安妮·普鲁

从比森第昂的《清晨阳光》中醒来。

虚度的花已经盛开。

在虚度旁边的小山上,我和一丛丛的野樱花对视。无数的细碎组成了无比绚烂的美丽。我无法用我的言辞去表达与形容这份美丽。我记得春风的宽容,在我们用无数虚无的琐碎浪费我们的生命时,世界还是那样无私地用这些美丽来包容我们所有的心事。

在这样的春光里,听见花开的声音,那是自然对我们的热爱与宽容,是自然对我们始终如一的热情与善待。

在乡间的清晨,告别一切匆忙。

所有的时光都化为心平气和,如清晨冷冷晨雾中呵出的一口气。

——哪有那么多不平,不过轻如空气。

和花鸟一起,反复擦拭着曾经的旧时光,我赤着脚走过田野,那片长满紫云英的田野,泥土是那么松软。

随处,桃李春风。
绿色和花儿纠缠不休,没有尽头地延绵。

循着花香,溯溪而行,你可以走很久很久。

我手中拿着《船讯》,一直往前走。

近处,那一畦畦的菜花,是农人遗忘的诗作,好似他们劳作歇息时,旱烟斗上升起的欢腾的烟气。
轻盈地立在田野中,虚度着美好的春光。
等着厚重的泥土,张开怀抱,将它们紧紧地抱住。

玉兰花落了一地。
像是薄薄的一层花雪。像是一首首情诗。

蜡梅坚持了太久,也从树上离去,空气中还留着淡淡的香气。

世界就这样来来去去。
有些花开了,有些花谢了。
仰头,看玉兰花,伤感。
春风一吹,玉兰花开,一树一树。我总是担心,一日繁花落尽,无尽凄凉。

——"唯恐夜深花睡去,故烧高烛照红妆。"
苏东坡说,我也有这样的情绪啊!
——"惆怅阶前红牡丹,晚来唯有两枝残。"
白乐天说,我也伤感啊!
他们对我说:"老桑,你还有相机呢!"

看到很多无名的花。无名的花儿分外柔软。
她的温柔可以驯服任何不安的情绪。
看似随遇而安，世界万物有种看不见的联系。
在地里，在空中，在我们看不见的角角落落里。

看到一朵即将要开的花，仿佛我是第一个看到它即将开放的人。我想告诉全世界。

"嘘，别嚷！"

往前走，前面的花还很多呢！

我摘了几片叶子，夹到书里。

## 四

我们都是与众不同的，只是可能会假装成别人的样子。我们的内心都是很怪的。长大了便学会掩饰我们的不同。

——安妮·普鲁

山间有很多的鸟儿。

鸟儿决意扮演好自己的角色,给静寂的山村增加点亮色。
用声音,用它们漂亮的羽毛,用它们在空中划过的身姿。
它们在树丛之中鸣叫,它们歇息在整齐的电线上,它们在草丛之中嬉戏。

鸟鸣虚度幽。

在虚度,每天都被鸟鸣声唤醒。我坐在虚度露台的椅子上,春风吹来了鸟雀的语言,我胸中有溪涧奔流的声音,触眼可及的油菜花金黄如丰收的麦田。

鸟儿,你叫吧!尽情叫吧!

我们应该感谢世间不是所有的东西都能够驯服。
这才是自然界和谐的奥秘。

《船讯》中,格陵兰岛的渔民坚守着寒冷的极地,他们从未被大自然所驯服;冰山与大海,也从未屈服于人类的船只与渔网。
人类在耗尽心力之后,终会放下贪婪,与自然握手言和。

走出虚度。
有无数的精灵隐藏在花与树之间。
轻啄,低吟,它们才是真正知晓宇宙秘密的生灵。

人类用浅薄的语言、简单的音律，自以为通晓了艺术的魅力，真应该感到惭愧。

## 五

为什么我们悲伤的时候会哭泣？姑妈想道，狗，鹿，小鸟都两眼干干地默默忍受痛苦。动物沉默的受苦方式，也许是一种生存技巧。

——安妮·普鲁

"真正的平静，不是避开车马喧嚣，而是在心中修篱种菊。"
真正的隐居也并不是逃离人间。

虚度，尘世在一墙之外。

各种时令蔬菜长得真好，绿油油得让人有想吃的欲望。我是农民的儿子，深知万物都需要向土地致意。

我看着背着锄头出去劳作的老人家，采摘新鲜青菜回来的妇人们。

始终是大地，翻阅着人世的迭代，一年年一季季。

打开田野，是犁铧耕耘的一行行诗。

春风轻松，新土湿润。

万物有灵,所有的爱在这片田野上从来没有被辜负过。

种瓜得瓜,种豆得豆。

偶尔,还有不知名的野花野草,钻出黑暗的土层,仰起明亮的笑脸。

乡村,空空荡荡。曾经我们寸土寸争的地方,现在都重新让回给森林,让回给荒草丛生。

村子,老人,坚守着这片土地。

在人群远去的角落里,散落着迷失的梦境,无人相守。晃荡和消失的,很多是我们童年时珍爱的一个玩具,是我们赖以快乐的梦想与未来。

春耕秋收,他们固执地坚持着原来的很多习惯。吃饭的老人习惯性地夹了点菜,端着饭,立在有阳光的门口,和时光对望。田野里的青蛙都能分辨出他们的脚步声,闻到他们菜里盐的分量。

墙根下"孵太阳"的老人们站成一排。我默默地,从几只鸭子列队欢迎中走过。

这里的花,这里的草,这里的岁月,催人心柔软,眼睛都蓄满了春潮的眼泪。

## 六

  奎尔由着自己被拽着穿过人群,到楼上小兔的房间去,这时他捕捉到了韦苇的目光,捕捉到了韦苇的微笑,哦,那微笑是只给他一个人的。走在楼梯上的时候,他心里起了一个念头。爱情是不是像一袋各式各样的糖果,轮流分给大家,每个人都可以选择不止一次?有的糖会刺激舌头,有的糖会在夜里散发香味。有的糖中间像胆汁一样苦,有的糖里混杂着蜂蜜和毒汁,有的糖一到嘴里就融化了。在那些硬球糖和薄荷糖中间,总有几粒是稀罕之物;有一两粒中间有致命的尖针,还有一两粒能带来温馨而恬静的快乐。他是否正在捏起那一粒呢?

——安妮·普鲁

  清晨的喜悦可以传递到深夜。

  夜的黑色中有灰色炊烟的味道。

  夜空亘古不变,不过山间夜空的星星格外大颗。今晚的夜色是多么美好,"明月装饰了你的窗子,你装饰了别人的梦"。神灵在天上俯视着一切,尘世就在眼前一团微小的亮光中。

  往事无能为力地在灯的灰烬里燃烧。星星洒下的露珠,有重生的力量。

  希望在前方。

我想起，白天路过的小溪，鸭子们跨过一道道人工渠坝，它们重新连接起溪流，玩耍、捕食，遇到人类惊慌不已。

在某种意义上，它们代替了鱼类进行不可能的洄游。

溪坝围起厚重的春水，荡起的厚重的涟漪，一圈圈一层层，和附近的茶山类似。夜色中，月光如水，抚爱着大地，抚爱着人们。所有美的，都是柔和的，温暖的。

我在虚度，卸下沉重的背壳与面具。

对着镜子看了看两鬓发白的自己：多久没有真正笑过了？

今夜，我和月亮一起打着灯笼，能不能在山坡上大声地对爱的人说，谢谢你的爱！能不能对有恩于我们的人说，谢谢你！

今夜，忘记所有的悲伤与仇恨，只记住爱。

我闭上眼睛听，听见虚度屋后的竹林之中，新春的竹笋一节一节拔高的声音。

生命无时无刻不在向上成长。

## 七

像往常一样，姑妈又走出了困境，跑在了前面。

——安妮·普鲁

在虚度数日虚度。

离开虚度的时候,《船汛》之书,看到了结尾。

"既然杰克能从泡菜坛子里脱身,既然断了脖子的小鸟能够飞走,还有什么是不可能的呢?也许,水比光更古老,钻石在滚热的羊血里碎裂,山顶喷出冷火,大海中央出现了森林,也许,抓到的螃蟹背上有一只手的阴影,也许,一根打了结的绳子可以把风囚禁。也许,有的时候,爱情也可以不再有痛苦和悲伤。"

新的一年我也将回到工作岗位,我回去工作的"船讯"也如期来临。

往前走,不再有痛苦和悲伤。

数日虚度,数日光阴。时间在这里停止过,又如流水一样飞快地溜走。

我知道,变化已经悄然发生。

## 在桐棠，吟一曲你喜欢的词牌

一院子，宿酒茶
一段云，看花回

### 一

——卿何如我？
——我与我周旋久，宁作我。

这是《世说新语》中，桓温与殷浩的对话。

"宁作我"，三个字写尽魏晋风流。由魏晋往下，总会想到一首首宋词，是风，是雅，是颂，是孤山飘浮牵动的梅香，是龙井山上回味无穷的茶甘，时而暗淡，时而明亮……

曾是风流婉转，曾是气势豪迈。一去不复返的断章，西子湖畔的花草还记得画舫上的歌唱。

南高峰，北高峰。一片霞光映照中。

看花回、梦还京、青门引、秋夜月、锦棠春、凤栖梧、十二时……在杭州桐棠民宿翻看着一个个以词牌名为房间名的牌子，配上有意境的字画，朱红的背景，温暖的竹木材质，恍惚中让人飘荡进一首首宋词深处。

这里有一院子，十二房；有八露台，可以眺远方；有一桌席，可以品酒茶。

一段清新雅致的宋词，是桐棠生动的诠释，也是桐棠生活方式的表述。

"走进西湖深处，方知世界如此幽静，来到幽静的山谷溪边，眺望一片青绿的茶园，走进一方静谧的竹围墙，这里就是桐棠，可以看花回，可以品酒茶，可以眺远方。"

西子湖畔，走进桐棠，圆了很多人关于远方的梦。

## 二

阳光在冬日中，温柔地拓展着自己的疆域，墙上那只和靖先生的白鹤就从朱红的墙板上走了出来，停留在我们的眼眸里。

桐棠。我们都喜欢的院子。

小院子，竹制的围栏，挡住了外面的世界，却不是真的完全推开生活的烟火。大隐隐于市，真正的隐者，都不会隐居山林，而是在这样普通的尘世间，从容领悟，从容到来，让感动迎进心坎。

只闻其声，不见其人。竹帘外，各种口音的行人走过。

丝竹，侧畔，五湖四海的声音走过。

默默，摇椅轻轻荡过的影子，院子中有风吹过美丽的伤感。

阶前的两尊石狮，屋内的木桌、木椅、木窗等，讲述着它们不为人知走过的岁月。

阳光透出云层，倾泻着一种温暖，在屋前的桂花树，以及屋后的乌桕树上。
一点点光，新竹在悄悄成长。

同行的朋友，有的去附近的云栖竹径，有的去宋城，有的去

看钱塘江。

我在院内喝茶。

有一杯茶,一本书。坐在院子之中,无须多说什么。
只消静静坐着就好。

## 三

什么可以留住?一切如天上的浮云。

桐棠,留住一段云。

我闭上眼睛,听见有花蝶飞过我心间,有闪亮的星星在轻轻敲打我的心脏,一片片新鲜的叶子在我心中悄然生长。
天上掉落一首首美丽的宋词。

有美被囚在这桐棠的院子。

世间的美好,都如天上的浮云。

一片方寸之地,却给你无尽辽阔的远方与自由。

山上杂木丛生,密密严严,漏不下一点岁月的时光。飞鸟从天上飞过，树叶纹丝不动。梵音传来，阿弥陀佛。这里的花草有不一样的灵性。

龙井的茶叶在茶杯中翻滚。要找一点点的故事，在茶间。要问一点点的心事，在茶间。

茶山上都是古老的故事。

## 四

乡村静谧，炊烟四起。我爱这宋词里桐棠的意境。

桐棠的时间没有立场，安静的夜晚让人舍不得睡去。
她在这里，等着我们从尖锐受伤的世界暂时离开，轻轻地躺在这片花田，疗伤。我们打捞自己人生的遗憾，该宽恕的宽恕，该舍弃的舍弃，该感恩的感恩。

生命就该行在开阔之处，优游在青山绿水之间。

看一段云，看花回，宁做我。

在黑夜殆尽时，我们都重拾笑容面对着新的一天、新的人生，坚定人生的希望。
全身重新充满了力量。

## 五

漏静，黄昏短。

"把这世间，比喻着何？简直就像那，朝离港划去的船，无迹可寻。"天空迁徙的飞鸟，窥见远方的天空，带走严寒，带来了阳春。

岁末，家家屋檐下挂着一排排腊肉，一列列腌制的鱼。

快乐的乡人大声地说：快过年啦！
"快过年啦！我们在桐棠过年！"白日出去玩耍的朋友，在傍晚时分，倦鸟归巢，声音填满了桐棠的天空。

我们将金灿灿的阳光都装进夜晚炉火的沸水之中，泡一壶陈年的老茶，在桐棠的夜间品尝尘世间的美，我们想朗诵一首首美丽的宋词，词语在深夜闪耀出火焰的声音，慢悠悠地飘荡在人间。

温暖聚在桐棠。我们爱这生命中的山水，生命中的烟火。我们向已经过去的不堪的一年作揖，不惜别。

窗外，有东风，能听到春的消息，春的脚步。

## 三十六院,十里花溪

仿佛,就在一幅江南山水画中
不期而遇的十里云雾　十里杏花　十里溪谷　十里旅宿
旧日时光,久违的宁静
让我走进我的世外桃源

或许,人生就是一场邂逅
邂逅风景、亲人、朋友
邂逅　这三十六院溪·诗莉莉

真想,在这里发张照片,发段文字
和我欢喜的心情,给你
那份期待,期待你和我一起
享受,此刻,此地
此情,此景

## 一

"古来云海茫茫,道山绛阙知何处。人间自有,赤城居士,龙蟠凤举。清净无为,坐忘遗照,八篇奇语。向玉霄东望,蓬莱晻霭,有云驾、骖凤驭。"

驱车从赤松往北山盘旋而上,感觉是一头扎进了云雾深处。山朦胧,树朦胧,还有无边无际的欢喜,与山上飘逸的云雾一样,无比真切与亲近。陶潜笔下的桃花源,与这里一样,美就美在若有若无,虚虚实实。

不一会儿,就到了曲曲折折的十里山径,路上随意散落着隔年的野果,一边是随我前行的峡谷云雾,另一边是相迎的各种野花。

转过一个悬崖峭壁,三十六院溪·诗莉莉——柳暗花明处乍现。

## 二

"行尽九州四海,笑粉粉、落花飞絮。临江一见,谪仙风采,无言心许。八表神游,浩然相对,酒酣箕踞。待垂天赋就,骑鲸路稳,约相将去。"

春风不会遗漏,总会吹拂到你的心上。

不管时光如何兜兜转转,我们总会相见。

十里杏花,沿着十里溪谷,错错落落,无与伦比地惊艳。现在,可以将时间抛在山谷外面了。在人生的某个时刻,或许我们唯一能做的,就是找一个喜欢的地方,与山水为伴,就着一杯清茶或是一杯浊酒。

随着薄雾,我们伸进十里花溪——三十六院溪·诗莉莉。

笑粉粉,无言心许,想必当年苏轼的心情大概如此。

山间无人问,客从何处来。

## 三

山水有天赋,天地钟灵毓秀于此。园林有天赋,一树一物点滴见神奇。

难得的是相得益彰,和谐统一不露痕迹。

走进三十六院溪·诗莉莉,接近老石桥的时候,所有老房子、老树、老桥,体内似乎都有明亮的东西,从一片孤寂与荒芜之中走出。兴高采烈的小草们,都在和小溪诉说着改天换日的欣喜。

原来在这里,我们看到的房子、围墙、桥,还有烟囱,旧时都是泥土或是石头做的,而此刻却注入了"心"的魔力。

杏花、桃花盛开,时光的列车缓缓前行。

宾至如归。

十里溪谷每天热情邀请大家汲泉煮茶、煮酒,且不说归去。

喝了茶,或是酒,我们都现了原形。

心在平静地感知着世界。

## 四

一个个的惊喜隐藏在三十六院溪·诗莉莉，这是设计者和我们玩的游戏。

秘密在诱惑，直达心底。在三十六院溪·诗莉莉，设计师在随意与刻意之间，因时因势因物，在这幅锦绣画卷上设了一个个的谜面。

那些我们喜欢的符号与物件，互为因果，相互和谐，隐藏在四十余幢房子表面及深处，地上的一块残碑，墙上的一个骏马浮雕，书院前静立的两个雕像，各个房间中独具风格的物件……

它们来自五湖四海，最终紧紧地在老石桥站住了脚，和这里的老树、老桥、老房子一起，成为这里的新居民，慢慢融合成新一体。

老石桥，因为三十六院溪，成了历史文化的博物馆。三十六院，三十六洞天，三十六个美如谜的山居野趣。

谜底，是一个又一个的欢喜。

见惯了无边泳池，三十六院溪·诗莉莉也有。只不过，悬崖咖啡厅、崖壁健身中心、山顶的会议中心、北野书院、半山酒场、云上剧场、大隐美术馆……这些都与各具特色的三十六院一起，错落有致地在这片森林氧吧中，组成了一个独特的三十六院，十里花溪的世界。

在动与静之间，自然的芬芳与茶、咖啡的香味之中，古老村庄的肌理被新的热度点燃。

我们目不暇接。

"汲泉煮酒，无事听云的十里杏花坞。"

我们期待的生活，在这里上演。山林笼罩着桃源的气息，市井的风尘遥远。

我们想选择的生活，在这里已经存在。

石刻镌刻着远久。

一笔一画之中，敲凿着叮当，叙说着谜一样的故事。

时间在石刻之中，几乎一动不动。

我一直感觉她们活着，眼睛盯着匆匆来去的我们。微风吹过她们，细雨吻过她们，她们是神灵的同类。

清泉一直在石上流，只为了看一眼，三十六院溪·诗莉莉清新的风，然后远走他乡。

未来的雨，还会回来，重新访问这里。

把所有的一切，都记住。

三十六院溪·诗莉莉，有个博物馆，藏了很多丰盈的故事，而它的整体、全部，何尝不是人类文明的艺术博物馆呢！

它们负责坚守着现在和过去。

美创造了世界。三十六院溪还原了美。

## 五

怕你等得太久，怕你无处寻觅。

从老石桥走到三十六院溪·诗莉莉，用了六年多工匠精神。有一面墙就过滤了五六次不满的情绪，一次一次的洗礼，终于找到适合的资格，以合适的姿势站立在这里；有两棵松树，调整了无数次松针的样子；有张木质的桌子，形状与结构，熬去设计者万千的脑细胞……

先满意自己，再满足你，就是三十六院溪·诗莉莉最好的时光。

你来了。一句喜欢，一句欢喜，就可以让三十六院溪·诗莉莉骄傲无比。

几百年的老树，是这里最好的见证者。

高大的肥皂树、老樟树、枫树、板栗树等，它们站立在溪边、山谷里、山上，与房子、溪流、古桥一起交错、汇集，再交错，再汇集。

在有限的时间、无限的空间里，它们最接近星辰，最接近岁月的真相。

如果给它们一支笔，它们肯定能写下雄伟的史诗。

这些史诗的以前关于老石桥，现在关于三十六院溪·诗莉莉。

十里溪谷，溪水静静缓缓地流淌，如岁月一般，与世无争，从不停歇。

它们从不孤独，有无搭无一搭地与树、与房子、与菖蒲对话。

可能，偶尔也会和我们说："你好！"

它们说，来这里了，可真好。可以慢慢地吃饭，慢慢地喝咖啡，慢慢地品红酒。在这里，更多的时候，让眼睛和耳朵，让心都慢下来，静下来。

原生态。古朴。野趣。

自由。自在。自我。

我们都不再是疲于奔命的人。

## 六

北山自古灵地，山中层峦叠嶂，清泉叮咚，幽洞深藏，有黄大仙、邢公等各路神仙，有隐士北山四先生，有李白、王安石、苏轼、陆游、徐霞客等历史先贤作的关于北山的诗文。

很久以前，老石桥的人们在这片山谷，"甘其食，美其服，安其居，乐其俗"。去邻村要翻山越岭，鸡犬之声遥不可闻，十里花溪自成一个"小国寡民"的世界。村民依水而居，溪上建石拱桥，人丁越来越兴旺。山坡上建有邢公的"红殿"和王母娘娘的庙，香火不断，共同庇护此地的平安。

传说中的邢公力大无穷，原名邢植，出生在北宋仁宗时金华赤松乡，他在庆历年间（1041—1048）曾应武举，但不幸名落孙山，曾留下"大丈夫在世，不能建功立业，报效国家，死后亦当呵护万民，庙食百世"之言，相传他死后曾多次显灵"为民驱蝗逐疫"。邢公在民间寓意执掌五谷，兼驱瘟疫，因此，金华北山的人们都喜欢立庙，四时祭享。

王母娘娘在民间是天上的神仙，邢公则是地上的神仙，一天一地，完美搭配，现在仍然隐藏在三十六院溪·诗莉莉的半山腰，庇护着这片土地。

八百年后，在政府的支持下，石桥的村民脱贫下山，像鲤鱼跳出了龙门，过上了幸福的生活。

岁月流逝，石桥变成了老石桥。石桥在村民下山之后，变成了荒废的老石桥，直到遇到了慧眼识珠的张锦林，他一眼就看中了这里，喜欢上了这里。对园林设计有超高天赋的他，在那时就已经构想了他理想中的三十六院溪，他心中的世外桃源了吧！

六年，在他精心的打磨下，老石桥变成了三十六院溪·诗莉莉。

现在，石桥焕发了新的生机。

山，林木葱茏，稳坐了千年万年。

看人间，却是换了一遍又一遍。

我们在山中穿行，在山顶眺望，在十里花溪里生活。三十六院溪·诗莉莉，来这里，你不是客人，而是回家的村民。

十里花溪，十里春风，倦鸟归林。尘世间的万物与杂事，在此时，都不值得我们用心去想。

只有欢喜，想分享给那个你爱的人。

老石桥，静静地，低垂着谦逊的眉，长虹卧波。

沧海桑田，无数的脚步走过，四季的风儿吹过。沉默就是它最好的语言。

溪水欢笑着，一波又一波地奔向外面精彩的世界。

老石桥，带着老树、老房子和十里花溪的精灵等我们。

我们在桥上，于无声处听惊雷，于惊雷之处见平静。

## 七

在三十六院溪·诗莉莉，你看山、看水、看花的时候，眼神是洁净的。

山水看你亦如是。

你坐在露台上，静寂抱来一谷的清风，吹来一阵哗哗的流水，山风山月山花山树都是喜人的。

我们在这里独坐，独自欢喜，独自惆怅。

让我想起万物，想起你时，世界都是美的。

## 八

来这里，三十六院溪·诗莉莉。

带着我写给你的信，寻找属于你的欢喜。

还有幸福！

# 半堤雨

一朵落单的云

桑洛／著

北方文艺出版社

图书在版编目(CIP)数据

半堤雨 / 桑洛著. -- 哈尔滨：北方文艺出版社，2022.6
　　ISBN 978-7-5317-5491-6

　　Ⅰ.①半… Ⅱ.①桑… Ⅲ.①散文集-中国-当代 Ⅳ.①I267

中国版本图书馆 CIP 数据核字(2022)第 043535 号

半堤雨
BAN DI YU

作　者 / 桑　洛

责任编辑 / 李正刚　赵　芳　　装帧设计 / 书香力扬

出版发行 / 北方文艺出版社　　网　址 / www.bfwy.com
邮　编 / 150008　　　　　　　经　销 / 新华书店
地　址 / 哈尔滨市南岗区宣庆小区 1 号楼
发行电话 / (0451) 86825533

印　刷 / 成都兴怡包装装潢有限公司　　开　本 / 880mm×1230mm　1/32
字　数 / 882 千　　　　　　　　　　　印　张 / 46.5
版　次 / 2022 年 6 月第 1 版　　　　　 印　次 / 2022 年 6 月第 1 次印刷

书　号 / ISBN 978-7-5317-5491-6　　　定　价 / 260.00 元（全五册）

# 目录

CONTENTS

如果春天去看一个人　　　　　　　　／ 001
种花，为看花　　　　　　　　　　／ 005
爱自己，是世间最好的样子　　　　　／ 008
春夜的雨，获得足够的尊重与赞美　　／ 011
就好像什么东西落在了合适的地方　　／ 016
你的孤独，让我萌生欢喜　　　　　　／ 020
满眼生花　　　　　　　　　　　　　／ 023
驶出春天的列车　　　　　　　　　　／ 027
生动温柔的感动　　　　　　　　　　／ 030
白云遍地无人扫　　　　　　　　　　／ 036
一朵两朵三四朵……　　　　　　　　／ 042
那些不舍的骄傲与幸福　　　　　　　／ 044

| | |
|---|---|
| 感动生命的过程 | / 048 |
| 一处无人的角落，盛放我的孤独与悲伤 | / 053 |
| 那个道完晚安的人，睡着了吗？ | / 057 |
| 在 吗？ | / 061 |
| 我的眼睛在凝视万物的时候，停留更久 | / 065 |
| 湮没，或是默默前行 | / 068 |
| 万物低沉，打磨生命 | / 072 |
| 放得下筷子 | / 075 |
| 多少纠结，多少半途而废 | / 078 |
| 我们都自顾自地说话 | / 080 |
| 留点时间从容 | / 082 |
| 在乏善可陈的一天，记录对生活的爱 | / 084 |
| 生活，要有自己想要的仪式 | / 087 |
| 夜空中的一盏灯 | / 091 |
| 我们都已不在原地 | / 095 |
| 除了文字，我不再倾诉 | / 101 |
| 秋天，我是一个问路的人 | / 105 |
| 秋叶之静美 | / 110 |
| 生活还不是一边浓郁，一边清淡 | / 116 |
| 深秋的时候我想远行，寻找一首年轻的时候丢落的诗 | / 120 |

一场秋天的暴雨 / 124

风吹一片叶，万物已惊秋 / 128

凉风袭来秋天的梦 / 131

秋天的尽头，长着一棵毫不掩饰的树 / 134

如果哪一天，戛然停止 / 138

如果你不把 TA 带进卧室，带上床 / 140

你，有时很近，有时很远 / 145

碎片化的时代，我们做个时光的裁缝 / 148

深夜咖啡馆的灯光 / 152

所有苦苦的等待，都会有一个好的结局 / 155

冬雨，在来的路上 / 159

该来的，在路上 / 163

留白，背对节日 / 166

卖画不论交情 / 168

1+0 = 0 / 172

送　别 / 174

我在看早晨的月亮 / 177

履轻者行远 / 179

鹳雀飞何处，城隅草自春 / 182

夜航慢悠渐已远 / 188

我在深夜的青旅，读光阴的故事 / 192

桃李春风一杯酒　　　　　　　　　　/ 197

澧浦，我偏爱老街的抒情　　　　　　/ 201

明招山，唯有隐者留其名　　　　　　/ 205

白沙溪畔，琅琊美丽的时光　　　　　/ 210

更多的人正朝它走来　　　　　　　　/ 213

许我春光里小醉　　　　　　　　　　/ 219

万发缘生，皆系缘分　　　　　　　　/ 227

在下姜，我用文字写一封温暖的信　　/ 233

用画笔撑开偏岩的慢时光　　　　　　/ 238

风儿爱往南山吹　　　　　　　　　　/ 242

公园里，锣鼓喧天　　　　　　　　　/ 245

春蚕不老常怀丝，我自守道甘寂寞——记著
　　名工笔画大师潘絜兹先生　　　　/ 250

大师的细节——洪铁城先生二三事　　/ 260

那些举手之劳的善意　　　　　　　　/ 268

生活在别处　　　　　　　　　　　　/ 272

遇见阅读，遇见真正的自己　　　　　/ 276

静待一朵花开　　　　　　　　　　　/ 280

相思始觉海非深　　　　　　　　　　/ 286

小宝，遇见你真好　　　　　　　　　/ 291

这个温暖的小岛，带我们去很远很远的地方 / 295

| | |
|---|---|
| 最后的假期 | / 302 |
| 《绿皮书》的细节 | / 307 |
| 人生，败者亦英雄 | / 311 |
| 阳光照在赛道上 | / 314 |
| 刚好有风来，在左岸 | / 321 |
| 或许，这就是我想要的幸福 | / 325 |

携一卷书，行十里路，
选一块清静地，看天，看地，看书。
累了，
在草绵绵处寻梦去。

# 如果春天去看一个人

## 一

雪小禅说:"如果春天去看一个人,我想,我会去看她。"

这个念头一直在纠缠着她,让雪小禅在整个春天里看起来十分惆怅怀旧,但是,雪小禅最终还是没有去见那个她。那个她,是新艳秋,京剧旦角,程派传人,她是梅兰芳的弟子,却一直喜欢程派,一意孤行地喜欢。她孤独地行走在自己的江湖,一生足够寂寞。

雪小禅最终没有去看她。别人看到的新艳秋,只是片面的,千万分之一的新艳秋。而她,懂她。她怕看到自己的前世和今生。

一寸寸的相思,一声声的叹息,浅吟低唱出一片寂寞的春天。

这是文人艺术世界里的相知。

无力纠结,充满遗憾。

我曾经在春风中的婺城见过雪小禅，听她讲过很长一段话，听她唱过一段《牡丹亭》，听她说"如果春天去看一个人"。

## 二

春风吹进破碎的心，淋进了春雨。

你会关心一个城市的天气。

一个城市生长着一个牵挂。心诚实地以潜在的方式，在废墟的深处深藏着一粒火种，在角落里默默地闪着光亮。春风温婉地吹动猎猎旗帜，不设防的围城里，盘旋着多少记忆的碎片。

遇到过很多人，很多人都忘了。

岁月将我们人生中遇到的人，一个个从记忆中剔除。

我们都是微不足道的人。真要兴师动众地去看一个人，需要接受灵魂的拷问、生命的指引。

## 三

曾经说走就走过，在春天，去看一个朋友。

年轻的时候，有段时间曾在北京工作。有一次一时兴起，想去看一个乔家大院的同学，马上就乘坐飞机前往山西。深夜，在太原的一个角落，我和乔家公子尽兴而欢。也曾一时兴起去沈阳，转道去四平看几个朋友，只为在时光深处不留有一点遗憾。

这些年，向着隐约的梦想前行。他们逐渐成为生命深处的记忆了。我记得相见时的表情、说过的话、走过的路，但我们已经很久很久没有见了，很久很久没有联系了。

记忆沉入黑暗，回忆触及悲伤。

生命中，有很多朋友，我们边走边遗忘，将相逢留在以前的时光。

春天的片片落花，在清澈的溪流中做美好的梦。我们脆弱的记忆，每天都在送别故人。

我们曾和很多人说见面吧，春天过去了，夏天过去了，秋天过去了，冬天过去了，我们还在原地，远望着彼此。

我们都厌倦了曾经庄重的诺言，那已经贴上了虚伪的标签的诺言。

## 四

写过一篇有关澧浦老街的文章，文中提到了一个九十多岁的老奶奶，她自食其力，每天做缝纫工作，眼力还很好，在老街上做衣服。

有朋友看到我的文章，想去这条老街看看。

我说如果去的话，请将我拍的老奶奶的照片，还有文章给老奶奶看看吧！

朋友看到我的信息的时候，已经离开了澧浦老街。

让我没有想到的，过了一段时间，朋友又回了趟老街。找到老奶奶店面的时候，门关着。朋友找了隔壁的邻居带路，最终找到了老奶奶家，给她看我拍的照片，给她读我写的一段文字……

那一刻，我恰巧在湖海塘西的小山坡上，被明亮的太阳晃了一下，无数小水珠扑向我的内心，扑向我的来世与今生——朋友此行唯一的目的，只是帮我圆个心愿。

年纪越大，心越柔软与脆弱。

我们有个叫"4785"的小圈子，十个人，散在天南海北。一年中，会组织一到两次的聚会。每次聚会，大家从北京、青岛、深圳、杭州、宁波、金华等地，借助飞机、动车、出租车等工具奔赴聚会点，只为聚在一起，聊聊天、喝个小酒、抽根雪茄、燃个篝火，享受难得的轻松一刻。

年纪越大，越想珍惜点什么。想多回老家走走，想在春天看一个人。

## 五

这一生，薄凉的世界没有等待与希望，该是多么荒凉，无法言说。

情谊就如同春天一场盛大的花事，隆重地给一年带来欣喜。随着岁月流逝，所有的美好从指缝之间溜走，当年的情景幻若梦境。

有时，遗忘就是一切。

去往未来的路途太过于未知，人生就是这样无力、脆弱而真实。爱一直不遗余力地在岁月中穿行，在春天，总有些情谊让人怀想与盼望。

雪小禅说："如果春天去看一个人，我想，我会去看她。"

我想，我也是。

想在春天去看你。

# 种花，为看花

年年花有信。

执着地等一朵花开，看一朵花落。一切，都似乎是在与自己，与命运，与人生悄悄交谈。大自然之中，有我们看得到、听得懂的语言，我们一知半解地，用自己的方式与逻辑，概括着世界。

岁岁年年花不同，岁岁年年人也不一样。

我们都乘着一艘时光的大船，漂浮在茫茫大海上。

阳台上传来窸窣的声音，那是我的蔷薇伸展着花瓣，在春风之中摇曳着它美妙的身姿。

它将整个半空都变暖和了。

我的花，开在六楼的露台。温柔的春风，将空中的花儿的美丽传得更远。

安宁而静谧的空中，仿佛一切不受尘世的干扰。

各个季节，淡香的兰花、紫红的三角梅、金黄的桂花自顾自开放，小草自顾自嚣张。我，也在属于自己的世界中，和花儿一样自顾自地生长。

只有几只珠颈斑鸠日日在此盘旋。每次我打开窗，都似乎打扰到了它们的美梦。它们惊恐地腾起翅膀，灰尘四起，飞到不远处。

我，惴惴不安。

它们最终还是会回来的。

在人生的路上走得久了，会失语。

喜欢种些花，为看花，为与花聊聊。在春日的一个午后，与一朵花儿交谈，与一棵老树对望，慵懒地躺着，有清茶，有檀香，有一卷喜欢的书——或许，这就是我们喜欢的某个人生片段。

这样的一个片段，就会让我感觉人生值得。

浮世如同倒影。

万物皆是我们心中的倒影，而花中藏着我们内心深处茂盛的世界。我迷恋世间所有美的事物，美的过程。

我种花，为看花。

若是花儿执着地不开，那也无妨，绿叶也能在我的心中荡漾成繁花的海洋。

花开的时候，将一些故事的章节，塞进一朵朵微笑的花朵，扬帆起航，寄去一个不可知的世界，予一个不可知的你。我有酒，有故事，在深夜的露台，我不邀请任何一个访客。敲门的声音太吵太响，会惊醒一个遗世的尘梦。

花儿弹着一首明快的钢琴曲，那么纯净，足以过滤不安、浮躁、虚荣，还原内心的宁静。

陋室有书有酒有花，于我，人生的慰藉已经足够。

人生很多时候，要走慢一点，种些花，看看花。

花开的时候，要走得更慢一点。

坐下，泡杯好茶。

飘着蔷薇花香的暮春，我在窗前和花儿互道早安。我在桂花树上，挂了两盏太阳能小灯，让深夜的自己回家就看到花的方向。

我在微茫的光亮中，和花儿互道晚安。

花开时候的美丽，将我柔软的心揉碎了。花落的时候，我的花儿开在空中，飘在空中，飞去遥远的地方。

静静的花儿睁着月牙般的眼睛，笑着说：薄凉的世界，总有一些写给我的文字、寄给我的情书，落在我的心上。

她还说：莫悲伤，总有会开的花，总有远航的船。

## 爱自己，是世间最好的样子

时光像一双不断翻页的手，无情地翻走昨天的一切，在我们呼吸之间，又忙不迭地将我们的现在匆匆翻过。

一切都将成为过去。过去已经成为已知，还有未知的一切，还有"无常"在前方安静地凝视着我们。我们无法看穿，我们和"无常"之间，横亘着一座未知的大山。

后来，总算明白，好好地爱自己，才是世间最好的样子。

终于明白要好好爱自己，是从那天给自己做一顿一个人的晚餐开始的吧！

买菜、洗菜、择菜、切菜、炒菜。终于，一菜一饭出现在桌上，细细地嚼着一粒粒米饭，泪终于滴到自己的心里。

不是嫌弃自己烧的饭菜，不是害怕孤单，只是好好爱自己原来可以这么简单，我往常却没有意识到，直到现在才领悟，才去行动，遗憾不已。

从那之后，我就习惯了自己买菜，做饭。爱自己，就是不怕麻烦地去做，重复地去做，日复一日。

渐渐，偶尔在外面吃顿饭，都不适应了。

好好地爱自己，是认真地去打扫房间的卫生，将该洗的衣服都洗了，留一个整洁干净的环境给自己。

好好地爱自己，是认真地刷牙、洗脸、洗澡，认真地去做生活中的一些小事。

好好地爱自己，是每天都早早地睡觉，睡前原谅自己，原谅一切，在第二天清晨起来的时候，信心满满地投入工作。

好好地爱自己……去偿还年轻时候不珍惜自己遗留的"债"，去偿还不懂事的时候留下的种种悔恨。

爱自己，说到底，是放下过去，从眼前一件件普通的事做起。

生活，是一件件普通的事组成的。

生活从普通的事情中，甚至从我们生命中一些微不足道的小事上反射出光芒，这些光芒可以照亮我们的一生。

尘世中，飘浮着飞舞的柳絮。但我似乎看不到。我固执地坚持着自己想做的事情，自己认为有意义的事情。

比如，写字，看书，写作，行走，等等。

人越走越沧桑，越走越孤独，越走越轻，轻得如尘世之中那

片轻盈的羽毛。迟早，我们都将被吹去不知名的远方。

一生如此短暂。这一生，不该忠实于自己，好好爱自己吗？不该活出一个属于自己的人生吗？

诚实地爱自己，不背叛自己。

爱这个世界之前，爱别人之前，先好好爱自己吧！

去选择属于自己的、爱自己的、真正适合自己的方式。

"余生无所好，唯嗜书与花。"我一生亦无所好，仅花、书、行走几物而已。现在对我来说，放下书，洗手做羹汤，亦是美妙的一件事。

爱自己，是世间最好的样子。

"半生落魄已成翁，独立书斋啸晚风。"到了这个年纪，才明白这个道理，似乎还是值得庆幸的事情。

现在，认真喝茶，看书去。

# 春夜的雨，获得足够的尊重与赞美

## 一

一个人的房间，总是很安静，无边无际的安静。久了，就让人感觉到坦然。仿佛这才是世界真正的面目，房间里不需要很多东西，一桌一椅几本书，足矣。

一成不变的是虚无的空气，日复一日，年复一年，它们静悄悄地看着我们老去。在它们的眼中，它们才是恒久不变的，我们才是薄薄轻轻的一层，风一吹，我们就掉进时间的河流里。

在一个人的世界里，礼仪也是存在的。在深夜的时候，洗手，洗脸，焚香，黄色的灯光打在桌前，感觉有了盛大节日的气氛。

窗外的声音，轻轻的，常飘到我思维的空隙中，砸中我敏感的神经。汽车的飞驰，邻居们的家常，对楼厨房里的叮当，小区店铺的卷帘门，隔壁房子插电线板的声音……常常，声声入耳，

巨雷轰鸣。

于是就戴上耳机，听轻缓的音乐。想隔出一个世界，给自己。

檀香的气息飘荡在小小的空间里，烟雾在空中缭绕。

总在这时候，听到檀香的灰烬砸下来，厚重地腾起声浪，让我的心一震。

## 二

总感叹时光飞逝，而自己碌碌无为，一事无成，半生蹉跎。

时间最终在我的感叹之中，一天一天又过去了。

可我，有那么多想看的书、想去的地方、想写的文字、想做的事情……

我们终是要学会取舍。这些年，朋友圈的人越来越少，加的群越来越少，参加的聚会越来越少。我就在一个特立独行的世界里，坚持着自己卑微、可笑、渺小的梦。没有值与不值，一个人独自走久了，走远了，只有坚持着走下去。图的是自在，图的是问心无愧。

住在老旧小区，没有电梯。背着沉重的双肩包，从车库往上爬，一百多级的台阶，到了顶楼，忍不住会大口喘气。这时就不禁扶腰感叹，两年前的自己，还是身轻如燕，健步如飞，爬这么几级台阶怎么会喘？可时光不饶人，短短的一两年，身体状况就改变了，我们改变了，世界也改变了。

每一天，都是人生的分界线，泾渭分明。

## 三

一个人的时候，学会了很多。

学会享受一个人的世界，在自己的世界里做自己喜欢的事情。

可每每这个时候，我就会提醒自己——既然已经放弃了很多，再不努力做点自己喜欢的事情，岂不是太对不起自己了?!

于是自律。

在一个没有网络的房间里生活，在如山的书堆里慢慢前行，写着似乎永远写不完的字，在很多假日中足不出户。

我已经消失在人群之中，但这无足轻重。我的房间里住着一本本书籍和很多无足轻重的物件，我也是那个无足轻重的人。我往一页页的纸张中，填进几千年的人与事，将谎言真相、悲欢离合演了又演，说了又说。在这个时光缓慢的世界里，我常常敲开一本又一本书的门，去访问凡尘几千年的世界。

在深夜的深处，我们不复相见。

我的声音也无足轻重，没有用途。

总有一天，我将变成灰烬，但现在我仍在日复一日储存足够燃烧自己的能量。

## 四

喜欢一个人，习惯了，就会成瘾。

比如，喜欢一个人出行，慢慢地走，去自己喜欢的地方。

说实在话，两个人、三个人或是几个人的出行，的确只是游玩，会让人忽略很多东西。一个人旅行的时候，可以发现更多，可以体会更多，可以想到更多。

但你要能忍受一个人的独行，一个人的深夜。

我也会有那样的时候，脆弱，悲伤，难过，流泪。我常常会轻易地原谅自己，告诉自己，你原本就是这个样子，只是一个长相普通的小人物，不需要引起别人的注意，偶尔的哭泣是身体被闷得太久了，需要透点气。

睡眠越来越难，我们却麻木地在世间沉沦。手机，电脑，平板……智能化的产品，贪婪地蚕食大量的时间，顺便将人的健康毫不留情地掠走。

独行的脚步，是为了让自己清醒。眼泪，是为了洗去身上的尘埃，见到灵魂。

## 五

朋友老张，每年生日的愿望、新年的愿望，都不过是——牙好，胃好，身体好。

普通的愿望藏着生物法则里的本真。

奔四的老张，十点多睡觉，一般睡到自然醒，自己烧菜做饭，煮茶看书，工作旅行。

奔五的我，也慢慢学会了自己烧菜做饭。一饭一菜，简简单单。胃是多么娇气，一段时间过后，居然就不适应各种外卖了。

于是习惯了买菜，自己做饭。

习惯了认真刷牙，认真喝一杯水，认真做每一件事情。

认真赞美春夜的细雨。

## 六

这个房子没有四季，安静亘古不变，四季在窗外随风飘动。

房子里住着一本本书籍，它们都害怕热闹这个凶猛异常的动物，我只是一个在时光中消瘦的旅人，在不出门旅行的时间里，我都在这个房子里走来走去……

在黑暗之中，我的灵魂与肉体化为尘埃，我不用出声，只是穿着影子的外衣，在星光与虚无之中自由飘荡。

在深夜，春雨获得足够的尊重与赞美。

# 就好像什么东西落在了合适的地方

## 一

生活不管给我们什么,都要赋予缠绵动人的意义。

——这就是我们欢喜、快乐的根源。

春天,走进季节的深处,就听到斑鸠的声音。已经有几年了,它们在我南边露台的桂花树上搭窝,产蛋孵蛋,繁殖后代。这一片露台,似乎成了它们的领地。每一次打开玻璃门,我都小心翼翼,生怕一不小心,它们就飞走了,再也不回。

我们最终和谐相处。它们长大了,飞走了,又回来,每张面孔都似曾相识。我们心照不宣,我们的表达只有对望。

窗外,除了斑鸠,还有世界。

万物轮回。春风年年绿,燕子年年归。

有人说,似是故人回。

每过一个新年,故人的身影都比西风更瘦。存在与虚无之间,故人遥远成远去的人。

春天,真是诗意的季节。

## 二

工作室后面是个小花园。喜欢花园这个称呼胜过公园。

花园就有花,四季的花。这一片高楼中的小天地,是一个城市喘气的空间。这里曾经是片粗犷或是温柔的田野,混凝土驯服了它的野性,从四处移植花木,将它变成精致的人工园林。

时间久了,花木也就成了花园的主人。

就像我们从陌生的地方过来,在这里久了,也成了城市的主人。

## 三

每条小路上,每棵树下,都发生过一些漫不经心的故事。

玩耍的孩子,背后都站着大人。散步的人,各有各的心情。四周的窗台上,少有眺望的眼睛。

树木见过太多款式的手机,但它们已经太久没有见过树下读书的人。

## 四

就好像什么东西落在合适的地方，要随遇而安，处处欣喜。

世间最美好的东西，都是免费的。如健康、好心情，无处不在的风景。温柔的春风无处不在，包围着我们，世界在阳光之中，蓝天是纯色的幕布，空气、阳光与万物，温柔地融成了一体。冬日天空的悲伤似乎被融化了。世界一片柔和，处处生机。

我们常常发现什么，又忘记什么。

我们却常常不珍惜。

我们一年一年，走过四季，当李子花开放的时候，我们已经忘记了蜡梅的芳香。站在一丛丛怒放的玉兰花下，我们已经忘记了曾经年少的梦。

我们的衣兜里装满了遗忘。

## 五

一个人出行的时候，我常带个相机，带本书。

走得远了，久了，仿佛它们已经和我结成一体。有人说，我和你有倾城的爱恋。阳光下，孤灯中，我常常与他凝视——我的影子。

"就好像什么东西落在了合适的地方。"如今，我已经与自己，与社会和解，相信"一切都是最好的安排"。和解之前，我想我还是要付出所有的努力,以免未来的日子感到愧疚可惜。

春天依然风和日丽,需要赶路的时候别犹豫迟疑。

## 六

梦也是。恰似什么东西落在了合适的地方,在睡梦中就长出了梦。

春天来了,不可抑制地会做梦。

做很多很多的梦。

所有春天的梦,都驶向你。

## 你的孤独，让我萌生欢喜

像模糊失真的情节，仿佛它们都不曾存在过。其实，它们和那些耀眼的花儿一样，是这个季节中美丽的花儿，在我们身边的世界里真实存在，默默开放。

我们却无视。

花儿笑了笑，一阵风、一阵雨过后，慢慢萎谢了，轻轻纵身跳进土壤里，消失不见。

仿佛一切都没有发生过，它们没有来过。

窗外春雨绵绵，一朵朵淡紫色的枫叶花就藏在绿色之中，自顾自地生长，自顾自地芬芳，自顾自地欢乐。

惯见秋霜枫红，我们却很少关心这朵朵淡然的花。

因为平凡，俏也不争春，只是躲在绿色深处。枫叶最耀眼的是秋天火红的叶子，不是这细细碎碎的花儿。

它把它交给自己的命运。

万物都有自己的位置,有自己生命的轨迹,有自己的命运。

有人耀眼,有人光荣,有人渺小,有人悲怆。我们大部分人也一样平凡,无形于茫茫人海间。
"以物观己,以己观物。明心见性,自在心安。"
观花,见物,见心,见性,莫不如此。
万物皆是镜相。

阳光和空气最为无私。在凝固的岑寂世界,树木大概也会笑,也会哭,也会有七情六欲。大概,花儿是它们的欢笑吧!
它们默默地看着万物,于万物之中看到了什么?
我们从树木中看到自己。

大概,所有的树儿都会开花,再卑微的树木都有自己的春天。大概,所有的树木都被人类的眼光分出优劣等级。
我们每个人的人生也是如此。

我常带着相机,去看一朵朵被忽略的花儿,一株株被忽略的植物。
你的孤独,让我萌生欢喜。

生命在相互凝视的过程中，比任何一个时刻都要安静，都要惺惺相惜，为两个同样被世界忽略的灵魂，在一刹那的对视，暗生怡悦。

在人群之中，我常常失语。我渴望等在树下，直到花儿拥有我的记忆。

# 满眼生花

## 一

在夜深人静的时候,你有没有闻到过一缕缕清香?

一缕缓慢的清香,从我脑际漫过,那是一股快乐的香味。醇厚,包容,温暖。会不自觉深呼吸。慢慢地,花香催生了我心灵快乐的潮汐,如一束光照进我的灵魂,我的身体。

无法形容的快乐让我失语。世界已经离我而去,周遭只剩下那股缭绕的香味,我的身体空空如也,多么轻松,多么明亮。梦里人生花外事,古人所谓的"羽化升仙",想必也不过如此。

这是暮春的婺城,满城尽带樟树香。

樟树的花香,馥郁,温暖。与那暖香相伴入眠,我想携着花香,去梦中,谈谈远方与诗。

想问,闻到花香的时候,你想到了谁?

## 二

闻到樟树花香,总会想到橘子花香。

橘子花:热烈,清晰,直击肺腑,让人愉悦,让人想大笑。

我会无声地笑,笑得心里一颤,惊了自己。

橘子花香呀,仿佛是新鲜枝叶上滚动的露珠,从尘世中脱颖而出。当人声稍一喧嚣,便受了惊吓,消失得无影无踪,无处找寻。

世间总有些独特的花香,让人感动得想落泪。每一次闻到这类花香,都似乎是在世间找到了珍宝。这是一天之中最为幸福的时刻,快乐在长长的叹息声中,在漆黑的夜色中,在馥郁的花香里莫名地生起波澜。

想到一句诗:

"它栖息在绞刑架的绳索上。

那年,我在囚室的铁窗口遇见了它。"

## 三

在美好的事物面前,世事诚可原谅。

毕竟我们没有失之交臂。在花香的世界中,我们款款深情,步步莲花。

或者,此时我们静下来可以谈谈花香,谈谈为什么张爱玲恨海棠无香。香味是花朵长长的叹息,是花朵和我们沟通的语言,是花朵合唱的赞美诗,海棠怎么会无香?

海棠微微战栗。爱玲懂它,懂到心里。爱玲说花,仿佛是说她自己。低到尘埃里的爱玲,是为《红楼梦》的"海棠诗社"叹息,还是为她自己叹息?

海棠无香。在虚无的世界中历练,不求摄人心魄,爱玲是那位孤立墙角的沉思者。

想问爱玲:"你恨海棠无香的时候,想到了谁?"

## 四

有些花香,让人意外。如同我,荒谬地装扮着自己,不合时宜地活着。在寂寞的花香中,我和它抱作一团,顽强地占据了世界一隅。

"美的暴力令人绝望。"

老张对我说这句话的时候,春意还浓。在杭城的吴让之作品展览上,老张在络绎不绝的人群里看吴让之先生的十条屏。已隔百余年,线条倔强地伸展着。线条也有表达它情感的极端方式,很多时候,它伪装死去。线条上流动着先生晚年落魄穷困,栖身寺庙借僧房鬻书,潦倒而终的情景。当它遇到一双清澈的眼睛的时候,立刻活了过来,线条生动地展现着,在春天发芽绽放,舒展得如花开飘逸,疏朗流畅,灵动典雅。

从杭城回婺城的路上,老张满眼生花,余香无限,回声阵

阵。睁眼闭眼都是花，挤出几滴老泪。

想当年一起去看徐强书展，老张说在字里行间读到了人生快意、读到了悲欢离合、读到了那一抹生动的感动。

爱美的人，能读懂美的人，才能读出满眼生花来。

## 五

我常拎着相机拍一朵朵无名的花，静静地欣赏一朵朵无人注意的小花。这些小花，轻贱如草，开到哪里，灿烂到哪里。

我叫她一声，她就应我一声。

纵然无奈灌满我们的衣袖，我们的一生注定会与一朵孤傲的花儿相逢，与我们喜欢的花香邂逅。

凡尘匆匆过。花香在这个世界里盘旋，风将它们带到我们身旁，我叫她一声，她就应我一声。

我想，花是我们对世界爱的回应，花香是我们对世界表白的回音。

因为爱，我们满眼生花。

## 驶出春天的列车

一直以为，我们还坐在开往春天的列车上。

一犹豫，春天的列车就要驶向夏天了。

有没有认真去看看春天的百花？有没有认真听过温暖春风的絮语？有没有认真看看柳枝绽放新芽？有没有去心仪的地方发会儿呆……

有没有在春天放个风筝？有没有温习一下小时候的踏春？有没有在落雨的时候喝杯清茶让心宁静……

有没有在春天去注意一棵破土的小草？世间一切的美妙都在自然之中，再渺小的小草也有春天，再卑微的小花也有花期。

我们也是一样。即使平凡如尘，也要有自己绽放的生命，精彩的人生。

春天，要长长地透口气，给自己新的一年，给人生每一个不

一样的春天，透口气。

春天，要登高，在空无一人的深山里长啸，大声地笑，无声地哭泣。

当下就是最美好的人生。大自然的美丽，可以涤净一切，冲刷走那些烦恼、悲伤、无助……

生命不必多么精彩、多么耀眼，只要在冬去春来，寒来暑往，在日复一日的循环往复之中，找到属于自己的位置，找到属于自己的欣喜，找到属于自己的精彩。

春天是美的，人生也是呀！

春天是多么美啊！

春天，要发会儿呆。在绵绵的春雨中，在无际的花海里。

春天，偶尔的徘徊也是美的。在落满花瓣的小径，独自徘徊。

春天，偶尔想念一段往事，一个人。花开的时候，一切皆是花事，都是美的事。

在春天，要播种希望，要原谅过往。

春雷阵阵，春雨绵绵，春风在看不见的世界里浩浩荡荡。万物都在自己的世界里，沿着自己的轨迹执着向前。

美好，需要自己去发现，自己去体会，自己去感受。

奔跑的世界里，有独特的风景。春天的风景，美在屏气凝神，用心去体会的万物之间，美在与花、与草、与风、与万物融为一体的自然之间。

  总在无所事事之中,人生的列车就驶出了春天。
  春天不会等我们。
  明年的春天,那是另一个春天了。

  人生列车慢慢驶入春天,又逐渐提速驶出春天。
  此刻的窗外,海棠、梨花、樱花、杜鹃……盛大开放。
  是要等到炎炎的夏日,才遗憾没有认真看过春天的花儿吗?
不,也许你看过,在朋友圈里。
  春天不会遗憾,自顾自地美,欢快地向前。

  我们的人生却是充满遗憾了。

## 生动温柔的感动

最是那一抹生动　无以形容
温柔地感动了我们　此时
我在山中来信

一

太阳现身,柔和的光线穿透厚重的云层,给春天的群山镶嵌了金黄色的光亮。如一束束箭一样的光,消融在黛瓦、粉墙、水波之中,一刹那间,万物有了笑意。

山里的炊烟,款款升起。

村庄开始苏醒。

鸡鸣,犬吠。

菜香的味道,端到家门口,端到马路边,端到小河边。

我们都曾经这样端着碗,吸溜着吃过早餐,走过童年,走过记忆。

  袅袅的炊烟，蜿蜒的小径，一望无际的农田，总让我想起，在这些古老大地上曾经发生过的历史，如轻烟升起，又散去。

## 二

  清晨，失眠的人已经昏昏睡去，清醒的人依然清醒。
  山里的时光，比外面似乎要慢一些。阳光呼哧呼哧喘着气，爬上高高的山岗，才探出头来张望，光芒万丈。
  我们在这一刹那遇到了彼此。
  我披着露珠，已经等候多时。
  河上简易的古桥，走过很多年迈的身影。节奏不同，步履不一。时光在打磨着旧年的包浆，仅存的历史一天天老去，又一天一天少去。
  阿婆端着面汤，笑着对我说：嘎早！

## 三

  坚持着，似乎在等待着什么，也似乎在期待着什么。
  生活处处有惊喜。我拿着相机行走。树上的一小片蜘蛛网，三百多年的老枫树，一只只小鸟，一朵朵不知名的野花……万物在自己的世界里，生长着传奇。
  我常常感觉到词穷。只想用"生动"两个字来形容所有的美

丽——你就是那一抹生动！怎么能那么美丽？生动得让我找不出词语形容，生动得让人感动，直想掉眼泪。

生动的美丽，温柔得让人感动。

一个人行走在路上，可以发现很多东西。枫叶也会开花，开的是那么细碎的小花，一朵朵如珍珠一样垂下来；枫叶刚刚冒出新芽的时候是绿的，叶片伸展出来的时候，居然就已经是红紫色；再经过一个季节轮回之后，它将变回绿色，又将变成红色，从什么颜色来，又回到什么颜色。很多小鸟在鸣叫的时候，有各种各样的肢体语言。在夜晚独行的时候，可以闻到樟木花沁人的香味……

还有很多很多。很多很多的生动，很多很多的感动。

想睁大眼睛多看看美景，想猛地多吸几口新鲜空气。

生活就是如此生动啊，生命也是，世界也是。

## 四

我在追寻着一束光，一束微茫的光亮。

有人认为很了解我。我不知道。世界一直在变化，我也在变，有些根本的东西却一直没变。

"洋葱、萝卜和西红柿不相信世界上有南瓜这种东西，它们认为那是一种空想。

南瓜不说话，默默地成长着。"

这是德国作家于尔克·舒比格的《当世界年纪还小的时候》中一篇最短的故事。

我一直记在心上，默默地成长着。

## 五

生活中总有些感动，就如推开"山中来信"民宿的大门。

门上写着：推开幸福的门。

我来了，走了，又来了。我喜欢在这里静静地坐坐，看书、喝茶、写写文字。看看穿岩十九峰的落日，看看这里的云雾，发呆、"葛优躺"、微醺……都可以。

世间的幸福有时就是如此简单。

只要内心安定，幸福就会推门而来，带给我们惊喜。

四月的山中，山岩上一抹抹鲜红的生动，映得脸庞幸福地泛红。

扑面而来，欢喜地、柔柔地渗进心里。

## 六

站在山中来信顶楼的露台，遇到一个杭州来的大哥，他已经在这里住了几晚。

聊天的时候说起，我已经来这里住过好几次了。

老哥问，是什么吸引你来了一次又一次呢？

我沉默了一会儿。想和他说说,我和段王爷的故事,我和"小茶农"的故事。

我和山中来信的主理人段王爷,君子之交淡如水。认识了六七年后,我们才见了第一次。之后,我们也是各忙各的。我来,你在,刚好。我来,你不在,也不妨。

偶尔聊会,无关痛痒。平时,各自忙,各自安好。

因为段王爷,来到新昌,一次又一次。段王爷的民宿开到哪儿,我的行程也延伸到哪儿。

来到新昌,认识了祖传做茶的"小茶农"。憨憨厚厚的小伙子,知道我今天来山中来信,接我去他的制茶厂,品今年的新茶,看制茶的工艺。他还热情地背着锄头,带我去竹山挖新笋,特意挑了黄芽的嫩笋,告诉我怎么烧"落山笋"。下山后,又带我参观了他马上装修好的新房子,和我描绘新房子即将作为民宿的蓝图——淳朴的民风,真挚的情感,温柔得让人感动。

真情是种无以名状的生动,温柔得让人感动。

我们与这片土地相知很久。每次来,都像是回家,走亲戚,这种感觉是不是很妙?

这片神奇的土地,每一天都在发生着变化。每一次来,都会发现路越来越好,环境越来越美,是不是特别自豪?

我和杭州的老哥,坐在山中来信的大堂,聊了很久。

夜幕渐渐落了下来。窗外的大山,灯光开始星星点点。

晚上的时候,我们——我、段王爷、新昌文旅局的朋友、中央电视台拍摄"唐诗之路"的团队，聊文学、吟诗。

深夜，梦想碰撞在一起，玻璃杯发出悦耳的声音。

大山上，安静的夜风吹来，星空银河是那样动人心魄。

## 七

山中来信，为什么喜欢来这里？

——期待是这世间最美好的事情。

期待将这份幸福的喜悦传递给你，期待黎明的山中来信出现熟悉的你。

生命就在生动的期待中，一次次温柔地感动。

现在，我在山中来信。

# 白云遍地无人扫

## 一

山间的一朵小茶花,她是幸运的。

每日在山野中穿梭的段王爷,他停下来,凝视新昌下岩贝一片片茶园中的小茶花。一朵朵白色的小花在一片枯色的早春中,悄然绽放,带来一片春意,一片欢喜。

世人只知茶叶香,几人识得小茶花。

此时寒梅花未落。段王爷一直认为,这是立春以来,这片土地上最早开放的春花。

这一朵朵小茶花,在这个春天,受到了由衷的赞美。

或者,幸福的不是小茶花,而是段王爷,是花给他带来了无比欢欣。小茶花是不是正月以来开放的第一朵花,不用去考证,每个人心中都有一种答案。段王爷的理想是在鲜花盛开的地方开满民宿,这个世界开满鲜花的地方太多,于是他忙得不亦乐乎,想开很多很多店；或许开满鲜花的地方也是太少，他从别处运来了很多鲜花，有雪柳、木槿、海棠、蔷薇等，种满了山中来信民宿。

有些人，堆砌一种花团锦簇的幸福等我们来看，等我们光临。

下岩贝岭上的白云，似乎也是如此。

## 二

不遇，是世间永恒的主题。相遇，才是恒河细沙之相逢。

人生的遇见，那真是需要缘分。

岭上多白云，要看到一片云海，也需要一点点的运气。那夜，在新昌拍摄"唐诗之路"的冠男老师和我们说起李白与杜甫一生的相见。

李杜诗篇天下闻。李白和杜甫，是唐代两位最耀眼的诗人。李白（701—762），杜甫（712—770），两人相差十一岁。

李白与杜甫第一次相遇，是在公元 744 年的一天。那一年，李白四十三岁，杜甫三十二岁。他俩一见面，喝了几杯酒就骑上马，决定郊游打猎，同行的还有著名诗人高适、贾至等。他们从今天河南省开封市东南部，旧时叫陈留，一路向东，经过现在的杞县、睢县、宁陵，再从商丘往北，直到今天的山东地界。

"醉眠秋共被，携手日同行"，李白和杜甫他们在一起，同眠同被，从秋天到冬天。第二年春天的时候，在山东第二次见面，高适也赶了过来参加聚会。随后不久，又一次告别，又一次重逢，那时已经是秋天了。

冬天的时候他们再一次分别。

只是，当时他们都不知道这会是一生的永诀。在分别之际，李白写了"何时石门路，重有金樽开"的诗句，但在诗人辉煌的一生中，金樽再也没有因为相遇而开启。"何时一樽酒，重与细论文"，杜甫的愿望也无法再次实现。

纵其一生，这两位伟大诗人的交往，据说不过二三次，在一起数月光阴。之后就发生了"安史之乱"，山河不复为旧山河，旧知零落天涯不复逢。

杜甫给李白写了十三首诗，李白给杜甫写了四首诗。诗句在空中传接，见证了两人灵魂的碰撞与精神的牵挂。

相比较，我们比古人幸运。

在新昌的山中来信，我们都相遇过，但一转身，我们也如岭上的白云一般，消失在茫茫人海。

也许，都将永不复见。

## 三

人生，见一面，多一面，也是少一面。

漫长的一生，如果我们事先知道相遇的答案，是不是对每一次相遇会更珍惜一些？

关于，我们什么时候相遇，能相守多少时光，一生能见几次面……如果，我们提前知道，那会怎么样？

白云生处有人家，有得道高人。自古寻隐者，往往去白云生处。云深不知处，又常常不遇。贾岛有"松下问童子"，北宋诗人魏野酷爱贾之诗，也喜寻仙问道，也有《寻隐者不遇》之诗。在信息交通不便的古代，如果不是同一时期在同一城市，相遇的概率实在太小太小了。

我们的确幸运。

遇到一个对的人，遇到喜欢的风景，我们也要积攒多少勇气和力量？还要有多少好运气？

比如岭上的云海。

## 四

一直相信，见一次面需要积攒不少好运气。

数次来新昌山中来信，只见过一次云海，那是去年秋天的时候。这次暮春前来，有雨绵绵，心里没有抱多大的希望，幸运却砸中了我。

云是山间万物的叹息，也是草木欢腾的景致。在虚无缥缈之中，云朵飘浮，聚散无常。云雾从山谷之中如精灵般涌现，磅礴大气地冲到你面前，将你团团围住，又调皮地转身悄然而去。

云悄悄就散了。我看见过云。

云悄悄又聚了，不想善罢甘休，它们又裹挟着一群小伙伴，在山谷之中自由自在地嬉戏。

云间，不时有叽叽喳喳的小鸟飞过。茶林之中，采茶人的身影渺小如草芥。

山间，白云生处。

岭上，白云深处。

不用纠结太多，"白云生处"与"白云深处"都带给我们无与伦比的美丽。宁波的志勇哥曾对我说，有一次冬日聚会中，他们在山间点了堆篝火，一群四五十岁的大老爷们围着火堆而坐，后来说话声慢慢地小了，消失了。大家都静静地看着熊熊火苗，呆呆地出神。夜深了，柴添了又添，大家都舍不得离去。或许，本质上，白云与火苗也是类似，虽一冷一热，但其中蕴藏宇宙神奇的变化，都能触动我们的本能和灵魂深处，让我们思考，也让我们联想到很多很多。

这一天，在山中来信，我看了三次云海。很多人都在熟睡，闹铃吵醒了清梦，按了一下，又沉沉睡去，他们在梦中见过云海。

一天见过几次云海，我是一个幸福的人。

## 五

看到云海的人，都是幸福的人。

杭州的一对夫妻俩，奔着云海而来，他们在山中来信住了三个晚上，没有等到云海，本决定要走了，想想既然来了，就多待一个晚上吧。结果在第四天的早上，终于等到了心仪的白云。

面对人生美景，有时我们需要多点耐心，再等待一下。

宁波大学的吴老师夫妇在教学的间隙，抽身奔赴山中来信，只为一睹云海。他们很幸运，第一天就见到了那令人"哇"一声的云海。

山间清露寒。我们边看云，边聊天，不知不觉间就过去了几小时。

相逢不必曾相识，出门俱是赏云人。

在山中来信，我们比李白和杜甫幸运。

## 六

我们曾说来日方长，最终明白人生苦短。

在云雾之间，对面山头传来一阵阵民间鼓乐，炮仗在空中炸出礼花，不知是红事还是白事。生与死，都需要隆重地大告天下，都是大事。山间云雾之中，音乐声不带悲喜，感觉是有人得道而去，山间的村民群往而贺。

"只可自怡悦，不堪持赠君。"白云遍地无人扫，山间美景待君来。人生的路上，遇到一处美景，遇到一个有趣的人，人间就值得。

在山中来信，今天我要做一个幸福的扫云人，将云海扫进我的文字中，留在我的记忆里，将新鲜快乐传递给你。

## 一朵两朵三四朵……

阳台上的花开了。

先是花苞,一个个如箭镞,随时准备射向空中。

也射中了我。

静等花开。等待的过程,也是快乐的。如年少的时候等待一场露天的电影,等待一本好看的书,等待一个身影的出现。

先是一朵,再是两朵,再是三四朵。

再是满墙都闹了。

想到《小王子》,一个孤单星球上,面对唯一的金发小王子,唯一的玫瑰花开的时候,她说:"我刚刚睡醒,真对不起,瞧我的头发还是乱蓬蓬的……"

我的花儿也是骄傲而美丽的。

每开放一朵,我心中就积攒了很多的快乐,直至拥有一团一团的快乐。

花儿嘭地推开我的窗,那扇朝南的窗,望得见花开,听得见鸟鸣。

天空那么干净,只有花。

心上也落了花。

花朵滑进心的缝隙,有温热的东西从身体深处往眼眶里涌。

花开,世界都变美了。

"如果你爱上了某个星球的一朵花。那么,只要在夜晚仰望星空,就会觉得漫天的繁星像一朵朵盛开的花。"

星星是天空盛开的花。

——有一天,我看了四十三回日落……

——要知道……人特别忧伤的时候,就爱看日落……

——看四十三回日落那天,你真的特别忧伤吗?

小王子没有回答。

有一天我也看过四十三回花。

满怀欢喜地看花。

花对我微笑,我也微笑。

我想,人间显得这么美,正是因为在什么地方始终为你盛开着一朵花。

正值暮春,适合煮茶,翻看莎翁的经典,或是看看《小王子》。

# 那些不舍的骄傲与幸福

要打破惯性,去习惯原本不曾经历的生活。

## 一

有些路,并不是一开始就习惯的,而是走着走着,突然就习惯了。

最近的一个多月,习惯了出行骑自行车、走路。偶尔一两次的雨天,或是赶时间,那就打个车吧!

默默地戴个棒球帽,背个双肩包,走在城市的角落里。有时戴耳机,听个音乐,听个讲座,更多的时候不戴,听这个世界里真实的声音。走路,能发现生活中很多原本不曾发现的细节,世界与生活真实的样子。

曾经,我们都走得太快了,风一样地从这个世界刮过,什么都没有留下。

现在，我感觉自己的速度刚刚好。体会雨打、风吹、日晒，一如，年少的时候，看日出而作日落而息的父母，他们的一生都在经历着这些，并未觉得苦。

我也并未觉得苦。

## 二

只是不习惯去扎堆，甚至在人群之中说话。

有时，说话也是件很累的事情。

莫如，安静地看书，安静地写点文字，安静地拿起毛笔写几个字。

和友人说，最近的夏天，喜欢看落日，看夕阳，一看就是半天。

在夜深人静的时候，不想写文字，那就看书；不想看书，那就写字。

我珍惜着自己未知来日的生命。想妥帖地爱它，珍惜它。在自己有生之年，能多做点自己喜欢做的事情。比如多写点文字；比如旅行，多去一些自己想去的远方。

很多人说，这些有什么意义呢？

我不去管。

我想去走更远的路。

## 三

那些不舍的骄傲，在经历半生之后，已经惨不忍睹，放下，扔到角落，扔进垃圾箱。

现在唯有沉默，唯有不动声色的微笑。

半夜的时候，我孤独的影子问我，你为何不舍你破败不堪的骄傲？

骄傲对孤独的影子说，唯有这点自尊能刺痛自己，响亮地告诉自己，还活着。

不舍？舍？都不过是辩证的笑话。

## 四

"独行独坐，独唱独酬还独卧。"

那些有不舍的骄傲与孤单的人，留下很多动人的诗句。

打动很多一样孤独的人。

## 五

我们的一生，都在告别。

最近要和很多事物、很多人告别。心有戚戚，却也释然。

放下,是我们最终要做的事情。

总有一天,我也将放下我不舍的骄傲与孤独,一个人离去。

随风而去。

## 感动生命的过程

我一直在思考,要怎么记住你。

属于你的季节,曾经满树满树的花儿开放。
曾经我踩过落红满径。
桃李春风,我曾以为你是桃子。
花褪残红青杏小,我曾以为你是青杏。
梅子黄时日日晴,那么,你或许是梅子吧!

其实,我根本没有去探询你的名字。
是梅,是杏,是桃,又有什么关系呢?

无他。
我只知道,每一次站在这里,我终于可以安静下来。
不用做太多的描述。

我常常站在树下，用目光来阅读你。
一棵树，一颗果子中，藏着世界。

花开，花落，结果。
——这就是一生了。

我的朋友老张，想到青梅就这么走完了一生，放声大哭。
我也想哭。
也许，我们可以不顾一切，一起痛哭一场的。
树欲静，我和你，我们欲言欲止。

风来了。
我们在风中。
或许，这只是人生路上偶然的一个曾经。
我是风，吹过你的林梢。

我是路人。
我目睹过你的美丽。
所有的寻常，在我的眼中，都是世之奇观。
你每天都在变化。
我们何尝不是在寻常的日子中，寻常地老去。

我们都在来来去去。

一只只麻雀落在树梢,它们在空气之中蹦蹦跳跳。

如蜜蜂一样,振翅空中,发出嗡嗡的声音,分不清是风声,还是我自己的感叹。

它们停歇在一片树叶之中。

我一走近,它们就忽地飘走了。

密叶隐歌鸟。

可惜香风下,我不是美人。

不美的人,喜欢雨。

喜欢看雨中你的样子。

这时候,青红相间的果子沐浴着春雨,水珠流淌过你的脸庞。

雨滴进心里。

人总有些时候会很脆弱。

这段时间,看到一些文字,抑制不住地流泪,然后大哭一场。深夜,没有人知道我哭过。

我在雨中,曾站在这里。

我站在树下,过了若干年,这世间也没有人知道我来过。

或许,树会记得。

其实,记不记得,又有什么关系呢。

我是庸人。

每天庸庸碌碌。最后一点点的个性,也已经在尘世中被驯服。

在红尘中飘摇,我是浮萍。

你落了根。

你却不屑和我谈谈莫里哀。

以及普希金,那个诗神。

雨中,阳光下。

你知白守黑。

你才是一个真正的哲人。

每天,与你,用一点点时间相望。

世间的相知,原本就在电光火石的一念间。

不须多言。

相顾无言,却让人感动得流泪。

等着。

等着遇见。等着经过。

时光走得漫长。

雨水大颗大颗地落下来,泪水大颗大颗地落了下来。

树枝轻颤。

即使是一滴雨珠的离开,也会震动它易感的心房。

这是一个多梦的季节。

我在这里，想置身其中，置身世界之外。

在这里，我不急于赶路。

不在意异样的目光。

把自己藏在绿叶中，和我藏在人群中一样。

圆圆的，胖胖的，鼓鼓的，不声不响。

日子在悄然过去。

闻过花香。

现在，你去闻吧，满园子的甜蜜的果香。

春色渐浓。

夏天松软的地上落着一地碎屑。

熟透的果子早已经被鸟儿摘走。

我在树下，追忆岁月的余香。

我只是一个匆匆过客。

行过一段路，走过一座桥。

在一个恍惚的世界，做过一个迷离的梦。

记过一个真实的梦。

你来过。我也来过。

## 一处无人的角落，盛放我的孤独与悲伤

这个城市，说熟悉，却已经是相当陌生了。

光阴深深地吸了一口气，将城市吹鼓成了一个硕大而轻飘飘的气球。道路像蛟龙一样伸展，高楼拔地而起，人群从四处聚集而至。一时繁华。

曾经熟悉的城市。如今陌生的城市。

把自己关在一个房间里，一种寂寞和孤独，贴面切肤钻心刺骨而来。

参加完学习，下雨了。习惯性没有带雨伞。一个金华人，在这个城市的金华路上行走，时空带来深层次的错落，交错织补着记忆剥落的鳞片，粘着一丝丝血痕。这时候，闪过很多的想法：想去不远的"蜜桃"坐坐，却又想到自己一个人，罢了；想穿过运河广场，去对面的运河走走，想想下着雨呢，我又没有伞，罢了；想联系几个曾经要好的同学，想想平时联系又不多，罢了……

罢了。这个城市，有很多曾经的朋友，曾经的同学，同样有很多我熟悉的地方。罢了，我现在没有与人联系的心境。

人生难得起意。很多事，止于罢了，故事再无延续的机会。

没有与任何人联系。我把自己关在一个寂寞与孤独的房子里。房子如同一个盒子，没有知觉与感情，将一个个人、一个个家庭都关在笼子一样的盒子之中。仿佛在大自然中，自由的是那些植物和动物，它们在地球自由地生长着，看着人类将自己关进车子里，关进房子里，关进电脑里。

自由与不自由，孤独与不孤独，都是一种相对的概念。

晚餐，在沙县小吃店吃了一碗拌面，算不上美味，在这个寒冷的下着雨的冬夜里，甚至不能给自己的心带来些许温暖。吃完面，我又在隔壁的一个面包店里点了一杯酸奶，捧在手里，刺骨冰冷直达手心，激荡着灵魂。小小的面包店里没有什么人，冷清得很。旁边的一个环卫大妈，用一个硕大的智能手机，放着很响的音乐，每个细胞都在跳舞，沉浸在自己的世界里，这是她短暂歇息的快乐。我躲在这个小店的一角，看着小小窗户外小小的街景，冰冷的酸奶，映出我内心的彷徨与无助。

有些人的幸福很简单。我们总觉得自己不幸福，是不知道自己要的是什么。我们想要的，是形而无物。命运之神，也无法给我们——我们都无法形容的东西。

我在小店，犹豫了，脚步仿佛被吸铁石牢牢地固定住，许久以后，我迈着沉重的步伐走出了小店。迎面是雨，我叹了口气。江南的雨，落得寂寞，落得让人伤心。我在红绿灯路口，看着头顶的雨花无序地飘落，摔落在黑漆漆的路面，摔落在不断飞驰而过的车辆上，摔落在匆匆忙忙下班的人群身上。我抬起头，看到一幢幢高耸的大厦上，灯光已经点亮了一个个窗户。

回到酒店房间。一阵温暖让我身体的各个器官复活。我把房间中所有的灯都打开，把电视机打开，把电脑也打开。我从口袋中拿出手机，想看看是否有问候或是挂念——无，锁屏放下。

拉上重重的窗帘。将外面运河广场的风景，一块块玻璃后面的风景也关在了外面。这时候，我听到自己心脏恐惧的颤抖声。儿时，常见家里逢年过节的时候，被关在小笼子里待宰的小动物，它们无助而凄惶，眼神里闪着雾蒙蒙的光。人总是这样，面对孤独的时候，听到的是自己凄惶的声音。

所以，群居动物大部分都喜欢热闹。所谓孤独，只是自己不喜欢处在人群之中的落寞罢了。

这个时候，所有的恐惧、害怕、担心都潮水般涌了上来。所有的假装、所有的保护色，都褪掉了，像人被抽掉了脊骨，只得摊在地上。

不够强大，在陌生的地方，内心无法撑起自己的信念。

不够强大，在一个人的时候，无法说服自己。

安静独守着孤独，面对的是自己的内心，面对的是自己与自己的对话。卸下的面具、行李等，统统扔在了脚下，你蜷缩着，在和自己说话。天花板上投射出自己若有若无的影子，像照射出自己的灵魂。苍白无力，丑陋不堪，一无是处。

就是这样的不堪，散落一地。我还是小心翼翼地，一片一片地捡起我自己,肉体或灵魂,拼凑着我自己。等到天亮的时候,我可以貌似完整地走向笼子外面的世界。

常常一个人。有一天,真的写不了文字,那我就选择看书,边看书边做笔记;有一天,书都不想看,那我就仔细地打扫房间的卫生,整理书籍;有一天,卫生都不想打扫,那么,我就选择去健身、去骑车、去跑步。

人干吗要自欺欺人,骗自己?

我并非坚强。在一处无人的角落,我常常盛放我的真实,孤独与悲伤。

## 那个道完晚安的人，睡着了吗？

那个郑重其事在朋友圈发了"晚安"的人，真的睡着了吗？

### 一

深夜，寂寞一层一层，悄悄落下，落在无数人柔软的心上。

有很多人都需要在朋友圈里发个晚安，似是仪式，也是告白。

郑重其事地在深夜对自己说晚安，睡前原谅所有的一切云云。一句心灵鸡汤，是属于自己的深夜食堂，不痛不痒，抚慰心灵，让自己在这个晚上安然入睡。

说完以后，真的睡着了吗？

夜晚，我们容易谅解一切。阿雅发完"人生如棋，落子无悔；世事如戏，粉墨登场。生活既有望穿秋水的等待与渴望，也有不期而遇的感动和温暖"这个微信朋友圈后，隆重地道了声晚

安！这个时候，是北京时间晚上十点多。

发完朋友圈的她，刷刷社交软件、看看剧，不知不觉就到了十二点多。

道完晚安的人，多半悄悄地醒着。

## 二

人前的风光，其实根本安顿不了自己，总是有人比你更风光；人后的精致，才是自己的归宿地，"精致"没有可比性，人只需要向自己交代。

——《半山文集》

宁波的朋友勇哥，人前精致到极致，人后也是精致的。

内心真正强大的人，根本不需要在朋友圈说晚安，勇哥也是。深夜，他常常在属于自己的小酒馆里，一个人点上烛火，弄点威士忌独饮。

一个成熟的男人，已经不大会在朋友圈里发情绪性的文字了，更多的情绪，他放在了心里、酒里、文字里。不动声色地将情绪都放在了心中，面对外面的世界，他一直明朗，笑容灿烂而真诚。

他斜靠在沙发上，点燃一支雪茄，苍白的云烟将世界笼罩住。这个时候，他感觉就像从尘世来到了天空，和白云一样洁白无踪。他给空气念了一首关于思念的诗。一个人发笑，一个人发呆。

酒中的心情，才是放松后的真实自己。肆意与随性，柔软与多情，在这样的晚上与真实的自己相遇。坚硬与柔软相抱，深夜面对着属于自己的童话与凌乱的孤独。

默默地说过晚安，这之后的生活才属于真实的自己。

## 三

真正去睡觉的人，是不需要说晚安的。

我的老张朋友，雷打不动，每天十点睡觉，自称是"睡神"。这在亚健康人群中，赢得了一片赞誉。熟悉老张的老楼明白，一个月、一年中，总有几次老张的灵魂需要安抚的时候，老张就会对老楼说："走，陪我去一下北山。"

开车逛一圈北山，是老张精神不振时的一剂良药。

"走，陪我去一下北山。"这也是老张的另一种"晚安"告别。有些时候说"晚安"，实则都是通过微信朋友圈，告诉一个想告诉的人——有些心事你懂，却得不到呼应，你明白不明白？

朋友圈，有很多安慰与点赞，互道晚安。道完晚安的人，禁不住一次次打开手机，刷朋友圈似乎成了失眠者神经质的动作之一。

晚安，越早道的晚安，越晚睡的眠。

道完的晚安，得不到回应的沉默。

所有不能马上去睡的晚安，都只是某种情绪的表达。

悄无声息地表达，又悄无声息地默默吞咽。坚持着不睡的人，道完晚安还不想睡的人，清醒着，需要在矛盾的生活中获得某种原谅。

每个人，都有自己曲曲折折的心路历程。在深夜，越想越走越乱，跟跟跄跄摸索着一条天亮之后要走的路。

## 四

最温情的晚安，不过是枕边的呢喃。

一根根温情的支柱倒下，人们沦落到在微信圈里道晚安。

晚安，不过是一个成熟的人一句安静的告别。晚安后的世界，很多人还醒着，沉默地在这个世界上活着。

那就好好活着。

天总会亮的。我们也总会睡去。

## 在 吗？

### 一

——在吗？

这两天，有很多朋友被某宝撩到了……

在某宝上搜"在吗"，就会收到一首情歌，不同的人在不同时间去搜，听到的歌也不太一样。这种不确定的情歌，带给每个人不一样的情绪。

我相信，有很多朋友伤感了。

春风徐徐，暖意四起。"在吗"这两个字，细软柔滑地触动了很多人的内心深处。

### 二

春节期间，除了群发的祝福消息，你收到多少私发的、关心

的消息？

这段时间，朋友圈里除了点赞，除了群发的祝福，你还收到多少问候、多少真正的关心？

当你看到一处美景、一则趣事，拍下一张美图，你想发给谁？

最开心的情绪，你第一时间想分享给谁？

我们用手机越来越频繁，手机在我们一天中占据的时间越来越长。只是，可以真正聊天的朋友越来越少了；只是，可以分享的朋友越来越少了。

那个人，还在吗？

## 三

——在吗？

心被春风轻轻打动，温柔使我们的声音变轻。

也许，我们曾经亲密无间，曾经百无禁忌，心里装满了沉甸甸的过往。现在却要怯生生地问句：

——在吗？

也许，没有回复，如石沉大海，悄无声息。

也许，只是漠然地回一个微笑的笑脸。

也许，只是冷冷地回了一句——有事吗？

也许，当你发消息过去的时候，才发现对方已经启动了好友验证模式……

## 四

——在吗?

你还在吗?

或许,曾经的回答是:我在,一直在。

但现在,你已经不敢轻易去发这两个字了:在吗?

你还在默认和那个人的某种关系。或许,你还在原地,那个人已经走远。

——在吗?你像是在自问自答。

月亮亘古不变。

所有的相聚与离开,心照不宣。

## 五

成年人的绝交、疏远,其实没有那么多程序与麻烦。只消删掉微信好友,只消设定朋友圈的权限,只消不打电话,不发消息,断了联系。

不用告别,就可以关闭门户。石沉大海,杳无音信,飘无踪迹。

不过,生活还是在继续吧。

我们在很小的一个城市,也可以不再相逢。

——在吗?

是某种情绪触动了内心，心悄悄地向外伸出了友谊的双手。

毕竟，尊贵的、陌生的朋友，都可以在打招呼前，加上尊称。只有曾经的熟悉，现在的陌生，才需要小心翼翼，欲言又止地问一句：

——在吗？

## 六

不管人间值得不值得，不管我们是否如蝼蚁般生存，生活都在继续着。

——在吗？

"有时候想跟人说说话，却不知道说什么，用歌声代表你的心，也许正是最好的回答。"

——在吗？

外表的心高傲着，灵魂却跪了下去。

夜虽然黑，很短，却从不催人入睡。其实，有时寂寞的夜，无助的时刻，幸福的时刻，我们只是想和那个人说说话。

在时间的灰烬里，我们都有卑微的时候，只是那个人值得。

## 我的眼睛在凝视万物的时候，停留更久

### 一

北方有雪。南方有清凉的风吹来。

大地入冬。

雪在北方凛冽地降落。雨在南方温柔地飘落。

一切都与天气预报相对应，季节在凡人眼中错乱，其实走得有条不紊。

### 二

江南的冬夜，响起了破天荒的冬日雷鸣。

这个夜晚，雨疏风骤。

深夜藏起我们所有的心情。

## 三

有雨的夜晚,我总睡得很晚。

是的,舍不得睡。

假装很忙,嫌弃雨声太吵。

我的笔记本记录着无所事事。

这个晚上,雨在心里下了三次,有忽高忽低的雨声。

## 四

我倒是希望一觉醒来,江南也是白雪一片。

大雪封门。

## 五

因为留恋,金黄的叶子决定再逗留几日。

填补所有叶子走后的空旷。

## 六

秋叶还没有落尽。

似乎秋天就还站在冬天的季节里,感伤也就有了无数的理由。

## 七

"因为你选择了我,让我拥有你、爱你,我的眼睛在凝视万物时会停留更久。"

我读不懂花语,也叫不出很多植物的学名。我只是喜欢一片片叶子,它们和我一样渺小,它们攥着薄凉世间我想要的东西。

## 八

秋天的时候,我喜欢金黄的叶子。

冬天的时候,我喜欢洁白的雪花。

只不过,雪花在最近的这些年,来我们江南的次数越来越少了。

## 湮没，或是默默前行

一

再卑微的生命也是要绽放的吧！

百花都有各自绽放的方式。悄然，嚣张，艳丽，素雅，芳香，沁人……我相信所有的植物都会开花，只不过都有属于自己的方式。

大部分的生命，都只是在默默前行，悄无声息过完一生。再辉煌的绽放，其实也不过如烟花的绚烂。在宇宙的视野里，只是一刹那罢了。

佛说，一念中一刹那经九百生灭。

我们不过是微尘。

二

生命过于沉重，一叶知秋，坠落得义无反顾。落叶而言，看似轻飘飘的滑翔，于落叶而言，已经是陨星碰撞地球的悲壮与无奈。

人生一世，草木一秋。叶落，是一树树的光阴，覆盖在来与去的路上。

这段日子，似乎有些沉重。成都大学和大连理工的消息，对于这个纷乱的时代，似乎如一粒微尘。可是，对于当事人自己，他的至亲朋友来说，他却是整个世界呀！

"墨点无多泪点多"的八大山人，人生无数的悲伤尽在画中的"白眼"里；徐渭离去的时候，铺上甚至没有席子……他们的人生都坎坷无边，因此他们唯有寄情山水，托物言志，最后文风长存。陆放翁《老学庵笔记》中说："一日忽小雨，鲁直饮薄醉，坐胡床，自栏楯间伸足出外以受雨，顾谓寥曰：'信中，吾平生无此快也。'未几而卒。"鲁直，即与苏东坡齐名的黄庭坚，他空有满腹经纶，最终却病逝于宜州。

人生平常苦难道，常有清风吹孤魂。

听了太多悲惨的故事，我们不痛不痒的悲伤，的确算不上是"事"。

## 三

秋雨娑城。半夜时分，从工作室开车回家。漆黑的夜色，漆黑的雨，整个世界漆黑一片，灯光怯弱地打在我眼前的马路上，低低的，浅浅的，空气中散发着颗粒一样薄雾。绿灯，和信路左拐，路上突然蹿出两个穿黑色雨衣的人……我一脚急刹车，车与行人只隔几厘米……一身冷汗！

回到家中，泡了杯热茶，一身疲惫。人生一路都在渡劫，九九八十一难，还有无数的小坎坷。跨过去，人生就继续往前走；跨不过去，就永远留在那里了。

压压惊。在露台看人间烟火。星星点点，在人世中起起浮浮，生生灭灭。

累的时候，我常会选择写字，或者看会儿书，或者看一部电影。

最近又看了一次《当幸福来敲门》《麦路人》。

生活就是泪里有笑，笑里有泪。

无论如何，都不要忘记前面肯定有光亮。

## 四

意志不坚定的时候，就会选择错误。

为稻粱谋，今年选择错了几件事情，做了些让自己不乐意也不开心的事，与自己不喜欢的人为伍。

深夜做一个反省。

要沉得下来，自己要有力量。有了力量，才能有更多的选择。

能力不够，还不沉下来努力，活该被生活所胁迫。

要沉得下来。我认真地写工作和学习的计划，认真地在自己的本子上打卡。生命也许很长,也许很短,即使慢慢走,也要走在自己喜欢的路上。

## 五

真正的努力,不需要高声的宣言,只需要沉下来,默默地行动,执着地前进。

湮没自己的是迷茫、懒惰。流言蜚语只是浮沙,只是空气中的雾。

要不被湮没,要不默默前行,每个人都有自己的选择。

## 万物低沉,打磨生命

崔斯汀说:"我的心里有一只熊在低吼,不知道怎样才能平息。"

我看了一眼夕阳。夕阳在刹那之间,就成了永恒。

很久没有用相机了,似乎相机的"咔嚓"声,都会影响我欣赏景物的思绪。没有戴耳机,戴上耳机会影响感受大自然的灵敏度。人有"眼耳鼻舌声意",让我们身上的各种触须,全方位地去感受这个世界,方才能有立体环绕的效果。

自然界如此美好,为什么要堵塞自己感知的窗口?

敞开,敞开!伸开,伸开!展开,展开!用力地呼吸,奋力地奔跑,大声地朗读,全神贯注地倾听。有时,请忽略这个微不足道的自己,在大自然中,我们就是粒尘埃;有时,将自己奉为全世界的"王",在自己的王国里,万物都向你朝拜;有时,要将自己与世界、与万物，有机地融合在一起，丝丝入扣。

感知万物，先让自己孤独，先让自己静下来。这段时间，每天背着背包走很远的路，每天在健身房一次次举起又放下，每天看很多的书，每天写点文字。这段时间，用心准备简单的一日三餐。出门前带走所有垃圾，整理好门口的鞋子。每天都扫一下地，拖一下地。这段时间，一直在舍弃一些东西，很多伴随我多年的老物件也纷纷离我远去。

每天似乎都在做同样的事情。日子简单，重复。

心境却不同。

很多时候的心境，是所有唐诗宋词元曲都无法描述的意境，是所有文字都无法形容的意境。现在的心境，是外表风平浪静，内心有一只低吼的熊，却要极力压制的心境。

因为人生的不完美，世界是只暴怒的黑熊，对我低吼嘲笑；因为有所不得，因为有所求，我自己的内心，是只躁狂的棕熊，对我张牙舞爪。

结庐在人境，修行在尘世间。要平息这只"低吼的熊"，我在平淡的重复里，安抚自己，打磨自己。

生命需要打磨。酣畅淋漓的健身，科学的饮食，是对身体的打磨。而阅读、学习、思考、领悟等，是对生命和灵魂的打磨。

这一生，我们都在打造自己这件"艺术品"。

在生命的尽头，我们将要交出什么样的人生答案——这件艺

术品的成品，而这件艺术品，不断地变化，不断地贬值或是升值，都取决于自己如何打磨。

岁月低沉，打磨生命。

静下来的时光，我拿起工具，对自己进行打磨。

## 放得下筷子

我是一个无趣的家伙。

不知从什么时候开始,朋友们都不愿意找我一起出门,吃饭、喝酒之类的。原因是老桑实在是太无趣了,一是约老桑总是没有时间,有些项目老桑还不喜欢;二是约老桑的时候,老桑基本不喝酒;三是老桑这人,总不能和颜悦色地对待他不喜欢的人和事物,喜怒形于色。渐渐,没有朋友愿意约这个无趣的小老头了。

就说吃饭吧,只吃一点点,就放下了筷子,坐在旁边看朋友们吃,让朋友们好不自在。朋友问老桑,你吃饱啦?怎么只吃这一点?老桑笑着说,饱啦,很饱啦!已经够了。朋友们不可思议,怎么老桑吃得还不如一个女人多?

科学家说,肠胃上的饱感传递到我们神经中枢有滞后,往往我们收到"饱"的消息的时候,已经过饱。自古以来,也提倡

"七分饱"之说，要给胃的消化留有空间，同时也是中国人凡事皆留有余地之意。但是现在美食这么多，且不说天南海北的美食，手机上动动就吃得到，还有各式各样的甜点、奶茶等，大快朵颐的时候，要停得下来，放得下筷子，可不是一件容易的事情。

但如果你真的去做了，也是可以做到的。

真正懂得爱自己，是从生活中很多小事开始的。比如一个人的时候，整理好家中卫生；一个人的时候，好好地烧个菜；一个人的时候，好好刷牙、好好洗脸。当明白到生命的本质，无非是做好这些小事，好好地爱自己之后，善待自己的胃与健康，也就顺其自然了。

于是，也就是从这时候开始，我学会了说"不"，说"没时间"，说"我很忙"，这是给自己的一种空间，是另一个概念的"放下筷子"。于是，也是从这个时候开始，我学会了不吃很多东西，不吃过饱，开始善待自己未知的余生。

我们每个人天生都是吃货，喜欢美食是人之常情。不同的体质，对于营养的吸收不同，于是也有了胖子瘦子之分。

很多人的一生，就是与"胖"与"瘦"拉锯斗争的一生。

小时候，母亲总是说："多吃点，多吃点，要有营养。"那时候，物资匮乏，能吃饱饭就相当不错了，谈不上什么营养。长大后，我这个易吸收的体质，喝水都能长肥，也就开始了一生与肥胖的斗争。运动起来，就能瘦下去；工作忙起来，没有时间锻炼，就会胖起来。想要让自己不油腻地老去，总不能腆着肚子，满脸油光地去面对我喜欢的生活，于是除了坚持运动，就开始放得下筷子的生活。"管住嘴，迈开腿"，对于运动健康而言，管住嘴是第一步，运动才是第二步。管住嘴，就要先做到放得下筷子。

人的一生，要面对很多很多的诱惑。我们的身体，本不需要那么多美食，那么多营养；我们的人生，本不需要那么多的房子、汽车、奢侈品。

放纵自己的食欲，让自己想吃什么就吃什么，想吃多少就吃多少，也是人生的一种快乐。人生这么短，为什么不对自己好点呢？可是，这是真的好吗？一时之快，一时之放纵，却要用汗水去消减脂肪。人生的很多欲望也是如此，一时的冲动，带来的却是一生的懊悔。

放得下筷子，充分了解自己的真实需要，控制自己的欲望，过合理健康的生活。这个道理，放到人生之中，便是要扛得住不需要的诱惑，过极简的人生。

不管怎么说，我个人觉得放得下筷子，是件很有意义的事情。

你说呢？

## 多少纠结，多少半途而废

细数一下，有多少美妙的灵感曾在脑中闪现，但未曾记录下来，这些灵光一闪的想法消失得无影无踪，仿佛它们未曾来过。

细数一下，数不清曾遇到过多少人，错过多少人，现在还记得清的又有多少人。

细数一下，仔细地，理不清，数不清。

惹得自己感叹一声。

如果……

如果。

——就说文字吧！

如果全部记录下来，那该有多少文字了呢？

如果全部记录下来，那该有多好。

人生似乎也是如此。没有照片、文字、视频这些记录，人生似乎就没有真切地来过。

多少经历,就在白驹过隙中淡若无痕;多少坚持,只坚持了一小段时间;多少旅途,只在计划之中;多少人,在纠结之中消磨了时光。

我曾想,偶尔不纠结也是好的。

想吃某种食物的时候,那就去吃;想去某个地方的时候,那就出发;想发呆的时候,那就发呆……

多半的积累,就在于立刻行动,坚持下去。

率性而为之后,面对的是率性洒脱,貌似潇洒,实则碌碌无为。渐渐,除了略胖的身材,空白的笔记本……最后,什么也没有留下。

我偶尔也会纠结。纠结的时候,我选择先坚持读书、写字,删去一些不必要的微信群,选择在人群的背后静静沉下来,做点什么。

坚持是件多么酷的事情!

当年老的我已经写不动的时候,我有很多青春的文字可以翻阅。

也是一种值得。

## 我们都自顾自地说话

很多时候聊天，我们都只是自顾自地说话。

心似一个容器，盛装着代表陈年旧事的豆子，一天天堆积，豆子越来越多，容器越来越满，终于有一天，找到一个可以倾诉的对象，竹筒倒豆子般释放，豆子们从舌旁齿侧，迈着整齐不一的步伐，在空气之中，随着我们讲述的音调快乐跳跃。

我们都在说自己的故事，倒自己的豆子。

网络化的时代，接个电话也是很奢侈的事情。我的电话一直保持静音，偶尔一两个电话，和朋友聊天，你说你的，我说我的，电话里语音交错。我常常是需要急刹车停下，"你先说，你先说完"。

大概都是平时遇到可以说话的对象太少，偶尔遇到了，都很珍惜，迫不及待倾吐。

也常会遇到这样的聊天情形。我们偶然相遇，在街角巷边开始聊天，我先说最近股票的行情，没说几句话，他便开始说刚买的新房子。我听到一半,继续说我刚考上大学的女儿,他也自顾自地往下说。偶尔,他稍停顿歇息或思考,我也慢慢不说,气氛略显尴尬。随即,我又说起装修,他马上联想起了装修的另一个故事……最后,我们沉默或是热烈地告别。

在现实生活中,有些人可以优雅地做个听众,用眼神与诉说者交流,不时颔首,不时说"嗯""不错""对""是这样的""然后呢"……

这样的人,是智慧的人,让聊天以非常顺畅的节奏往下进行,结局圆满。但这样的聊天,似乎只是某一方面的倾诉会,是单边的、不对称的。

真的聊天,似乎应该是你来我往,思想交汇,有时针尖麦芒,有时心神相契,可以聊到不知东方既白的那种。但这样的聊天,这样的朋友,终归是可遇而不可求。

造物主在造物的时候,给我们两只耳朵一张嘴,提醒我们平时要多听少说。现实生活中,很多时候的聊天,我们都自顾自地说话。听到的东西,左耳进右耳出。

自顾自地说话,自顾自地成长。

## 留点时间从容

心太小，计划的事情，会一直挂在心上，让我心神不宁。这样也就迫使自己要提前去计划，去完成。比如出发去某地，喜欢守时，这就需要一个提前量，计划好时间。我喜欢稍微提前点，这样有时间可以欣赏一下沿途的美景。

要想人前从容，必须是人后准备充分。

一日之计在于晨。能不能坐下来，气定神闲地吃个早饭，是衡量一个人有没有计划性的显著标志，这也是衡量一个人是否自律，有没有善待自己的标志。对我来说，工作日的早晨，订好闹钟，早一点点起床，坐下来吃顿不用赶时间的早餐，不用不安地看时间，就是一件幸福的事情。

留点时间，是给自己的人生留点余量。这个余量，可以应对路途之中的堵车、天气变化等突发情况。留点时间，也是给自己的人生一个合理的计划。不是死板，不是呆板，合理有效的计划可以让人生更为美好。

所有的仓促、狼狈，归根到底都有理由。除去天灾人祸的不可抗之外，自己才是内因。凡事有因，有果，无数的因造就了现在的果。"夫风生于地，起于青苹之末"，现在的风暴，是之前多少不经意的蝴蝶展翅的结果。

留点时间，让人生从容。不管如何忙碌的人生，总要给自己点时间，抬头看看日月星辰，朝霞落日，四季变更；总要留给自己一点点时间，去喝杯茶，细读一本书，去做些无用之事。

人生的丰盈，不是所有的时候都是光彩夺目，精彩无限，不是跑得多快飞得多高，而是多留点时间，让自己迈出从容的脚步。

# 在乏善可陈的一天,记录对生活的爱

## 一

在乏善可陈的一天,非要记录点精彩。

以此表达,我对这个世界的爱。

文字会永远站在这一天,这一刻,用以回忆。当白发苍苍的老桑,打开这段文字,新酒加旧酒,有别样的滋味在心头。

## 二

老张开车接我去山上。

我们在阳光灿烂的街头见面。老张捂住了鼻子,忙不迭地打开车窗:"老桑,你怎么全身湿透,一身汗味?对了,还有大蒜味!"

一脸嫌弃。

我开心地笑了笑。顶着中午的烈日，我背着包，走了很远的路。

今天打了第一针疫苗，中午赏自己一碗冷淘，难得吃了点大蒜。其实，我是多么喜欢吃大蒜。

但是，我已经好久好久没有吃大蒜了。

车开往北山。

## 三

在山中漂泊了半天。

一个农村出生的老小孩，偏执地爱恋着泥土。

喜欢淡淡的泥土清香，葡萄架上的欣喜，蝶舞花间的幸福。

把酒黄昏，小狗趴在门口。

寻一处简单的院子。最近似乎有点着迷。

要放弃原来的所有。走近生活的真实。

我迷失，北山群峰叠嶂。

相比于山路的曲折，我似乎更喜欢平原的辽阔。

老家无山。

我更爱南方。

## 四

今天老张教我一个微信的新技能：关掉朋友圈。

其实平时我的手机也是静音。悄无声息。

很多事情，很多事物，很多物件，悄无声息地左右了我们的时间，左右了我们的思想。

我要留点时间，一个人慢慢走路。我要留点时间，一个人看看书。我要留点时间，一个人看看夜空。我要留点时间，做自己喜欢的事。

生活是过给自己看的。文字是给自己记录的。

在被人遗忘的角落，我每天背着我的包，走很远很远的路。

## 五

早上吃了一个梨，喝了一杯牛奶。中午赏自己一碗冷淘。

晚餐，剩下大半碗的牛肉面。又为明天的早餐准备了四个小馒头。

这是我今日乏善可陈的三餐，伴随着我走过一天。一天又一天的三餐，伴随着我走过四季。一个又一个四季，伴随着我走过一生。

给生活做减法，我还可以减去很多。难以舍弃，原因还是自己贪恋太多。

我不为生活的简单而羞耻，为贪求太多而忏悔。

# 生活，要有自己想要的仪式

## 一

背着包，走很远的路，穿过城市。夜色之中，直接抵达健身房。

到了后，背着包称了一下重，吓了一跳：一百四十一斤。

——这是两个多月前我的体重。

想想，如果背了十几斤的肉走路，那有多么可怕。我现在负重十斤左右行走，还气喘吁吁，以前呢？胖的时候，弯个腰感觉都累，走路少走几步也好，活儿少做一点也好。要知道，以前胖的时候，相当于现在负重十斤啊！

人到中年，我们是否油腻其实取决于两个字——胖瘦。胖了，再好的气质，似乎都是油腻的。瘦了，再差的气质，也感觉是精神的。控制自己的体重，如同控制了自己的人生。

控制自己的体重，意味着自律，意味着健康，意味着向上的

精神状态。

我一直不想做一个油腻的人。

## 二

健身房，常沉浸在忘我的状态。

在很多场合，似乎已经忘了发声。安静，是一种沉默的美德。我宁愿安静地在一个角落，重复地举起，放下，再举起，再放下。我们在健身房，模仿着原始人类的各种动作，或拉伸，或举重，我们变相地用另一种劳动来锻炼自己。

这或许是造物主对进步文明的"惩罚"。

不知原始的人类，看到现在的人类，关在一个封闭的健身房里锻炼，是种什么样的心情。

我们不知。

我只知，我们很多行为，如果跳出我们自己的圈子，站在另一个角度去看，会很好笑。

会让自己笑得心酸，无力。

## 三

有哲人说得对，人生不过是有时我们笑笑别人，有时别人笑笑我们。

## 四

我们要从很多诱惑前走过。

健身房的楼下,有一大堆美食。冰激凌店前,一如既往地排着队,水果捞的生意一直很好,麦当劳和肯德基越来越红火,星巴克也即将开张。

——这些,和我有什么关系呢?

我宁愿自己吃几个水果,喝杯牛奶,煮个面条,烧碗年糕。

我经常看到有个武汉精武鸭脖的老板,搬个小板凳,面前摆个纸箱,纸箱上放着各种小吃,就着一杯啤酒,自顾自地坐在街边,且吃且乐。

旁边的很多店铺,在暑假的时候,都贴上了转让的标签。

不知怎的,我总想到弘一法师的"悲欣交集"四个字。

## 五

生活从来不是给别人看的,要活成令自己舒心的样子。

## 六

行色匆匆。一直行色匆匆。

手机显示有两本书到了,心里一阵高兴,晚上有书看了!有

书看,就像是节日一般。到小区后,取件,在丰巢柜前取了半天,无件!?百思不得其解。后来,终于发现小区里装了新的丰巢柜,我的件在新的丰巢柜里。

为自己的后知后觉苦笑。

其实,我一直是那个笨笨的后知后觉的人。从童年,到青少年,到成年,到现在的老小孩。

## 七

明月楼高要独倚。

焚了香,煮了茶。

生活,要有自己想要的仪式。

# 夜空中的一盏灯

"这个携灯夜行者，显得那么匆忙。"

夜，是荒凉的。无边的黑暗只手遮天，吞噬着所有的一切。天色变灰，是种暗示，是种寓意，深藏着不为人所知的故事。

有个诗人说，有的人嗜好烟，有的人嗜好酒，而他自己，嗜好年轻。所以，他的日子是灯笼，悬挂在黑色的浓雾中。

我没有携灯出行，也没有将日子过得如灯笼。对我来说，黑色的夜，有沉寂的力量，让人深思，让人疗伤，让人展望。

黑夜中的灯光，是温暖的，刺破悲伤，给人力量。

夜空中的一盏灯，如雨天打着的一把伞，光芒万丈地指引着夜归脚步的方向。

夜归的人，习惯抬头看看灯光。

一个朋友，历经半生坎坷之后与一个台湾回来的女子终成眷属。双方各自都经历了一段不如意的爱情与婚姻之后，最终走到一起，他们也及时调整了各自的观念与生活方式，一时成了我们身边的"爱情模范"。

　　这个朋友，因为工作的关系，加班或是应酬，经常需要很晚回家。有一次我们俩在喝了点小酒之后，他不无感慨地对我说了真话。他说，一个人走得累了，真的需要一个伴，有时候半夜回家，真的希望有盏灯光是为他而亮着的。

　　夜半，拖着满身疲惫回家，卸下面具与伪装，一个在外强大无比的男人，也会显得有些脆弱。他也需要有盏灯光，需要有句关心的话语，需要有个等他回家的人儿。

　　朋友的妻子懂他。婚后的日子，无论多晚，家里都亮着一盏灯。

　　别不相信，多少人貌似坚强，内心都是柔软的一片汪洋。

　　黑夜迷路的旅人，跋涉太久，历经沧桑，猛然看到光明，看到希望的欣喜。

　　去年春节的时候，苏州的朋友素衣回湖南老家，因为疫情，中断假期匆匆忙忙赶回苏州。半夜的时候到小区，小区一片静寂，一片黑暗，奔波劳累的朋友心中也是一片凄凉。拖着行李箱，看到楼下二十四小时便利店光亮依旧的时候，朋友莫名欣喜，流泪了。

　　半夜温暖人心、给人希望的，只是小小便利店的灯光。

进去买了杯热乎乎的奶茶,一个劲搓着手,跺着脚,动情地说,你们在这里真好,真好!

便利店的店员,帽檐下的眼睛,弯弯的。朋友眼睛里,亮亮的。

有一种温暖,是半夜的一盏灯,也可能是薄凉世间一句温暖的话语。

很多时候夜间出门,我也会给自己留盏灯,让自己回家的时候,有一抬头的温暖。大多数时候晚归,回到小区里就是一片静寂了。路灯掩藏在草丛中,密林里。我那在顶楼的小房子,矗立在一片黑暗之中。四周的住宅群落,被夜空浓重地勾勒出模糊的轮廓。

小区里有个很暖的孩子,他叫杨硕,每次晚上从补习班回来,都会仰头望望我家。如果灯亮着,就会欣喜地说,今天桑老师在家!如果没有灯,就低下头轻声说,桑洛老师没回来,不知道去了哪个城市。他妈妈就会和他说,有可能在工作室,有可能在浙师大,有可能在健身房,有可能在从健身房回家的路上呢!于是孩子重新雀跃起来,蹦跳着跑回家。

纷乱的世界,芸芸众生都自顾不暇,哪有时间去关心一个与自己无关的人。茫茫人海,漫漫长夜,始终会有人默默地关心你过得累不累,走得辛苦不辛苦,悄悄地关心你黑夜中亮着的灯,默默地在心里给你点一盏灯。

听到孩子的话,我感觉我的心在融化,像温暖的阳光照进了心里。

在这世间，我们本不孤单，很多爱你关心你的人，都如同夜空中的一盏灯，在悄悄地燃着爱意。

我们都需要夜空中的一盏灯，而有时我们也是夜空中的一盏明灯。

## 我们都已不在原地

人不能两次踏进同一条河流。

——古希腊哲学家赫拉克利特

一

时光悄然向前,朝着生命的方向,不回头,只是一路向前。

悄然向前的时光,静静地改变世界,改变万物。

水滴石穿,大自然是一个天然的雕塑家,长于雕饰万物,悄无声息地润泽万物,改变世界。人类,也在一天天中改变、成长或者老去,这是表象;我们的灵魂、思想,也在一天天中,因为学习、思考、实践等,完成了量变到质变的飞跃。

很多人,我们很久没见了,还用从前那些年的眼光看着我们,兴高采烈地讨论着我们。他们讨论的是那个时候的我们。

他们忘了,他们也不是那时候的他们,我们也不是那时候的

我们。

这世界，守住初心不容易。

## 二

不用那么久的时间，几天也可以改变一个人。

《资治通鉴·孙权劝学》里记录：

初，权谓吕蒙曰："卿今当涂掌事，不可不学！"蒙辞以军中多务。权曰："孤岂欲卿治经为博士邪！但当涉猎，见往事耳。卿言多务，孰若孤？孤常读书，自以为大有所益。"蒙乃始就学。

及鲁肃过寻阳，与蒙论议，大惊曰："卿今者才略，非复吴下阿蒙！"蒙曰："士别三日，即更刮目相待，大兄何见事之晚乎！"肃遂拜蒙母，结友而别。

这就是"吴下阿蒙""刮目相看"成语的来历，也是吕蒙刻苦求学，让人刮目相看的由来。

我们未必都是"士"，未必都如吕蒙。"三日"，也不过是一个虚词。但我们每天都在学习，都在进步，都在改变。

也许有些人的心，永远地留在了原地。但他的身体，也会被时光席卷着，推搡着，无奈向前。

时光一如往常，我们每个人都在向前。

有人在走，有人在跑，有人在冲。

每天都不一样，每天都在拉开距离。

## 三

一个能够升起月亮的身体,必然驮住了无数次日落。

——余秀华《荒漠》

不用那么久的时间,一刹那便可以改变一个人,改变世界。

佛家的顿悟,刹那间而已,此人已不是凡人。

世间的情感也何尝不是如此。有些爱恋,历久弥新,爱越来越深,越来越沉。

而有些情感,永远地留在了原地,烟消云散。不要试图再去找回原来的自己,我们都已经不在原地。我们都已经成了另一个自己。

阳光雨露,清风明月,春暖花开。只有那个驮住了无数次日落的灵魂,才能在月明星稀的晚上升腾,驾云驱风,在精神时空认识另一个自己,也重新认识爱情。

爱人,是昨天的爱人。

生活不会永远平静,人生也不会永远风平浪静。轻轻的一缕风,就吹散了我们所有的曾经。

## 四

但是在这世界上的一切人之中,我最希望予以提升的一个,

就是我自己。这话很卑鄙，很自私，也很诚实。

——王小波《沉默的大多数》

我们终究都已经不在原地。

痛苦和快乐都让我们成长，时光和社会无形地推动着我们改变。我们拖着沉重的脚步，左脚右脚轮流地跨出去。一天一天，一年一年，我们改变了很多很多。

一天天地积累，一回头，我们已经在一座山峰上。

前面还有更高的山峰。

## 五

暴风雨结束后，你不会记得自己是怎样活下来的，你甚至不确定暴风雨真的结束了。但有一件事是确定的：当你穿过了暴风雨，你早已不再是原来那个人。

——村上春树《海边的卡夫卡》

最聪明的比较，永远不应该是拿一个人的以前和现在比。所谓"英雄不问出处"，每个人都与众不同，都在向前进，重要的是，了解到前进发展中人与人的差异性，以及环境对一个人改造的差异性。

有些人始终在原地，用原来的思维和眼光看着别人。若干年前，对方可能是一个什么也不是的小人物；若干年前，对方可能是不学无术的"吴下阿蒙";若干年前,对方可能就已经是耀眼的明星……

所有一切都是会变的。浮沉,升降,沧海桑田,万物变迁。昔日的小人物,若干年后,是一个科学家,是一个博士,是一个企业家。

曾经在某篇文章中提及一位德高望重的老前辈。有朋友看到了,问我,此人多少年前,不过是某某公司的小技术员,如何成了这样声名显赫的人物?心中似有愤愤不平。他不知,这几十年的光阴里,这位老前辈辛勤努力,在专业上耕耘——时光,让他成为另一个人。这个朋友只看到那个画着图纸青涩的技术员。

也曾经有中学同学,和我现在相识的一个朋友,说起中学时候的我。他们说,老桑啊,不就是那个性格乖张,行为怪异,脾气暴躁的人嘛!还有……其他记不得了。俗话说,江山易改,本性难移。我和朋友说,说实在话,我这个臭脾气坏性格倒真没有改变多少,我差不多还是以前的性格呢!但我自己明白,静下来看,我像昨天的我,我却已经不是那个我了。

万物在变。有进取心的人,知道自己要的是什么,一直在努力,向上向善向前。

原地思维,是多么可笑,是带着轻蔑的一种思想逻辑,是"刻舟求剑"。

正确的思维,从来都是实事求是,用发展的眼光看问题。

我们都经过很多的欢笑时刻,我们也都穿过很多暴风雨,我们都不是原来那个曾经的自己。

## 六

使沙漠显得美丽的,是它在什么地方藏着一口水井。

——圣·埃克苏佩里《小王子》

走吧,我们要经过如潮的人流,经过纷繁的花木,经过江河湖海,我们没必要回头,我们要一直向前,寻找那口属于我们的深井,寻找一个不一样的自我。

让我们像忘了流水一样忘记昨天。

我们都已不在原地。

记忆停留在过去,让我们在现在和未来相逢。

## 除了文字，我不再倾诉

  时光在悄悄地，无声地改变着我们，我们也在尝试着改变自己。

  每天早上，拎着一大袋垃圾出门。沉甸甸的垃圾在手上颤颤悠悠，终于以一个抛物线的轨迹进到垃圾桶，这些和我们生命曾无限亲近过的物质，以另外的形态去了另一个世界。每天，我们迫不及待地以这种扔掉垃圾的方式，消除痕迹，消除"罪恶感"。

  每次出门，拎着垃圾袋有很深的负罪感——一天一天，我要制造这么多的垃圾，制造这么多的浪费啊！

  崇尚简约的生活，欲望却驱使我们索取更多的东西。

  我是俗人，概莫能外。

  晃荡在城市的水泥马路上，无限想念小时候泥土的芳香。那时候，我们吃剩的菜、饭，可以喂猪，养鸡，喂狗，生活中的一些垃圾可以给农作物施肥。水泥地很少，没有塑料袋，车辆很

少，到处都是泥土的世界。农村自给自足，物质以一种简单的微循环方式自在自然地循环。空气中，有原始的生物气息，有炊烟的香气。特别喜欢雨后的田野，万物仿佛被清洗过一般，绿油油地展示着生命的活力。

雨下一层，万物就新生一次。

人类的进取心，换来了舒适的生活环境；同时，人类的贪婪，也毁灭了一部分的生态环境。

我们住着越来越高的楼，离我们生活着的地球越来越远，离自然越来越远，离曾经的家乡越来越远。

远离小时候的曾经，在异地他乡过着一种漂泊的生活。

出门前将垃圾带出房子，渐渐养成了这样一种习惯。

悄悄改变的，慢慢养成的习惯还有很多。

终于学会将沙发上零乱的衣服，折叠起来整齐地放到衣柜中，这是自己一个很大的进步。每日将脏的衣服洗了，在阳台的晒衣架上挂成一排，很是壮观与张扬。晚上睡觉的时候，怕受凉，穿上长袜子、长衣长裤，春夏秋冬都一样。早上不赖床，起床后，整理好床上物品，叠好睡衣睡裤。慢条斯理地做早餐，以及中餐、晚餐。一个夏天没有喝过冰的饮料，学着吃应季的水果与蔬菜。学会认真刷牙，早晚刷牙。

学会的，是认真对待生活，认真对待每一件事情，认真对待余生不长的光阴。

以前，如果心情不好，就懒得清理房间。现在会趁着吃完饭，需要消食的时候，慢慢去打扫一下卫生，整理一下东西。有时也会抽点时间，专注于整理某个遗忘的角落。做得很慢，很细心。在擦拭物品的时候，如同擦拭自己尘封的心。

时时勤拂拭。

有一天，买了生姜，想用醋泡了吃。在一刀一刀、一片一片切的时候，发现自己已经很久没有吃过外卖了。我笑了笑，以前怎么这么傻，竟然会点外卖，自己做的菜多好啊！

虽然，我的三餐，经常不过是馒头、鸡蛋，或是水果，再加一个汤——我自己感觉已经非常好了。

骑自行车、走路，这个夏天一直和阳光亲密接触。不需要考虑停车、油价涨跌、保养、年审、保险、违章等，突然轻松很多。虽然给出门带来诸多的不便，不便就不便吧，我尽量宅着，在简单的轨迹中，过着简单的生活。

我们改变不了世界，先尝试着改变自己吧。

在朋友老张的指导下，关掉了朋友圈，已经有一个多月了。这一个月，除了发公众号文章，看一看有没有人发信息给我，不再去刷朋友圈，节约了很多时间，也杜绝了不少"信息"的冲击。偶尔和朋友聊天，好像缺少了点话题，那么，我就安静地坐着。

想要戒酒。自己的酒量实在一般，这些年也有很多惨痛不堪的醉酒经历。可在与好友相聚的场合，还是会喝上一杯。酒烈如斯，生活如茶又如酒，当尝百味。百味才是人生，最好的修行，

便是在尘世中跌跌撞撞地前行吧！亦哭亦笑亦歌，种种情绪都沉入了一篇篇文字中。

我们不要停止亲近自然、探索自然的脚步，不要放弃美好阅读带给我们的体验，也不要对用文字抒发内心的情感轻易说放弃。

生活需要粗茶淡饭，文字也是如此，忠实地记录着自己的所思所想，以及普通人的生活。

愿意读一本书的人已然很少，愿意读你文字的人更少。

文字，是写给自己看的。

如果你喜欢看，仿佛你就是我。

除了文字，我已经不再倾诉。

## 秋天，我是一个问路的人

一

冬天的江南，几片秋黄的叶子就是惊涛骇浪。
它们，都是自然的声带。
节令提醒我：这是冬季。
很久了，我却还停在晚秋。

二

秋天的树叶，将茫茫三季收为映红火焰。
细细的纹路叙述着我们没有来得及阅读的事物。
包括命运。

## 三

缄默。

没有理由地静默。我在五百年的银杏树下，想听听叶落的声音。

天空中，有轰鸣的战机越过头顶。

## 四

一叶一态。

一叶也足够美。

一树一姿。

一树就足矣拥抱我感动的热泪。

## 五

泛黄。

是树叶在泛黄，还是日历？

还是我们匆匆忙忙走过的时间？

## 六

叶。

哪一叶是苏轼？

哪一叶是柳永？

哪一叶是桑洛？

哪一叶是你？

## 七

叶。

每一叶都是生命的骄傲。

参天大树，叶子是它悠远梦境的风吟。

## 八

告别的时候，每片叶子都在相互感恩。

我和叶子握了一下手。

我们交流了点什么。

## 九

秋天在一片金黄的色彩中获得自信。

要用朝圣的语言,才能形容你的美丽。

老桑,只是喋喋不休地自言自语。

## 十

碧云天,黄叶地。

我在阶前寂坐。

天地寂静。

## 十一

我可以坐在这里若干时辰。

如老僧入定。

## 十二

在大自然的匪夷所思中,我是一个偷窥者。

不小心,打破它原有的安宁。

## 十三

在参天的古树下,我抬头又低首。

我是一个问路的人。

## 十四

人已经走了,晚秋也已离去。你不是不知道,只是不想承认。

"兄弟,冬季来临,记得加衣,别伤寒。"

冬日暖阳中,段王爷从山中来信给我发来信息。

## 十五

在秋天的色彩中,我们传递着某些东西。

在前半生,我一直追着风在赶路。

在这个秋天,我停歇下来。

我抬头又低首,我是一个问路的人。

## 秋叶之静美

### 一

和世界说，这张照片美到我自己了。

傍晚微凉，在北山孤清的观景台，秋日的夕阳如此温暖，红遍了半边天。整个山峰、山谷都像是泡在黄昏里。金黄色的阳光和微寒的天气掺杂在一起，留给尘世喧嚣中的温暖。

短暂。这是片刻的美丽。

大美无言。

### 二

一阵风来，山间的落叶就飘了满地。

一叶知秋。

子非叶，子非秋。

在北山双龙洞前的小池里看一片落叶，它孤零零地浮在水面上。

想到飘零，漂泊，想到生离死别，想到浮生若寄……

看阶前的一片落叶。

我喜欢它的真实，终于是不再装腔作势，戴着虚伪的面具。

小时候，在老家五六百年的老樟树下，我常蹲在地上把叶子一片一片地捡起，拿针线穿成一个叶环。

现在回想含笑。

那时，肯定非常美丽。

我蹲在地上拍叶子的时候，叶子随风飘起，沙沙地在路上飞快地跑远了。

终有一别。

我站起身。

一叶，一秋，植物在用它们的方式进行隆重的生离死别。

## 三

我听到一声叹息，悠长悠长的叹息。

她伸长着自己，多么想离天空近点，再近点。

她伸长着自己，多么想离大地近点，再近点。

她是热闹而又孤独的。树枝伸向天空，根扎进土里，无数的叶子挤挤攘攘在一起。

她终究还是孤独的。她一个人飘向了远方。

她的飘零，是美的寂寞与孤独。

## 四

喧闹与嘈杂也是种美丽。

无边无际的世界，叶子以自己的规则在游戏。

每一片叶子都有名字。

它们的妈妈记得。

喧闹与拥挤，也是种生活。

它们是群居的植物。

当落下、飘走的时候，这就是告别了。

## 五

伸出手，想握住什么，想留住什么。

叶子从我的相机里闪现，稳住了沧桑的表情。

秋叶的静美，是泰翁信笔中的隆重。

下坠也是有重量的。

清晨的时候，它露出原形，满脸泪痕。

阳光照下来的时候，它恢复坚强的样子。

## 六

天空画满了未知的图案。

枝叶在天空画满了图案。

听到脚步踩到地上唰唰的声音,我抬头,抓紧时间向树上的叶子道一声别,说点什么。

可是,我该说些什么呢?

## 七

从万水千山中,找到一个人。

如千山万岭上,找到一棵自己喜欢的树。

如在老桑数十张秋色的照片中,找到一张自己喜欢的。

你爱的是哪一人?

你喜欢的又是哪一张照片呢?

## 八

火红。火红。

生命就是种燃烧吧。

落叶,是时光追捕的一个无辜猎物。

我也是,我想。

## 九

把世界，横过来。

树侧着生长，树枝伸进了土里，长出了根须。

在山间，我颠倒黑白，颠倒乾坤。

明日，我能否假装忘记下山的路？

## 十

你说你很喜欢这张照片。

我说，我也喜欢。

是不是，图片承载了我们之间的快乐？

是不是，图片传递了我们之间的喜欢？

美，是相通的，共同的。

恨，也是如此。正与反，才是人生硬币完整的两面。

## 十一

树叶凋零。

秋日的山间，告别停止在夜间。夜间是停留喘息的时间，是微醺后交涉思想的时间。

南飞的雁群已渐不可闻。在秋天的草丛里，秋虫的鸣叫渐弱，躲着很多不知名的鸟。

春天的种子，已经落入土里。

## 十二

微风吹落一树的叶子。

纷纷。

落在你的身上。

我在窗内。

你在窗外。

## 生活还不是一边浓郁，一边清淡

### 一

所有的文字，在图片之前黯然失色。

让我觉得忧伤。

我在这些美丽秋天的图片里，配几个蹩脚的文字。

为了衬托。

### 二

一边浓郁，一边清淡。

每棵树都有自己的性情。每片叶子都有自己的个性和宿命。

叶子，就像一阵风掠过淡蓝色的天空。

它的一生是轻盈的。

## 三

治愈。

生活还不是一边受伤,一边治愈。

所有秋天的叶子,都可以为其写赞美之词。看着它们,叶脉涌来幸福的滋味,让我感到治愈。

这是冬日严寒之前温暖的色系。

## 四

多么温柔。

一次一次,我拿着相机,拍这棵树。我会一直拍这棵树,直到它剩下最后一片叶子。

记得寒风中的《最后一片叶子》,这是生命的坚强,这是人生的信念,这是战胜困难并坚持下去的力量。

叶子是大树温柔的牵挂。

一无所有。当掉落一身的叶子后,树变得坚强了。

## 五

下雨了。

天上的那片乌云,原本只是路过。

但它被永远地留在这里了。

## 六

在干涸的岁月中，需要一点点美好来慰藉。

那一叶的秋色，轻易地抚平了内心波澜的沧桑。

## 七

"怀君属秋夜，散步咏凉天。"

"落叶满空山，何处寻行迹。"

夜读韦应物。忽想起《记承天寺夜游》，想起《湖心亭看雪》。

何处无美景。

"但少闲人如吾两人者耳。"

"莫说相公痴，更有痴似相公者。"

## 八

每日归。

自闭于一小屋。码字读书两个时辰。

我顺手关掉了门外的世界。

留自己在漫漫的海洋中，浮浮沉沉。

## 九

"我如此奢望,一路风霜与你分享。"

秋天了,寄一片叶子给你。

# 深秋的时候我想远行,寻找一首年轻的时候丢落的诗

## 一

季节对于热爱的响应,是一行绵长、悠远、空灵的诗。

立冬了,秋天刚美。

立冬了,我爱的秋天,秋色刚布满整个山坡。

## 二

我把自己放在一个角落里。躲在自己的世界里,码毫无价值的文字,唱着无人所知的山歌。

——可是我自己喜欢。

我不想被热闹打扰。

秋天火红的叶子却打扰到我的心。

## 三

红叶似乎深晓我的心事。

一生喜欢的事,不过是当时光老去,人世沧桑,世界喧嚣,我还在安静地做着我想做的事。

叶子说,隔着寂寞,隔着沧桑,我们一样坐在时光的秋千上。

晃荡着走完一生。

我将以我不完美的方式,孤独地老去。

## 四

想念,或怀念,世界某地的一丛深秋。

美得让我窒息。美得让我无法形容。

美得让我想立刻背上行囊赶赴。

世事的温柔与深秋的落日,悄悄地击中我的灵魂。

深秋,背包拉着我想拼命往深秋的景色里奔跑。

## 五

秋日,人生的黄昏。

我的皮囊无足轻重。

是火,是悬崖,是不归路……我都笑着面对。

我的灵魂原本与寂寞比邻而居。

多点,少点,不过是逼仄人生平凡的叙事。

## 六

我微不足道,何足挂齿。

在我们身外的世界,无数植物在无声地凋零。

万木凋落的季节,顾影自伤。

落日夕阳。

我们都必将离去。

我们都只有一次生命。

如果遇到,就应该感恩珍惜。

## 七

一个斑斓的季节。

天空,广阔而又深情。夜空,深邃而又肃穆。

现在,我还有时间感怀,漫游,码字,喝茶,胡思,乱想。

——这就是一件幸福的事情。

在深秋,我保守着万物告诉我的秘密。

## 八

春光夏阳,咏春歌夏。

在秋日里,写关于秋天的诗。

落雪的时候,踏雪寻梅去。

如此,就可以感受魏晋的风骨。

## 九

深秋的时候,我坐立不安。

我想远行。

不顾一切,寻找一首年轻的时候丢落的诗。

## 一场秋天的暴雨

一场突如其来的暴雨,就让我脑海中回到了"哗啦啦下雨啦"的小时候。

"哗啦啦啦啦下雨了,看到大家都在跑",这首叫《雨中即景》的歌,是由王梦麟作词作曲并演唱的一首经典流行歌曲。歌曲描绘出人们在突然降临的大雨中,各种慌乱的情景,在二十世纪八九十年代曾风靡一时。

歌曲是那么欢快、幽默。暴雨带给大家的不一定是烦恼,也有快乐,《雨中即景》一听就让人脸上有了笑意。

今天,背包走在路上,没有带伞。"哗啦啦"的一阵暴雨,倾盆而下,挡住了脚步。停下来,立在一间奢侈品店的屋檐下。

我也是一个在雨中奔跑的人。现在在一方小小屋檐下,瞧着一时半会没有停下意思的暴雨。

有点惆怅,却也有点暂时停歇,看看风景的小欣喜。

几个店员，趁着这个机会赶忙搬出各种绿植放到雨中。现在人都注重室内绿化，各种绿植也是越来越多，不过绿植也越来越娇气，越来越难养。趁着下雨的时机，让绿植们享受自然的雨露，给绿植们"洗澡"、灌溉，的确是件好事。我们不懂这些绿植，它们长年累月地待在一个小小的室内空间，局限在不见阳光雨露的环境里，平时"喝"的只是自来水，是不是也很伤悲？不过，子非树，安知树之乐与不乐乎？我为自己的杞人忧天而摇头。

店门口停着三辆车，劳斯莱斯、玛莎拉蒂、迈巴赫。在雨中，车沉默着，淋着和别的车一样的雨。

上一次在梅城，也是遇到暴雨。立在一小店的屋檐下，店主是一个小伙子，马上拉我进小店，搬出凳子，连声说"坐坐坐"。那次的雨，也下了好久，我深感不好意思，临走的时候看了看小店，想买点什么。店主看出我的意图，连连坚定摆手："不用啦，不用啦！"

在这个世界上，有很多需要在暴雨中冒雨前行的人，有很多不管遇上什么样的恶劣天气也需要出门的人。开车的人如往常一样迅猛地在雨中穿梭，奔赴下一个目的地；电动车也披上了累赘的雨衣，在雨中奔跑；努力撑着伞的人，冒着淋湿的风险前行……这些身影中，有送外卖的小哥，有接送孩子的长辈，有为工作奔波的人……

还有很多人和我一样的人，没有避雨工具，躲在一条走廊或

是一方屋檐下，或翻看手机，或抬头看天气，或眼神瞅着一处发呆……

雨中，原本可以要上一杯茶，散淡而从容地在一处有音乐的地方，听雨看书，安然自得；也可以，在遮风挡雨的车中，缓慢行驶，穿过暴风雨……

人生的狼狈与不堪，肯定有所理由。

我今天遇雨的原因，就是原本可以早点出门，临时自我耽搁，明明知道要带伞，却偷懒没有带。结果，此刻我站在人家的屋檐下，听听这雨，看看此景。

圣人孔子，亦曾遇雨，留下"空树藏孔，孔入空树空树孔，孔出空树空树空"的妙联。秦始皇封禅泰山也遇雨，曾避雨于松树下，然后敕封了五棵松树为"五大夫"。我们小时候的乡间，有很多建于村与村之间的凉亭，便于来往的路人歇息、避雨、避暑等，这些凉亭的墙面，也常有文人偶尔题诗一首，颇有古风，写满故事。

历史上遇雨避雨的人数不胜数，每人多多少少都会有这般的经历。如人生，都会遇到顺境与逆境。

同样的雨，不同的是我们的心境。

年少的时候，遇此雨，与友泰然自若地在暴雨中散步，口中吟唱诗句，"岁月的尘埃无边，秋天，我请求，下一场雨，洗清我的骨头"，也会大声地呐喊，"让暴风雨，来得更猛烈些吧"！

不谙世事的少年，都做过一些匪夷所思的梦，干过离经叛道的事。这些有趣的、可笑的种种事情，组合成我们的青春。

青春无悔。

我又想到战火纷飞年代的一则小故事。民国著名学者、国学大师梁漱溟，有"中国最后一位大儒家"之称，以他平日的行事风格、个性品格，不论遇到什么问题都能够"若无其事"。1940年5月的一天，当时正在重庆的梁漱溟赶上了日寇轰炸。空袭警报响起之后，大家都争先恐后地跑向防空洞，但是梁先生并没有跑。正在房间里读书的梁先生，平静地拿着一张藤圈椅搬到学校的操场上，然后若无其事地继续阅读。日本军机乌压压一片飞来，到处是爆炸声，梁先生始终没有受影响，仿佛一切如常，依然安静地读书。其他人躲完警报回来，发现操场上戴着一副无边框眼镜，身穿长袍马褂的梁先生，手拿一本书，还在认真阅读，他的头上、脸上、身上厚厚地披上了一层层轰炸扬起的灰尘。

眼前的雨，让我想到了枪林弹雨，想到了那些在历史曲折坎坷中泰然自若的民族脊梁。

相比较枪林弹雨，一点点的暴雨又算得了什么呢？相比较那些年的家国大事，我们个人的一点点挫折又算得了什么呢？

雨微小，还没有停。背起包，我迈着往常的步伐继续前进。

雨落在我的身上，一点一滴，仿佛是在提醒着我自己。

## 风吹一片叶，万物已惊秋

一抬头，已是立秋。

光阴，被人为地分割成无数不同的时间单位。短短的十几天，一眨眼便过去，一个节气也就过去了。一个节气接一个节气，时光推着我们往前走，一转眼，一年就过去了。

最早的"秋"字，原本是一只蟋蟀。《诗经·豳风·七月》中有"五月斯螽动股，六月莎鸡振羽。七月在野，八月在宇，九月在户，十月蟋蟀入我床下"。天凉，蟋蟀悲鸣时日不多。在远古安静的深夜，这鸣叫声，特别凄美、悠长、响亮，先民便把蟋蟀喻为秋天，写进了文字里。在甲骨文中，"秋"的字形就是一只形神兼备的蟋蟀，长长的触角，粗壮的后腿，形象生动，栩栩如生。

《说文解字》中说："秋，禾谷熟也。"随着人类改造自然的能力增强，农作物的增多，后来的秋天，就成了一个收获的季节，所以到了小篆的"秋"，已经是"禾"旁，凸显了秋天——禾谷成熟的景象。

立者，住也，一个"大"字站在"一"上。所以立秋者，秋将立之大地也。

有诗云："风吹一片叶，万物已惊秋。"

——好一个"惊"字啊！

惊，惊的是时光如梭！

今年的夏天过得特别快，如"烟花"一般。台风"烟花"来了，带来十天左右的雨水与凉爽。天凉时光易过，台风过后，江南的夏天感觉也过去了。八月晴朗的日子，天气还是很热，秋老虎还在后头，但看看日历，一年已经所剩无几。

惊，惊的是秋天的美景！

碧云天，黄叶地，秋色连波。无数的文人墨客，都咏过秋，写过秋。秋给人的感觉，是纯净、辽阔、收获，是无边无际的金黄。秋天，有无数的惊喜在等着我们。

惊，惊的是人到秋天的寂寥！

秋天是丰收的季节。在丰收的季节之后，却将迎来冬天的寂寞与荒凉。到了这个年纪，就会想到人到中年知交半零落，想到尘世的起起伏伏，想到世事的悲欢离合。春夏秋冬，如果对应人生的不同阶段，秋天应该是人生的中年壮年，这是一个上有老下有小，无限疲惫仍需努力向前的年纪，不能找借口倒下的年纪，这是一个半夜醒来，后背无处可靠只能靠自己的年纪。

立秋日，惊秋，惊时光，惊人生。

百感交集。

马上将会有一天，落叶铺满我们的小路，盖住我们人生所有

的彷徨与悲伤。会有一个答案，突然站在我们的门口，默默无语。

我们曾陪着永恒走了一段路。有一天，生命厌倦了永恒，于是永恒孤身一人继续上路。

## 凉风袭来秋天的梦

夏天太阳的爪子,在我的脸上、手臂上留下灼热的抓痕,漆黑的肤色成为一个季节的见证。

一个季节灼热的成长,会造成多少物是人非。

傍晚的时候,照常背着电脑包走了四公里的路。凉风迎面而来,灌进我的衣袖中,丝丝清凉填充着我的裤管。我如一个充气玩具,擎着一朵乌云在走路。

风中传来一点点季节颤动的声音。太阳直射点已经抽身,一路往南而去。

炎炎夏日,开始松动。

这些年来,我们的街道上车多人多,喧嚣的世界里却塞满了沉默。我们都在马路上行色匆匆,急急忙忙赶回去,缩回到自己水泥框架的小小空间里,或是办公室或是住宅或是各种场所。人走动,车来往,人群之中我们相互沉默,旁若无人地保持安静。

我们身后，洒水车、扫把、清扫车，反复地擦去我们走过的痕迹。

流水一样的车经久不绝，车水马龙代表着城市的繁华。让车跑起来，让人们忙碌起来，似乎是一个城市最大的职责。

草木花鸟是一个城市的点缀。它们热情地在自己的世界里，舒展着生命，如果俯下来，我们甚至能听见它们生长交流的声音，它们等着收获我们廉价的赞美。大自然从来不厚此薄彼，它们在自己的世界里，经受着与我们相同的雨露空气。

我混迹于人海中，一样急匆匆地赶路。

急忙回去，蜷缩在城市角落夹缝中的楼房里。

时间的河流如此湍急。在外面的世界这么快，每个人都会卷起一阵风，吹皱我们的脸。我是那么匆忙，回到自己小小的书屋中，"躲进小楼成一统"，在书香的世界里，好像没有时间。

梁实秋说，寂寞是一种清福。我在小小的书斋里，焚一炉香，袅袅的一缕烟线笔直地上升，一直戳到棚顶，好像屋里的空气是绝对静止的，我的呼吸都没能搅动出一丝波澜。

在我自己的小书屋中，我也常常会感觉到这样的一种情境，感觉到空气与时间的绝对静止，我遗世独立。

或者，我甘愿被世界抛弃。

在文字的世界里，我一事无成。要用多少文字，才能完成我对自己人生的忏悔，才能赎回我失去的真诚与笑声。答案已经不是答案，遗失在茫茫岁月中。我在自己的苦海里，一苇难渡。

世事无常，流水一场。要用孤独完成对自己的惩罚，剥夺自己进入尘世的权利。与一本书对峙，撇开生死名利，我苟延残喘地活着。

一个人的世界不需要观众。我可以忽略自己拙劣的演技，和星星一起表演一场木头人的游戏。

我和自己走散了，忘了落幕。

夜半的时候，天空甩落几滴零星的雨。我放下书，突然想早早进入睡眠，去做一个旷日持久的秋天梦。

## 秋天的尽头，长着一棵毫不掩饰的树

一

老家门口的那几棵柿子树，是我秋日一抹浓郁的牵挂。

平常季节的柿子树，自顾自地疯长，毫不惹人注意。母亲种的几根丝瓜缠绕在它们身上，垂下一根根的绿丝绦。到了深秋，丝瓜就败了，萧条的枝头松松地缠绕在柿子树上，几个老丝瓜，母亲也懒得收，它们在秋日之中，沧桑地等待。这时候，柿子树的叶子，每天都唰唰地掉，一颗颗橙色的果子挂满了树梢，不时有小鸟停在最红的那颗果子上面，节奏很快地吃着，圆溜溜的眼睛不时机警地看着四处。

每年秋日的时候，我都喜欢回家，和母亲在树下说会话。牵着老迈的父亲的手，在树下站一会儿。

还有那一日，我在下姜村，栖舍后面有棵柿子树，当我靠近它的时候，上面的柿子就掉了。

它坚持着等待，似乎是想与我见上最后一面。

## 二

村子里有很多柿子树，在乡野长成秋日的景观。

它们兢兢业业地履行果树的职责，我们将它们的果实摆上清供的果盘。

白石老人喜欢将柿子一次次地入画。

事事如意！

世事难得都周全。

## 三

儿时，热切期盼着一次春游，或一次秋游。

江南人，更喜欢一次深秋的旅行。

秋高气爽，秋风袭袭，天高云淡……秋，给人带来的是爽劲与快意。

秋天的每一片叶子，都在挤挤攘攘叽叽喳喳地呼唤着你，出来，走出来，到秋天的深处来，到自然的怀抱里来……

老张对我说，老桑，别宅着，去，在秋天拍几张喜欢的照片。

秋就在那里，我们又在哪里？

## 四

目光所及之处，都是美的。

手握着相机，常有种惶恐。

——有什么，我们可以保存下来？

——有什么，能记录这世间美好的一切？

——有什么，能长存于世间？

白驹过隙的一生，草木枯荣。

我们不过是微尘。

萌芽，吐绿，变黄，飘落，化泥，也就走完了一生。

## 五

站在秋天的尽头，我想长成一棵毫不修饰的树。

努力把根扎进土里，枝干用力向上，默默努力，长成自己所希望的样子。

春天的时候，我伸展着满树的绿枝。在秋天的时候，所有的叶子都写满了季节的记忆。

冬天的时候，坚强地摇曳着一两片叶子。

想笑的时候，那就迎风而起，或笑得大声，或轻声细语。

想哭的时候，那就和着雨水，顺着露珠，不去掩饰自己的情绪。

更多的时候,我一言不发,无声地看着这片土地。

## 六

再不去看她,我们就要错过今年的秋天了。
明年的秋天,是明年的。

在秋天的尽头,长着一棵毫不掩饰的树。

## 如果哪一天，戛然停止

这个晚上，我在露台上思考了很久。终于在解决完一大袋板栗之后，还是打开电脑，准备记点什么。

这是今年秋冬的第一袋板栗。

公众号每天发文，坚持了整整七个多月，如果就这样放弃，进入随性的模式，那岂不是太过于可惜？

我想给自己一个坚持的理由——如果爱文字，那就坚持，好好坚持。坚持阅读，坚持写文字，坚持热爱生活。

如果要找一个让自己停止的理由，是累？是烦？是无人关注？是无人阅读？是文章质量不好？有很多很多的理由——所有的理由加起来，都无法说服我自己。

每天坚持写文有很多的好处。七个多月下来，积累了很多很多的文字；七个多月下来，养成了每天写点什么的习惯。因为每天要写文，也让自己多去发现、挖掘生活中的素材与灵感……

坚持写文的好处，就是在工作之余觉得时间不够用。一有时间就会见缝插针地写点什么。出差也是，在外学习也是。

坚持很难，而放弃太容易了。

写作，我从中学开始坚持，已经这么久了，我不想放弃。

月底了，积了很多稿件需要完成。每天晚上都是自己写作最好的时间。不过，公众号没有完成的时候，总心不在焉。

想想，还是要先把公众号完成。

每天的文章，我都是限定时间，直接在公众号中写，写完插几张图，检查一下错别字，就直接把文章给发了。

——这就像是人生一篇限时的作文。偶尔草草而就，偶尔正襟危坐，偶尔行云流水。

常对自己说，很累很烦的时候，不妨先坚持下去。

先去做，先坚持，什么都不想。

前路总有光亮，人生总会柳暗花明。

## 如果你不把 TA 带进卧室，带上床

"一切有价值的东西都是为了爱，那是生活的动力。"

一

越来越近了，近在咫尺。

我闭着眼睛默默地想象着，渴望的"她"离我越来越近。一只羊一只羊，一群羊一群羊，都被我甩在了身后，堆积成一片洁白的云朵，不时有一两只聒噪的乌鸦飞过。但我依然感觉神经疲惫，舒缓、轻快的音符，在黑色无边的深处，我渴望一只有力的大手，毫不犹豫地将我拉进熟睡深处……

"她"离我越来越近，我的眼泪几乎要夺眶而出。

在我将要抓住"她"的时候，"她"却退下了，被"她"身后的巨手拉走，如潮汐般退去，坚决毅然，将沙滩上的一切，都带进海洋深处。

"她"——熟睡，成了久违的事。

毫无睡意。我重新抓起手机。

那么熟练地抓起手机。

打开。

## 二

打开。

——这一幕你是否似曾相识？当刷手机成为一种常态，失眠也相应成为一种常态。

黑夜中的光，刺得眼睛发疼。

这一片白光照耀下的脸，想必也是一张凄惨的脸吧！如《聊斋》中的某种情景。

在这之前，我拿着手机已经无所事事地刷着朋友圈、微博等，刷了很久很久。

曾经我认为这是一天之中最为惬意的时刻。

打开什么，收获什么。

大大小小的事，大部分与我们无关。

但眼睛不小心扫到的事情，又无理由地击到内心脆弱的深处，翻腾起的波浪。

亲爱的熟睡，你又飘远了。

## 三

让自己的人生崩塌,就是从无所事事开始的。

日复一日的碌碌无为,成就了慵懒的一生。

"一切有价值的东西都是为了爱,那是生活的动力。"

一次一次,很无助很难过的时候,我说,桑,站起来打扫卫生,整理东西。一个干净整洁的环境,可以治愈自己。

一次一次,我对自己说,放下手机,放下手机。

给自己辟了一间所谓的"静室":一桌一椅,无它。每一次进房间,给自己设定时间:一个小时或两个小时。在这个规定的时间里,看一本书,或写点东西。可以有音乐,可以有杯咖啡或茶。

完成之后再出房间。

## 四

运动也是让我们暂时放下手机的一个好方式。酣畅淋漓地流汗,努力地去奔跑、去打球。

运动也能让自己拥有一个比较好的睡眠。

改变的方法有很多很多。

一个朋友对我说,床就是睡觉的地方啊,为什么还要在床上看书,在床上吃东西……这个朋友,到了规定的时间就上床睡觉。往往晚上十点,他就已经进入梦乡。

对于我们很多人来说，睡前的那点时光，可以灯下看书或是翻翻手机，的确是一天最美好的时光啊！

可是，我们的时间也就这样一点点地消失了。

我似有所悟。我试着将卧室里一排一排的书架搬出来，将床上零乱的书放到外面的书架上，让卧室回归只是休息睡眠的地方。我开始坐在书桌前看书，可以写写画画，可以做点笔记——让阅读回归仪式感。

我试着在睡前将手机放在卧室外面的桌子上，用小度音响调好闹钟。

我试着一点一点将自己的时间找回，也顺便找回自己。

说真的，我还是很怀念从前的时光。电子产品很少，拿到一本书我们都如获至宝。那时，夏日我们可以一起摇着蒲扇纳凉，冬日我们可以一起围炉取暖话桑麻。

那时，我们常常忘了时间。幸福来得随心所欲。在我们向遥远的梦想出发努力的路上，我一想到从前，就清醒地看到从前的日子里充盈着水墨画一般丰满的梦。

那时的夜晚那么安静，一声沉重的叹息都会将好梦惊醒。

## 五

日子每一天都残忍地撕去我们生命中的一块，我们一日一日奔向共同的目的地。生于尘，归于尘，没有退路。

我没有雄心壮志成为一个什么样的人，只是专注认真地做一

件自己喜欢的事，并能体会到生活的美感，不至于让自己的灵魂与肉体过于油腻地行走。

如此而已。

在世事的喧嚣中，我小心翼翼地退后，独守着自己的天地。以和TA——手机，保持合适的距离开始。

## 你，有时很近，有时很远

雨后，一缕阳光清亮地穿透世界，照亮你。

你的轮廓，清晰可见。或是云雾缭绕，或是青苍一色，横亘八婺大地，厚重温暖。

抬头望，总向北。

北山，就在那里，牵着我的目光。

婺城有北山。

就在那里，这么近。

一座山的时光寂寞恬静。

一本史书，从三皇五帝，翻到民国风流，对它来说，只是几日辰光。

它有大把的时间，做梦，思考。

更多的时候，它凝固成发呆的姿势。

徐霞客、陆游、叶圣陶，来了又走了。我们也来了，又走了。它还不曾移动半点。

我们，不近，不远。

时光有多长，对北山来说，就像是一个梦。

也许就是一个梦。

对北山来说，来日方长。

对我们来说，这一生，终究没有太长的时光。

我们一转身，就如树上两片枯叶般飘零。

不知飞去何方。

有些人，走着走着，就散了。有些人，走着走着，就不见了。

我们，又近，又远。

很多人登临，拍过很多照片，赋过很多诗。

夜上北山，雨上北山，雪上北山，雾上北山……

我在山中，猛吸一口北山的空气，试图写下清澈的诗句。

哦，我兜兜转转，只是在北山绕了一个小小的圈。

在北山，淡定的草木都有分量。

我们的分量也仅仅是草木一秋。时光从容不迫地收割了我们。

我们，很近，很远。

"你一会儿看我

一会看云

我觉得

你看我时很远

看云时很近。"

你站成一个高度,一个方向。

云儿离你更近,我离你更远。

很多时候,你陷落于尘,我们隔着拥挤的人群、高大的建筑、错综复杂的马路,我看不见你。

原谅我,总望向你。

从现世潦草的门缝里,眺望你的方向,你的天空。

你站成一个远方,以及远方的隐喻。

不管你,是近,还是远。

## 碎片化的时代，我们做个时光的裁缝

你坐着写点东西，写了会儿，忍不住起来看一下手机，刷一会儿。各种信息，有用无用的资讯，风一阵雨一阵，笑一声悲一声，打乱了你的思维。想把心收回来，再回到眼前的资料上，时间已经无情地过去很久很久。

——做很多事情，我们都是这样。

我们喜逢时间碎片化的时代。

将我们的时间割裂成碎片的，是我们手中的手机，是我们那不宁的思绪，是我们不安的焦虑，是我们无所适从的心情。

资讯真的那么重要吗？朋友圈真的那么重要吗？

的确非常重要。我们很多人赖以生存的工作与生活，现在都与微信、钉钉等软件分不开。从工作到支付，我们都离不开手机。

但——很多资讯与我们毫无关系。大部分的时候，我们只是神经质地打开手机，然后看一下微信等社交软件，刷一下朋友圈。如果手机上有统计的软件，统计每个人每天开了多少次手机，眼睛停留在手机上的时间有多久——这个数字，会让我们大吃一惊。

有个孩子过生日的时候，母亲说满足他的一个愿望。孩子不敢置信地追问，真的吗？真的吗？母亲点了点头，真的！孩子欢呼雀跃，妈妈，我想玩手机。

想必母亲此时慈爱的心情，定是从脉脉温情降到了冰点。

以己推人。大人们都离不开手机，放不下手机，何况是没有自制力的孩子呢！

科技和时代的发展，就这样将我们推向了一个新的时代。这个时代，更加考验每个人掌握时间的能力，利用工具的能力，处理好工作与生活的能力，以及在取与舍之间，在贪欲与断舍之间，找到平衡的能力。

老桑的寓所在疫情之前，一直没有装宽带。没有装宽带，极大地减少了使用网络的时间。尽可能多选择走路与骑车出行，在运动的过程中，也极大地减少了使用手机的时间。但是，这样我还是感觉效率低下。

于是尝试睡觉前不带手机进卧室。删掉手机中不常使用的软件，删掉无数的群，关闭朋友圈……尽量不参加各种聚会、应酬。宅，很少出门。

时间就这样一点点地挤了出来。

先哲说，时间如海绵，挤挤总是有的。在尽可能挤出时间后，还是略感时间被分割，思维被打断，学习与工作的效率非常低下。这时，就考验一个人的计划能力、目标管理能力、自制能力，以及平时的种种习惯了。

平时，我将一些灵感，随手记在本子里。不管这个灵感好与坏，句子美与不美，通通都先记下来，放在那里，有空再整理。日常之中，等人或是刚好有点空闲，就看一些诗词或是散文，看看背背，读一读，或是摘录一部分，尽可能将碎片的时间利用起来。夜晚或是放假，有大把整块时间，就用来读长篇，写文字等。每天提醒自己，如果能写作，那就写作；写不了文字，那就看书；看不了书，那就去运动。总之，时间不能浪费。

要将更多的时间，交给安静的思考。走路就是很好的观察与思考，看书就是很好的学习与思考，坐着看日落也是很好的想象与思考。

快与慢，有时被时光与命运左右，有时被自己左右。一个保持着清醒思考的灵魂，才是真正有趣的灵魂。

在宅着的时光中，更考验一个人的"慎独"能力。记得中学的时候，写过一篇作文《慎独》。记不清那时候这篇作文是怎么写的了，在那么一个爱动、爱疯玩的中学时代，是很难体会到慎独的状态的。现在人到中年，时光蹉跎，人生的种种紧迫感催逼，才能深刻体会到"慎独"的真正意义吧。独自一人的时候，还能保持着自己良好的习惯,朝自己的目标去努力,记得自己的初心,守得住自己的底线,这才是一个干净而纯洁的灵魂吧!

普通的老百姓,做不了逆流而上,只能随波逐流,在时代的浪潮中,随着时代的节奏,踩出属于自己的节拍,活出自己的意义。

如果有大片的时间,我们要沉得下来,做一些涓涓小流汇聚成大河的事情。

即使时光零碎,一地鸡毛,我们还是要尝试做一个时光的裁缝,将碎片的时间缝成属于自己的合身的外衣。

给自己的灵魂着装。

## 深夜咖啡馆的灯光

唐诺很喜欢在台北永康街旁的一个咖啡厅里写作,自称是"咖啡馆专业读书人"。他坐在咖啡厅里读书,与世界无数大师在文字中交流。他写各种作品,偶尔抬头看窗外的时候,可以看到骆以军牵着小儿走过……

我也很享受在咖啡馆里写作看书的时光。在小小的婺城,要找到那么合适的咖啡厅,可以安静地看书、发呆、写作、会友等,却是很难。要不太吵,要不沙发不舒适,最重要的是,有合适氛围的太少太少。

出行住宿,一般会选择住在大学附近。大学附近的咖啡厅、书店等配套设施齐备,几十年上百年积累的人文沉淀在这片土地的每一个角落。漫步其中,总能给人重温学生时代的美好的感觉。

有一年来杭州,住浙大附近。白天去看展览,晚上空闲的时候就在浙大附近的咖啡厅里写点什么。

有一天，在北街咖啡坐了半天，离开的时候已经是凌晨。这个安静的小小咖啡厅里，依然有很多学生还在挑灯夜战，有看书的、写论文的、做作业的。屋内和屋外一样安静，时光在这里走得很慢，流逝得悄无声息，唯恐惊醒这么多努力的人。

深夜的灯光，那么温柔，却有力量。

在万籁俱寂的深夜里，总会有一盏温暖的灯光，穿透冷清的黑暗，成为照亮这座城市的前进的力量。

路灯下，背着包，拖着影子回宾馆的路上，我一直在思考着这样一个问题：年少的时候，懂得珍惜，懂得去努力，懂得自己学习的方向，那是多么幸福的一件事情。朋友潘建娣的学霸儿子今年刚刚考上浙大，她说感觉孩子是从高三到了"高四"，读大学不是放松了，而是每天都在跑步着学习，需要学习的地方实在是太多了！——这是多么懂事又幸运的孩子！

在大学的毕业纪念册上，有几个同学给我的留言——印象最深的是我清晨在路灯下苦读的样子。那时候的大学条件差，对于一个农家的孩子来说，最幸福的莫过于有那么大的阅览室和图书馆。所以，有那样的环境，我倍感珍惜。现在的条件如此优越，真正喜欢读书的孩子却是少了。

第二天早上我提着笔记本，回到咖啡厅里继续写作，我发现昨晚在这里挑灯夜战的孩子们，已经精神满满地在学习了……

在这样的环境中，心会安静很多。

常想起天才而勤奋的篮球巨星科比说的那句话："你见过凌晨四点的洛杉矶吗？"科比无疑是天才而勤奋的典范，世上和科比一样的有很多人，很多人都见过凌晨两点、三点、四点的城市。每座城市的深夜，都漂泊着不安的灵魂，因为理想、爱情、孤独等，他们在见证这个繁忙城市安静夜色的同时，选择却截然不同。有人选择奋斗，有人选择沉沦。命运总是那么难以捉摸，世事也不会都顺心顺意。城市，有为我们暖胃的深夜食堂，也有给我们精神力量的咖啡馆。

学生时代看过一个蛮励志的故事。一个年轻人每天都在深夜苦读，每当他疲惫得快坚持不下去的时候，他都会看到对面楼上有一盏灯还执着地亮着，坚持着。于是他用冷水洗把脸，继续努力，最终如愿以偿地考上了理想的大学。他收到录取通知书之后，一个深夜，他萌生跑过去看一下的冲动。结果，他爬上了那幢楼，发现这盏一直激励他的灯，竟然是一盏走廊的灯，不禁哑然失笑。

人生中，我们也需要一盏能够鼓舞我们的、让我们坚定的温暖的灯，如《最后一片叶子》里顽强、永不凋零的绿叶，坚定生命的信念。

我住在婺城一个偏僻小区的高楼，每当深夜的时候，我时常会想起浙大北街咖啡厅的灯光。

# 所有苦苦的等待，都会有一个好的结局

所有苦苦的等待，都会有一个好的结局。
她对我说。
但你首先要坚持。

在这之前，她骄傲。
清丽脱俗的她，有资本骄傲。
我承认，是她的骄傲吸引了我。
在千万人之中，她安静地坐着。不庸俗，不附和。

一面之后。
她等了我十年，三千多个日夜，在一个没有人注意的角落。
她早已经习惯了漠视。
早已经习惯了失望。
却没有放弃等待与坚持。

十年的光阴，灰尘一片一片簌簌地落下，雪花一般，一层一层积下。

无数铅华。

最初的无奈，最后的接受。

她已经习惯。

习惯了被冷落，被忘记。

她心里无数次地暗示，桑，我们一起出去走走，好吗？


我如同《十八相送》里的"呆鹅"公子——山伯兄。

读不懂她情意绵绵的眼神。

读不懂她的暗示。

那一年，她的骄傲让她矜持。

那十年，她的矜持让她骄傲。


十年，沧海桑田。


那个秋日的午后，我不断地清洗着我们记忆的隔阂。

十年前她清丽的样子，雨后芙蓉一样露出了水面。

一如既往的美丽。

我冷落了她这么久。

十年了，你一点都没有变吗？

她睡醒一般，只是淡淡地说，老桑，你还好吗？

我笑了笑。肌肉牵扯着僵硬的神经，让我整个人看起来有点变形。

你是多久没有笑了？桑，我都忘记了你笑的样子。

你看我，我已经睡了十年。

为爱休眠。

在我最好的光阴里，睡了十年。

我冷冻了最好的爱情。

扯着我迟钝的脚步。

她说，我们走吧！

我说，走吧！

在相伴着的时光里，我和她一起去追风。

我们弓着腰，如箭一样向前，冲向远方。

在这个城市里，我是一种另类，成天背着双肩包，戴着帽子，在这个世界上如一个隐形的人。

她和我在一起，无形地成了我的同类。

看不出来，她是否悲伤。

我们一起小心翼翼地去试探更多的领域。

小巷大街。

美丽的山野。

形影不离。

很多年前。

相遇的时候，曾经表白过一次。

错过了，也没有关系，桑。

所有苦苦的等待，都会有一个好的结局。

但是，桑，你首先要坚持。

要明白你自己的价值与意义。

她说。

我说，和你在一起的日子。

每天，晨风，朝霞，烈日，暴雨，夕阳。

我都在思索。

想写封，迟来的情书。

我爱你，以及这美丽世界的故事。

## 冬雨，在来的路上

秋风秋雨，其实是最美的。

同样的情景，不同的人，不同的境界，不同的心情。

我在秋高气爽、艳阳高照中，听到了冬雨慢慢到来的脚步声。

江南的秋，在万物的变化中，突然变得飘忽无常了。季节可以在几天里不停更换，让你浑然不知今夕是何夕。霜降立冬的时分还穿着短袖，让你感叹，这老祖宗留下的节气，是不是要改了？桂花香，在我们期待的日子中姗姗来迟。直至满城尽带桂花香，让人感觉秋天真的来了。可是，这香浓的季节，直射点离开北半球的太阳活动性更强，秋老虎似乎太依恋江南的美景，迟迟不走。天哪，应该是寒冷的天气了，大伙儿穿着短袖满身大汗地望着天发愣：这天到底怎么了？

易安居士说，乍暖还寒时最难将息。如今，乍寒还热时，一样让越发娇气的现代人难将息。

秋天调皮的闹腾，是在等一场湿润寒冷的冬雨。在寒冷的冬季，我们才开始怀念阳光温暖的秋日。

今日，天有点阴沉下来。阴了一天，雨却迟迟未落。约了两个朋友，下午去文三路逛了逛。晚上大家说，我们去龙井那边吃茶吧！

车走玉泉路、玉古路、龙井路等。古木葱茏，蜿蜒干净，在西湖边行走的感觉的确非常棒，一边是繁华，一边是闹中取静，人文的历史与自然的景观是路边老树的年轮，一圈一圈地荡漾。

挑了个竹林深处的小舍坐下。夜色匆匆地落了下来。

天青色等烟雨。

我们坐在户外，对朋友说，看样子今天不会下雨了。那我们在等谁呢？回味"世事一场大梦，人生几度秋凉？夜来风叶已鸣廊""不似秋光，只与离人照断肠"等诗句，遥想当年曾经在杭州的苏子，还有白居易、张岱、贺知章等文人墨客，他们在杭州是何等肆意逍遥，快哉乐哉！

"草在结它的种子，风在摇它的叶子。"我们现在坐着，不说话，也十分美好。

朋友见我不言不语，看我玻璃杯中翻转的碧茶，问："此茶如何？"

我点点头说："好！"我是永康人，永康人到龙井想到的肯定是十八棵御茶旁的胡公胡则墓。我想，手中的茶和我们骨子里的血脉心意相通，有种亲情的缘分。

雨却在这时，没有征兆地扑簌而下。

想亲近雨。

不想搬到室内，于是撑了个很大的太阳伞，在昏黄的灯光下，坐在竹林里。竹林旁是香残的莲藕，在周边一片青翠中，憔悴不堪。竹林蛮大，小径匠心独具，两层楼的小舍就在灯光中、在雨里秀雅着。

雨渐渐地大了起来，打在太阳伞上发出击鼓般的响声。说话声音都觉得轻了些，大家也就懒得说话，看着雨，听着雨。我坐着，突然感觉整个世界极度安静。什么话也不想说，闭上眼睛，只想凝神听听雨的声音，听那雨在竹尖上嬉戏，在残荷上跳舞。而更多的雨，它们从何处来，最终，它们又去了哪儿？

遇雨，秋雨，总是很开心。

幸福有时就是这样的一场雨。突然而来，突然相遇。像是久违的故人，和你在一个似曾相识的地方相遇，不用多言，静静地坐着，看雨听雨看天就好。像是给你一个名正言顺幸福的理由，让你停下来，慢下来，看会儿书，写会儿字，闲闲地看个电影等。雨不是忧伤的，秋也不是悲伤的，我们看它，是内心的镜子。心若向阳，没有悲伤。

好风凭借力，吹去酷暑；好雨知时节，当下发生。

秋风秋雨，一席黄叶堆损。一阵凉爽的风吹来，潮湿的天气里，秋的味道，就这样甘饴般进入你的身体里。

再来一场雨，大约就是冬季了吧！

我听到冬雨，在来的路上。

## 该来的，在路上

### 一

骑个小电驴行走在晴朗的秋日午后，拥抱风。

季节有欢快的、苍凉的音符和曲调。我常误会，那些已经落完叶子的银杏，是不是厌世，因为它们总是寂寞地、不动声色地看着人间。

留一丝丝一点点的金黄和火红，让路过的人检阅。

它们老僧入定般开始等待。

等待那未曾到来的秋凉冬冷。

该来的，在路上。

### 二

该来的，在路上。

秋天的日历倦翻。悠闲的阳光，在天上，在地上，画秋风。

秋日有坦然的纹理，像镌刻在大理石上的浮雕一样，有不朽的美意。

金黄是它的美色。

落完叶子的枝干，坦露一棵树的本质。

如此真诚。

## 三

秋天的美是种姿态。

我在步步紧逼的北风冬雨之前，随着无数人流，抓紧看几眼秋天剩下的情绪。

看几眼秋天的姿态。

每一个相守的日子，就是此生最美的相约。

## 四

今日凋零的叶子特别多。

秋天在散尽万千的孤单。叶落归根，说一些明年春复来的故事。

片片叶子，在奔走相告某个转折的剧情。

似乎都听到了北风的足音。

## 五

我坐在落叶飘飞的银杏树下。

喝茶，看木心。

落叶落在木心的文字上。文字停止了思考。

停顿，想象。

我想木心的散淡、雅致，极似秋日。

## 六

秋日，可以听《秋日私语》。

万物在秋叶纷飞中出走。

走向无限的宇宙世界。

那颤颤巍巍的北风，不动声色地向我走来。

## 七

光阴似箭，流年似水。

莫在明天的冬雨中，遗憾错失的秋天。今天，就让自己沉浸在如此浩荡的秋色之中吧！

尽情拥抱今天的秋色，在冬雨的日子里享受别样的沧桑风情。四季有四季的特色，日子每天都是美的。

该来的，在路上。北风从未迟到。

明天，我们要拥抱冬天了。

# 留白，背对节日

## 一

一群人围坐在一起，让别人看到自己的幸福与快乐。

节日，恰到好处地满足了人们的愿望。

节日，就该去吃吃喝喝、走走逛逛。节日的朋友圈，满是幸福的微笑。

热闹都是凑的。越挤的地方，想挤进去的人越多。

听说，今天是万圣节。

很多市区繁华的道路，在地图上已经堵成红色。穿着奇装异服的人们，捐出时间和金钱，维持着节日的热闹与繁华。

## 二

大部分的节日，与我无关。

我找不到要过这个节日的理由。很多节日也是。

很难说服自己——为什么要过这个节日，为什么要去挤这些热闹的地方？

不能说服自己，所以宁愿在这些节日，按部就班过着自己的小日子。我在书房里看书写字，在柔软的沙发上愈陷愈深。

一个人的时候，轻轻地喘息，似乎也有了灵魂。

节日啊，我感谢你，我就这样送给自己独树一帜的安宁。

## 三

随它。

节日落在日历上，我没有将它轻轻地擦去。

热闹是别人的，我更喜欢在热闹背后，享受属于我自己的空寂。

很多人都站在节日的热闹里。我在自己的世界里，背对着节日。今夜的月光正好，喜欢的茶也顺我意。

我，在尘世一隅，在世界的留白中，在似水的光阴中，写我自己的故事。

## 卖画不论交情

在如今的年代，有电子书，有各种手机阅读软件，如果非要买本纸质书，除了考试、孩子学习用书，那真的要有一颗真正爱阅读、文艺的心灵。

不管科技如何发展，还是有很多人喜欢书香，喜欢那种被文化美好熏陶的氛围与环境。

这是一处没有被金钱异化的净土。

"卖画不论交情，君子有耻。"

在齐白石家的客厅里，挂着"卖画不论交情，君子有耻，请照润格出钱"的字幅。想必，有很多艺术家都曾经遇到过这样的情况。很多朋友自认为和你很熟，开口要张字、画、印，仿佛对你来说，这是信手拈来、相当轻松的一件事。朋友很是坦然自若，艺术家呢，又很要面子，有时有苦说不出。于是很多人，只是表面淡然微笑，似是应承，却是听之如浮云，听完就忘。

也曾经有文友说起，有不是太熟的朋友，叫写个演讲稿、总结之类的，振振有词地说，写文章你这么拿手，手到擒来，一下子就写好了，帮我写一下吧！

相信，屏幕那端的文友，心是冤屈的——可能自己手头还有很多稿子没有写，手头还有工作没有做呢！

总有些人，有些自信，叫理所当然。

说到底，大部分的人，都没有理解到艺术真正的价值，也没有正确去衡量友情与艺术品的等价关系。

写张字、画幅画、写篇文章，背后是多少日夜的修炼与苦行，才能有点小小成就。艺术家的生活，清高而惨淡，很多人都为五斗米而折腰，艺术品其实是他们生存的一种手段。文豪如林语堂，文思泉涌，仍说写作是"苦役"，劳心而劳神；大匠如齐白石，仍需明码润格，养家糊口……

非不愿，实难言也。

十年前出版的几本书，有朋友要就大方地送去寄去。后来发现，真正阅读的人，寥寥无几，有些书流到了旧书店，有些书被束之高阁，有些书成了废品。

书与画，都是给欣赏者的，能真正懂的，能阅读的，能珍藏的，少之又少。

尊重一个艺术家，就要从尊重他的作品、他的付出、他的努力开始。不要轻言妄取，说，来，给我写一张，给我画一幅。

真正懂艺术品的人很少，附庸风雅的人很多；真正阅读的人很少，愿意买书的人更少。

真的愿意好好收藏一幅字画、一本书的人，都是出于热爱。

新书预售，有了前车之鉴，于是坚定爱书人自己买书，坚决不送一本书。朋友圈预售的第一天，就卖了一百套……大都是多年的相知，或是素不相识的文友，或是同学、老朋友，等等。他们有些人是鼓励我几十年如一日的坚持，有些人是真的想阅读我的文字，有些人是特意买了很多套书，他们都在大力地支持我。

心中充满了浓浓的感动。

半生落魄，一无所成，一直在跌跌跄跄地坚持着自己的梦想。在大多数人看来，毫无价值的文字，也就这样有了一星半点的意义。这意义也如同一道微光，让我可以坚持下去。

在此，一一谢过。

我们已经不奢望一个"懂"字。世间每个人都有自己的苦衷，有自己的选择。在凉意四起的世界里，无数双手与鼓励的眼神，交织成一种暖意，支撑着我们前行。

谁愿意买你一本书、一张画、一幅字……并不是他们真的有多少钱，只是他们愿意支持你的梦想，认同你的梦想，想你走得更远，走得更好。

"艺术是孤独的产物，因为孤独比快乐更能丰富人的情感。"

很多艺术家，都守着一个孤独的世界。作品，是他们与世界沟通交流的一个窗口。

尊重艺术，尊重一本书、一张画、一幅字，尊重艺术家，尊重文化。艺术家无非是想让自己的作品真的有价值。

籍籍无名的老桑，努力着，坚持着，不求闻达于世界，只想写些温暖你我的文字。

记录我们美好的生活，曾经相遇过的世界。

## 1+0=0

1+0=0。

有一个晚上,我在街边等网约车。看着手机里网约车的路线,还要好一会儿时间,想想今天的运动量还没有完成,于是就在路边做起了俯卧撑。做完三组之后,看到一个彪形大汉向我走来。我吓了一跳,以为人家要找我"较量"一番,警觉地看着他。

这位兄弟似乎看出了我的提防。开口说:"锅弟(兄弟)啊,以前我的肌肉和你一样棒,我和你一样热爱健身。"

我松了一口气,堆起笑脸:"真好,你现在还健身吗?"

不料这位兄弟凑上前来,伸手"袭胸",嘴上赞叹:"练得真好!"

我们站在街边聊了两句。我的网约车到了。我从车窗看着这位兄弟,挺着一个大肚子,蹒跚着远去。

昨天只是昨天。我们都不是靠昨天生活的人。昨天或许你尚且健康，但重要的是现在。

现在你还在坚持吗？现在你还在努力吗？

1+0=0，这是我信奉的健身原则。

"1"就相当于昨天的健身成果，如果现在不练，就是"0"，脂肪会慢慢代替你的肌肉，最终成为"0"。肌肉不是什么物品，不能储存，我们要保持肌肉，保持体形，要保证我们的健康，只能科学地进行训练。这其中，坚持是硬道理。一分耕耘，一分收获。这也是我信奉的。肌肉不会凭空而来，肌肉的增长也需要我们不断地投入，不断科学地训练。

世上很多事情，也是如此。所谓拳不离手，曲不离口。读书，要每日读，每日学，不能吃老本；书法，也需要常习之。

1+0=0。我常常这样提醒自己。

# 送　别

## 一

站台已经没有太多动人的故事。

虽然，悲欢离合在另一个地点依然发生。

列车一直在提速，挟着刀剑的寒光，撕开空气的惊魂，追寻着往事。

路上，行色匆匆。拥挤的世界里，每个人都相当平静。

生活是个赌局，我们拿着手机，关心手中的底牌。

底牌每秒都在更新。

## 二

很多年了。终点站和起点站，一动不动地睡在那儿，在沉睡中成长为庞然大物。

铁轨连接,连绵不绝的相拥与告别。
列车跑得飞快。
在列车奔跑的时候,有人的灵魂,像灵魂。

## 三

有些人,瞌睡了一路。
往事的口水,湿了一地。

## 四

叔同的送别,是魏晋的风。
弘一的送别,是雪子的泪。
悲欣交集。

## 五

往事如刀削。
快乐的记忆模糊,却更加深刻。
不是每一次的相拥与告别,都有故事。
我请窗棂上的蝙蝠,帮我照看往昔我们相聚的快乐。
把你们的名字,刻在心跳的地方。

## 六

好欢乐,这相聚的时刻!

合影终于没有被辜负,寄给容易遗忘的光阴。

此时,夜色涌起,命运起身:

路归路,桥归桥。

尘世归于尘世。

## 七

桃花潭水深千尺,不及凡哥的一曲《送别》。

那一日,我们刚刚相聚,凡哥唱起了《送别》。

动人的旋律中,有燕赵、荆楚、大鹏的风。

北京的大董,青岛的大韩,宁波的勇哥,喝口威士忌,抽口雪茄。

我们都醉倒在送别的秋色中。

天上人间。

## 我在看早晨的月亮

### 一

要穿过一条落满黄叶的小道,心才会变得平静。

此时,语言是多余的。

这个世界,落叶的飘零,流水的潺潺,鸟鸣的声音,比人声更为动人。

小草说,人类的嘈杂是自然界最大的噪音。

### 二

诸君向东,我自西行。

霞光万丈的时候,我踩着露水,去寻找月亮。

我在看早晨的月亮。

它在遥远的天空中,在云层之中,影影绰绰,若隐若现。

月亮肯定有很多的不舍。昨晚与星星的低语,与万物的凝视,意犹未尽。

## 三

我在看窗户里的云光。

云朵在窗户里梳妆打扮。

我凑上前,想仔细看。太阳在山的那边也探出了身。

云朵就羞红了脸。

## 四

我在看一片秋天的叶子,骑驴的贾岛在推敲一句晦涩的唐诗。

一句、一图偶得,突然就泪流满面。

文人的诗句,要取悦别人,肯定是要先打动自己。

美,是世间最好的旋律。

## 五

朋友每天在露台上看日出,看云彩。

山那边的日出肯定更美。

有憧憬,我们才有行走路上的渴盼。

我在山的这边看风景。无边落木萧萧下的秋日,我想尽情享受秋光。

我们中间,隔着千山万水。

## 履轻者行远

海子说，远方除了遥远之外一无所有。

但我们还是渴望着遥远的一无所有的远方，憧憬那些触摸不到的幸福。

去远方的时候，如果不是自己开车，行程有计划，我就会提前将一些跑步鞋、衣服等杂物寄过去。寄到朋友那里，或是宾馆酒店。回来之前，又将旅途中购买的书籍、纪念品，还有带来的行李再打好包，寄回来。现在的快递很快、很安全，等我到了目的地，我的随身物品早就在等我了。

从来都是因为贪恋，我们身上的包袱太重太多。

每天要跑步，所以除了身上穿的运动鞋之外，还要带上跑步的装备；每天要看书，必带电子书及一本纸质书；笔记本和充电器随身携带；还要带照相机，相机配件，各种充电器；要写字，要带上纸墨笔砚等；再加上衣服等物品，一塞就一大包了。

我习惯解放自己的双手，出门都是双肩包，包里装着电脑、笔、纸质笔记本、一本书等。其他物品，我就以快递的方式邮寄。出门时间不长，则尽量少带一些东西，以一个背包搞定为原则。这样，行走的时候，就可以解放出双手，不需要一只手拎着行李箱，另一只手拿着袋子，那么混乱，那么狼狈，自己委实不喜欢。

人生要从容。
从容地迈步，从容地看风景，从容地旅行。

履轻者行远。每次出门，因为行李不多，我就可以解放出双手，可以拍照，可以写东西，可以多走一些路，多看一些风景。每到一个陌生的城市，喜欢步行，步行可以到达城市的深处，可以感知很多微小的事情。

——履轻？真的吗？那天将自己每天背的包称了一下，乖乖，四公斤。我每天背着这样重的包走路、骑车、步行。可是，正因为有了它，我就可以在陌生的街头、在咖啡厅里、在树下，想写点什么的时候，就打开电脑写点什么。

——如果，我的包没有背在身上，我会感觉缺少点什么。

背包已经成了我身体的一部分，如旅行和文字，已经成了我生命的一部分。

如果有一天，我放下背包走路，也许会像武侠小说中的高手，身轻似燕。尘世怕我飞走了，用背包"挽留"我。

人生也是如此，履轻者行远。有太多的人，身上背负太多，成天忧心忡忡，神思过多，难以在自己的人生路上走得轻快。

一个朋友花重金购置豪宅，宅内名家字画满墙，名贵家具陈列，有专门的书房和健身房，地下室还有豪华的酒窖和酒吧，花园里有自己喜欢的各种植物花卉。自从朋友的房子落成之后，以前喜欢远行的朋友，出去的次数越来越少了。他喜欢宅在家里，一出门就感觉家里的植物、宠物得不到他的照顾。他常想，家里环境这么好，为什么要出去？从此他就像一只人形的蜗牛，背着他豪华的私宅生活。

也是很多年前，大理刚开发的时候，那时好想去大理租个院子，在苍山洱海边过风花雪月的生活。可是，想了想，如果这个房子弄好后，我一有时间就会待在自己的院子里，出行的计划肯定会大大减少。不行！于是计划作罢。

这些年，寓所内除了书，尽量不添物品。购物车里的东西，也要放几天再重新看一看，是不是真的需要。食物从简，物品从简，一切从简。我还是想走更远的路。

母亲就喜欢宅家，她和外婆一样，基本上很少出远门，连亲戚家也很少去串门。她也是一个顶着自己温暖的小家过生活的"蜗牛"，她也有她自己想要的幸福。

更远的地方，更加孤独。履轻者行远，未必幸福，只不过是自己选择的路。长衣飘飘，剑气贯虹，临水赋诗，登山作赋，过人间而食烟火，是我的梦。

我还想走得更远一些。

## 鹳雀飞何处,城隅草自春

一

大唐盛世,盛在政治清明,盛在文化繁荣。唐朝是历史上的诗歌全盛期,群星闪耀时。千年水埠兰溪是"唐诗之路"上一脉灵动的江水。说到诗,一代诗僧——贯休,是其中不得不提的一个名字。

贯休出生于兰溪游埠。游埠自古为商埠重镇,素有"钱江上游第一埠"的美誉,与桐乡乌镇、南浔古镇、西塘古镇并称"浙江四大千年古镇"。

今日,我们暂且不说贯休的诗与茶。

贯休七岁时家道衰贫,被送至兰溪和安寺出家,拜圆贞禅师为师,法名贯休。贯休幼而颖悟,过目不忘。诵经之余,习古诗文,勤练书法,又雅好吟诗,十五岁诗名远近皆闻。

和安寺为深塘胡人胡凤舍宅而建。胡凤曾官至东阳太守,后累升太傅。致仕后，先居于现今的游埠镇寺基村。在东晋义熙二年（406），胡凤与妻子一起舍了房屋和田地，建了和安寺和五福寺。北宋大中祥符九年（1016）和安寺更名为兜率寺。《生塘胡氏宗谱》中《兜率禅寺碑记》有清晰的记载："于戏胡公！辞荣不让于二疏，知足式依于元老。厌伐冰之贵，攀定水之宗。悟万世皆空，叹三生苦幻。以晋义熙二年正月，舍所居为和安寺。"

和安寺遗址坐落在游埠镇东北寺基村，唐会昌五年（845）敕毁，唐大中六年（852）复建，宋大中祥符九年（1016）敕改为兜率寺。

晚唐五代，诗僧贯休在此出家。

千年光阴悄然随着兰江流逝，和安寺只留遗迹。现在生塘胡村的胡氏宗祠里，留有一块斑驳的石碑，诉说着那段悠远的历史。

在生塘胡的胡氏宗祠内，有一方宋"晋太傅胡公寺基记"的石碑。该碑原立于和安寺内，寺废后被移至胡氏宗祠。碑高1.67米，宽0.76米，黄白石质，四周镶有石框，底座石长1.23米，宽0.35米，高0.29米，边石高1.75米，宽0.15米，厚0.21米。碑阳为邵明撰于唐咸通九年（868），北宋庆历三年（1043）重刻的《太傅胡公置寺记》，碑阴为北宋元祐三年（1088）刻的《兜率寺开堂疏》。此碑记载了唐末五代诗僧贯休（832—912）出家地兜率禅寺的创办情况。

此祠曾为村学校，教师漆了此碑当黑板，不经意间，千年的古碑以另一种方式为教书育人发挥了作用，培育了不少人才。

如今碑还在，但碑文已渐不可辨，让人惜之痛之。

## 二

很多事情，真相随着时间湮灭。很多植物经历百年千年，比我们更知道答案。生塘胡村胡氏宗祠内的铁树，已经五百多岁，它们见证了五百年胡氏兴衰，世事沧桑。

铁树的祖先，可以追溯至古生代，迄今为止已有2.8亿年的历史。这两棵铁树出生的那一年是公元1503年，明孝宗弘治十六年。这一年，西方发生了一件事，达·芬奇在意大利佛罗伦萨，开始了他一生中最伟大的作品《蒙娜丽莎》的创作。也是这一年，达·芬奇奉命装饰佛罗伦萨韦奇奥宫，历时大约18个月，终于完成著名的壁画——《安吉里之战》，将佛罗伦萨军队1440年上演的经典战役再次呈现在世人面前。达·芬奇以一个开始和一个结束，让这一年成为历史上光辉照耀的时刻。这一年，有两棵铁树也开始了它们神圣的生命之旅。

明嘉靖年间，两棵铁树已历经数十年华。生塘胡乡人一起兴建了宗祠，将这两棵铁树种在宗祠之中。宗祠崭新，雕梁画栋，琼楼玉宇，古色古香，美轮美奂。村民认祖归宗，祭拜领灯，喜笑颜开。

铁树静静地站在庭间，间或挥舞小枝，感受着人们的快乐。一站数百年。

暮春时节，阳光下的铁树一片新绿，犹如一把巨伞，又如翩翩欲飞的翅膀；粗壮的树干上，裂片状如鱼鳞。温暖的阳光就从凤尾一样的叶片上渗了下来，洒在青苔斑驳的石板上。

五百多年来，两棵铁树和这些石板、木雕、石柱一起，以不同的形式生长着，共同呼吸着。

五百多年了，铁树还是摇曳感叹着："多美的地方啊，天生就是一个好地方。"

此地，深塘胡人称之为"天生堂"。

宗祠位于村南坡地。门楼采用四柱五楼式石构仿木牌坊，镂空花脊、鸱鱼和出跳斗拱等为砖制，明间额枋墨书"瞻依""胡氏宗祠"，次间额枋浮雕人物、瑞兽，夹柱石雕刻祥云。门楼两边用马头墙连接。

入门随着地势的抬高，前后依次有门楼、门厅、中厅、寝堂、厢房和偏院。中厅独立于其他建筑，整体建筑呈"回"字形平面。门厅面阔九间，进深六檩，穿斗式结构，明式建筑风格明显。

过门厅为双层长方形天井，青石墁地，密接无缝，青苔覆盖。

中厅为单檐歇山顶，面阔五间。厅内为抬梁式结构，明间内额悬"天生堂"匾额。前方嵌一块长条石，光亮可鉴，听当地老人说这两块石头叫"下跪石"，胡氏后裔不论是庶民还是高官，进了祠堂都必须在此下跪祭拜祖先，胡氏千年家风可见一斑。

"鹳雀飞何处，城隅草自春。"铁树虬枝古朴苍劲，麻雀跳上跃下嬉戏。数百年风流人散，在天生堂，我想到了贯休，想到了

胡凤，想到了李渔，一群麻雀叽叽喳喳，向我诉说它们祖辈相传的故事。

忽记宋人崔白有一幅《寒雀图》，画中有此意境。

## 三

贯休当年在和安寺修行，离寺数十步即为生塘。此地纵横数十亩，四面环以石畔，如天生地造，故谓之生塘，这也是生塘胡之来历。

"和安门接三衢，途通百越，法众集，供具日臻。"宗祠内的《兜率寺记》记载了当年的繁华。三衢，是以前的浙江衢县，因县境有三衢山，故称；百越，"自交趾至会稽七八千里，百越杂处，各有种姓"，为东南沿海各省。当年生塘胡地理位置之重要，佛法之盛，遥可想象。

生塘胡现属水亭畲乡，有蓝、雷、钟姓等畲族人与汉族人聚居，西南不远处就是同属于金衢盆地的龙游了，是杭金衢三地市交汇处。过了生塘胡，文化就被衢州特有的"辣文化"所浸泡。

生塘胡不远处，有贯休祖处游埠，有黄庭坚后人聚居地黄村坞，有诸葛亮后裔居住地诸葛八卦村，还有李渔故里夏李村，好一个人杰地灵的地方。

有"东方莎士比亚"之称的李渔，在清顺治三年（1646）八月，清军攻占金华后，归隐故乡，回夏李居住。之后，顺治八年（1651），李渔被推为村宗祠总理，订下李氏宗祠《祠约十三则》，又主持编修《龙门李氏宗谱》，深受村民敬重。也是这一年，李渔在一次兴修水利时介入了与生塘胡村的诉讼之中，后因"事不如愿，结讼中止"。正是此事使李渔萌生到杭州发展的念头。于是他写下《卖山券》，卖去自己悉心营造的伊园，举家移住杭州，开始了他作为中国历史上第一位"卖赋糊口"专业作家的创作生涯。生塘胡无形之中，为李渔的文学事业"助推"了一把。

"中夜依水泽，羁愁不可控。远火澹冥壁，月与江波动。寂野闻籁微，单衾觉寒重。托踪蒲稗根，身共鸥凫梦。"徐渭于明万历元年（1575），游历杭州、富春、南京等地时至兰溪曾夜宿女儿滩，赋诗《将至兰溪夜宿沙浦》。兰溪一脉水系，一脉文化，多少文人墨客流连忘返，临江感叹。兰溪之水，见证了他们伟岸的身影，诗意的光芒。

一方水土，阡陌交通，血水交融，多少爱恨情仇，多少悲欢离合，都付在兰溪滚滚东逝的江水中。

## 夜航慢悠渐已远

总觉得现在出行，远不如以前有趣。

现在出行，动辄高铁、飞机等，一切都与速度挂钩，舒适度上去了，效率也上去了，却少了中间过程中那慢生活的味道。以前，可以慢悠悠坐绿皮车，几个朋友在车上聊天、打牌、吃各种零食，一站一站赶赴目的地；以前的车马很慢，驾车在普通公路上，速度不快，可以随时停下欣赏美景，吃当地美食；以前出行的时候，经常会遇到有趣的人，结交有趣的朋友，一起聊有趣的事，说各种旅途见闻……

突然，一切都一去不复返了。在机场、高铁、地铁等交通工具上，我们人人捧着一个手机就解决了所有的问题，速度不经意间改变了一切。

原来离现在有多远了呢？原来那时候的绿皮车，是我们的青春呀！

时光一直在往前走，时代一直在变化。从前，交通工具更为简单，出门要靠两条腿走，大部分情况出远门要靠船行。不知道，我们父辈那代人说起青春的时候，会怀念那尘土飞扬走路的光阴吗？

和女儿聊天的时候，会说起绿皮车的时光，说那些我在路上遇到的故事和人。女儿有点漠然不解，那么慢的速度，要那么久，怎么受得了啊！

父亲在我小时候，说起他徒步一百多里走到金华的经历。他说得轻描淡写，感觉那只不过是一段普通的路程而已。他穿着破旧草鞋的脚，走在泥土路上，一步一步丈量着大地，汗滴入土，溅起浮尘，转瞬不见。他们那代人目标坚定不畏辛苦，是因为身上沉甸甸的责任。

每一代人都有属于自己的生活方式，交通方式只是其中的一个重要部分。

一个夜晚，在义乌机场，乘坐"红眼航班"去重庆。距离登机还要很久，偌大的候机大厅，大部分人都在看手机，看书的人少之又少，寥寥无几。现在，我们都被隔绝在手机的屏幕之外，听到交流的声音都是奢侈的。

夜行总是难熬的，好在有手机。只要手机有电，有网络，就可以等之泰然，行之泰然了。

突然就想到了夜航船。

在陆路交通没有开通之前，船行是江南人出行最重要的方式。"红眼航班"是现代人劳碌奔波的一种象征，夜航船是以前

南方水乡苦旅的象征。可以想象以前人们外出坐船,在缓慢的航行途中,没有手机,坐着无聊,只得看看沿途风光吟诗作赋解闷,入夜漆黑无光,船中一灯如豆,难以入眠,只得闲谈消遣。这和我们以前坐长途巴士、绿皮车有点类似,在没有智能手机之前,在旅途中会和遇到的人聊聊天,以解旅途漫长之苦。

以前乘船的,有文人雅士,有富商大贾,有赴任的官员,也有奔波的百姓,各色人应有尽有。船上地方狭小,两人聊、三人谈,南腔北调,谈话的内容也包罗万象。

张岱在《夜航船》序中讲了这样一个故事:昔日有一僧人与一士子同宿夜航船。士子高谈阔论,僧畏慑,拳足而寝。僧人听其语有破绽,乃曰:"请问相公,澹台灭明是一个人、两个人?"士子曰:"是两个人。"僧曰:"这等尧舜是一个、两个人?"士子曰:"自然是一个人!"僧乃笑曰:"这等说来,且待小僧伸伸脚。"

张岱感觉到这读书人"丢脸",为了书生们不至于夜航无聊,便编写了一本列述中国文化常识的书,取名为《夜航船》。张岱心想,读书人不至于在夜航船的场合丢丑,"但勿使僧人伸脚则可矣"。

张岱说:"天下学问,惟夜航船最难对付。"大抵在夜航船上遇到的,是形形色色的人,聊天的内容涉及面太广,真要"对付",非要知识渊博不可。张岱编此书也是有趣,相当于我们现在的社交秘籍、出行宝典,迅速让人聊天水平提高几个档次。从此书也可以看得出来,当时文人雅士在一起聊天的时候,天文地理、历史文学无不涉及，需要巨大的知识储备。

想当年，我们坐绿皮车的时候，多读些《故事会》《今古传奇》以及各路野史，就足以口沫横飞、指点江山了。在从前漫长旅行的路上，在绿皮车上遇到过和我快乐分享攀登各大洲高峰经验的台湾人，在青旅中遇到过很多背包客，在长途大巴上遇到过和我谈了一路《在路上》的年轻人……

现在，一机在手，万事不愁，当年我们的博闻强识，与张岱的《夜航船》，在现今的世界里已没有了用武之地。

夜空亮丽而冷峻，机场、高铁站灯火阑珊。每天都有无数提着行李奔走的人，为了不同的目的，四处奔波。背包很沉，路途很远，我们都已无暇和别人聊聊《夜航船》。

以前，夜航，在水波起伏的江面、湖面、海面上；现在，夜航，穿行在对流层、平流层，在空中飞越到达远方。以前，慢；现在，快。

——一切都不一样了。

飞机又晚点了。我从背包里拿出一本《莎士比亚喜剧集》，看几页《皆大欢喜》《无事生非》，在熟悉的字里行间，和主人公聊聊夜航的故事。

也许有一天，我们后人的后人，也会和我们一样想起"夜航船"，想起"绿皮车"。那时候，想必出行更为方便，车和飞机的速度会更快。

## 我在深夜的青旅,读光阴的故事

还记不记得,那一年你在某个青旅写下的一段话?还记不记得,你曾在某处系过许愿的红丝带?还记不记得,你别在某处留言墙上的明信片……

曾经,写满心情,写满故事。

那些墙上的涂鸦,恰似曾经流逝的美好年华。曾经写满了爱的童话,如今都积满了灰,蒙上了生活残酷的面纱。

"我的心里有一只熊在低吼,不知道怎样才能平息。"

尘封的记忆中,潜藏着无法面对的前尘往事。

往事久远。

青旅民宿、小资咖啡厅的白墙与留言栏,曾经是对生命、爱情和人生表白的论坛。笔墨之下的誓言,真诚的表白,在异地他乡浪漫的氛围之中,冠以永恒的时间刻度。

慢节奏,柔情万种,这是世间最温柔的示爱之一。

而今，这些热门的论坛，已经进入了晚年。

现在流行用电脑、微信、微博、抖音，传统的明信片与论坛留言，慢慢被抛弃与淘汰。

以前出门，很多时候住宿会选择青旅，这也是种情结。

喜欢青旅里同是背包客的陌生人，可以天南地北地聊天，见识不同的人，听不同的故事，想象不同的风景。

——但，青旅的记忆，连同墙上那慢慢褪色的留言，如死灰，又如静寂的潭水，再无一丝波澜。

在智能手机普及的时代，社交是网络上的事。

与陌生人，面对面的轻松与自在，那是很久很久之前的事了。

凡尘越来越安静；手机的世界越来越热闹。

记得有次在绍兴青旅，初夏，空气略微沉闷。半夜翻来覆去睡不着，索性就起身，孤魂野鬼一样，在青旅里飘荡。无聊之中，仔细看一楼、二楼和楼梯上各个角落、各种字体、各方人士的留言。绍兴青旅已经有二十多年的历史，这个老台门，作为青旅之前就写满了绍兴的老故事，在作为青旅的二十多年的光阴里，南来北往的各种人物，上演的悲欢离合，更是写满了这个青旅的记忆。

我慢慢地看，这些刷满墙壁的故事。

我不认识他们，不熟悉他们中的任何一个。在一个晚上的时

间里，我仿佛坐在青旅的大堂中，看着他们春夏秋冬，来来往往。

在深夜的墙上，我看到了，漫出来的笑容，溢出来的眼泪。

一切，都写着悲欢两字。

很多人不会去写。默默地将心事留在心里，悄悄地来，静静地走。

很多人会去写。写在墙上的誓言，大部分最终成了爱情里美丽的昙花。旅途中的风景，永远留在了旅途。回去后的生活，才是现实。不过，我总想，记下来也是好的，生活毕竟是自己过的，当时留下的字，代表了自己真实的想法。真实，弥足珍贵。

这世间，没有几个人会关心你在哪里写过什么字，过着什么样的生活。

无数的"涂鸦"，随着时光的流逝，将成为遗迹。我有一个想拿着超大储存盒的愿望，将这些留言，分门别类，储存起来，留给以后想翻翻记忆的人们。

万一这些建筑变迁，墙重新刷了，明信片扔进了垃圾桶，这道"风景"将永远消失——那是多么遗憾的一件事。

我们左右不了太多的事。

雁过都留痕。人生，留下痕迹也是好的。古来圣贤都寂寞，他们也怕寂寞，所以才有了那么多题在四面八方的诗句。

我们是常人，是平凡人，悲伤需要倾诉，快乐需要分享，誓言需要有铭记的地方。

纵然人生与无数的故事，都是擦肩而过，那么记着相逢一刹那的清风，不也是很好——尽管这些都将成为我们心底最深处的一个秘密。

记得那次深夜难眠的第二天，在青旅大堂，睡眼蒙眬，百无聊赖等吃早饭的时候，听到来自北京的一家三口与青旅老板的聊天。

"第一次我来啊，还是刚出校门的时候。我一个人背着个包来绍兴，吃三块钱的螺蛳，喝一块钱的啤酒，在绍兴逛了一个星期，就是住这里。

第二次我来的时候，就带着她了。在这里也是玩了一星期，还是住这里。"

微胖的男人，深情地看着旁边的女人，动情地说。

"记不记得，老板你送我们走的时候，在门口说，下次来就三个人来啦！

你看，现在我们是不是三个人？我们三个人来啦！还是住这里。"

在男人和女人中间，一个蹒跚学步的男孩子，正好奇地打量着这个世界。

我突然知道他们是谁了。

在我昨夜浏览的光阴的故事中，有三段跨越十多年的留言。

最新的一段留言就是昨天的。

在青旅的墙上，从一个人写的一段留言，到两个人一起留言，再到三个人一起留言——孩子在中间画了一个图案，父母在旁边写字。

孩子叫妙妙。

妙不可言。

——谁说，光阴的深处，没有童话。

无论如何，请相信爱情，相信生活美好，相信美好即使不能马上到来，也会峰回路转，在未来与你相见。

光阴的海洋，藏着很多很多美丽的童话。

# 桃李春风一杯酒

北宋一代文豪、书法家、与苏轼齐名、有"苏黄"之称的黄庭坚，少即聪慧，有过人之处，十七岁时从舅父李常游学，李常以富于藏书、博学能诗而闻名于当世，黄庭坚经李常介绍认识孙觉，孙觉曾与王安石交游，因反对新法，后为王安石所放逐，孙觉亦是苏轼好友，黄庭坚就是由他介绍而被苏轼赏识。孙觉也非常喜欢这位聪颖少年，后来就把自己的女儿许配给他，不过他们只生活了不到三年，孙氏不幸病逝，黄庭坚时年二十六岁，他写了很多诗文痛悼孙氏，为了表达哀痛之心，下定决心戒酒吃素。

孙觉的女儿名兰溪。

"兰溪"，当年黄庭坚与妻初见，轻轻地唤着"兰溪"的时候，肯定会感叹妻子的名字——兰溪，竟与家乡婺州的一个县同名，冥冥中的缘分竟是如此，他的思绪肯定在刹那间飘回了山灵水秀的婺州，对婺州的思念就是他的乡愁。

"兰溪"，是黄庭坚那三年中唤得最动听、最甜美的两个字，

是他后半生梦魂深处牵挂最多的两个字。

黄庭坚和兰溪,打了一个缘分的千千结。

黄庭坚传世的书法中,《徐纯中墓志铭》是一件不可多得的佳品,书于元祐二年(1087)十二月。墓志铭领款题为"金华黄庭坚",在黄庭坚自书题款中极少见。黄庭坚的作品,一般署款多为"双井黄庭坚""豫章黄庭坚"等(分宁县从汉至唐先后五次被称为豫章县)。据修水《黄氏宗谱》载:黄庭坚祖上本是婺州金华人氏,其六世祖瞻,于南唐时,知分宁县(即今修水县),后卜筑双井,始定居于此。墓主徐纯中,系黄庭坚姑母之子,为黄庭坚之表兄,而其妻则是黄庭坚堂叔之女,故徐纯中又是黄庭坚的堂姐夫,在此题"金华黄庭坚",亦示不忘其祖之意。

金华黄庭坚,字鲁直,出生于江南望族,书香世家,为人正派,才华横溢,与苏轼亦师亦友,苏子曾称赞他"孝友之行,追配古人;瑰玮之文,妙绝当世"。早在东晋初年,黄庭坚的祖先就迁居到婺州金华定居。直到五代十国时期,黄赡出任洪州分宁县(今江西修水县)县令,为躲避战乱,举家从金华双溪玉板桥迁居至江西修水的双井村,黄庭坚为黄赡的五世孙。

时光荏苒,黄庭坚后九百余年,金华兰溪有黄姓村民携族谱,组织前往修水寻宗问祖。该地黄姓同族,捧着兰溪明代手工誊写的《鹤山黄氏宗谱》细看,记忆再一次被唤醒,无数迷茫找到了答案,他们不禁热泪盈眶,感叹道:"你们前来江西寻黄庭坚祖处,而我们黄姓此脉的根却还是金华啊!"

从婺州到修水,再从修水回到婺州兰溪,几百年轮回,看似简简单单，却写满了沉甸甸的历史，所有的光芒交织重合，闪耀着一个光辉伟大的形象——黄庭坚。

《鹤山黄氏族谱》是明代手写本，记载了黄庭坚六世嫡孙回迁的经过。此谱为二十世孙黄世良于明代万历三十五年（1607）在钟瑞堂内主持纂修的，在其谱序里，有这样两段话："据前谱查考，庭坚公六世嫡孙名镜者，原祖籍婺州，有意在婺择地迁居，当其见濲水之西有一群丘陵环抱若盆，是一风水佳坞，甚中心意，遂卜地迁居于此，乃名黄村坞。镜即乃为黄氏迁回婺地兰溪定居之始祖。""十国南唐，黄赡受封，分宁知县，兵马副史……黄镜回归，溯婺而兰，驻跸鹤山，倾情往返，结庐坞阳，发族黄村。"

黄氏回迁黄村坞，一方面是认祖归宗，另一方面也是受黄村坞优美自然资源的吸引。黄村坞古名鹤山，三面环山，村前有一条陇，村子呈燕窝形，天然成一个聚宝盆形状。村中现存的古建筑"钟瑞堂"，是黄镜的后裔黄彦义看中这里山清水秀、群山掩映，选在一个白鸽还巢的地方筑屋定居，取名钟瑞堂，取钟灵毓秀、祥瑞频来之意。黄彦义有七子，个个德才兼备，其中黄叔扬中了进士。黄氏后裔黄苾曾任大中大夫、双井黄相官至中奉大夫，是以钟瑞堂门口有"大夫第"匾额。

据说黄庭坚曾回婺州，并到过兰溪，赋有"新妇滩头眉黛愁，女儿浦口眼波秋"之词。若属实，想必他在兰溪游走的时候，肯定触景生情，怀念他与此地兰溪同名的妻子，却已是十年生死两茫茫了。

"兰溪啊！"鲁直先生在此轻轻感叹，柔声唤着这个名字的时候，江南的雨就布满了水亭的山头。

桃李春风一杯酒，多少故事在黄村坞展开华丽的画卷，让我们感叹这片壮丽山河，草木茂盛，古迹巍然，文风如斯。

# 澧浦,我偏爱老街的抒情

## 一

老街闲寂。

需要过多招展的彩旗,驱赶冷清,以及岁月的风尘。

我慢慢向她靠近,她也向我轻轻走来。

时光被拉长,在澧浦老街。

岁月的落沙在老街,我爱这石板路和曲径通幽的老街。一踩进去,你就忘了生活在什么朝代。这里,乡村静谧,炊烟袅袅,鸟声清脆。

我偏爱这老街的抒情。

## 二

老街清瘦。

北宋"澧浦"的遗风尚存。"澧浦"的"澧",通醴,甘甜之意;"浦",近水之地。在水路运输若干年前就已经退出历史舞台的澧浦,曾舟楫往来,商贸繁荣,一眨眼已过千年。

我曾想牵她的手回家。

想带她回到喜悦安宁的老街。

## 三

老街人静。

经过这里的时候,温度比外面更凉一些。一阵清风吹来,沿街的棋牌室里传来棋牌碰撞的声音,人气都聚集在那里了。爱好其实没有好坏之分,棋牌室就是很多人快乐的源泉,也是很多人的"围城"。我们其实也一样,书房也是我们的"围城"。

——您老人家多大啦?眼神还这么好,还在缝衣服。

——九十啦!还好还好,眼睛好,身体好,总要做点事情啊!

看我拍照片,九十岁的老人家有点忸怩,神情如同回到曾经的二八年华。她说,隔壁还有两个女人九十四岁呢!

在缝纫机的声音中,我听到隔壁的麻将声如雷,缝纫机的响声格外清脆。

有朋友说,她九十岁的时候也会一样耳聪目明,一样可以做手工,让我到时也给她拍张照片,写篇文章。

我在澧浦老街,掰着手指算了算。

## 四

"Y"形路口赫灵庙的胡公大帝,望向远方。两条道路从他的眼光中汇合,通向遥远的地方。

从另一个角度,一条道路在胡公大帝面前伸展过来,在此分成了两条道路,奔往不同的方向。

我坐在街边,我感觉道路如河流一般,奔向我的是历史滔滔的江水。

## 五

村庄陌异。

所有的老人,都向我的相机投以陌生的目光。

老房子,曾经刀雕斧凿的华丽,岁月在它们的身上留下时间的纹理,现在只留下无边的沉默与叹息。

我和几个老人一起仰望几只被野蛮破坏的牛腿,他们和我说当年这些建筑辉煌的往事。

叹息点亮了时代的灯光,那些清晰的飞鸟、瑞兽,纷纷从梁上走下。它们和这片土地一样,一直没有停止生长,以后还要继续生长。

## 六

我们的村庄已经老去,老街也一样。

我们曾经离开过,我们还会回来,当我们年老的时候。我们要扶着它慢慢往前走,我们要赋予这些古老的街道以新的灵魂,新的生命。

我们要传诵它们诗一样的人生。

## 明招山，唯有隐者留其名

"任他美酒，十千一斗，饮竭仍解金貂贳。恣幕天席地，陶陶尽醉太平，且乐唐虞景化。须信艳阳天，看未足、已觉莺花谢。对绿蚁翠蛾，怎忍轻舍。"

《抛球乐·晓来天气浓淡》是北宋词人柳永的作品，写清明节美丽的自然景色和热闹的节日盛况，以及词人清明游春时的心路历程。自然之美、节日之盛、游人之欢、宴饮之畅尽显其中。

"奉旨填词"的柳永此间描写的"金貂贳"，就是阮孚金貂换酒的故事。《晋书·阮孚传》："（孚）尝以金貂换酒，复为有司弹劾，帝宥之。"

阮孚，字遥集，阮咸之子，阮籍的侄孙。

阮家在魏晋风流中，独占酒文化一斛。

在竹林七贤之中，阮咸与叔叔阮籍并称"大小阮"。如果以酒量来论，"我以天地为栋宇，屋室为裈衣，诸君何为入我裈中?"的刘伶估计与阮籍难分伯仲,不相上下,但刘伶喝酒更凶!正像《世说新语》里记载的一样,他常乘坐鹿车,随身携带酒,车后跟着背锄头的随从,刘伶淡然地说:"死便埋我!"

刘伶除了喝酒,还留下了《酒德颂》。

"竹林七贤"都好老庄,玄学,放荡不羁。阮籍除了是个酒鬼,还是出色的诗人。《晋书·阮籍传》:"阮籍,字嗣宗,陈留尉氏人也。父瑀,魏丞相掾,知名于世。籍容貌瑰杰,志气宏放,傲然独得,任性不羁,而喜怒不形于色。或闭户视书,累月不出;或登临山水,经日忘归。博览群籍,尤好《庄》《老》。嗜酒能啸,善弹琴。当其得意,忽忘形骸。"时人多谓之痴。

阮咸在"竹林七贤"之中,毫无风头,默默跟在叔叔阮籍的后面,举杯喝酒,再举杯喝酒。在阮氏族人中喝酒的时候,更是夸张,根本不用酒杯,直接围在酒坛旁,用木瓢狂饮。

酒要助兴。深谙音律的阮咸,尤擅长弹琵琶,常与嵇康的古琴,阮籍的长啸,在山野间合奏为乐。久而久之,他将从龟兹国传入的琵琶,进行了改造,后世将这种乐器称之为"阮咸",或是"阮"。

某年的七月初七,当时习惯要在庭院晒东西。阮咸在庭院之中,高调地晾晒粗布内衣,与隔壁邻居的绫罗绸缎相比,显得异常突兀,标新立异。有人问之,他坦然答:"未能免俗!"

未能免俗的他,却有过借客驴追女的"壮举",这才有了后世"蓬发饮酒,不以王务婴心"的阮孚。《世说新语·任诞》记:

阮仲容先幸姑家鲜卑婢。及居母丧，姑当远移，初云当留婢，既发，定将去。仲容借客驴，著重服自追之，累骑而返。曰："人种不可失。"

也就是说，阮咸的姑姑来阮家度假，差不多住了两个多月，身边有个鲜卑的丫鬟很漂亮，阮咸宠幸了她，丫鬟还有了身孕。后来，阮咸母丧。姑妈临走之前，将鲜卑丫鬟给带走了，便有了后面借客驴追女成功的故事，才有了阮孚。

驴的主人是王戎。据说他身材矮小，只适合骑驴。他出身琅琊王氏，是"竹林七贤"中年纪最小的一位，比阮籍小了二十几岁。

阮孚继承了阮氏的酒风流，并在武义的明招山，留下了辉煌却平淡的隐居之"桃花源"。

阮咸的长子阮瞻，有远志，是"竹林七贤"后世子孙之中，最有才华的，但三十岁左右就去世了。次子就是阮孚，其母便是阮咸骑驴追回的鲜卑丫鬟。"孚之初生，其姑取王延寿《鲁灵光殿赋》曰'胡人遥集于上楹'之语，取字曰'遥集'。"

阮家从"建安七子"之一，到"竹林七贤"其二，到阮孚之辈，则列"八达"。这"八达"也是显赫的，还有光逸、谢鲲、阮放、毕卓、羊曼、桓彝等，他们放荡豪饮，时人谓之"八达"，有先祖之风。

阮孚曾任琅邪王司马裒为车骑将军，镇广陵，高选纲佐，永嘉之乱发生后，阮孚跟随一些北方士族流亡至江南，并继续任职于东晋朝廷，历经元帝、明帝、成帝三朝。明帝即位后，阮孚的地位逐渐上升，封为南安县侯，迁侍中，转吏部尚书，拜丹杨尹。

史书说，阮孚最终死在赴任广州刺史的路上。

魏晋的风流，在咸和二年留下了扑朔迷离的一笔。这一笔旷世传奇，将魏晋的优雅、从容、洒脱、旷达、高逸完美地留在了明招山。

东晋咸和二年（327），阮孚受任镇南将军，赴广州任刺史。他从浙中大地往南越走越远，离权力中心也越来越远。在明招山畔，他长长地舒了口气。他惊讶于自己的眼睛，眼前自然界美丽的风景，如卷轴一般在他的面前展开，白鹭、仙鹤在水畔林间起起落落，无边的绿浪吞噬了曾经困扰他的万般杂念。胸中垒块，以前需酒浇之，在此天地之中，胸中再无垒块。

群山之中，空空荡荡，只有他茕茕孑立。在江南，湿润朦胧的薄雾中，神奇的宁静让他心旷神怡，闭上了双眼，仿佛触摸到了自己心魂的穹顶。

忽然间，他觉得自己走累了，要停下了。

对他来说，人生的旅程已经走得够远，他不想再远离明招山一步。到了这里，他清楚地意识到，他的归宿只有这里。

归隐于明招山。从这之后，世无阮孚，只有在明招山中隐居的一个秃顶的小老头。阮孚时年四十九岁。

这个时间，离武义建县还有三百多年，离南宋乾道三年（1167），"东南三贤"之一的吕祖谦守墓讲学，还有八百多年。

客，明招山，终归此尘。阮孚死后，"无子，从孙广嗣"，从兄阮简的孙子阮广为其后嗣。相传，阮孚晚年将自己的房子捐献了出来，盖了一座寺庙。明招山旁，有一寺庙，名为明招寺庙，据考证，至今已有一千六百多年历史。明招寺的前身就是阮孚"舍宅建寺"而成的寺庙，不过当时的名字应该叫惠安寺，该寺至清乾隆年间奉敕改为智觉寺。

阮孚除了好酒，还好屐，收集各种鞋子，恋鞋成癖，引领着东晋穿鞋的潮流。他常吹火蜡屐，叹："未知一生当立大几量屐！"他晚年清贫，"囊中羞涩"。宋代阴时夫《韵正群玉·阳韵·一钱囊》中记载："阮孚持一皂囊，游会稽。客问：'囊中何物？'曰：'但有一钱看囊，恐其羞涩。'"

人生贵在适意。在明招山，东晋风华已经远去。阮孚粗茶淡饭，诗酒依旧风流。率真高远，名士情怀在山间尽显。

魏晋风流，不能缺了酒，不能缺了阮氏。明招山，有了阮孚，有了吕祖谦，才有了后世的武川文化。

光阴漫长，魏晋遥远，阮孚不在，明招魏晋风流永存。

明招山中有一"蜡屐山"，明招寺旁建有阮孚祠、阮孚墓等。辛丑春，寺中海棠正盛，寺外梨花清明。余与同学子由、老友汉雄、海燕等重游明招山。峰峦忽起，雨落明招，忽感叹人生茫茫，林泉高致，茶饮醉卧，琴箫和鸣，何尝不美。

遥想那一日，青山依旧绿，阮孚扶杖于阶前独立，东晋的傍晚一片寂寞，万古奔流的历史巨潮，在明招山间，都化成了云淡风轻。

在明招山，阮孚，隐者留其名。

## 白沙溪畔，琅琊美丽的时光

"琅琊"，这是神秘而古老的两个字。且说，古有琅琊台、琅琊港、琅琊国，有王羲之的琅琊王氏、诸葛亮的琅琊诸葛氏等望族，有欧阳修琅琊山上名篇《醉翁亭记》，都给"琅琊"这词添上了神秘而厚重的历史色彩。

六百多年前，北方的琅琊徐氏在这里落了根，婺州大地上从此有了琅琊徐、琅峰山、琅峰阁、琅琊榜等。

北山北，南山南。在古老的婺州大地上，北山巍峨耸立，南山一脉从安地的四顾屏纵横延伸到琅琊的琅峰山。早从元代至正年间，琅琊徐氏从北方避隐，见琅峰秀丽、谷幽溪美，遂定居于此，已是六百多年。

在古村南，有一琅峰山。琅峰山自古风流，景色秀美，琅琊徐氏先祖在明永乐年间劈山凿路，在悬崖山壁的洞中，建起真武大帝庙，又名吸壁殿，供奉水星神祝融。峰高二百余米，峙立石壁如同巨斧劈开两扇门，从山顶到山脚，惊险异常。建于悬崖峭壁间的白沙古庙、观音阁、真武大帝庙、乐寿亭等，更为奇岩增添异彩。清杨业塘曾有诗云："谁鞭峭壁飞两壁，仅存一应缘此山。灵心目喜开豁，白云不须关焉。"在岩山峭壁中，有一巨型手掌形印，传说为白沙老爷与八仙之一铁拐李斗法时留下，手掌印形象逼真。白沙老爷叫卢文台，幽州范阳人，汉成帝年间为步兵尉，官至辅国大将军，后率部下三十六人，退隐此地，开辟田畴，治理白沙溪，创建三十六堰，灌溉两州三县六都农田万亩，乡民感恩祀之，尊为"白沙大帝"，他也是婺州人民心中的"大禹"。

"白沙三十有六堰，春水平分夜涨流。每岁田禾无旱日，此乡农事有余秋。"这是宋朝王淮的诗句。卢文台率人建筑的三十六堰，现在已经入选2020年世界灌溉工程遗产名录，至今仍在灌溉农田水利上发挥作用。

坐在横江而卧的琅峰阁，和煦的春风袭来，两岸芦苇飘荡，翠竹绿柳重重叠叠，江中碧水一练，有成群的野鸭和白鹭，清越的溪水从琅琊徐村畔优雅地流过，天然一幅江南水墨画。不远处有碧波荡漾的金兰水库，有八百多年的铁店古窑群，深山幽谷之中，藏着无数的瑰宝与神奇。随着清风，江上隐隐约约传来"古窑古谣"和"琅峰民歌"的声音，淳朴得有如天籁。

沿江有七千多米的绿道，有人骑车，有人散步，有人在玩耍，一片欢乐，人们徜徉在琅琊美丽的慢时光里。

古村在白沙溪畔，村中建筑错落有致为船形，老街口五百多年的樟树和黄连木站成了船帆，带着古村驶过六百多年的历史。

村中老街为长安街,中有一脉清流穿村而过,沿街均是百余年历史的店铺。遥想当年,这里商铺云集,人头攒动,好不热闹。现在村中仍有资训堂、五敦堂、望泉公祠、八角屋、"大夫弟"台门等明清建筑,规模宏大,建筑精美,是集砖雕、木雕和石雕为一体的婺派建筑的代表作。

走在村中,不时有美食的香味飘过来。有新酿的酒香,有新鲜笋干的气息,有各式各样的小吃,更有那让人馋涎欲滴的千层糕。

热播电视剧《琅琊榜》中,琅琊阁位于琅琊山顶,有英雄的"琅琊榜",是天下最神秘的地方,备受江湖人士景仰。琅琊徐,有琅峰山,也有英雄的"琅琊榜"。这里的"琅琊榜"记录的是那些为人民解放事业做出贡献的英雄。琅琊徐有着悠久的革命传统,1935年,粟裕、刘英就在琅峰山一带组织抗日游击战争;1943年3月,琅峰山发生了有名的"琅峰山大捷",击退日本侵略军一个大队的进攻,击毙日军中队长以下二十一人,极大地振奋了民众抗日士气;在解放战争期间,琅琊徐是浙东游击纵队第六支队十大队的主要活动点,琅琊徐人民为抗日战争、解放战争和抗美援朝战争做出了重大贡献,那些英雄当之无愧地登上"琅琊榜"。

江南用鸟啼来磨亮春色,白沙溪水与琅峰山花漫过我们的心田。在琅琊徐,造化慷慨地调整了所有自然的美色。

南山南,时光慢。

白沙溪畔,我们徜徉在琅琊美丽的时光里。

## 更多的人正朝它走来

从重庆双峰寺下山，到中山古镇的时候，是傍晚时分。

夕阳的余晖，轻轻洒在大娄山脉，金黄色光芒在山间变幻着明与暗的色彩。渝川黔三省交界的大山深处，群山波澜起伏，中山古镇就坐落于此，这里有西南地区保存最完好的明清商业老街。

中山古镇原来叫龙洞场和三合场。据南宋《清溪龙洞题名》碑刻记载，龙洞场可考历史856年；清康熙三十三年（1694）设行政办事机构——笋里十二都；光绪年间将原龙洞场、老场、马桑垭场合并成三合场，经几次建制调整后为现在的中山镇。

中山古镇老街沿笋溪河而建，全长一千多米，沿街都是密密麻麻的店面。走在青石板街道上，两侧建筑为穿斗式木质结构，中间建筑为骑廊式过街亭，整条老街雨不湿鞋，晴不晒太阳，而且冬暖夏凉。街面上有手工印染、手工编织、茶馆、酒馆、药房、剃头铺、打铁铺、纸火铺、针绣坊等传统手工艺和老字号，

还有我爱吃的烤豆腐、烤糍粑、冻米糖等美食。

傍日时分,街面上有放学后奔跑嬉闹的孩子,背着竹篓满载而归的村妇,下班归来骑摩托车的中年男子。有坐在街边织毛衣的;有牵着小狗溜达的;有坐在桥上,就着一碟小菜,喝白酒的。

小镇优雅,鸟鸣的傍晚,乡间散步的女人,穿着一袭合身的旗袍,如一道绰约的风景。

走过很多古镇,这是我见过气质最优雅的小镇。

有些古镇修得太新,新得不像是原来的面目,刷着簇新油漆的建筑还轻狂得走不进岁月;有些古镇太旧,爬山虎和野草疯长,只住着一些坚守的老人,年轻人与孩子早已没有了踪影。古镇"空心",无边的野草散漫着无边的哀伤,这是很多看起很美的古镇之痛。

古镇需要真正的烟火。孩子的笑声,早出晚归的人们,以及炊烟袅袅,闲话家常,才是一方古镇的烟火。

烟火味熏着的小镇,才是真正有生命力的小镇。

"这就是人气啊!"当我年少的时候,我们从老房子搬到新房子,没过多少年,老房子就破败不堪,屋漏墙倾,母亲语重心长地说:"没有了人气,房子就像失了宠,失了倚靠,一下子就没了。"

长大之后明白这也是"流水不腐,户枢不蠹"的另一种道理。

有一次和老张误入缙云河阳村，也是傍晚的时候。

河阳村有近千年的历史，文化底蕴十分浓厚，宋元两朝曾出过八位进士，开创了当时名噪全周的义阳诗派。我们在夕阳余晖中看了元代"一溪两坑之水系、一街五巷"的村庄布局，在薄雨的黄昏中看了村里的古街、古名居建筑群、古祠堂等。

我们俩睁大眼睛，惊叹得合不上嘴：这么好的村子！老张还慎重地在手机地图上做了定位，方便下次来。

"肯定要再来一次，肯定会再来的。"老张说。

这时，一群放学的孩子，叽叽喳喳地从我们身边欢乐地跑过。村中四处升起炊烟，菜肴的香味从各家各户飘出。我们在村里走，遇到了从田里归家的农人，从工厂下班的工人，还有街头巷尾聊家常的乡亲。

突然，二胡的声音凄婉幽怨地响起。我和老张，隔着一片田畴与二胡的声音相望。

此时，雨过天晴，星星、月亮明晃晃地悬在古村的上空。

生活的炊烟、孩子们的欢笑、琅琅的读书声、来来去去的人们——这些，是一个小镇真正该有的烟火。本地人留得住，外面的人想来，想再来，这就是一个古镇的魅力。

生活的烟火，在雕刻的时光中，给小镇的台阶、古屋、古树都染上了光，拭去了尘，写进了故事。

小镇，每天才有新鲜的生命。

在中山古镇，我有着踏进河阳古村一样的感觉。

在河阳古村,傍晚的时候,我和老张去了一个农家乐。店里的房子是老板自己的,菜是自己家种的。我们在豪华的一楼大堂坐下,吃店家自己做的发糕、粽子,喝店家自己泡的果酒。

空气中,散发着一种家常的味道。农家乐的老板优哉地喝着小酒,看着《新闻联播》,勤劳的女主人系着围裙忙上忙下,相当能干。

当我们酒足饭饱离开,还顺便打包了新出炉的发糕和粽子。女主人收拾完厨房,也跨出门槛,闪身融入了门口不远处广场舞的队伍。

白天书声琅琅的小学门口,现在是载歌载舞欢乐的海洋。

从河阳离开了好长一段时间,我对河阳古建筑的印象越来越模糊,孩子放学后的欢笑与夜空中的二胡声,却让我留恋再三,回味再回味。

在河阳这片土地,我感觉到原生态与现代结合的美好。

在中山古镇,我尝了尝外脆里嫩的烤豆腐和烤糍粑,坐在村口的龙洞大桥上,看天慢慢变黑。

经过亿万年的冲刷,江面上都是险滩深潭。这时是枯水期,清澈的河水缩到窄窄的河床里,依然不羁地左冲右突,在夜晚发出轻亮的流水声。

灯早就亮了。当黑暗更黑的时候,华灯闪耀起来。吊脚楼上一排排红色灯笼,在山谷之中更加鲜明,辉煌灿烂地倒映在河里。

整个山谷都明亮起来了。

美得不像真的。

在桥头,还看到几个石碑,刻有"吴蜀均沾""禁卖发水米""木帮公罚"等文字,这些都是几百年一直留下来的商德文化。

"吴蜀均沾"碑现存于龙洞大桥西桥头风雨亭内,原是建于乾隆年间(1736—1796)万寿宫门联的横批。"吴蜀均沾"意为江浙和四川买卖互通、经商平等、利益共享,据考证为世界最早的通商贸易规则。

"禁卖发水米"碑现存于古镇大佛亭旁,立于清光绪二十五年(1900),程玄真书,陈久和刻,长2.9米,高1.3米,碑文约七百字,反映了古镇对制假售假的约束力度,据传为世人最早的打假公告。

"木帮公罚"碑现存于古镇大佛亭旁,立于清道光十三年(1833),是木帮行规。规中明确规定:七尺为短料,十二尺为长料,以防商贩以短充长,缺斤短两。当地官府和行帮会首共立此碑,以昭示后人要诚信经商,公道做人,良心办事。

除此之外,古镇还有宋元明清等十几处的碑刻、题刻等,彰显出中山深厚的历史文化及精神内涵,高擎起渝湘黔的千年文脉与商业文明。

不用语言,一笔一画就充满文化的力量。

车辚辚,舟船帆影,风卷云涌。昔日繁荣的商贸流通,古镇产生了盐帮、马帮、船帮、木帮等各种运输商帮,以中山古镇为中心,延伸到整个西南,乃至更远的地方。

岁月流逝，曾经的繁华远去，中山古镇默默地安卧于深山之中。几百年的老建筑，承受着阳光雨露，承载着曾经在这片土地上的繁荣、苦难、欢乐、悲伤。

所有的悲与喜，都隐于眼前葱绿的山野、清澈的流水中。

山谷静寂，微风轻抚着一切。

中山古镇，真庆幸，我还是来了。以向伟大造物主朝圣的名义，抵达人类文明的深处。

在中山古镇，我想说，别埋头赶路，如果想去一个地方，那就早点去，别留遗憾。

每一次，当我回忆起十多年前去的鼓浪屿、千户苗寨、平遥古城、青岩古镇等地方，快乐的阳光就盛满了我记忆的金碗，欢快得溢出颤抖的眼泪。

所有原生态的历史永不可逆。

更多的人正朝它走来。现在，就是我们探访一个最向往的地方最好的时候。

## 许我春光里小醉

别跑得太快,总和时间赛跑,适当的时候,要选择一个地方稍稍停靠。

春天,适合在山中小醉。

### 一

许我向你看。

无论什么时候,迎向春天,我们都是热爱生活的人。

在春天,要狠狠地去爱这个世界。

生活需要真实,不能凭想象、靠虚空去深爱这个世界。

为什么不走出来看看?

生命给我们机会不断地去体验。一点一点地去感受,去记住生活。

生活看似单调,换个角度看风景,看外面的世界,回看自己

的人生，生活可以很完美。

许我常常向你看。走出我们习惯的日常。

走出来，我们会遇到更多。

我们和风景的缘分，在刹那交会的瞬间。山川树木等都有语言，看似是与自然无声倾诉，更多的是我们自己找个地方，和自己说说话。

人生短暂停靠。

许我向你看，群山环绕，茶叶飘香。

我坐在山中来信的阳台上，看云雾，喝春茶，听春风……

## 二

许我向你来。

在生命的每个阶段，总有一个人会如期到来。

相遇就是缘分。

我是山中来客。

坐在山中来信的阳台上看书，常听到有惊讶声传来。

——这里太漂亮了！我要拍照，我要发朋友圈。

——想不到这里风景这么好，这么美！

——我要开个直播！

天南海北的客人来到这里，总有和我一样的感叹。

我能心平气和，笑看春花，是因为我和这里的风景熟悉，仿佛我是山中的主人。

在我的眼中,这里人来人往,人人都是过客。

在群山的眼中,我们又何尝不是。

这日,山中来客。一男一女从苏州来,携两犬,漂亮的柴犬和法牛。云淡风轻的背后,隐藏着传奇。

这日,山中来客。两个女孩带了酒,在民宿旁边的小饭店里对饮。一瓶法国红酒,两天还没有喝完。无关其他,只是需要点酒,需要点气氛,充实这趟闺密之间的旅行。

这日,山中来客。飘逸的长发自带艺术家特有的气质,带着一只纯正的秋田犬。

这日,山中来客。院子里,有个女孩在音乐中快乐地奋力荡着秋千……

我们在院子,在书吧,在餐厅遇见。

在山中来信,隐没了尘世的光环,我们都是普通人,转身不见。

山中有故事,我们都是有故事的人。

我很想听听故事。

## 三

许我小饮两杯。

到这里,需要小饮,不须大醉。

我们都不胜酒力。

在夜深人静的时候,仰望天空,看山中的村落灯光点点。

我们都是浮在空中的人,在半空中,面对自己,找出掩藏最深的部分。每个人在面对他人和自己的时候,难免有所隐藏。某些人生经历,我们宁愿它不曾发生。不是刻意去隐藏,只是不愿意去面对曾经失去的快乐,曾经经历过的伤痛。

深夜,点亮微明的灯,光洒向群山之中。听半夜的琴声,松风传来涛声阵阵。最美的微醺,灵魂升腾在半空,毫无睡意。

黑夜能填满孤独。我们与自己促膝长谈,记下生命中所剩不多的美丽。这世界不会为我们改变,我们用力地奔跑,用力地喘息。

每一次深夜的独语,都是竭尽全力的自剖,把生命的迷茫,自卑,委屈,消耗殆尽。

好春光,不如梦一场,梦里青草香。

梦里,希望在悄然生长。

## 四

春山啊,许我春光中茶醉!

烟花江南,春分茶香,阳光中有诗句。

远离小城的油腻,到山中来信,在"唐诗之路"上,读一首苍老的诗。

天很蓝,泳池的白云在水中荡漾,远山如黛,远近分明。

满山都是采茶人，满村都是绿茶香。这里有上好的乌牛早茶，有龙井茶，有本地的土茶，等等。江南最好的茶叶，是明前龙井。这些年，虽然喝红茶、老白茶、岩茶、生熟普的人越来越多，但明前龙井仍是江南春天的最亮色。从唐诗宋词的悠远里，这一抹茶香，传了千年。我从下岩贝的王国昌师傅家，喝到赵师傅家，喝到曹师傅家，喝到小茶农周伟锋家。王国昌师傅很细心地和我讲解茶的工艺，以及这里茶的品种。小茶农周伟锋，从父亲老周手中接过制茶手艺，村里的茶青基本上都是由他炒作，他是远近闻名的制茶大户，也是制茶高手。经过他们这代茶人的努力，新昌的茶从圆改扁，以龙井茶的工艺，完成了技术及品牌的完美创新。

这里人和茶，一样淳朴，茶的香气，清香得醉人。

感觉整个大山的春色此刻都在我的胸中。

春色如此美，许我在春光中小醉。

山中云雾时有，美景时时在。摄影爱好者在清晨和我相遇，笑问："你拍什么？""来，我看看你拍的照片。"

清晨，在一个民宿门口，老板在练习吹喇叭，山谷传来应和声。他充满歉意地对我笑笑："吹得不好，我才练了半年多。"

他指着峡谷对面的那个村："我们的老家就是那里啊！从我爷爷的爷爷的爸爸，我们在下岩贝已经生活六代了。"

深邃的峡谷，对面那个村子安静地立在遥远的半空中。

他的眼睛看得到隐藏在群山之中的路。

我看不见。

在山中的每个清晨,我都在茶园中跑步。

跑着,笑着。

两个忙完工作的大哥,荷锄从远处归来,一阵微风吹起,天空下起了樱花雨。

他们望着我,相顾大笑:"你掉入花雨中了!"

停下来,突然流泪。

我们都是从花里走出来的人。

## 五

许我和你在一起,等夕阳。

山间的夕阳,似武林高手温柔的绝杀,又似绝色美女的倾城一笑。

晚霞照在山中来信的无边泳池上,粼粼的波光,泛着爱的暖意。

山中来信这一泓水啊,聚集了这座大山所有的灵秀。

轻轻抚摸着小狗的毛发,春风略寒,世界温暖如斯。

我们一起趴下来,听听大地的心跳吧!我相信它跳得和我一样快。

又想屏住气息。

许我和你在一起，等天黑。

我站在黄昏的茶山上。

身体的每个细胞都在迎风飞舞。我在看夜幕一点一点地将白天吞没，也将我的身影吞没。

"为什么有些人笑了，是不是越悲伤的笑话就越能治疗失望？"

想到世界上最孤独的鲸，它叫 Alice，是这个世界上最孤独的生物，花了二十多年时间从大西洋到太平洋，去寻找自己同伴。它的声音波长和其他的鲸鱼不一样，所以或许永远都不可能得到回应。

——这是多么悲伤的一个"笑话"。

或许，是暂时的。它可以等待另一只同频的鲸的出现，需要的只不过是时间而已。

黑夜深沉如海，我们在夜间驶出，寻找另一只同频的鲸出现。

## 六

许我和你一起，平静地感受短暂的悲伤与欢乐。

在山中来信，我总想写点什么，把文字寄给自己，寄给过去，寄给未来，寄给季节。扔到春风中，不需要寻找。

世界上每个人所向往的事，相似却不一样。我们都有自己想

圆的梦，想去的远方。

岁月温柔，不要与自己为敌，在人生的旅途上，认真地努力，满足自己。

要每天鼓励自己，保持希望，在每天清晨太阳升起的时候，笑对自己，笑对人生。

真的事与愿违，承认失败也是种选择。

我们都会离开的。


我走了。

我们走远了。

山中来信院子里的秋千，还在轻轻地，轻轻地晃动着。

## 万发缘生，皆系缘分

### 一

万发缘生，皆系缘分。

如果没有来，我们就不会遇见。如果没有遇见，人生何来惊喜。这份感叹，送给此次新昌之行的盐帮古道、含笑花开，送给老友大地，送给那片片飘落的樱花，送给那相逢只是说了一句话，或是点了一下头的陌生人。

人生就是在不断行走中，领悟与放下，收获与舍弃。我们就是要在有生之年，多看看外面美丽的风景，不一样的世界。

这份感叹，还想送给清晨山间遇见的薄薄轻雾。

清晨起来的时候，山间一片雾色，只能看得清近处的树木、房屋。但随着太阳慢慢从东山升起，雾气慢慢就散去了。在这个过程中，高处的雾气散得最快，缭绕在山间的雾气，纠结缠绵于

青山之中,久久不愿散去,这些雾气一缕缕、一丝丝飘扬在山间,成为我一日之中最初的惊喜。

怎么可以这么美!宛如一阵仙气。

这股仙气,伴随着我从里家溪到董村,丝丝缕缕地牵着我的眼神,久久不愿离去。

最终,它们还是消失在我的一声叹息之中。似是我轻轻的一口叹息,让它们瞬间化为无形,消失在天地间。

就是这样一片薄薄的雾,让我感觉人间值得。人间多少的美景都是天然的,有多少的美好只需要我们用心捕捉。

我们却常常忽略。

## 二

一切有为法,尽是因缘合和,缘起时起,缘尽还无,不外如是。

——如果不停下脚步,我们怎么会遇见?

看到董村,分外亲切。忍不住停车,拿出相机四处走走。看了之后才发觉,董村真不简单。

沙溪董村历史悠久,周围崇山峻岭,风景如画,古迹众多。据《新昌县地名志》载,董村古称龟溪,因村前溪中有两块岩石一大一小,形如乌龟得名。龟溪董村始于唐代,由姓氏得名,又据民国《新昌县志》记载,董氏"始祖剡令,居善政乡",始迁祖董舜祖(851—922),原籍龙游立德乡,唐乾宁年间(894—

898）任剡县令，时天下大乱，义军四起，他弃官退隐剡东石壁龟溪，繁衍成族，为董村。

董村分为上董和下董两村。上董旧称盘松，因有一古松呈弯曲盘绕之状而得名，以陈姓为主，陈氏十三世显德，于清康熙年间自县城通明巷卜居董村，其子建有五福寺。下董旧称门楼里，因村前有一俞公岭，站在岭上看村落，形如门楼而得名，以俞姓为主，首迁董村的五峰俞氏十三世明伦派俞侣（1017—1096）官迪功郎，庆元府经历，致仕后游龟溪，爱其地之幽，命其子俞天透（1049—1115）在此置业筑室，以为往返宿泊之处，晚年挈家迁居此地。

村祠堂——五福祠堂，柱子上梁托雕工相当精美，刀法极为讲究，龙狮虎象等一些神兽的形态刻画得惟妙惟肖，极其逼真。村中还有几处古台门，以砖、木、石为原料，以木构架为主。古建筑的梁架是民间俗称的冬瓜梁，用料硕大，中部略微拱起，两端雕出圆形花纹，中段常雕有多种图案，通体显得恢宏、华丽、壮美。

台门是村民居住的一个个社区。俞氏村民大都居住台门宅第，全村较大的台门宅第有七八个，一个台门住着十来户人家。这些建筑多建于清咸丰、道光年间，距今有近二百年的历史。

## 三

万物于镜中空相，终诸相无相。

"董村，去县东六十余里。成化志称，仕族俞氏所居，有南

湖庵，米芾书匾尚存。"

今日我来，米芾书匾难觅，不免悲伤。但董村还有一处摩崖石刻，让人大饱眼福。

董村水晶矿摩崖题记，在沙溪镇下董村口约一百米处，新昌至董村公路左侧，龟溪边悬崖上，题记分为两块，石刻记载了元大德年间奉旨寻采水晶从宁海又至新昌，在龟溪处发现水晶地藏，采得水晶石一块，重一万多斤，时任中书左丞行浙东道宣慰使哈剌德书写，勒石于壁，留存至今。此石刻面积大约五十五平方米，共刻有一百二十三字。

该题记完整地记录了当时的寻找过程和开采成果。题记笔法浑厚内敛，结构多变而不失严谨，在书法史上也具有重要意义。

水晶在古时称"水精""水玉"。一般情况下，有花岗岩和变质岩的地区就会出现水晶。哈剌德，元史有传，蒙古哈鲁部人，先后随元丞相伯颜、阿术侵南宋，因攻襄阳，克焦山，破崖山张世杰水军有功，至元二十七年（1289）封金吾卫大将军中书左丞浙东宣慰使，并兼海上万户达鲁花赤。大德五年（1301）升云南行省右丞，偕刘琛征八百媳妇（古代地名），以罪废，卒于汝州。

历史的风就这么轻飘飘地从这里吹过，几百年过去，人世间的一切都浮如烟尘，这些摩崖石刻却永久地留下来了。

我在崖下小坐，欲起又留。

人世间的告别，我们都不知道有没有以后，是否能再见，是否是永别，都藏在人生的无常之中。

## 四

君子相交，随方即圆，无处不在。

在董村的立德书院，问路的时候，遇到师父释演能。"万发缘生，皆系缘分"，的确是这样。万千凡人，有无数的可能失之交臂，只有一丝丝的可能在人海之中相逢相识。

演能师父向我说起董村乡贤吴宝芹热爱家乡、回报故里，在当地政府和村两委的支持下，着手创办立德书院等功德无量的故事。说到书法的共同爱好，还带我到他的房间，看他抄写的经书。

师父他发的愿是抄经弘法，利益千万有缘众生，让五浊恶世的罪苦众生离苦得乐。每天除了修行，就是抄经。他现在抄好的经书有《金刚经》《佛遗教经》《地藏经》等，接着要抄写《阿弥陀经》，重点是要抄写《妙法莲华经》，有八万字左右；《楞严经》，有七万字左右；《八十华严经》，大约有四十万字，他计划在两至三年将这些抄写完。

上百万字，一笔一画，规模宏大。数年光阴只为佛，只为经。这是皓首穷经的另一个版本。

在师父的书房，我看抄写中的《金刚经》，有二王之风，外柔内刚，笔致圆融冲和，有遒丽之气，含五方之正色，姿荣秀出，智勇存焉，下笔如神，不落疏慢，甚有古风，为虞世南笔意，可以看出有数十年的功底。

师父性谦虚，还热情地驾车带我去附近的小黄山，书圣故里，一路我们聊书法，聊国学，聊佛禅，甚是快意。

## 五

"花开花落相关意，云去云来自在心。"

归去来兮。在山谷间，遇到一株繁花凋尽的野樱花，没有来由地感觉花落的时候，也是那么美。

世人皆知花开美，几人识得花落容，亦美。

每一次出行，遇见一些有趣的人、美丽的景，值得回味，如余音绕梁，不绝于耳，让人欣喜，也让人怀念与留恋。

"万发缘生，皆系缘分。"

有缘，江湖虽大，所有的美好，我们终会久别重逢。

我还会在路上等你。

## 在下姜，我用文字写一封温暖的信

一

雨落下姜，文静柔和。

长假之后的下姜，挟着《我和我的家乡》之热风，游人依旧络绎不绝。人们忙碌着，四处张望，寻找着历史的回响。白墙黛瓦深处流淌着红色意志的血液，传递着温暖的微笑。

群山伟岸而立，在时间的里程里，它们见证历史的每一次布景。河流倔强地奔流不息，将理想冲向远方，又将火热的心带回家乡。

雨中的下姜，洗去层层繁华，重重雕刻，迷幻光影。"朱粉不深匀，闲花淡淡春"，在青山绿水间，走出一个"淡妆浓抹总相宜"的女子。

我到下姜，凝视着你，眼神定在你如水的眸子上。

## 二

我习惯过细微的日子。

习惯在粗茶淡饭之中,用质朴的色彩,写平静的诗句。

在下姜栖舍民宿,傍山而居。听一夜雨的呼唤,推开小窗,书页在夜间打开,在连绵的雨声中,记忆蹒跚前行,走过蜿蜒曲折的山路,走过坎坷无际的孤独,来到一间有壁炉的温暖的小屋,有人高声朗读神奇童话中的句子。

我看到很多意味深长的脚印,现在已经成为天地自然的纹理,刻入了群山。雨滴在上面跳跃的时候,掩饰不住的快意谱着神奇的韵律。

竹子在后山,一代一代,静静地生长。

栖舍屋后的柿子树上,挂着几颗红色的果子,晚秋中坚强地在树梢守候。鸟儿的馋念,被执着的情绪喝退,任由它们追求着一段无结尾的歌声。

清晨微雨,栖舍的阿姨推出电动三轮车,冒雨前去买菜。

白天,我在村里的小道上走走,到河边坐坐。更多的时候,我在一楼有壁炉的大堂里,打开一本本诗集。

在黄昏,厨房里叮叮当当地响起做菜的声音,让我想起年少的时候,我躺在二楼金黄色稻秆堆上看书,楼下飘来饭菜香,以及母亲温柔呼唤我下楼吃饭的声音。

## 三

很少人看书。很少人阅读，折叠在时光褶皱里的故事。

下姜是首宏大的乐章。我偏偏喜欢如一尾小鱼，从浩渺的世界游到此地，在波光碧影之中，游过浅浅的云。

参观者陆续离开。群山映在水中，我静静地坐着，无声的时间在行走，没有声响地在水面冒几串泡泡。

所有的日子都是初见。

在雨夜，在下姜，我想起那个叫朝云的女子。

## 四

听说，苏东坡偕妻儿来杭州，是在北宋熙宁四年（1071）十一月二十八日。这一年，苏东坡四十多岁，因反对王安石新法而被贬为杭州通判。

这一日，苏轼与友同游西湖，宴饮时招来王朝云所在的歌舞班助兴。刚刚十二岁的王朝云，从此走进苏轼的生命。当日舞班之中，唯朝云一人，不施粉黛，素颜上场。苏轼一见钟情，挥毫写下了传颂千古的诗句："水光潋滟晴方好，山色空蒙雨亦奇。欲把西湖比西子，淡妆浓抹总相宜。"

人生若只如初见。从此，朝云与苏轼去黄州，去惠州，二十余年风雨飘摇，不离不弃。

爱情的归途是无险可守。钱塘自古繁华，此地演绎了白蛇与许仙，梁山伯与祝英台等无数的爱情故事。

苏子的情诗，和朝云的素颜一样，不动声色，却爱得轰轰烈烈。

夜间的下姜，从栖舍民宿门口延伸出去的古板路，细雨涤净悲伤，天空无限宽阔。

我突然又想到素颜的朝云，和眼前雨后素净的下姜。

对于美，我们亦不能免俗。

我见犹爱。

我说的美，是朝云，是下姜。

我说的爱，是下姜，是栖舍。

## 五

我爱的，是一抹本真。

我想起海子的一首诗，《歌或哭》：

你说你孤独

就像很久以前

长星照耀十三个州府

你那样孤独

你在夜里哭着

像一只木头一样哭着

像花色的土散着气

歌，或哭，我们都在用力地生活，用上所有的符号和情绪，写自己人生的歌。

在下姜，在栖舍，我找到的是一抹本真。一个笨拙的人，挟持着收获的幸福，独自狂奔。

栖舍屋后的柿子，羞红了脸，我一靠近，它就掉了。

在下姜，在栖舍，我用文字，写一封温暖的信。

写今天的天气，写我这会儿的心情。写完，叠好，塞进信封。

我听见了风中信鸽振翅的声音。

# 用画笔撑开偏岩的慢时光

## 一

　　细腻文字的根须，依然有无法抵达生命和灵魂深处的遗憾。

　　照相机、智能手机、短视频平台等发展的背后，是文字功能在一步步弱化。文字曾经独领风骚，现今难免步步退守，坚强地守护着自己的高地。

　　有时，我为文字能写出图片与视频难以表达的感觉，沾沾自喜；有时，我也为文字的无能为力而感伤。

　　有些作家朋友常说，文字万千，很多时候不如一张定格的照片。

　　照片多美啊，所有文字不能表达的内容都清楚地记录在图片之中。

　　视频多丰富真实啊，声音、图像等都结合在一起，记录着、还原着当时的真切。

　　文字、图片、视频，以各自不同的姿态存在着，丰富着我们的生活。

就像照片虽然已经百分百还原,我们依然喜欢绘画艺术;就像印刷字已经非常精美,我们依然喜欢书法艺术。

画画、书法等艺术,色彩与图案的不确定性,墨分五色的变化无时无刻不给人欣喜;智能工具的发展,同样给我们带来新鲜的感受。一切如色彩在画板上叠加,我们的世界才如此斑斓。

万物存在都有道理,点缀世间,着上不同的色彩。

王希孟用了半年多时间绘成千古杰作《千里江山图》,张择端用了一年时间绘就传世名画《清明上河图》,达·芬奇画《蒙娜丽莎》差不多用了三年多的时间……

绘画、建筑、文字都是对世界及人性的一种解释,是人类凝固的历史,是无声的语言。在艺术的表现中,需要细致入微的观察力、超脱尘世的天赋、细腻激扬的情愫,这些因素就是生花的妙笔。

而慢,是种美丽的温存,给我们留下若干年后动听的回响。

生活的脚步很快,我们却要让自己一点点地慢下来。偶尔慢一段时光也行,写一段文字,读一本书,画一幅画,写一幅书法,都足以让我们的生活慢下来,找到内心的宁静。

心安定,才是最好的慢、最好的静吧。

## 二

五一假期,去了偏岩。

重庆重镇北碚，风景秀丽的金刀峡下峡口黑水河畔有个古镇——偏岩，清代之前叫"接龙场"。传说在康熙年间，山洪暴发成灾，民间传说系孽龙出山兴风作浪，遂将此地取名为"接龙"，以求平安吉祥。接龙场上场横街处有一高三十米的悬崖向西北方向倾斜，人们俗称"偏岩"，偏岩镇因此而得名。

偏岩是重庆通往华蓥古道上的一座商业重镇，昔商贾云集，经济繁荣，名传川湖广三地。虽经数百年的时代变迁，街道、建筑、民风等仍保留着传统的古朴。在老街区，有古戏台、禹王庙、古客栈、古石桥、玉屏书院等老建筑。

古镇的房屋依山傍水而建，**重重叠叠**，错落有致，这是造物主洒落在渝中大地的命运线条。

蜿蜒曲折的黑水滩河紧紧拥抱着小镇，缓缓流动的河水清澈见底，岸边是高大粗壮的黄葛树，疏密相间，这些百年老树，地下盘根错节，空中枝繁叶茂，遮天蔽日。

这是一个川味小镇。河水将小镇分为新旧两个部分，旧石桥连接着新街与老街，清澈的河水倒映着葱郁的黄葛树，几个女子在石阶上洗衣，河面上摆着无数张桌子，有人在河中吃饭，有人在打麻将，有人在烧烤，还有孩子在嬉戏。

时光在黑水滩河一直流得很慢，它放慢脚步，悠闲自在地踱着步。

古镇素有川东"芙蓉镇"的美称。

偏岩老街段长约五百米，基本是清代时期建筑，街面青石铺筑，街宽仅一车余。两旁店铺鳞次栉比，砖木结构朴素简单，撑拱、花窗与栏杆均有简洁的雕饰。

漫步小街，曲径通幽处有穿越之感。

最让我感叹的是在古镇里有很多的孩子在写生，他们专注于一处街景，一方屋檐，一棵老树，在五月的骄阳中认真地用自己的眼睛和画笔，描绘着世界。在人流如织的街道上，心无旁骛。

这是小镇最美的慢时光。阳光照射在画板上，都安静了下来，三百多年沧桑的岁月，在支支画笔下，肌理毕现，如一位年迈沧桑的老者将一个个故事娓娓道来。

画板是偏岩最美风景的倒影。太阳从四面八方，烧灼般照耀着一处处风景，画笔带着它们飞行，飞向画板，找到归属。

我一直想，这就是我们手中的快门无法捕捉的魅力吧，孩子们的写生，练的是技法，也是在繁华世间的定力与修行。

## 三

人生需要游历，生活也需要写生。

无论走到哪里，带上心中的画笔，描绘这美好的世界。

用我们不能尽善尽美的文字、图片、视频，或是写生的画笔，去描摹、勾勒我们美好的世界。

细微，缓慢，美丽的万物与心灵彼此感应。

偏岩，小镇慢时光。

那群孩子，用画笔撑开了偏岩三百年的历史时光。

# 风儿爱往南山吹

## 一

风儿爱往南山吹。

重庆山城,是无风可借的火炉,节假日拥挤的人群,挤撞出滚烫的火花,烫醒我的梦。

风是我的翅膀,我被风儿拥着上南山。

## 二

山路十八弯。

一圈圈的波纹,是南山的年轮,无限的绿意是沿途的掌声。很多花儿在山间飘离东西,我熟悉沿途丁香花、三角梅的气息。

风与花瓣,在山间与我邂逅。

我们久别重逢。

## 三

在重庆南山,樠铭龢(Run Ming He)茶房。

窗外,有一些并不高大的树,挡住了我眺望的目光。长江就在山脚不远处,孤独寂寞地奔流。

院中,有几棵高大的树木,梨树、樟树、松树等,孤独却不寂寞地在风中飘摇。阳光穿透了树枝,影子投射到黄金似的泥墙。风动,树动,影动,泥土墙的老房子,安然不动。

山间静寂的时光,一日一岁长。我在山间的午后,与一棵温暖生长的树交谈。

我们曾在南山一隅,促膝长谈。

以后的江湖,相互牵挂。

## 四

风儿爱往南山吹,清风灌满了山岗。

南山上,很多特色民宿和茶舍星罗棋布。南山,它能接纳远方的旷野,胜过许多我们身边信任的人。在山间静卧,悲伤与痛苦都可以自然流露。白日梦,亦是天神允许风儿捎来的另一种命运,供我们疗伤。

世间所有的不平、不安以及伤痛,都抵不过山间穿越的一阵清风,转眼无影无踪。

暮色苍茫，夕阳足够厚重辉煌。寂静，让我们看清风动、叶动、心动。彻夜不息的河流，在深夜低吟。

在山间，耐心去做一件事情，与一盏灯对望。

月光，送来清风。

蛙鸣在窗外，叫了一宿。

## 五

南山，一直敞开大门。

风儿爱往南山吹，把你带进唯一的入口。南山，很多城市都有南山，很多人都有自己的南山，南山是很多人心中一个安静的梦。

榈銘穌，南山深处，清风灌满山岗，也灌满我的心。我的心中，满满登登，又空空如也。这似乎是节假日中，我做的一个南山美梦。

一段寻常时光：店主泡着香气弥漫的新茶，大部分的客人在清风之中享受着清风的吹拂，鸟儿在树梢鸣叫，小狗在树荫下打盹……

世事就在清风之外。

我抱着一卷书，在清风中，不自觉入梦去。

想起我用了很多年的一段签名："携一卷书，行十里路，选一块清静地，看天，看地，看书，累了时，和身在草绵绵处寻梦去。"

我随着风儿在南山，寻了一场暮春的梦。

## 公园里,锣鼓喧天

一

午后,喇叭、唢呐、锣鼓在屋后的公园举行了盛大的聚会,婺剧的闹花台铿锵有力,让人热血沸腾。

我放弃了午睡,走过去,只想听听,看看。

闹花台,我们叫"闹台将",类似婺剧开始前热热闹闹的前奏,告诉大家好戏即将上演。

小时候坐在教室里,可以听到村里老樟树下戏台远远传来的锣鼓声,那是多么新奇有趣,将我们的小魂都勾去了。一脸严肃的何老师就会将书用力地拍在桌子上:"不要一听锣鼓响,屁股就坐不住!"

接着,何老师语重心长地和我们讲了管宁和华歆"割席断交"的故事。我们用迷离的眼神望着何老师的唾沫在阳光下激情四射,心神早就飘到了戏台前。那时候看戏,不是真的为了看

戏，只是为了凑看戏的热闹，以及戏台前零零散散的小吃摊。

## 二

一些东西在流行一段时间之后，就会如浮尘一样被岁月吹走。只有经典的文化，如金子一样，历经岁月之后依然熠熠发光。

只不过，要过很久很久以后才明白。

人在岁月的风霜相逼下，摇摇欲坠，文化的光芒如拐杖一样扶持着我们走向生命的终点。

人到中年才明白很多道理，知道了要认真地刷牙，认真地吃每一顿饭。懂得的无非是一些小事，在日常的重复之中，却越发觉得这些小事的重要。

到了这个岁数，真的喜欢上了看戏，自然而然。

乡里一般演的都是越剧或是婺剧。小时候哪里懂得什么是婺剧，什么是越剧，将"婺剧"听成"武剧"，因为乡音里"婺"和"武"谐音，越剧就是调子拖到天长地久没有尽头，婺剧打打闹闹，有意思多了。

小时候很天真。

现在喜欢坐在剧院里，听京剧、昆曲、越剧、婺剧等。我是不内行，却喜欢上了看戏的过程。

戏里戏外，有如人生。曲起曲落，何尝不是一番轮回。

## 三

一次去上海买旧书，看到几张关于越剧的老唱片，有《五女拜寿》《盘妻索妻》，就毫不犹豫地买了下来。上海的小马哥，看我买了旧唱片，马上给我寄了一台老式唱机。我偷懒，没有将唱机好好收拾，这些唱片终是没有在这台老唱机上唱出我年少时候常听的声音，辜负了老唱片，也辜负了老唱机，每每想起，心中有愧。

我还在读初中的时候，辍学的姐姐就已经自己"车花"赚钱了。"车花"——用缝纫机在枕头套或是被套上"车"出各种花纹，类似简单的"机绣"。心灵手巧的姐姐一天到晚的工作就是坐在缝纫车前工作，她最喜欢一边工作一边听着"三用机"里的越剧。

我也经常一边听着越剧一边做作业。

灵魂就这样慢慢在岁月之中染了色，人到中年，生命的底色从尘世中挣脱出来，让我看清了自己的脸。

每次听戏，我都会想到年少的时候，姐姐一边工作一边听越剧，我一边写作业一边听越剧的情景。

天总是不知不觉地就黑了。

每次听戏的时候，我总会在心里念声——"姐姐"。

## 四

每个人都很自在,这是城市中心一隅的自娱自乐。

岁月在二胡、笛子、唢呐、锣鼓等上面,细密地包浆,一双双手亲热地抚摸,将其抚摸得发亮,而当人们一拿起乐器,和谐的音乐就喷泻而出。

烟叼在嘴上,他们似乎将火红吸进了身体,细细的烟如音符一样从鼻腔里吐出,惨白的烟丝如岩石的风化,戏曲里的历史就在烟丝中片片飘落、远去。

一位大姐跑过来,问我能不能帮她们拍点什么,照片或是视频都好。我有点惭愧,摇摇头说我技术不好,不是专业的,只是随手拍拍。

那边音乐响起,大姐马上跑回去了。我看她穿着清洁工红色的裤子。她回到塑料凳上,穿着火红衣服的她,此时的她是个音乐天使。

## 五

我拿着相机,各个角度走着拍着。我留意到有个老爷爷似乎和去年相比消瘦了,有个大叔白发多了,人群之中还有一些年轻的面孔。

亭无名。

人无名。

曲有名。只是古调今人不常听。

但我想，可能是时候不到吧，很多人到了我现在这个年纪，就会突然喜欢了。

锣鼓喧天响在公园里，一根看不见的线在空中穿梭，缝着的可能是那些在公园里玩耍的孩子的记忆，可能是住在围着公园的高楼里的城市居民的记忆。

曲终人会散，有些刻在灵魂深处的东西，比我的文字和图片更为不朽。

## 春蚕不老常怀丝，我自守道甘寂寞
### ——记著名工笔画大师潘絜兹先生

世界上没有一块通灵顽石，能向我们诉说它亿万年的亲身经历，它也许来自遥远的星球，也许喷发自地心的岩浆，也许是女娲补天偶尔遗落在地上，也许前身还是个什么有生命的东西。随你怎么想吧，它是块顽石。

——潘絜兹

《九色鹿》，在很多人的童年记忆中是最美的动画片。这部动画片，很多人知道其取材来源于敦煌莫高窟的壁画，但很少人知道这部动画片的脚本编创者是一位著名的工笔人物画家——潘絜兹先生。

他与敦煌，与工笔重彩，有一生的缘分。

敦煌改变了他，他也改变了敦煌。

"三十年代我开始学画，于宋元略窥门径——辗转大西北，到敦煌求艺，始得亲接晋唐壁画，进入大匠之门……"

一位大匠随着敦煌,打开了工笔重彩新时代的大门。

一

1943年4月,著名画家张大千完成了在莫高窟的临摹。在过去的一年,张大千带着一众弟子,忍受大漠风沙的艰苦,还请了塔尔寺的喇嘛帮忙制布制色,共临摹壁画二百七十六幅。同年,开始在兰州、成都、重庆等地举办临摹作品展,引起了空前的轰动。在这之前,画家李丁陇已经于1937年10月至1938年6月在莫高窟临摹壁画,并于1937年在西安、兰州、南京、上海等地兴办过画展。

这些六朝晋唐的壁画,代表了中国画的一个高峰。

张大千等人临摹的壁画,像强磁石一样吸引了青年画家潘絜兹,他怦然心动,毅然辞职。然而,囊中羞涩的他,只能先将家从四川搬到兰州,再开画展筹备经费。他用三年的时间,在兰州、西宁等地办展,加上朋友韩乐然的帮助,终于筹到了经费。

1945年春,风尘仆仆的潘絜兹携带着高一涵(时任甘宁青监察使)的介绍信,辗转到了敦煌艺术研究所,敲开简陋的木门,见到了研究所主任常书鸿先生。

敦煌莫高窟开凿于公元4世纪到14世纪之间,比云冈石窟早八十八年,比龙门石窟早一百二十八年,过去曾有上千个佛窟,被称为"灵境""仙岩"。

潘絜兹马上被这佛国世界折服,在这里,他从担任国立敦煌

研究所的助理研究员开始了敦煌壁画的临摹整理工作。当时条件十分艰苦，他和龚祥礼、史岩、张琳英、李浴、周绍淼、乌密风等二十余人，展开了对敦煌艺术的发掘与研究。这种艰苦，对于曾有过行伍生涯的潘絜兹来说，还是可以承受。1936年，毕业后抗日战争即将爆发，潘絜兹毅然投笔从戎，远赴湖北追随著名抗日爱国将领张自忠将军，在张自忠将军的第五十九军政治部做抗日文宣工作，参加过襄东会战等战役，在枪林弹雨中九死一生。张将军殉国后，潘絜兹辗转千里来到重庆，后到南充定居，重操画笔，继续艺术生涯。

在敦煌，潘絜兹被唐代壁画雄伟的气魄、卓绝的造型、丰富的色彩所吸引，仿佛置身于五彩缤纷的晋唐艺术花圃，他格外珍惜这段时光，在近一年的时间里深入钻研唐人服饰的造型、勾线、敷色，比较宋、元风格的差异，完整地临摹了很多作品，为后来的艺术生涯打下了深厚的基础。

## 二

这一临摹，先是五年，再就是一生。

在敦煌，潘絜兹的临摹，不仅仅是持灯对临，照搬照抄。他在临摹的同时，还重点研究历代服饰、建筑、器物，涉猎历史和文学等领域。在潘絜兹的艺术生涯中，除到敦煌莫高窟临摹外，还先后到过蓬溪宝梵寺、西宁塔尔寺、西安榆林窟、天水麦积山石窟等名胜古迹进行壁画临摹，经过几十年如一日的浸淫磨炼，潘絜兹逐渐成为该领域首屈一指的专家。

1954年,一幅画的诞生标志着潘絜兹已经形成了他的艺术风格——这就是一幅以表现古代石窟艺术创作过程为题材的作品《石窟艺术的创造者》。这幅画作生动地再现了古代画师创作敦煌壁画的动人一幕,再现了石窟壁画创作工匠们辛勤作画的情景,歌颂了那些绘制出辉煌历史巨制却又没有留下姓名的工匠。

在画中,先生选取了特定场景,着重表现作为画面背景的壁画中的人物造像,先生的画笔下那些衣饰繁复、婀娜多姿的菩萨立像与仕女像,千尊小佛像和花边纹饰,现场制作壁画的工匠,以及观看壁画的人们,无一不栩栩如生、逼真动人,仿佛是现代工笔画画家、古代工匠与敦煌壁画进行了一次穿越时空的会晤。

在《石窟艺术的创造者》这幅作品中,潘絜兹歌颂石窟艺术之伟大和那些古代的艺术匠师。作为中央美院工笔画教授,他经常语重心长地对学生说:"新时代的画家也要学习敦煌画工那种敬业、乐业、无私奉献的崇高品格和精神。"

《石窟艺术的创造者》整幅作品画幅不大,在有限的平面空间内表现出了繁缛的壁画细节与人物群像,有着敦煌壁画传统的精微,又显沉雄博大,也代表了潘絜兹绘画自我风格的形成与初步成熟。

该画荣获1982年巴黎春季沙龙美术作品展览一等奖,得到了中西方一致的认同与好评。

## 三

敦煌艺术的养分，滋养了潘絜兹一生。

除了画画以外，潘絜兹还是个学者型的画家，在传统的诗词歌赋上均有很大的成就，在敦煌服饰研究、古代服饰研究方面，取得了丰硕的成果。

潘絜兹年少的时候曾师从画家吴光宇、徐燕孙等，一生致力于工笔重彩人物画的繁荣与发展。20世纪30年代，他正式拜入在中国人物画坛素有"南张北徐"之称的徐燕孙门下。自学习工笔重彩人物画起，他便初衷不改，为了这一目标勤奋耕耘、从未停歇。

潘絜兹主张"工笔重彩应源于生活、表现当代"。长期严谨的壁画写生和绘画实践工作让潘絜兹有了丰富的艺术资源，他不断在传统工笔绘画的基础上加以改进创新。"在人物的面部、头饰以及服饰的处理上融合了部分水彩画的表现技巧，从而成功解决了工笔人物绘画易流于样式，表情、姿态僵化的难题，让笔下的人物更为传神生动，跃然笔端。"除在敦煌进行石窟壁画的研究和临摹外，潘絜兹又通过对历代服饰、建筑、器物和礼俗的深入研究，主持山西永乐宫等壁画的修复工作，在创作中融合传统工笔和壁画技法，吸收西画所长，形成了笔法工整细密、设色明丽典雅的个人风格。

潘絜兹一生辗转南北东西，画品高，为人处世厚道，从不计较个人得失，自觉肩负工笔重彩画复兴使命。他一生举办过三十四次个人画展，多次慷慨捐赠成批精品画作；坚持不懈组织中国画学会活动，孜孜培养数代青年画家；出版过敦煌学、美术史、美术约二十种专著，还发表过大量美术评论；对中国传统工笔重彩绘画艺术的研究、继承和复兴、发展，对敦煌学的发展，都做出了极其重要的贡献。

潘先生对工笔人物画的发展起到了承前启后的作用，复兴并发展了几近衰微的中国工笔重彩画，一改明清以来文人画独占画坛的历史局面，使中国工笔重彩画得到了空前的发展。作为第一届北京工笔重彩画会会长和中国当代工笔画学会会长，他对中国工笔画的传承和发展的重要贡献有目共睹。

曾往敦煌"取经"的书画大家有很多，潘絜兹是其中受敦煌壁画影响最深远且吸收创新最成功者之一。张咏《潘絜兹先生绘画精神管见》中这样评价潘先生："中国历代人物绘画渊源有自，魏晋以降以迄晚清堪称名家巨匠辈出，顾恺之、吴道子、阎立本、李公麟、陈老莲、任伯年，乃至民国则有陈少梅、徐燕孙、刘凌沧诸人接续前贤，开创近代工笔人物绘画之别样新风。及至潘絜兹先生一出，则在吾国传统之工笔白描人物技法之基础上，取资借镜于敦煌莫高窟壁画、太原晋祠宋塑、西洋油画技法乃至日本浮士绘画风，广收博取并兼采众长，并施以重彩五色，继往开来、借古开今，遂形成了自身独树一帜之工笔重彩人物画风并自成一大家，于当代中国画坛可称居功至伟。"

这个评价，可谓中肯。潘先生继承先秦晋雄风与汉唐气象，

追求宏大的民族艺术风格,进入大匠之门,成为一代工笔画巨星。

## 四

稚子牵衣问,归来何太迟。

在敦煌,1945年,潘絜兹和同事们高兴地迎来了抗战的胜利,随后离开敦煌回到兰州,后经天水、西安来到南京,结识了陈树人、陈之佛、傅抱石、黄君璧、吕斯百诸位名家。在南京,他的画作得到于右任先生的肯定与鼓励,于先生称赞年轻的潘絜兹先生的画"能兼得唐之凝重、宋之工丽",并资助潘先生继续研究和整理敦煌资料。

半世浮萍漂泊,艺海追寻华夏光。1946年底,潘絜兹率一家四口回到老家宣平县上坦村(今武义县)。1915年,潘絜兹就出生于这里——浙江省宣平县上坦村一个书香世家,父亲是当地教育局的领导,祖母和母亲都是民间美术高手,他自幼耽于书画,爱好文学,喜临仿小说肖像插图及月份牌人物,对山村的青山绿水和村庙壁画都有极大的兴趣,戏台上的英雄人物、民间艺师雕塑的门神神像及绘制的壁画、精美的小说插图等民俗艺术成为他汲取到的第一口艺术养料。1927年,他到杭州读中学,在美术教师张鹿山先生(萧山人,上海美专毕业)指导下,始窥门径。此时他开始接触西方现代艺术,其后随父到北平定居,后来成为当时北方工笔人物画家徐燕孙先生的入室弟子。

他十三岁离开家乡，再次归来的时候，已经是拖家带口而立之年。

这年的春节，在宣平老家的潘絜兹无疑是开心的，他忙前忙后给乡亲们写春联、画龙灯……家里老母亲身体健康，弟妹都已经长大，他心里也是喜气洋洋的。

1948年冬，他从台湾归来，在金华买了房子，短暂居住，随后在家乡举办了个人画展。1949年夏初，他完成作品《孔雀东南飞传》不久后，金华、武义、宣平陆续解放，先生以崭新的画作迎来了新的时代。在这之后，他个人艺术生涯及工笔重彩事业都迎来了蓬勃发展的机遇。

20世纪90年代，潘先生回乡省亲，应邀为家乡的两位历史名人叶法善和吕祖谦画像。他对家乡的深情，藏在一幅幅的画作中。先生的代表作之一——《青山绿水人家》，画中小桥流水人家，一派江南小村景象，此时正值夏天农村"双抢"，晒谷场上忙碌的人们、水田里插秧苗的人们，在忙忙碌碌的情景中，画面充满乡间的快乐。

1995年10月15日，潘絜兹艺术馆在家乡畲族镇柳城开馆，先生不顾年迈体弱，捐赠九十九幅书画及尹瘦石、刘勃舒、刘春华、何海霞等书画名家的作品四百余件。

2002年，潘先生在北京逝世，享年八十八岁，后归葬于家乡柳城。

著名诗人艾青的夫人高瑛曾参观潘絜兹艺术纪念馆，欣然提笔在签名本上写下："艺术的根子在故乡。"

是啊，无论诗歌还是画画，故乡是每个艺术家的根。

潘絜兹先生艺术的根在敦煌，也在家乡宣平柳城。

## 五

春蚕不应老，昼夜常怀丝。

从立志为工笔重彩艺术奉献一生开始，潘先生的脚步从来没有停止过。

潘絜兹先生在共和国成立后，历任中国历史博物馆美术组组长、《美术》月刊编辑、《中国画》主编、北京画院专业画师及艺术委员会副主任、中国工笔画会会长。作为一代著名工笔画大师，传世的作品有《屈原九歌图》《石窟艺术的创造者》《岳飞抗金图》《白居易场面炭翁诗意》《牧笛》《屈原九歌图组画》等，还出版有《敦煌莫高窟艺术》《阎立本和吴道子》《工笔重彩人物画法》《孔雀东南飞画传》《李白妇女诗集绘》等著作，为中国的工笔重彩艺术奉献了毕生的力量。

在先生生前北京的画室，最中心的就是题写着"春蚕画室"四个大字的匾额，紧接着就能看到那幅著名的代表作——《春蚕吟》。

潘絜兹先生始终以"春蚕"自喻，用"春蚕到死丝方尽"来勉励自己，他曾说过："我是一个务实的人，力戒妄念，只以春蚕精神自励。艺术如传薪，薪有熄时，火传万代。我立志为复兴工笔重彩奉献一生，愿如春蚕，吐丝至死，锦绣炳焕！有蚕之功。发扬中华民族文化，是我毕生宏愿。我的画室取名为'春蚕'，意亦在此。"

潘絜兹，为工笔画奉献了一生。

观念开拓，天地光阔。潘絜兹，他是为振兴工笔画做出卓越贡献的一代宗师，是名副其实的著名美术史论家、敦煌学者、诗人。

# 大师的细节——洪铁城先生二三事

> 虽千万人,吾往矣!
>
> ——《孟子》

## 一

洪铁城先生是个讲究的人。

先生曾说:"活得好一些,美一些,争取为社会多做一些有益的事情。"

他一直是这样做的。

我与先生的"神交",始于读先生的作品——《中国婺派建筑》。那是一年冬日的下午,我煮了五年陈的老白茶,焚了檀香,花了一个下午认真看完了这本关于建筑的巨著。数小时,在上千年的婺派建筑中穿越,不觉间天渐黄昏,掩卷之后,不由感叹先生之学富五车,婺派建筑之博大精深。

先生为东阳人氏，优秀的民族建筑工作者。关于先生在建筑及规划方面的成就，宣传已经很多，我惊诧的是先生在诗歌文学方面的著作同样丰硕。很多人只知道他是国家级规划专家、建筑学博士、教授、原金华市国土规划局总规划师，特别是"婺派建筑"学说的创立者，却不知道他在文学上也有很高的成就，著有长诗《战争与和平》，散文随笔也写得酣畅淋漓，文笔优美，让人由衷佩服。

这些，我想都归因于——艺术是相通的，一个喜欢美，眼中有美，生活讲究的爱美之人，他的生命中处处都是美的。

## 二

南宋诗人陆游年到八十的时候尚能为诗，但是感叹"今年还东已八十，视听虽存鬓先秃"，才华横溢的陆游曾到洪铁城先生的家乡东阳的石洞书院讲学传道。如果，两位八旬老人跨越时空相见，陆游看到玉树临风的洪先生，肯定会向先生请教保持良好身材与健康的秘诀。

先生身板硬朗，一头银发，身材高大，在江南人之中"鹤立鸡群"。一般人看到先生绝对想不到先生已是八十高龄。毕竟，先生的身体这么好，精神这么好，思维如此清晰，每年都有大作问世，怎么看也不像是八十岁的老人啊！

我与先生有几次交流。在去一些古村古镇采风时，我有不懂的建筑问题，问先生，先生总会耐心详细解答。遇到精彩的建

筑，先生也会拉着我，给我讲此中精妙之处。每次出行，都让人收获颇多。我是一个农民的孩子，父亲年轻的时候曾做过泥水匠，在我们老家附近留下了很多他的建筑"杰作"，所以从小我对建筑也有割舍不掉的深情。但可惜的是，我对建筑艺术知之甚少，一知半解。

如今，我在先生的著作里，在与他同行的日子里，恶补建筑艺术，弥补了我一直以来的遗憾。

## 三

儿童诗人圣野与先生是东阳老乡，九十多岁的圣野先生写过一首诗给先生：

> 洪铁城同志
>
> 跟我一起
>
> 回到东阳乡下头
>
> 捉泥鳅去吧
>
> 因为　你跟我一样
>
> 也是一个
>
> 从东阳乡下头
>
> 跑出来的
>
> 泥巴孩子呀

这首诗，圣野先生在一次酒席的时候，还给大家朗诵过。先生给我看过现场照片,九十多岁的诗人,朗诵的时候激情四射,全身都洋溢着诗性的光芒,建筑与诗歌交相辉映,二者惺惺相惜,让诗人进入了忘我的境界。我隔着屏幕,都受到了感染。这种激情,不是每个人都具有的,对生活、对艺术有无与伦比热爱的人才会有!

我们都是泥巴孩子啊!因为深深懂得,所以先生深爱着"泥巴中的艺术"——建筑;因为真正懂得,所以先生才有那种谦逊到"泥巴"中的平淡与洒脱。

先生在一次与我们分享婺派建筑的时候笑言:"你们想学,从我书中去学就好啦,你们也都去研究婺派建筑,我可就没有饭吃了!"

众人皆笑,先生写诗写文,将作家的"饭碗"都抢走了,这个"账"又要怎么算?

## 四

说要找先生"算账"的,除了作家,应该还有美工、排版人员等。

在先生办公室中,我亲见先生流利操作电脑,比很多二三十岁的年轻人还要专业,特别是图册的排版等方面。

先生去过很多古村,拍了一些照片,给村建筑做了研究,顺手就将这些资料整理成图册,自费印刷给村里做宣传。

先生和很多朋友出去考察、旅行,一路拍照片等,也是一回

来就写文，整理照片排版，打印出来送给朋友。如此用心贴心，让很多朋友感慨不已。

"给一些村里做点有益的事情，多好啊！"先生说。

"给朋友留点美的记忆，多好啊！"先生说。

——难得有心人。

——更难得的，是八十岁的老人还精通电脑，会写文章会排版。

此事让我汗颜，让多少人汗颜。

美，是用来分享的。

## 五

先生在人群之中，从来不是夸夸其谈的人，他低调清冷，却有种不言自威的气场。

不动声色，是波澜不惊，是经历过种种磨砺，是内心有丰富的沉淀，是真正懂得人生。

但先生一开口，再沸腾的世界也会安静下来。

他说话总是相当有条理，不愠不火。

有理的人，声调从来不用很高。正德者，自正其德，以德服人。

## 六

我是一个文科生，生活中感性思维占上风，常会做一些没有条理的事，整理资料也是。这几年，常常被找寻文稿、图片资料等琐事困扰，浪费很多时间、精力。

于是下定决心，生活要有条理，先从整理电脑中的资料开始。

那天我看了先生的电脑，又一次惊叹到了。先生的电脑中，图片、文档都是井井有条。就说图片吧，他的图片按人物、花、鸟、景色、地点、事件等进行分类，相当有秩序。每次出行回来，他都将照片进行整理，清除不好的照片，将好的照片进行调整，存入不同的文档。

生活和工作细节都有条理，才是高效的人生。

在先生电脑的图片夹中，分类相当详细。除了普通的分类外，人物中甚至精确到表情，如有"开心""悲苦"之类的文件分类；建筑之中，还根据建筑的风格进行了分类。

——这只是先生良好习惯的冰山一角。

这些也是先生平时建筑采风，人文采风，写作采风的一小部分。生活从来不缺少美，缺少的是发现美的眼睛，更缺少的是我们将这些瞬间拍下来，记录下来，写下来的能力。

"不好意思啊，都向你'献宝'了。"越是大师，越是谦逊。先生的话语一直以来都是那样真诚。

## 七

先生是个讲究的人。

有次出行，拍了几张照片，我一直感叹先生上镜，随便怎么拍都是仙风道骨。

先生笑了笑道："今天脑袋后面那缕头发，翘起来了，稍顺一点那就更好了。"

我打开照片仔细看，还真是。回头看先生，衣冠整齐，朴素大方，不染一尘，恰似先生的为人。

先生也是个豪气率性的人。

他身体好，平时抽烟喝酒百无禁忌，酒量尤其好。记得有一次晚上，我们一群人在白沙湾吃完晚饭后坐着喝茶聊天，不觉间夜已深，先生兴起，用他惯有的沉稳的语调说："现在，我有个建议，我们将桌上清一清，把茶都撤了，换上白酒来！"

八十岁的老人家此时尽显豪迈之气，反倒是一群"小年轻"怯下阵来，一片静寂。

此情此景，刻入我的脑海。我想，我要更加努力学习，努力锻炼，可以一直写作，写到八十岁。在八十岁的时候，也能这么豪气："把茶都撤了，换上酒来！"

你看，先生是否有金庸武侠之风？

## 八

再怎么伟大的人物都是"沾土脚"的，一个不接地气的艺术家，不食人间烟火的艺术家，很难造就优秀的作品。

先生也是一个特别"沾土脚"的人，他非常接地气。他常和我说，你要多拍拍那些乡间的人物，多写写他们。

先生的镜头下，有玩耍的孩子们，有劳作的农人们，有倚门晒太阳的老人家……处处洋溢着生活的烟火。

有笑，有悲，有愁，有苦，有乐。

百味人间。

## 九

想要走得远的人，目标坚定，有优良的品质和良好的习惯，默默前行，不去管太多的是是非非。

"虽千万人，吾往矣！"

先生给我们的是高大的背影，我在仰望的同时，也从他身上体会了生命的很多真谛，受益一生。

## 那些举手之劳的善意

"啪啪啪……"八十岁杖朝之年的他,每天早上做的一件事情就是将所住的申华酒店走廊上还亮着的灯关掉。此时,婺城的天空已经很是亮堂,一盏盏路灯一夜之后尽显疲惫,消隐在白昼的光线中。

安静的走廊中,"啪啪啪"关灯的声音在回响。一天一天,一次一次,这个声音有了刻入时光纹理的深度,响彻大地。

灯熄了,爱亮了。

老人家不好意思地朝我呵呵一笑:"我每天做的就是这样一些小事。"

其实老人家在做的所谓"小事",也有不小的。远的如二十多年前为婺源提出"旅游兴城",使婺源成为"中国旅游第一县"。近的如武义郭洞、俞源,经他推介成为第一批国家级历史文化名村;磐安榉溪因他发掘的"婺州南宗",改写了中国文化史上"北孔曲阜、南孔衢州"的定论;兰溪毕家村因他发现是毕昇裔孙聚居地而名扬海内外；金东白溪村，因他撰稿提出疑似两千八百年前的詹国古都，引来学界关注，等等，数不胜数。还有，去年他将兰溪诸葛、长乐、芝堰推为"全球人居环境论坛"村落范例奖后，最近正为金华的大岭、洞前、岩头三地获奖做最后冲刺。为了使成果尽善尽美——拍摄三个堰游泳人的热闹场面，7月14日下午6点钟，烈日下奔走在梅溪堤上的老人家，被露出路面的三个地脚螺丝绊倒了，重重的一跤，跌破了脸颊，跌破了下巴，跌破了膝盖。旁人急忙扶他起来，他动动双手，张张嘴巴，呵呵一笑："不好意思，给你们添麻烦了，孔老夫子不肯接纳，说你还有好多好多事要做。"就这样，他像那位不知疲倦的西西弗斯，辛勤为保护传统村落而辛勤努力。

——这是无数人眼中天大的事，在老人家的眼中，云淡风轻。

"事了拂衣去，深藏功与名。"在时空的变幻中，真正看淡的人才能明白生命的正义。在申华大厦，他有做不完的事。但见到我们这些后辈，老人家会立马起身倒茶、递烟，笑眯眯地和我们讲许多鲜为人知的故事。在历史舞台上，作为建筑泰斗的他，纵横捭阖，留下了伟岸挺拔的形象、不可磨灭的光辉。但对我来说，和老人家的珍贵交往中，他于小事之中体现出来的力量，让我品之又品，思之又思。

那日，在东阳一个小酒馆中，宴请中国社科院散文理论家楼

老师回乡，宾主尽欢。临近散席，我看老人家小心地将面前盘子里的一些垃圾，分类倒进垃圾桶里。旁边的徐老师很诧异地问："洪老，这事有人会专门清理的，不用管。"老人家低头，默默收拾。他说："对我来说，是一件举手之劳的事情，但给服务员的感觉就会完全不一样，她看到这么干净，可能会感觉到心情好，又节约了她的时间，这样多好！"

有次，和老人家吃完饭，下楼的时候正赶上暴雨。我们俩躲着雨，聊着天。洪老师喜欢抽烟，他一边抽烟，一边用纸巾擦汗，看到周围没有垃圾桶，他就一直将纸巾与烟蒂拿在手里。雨微小，我们缓步前行，看到一个垃圾桶的时候，老人家已经携着垃圾，走了很远的路。

老人家做了几十年的建筑设计与规划。他为金华城市精心编织了"三纵、三横、三环"大框架，管用一百年；他为婺派建筑开宗立派，使金华人终于知道自己住了几十代的建筑姓"婺"不姓"徽"。

除此之外，老人家剑走偏锋，将业余的文学创作也做成了主业的水平，稿子满天飞，一下子在《光明日报》，一下子在《南方周末》，一下子在《新民晚报》，真是让很多专业作家羡慕不已。有一次，与婺城媒体文友吃饭，老人家时刻不忘为传统乡村的保护呼吁，激情澎湃地和他们说，用媒体的力量，多引导正确的乡村振兴观，希望把保护古建筑古村落，转到保护我们的家园，保护我们的人居环境层面上来。最后老人家语重心长地补充了一句：如果家园保护不好，我们百岁之后魂归何处？拳拳之心，跃于言语之间。

他的人生激情，与对建筑、文学、美学、哲学等投入的热情、执着，让很多后辈汗颜。

希望这个世界能有很多像老人家一样，但行好事，不问收获，时刻保持着赤子之心，在生活的细节之中，用自己高尚的品格，以举手之劳的善意给周围的人带来光亮的人。

他是一个善良的人，手里捧着一颗能够在黑暗中闪闪发光的心。他的名字不少人能猜到——洪铁城。

时间其实并不存在，我们于天地之间，也无非是匆忙而过的浮尘。万物被风、被空气推着不断向前，形成一条古老的河流。在这条匆匆流淌的河流中，一点点的善意扔进去，无数的善意扔进去，终会贮满河流，热情丰沛的河水，在河流中快乐地喧响，激昂地唱着欢歌，为生命喝彩。

那些举手之劳的善意，是深夜的一盏明灯。

## 生活在别处

转眼,那个《把一部分时间留给陌生人》的作者大男孩午候,追寻着他"不务正业"的梦想,将一个个小而美的民宿开在一处处鲜花盛开的地方,已经若干年。

若干年时光,轻飘飘地转瞬即逝。在民宿这条"看起来很美"的路上,很多人已经放弃,很多人已经离开。对于午候来说,却是十年磨一剑,他不停地开着一家一家店,他在编着大学民宿的教材,他在四处做民宿的公益推广,他还在坚持着。在他的坚持下,"蓝莲花开",开得越来越美好;"山中来信",时不时给我们捎来令人惊喜的信。

他是一个不像民宿老板的作家,更像是一个文字工作者。

如果问这些年午候做民宿有什么样的收获,我想,除了开了那么多家民宿,对午候来说,这一路上遇到的人、遇到的事,才是他最大的收获,是他十多年民宿生涯最有价值的礼物。

"民宿的主人即在记录生活之美",在午候笔下,一篇篇文字的光亮,在黑夜中带给人们星辰的光辉。

我们很多人,在他纤细入微的观察中,进入了他的文字快门里,定格在一个个深夜食堂的故事里。

我们都是过客。一个好的民宿营造出来的感觉,是让人身安、心安,可以得到短暂的休憩与调整,让我们感觉并非身在异乡。在这里,我们可以沉默,也可以畅所欲言,打开生命深处重压着的一个个故事。

在民宿,午候遇到了很多人,很多人都打开自己的心扉,和他讲述心底的故事。

说是故事,是也不是。一个个故事之中主人公,分明是社会众生态。我们听着听着,跟着他们的脚步行走在民宿之中,我们仿佛坐在午候与主人公交流的一个侧面,静静地从旁观者的角度来观看这个故事,蒙太奇一般。故事太过于生动,灵动而真实,我们常常在不知不觉间,就进入了故事的深处。往往,短短的一个故事,让我们莞尔一笑,又让我们陷入更深的思考。

一个个故事,一个个相逢的人,这些都是一个民宿的人文。一个没有故事的民宿,是苍白而不完整的。

故事让我们的生活精彩,让我们在时光的长河中满怀思念。

我一直认为午候不是一个将民宿开在一处处鲜花盛开地方的人,而是将"蓝莲花"种满一个个荒凉地方的人,是将生活的美好呈献给人们的人。

他开了一家又一家民宿,很多人跟着他开民宿的脚步,去了一个又一个地方。"蓝莲花开",开满了莫干山、青芝坞、舟山、

273

新昌、泰山、赣州等地方。我也是"蓝莲花开"忠实的朋友,午候的店开到哪儿,我的脚步就跟着去到哪儿。

相信像我一样的人,会有很多。

去午候旗下的民宿,有时,是听了他的故事去的。

记得第一次去安吉"山楂树",那是快春节的时候。选择去这里,只因午候和我说:"很荒,很野,有故事。"

于是,我在山中度过了一个难忘的春节,我遇到了午候和我说的那个故事中开着一辆车,每个月过来爬一趟欢喜岭古道,在半山腰老爷爷老奶奶那里吃一碗土面的陌生人。

说到莫干山,说到从前慢,在午候的故事中,我还对"抱大树""听竹子生长声音"等故事印象深刻。

来民宿的人,都是有故事的人,有浪漫情怀的人。午候开民宿,将一部分时间交给陌生人,讲他的故事,分享别人的故事。这些故事,有些如一碗香辣的重庆小面,有些如一盘清淡的阳春面,有些如令人回味的三鲜面,色香味俱全,面面俱到。这仿佛是民宿世界里的《一千零一夜》,他用细腻又别具一格的优美笔触,别出心裁,引人入胜,令人难忘;这也像是新时代的笔记小说,午候独特的风格,民宿独特的故事,构成了这本小说独特的魅力。

他将蒲松龄的茶,摆在他的民宿里,静候四方来客。

唯美,是他的民宿和文字追求的品质。

在民宿圈和朋友群中,我们更喜欢叫午候的"花名"——"段王爷"。说实在话,现实生活中午候并不是一个长袖善舞的人。一个对文字敏感的人,在现实生活中的某一方面,总是有些笨拙的。在他的骨子里,不乏传统武侠固执的豪气——"上马横槊,下马作赋"是他的梦想。如"段王爷"的花名,是他别样的江湖;而"午候"则是他文字纯净的梦想,两者井水不犯河水,相互依恋,相互陪伴。

与午候口述的故事相比,他的文字比他的口语表达更有张力。在他的文字之中,故事温暖的肌理更为鲜活。当我们在某一天,在自己的书桌前,翻开这本书的时候,你的脑海中就会浮现出诗和远方,里面有我们熟悉的迷人的味道。

在民宿和文字的世界里,在生活的现实与民宿的梦想中,午候以自己的方式"笨拙地生活着",坚持着,努力着。习惯戴帽子的他,身边人常常会被他的一句话、一个故事,惹得开心不已。这是他独有的"帽子戏法",幽默欢乐。

"当我用心读一本书,书中的人就会重新站立,与我对话。"在这本书里,在充满光亮的文字中,我们并非是在读故事,而是在读故事之中,读到了彼此,读到了生活,读到了宽阔的天地。

"你并非身在异乡,只是生活在别处。"记得有位作家说过,我们每个人都是长篇小说。我们每个人都有故事,在民宿的深夜食堂,"以一杯烈酒之名,让每一段相遇擦出光彩,酣畅淋漓",午候的《你并非身在异乡》让我们有了相逢的机会。

午候在听我们的故事,在讲我们的故事,在写我们的故事。

故事里的人物鲜活,畅所欲言,快乐朝着光明的方向扬鞭驰骋。

## 遇见阅读，遇见真正的自己

如果可以，静下来

去读本书

去写段文字

去享受音乐

去阳光下行走

去亲近大自然

如果可以，和你最爱的人在一起

远离微博、微信、QQ……放下手机，离开电脑

人生需要找回自己

看到这段写于 2012 年的文字，不觉有些悲伤。

不知不觉的十年，已经改变了我们太多。比如手机，已经占据了我们太多的时间。

——如果将我们每天打开手机的数据进行统计，那么这些机械化的动作，会占据我们多少时间？

——如果将我们每天刷微信、抖音，浏览网页、公众号，用各种社交软件聊天的时间进行统计，除掉工作之外，会有多少时间？

数字会不会让我们自己都大吃一惊？

我也没办法变得特殊，成为例外。我也是一个被手机"绑架"的人。

真能放下手机的人，都是勇者。

每次到阅览室，都会见到这位老人家。

七十多岁了，姓钭，原来是罐头厂的高级工程师，精通法语、德语、英语、日语与俄语，平时也写些杂文。

每次都能看到他在认真地做读书笔记，密密麻麻，记了第五十二本了。钭老身患白内障，身体的原因不能动手术，需要用眼睛贴着报纸才能看清字。他还和我交流网络创作，希望自己也能写网络小说。

——看到他，总会感觉到一种精神，一个人有自己追求的精神，活到老学到老的精神。

我们很多人看似年轻，却已经老了，身体机能老了，"躺平"着不去主动学习。而很多老年人，一直在学习，一直年轻。

我尝试着去阅读，去运动，尝试着一点点远离手机。

那日，在动车上，邻座的一位老人家，七十多岁，从上海到

厦门。一路上没有用过手机，一直在看书。我探过去一瞧——泰戈尔的《吉檀迦利》。

在停下来休息的时候，老人家和我聊起了他看过的书，翻译过的书籍。一路的旅途，充满了书香气息，比清茶香，比咖啡浓。

书是我随身的必备物品。"如果每个人都能在背包里放一本书，我相信，所有人的生活会更美好。"这是《马尔克斯传》中的一句话。

但现在，小孩子在读书，我们大部分大人不看书，只"读"手机。

我们就在一次次拿起手机的过程中，将我们完整的时间碎片化了。而将碎片化的时间利用好，最好的方法就是保持随时随地学习与阅读。

梅雨季节的一个傍晚，在婺城乡间漫游的时候，路过一间胡公庙。雨天，庙里没有人，只有一位老人家，青衣布鞋，在看书。

见我进入，抬头看了看，我们相互点了点头。老人又低头看自己的书去了。

我悄悄走到他后面，老人家笑了笑，看的是《三国演义》，从小看到大看到老，不知道看了多少回，还是看书好啊！

我坐在门槛上，和老人家聊天。

外面的雨，突然就下大了，庙里谈兴犹浓。

遇见了他们，遇见了阅读，我总仿佛遇见了一个真正的自己。我们都是爱读书、爱进步的人。

"时光太瘦，指缝太宽。"在一天将要过去的时候，我也总想问问自己，这过去的一天，收获了什么。虽然摆脱不了手机，我还是尝试着多阅读，多写字，多运动，尝试着一点点远离手机。认真地看书，做读书笔记；在写字和运动的时候，全身心投入，远离电子化产品。

## 静待一朵花开

**一**

"许多情,相逢在梦境。"

昨夜一枝花开,风递幽香来。

工作室后面有个小公园,稀稀落落地散着十几株红梅、蜡梅。喜欢在有阳光的日子来这个地方拍拍照,落雨的时候也喜欢。

这日中午,冬日的阳光正好,蜡梅已经开尽,几株红梅刚刚绽放,阳光下,一个个花骨朵涨红着脸,跃跃欲试要来看看人间。

一切都是安静的。

我日日在这个小公园里散步,看着她们从一点点新芽开始,慢慢努力地开花。红梅的绽放是一个漫长的过程,但等第一朵花开之后,后面的花儿便会紧接着迅速开放。

"你,你先去探探路。"

"不不,你,你,先去看看危险不危险……"

"我我我，忍不住了，我先去看看这传说中美丽的人世间……"悄然间，枝头第一朵的花儿开始怒放。

"不知酝藉几多香，但见包藏无限意"，梅无花态度，甘于寂寞。等到第一朵花开的时候，有种小确幸的欣喜。仿佛那个阴郁的黄昏，我在湖海塘的小山坡上漫步的时候，遇到了杨柳枝头一点点的嫩黄。

世间美好的事物，总让人欣喜地想落泪。

## 二

"春风无定落梅轻。"
"你看你看，花开了，为什么没有蜜蜂？"我身边的小朋友好奇地嚷嚷。
这时的梅，只开了几朵，是最先、最早的几朵。
梅花刚开的时候，蜜蜂还没有来。它们已经完成了"踩点"，但还需等待满枝花盛开的时刻才蜂拥而至。
"蜜蜂会来的，它们大片的花盛开的时候呢！"我说。
"你应该去梅园拍，那里的梅花可多呢！品种多，颜色多。"
一个牵着黑色拉布拉多犬的兄弟，从我的身边走过。看着我举起的相机，好心地提醒。
我笑着道个谢。

那边的花多，开得旺，人也多，美丽的梅花挤满了朋友圈。我却不是一个往人群中走的人。

在这里，斑鸠的叫声，与麻雀、乌鸦等的叫声一起，此起彼伏，"鸟鸣山更幽"，一切都略显安静。婺城的梅花盛开在此处彼处，梅花的品种也有很多，但不同地方的梅花，总能开出不一样的气势。

梅的清气，在孤与寒之间。

## 三

"归来曾见开时。"

去天台国清寺看梅，看那一千多年的隋梅，梅花似乎撑起了这古老寺庙的一股仙气。

最美的梅花在似开未开之间。

从婺城驱车到天台，不过是两个多小时的车程。在一个天青色的日子，坐在天台寺梅亭里，看一千多年前的梅花，看梅花一点点地舒展着身子，在时光的静谧中自我陶醉，自我生长。

"诗万首，酒千觞"，此时缺点慢烹的茶，或是温过的醇厚黄酒。

这株一千四百多年前的梅花，相传是佛教天台宗的创始人智凯大师手植。主干苍老挺拔，四周新枝丛生，梅花已经看过太多人世间的沧桑。我们不过是它千年时光里的一刹一瞬。

静待一朵花开，对花开有无限的期待与想象。

对斜阳，无语销魂，却是有，归来曾见花开时。

等花开了，我就轻轻地走了。

## 四

记得旧时，探梅时节。

陆凯，东平王陆侯之孙，出身名门，拜给事黄门侍郎，文章犹美。陆凯有一好友范晔——《后汉书》的作者，时居长安，某日春回大地，寒梅绽放，陆凯从荆州摘下一枝梅，托邮驿捎给范晔，并附诗："折梅逢驿使，寄与陇头人。江南无所有，聊赠一枝春。"

当年名士的风流，仅凭小小一枝梅，传为千古佳话。

而今，风华难再。

隋人赵师雄在罗浮山遇见梅花仙子的故事，也是相当美丽动人。相传赵师雄游罗浮山，夜里梦见与一位香气袭人、衣着朴素的女子一起饮酒，侧有一绿衣童子载歌载舞。春宵苦短，天将破晓，赵师雄醒来，举目一望，自己却是睡在一棵古老的梅花树下，树上有翠鸟在快乐地鸣唱。

真是梅花罗浮一梦，让人传诵到如今。

在这个世界上，我们人其实是卑微渺小的。树木可以在这片土地上生存千百年，有些动植物的历史更为古老，神秘而不确定，可以追溯到白垩纪，甚至更早。而我们人类历史不过数千年，我们每个人也不过在这个世间百年而已。

在我们九州大地上，千年的梅花仅存五株，分别是天台国清

寺的隋梅、杭州超山的唐梅和宋梅、湖北的两株晋梅。最古老的梅花当推湖北黄梅县江心古寺的晋梅，两千多年的风霜，让树干已经成为黑灰色，每到大寒时节，花开满树，不知它是否见证过陆凯的"一枝春"，我甚感好奇。

去看这些梅花，必须虔诚。

我去杭州超山看过相邻的唐梅和宋梅，梅桩古老遒劲，藏尽一千多年的沧桑与感叹。

诗人白居易在离开杭州的时候，写过一首诗："三年闷闷在余杭，曾为梅花醉几场。伍祖庙边繁似雪，孤山园里丽如妆。"

诗人当年在杭州孤苦，闷闷不乐，幸有梅花伴他醉了几场，我站在白堤叹息。

此时，我分外想念孤山上曾经的三百多株梅花，客至，鹤飞，林逋扁舟归。甘守贫寒，植梅养鹤，稿出而焚，处世求无名而有名。当年的"梅妻鹤子"，现今踪迹杳然，仅存的景观突兀，也是后世为之，当年的"山居小梅"只是我们关于一千多年前的想象罢了。

文化带着一种新生的力量，透过新枝我们只看到数百年前模糊的光阴。老去的是那畅意快谈的诗词岁月。如今我们坐在这里，不配谈风花雪月。

只能带点虔诚朝拜，五体投地。

## 五

疏梅。暗香。

"冰骨清寒瘦一枝""临溪影，一一半斜清浅""疏影横斜水清浅，暗香浮动月黄昏"——此三句道尽梅之神形俱清，标格秀雅矣。

不追逐繁花盛开，不流连人潮涌动。人生终要静得下来，静待一朵花开，静守一段属于自己的时光。

待花开，心生欢喜。

待花落，聚散匆匆。

"后夜相思，尘随马去，月逐舟行。"探梅一片千古愁，千年春还在，韶华易老。

梅迹处处可寻，现今可以一起探梅望月的人却越来越少。

梅开几度，尚未落尽，窗外玉兰花、梨花、樱花又已郁郁葱葱，桃红柳绿，人间又是好时节。

此时，热闹不是我的。

我曾静观一片落叶，静待一朵花开，就格外喜悦。

# 相思始觉海非深

人生如梦。

人人都要经历一番风雨。人生总会有起伏,聚散,离合。总会遇上一个梦中人,或爱或恨。白居易云:"相恨不如潮有信,相思始觉海非深。"

人生总是爱恨交加。但,爱更长久。

爱到了一定的时候才知道,海并不深,对一个人的思念比海还要深。

"相思始觉海非深",并不是每个人都有勇气用到自己身上的。

2008年,美棠去世。饶平如无以为遣,开始用画来记录他们两人的故事。人生平淡如树,却又绚丽如花。饶先生青年抗战,壮年受难,老年丧妻。但他一直保持着一种童真和诗意。

八十多岁时,老人开始学画,偶治印;九十多岁时,出书。其绘画优美,文字清丽,书画合璧,情意深沉。

深爱，无以为念。饶先生画画是为了怀念亡妻，想起一个故事，就画一张图，用画画来记录，来怀念。

生活和爱情几十年云淡风轻地过去，从不潦草。一笔一画，一点一滴的色彩，让近百年的光阴鲜活生动。

人生有至爱。

古老的爱意与生活，在平如和美棠身上重现。他们的爱，其实没有高过什么，只是我们在记忆中搜索的时候，有点遥远了。

爱本平常，今却少见。

不思量，自难忘。

人生最美的幸福，就是——"执子之手，与子偕老"。

我能想到最浪漫的事，就是和你一起慢慢变老。

"我们一生坎坷，到了暮年才有一个安定的居所，但是老病相催，我们已经到了生命的尽头。"饶先生喜欢用杨绛的这句话描述他自己和美棠平常却不平常的一生。

"你什么也不会做！"这是美棠一生对饶平如讲得最多的话。

毕竟是平凡夫妻，生活除了举案齐眉，还有生活的烟火，还有鸡飞狗跳，柴米油盐。

——你什么也不会做！

——你什么也做不好！

这也是很多家庭生活之中，太太对先生说得最多的几句话吧！

有时候，儿女们都认为母亲过于苛刻了，饶先生会冲他们摆摆手。

饶先生总是笑道："人家教育自己老公，跟你们有什么相干？"

"我从来不欺负她，从来不对她讲什么谎话。"

大度，忍让，包容。

从平平常常的琐事中，都能看出满眼的爱意。

爱就是放过。

每个爱的拥抱，最终都以松手告终。

松手，不是放手，不是不爱。

相逢没有太多的故事。美棠认为平如是帅的，平如也认为她大概是喜欢自己的。于是一个男人的命从此轻慢不得，因为生命中多了一个人。

饶先生说："人间很美的，心里要有爱。"

他说在有情人眼里，绿水青山也是会笑的。

他们一生几多坎坷，回忆苦难时，他也说"人间还是美的"，爱还是美的，爱人永远是美的。

任何时候，生活都是美好的。

"坎坷岁月费操持，渐入平康，奈何天不假年，恸今朝，君竟去。"

人生终有一别。

"我们曾经一起度过那么多相聚时圆满、离别时期待的节日，从未想过会终有一个最后。"在妻子美棠病重时，饶先生曾这样说。

美棠所患疾病，需要每天进行腹膜透析，平如认真学习，购买设备，在家每天给美棠做腹透，一做就是四年。后来，美棠住进了医院，平如一直照顾左右。

一日，美棠想吃可花楼的马蹄小蛋糕，平如就骑着自行车去买。

一日，病中的美棠神志略清，对平如说："你不要乱吃东西，也不要骑脚踏车了。"

曾想，"买绕屋菜园十亩，课仆妪，植瓜蔬……布衣菜饭可乐终身，不必作远游之计也"。

沧桑世事谁能料。

君竟去。

饶先生曾说："对于我们平凡人而言，生命中许多细微小事，并没有什么特别缘故地就在心深处留下印记，天长日久便成为弥足珍贵的回忆。"

平如美棠，他们的爱情，始于民国，历尽坎坷，最美的爱在老人家《我们的故事》里呈现。在我们的身边，不乏这样的患难夫妻，平常的生活也是普普通通过，也经历过很多风风雨雨，在配偶生病时，也是多年如一日精心照顾。

这只是朵云彩

曾在我生命中徘徊

生命虽有限

但愿云彩常在

怎将云彩留住

用画笔将它记载

我空空来到世间

只有这些最爱

2020年4月4日,《平如美棠》的作者、九十九岁的饶平如先生悄然离去。

阅尽枯荣,红尘看破,爱却永不止息。

在另一个世界里,平如美棠,再续姻缘。

永远在一起。

## 小宝，遇见你真好

### 一

似乎贪恋此处难得的美好，在千岛湖畔的睡眠，一夜都在轻轻推摇的波浪之中起起伏伏。做了很多梦，有些记得，有些不记得。

天蒙蒙亮的时候，就起了床，沿着湖边漫步。在一个陌生的地方，想要深入地了解这个城市，最好的方式莫过于在清晨在傍晚，行走在大街小巷。

很多游客还没有醒来，旅行团还没有出门，所有的船还停在港口。一路上，遇到跑步、散步、打太极、跳舞等早起锻炼的人们，急匆匆上班或上学的人们，在打扫卫生的清洁工……

传来俞丽拿的小提琴曲《梁祝》，不时有飞鸟帅气地从天空划过。

这便是千岛之湖本真的样子吧！

## 二

平常的生活就在两点一线之中,除了上课就是宅。偶尔,我选择背上包,找一个地方出行。

在广州和北京工作的时候,喜欢周末背上一袋书,找个附近的小城市走走,看看,写写。

这个习惯一直没有改变。

以后我还会一直走下去。我会更加珍惜,珍惜时光,珍惜走过的路,珍惜遇见的风景,以及遇到的人。

我爱这尘世间的烟火。文字是我对这个世间最好的表白。

## 三

我看着清洁工人一下一下清理着路面上的落叶。

不知怎的,就想起前两天看的《麦路人》。人到中年,对一些事物无惑无感的同时,也会因一些平常小事,湿了眼眶。

如果你有不开心,觉得生活艰难,那么清晨起早去看看严寒酷暑中在打扫卫生的清洁工,看看那些辛勤的人。

还可以看看电影《麦路人》。

这个电影戳到了我心灵深处。

## 四

清晨，最幸福的遇见，莫过于遇到你了吧！

它静静地坐在旁边，看着主人和同伴们打太极，专注的眼神像是一个注意力集中的孩子。

当音乐快结束的时候，它飞快地起身，跑到主人身边撒一下娇。

阿姨说，它叫小宝。

我叫它小宝，它回了一下头，又转了过去。

它在看阿姨们打太极，我在看它。我想起曾经陪伴过我的黔钱，多多……我的下司犬，我的罗威纳。

这是我清晨收到的最好的照片。

旁边有个北京来的大姐，也注意这狗狗很久了。她和我说对浙江的印象，我和她说我在北京曾经工作的故事。我们都在彼此倾听，又都在自言自语。

转身，在人世间就散了。

## 五

透过芦花看千岛湖。

看一个兄弟拿着相机四处取景。

在千岛湖边上喝农夫山泉。

这个浩渺的水域下，静静"深埋"着一个几百年历史的城市——狮城。想到昨晚认识的余部，他的微信名叫"湖底漫步"。他说，他能想到最安逸自在的生活，莫过于可以在湖底漫步，看着几百年上千年的浮光掠影……朋友黄选对我说，他的姐夫是淳安的水库移民，现在在武义，他最大的爱好就是收藏各种各样的狮子，有石头的，有瓷的，有木头的……

虽然离开了，他们对这片土地依然爱得深沉。

坐在绿城喜来登的酒店阳台，看着湖景，写点文字。

突然想到，有个人问过我，她有好几个不同的优秀的追求者，自己很难取舍，怎么能判断自己爱哪一个人呢？

现在我想，当你一个人面对美景的时候，你最想与之分享、一起携手赏景的那个人，肯定是你最爱的人吧！

## 这个温暖的小岛，带我们去很远很远的地方

文字是被禁锢的生命，我们伸手打开一本本书籍，它们就会盛开，带来了春天，带来了新生。

一

无数的身不由己组成我们的人生。

很多人貌似安静，内心却比现在的季节还要混乱。江南的严寒已让很多人生出慵懒的气息。

朋友说，一天在家里东摸摸、西摸摸，时间一下子就过去了。总结一天，常常什么事情也没有做。

我说，为什么不收起彷徨，停止神经质点着手机的哀伤，来到图书馆呢？

这里有海量免费阅读的书籍期刊，有温暖的空调，有热腾腾的开水……可以约束自己，让自己静下来，打开计划一项一项去

完成。

没有多少人是那样自律的，有时候，我们需要点环境的约束。

在生命的某一阶段，似乎是接收了命运某项神秘莫测的指令。最近一周的白天，我是在图书馆度过的。

朝九晚五。

你总要找到相伴的暖，度过三九严寒的苦，在坚持的道路上勇敢地走下去。

## 二

所有的知识都已经成熟，摆放在书架上。

一排排书架，一树一树花，不同的文字以不同的气质，散发着浓郁、清新的香气。这些文字在这个世界上，肯定经历过什么，接受了神的旨意，它们从四面八方来到这里。

经历过什么，它们闭口不提。在这个人间，我们也是。无论经历什么，很多人都痛而不语。只有打开文字和心的深处，才能真正明白发生了什么。

节气刚过了小寒。一年最冷的时光，我和这些书相拥取暖。在书中，我们重复着尘世的烟火，人世间的悲欢离合。

这里仅一桌一椅，剩下的就是无数的书。

很多作家喜欢在图书馆码字。戴个帽子，坐在阅览室里写作，写累了就站起来走走，随便翻翻书。散文家安妮·狄勒德喜欢在大学图书馆写作，当窗外停车场上的人流和车辆使她无法专心写作时，她就干脆画一张窗外风景图，拉上百叶窗，然后把草图贴在百叶窗上。

窗外的景物我们不能掌握，就拿起一本书，掌握自己的心情吧！

## 三

我们打开书，文字跳进我们的眼里，它们等待了许久，我们终将在烟火之中将这些文字认领，如同失散了多年的亲人、朋友。

我从这些书前经过，它们一行行、一字字地从静默之中，齐刷刷地抬头。

它们在慢慢苏醒，缓缓起身，步入我的生命。

人是要一直保持阅读的。经历过年少时期无书可读的人，更珍惜读书的时光。"阅读，我很喜欢把它想成是旅程，我们在熟悉的实存世界里流放自己。阅读者在空间中成为移民，挣开实存的世界飞去；还在时间中放逐自己，挣开当下这个世界漂流。"

阅读，在冬夜寒冷漫长的日子里，带来一种绝妙的感觉。三国董遇曾有"读书三余"之说："冬者岁之余，夜者日之余，阴

雨者时之余。"三九寒冬，常占尽"三余"时光，正是读书的好时节，可以得读书三味："读经味如稻粱，读史味如肴馔，读诸子百家味如醯醢。"

冬日最美的，莫过于围炉读书。屋内，红泥小火炉闪着温暖的火焰，老茶壶冒着热气，小几案上随意放着几本闲书，桌上点着一支檀香，小瓶里插着数朵蜡梅，身上盖着一条松软的小毯子，随意打开一本书，或诗词歌赋，或经史子集，或通俗小说，一页一页地翻读，心也随着文字在这样温暖的时光里旖旎飘荡。

炉火温暖着我们的身体，书香温暖着我们的灵魂。一切的喧嚣嘈杂都在书本之外。窗外或有难得飘落的雪花，常常光顾的微雨，凛然高悬的寒月……

## 四

小寒过后，是寒冬。

太阳有时明晃晃照在窗外，偶尔有雨，还有今年冬天飘落的第一场雪花。世界一片空寂，谜一样的麻雀的声音，钻进了草丛。

在图书馆，雪以另一种姿态出现。我们在这里习惯轻手轻脚，习惯保持最优美的学习姿势。

在这里，拿出手机偶尔刷几下，似乎都是罪不可恕。

窗外的樟树白了又白，我的头发不觉间多了一层霜。

这也让我想起了小时候冬天的阁楼，谷柜中新收割的稻谷还散发着浓郁的香味，码得高高的稻梗有绚烂阳光的味道，瓦缝透下星星点点的光亮。我喜欢躺在稻梗中看书，总要等到天渐渐地暗了下来，母亲的声音从厨房里传出来的时候，一个脑袋里充满着幻想的少年，才会从阁楼下来。

身上还有些稻草的点缀，还有些稻草的味道。

## 五

气温在下降，比想象中快，温度一下子到了零下七度。上一次这么低的温度，要追溯到好久好久之前。

这里的书，不用去考虑自然界的万木凋落，不用去想人世间迷离的雾。它们每天都在这里，眺望或怀想，默默不语。

窗外的繁花开了谢，谢了开。

读书，读人，读物。读书如读人，读物亦读人，读人也是读书。

在这多变的世界上，依然有稳固恒常，依然有深情，依然有人爱你如生命。

## 六

这里有寂寞无声的枯萎。

很多书籍，带着曾经的热情永远地睡在黑暗里。

总有些努力，不为人知。

总有些秘密，静默如星辰。

我看到有人在认真地刷题，每天坐在同样的位置；我看到有人拿着放大镜看报纸，做摘抄……仿佛不同年纪的自己，坐在不同的位置上。

我们和书之间，隔着一场场离别与相聚。
这是寂寞无声的灿烂。

这天，顺便补办一张丢失的借书证。那段时光已经停在遥远的十几年前。十几年前经常与我牵手来借书读书的孩子，现在都已经在大学的图书馆里写期末论文了。

## 七

我曾喜欢坐在咖啡厅松软的沙发上。我曾喜欢一个人在一个茶馆消度光阴。

现在，我喜欢坐在图书馆，坚硬的椅子让我挺起脊梁，在无边沉默的世界里，我寻找着一个个未知，迎接着一个个久违的问候。

我和卡尔维诺一起散步。

我和博尔赫斯对坐交流。

我和往日的自己相拥握手。

## 八

"但一切都必须忍受，因命运如此。"萨福这样说。

新的一天，我和萨福继续昨天晚上没能够结束的交谈。那些飘落在阳光下的无奈，流逝成一种解脱。所有的爱与不舍，痛与悲欢，离与幽怨，在时光的深处慢慢消散。在一个完整的梦境结束后，我转身，一无所有，用针缝补心灵的裂痕。

都还来得及。

这是一个温暖的小岛，周围是黑色的荒原与巨浪，一簇光线，从遥远的天际投射到这里。"如果有天堂，肯定是图书馆的模样。"

这是最接近天堂的位置。

在温暖的小岛，早上走进图书馆，傍晚走出，天地深邃迢遥，每次我都感觉换了一个人间。

## 最后的假期

时光从来不曾停止脚步,我们自作聪明,用假期按了暂停键。

### 一

从热烈或悠游的假期中醒来,春天热情地夹道相迎。新一年的第一季度已经过去了三分之二,若没有偶尔的春雨将季节拉回,江南的春天会在阳光中直达夏天的深处。

假期的尾声,我有些恍惚,带着无数的沉重——时光流逝,马齿徒增,无论我们怎么样追逐着诗和远方,都需要回到眼前苟且的地方。

重新面对,重新开始。

然后再期待下一次的假期。

有朋友戏谑——现在离下一个春节倒计时×××天了。

## 二

日子带着我们的人生到达一个未知有涯的尽头。

生命的长短是一个未知数,这让我们惆怅,让我们悲伤,也让我们惊喜。

——想问问你,最近过得如何,好吗?

——有悲,有喜,还是悲欣交集,还是麻木向前,心事了无痕迹?

年华似水。我们生活在一个无法感同身受的世界。如果有人明白你,有人懂你,生命蹒跚向前有所依赖,已经是足够幸运。大多数的人,只能每日孤孤单单,灵魂的世界里孑然一身,将岁月的冲刷,吞咽入口,不带任何情绪。

恋恋风尘。假期的最后是结束与开始,衔接得天衣无缝。生命的最后,是一切归零归尘。

## 三

年华似水,人生只是一个转身的瞬间。

在每天细碎的生活中,一直在学习取悦自己。在案前的锦绣中自我陶醉,在茶香墨香中心潮涌动。如果浮生若梦,我依然保持着对生命的敬畏,对梦想的忠诚。

生命总是有很多突如其来的"惊喜",让我们猝不及防,悲

伤总比快乐拜访频繁。

相遇与告别，存在着必然与偶然。

静寂无人的夜，我常奖励彷徨的灵魂看一场电影。

——如果你的人生假期只剩下三周，你会怎么做？

## 四

这个假期快结束的时候，看了一部电影——《最后的假期》。

女主人公乔治娅是一个平凡得不能再平凡的人——一个小小的餐具销售员，工作努力，兢兢业业；她身材高大，生活简单，最大的兴趣便是做饭；有暗恋的人，不敢表白。

死亡之神偏偏在人群中找上了她，乔治娅被诊断出一种绝症，只有三周生命。乔治娅刚听到这个噩耗的时候也是难以相信，她无数次地质问上帝，为什么是她，她还想要继续活下去。她伤心、烦躁、无力。最终下定决心，不想要再像之前那样度过自己生命中的最后时光，她想要在最后一段人生旅程中完全做自己想做的事情。

她果断地辞职了，取出所有的积蓄，预订了自己梦想中度假胜地的酒店，想要在这里度过自己人生的最后阶段。

她终于释放了自己，做了自己想做的事情——坐头等舱，租直升机，住最豪华的总统套房，享受着自己喜欢的厨师烹饪的佳肴，按摩、滑雪、博彩、跳伞……做了很多以前想过，不敢做的事情。她的自信、洒脱和勇敢感染了周边所有的人。

印象最深是乔治娅对着镜子里的自己说："你一直都很幸运，虽然你的愿望没有全部达成。下次，要做点不同的，我们会笑得更多，爱得更多。我们会博览世界，不要害怕。"

有没有觉得，我们一直很幸运，却没有好好珍惜？

有没有觉得，有时候，我们离幸福，只差一个勇气的距离？

我们说的下次，可能是遥远而不确定的下辈子。

电影结局皆大欢喜。乔治娅被确认是误诊，最后的她也开了一家自己梦想中的小餐厅，和自己爱的人一起。

这个平凡的故事，却带给我们很多思考。关于人性的真实，关于生活的真谛，关于虚空与幸福，以及无论何时，我们对人生的态度。

相比较很多人，我们已经足够幸运，只是我们并不觉得。

有很多事情我们都可以去做去完成，并非要等到我们生命只剩下短短三周的时候。

毕竟，关于生命，我们无法未卜先知。

## 五

现实深处，梦想埋没在杂乱的野草丛中。所有的挫败，都在证明着梦想的可笑及自身的渺小。

"那个天花板，真让人感动得想哭，是吗？"乔治娅说。

生活有时一片杂乱,无序之中,处处透着被我们忽略的美丽。

人生无常。当下,就是我们人生最美的假期。

生命有时一片黑暗,我们自己便是那束光。

## 《绿皮书》的细节

一千个人眼中有一千个哈姆雷特。我看电影《绿皮书》的时候，也有这个感觉。一部优秀的电影作品，是各种艺术方式的结合，以其独特的全方位展现，带给不同的人不同的思考、不同的领悟，迸射出强大的能量。除了种族歧视和美国大政治背景，我更关注的是电影展现出来的细节。

电影《绿皮书》上映后连续两日登顶票房日冠，成为继《泰坦尼克号（3D）》后首部拿下日冠的奥斯卡最佳影片。在上映的几天里，影片始终保持着上座率第一的成绩，在口碑的带动下，排片比仍在不断攀升。不管是轻松的笑点，温暖的友情，还是一些较为喜剧化的情节，《绿皮书》所展现出精湛的艺术手法与浑厚的魅力，让我们快乐的同时，也进行了深刻的反思。

电影《绿皮书》，是根据美国爵士钢琴家雪利博士的真实事迹改编，在越来越政治化和偏激化的电影世界里，以其平和的演绎打动着人心，获奥斯卡奖真的是实至名归。19 世纪南北战争

后，美国南方的奴隶制虽然被废除了，但依旧没有改变人们"白人高贵，黑人劣等"的畸形观念。影片展现的60年代，正是以马丁·路德·金为代表的黑人民权运动风起云涌的时代。尤其是在美国南方，蒙哥马利公共汽车抵制事件、小石城事件和自由乘客运动等黑人争取种族平等的事件接连上演，白人群体仇视黑人也愈演愈烈，整个南方空气都弥漫着焦灼的种族火药味。绿皮书全称是 The Negro Motorist Green-Book，简称 Green-Book，"Green"采用了绿色象征通畅的含义，意为给黑人旅客的安全出行指南，它的标语是"现在我们可以没有尴尬地旅行"。1936年，纽约哈莱姆黑人社区的邮局职工维克多·雨果·格林和他的妻子出版了第一本《绿皮书》，是一本历史上真实存在的黑人出行指南，指出哪些旅店和餐厅可以让黑人入住和就餐。

电影在一场跨越美国南北的公路之旅中展开。我们的心情在开阔的公路上畅游，在音乐中享受，却又在种族歧视中煎熬。影片中的1962年，正是美国平权运动高潮的前夕，黑人音乐家唐·雪利南下巡演，故事就发生在这趟旅途中。电影的两位男主角拿着这本绿皮书开车赶往美国各地巡演。一位男主是著名的黑人音乐家雪利博士，一位是浪迹夜总会的白人混混托尼，托尼应聘当雪利的司机。肤色和文化修养上的反差，在旅途上自然产生了一些奇妙的反应。在这个过程中，我们看到了各种矛盾在历史前进的车轮中慢慢冰消雪融，真善美才是我们追求的终极。

世间有很多东西是相通的，不存在着素质、年龄、肤色等的区别。美没有界线。没受过教育的托尼在旅行之中，感受到了自然风光的美丽，他在听唐演奏音乐的时候，由衷地享受，慢慢地受到净化，这些都是美所带给我们心灵奇妙的感觉，这个感觉还在传递。托尼通过他写的信，把美和爱传递到了他的家庭。

爱也是相通的。唐与托尼两人之间，种族、素质和身份存在天壤之别，但是他们真诚真心交往而产生的友情，在那个时代超越一切。最温情的，莫过于那一封封情书。在爱的世界里，别怀疑，每一个人都是写情书的高手。托尼刚开始写给太太的粗糙的流水账，透露着老夫老妻的生活味，这是原汁原味爱的情书；后来唐以如诗如梦的语言帮他写信的时候，我看到了日常生活展现出了诗意，升腾起了爱的光芒，这个光芒让托尼爱的女人热泪盈眶，让别的女人向往。所有人，都值得拥有爱情，所有爱中的女人，都应该收到爱的情书，因为在爱的世界里，没有哪个男人不会写情书。看完这个电影，好友笑着说："女孩子看完这个电影，应该叫她的男朋友放下手机，写情书给她，走到哪儿，写到哪儿，这才是爱情啊！"如果这样，情书让邮局忙碌起来，让爱在世间流动起来，何尝又不是一件美事呢！

友情是一个相互影响的过程。托尼的率性和坦诚，他的生存和解决问题能力，他的随机应变，让唐的南方巡演顺利完成；他也帮助唐打开心结，走出禁锢自己的天地。天才都是寂寞的人，唐在母亲的影响下，刚学会走路便开始学琴，后来被带去列宁格勒音乐学院学习古典音乐，他是该学院历史上第一位黑人学生，擅长演奏肖邦和柴可夫斯基，回到美国之后却只能演奏流行音乐。尽管如此，他的音乐天赋，让他成了美国总统的座上宾，在

白宫为总统演奏。成为一个天才还不够，要改变人们的观念是需要勇气的，唐放弃在纽约的高额收入，改变南部种族歧视的观念，这需要相当大的勇气。所以唐和他的三重奏乐队在南方的巡演中，遭遇到大大小小、各式各样的阻力和歧视。唐身上的那种自爱、自强以及孤独的气质，闪耀着高贵，让人心生喜爱和景仰。在两个月的巡演过程中，唐的音乐和行为，也在改变着托尼。托尼变得越来越会写信了，会欣赏音乐，热爱生活，修正了自己的行为规范和准则。从影片和现实中，我们都明白，不管是什么时候，只有尊严可以帮你获胜。

我们在看电影的时候，也在和我们的现实对望。这个对望犹如影片中汽车抛锚的那个镜头，雪利博士背靠着汽车，远望着一群在田里辛苦劳作的同胞，雪利那忧伤无言的眼神，让人感慨。

托尼在车上啃着炸鸡对雪利说的话，极具人生哲理。

——不管做什么，都要倾尽全力。

——工作就工作，笑就尽情大笑。

——吃东西时，就像是最后一餐那样去享受。

我们看电影的时候，也是一样，认真地看一部好的电影，开心地笑，愉快地享受，无穷地回味。

这是我喜欢的《绿皮书》。

## 人生，败者亦英雄

电影是感动人的艺术，敏锐的电影导演不会错过生活中令人感动的题材。体育即人生，体育是拼搏，人生也是拼搏，体育赛场上的跌宕起伏让人热血沸腾，所以有关体育励志题材的电影很多，如《光辉岁月》《点球成金》《卡特教练》等。不久前印度电影《摔跤吧，爸爸》，一个通过真实故事改编的励志电影，更是取得了很大的成功。

而现在，关于一个伟大羽毛球运动员李宗伟的电影——《败者为王》，也来了！

《李宗伟：败者为王》由马来西亚著名导演马逸腾执导，杨雁雁、李国煌、拿督罗斯彦诺、曾冠源、黄炜杰等领衔主演，这是一部根据马来西亚羽坛天王李宗伟的真实故事改编的剧情电影，讲述了他从一个小镇青年一步步成长为世界顶级羽毛球运动员的励志故事。

一部成功的体育励志影片应该包括五大要素：一项有一定群

众接受程度的体育运动,不懈奋斗的人物;深入人心的性格特点;催人泪下的情节和拼搏历程;令人难忘的细节,一些经典的对白和台词;有感染力,让观众热血沸腾,产生正能量的驱动,等等。

《败者为王》无疑满足以上所有元素。

李宗伟,这部自传电影的主角,他没有拿过羽毛球顶级的冠军,但每每提到这个名字,球迷对他充满敬意。他谦逊而坚韧,成熟而稳重,在羽毛球的道路上,不抛弃,不放弃,一次次地失败,但他又一次次地站起来,一直在努力拼搏。

这是一个让中国球迷想到就心疼的球员。很少有一个外国运动员能让中国球迷心疼,心疼他一次一次拿银牌——三次奥运会决赛银牌和五次世锦赛银牌,心疼他一次一次的努力,却在最后决赛的时候,功亏一篑。即使与李宗伟同场竞技的是林丹或是陈金、谌龙,这种心疼超越国界,很多球迷都希望这个永不言败的伟大球员真正拿个大赛的冠军,圆一个冠军梦和球迷的梦。

2012年,伦敦奥运会羽毛球男子单打的决赛场上,李宗伟最后输给林丹后,一个人蹲在场地边。2011年的世锦赛也上演过同样的一幕。胜利者在庆祝,而失败者静默一旁,背着球包黯淡地离场……北京奥运会、伦敦世锦赛、伦敦奥运会、广州世锦赛、里约奥运会等,李宗伟都是在决赛中,在离冠军最近的地方倒下。现实中真实发生过的一切,也在影片中上演,让人纠心。

体育场上,能不能赢得辉煌,能不能成为胜者,需要自己努力,也需要机遇与命运的垂青。运动场上,输就是输,赢就是赢，现实无法挽回，历史无法更改。虽说可以从头再来，但运动员一生能打几回世锦赛，能参加几回奥运会？一次一次的失败之后，李宗伟的付出、拼搏、无奈，让人心疼。

羽毛球在中国是一项群众基础很好、参与度很高的运动，讲究自身的身体素质、技术、体能、战术等。决定胜败的关键因素还有很多，比如还需要点运气，比如还要看你同时代的对手。如果李宗伟的时代，没有林丹，没有"林李大战"，那会怎么样？伟大的球员之间，是相互成就。如果没有强大的对手，他们的成就可能会逊色很多。李宗伟自身的身体素质并不出众，他的身高是1.72米，林丹的身高是1.78米，身高也决定了腿长和手长，这些在羽毛球赛场上都会产生影响。李宗伟最伟大的地方，就是他通过自己的努力，将自己的身体素质开发到了极限，也正是因为他努力了，却没有得到他想得到的，所以球迷认为他是一个悲情人物吧。

# 阳光照在赛道上

从电影《飞驰人生》的主角张弛身上，很多人看到了武义著名车手徐浪的影子。前几年，看过《乘风破浪》的人都知道，邓超饰演的徐太浪，就是以徐浪这位车手为原型的。但是，很多人看完《飞驰人生》后，影片中的张弛才是真正的徐浪。

徐浪是中国最好的越野赛车手之一，他的战绩至今还没有人能够超越。

到目前为止，我看过的唯一一次汽车拉力赛，是在武义看韩寒的比赛。

能在武义看汽车拉力赛，要感谢徐浪，感谢韩寒。感谢自己在武义客居十来年的岁月。这个岁月太漫长，漫长到让很多人都误会了我的籍贯。

徐浪，1976年出生在浙江金华的一个小县城武义，他是中国最好的越野赛车手之一。2006年，他参加达喀尔拉力赛，获得第19名的成绩，这是中国车手参加达喀尔的最好战绩，至今还没人能超越。

一

那一天，天气预报说：阴，有雨。

天空对人类来说，已经没有秘密。随着人类卫星越放越多，天气预报已经能预测得相当准确。也的确，当韩寒的斯巴鲁赛车在一片尖叫声中，进入武义汽车拉力赛的主会场时，天空就如天气预报所说：阴，还飘着雨。

看台上，一片高高低低五颜六色的伞。

弯弯曲曲的赛道，在雨中显得很湿滑，被人造的规则拧来拧去，有坡道，有急弯，考验着赛车手临危不乱的定力，营造出惊险的场面。今天的天气更是增加了一些不可预料的因素。不出意料，虽然韩寒这个赛站没有拿第一名，但以他在前面分站积分赛中的优势，还是拿到了年度车手总冠军。

当天晚上，韩寒在他的微博上写道：刚在徐浪的家乡浙江武义拿下了2013年中国汽车拉力锦标赛年度车手总冠军，很开心。这是我第七个全锦赛总冠军，同时也是拉力赛的年度三连冠……

这个微博中提到的徐浪，是武义人，韩寒的教练，林志颖的好友，也是当时中国最好的拉力赛车手，达喀尔拉力赛最靠前的中国车手。2008年6月，在俄罗斯的一场比赛中，徐浪在设法把一辆赛车从泥浆里拖出来时，被金属拖钩击中面部，不幸身亡。

因为徐浪，从此武义有了汽车拉力赛，从此韩寒每年别的分站都可以不参加，但是武义站必须参加。

文学与赛车，两个极端的东西，被韩寒融合在一起。赛车这项残酷的运动，有危险，有刺激，但结果可能只有几秒，就宣告了一个不一样的结果，也给予一个人不一样的人生。其中有的车手，背靠资本，业余玩玩，赛车是人生的一种消遣；有些车手，赛车是他们的生存方式，这其中多少的艰辛，也只有自己知道。任何一个行业，能走到金字塔顶端的，只有寥寥几人。韩寒说，写书能混个名利双收，赛车能赛个名堂出来，都纯属不易。

　　在韩寒身上，我看到的更多是文学和赛车背后的侠士情怀，朋友之间的肝胆相照、义薄云天。

## 二

　　有一日，带女儿在双溪西路的小餐馆吃饭。女儿突然问我一个问题："都说商场如战场，是不是？"我想了一想，犹豫了一下："某些方面的残酷性，也如同战场吧！"女儿放下筷子，有点深沉地续了句："可是，古来征战几人回啊！"

　　话题就此搁下。我的思绪却飘得很远，学校里的竞赛、学习成绩的排名等，何尝不是和赛车一样，排出学生的名次，从某些角度决定了孩子的未来。

　　那天，比赛结束，人群蜂拥去看韩寒领奖时，阳光突然冲破了厚厚的云层，久雨的天突然放晴了。一道道光芒，驱散了乌云，驱散了黑暗，阳光温暖地洒在波光粼粼的水面上，湿透的桥面和路面也反射出温暖的光线。不远处的田野上，一片片金黄色的稻谷，那些农村新建起的房子上都沐浴着金黄色的阳光。这个世界突然变成了另一个世界，犹如哪个神灵一挥手，洒下了阳光，在挥洒之间，还在天际留下一道道美丽的彩虹。

阳光照在赛道上。

我看着我眼前树上那滴泪的片片叶子，那颗颗水珠欲坠不坠地在树叶上僵持，我脚下满是泥浆的地面上，无数人纷乱的脚步来来去去，泥浆溅到人们体面的裤子、光亮的皮鞋上。在我们的身后，象征庆祝的香槟在主席台上已经开启，人们仰望着胜利的赛车手们，他们戴着花环，在人群中欢呼。

我的目光，又停留在车队的车贴上——"浪，永远的飞车王"。目光渐渐模糊，闪过眼前的车队和人群，看到韩寒单薄的身影，抬着徐浪的棺椁，目光那么坚毅；我看到年年拉力赛，韩寒带着他的伙伴们，在徐浪的墓前献花；我也看到，很多尚不知名的赛车手们，坚定地跟在徐浪的身后，坚持着自己的梦想。

徐浪就像那一束光，明亮耀眼地照在风尘四起的赛道上。

韩寒和徐浪之间的惺惺相惜，就是光亮里的温暖。

## 三

自古英雄相惜。

人生飞驰，时光眨眼而过。庚子春节，在大环境之外，身边也发生了很多的事情。有朋友突发脑出血，有亲戚患癌症，也看到有人跳楼，有人因病离去……我们身边有太多的悲欢离合。逝

者已逝，我们不应该只是哭哭啼啼，而应该更加坚定地好好生活。

"很快徐浪就去世了一周年多，在周年的时候，我写过一篇文章，只是我觉得写得太过残忍，最后没有发表，决定用在小说里，所谓艺术总是更加宽容。

"和徐浪的最后一次见面，我和他赌一百块钱，看我停在楼下的车会不会被贴条，最后他输了。上海的拉力赛他因为变速箱故障，在维修区被罚时200秒，他依然假装兴高采烈。

"我们的生活依然像跳楼一样往下延续，他是最先接触到地面的人。所有的力量只能决定我们在空中的姿态，成功失败就是好看难看的区别，新生活只是将朝着地的脸仰望向天空。当我再看见徐浪时，我心中并不难过。我想对他说，我和你看到的人都在最好的时光里，我们都很开心，而你在最好的时光里离开了，这都是最好的事情。好风光似幻似虚，多一分钟又如何，你要把它留住了，但我不会输你的。"

相比较文字，我更喜欢那个驾车呼啸前行的野性的韩寒；相比较车手韩寒，我更喜欢那个对朋友有着侠义心肠的韩寒。

和这样的朋友相遇，只能和乔峰一样，大碗地喝酒，痛快地吃肉。不聊文学，无关风月。

我不经常想起你。我只是把你写进我的文字里、作品里，拍进电影里。

有一天想起了，心里酸酸的，眼中有泪，却要酷酷地说："我不会输给你的！"

## 四

有些路是自己选的。徐浪在 2000 年做的选择,不是为了谋生,是出于骨子里对赛车强烈的喜欢,是与生俱来的使命。韩寒也是。

在人生的道路上,有些路,我们很多时候无从选择,在人生的各个阶段,即使没有笑到阳光出来的时刻,也应该去坚持,去努力。那样,即使倒下,你也可以看到,薪火相传的生生不息。就像我们的乡人徐浪,他成了赛车手心目中的丰碑,无数人前仆后继,继续着他的梦想——这也是我们前进的力量。

在人生的道路上,我们不能渴求每个人的理解,无法得到所有人认同的眼光。哪怕是韩寒,不同的人对其有不同的评价和判断。一路走来,多少荣耀,就有多少口水讨伐。人不能改变所有人的眼光,只有正自己的人品,正自己的言行,用默默的坚守来捍卫自己的理想!

即使无名,也坚持在自己的路上。

在人生的道路上,我们同样需要一份温暖的感恩。对亲人,对师友,对每一个给予我们帮助的人,任何时候都要记得他们,尽可能传递感恩的正能量。

在赛车场,我还看到一群追着韩寒的人,他们从《三重门》的时代走来,在韩寒来武义的期间,一路上,都追随着韩寒的车子。在他们的眼眸中,没有天空的阴晴,只有那可以感染人的喜

悦与热情，那份不可名状的快乐。在追车的路上，他们追的不是明星，而是那即将逝去的青春，以及那文字里的岁月。

你在飞驰，我们也在追寻。

## 五

那个晚上，在书房，沏杯茶，捧起一本韩寒的书——《我所理解的生活》，走进我和韩寒的世界，那个世界里还有徐浪，还有龙游饭店的老板娘。

仲春了，夜很安静，文字中不断闪过汽车拉力的轰鸣，飘荡着英雄背后的柔情。看累了，我闭上眼睛，比赛结束后那突然出现的阳光，在深夜，还在我的世界温暖地照着我。电影《飞驰人生》的最后，沈腾驾驶的赛车冲出赛道，飞向天空……韩寒没有交代沈腾扮演的角色是生是死，一切留给我们想象。

韩寒留下了这样一句话：英雄永远不会死。

## 刚好有风来,在左岸

### 一

风,那一日恰巧来。
你在,我也在。
窗外柳莺婉转,喜鹊喳喳,海棠怒放,蜂飞蝶舞。
衣袂飘飘,我们在左岸,吟诗作赋,把酒言欢。
这一日的风,已经酝酿多年。
一缕光穿透了世界的黑暗。
刚好,我们都在。
在左岸。

### 二

风,那一日趁巧来。

仿佛，我们和文字一起被风吹来。

刚好，我们都喜欢文字。

我们虚无渺小，如同草芥。

卑微，以文字为生命的养分。

很多人都有过相同的梦，尽皆幻灭。

在左岸，文字，有漂浮之感，如每日清晨，露珠里阳光的笑脸，有了新鲜的期盼。

好巧，有几句文字，在深夜的海洋出航，让我们恍惚。

一念天堂。

## 三

相由心生，眼之所见，心之外现。

如哭如笑，如水溢出，尘世盛不住，放在文字中。

脚印在我们的身后，沉陷成湖泊，照亮天空的模样。

云一直在天上飘。

我们把所有的孤独、快乐、喜悦，都装在了文字里。

## 四

回望的时光，鞭梢的力量，刀剑的光芒。

文字之外，世界如沙漠一样惨淡。人们如泣如诉，华发如雪，皱纹如沟壑。

文字是一束光,人们拥抱着取暖。

左岸是堵堤,左岸是面墙。

## 五

刚好,有风来。为左岸带来芬芳。

一切都在生长。

生活一如既往,昨天和今天何其相似。

经常有风来,文字的天地里,在左岸,穿透厚厚的包围,我们被文字的幸福自由处置。

左岸自有天地,文中有万物生。

不舍昼夜。

## 六

天哪,我曾经那么无知,那么浅薄。

请包容我曾经的不成熟、幼稚、脆弱、丑陋。请原谅我!

请宽容我或长,或短,或浓,或淡的影子。

它随我走过太远的路,总怕它受委屈。

## 七

左岸,有风吹过。

我们没有变老,只是一直在长大。

## 八

现在,我弯下腰去,要去文字的田野里耕种了。

如果你愿意,可以和我一起来。

也可以,快乐地坐在左岸上,看我的田野里成长的果实。

## 或许，这就是我想要的幸福

### 一

岁月，我们将走过无数的荒凉。

一切都将过去。

昨日，荒凉的过去，你且退后。

眼泪，汗水，无奈，悲伤，夹杂着快乐。

混凝成生活。

### 二

波澜壮阔，暂且留给遥远的路人。

他们站在金字塔的顶端，披着彩色的外衣，顶着耀眼的光环，接受万民朝贺。我们普通人，每日不过是重复着一件件极其简单而又无味无趣的事情而已。

我们波澜不惊地奔向同一个去处。

我在一个城市的角落，每天重复着简单的生活，工作。

如尘土一般，在宇宙里，忽略不计。

## 三

只是，很用心地去刷牙，洗脸，洗澡。原来匆匆忙忙，不以为意的一件件事情，现在都用心去做。

去年，一个熟悉的朋友，突然有一天没有了牙齿，感觉就像换了一个人。后来，他花了几万元重新种上了牙，回到我们熟悉的样子。

——这一幕让我印象深刻。

——而我，忽略自己的牙，忽略自己的身体多久了？我是多么不爱惜自己的身体。

选电动牙刷，选牙膏，上刷下刷，左刷右刷。

吃健康的食物，不吃冷饮，不吃油腻的食物……改变作息，早睡早起。

爱自己，是世间最美的样子，现在开始，每天好好爱自己吧！

## 四

每日，在闹钟没有响起之前，唤醒自己。

给自己做个早餐。

切一个西红柿，洗几根青菜，打两个鸡蛋，煮了碗宁波年糕。

突然有点感动，为起早做早餐的这份认真生活的态度。

## 五

"书当快意读易尽，客有可人期不来。"

近日读诗，最喜这句。

每天的生活，除了工作，就是走路、健身、宅。除此之外，尚有一去处，那就是去洪铁城老师那里，与洪铁城老师聊历史、文学、哲学、建筑等。我们每次都喝点酒，抽几支烟。

一杯土茶，招待喜欢的朋友。

袅袅轻雾升腾，时空交错的辰光。

## 六

我们总无限接近我们自己想要的幸福，只是我们不珍惜。

七月，阳台上的蔷薇，叶子基本都落了。在酷暑面前，植物都在"断腕"保护自己。

我也沿着简单的轨迹，走过我荒凉的心境。

或许，这就是我要的幸福。

## 七

  人生的路上,我们必定会经历某些荒凉。
  八月的露水微凉,阳台上的蔷薇都将绽放新芽,闪现无数的希望。